北京大学中国语言文学系 —— 编

四海文心

我与北大中文系

上册

MEMORIES ACROSS DECADES
OUR DAYS IN THE DEPARTMENT OF CHINESE LANGUAGE AND LITERATURE, PEKING UNIVERSITY

北京大学出版社
PEKING UNIVERSITY PRESS

图书在版编目（CIP）数据

　　四海文心：我与北大中文系：上下册 / 北京大学中国语言文学系编 . —北京：北京大学出版社，2022.1
　　ISBN 978-7-301-32463-9

　　Ⅰ . ①四… Ⅱ . ①北… Ⅲ . ①回忆录 – 作品集 – 中国 – 当代 Ⅳ . ① I251

中国版本图书馆 CIP 数据核字 (2021) 第 185288 号

书　　名	四海文心：我与北大中文系（上下册）
	SIHAI WENXIN：WO YU BEIDA ZHONGWEN XI (SHANGXIACE)
著作责任者	北京大学中国语言文学系　编
责任编辑	黄敏劼
标准书号	ISBN 978-7-301-32463-9
出版发行	北京大学出版社
地　　址	北京市海淀区成府路 205 号　100871
网　　址	http://www.pup.cn　新浪微博：@北京大学出版社　@培文图书
电子信箱	pkupw@qq.com
电　　话	邮购部 010-62752015　发行部 010-62750672　编辑部 010-62750883
印 刷 者	天津光之彩印刷有限公司
经 销 者	新华书店
	787 毫米 ×1092 毫米　16 开本　43.75 印张　635 千字
	2022 年 1 月第 1 版　2023 年 12 月第 3 次印刷
定　　价	136.00 元

未经许可，不得以任何方式复制或抄袭本书之部分或全部内容。
版权所有，侵权必究
举报电话：010-62752024　电子信箱：fd@pup.pku.edu.cn
图书如有印装质量问题，请与出版部联系，电话：010-62756370

上册目录

唐作藩　　基础宽厚一点，总是比较好的——2

郭锡良　　继承传统，博古通今——16

乐黛云　　我仍然相信跨文化对话——30

谢　冕　　做一个可爱的人——42

严家炎　　唯实求真的学问与人生——64

段宝林　　解放思想，超越雅俗——80

孙钦善　　学于斯·教于斯·研于斯——104

陆俭明、马真　　国家的需要就是我们的志愿——126

袁行霈　　格局·眼光·胸襟·气象——144

钱理群　　晚年百感交集忆北大·中文系——162

洪子诚　　"不那么冷漠的旁观者"——188

蒋绍愚　　把"史"和"论"两方面结合起来——214

严绍璗	为人民读好书、写好书——228
安平秋	在北大中文系古文献六十年的片断回忆——242
葛晓音	传承、反思与期望——262
温儒敏	北大中文系还是应当坚持"守正创新"——290
李　零	历史是挖出来的——304
陈平原	北大精神、中文系定位以及教师的职责——318

唐作藩

基础宽厚一点,总是比较好的

受访人:唐作藩
采访人:向筱路
采访时间:2020 年 9 月 18 日

受访人介绍	唐作藩	1927年生。1954年调至北京大学中文系工作。《语言学论丛》《中国语言学报》编委,《中国语言学》学术委员。曾任北京大学中文系副主任、中国音韵学研究会会长。著有《汉语音韵学常识》《上古音手册》《音韵学教程》《汉语史学习与研究》《汉语语音史教程》等多种著作,发表论文一百多篇。
采访人介绍	向筱路	北京大学中文系汉语史专业在读博士生。

向筱路： 唐先生您好！您是我国著名的语言学家，在汉语音韵学、汉语语音史领域有深厚的造诣。从1954年中山大学语言学系合并到北大中文系算起，您已经在北大中文系工作和生活了六十多年。今年适逢中文系110周年系庆，所以我们想借这个机会对您做一次访谈，主要想请您谈谈与北大中文系的故事，以及您对汉语音韵学这门学科发展的回顾和展望。

您是在中山大学语言学系接受的大学教育，从此走上了学术研究的道路。您当时为什么会选择语言学作为自己的专业呢？那一段经历对您之后的学术研究工作起到了什么样的作用？

唐作藩： 好的，我回顾一下。我觉得我是文人命啊！我的运气好吧。我出生在湖南湘西的邵阳地区，当时叫武冈县。现在从武冈分出一个洞口县，洞口县下面有一个小镇，叫黄桥镇——江苏不是有一个黄桥么，我们那边也有一个黄桥镇——我就出生在那个小镇上。那时根本没有想到会有今天。

我出生的时候家里很穷，住在一个租来的小房子里面。我母亲是个不识字的农村妇女，父亲在商店里当了两年学徒，刚刚出师吧，自己做一点小买卖。十一二岁的时候，母亲老是带着我到外婆家去，所以我从小是在外婆家里长大的。我外婆又善良，又能管家。外公我从来没见过，很早就去世了。另外外婆家里还有两个舅舅和一个大姨妈。后来家里条件慢慢好起来，自己还有地种了。本来我父亲要我跟他一样，去当个学徒，做点小买卖。但我的一位二叔改变了我的命运。

我父亲有三兄弟，他们都是做买卖的，我的二叔长年跑外，先是在家乡的小镇，然后到宝庆府，即今邵阳市。我们那里近代出了两个人，一文一武，文的是魏源，武的就是蔡锷，所以别看这么个小地方，还是出了不少名人。因此我二叔的眼光比较长远，他对我父亲说还是读书好。这句话可以说决定了我的一生。于是我父亲就送我去读书了，即先去上黄桥中心小学。我本来念了两年私塾，那时候已经十二三岁了。去报名的时候，校长曾育贤老师说你这么大了，不能从一年级学起，念五年级吧。我一辈子都记得，念五年级的第一个学期，我的数学期末考试得了37分，不过到毕业的时候我已经是全班的第二名了。

读完小学后接着去读中学，考上了洞庭中学。抗战时期国民党有一个军校，叫作军二分校，校长叫李明灏，是国民党的一个中将。因为当时有好多教官的子弟要上学，他就创办了这所中学，在湖南武冈县县城郊外，取名叫湖南私立洞庭中学。我记得我是在初10班，后来在高4班，在这个时候就认识了我老伴。我念高中的时候，她念初中。她家里比较富裕，有三姐妹，父亲是国民党的上校，所以跟着去了后方。她当时还在念初中，两个姐姐读高中。在学校的时候我们常常演话剧，我记得演过《万世师表》，讲闻一多带着学生从北京到昆明的故事，我演老师，她演学生，她大姐就演我的老伴。所以在中学的时候，我们就相互认识了。

本来我是想考北大的，我记得当时北大和清华同时招生，要么报清华，要么报北大，我就报了北大，结果没考上，考上了中山大学。那时

唐作藩与夫人唐和华合影

候在湖南还不能参加北大、清华的招生考试，得到上海去。湖南不是出锑嘛，有很多锡矿山，实际上是出锑，出的锑常常要运到上海去。一个工程师的儿子跟我们是同学，所以我们就坐运锑的船去上海，参加考试。因为我们在中学演过话剧，我当时不知道，以为语言学系是演话剧的，就这样报考了中山大学语言学系。

本来中山大学没有语言学系，是王力先生创办的。王力先生是清华的教授，系主任是朱自清，原本他是准备回清华的。在他回北京之前，先回了广西老家，然后经由广州回北京。结果在广州的时候，中山大学的校长就挽留他，请他在广州待几年，然后再回北京。于是王力先生给

1982年春唐作藩与王力先生（左）合影

朱自清写信，说有朋友要他留在中山大学。朱自清说也好，同意他待在广州。王力先生给中山大学提了一个要求，就是要创办语言学系，校长答应了他。我记得那时候除了王力先生，还有岑麒祥先生、高华年先生、严学宭先生等。高先生是教少数民族语言学的。另外还有黄伯荣先生，当时是助教，后来我毕业的时候他是讲师。

向筱路： 20世纪50年代院系调整，中山大学语言学系合并到北大中文系，您也随之北上，此后一直在这里工作和生活。您能为我们介绍一下当时的情况吗？

唐作藩： 新中国成立以后，中宣部副部长胡乔木同志提出一个建议——他是王力先生在清华时候的学生——他想把全国搞语言学的老师集中到北大来，从北大中文系的语言文学专业中分出一个语言专业，这样就在1954年把中山大学语言学系的全部老师和学生调来了。我1953年从中山大学毕业，那一年中山大学语言学系招了三十名学生，是历年最多的，以前总是只有五六个人。我们那一级也只有六七个人，现在有些还有联系,你可能听说过。如暨南大学的詹伯慧,后来在中央民族大学工作的欧阳觉亚,现在在美国的饶秉才,还有麦梅翘,毕业以后留在了社科院语言所——麦梅翘比我们都大,现在已经去世了。

我刚才说胡乔木要整合北大、清华、燕京大学的师资力量。当时的燕京大学也合并过来了,像高名凯先生和林焘先生都是燕京大学的,魏建功先生是老北大的教师,还有周祖谟先生,他们都是很有学问的,都集中到北大来了。那时候北大没有语言学系,所以王力先生建议创办一个语言专业。后来成立了两个教研室,一个汉语教研室,一个语言学理论教研室。语言学理论教研室是高名凯先生做主任,汉语教研室是王力先生做主任,后来汉语教研室又分为现代的、古代的两个,那是60年代以后的事了。

我1954年来到北大,本来那时候中文系不光有汉语言、语言学专业,还有一个新闻专业,后来新闻专业合并到中国人民大学去了。我记得当时让我教新闻专业一年级三班的写作课,那个班的课代表就是林昭。

向筱路: 到了北大中文系以后,有哪些先生对您的影响特别大呢?

唐作藩: 主要是王力先生,还有岑麒祥先生。本来在中山大学,留下我是做岑麒祥先生的助教的,跟着岑先生学语言学理论。到了北大以后,王力先生对我说语言学理论教研室已经有两个助教了,就是石安石跟殷德厚;我们刚成立的汉语教研室还没有助教,那你就跟着我学汉语史吧。这样我就转换了研究方向,从此就一直跟随王先生。我记得那时候住在现在咱们中文系所在的原朗润园教师住宅区。朗润园还是有四合院的房子,还没有盖咱们现在这个人文学苑,旁边住的是闻一多的弟弟闻家驷。住在未名湖边的,我记得还有季羡林先生。我在那里就这样度过了好些年。

刚才提到,到北大之后,王力先生要我就跟着他学。这时候正好吕叔湘先生提出要普及语言学的知识,他就跟王力先生说,您来写一个音韵学的普及读物吧。王先生住的那个四合院,实际上只有东屋、北屋和西屋,王先生住在北屋和东屋,我就带着我老伴和一个三岁的小孩,住

1955年秋北大汉语教研室教师在颐和园听鹂馆前合影（左起：潘兆明、梁东汉、周祖谟、唐作藩、魏建功、杨伯峻、姚殿芳、黄伯荣、林焘、王力、吉常宏）

1983年唐作藩（右）与岑麒祥先生夫妇合影

1974年《古汉语常用字字典》编写组合影（前排左起依次为：戴澧、王力、岑麒祥、林焘，后排左起依次为：蒋绍愚、张万起、唐作藩、徐敏霞）

在西屋,虽然只有一间房,但有卫生间。王先生把我叫过去,对面就是他的书房,他说刚才开会回来,吕先生要求我写一本音韵学普及读物。他就要我写,我说我还没学,他说边学边写、边写边学。这样我就写了第一本书——《汉语音韵学常识》。没想到那本书后来在我国香港(1972)也出版了,在日本还出了两种正式翻译本(1962,1979)和一种自印翻译本。所以这样我就一直到现在,从事音韵学的教学与研究。

向筱路: 关于"汉语音韵学"和"汉语史(上)"这两门课程,您后来都出了教材,就是《音韵学教程》和《汉语语音史教程》,影响很大。这两本教材的编写过程,您在后记里都做了一些说明。我想请您讲讲当时是出于什么考虑决定自己来编写教材?它们和同类的著作相比有什么突出特点?比如王力先生的《中国音韵学》在1936年就出版了,后来改名《汉语音韵学》,他在50年代出版的《汉语史稿》(上册)也是语音史的内容。

唐作藩: 另外还有罗常培先生的《中国音韵学导论》,是吧?王力

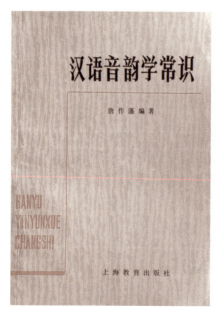

唐作藩编著的第一本书《汉语音韵学常识》书影

1980年中国音韵学研究会成立大会暨首届研讨会后北大校友留影（前排左起：徐复、黄绮、刘又辛、殷焕先、严学宭、郭良夫、王均、李格非、唐作藩；后排左起：杨耐思、王宗孟、赵振铎、陈振寰、杨春霖、许绍早、李思敬、许梦麟、但国干、鲁国尧）

先生的《中国音韵学》，他每节后列为参考资料的内容比正文多得多，所以一般的学生都看不懂。包括罗常培先生的《导论》，虽然是普及性的，但介绍给同学还是看不懂。所以我就根据自己学习的体会，编了《音韵学教程》。原来是跟着王先生写《汉语音韵学常识》，然后就是《音韵学教程》，是这样的。后来再编写《汉语语音史教程》，也是考虑到学生们反映看王先生的那些书，不容易看懂。所以我的主要目的是想写得更通俗一些，让学生除了在课堂听课，也能够自学。

向筱路： 主要是为了让同学们能够更早地、更方便地入门。

唐作藩： 对。那时候同学住在礼堂前面，咱们的百周年纪念讲堂原

1980年11月在武汉中国音韵学研究会成立大会后唐作藩与饶秉才、许绍早、李思敬、杨耐思等和王力先生夫妇于先生下榻宾馆前合影

来是大饭厅,我记得外面行人路上还有一个桥。那时候很少有汽车,有辆自行车就不错了。在那后面还有一个食堂,邮局也是在旁边,就在三角地,还有好些小商店。那时候同学们就住在前面的楼里,现在是多少号楼我都记不得了,在礼堂的南边,他们常邀我到学生宿舍里面去辅导,尤其是57级、58级、59级的那几个班。

向筱路: 汉语音韵学可以分为今音学、古音学、北音学和等韵学,它们各自都有相对独立的研究对象和研究方法,您对每个门类基本上都做了研究。现在学科门类划分得越来越细,很多学者和青年学生限于时间和精力,往往只能就其中一个方面进行探索,难以做到全面贯通的研究。音韵学研究也有这个趋势,您怎么看待这个现象?

唐作藩: 这种做法太窄了,我觉得不太合适。你学音韵学不光是音韵学本身,还要有汉语方言的基础,因为很多古音都保存在方言里面,特别是在南方的一些方言里,广州话、客家话、福建的闽方言,都保存了比较多的古音。所以50年代袁家骅先生开方言学课,我就

唐作藩给中文学子题词："学，然后知不足！"［徐梓岚 摄］

从头到尾一直跟着他学了，学了以后还记录了我湖南家乡的方言，记录以后请他看，后来发表在《语言学论丛》第四辑上。所以我觉得音韵学跟方言是分不开的，学音韵学一定要学好方言学。当然还有一个前提，就是要把语音学学好，没有语音学的基础，你就不会记音了，是不是？

向筱路：很多人把音韵学称为绝学，不管是对于学生还是研究人员都有比较高的门槛。据我所知，现在国内还有一些高校的中文系或者文学院没有开出"汉语音韵学"等课程，北大有非常好的研究汉语语音的传统。您觉得北大中文系有哪些好的经验值得借鉴？

唐作藩：我觉得一方面系里面在安排课程的时候，不要忘了安排这门课，虽然有时候选课的人少，但是还是应该开。另外就是要招收音韵学方向的研究生，因为你要想进一步学好音韵学，还是要通过研究生阶段的训练。另外，我觉得不光是我们学语言学的需要音韵学的基础，学文学的有一点音韵学基础也是好的。我的好朋友袁行霈先生，他就听了王力先生的汉语史课,到现在我们还经常有联系。

向筱路: 您觉得就汉语音韵学、汉语语音史的研究来说,我们北大中文系目前有没有什么需要加强的?

唐作藩: 据我了解,我觉得我们中文系还是不错的,因为有好几个教音韵学的教师。除了孙玉文老师,还有现在已经退休的耿振生老师,还有张渭毅和赵彤,赵彤本来是北大毕业的,后来去了人大,现在调回来了。

向筱路: 您在北大指导了不少研究生和访问学者,您在指导过程中,最注重哪些方面的培养,具体是怎样体现的?

唐作藩: 跟我学的日本的学生比较多一点,最早是花登正宏、古屋昭弘,还有平山久雄的一个学生,叫什么我一下忘了。另外我在马来西亚教了一个学期的课,除了教音韵学,另外还开一门《诗经》研读课,所以有些那时候的马来西亚学生到中国来旅游了,总是要来看看我。

我觉得咱们还是要坚持开这些课吧,是不是?本科就开音韵学,研究生就开上古音,中古音,《切韵》,还有《中原音韵》,对不对?过去咱们的校友杨耐思先生是研究《中原音韵》最好的学者,可惜已经去世了。

我们在做研究的时候,最好既要做到专深,也要做到广博。比如说你要是重点学中古音,近代音、上古音也得掌握,另外我也反复强调方言学对学习音韵学、汉语史的重要性。

向筱路: 您在中文系已经工作和生活了六十多年,您觉得有什么特质是北大中文人最应该坚守的?

唐作藩: 我觉得一般来说,北大的师生关系还是比较好的。另外像袁行霈先生他就强调,学文学也得学点语言学,我觉得他这个意见很对。那么我们学语言学的人也不要忘了文学,也得学点文学,这样比较全面一点。基础宽厚一点,总是比较好的。不要把自己局限在一些小框框里面,尽量去了解一下别的学科,这样对提高自己本身的研究也会有帮助。

向筱路： 最后我想请您谈一谈对北大中文系未来的发展有什么样的期待？

唐作藩： 当然是希望能越办越好了。除了留我们自己学校毕业的、外校如果有好的青年人才也可以交流，条件成熟的话把他们引进。因为要办好一个学校，办好一个系，主要还是教师吧，教师好，开的课才好，才能更好地培养学生，是不是？我们在中山大学的时候就是各个方面的教师都有，除了中大的，我记得还有从武汉大学、广西大学、厦门大学等学校调来的。当然，他们应该都是有专长的。

郭锡良

继承传统,博古通今

受访人:郭锡良
采访人:雷瑭洵
采访时间:2020 年 9 月 15 日

受访人介绍	郭锡良	1930年生,1958年北京大学中文系汉语史研究生毕业。现为北京大学王力语言学奖评奖委员会主任,中国训诂学会学术指导委员会主任,中国音韵学会顾问,《中国语言学》辑刊主编。先后参与或主持编写三部《古代汉语》教材,著有《汉字古音手册》《汉字古音表稿》《汉语史论集》《汉语研究存稿》等著作十多种,论文一百多篇。
采访人介绍	雷瑭洵	北京大学中文系博雅博士后,主要研究领域为汉语史。

雷瑭洵: 郭先生好!适逢先生九十寿辰,祝您福如东海,寿比南山。郭先生笔耕不辍,今年出版了《汉字古音表稿》单行本,重新修订了《汉字古音手册》,一直处在学科研究的最前沿。今年又逢中文系110周年系庆,我们想请您来谈一谈您的求学、治学经历,以及中文系语言学科发展和语言专业人才培养的一些情况。

郭锡良: 我的祖父名叫郭光璧,是清末的补廪秀才,辛亥革命之后又上了湖南第一师范,与中共一大代表何叔衡同在师范二班,毛泽东是预科六班。我从四岁多就跟祖父母一起生活,从那时起,祖父就教我念《三字经》,之后又教我念《五字鉴》,也是押韵的,不过那时候我年纪小,五个字一句的我都念不好,祖父就把《五字鉴》改成了"四字鉴"。之后又教我《左传》,还有《幼学琼林》。过去上私塾强调背"四书五经",我就跟着祖父背过一遍《左传》,因此我的古文功底较同龄人好些。

1939年祖父去世,1940年我上了高小,1942年上了中学。读过岳云中

2020年9月20日在北京湖北大厦举行的庆祝郭锡良先生九十华诞学术座谈会上［来源于"北京大学中文系"公众号］

学、赵氏三忠中学、南华中学等校。我的中小学教育都是在战乱中度过的，抗战期间要躲避日寇，学校都不得不停办，前后达三学期之多。在中学时，我的数学成绩比较突出，英语作文比赛还得过奖，后来就想报考理工科。1949年湖南和平解放前后，社会比较动荡，高中三年级的课程基本没有学。

1950年春我在老家衡山望峰桥，种了六亩多地，学会了犁、耙、耖、耩。7月我带了几件换洗衣服到长沙考大学。就住在岳麓山湖南大学的大教室里，把八个书桌拼起来当床，挺过炎热、多蚊的夏夜。先报考了华北十七所院校的联合招生，没有考取。接着又考了湖南大学和湖南农学院，当时因为高三缺课太多，担心理工考不上就没有退路了，所以报考了湖南大学中文系。后来两所学校都录取了我，我不想学农，就进入了湖南大学。第一年还在复习数理化，想在第二年继续考理工。后来在班主任的教育下，开始改变主意。到二年级听了系主任谭丕谟教授的中国文学史，反而对文学产生了兴趣。因此读了不少现代作家的作品，民间文学、外国文学还有文艺理论方面的书都看了不少。三年级时院系调整，湖南大学变成了理工科大学，中文系合并到武汉大学。1954年夏天从武大毕业，保送到北京大学当语言学研究生。

郭锡良（三排右一）在湖南大学

当时，为了创建一门新学科"汉语史"，同时加强北大语言学师资队伍的力量，中央决定把中山大学的语言学系调归北大。在北大设置了汉语专业、汉语教研室，王力先生担任汉语教研室主任。语言专业还开设了研究生班，一共招了十五个人，分成汉语史五个人，现代汉语五个人，语言理论五个人。我进了汉语史这个班，导师是王力先生。我本来是想搞文学的，不过当时要服从组织分配，只好学语言。汉语史的研究生，除了我之外还有向熹、祝敏彻、齐冲天、孙宝琳。三个来自北大，两个来自武大。

雷瑭洵：当时北大开设汉语专业，建设汉语史学科，是一个什么样的情形呢？

郭锡良：当年在北大开设汉语专业，建设汉语史学科，招收副博士研究生，跟当时的时代密切相关，应该说跟抗美援朝有关。1953年抗美援朝胜利，实际上是中苏合作把美军打回了"三八线"，中国军威大振；从而也掀起了向苏联学习的高潮。1953年10月，苏联派了文艺理论专家毕达可夫来到北大，开办四年制的文艺理论研究生班，学校匆匆地从中文系、东语系、西语系等几个系里抽了十五个四年级的学生，就对付过去了。1954年又要建立汉语史这个学科，要招汉语史的副博士研究生，由胡乔木代表中央，决定把王力先生从中山大学调到北京大学来。

中山大学办了中国第一个语言学系，1953年毕业了一个班，人数在十个人左右，因此就把中山大学的整个系都调到了北京大学。当时一起调过来的教师还有岑麒祥、周达甫、黄伯荣等五人。王力先生到北大后，中文系设立了汉语专业和汉语教研室，招收了语言学的研究生班。王力先生任汉语教研室主任，招收了五个汉语史研究生。

雷瑭洵：当时汉语史研究生的课程设置是怎样的呢？

郭锡良：王先生非常重视胡乔木交给他的任务，他为培养第一届汉语史研究生费尽了心思。1954年我们第一学期的课有高名凯先生的"语言学概论"，魏建功先生的"古代汉语"。王先生自己开"汉语史"，这是新开设的课程，受到广泛的重视，有很多人来听，有下一级的、外校的、进修教师，有一百多人。王先生讲课声调起伏不大，措辞精要，每一节课讲授的内容，记录下来就能变成一篇文章。

1955年上学期，除了延续1954年的三门课外，增加了周达甫先生的"汉语音韵学概要"。这一年还要求读段玉裁的《说文解字注》，写

访谈现场［徐梓岚 摄］

一个读书报告。

1955—1956年,有袁家骅先生的"汉语方言学概要",吕叔湘先生的"《马氏文通》导读",魏建功先生的"汉语文学语言史"。这个学年,还要求写一篇学年论文,我的题目是《韩愈在文学语言方面的理论和实践》,得到王先生的高度肯定,发表在《语言学论丛》第一辑。

1956—1957年,有岑麒祥先生的"普通语言学",陆志韦先生开"高本汉《中上古汉语音韵纲要》导读"(高作由周达甫先生翻译之后作为讲义印发),金鹏先生的"汉藏语概论"——朱德熙先生后来在马学良他们主编的《汉藏语概论》序言里面说,60年代袁家骅先生开过一次这个课,其实最早不是袁家骅先生,应该是金鹏先生。还有郑奠先生的"古汉语语法修辞学概论",后来他还正式出版了这方面的专集。

本来还安排了两个课,一个是周有光先生的"汉字改革概论",一个是李荣先生的"《广韵》研究",没来得及开出。等我毕业留在系里工作后才开出来,由我来担任助教。

这就是王力先生给第一届汉语史研究生排的重要的课程,也是王力

王力先生（左）与郭锡良

先生对培养汉语史研究生做的认真考虑。就我所知，这样的师资阵容和课程设置，既是空前，也是绝后的。

雷瑭洵： 王先生当时是怎么做指导的呢？

郭锡良： 王力先生博古通今，他是我们在法国最早的两个语言学博士（另一个是刘复），也是我们20世纪创立语言学的几个领头人之一，而由于各种各样的情况，赵元任、李方桂很早就出国了，罗常培先生又比较早地去世了，所以20世纪中国语言学的主要领头人就是王力先生。他不仅研究汉语史，对语言学的各个门类都有所涉及。关于汉语史的这一套，他的培养计划设计是很扎实的，重视博古通今，重视实际语言资料。

王先生各方面的教导都对我影响很大，这里想举一件事：他开设了一门课，叫作"我是怎样写汉语史讲义的"。这是王先生在第二次讲授汉语史这个课时，专门为汉语史的研究生开设的课程。这门课不仅讲知识，也讲自己怎么写讲稿、怎么备课、怎么查找、搜集和选择资料。这对我们研究生做学问是有很大帮助的。他还让我们提意见，我是好提意见的，有的时候经王先生一分析，我就豁然开朗，收获很大。我就觉得我做学问也应该这样做。我跟着王先生三十几年，这是很重要的一个指导。

还有就是1959年王先生讲"古代汉语"，我做助教，以及后来参加编写《古代汉语》教材。魏建功先生讲"古代汉语"，主要讲短篇散文，放得很开，常常拉得很远，讲得不是很成功。魏先生之后是杨伯峻讲，实际上是讲他的《文言语法》，带一点短的文章，讲几篇文章，这也不太成功，学生反映不佳。王先生是古汉语教研室的主任，他就只好自己来开古代汉语课。他一开课就建立了"文选""常用词""通论"三结合的体系。他这个课一开，就在第一教学楼一层最大的那个教室，不但是整个教室坐满，走道和门外都坐着人听课。王先生让我带着刚从武大、川大毕业的赵克勤和陈绍鹏三个人当助教，辅导课由我来讲。我还记得第一次到32楼去辅导，那时候是57级的四个班，晚上到二楼一间寝室坐下，队伍排得很长。同学们一个一个问题地问，我都一一答复。然后有个学生提出一个问题：《齐桓公伐楚》中的"寡人是问"怎么分析，我回答说："'寡人是问'就是'我问这个'，'是'是前置宾语。"他立即问："怎么杨伯峻不是这样解释的？"我说："哦，杨伯峻是杨树达的侄儿，他的语法体系受叔父的影响较多，我是按王力先生的体系分析。"几个学生同时惊奇地问道："你是哪里毕业的？"因为当年北大中文系本科由四年制改成了五年制，没有毕业生；他们知道从外校分了几个毕业生来，他们的提问是要为难辅导的。"我是北大的啊。""哎，怎么不认识你？你住哪里？""我住在19楼。""啊！研究生毕业！"楼道里的队伍也就散了。这说明王力先生的培养计划和指导帮助我顺利地过了一关。

雷瑭洵：您在60年代先参与了《古代汉语》的编写工作，后又主持编写了一套《古代汉语》，能不能跟我们讲述一下当时的经历呢？

郭锡良：王力先生从1961年开始编《古代汉语》，当时在"七千人大会"之前，极"左"路线已经有所调整，提出全国要编文科教材，中文系就要编"古代汉语""现代汉语""中国文学史""现代文学史"等七门课的教材。"古代汉语"还是重点课程，教学计划提出要开两年半，目的就是培养阅读古书的能力。周扬明确地点名叫王力先生主编《古代汉语》。

《古代汉语》教材编写组成员及审阅者的合影（第一排左起分别为：萧璋、叶圣陶、王力；第二排左起分别为：吉常宏、赵克勤、马汉麟、祝敏彻；第三排左起分别为：郭锡良、许嘉璐、刘益之）

当时成立了文科教材编辑室，由冯至先生当中文系教材编审委员会的主任，丁声树、季镇淮是副主任，王力先生、吕叔湘先生等十多人是委员，我是秘书。《古代汉语》教材的编写以王力先生在北大的"古代汉语讲义"作为基础，先由王力先生拟定出一个详细的提纲，编写组成员根据提纲分工编写。编写组采取老中青三结合的人员构成，两老（王力、萧璋）两中（刘益之、马汉麟）五青（吉常宏、祝敏彻、郭锡良、赵克勤、许嘉璐）一共九人。1961年8月报到，没有休假，加班加点地干。工作程序是先搜集材料，写出初稿，经全组传阅，把意见写成标签贴上。然后王力先生召开会议讨论，对这些分歧进行解释或者解答，最后由他下结论。这个过程对提高中青年教师的学术水平十分有益。王先生怎么样分析意见，怎么样下结论，这是我得益最深之处。每一篇文章，每一首诗，都要查阅很多资料，才能真正读懂，才能注释精当。每一节通论，都要反复推敲，才能站得住脚，写得精要。

在1987年全国第一次的高校教材评审上，王先生主编的《古代汉语》得了特等奖。中文系有两个特等奖，1988年1月在首届全国高等学

首届全国高等学校优秀教材特等奖颁奖合影（第二排右五为郭锡良，右四为费振刚）

校优秀教材授奖仪式上，费振刚代表《中国文学史》，我代表《古代汉语》去领的奖。

说到这里，我还想要说一件事情，当时冯至先生是文科教材中文组的编审组长，也担任游国恩先生主编的《中国文学史》的编审。他看过我写的《古代汉语》的稿子之后，让我帮他看一遍《中国文学史》的稿子。我这个人从来大概就是有一点不知高低的，所以我也不管编者是谁，就在上面提出意见。《中国文学史》出版以后，冯至先生就一定要把四百块钱的审稿费给我，我坚决不要。冯先生说，"我知道你们现在的工资只有七十几块钱，听说你母亲病了……"当时我的母亲住了两次院了，我欠了不少账。我真心非常感谢冯至先生，一辈子都感谢他。

在"文革"中，王先生被打成了反动学术权威，甚至要把他打成美国特务。"文革"后期，开始招收工农兵学员，系里让我负责古代汉语教学小组，当时王先生的《古代汉语》没办法用作教材，只得匆忙挑选了一些篇目凑成一本文选，教了一两届。1975年，我提出要为学员编写一本古代汉语教材，就招了一个古代汉语进修班，有刘宋川、许青松、吕坚等几个进修教师,还有一些刚留下来的老师,借"开门办学"的名义,拉到校外编了一年,搞出了一本《古代汉语》上册。后来"文革"结束,高校恢复招生,教材编写成了教研室的迫切任务。不过当时教研室很多成员的积极性还没调动起来,我借着这个机会,努力团结教研室,多写多做。实际上,上册主要是改编出来的稿子,中册唐作藩、何九盈、蒋绍愚、田瑞娟都参加了一些工作,蒋绍愚做得多一些,下册仍有三分之一是我写的。那时候我一心扑在教学和教材编写上。最终这本教材在1979年完成,1981年出版。这本书也获得了全国首届高等学校优秀教材一等奖。

雷瑭洵: 您在80、90年代长期担任古代汉语教研室的主任,现在古代汉语教研室开设的很多课程,比如本科生的"古代汉语""汉语史",研究生的"古音学""《说文解字》研读""《马氏文通》研读""古文字学"这样的课程,当时是出于一种什么样的考虑去设计的?

郭锡良: 我先讲一个故事,大概是在批了胡适、胡风,打了右派之后,还在批右倾时,极"左"路线把中西文化一股脑打入了封、资、修泥坑。当时中文系的系主任是杨晦先生,我留系工作之后当中文系分管研究生的秘书。批的时候,文史楼的大门口贴一张大字报,一边是文学的书籍,一边是语言学的书籍,一只大公鸡两只脚分别踩在语言学和文学的书籍上面,名为"有鸡联系"。因为杨晦先生提出语言跟文学是有机联系,有一些学文学的学生不想学语言学,去反对他,就贴了大字报。我有一次跟杨晦先生汇报研究生的情况,汇报完以后就笑了。我说:"杨先生,文史楼的前面贴了一张大字报你看到没有?"他说:"是什么?"我就把这张大字报一讲,他就对我说:"不是有机联系是什么?还好笑呢。"我说:"不是好笑,是那张画画得好笑。"杨晦先生说:"有什么好笑的,学语言的不要学文学吗?学文学的不要学语言吗?"我其实不是同意大字报上的意见。这个故事可以说明,杨晦先生坚持一个重要认识:搞文学不懂语言学,也就是不懂古代小学(文字、音韵、训诂),就落实不了字词句,变成不是我注六经,而是"六经注我"。正如我在《再谈〈鸟鸣涧〉的释读问题——答蔡义江〈新解难自圆其说〉》一文中所指出

郭锡良在课堂上

的，短短的一首二十字的绝句，蔡某却犯下许多低级错误。

2000年我从中文系退休，现在的一些情况已经不太清楚了。从人才培养上，我能感觉到王先生的一些想法：中文系的学生，特别是研究生，必须是古今中外都通的，不但是文学语言相通，文史哲都要相通。王先生的这条道路就是要博古通今。作为大学的教师，连四书五经都读不懂，甚至连看都不看，这样行吗？咱们中文系的很多研究生都要去做大学老师，因此需要给他们讲这方面的知识，培养这方面的能力。无论是汉语史还是现代汉语的研究生，如果读不懂《说文》段注，读不懂《马氏文通》，缺乏阅读古书的能力，要搞哪一行都是有困难的。即使是搞文学，也应该懂文字音韵训诂，也需要能够落实字词句，不然就很难说真正搞懂了《诗经》《楚辞》。现在我们的语言学专业的本科生大多数都要读硕士、博士，在培养本科生时，尤其是我们北大中文系语言专业的本科生，这一些课也都应该上。

我管教研室的时候，在本科生教学上，除了继续开设"古代汉语""音韵学""训诂学""汉语史"这一类基础课之外，还提出要开设一批原典精读课。

雷瑭洵： 您桃李遍天下，在培养研究生时都有哪些理念呢？

郭锡良： 培养研究生呢，我一般要求比较严。1979年我跟王力先生

郭锡良夫妇与学生们的合影（第一排左起：刘子瑜、徐寒玉、郭锡良、易福成；第二排左起：金树祥、孙玉文、邵永海、杨逢彬、卢烈红、张猛）

招了五个汉语史的硕士生，也就是宋绍年他们那一班。我要求研究生必须听哪些课，要求必须通读《说文解字注》，还有《马氏文通》，这些都是经典。要多读书，现在有的人，也不爱读书，就好找一点西方的什么理论，然后自己提一点新的所谓看法，这种缺乏根基的创新实在是不值得鼓励的。

我自己带的硕士生和博士生，整个不超过二十个人，这其中也包括外国留学生。其中也有个别的后来不搞汉语史了。当时我给硕士生就定了四门课：古音学、《说文解字》《马氏文通》、古文字学。要博古通今，同时要求文学也要通，文史哲都要通。要落实字词句，就得知人知世。只有博古通今，在方法论上面才能够走王力先生的道路，这样的研究就可以上道了。我觉得现在的很多搞文学的先生，对这个方面重视不够。

雷瑭洵：您对汉语史这个学科的发展有什么期许或者是展望？

郭锡良：我觉得前面那些年，一直受到"文革"的影响。最近这些年，我看到了我们中文系现在有《论语》导读、《孟子》导读，即先秦的这些书籍的导读课，这是向好的方面转。

现在中文系确实有一种"厚今薄古"的势头，对于古典文学、古代汉语和古典文献都考虑得比较少。我们古代汉语教研室，在我做教研室主任时就提出要十五个编制，最多时到了十三个，可现在只有八个教员了。古代汉语包括的学术范围很广，文字、音韵、词汇训诂、语法修辞，还有文学语言史。我很担忧，要是这样下去，不少学校都可能超过我们。中文系古典这一块，都处在危急的关头，这不是危言耸听，希望能够秉持博古通今的理念，用周扬的话来说，"今"不到一百年，"古"则有几千年，不要拿一百年不到的"今"去压过几千年的"古"。

如果大家要搞汉语史的学问，力气就一定要放到古代文史哲的典籍，包括小学上。从《尔雅》起，历代小学名著，清代的从顾炎武起的七家，包括后来的章炳麟、黄侃、钱玄同的一些著作都要读，这需要花很大的功夫。现在连一个《新华字典》都收了一万两千字以上，《现代汉语词典》更有一万三千多字，如果做汉语史研究生，要能看得出来他们存在的问题，所以我就说必须是博古通今，要博学多识，要继承国学传统，要吸收西方影响。

雷瑭洵： 您在中文系学习工作已经六十多年了，您觉得中文系有没有什么一以贯之的精神？如果用一两个词来说中文系的精神，您大概会选什么样的词？

郭锡良： 中文系的精神，就是前面我讲的意思。中文系大多数教师还是博学多识的，兼通古今中外。博古通今，这大概就是我们的优点。

雷瑭洵： 好的，今天的访谈就到这里。谢谢郭先生。

乐黛云

我仍然相信跨文化对话

受访人：乐黛云
采访人：张菁洲
与谈人：张辉、张沛
采访时间：2020 年 9 月 17 日

受访人介绍	乐黛云	1931年生，1948年考入北京大学中文系。1985年创建北京大学比较文学研究所。先后建立中国大陆第一个比较文学方向的硕士点、博士点。曾任中国比较文学学会会长，著有《比较文学原理》《比较文学与中国现代文学》等，主编有集刊《跨文化对话》。
采访人介绍	张菁洲	北京大学中文系比较文学与世界文学专业在读博士生。
与谈人介绍	张 辉	1997年始任教于北京大学中文系。中文系教授、博士生导师，现任副系主任、北京大学比较文学与比较文化研究所所长。主要研究领域为中德文学与美学关系、文学解释学、文学与思想史等。
	张 沛	2003年始任教于北京大学中文系。中文系教授、博士生导师。主要研究领域为莎士比亚研究及英国早期现代人文思想。

"旧北大的最后一站"

张菁洲： 乐老师您好！我们今天非常荣幸能邀请到您接受我们的采访。作为青年学生，能够首先向您提问，我更是倍感荣幸。您童年和青年时期的文学启蒙是什么？是哪些契机让您决心走上文学道路的？

乐黛云： 我想我决定走上文学之路还是比较早的，大约在初中三年级。那时候我在贵阳，那边很流行的就是俄国小说——像《钢铁是怎样炼成的》那样的苏联小说那时还很少。那时候流行的俄国小说，要么是托尔斯泰，要么是屠格涅夫。我那时很喜欢屠格涅夫，反而不太喜欢托尔斯泰，他的有些思想我不太认同，而且他的小说太长了，我也不是很喜欢（笑）。那时出了一套屠格涅夫丛书，一共六本。我喜欢他的《父与子》和《前夜》，这些小说都完全是讲革命的，像《前夜》就是讲俄国19世纪革命的，女主人公和她的父亲曾被流放到西伯利亚。我觉得我

1951年，大学三年级时的乐黛云

受革命的影响大概就是从屠格涅夫开始的。当时他的六本书，我就一本接一本看完了。那时候我来到北大，想要革命，但也不太知道革命是什么，当时我认为革命意味着一定不要过那种平凡的、特别家庭主妇的生活，我最不喜欢那样。所以我当时想一定要过一种特殊的、与别的女人不同的生活，而不是那种结婚、生孩子、做饭的生活。那时候我的标本就是屠格涅夫，是他《前夜》中写的女主人公。所以，从那时开始，我就很受俄国文学的影响。

张菁洲：在您来到北大之后，您接受的也是非常特别的教育，您在随笔中写道，您入学时"赶上了旧北大的最后一站"，听到了停课和院系调整前北大中文系的课程。您当时最喜爱的课程有哪些？有哪些老师让您印象深刻？

乐黛云：那时候我最喜欢的就是废名的课。废名讲的是"现代文学作品选"。而且他选的都是别人不选的那些短篇作品，有时候就是他自己的作品。他讲课的时候是非常入神的，他自己忘乎所以了，我们听着也忘乎所以了（笑），所以我很喜欢他的课。另外沈从文的课我也非常喜欢，沈从文讲课很慢。"国文与写作"课原本叫"大一国文""大二国文"，后来改了，特别加重了写作的部分。第一年是记叙文写作，第二年是文艺文写作,第三年是议论文写作,所以我们那时的写作功底还是很不错的。因为一连三年都要练习写作,且每三个礼拜都要交一篇习作,可以短一些,但都要亲自写过,自己立意、自己提炼、自己行文,这种锻炼我觉得现在太少了。

治学之"变"与寄寓之"常"

张菁洲: 您毕业后选择现代文学作为自己的研究方向,而中国现代文学作家之中,您最喜爱鲁迅。在 20 世纪五六十年代,您在极为艰苦的环境下也始终在阅读鲁迅,并且特别关注鲁迅早期的思想和作品。为何在此阶段,鲁迅的早期思想对您而言格外重要?

乐黛云: 鲁迅本人和鲁迅研究中的形象是完全不同的。鲁迅想要讲的和别人想要强加给他的那些"民主""自由"等观念都不一样。他所讲的都是他自己想要讲的,特别是"尊个性"的主张,人要发扬自己的个性,有的时候要随心所欲,按照你自己心中的想法去做,而不是按照别人的说法去做。这一点对我影响最深。

张菁洲: 我们接下来聊一聊您之后从现代文学到比较文学的这一段治学经历。您在随笔中写道,您曾在 70 年代为留学生教授"中国现代文学史"。以现在的眼光去回溯,这本身就是一种自然的比较文学实践——尽管那时作为一个学科的比较文学还不为国内大多数人所知。为留学生讲授中国文学的这段时间内,您是如何准备课程的?您的学生都来自哪里?在授课过程中有哪些经历令您印象深刻呢?

乐黛云: 我那时教过三年留学生,头两年主要是朝鲜留学生,那时候我教他们和教中国同学差不多,只是比中国同学的教学内容要浅一点,他们大概能听得懂。最后一年,我教得比较得意的是一个欧美班,班上的同学们来自十二个国家,像比利时、丹麦等中欧、北欧国家,也有英美等国的学生,挺齐全的。那十二个国家好像将欧美都囊括进去了,所以他们的学风也比较自由。有时候也辩论,我说一个想法后他们就提出

1979 年，乐黛云（左三）和欧美留学生〔来源于北京大学档案馆〕

不同意见来。那时候和他们在一起，他们讲英文我也基本上能听懂，也很锻炼我的英语口语，那一年还是比较有长进的。现在又不行了，又都忘了（笑）。那时为他们讲中国现代文学，因为他们是国外背景，为了让他们理解，需要讲一些英国的或者北欧的文学（那时候我也对北欧的文学文化很感兴趣），去接触一些他们所在地域的文学。当时就是这样自然而然地将两处地域、两种文化搭在一起了。

张菁洲：之后您又有了一段相反相成的经历。您曾在北大和中国文化书院向学院内外的求知者授课，介绍中外文化概要和比较文学知识，这或许又是另一种意义上的跨文化对话的体验。您当时的授课体验又是怎样的？

乐黛云：在文化书院的时候，来听课的人一般年龄都比较大，三四十岁的人居多。因为没有接受很好的学校教育，所以他们对各种课都非常重视，很愿意听，不过也很挑剔，如果你讲的有什么地方不太对劲，他们都会提出来的。所以对我也是一种锻炼。不过我现在记不起来他们对我提的具体都是什么问题了，反正也没有把我问倒（笑）。

张　沛：您在书中回忆道，您曾在朱熹讲学过的岳麓书院讲弗洛伊德。这也是一种文化冲击。

乐黛云：是的，在心理上有一种有趣的感觉。那时我在岳麓书院讲弗洛伊德看上去也有些讽刺，因为朱熹大约是最讨厌"性"这一类东西的（笑），但我自己却大讲特讲。（张辉：这天然地变成了一个比较文学和比较文化的话题。）是的，天然地就对立起来了。我当时也没有怎么想要刻意去讲"中西""中西对话"的题目，这个话题自然而然地就出现了。

张菁洲：那么您大约是什么时候开始有进行比较文学研究或比较文学学科建设的自觉意识的呢？

乐黛云：自觉意识……恐怕一直都没有（笑）。我想的是就那样讲就好了，而且只有那样讲，才能讲好。我没有很刻意地要去做比较文学，那是很后来、很后来的事情了。

张　沛：根据我的理解，乐老师并不是完全在学院内部、为了发展学科而发展学科的，而是要根据本民族和我们的时代面临的具体问题，方才走上发展学科的道路。

乐黛云：是的，我那时没有想过学科要怎么发展。我一直没有刻意地想过要成立一个比较文学学科，要教哪几门课、我要招什么样的学生——我没有这个意识，我就是按照自己觉得应该讲的方式去讲，在讲课之后，慢慢地就形成了一个视角。这是一个很自然的过程。我觉得我做人也好、做事也好，很重要的一条线索就是听其自然。这一点可能是受庄子、受道家的影响比较深吧。听其自然，这也是我为人的一个主心骨。很多事情不要太强求。你如果愿意来，就来，我也很乐于接受；如果你不愿意来的话，我也不勉强。"听其自然"是我的格言。

张　辉：难怪您刚才在给中文系同学们的寄语中写"此中有真意"。

乐黛云："此中有真意"——这也是随手写来的，也没有怎么想。

张菁洲：所以，虽然从一个很外部的视角来看，您的治学路数和治学方法似乎是在不断变化的，但从您的内在而言，您的想法是一以贯之的。

乐黛云：对，那就是听其自然。

张　沛：乐老师的宽容，确实令人感佩。不但是对待学生、对待同

乐黛云题词［蔡子琪 摄］

事，包括后来八九十年代重估"学衡"、重新估量"五四"和我们的现代文化，也是从多元主义、多元对话的角度来切入。您最喜欢谈的一个思想，就是"和实生物，同则不继"。

乐黛云：对。我写了一本书探讨这个问题。我觉得还是写出了一些思想来，因为那时还没有人谈论"同"和"和"的问题。什么是"同"？什么是"和"？为什么"和"能生物，而"同"则不继？实际上就是要提倡一种多样性、一种差异性，不能一切都一样。我觉得我们比较失败的地方就是总是要"统一"，我记得那时在鲤鱼洲，我们天天都要背"五个统一"，你们知道什么是"五个统一"吗？统一思想、统一意志、统一爱好……还有什么我也不记得了，总之"五个统一"，人人都要做到，没有任何差别！那时我也在教工农兵学生，也许找他们问，他们也还能记得一点。大家都统一了，也就根本不能发展了。

张　辉：按照弗洛伊德的观点，您是有意遗忘。

《跨文化对话》集刊书影

张　沛："白头宫女哈哈笑，眉样如今又入时"，我们希望这种情况不会再出现了。老师从年近古稀开始，近二十多年来一直主办的刊物《跨文化对话》，就是想打破这种统一，打破一元独白。

乐黛云：必须要有跨文化的观点。需要看到，不同的文化都是有益的、有其好处的，需要看到它们的特点，并且理解它们都是人类的创造，不应当觉得哪一种文化特别不好，特别应当抛弃，而应当看到它的好处，并将它的好处发扬出来。这样我们的世界才能成为有差别性的整体，各种各样的文化才能和睦共存。我一直主张进行跨文化对话，宗旨也正是如此。尽管也有人质疑，但我仍然相信跨文化对话。你必须懂得另外一种文化，需要尝试去了解它、认识它，真正去估量它，需要发现它们的优长，并要能互相理解。

张　沛：这也是您先前经常援引的费孝通先生生前的话，"各美其美，美人之美，美美与共，天下大同"。所以乐老师是一位多么无可救

1985年欢迎两位日本学者时摄于北京大学未名湖畔（自右至左分别为：孙玉石、山田敬三、王瑶、伊藤虎丸、乐黛云、严家炎、温儒敏）

药的乌托邦主义者！可是我们的时代多么需要这样一种乌托邦啊。

乐黛云： 所以我也常常失望，有时候路走不通了也很丧气（笑）。但这对鼓舞学生和大家来说很不好。

张　辉： 如同您所说，有些事要"做了再说"，"先做起来"！这一点也对我们的人生多有启发。

乐黛云： 对，"先做起来"也是我人生的一个观点。如果你要等到一切都齐全了，一定要去考虑比较文学学科要有哪些课、有多少人、是什么规格，什么都想好了再来做这个学科，那是肯定做不起来的。

从"乌托邦"到"花园"

张菁洲： 那么我们接下来也就从"乌托邦"来到您所耕耘的"花

园"，聊一聊您、比较所和您所带的学生们。我也想请与谈老师们回忆一下，和乐老师相处、求学、晤谈，都有哪些令人印象深刻的片段？

张　辉： 有很多很多这样的事。平时我来拜访乐老师，很少提前约。

乐黛云： 对，门都不用敲（笑）。

张　辉： 我也很荣幸在乐老师中关园的家中住过一段时间。那时我在写博士论文，需要看很多书，不少书北大图书馆也没有，有很多材料其实都是在乐老师家里看到的。一个人享受您的整个图书馆，您的藏书又是那么丰富……我现在都还抄在笔记里，我的某本书、某一段是在您那里看到的。这段回忆，不论是对我们师生而言，还是对我个人的学术成长而言，都是非常珍贵的。

张菁洲： 乐老师，您于1985年在北大创立北京大学比较文学研究所，您可以回忆一下建所的经历吗？

乐黛云： 我在20世纪五六十年代基本没有过建所的打算。我在那时被划为右派，在农村接受改造，根本无法参与到中文系总体结构的建设中来。比较文学当时在系里也没有任何地位，当时的生活也是很艰辛的。我正好那时坐月子，整个那一年我没有参加系里的任何工作。所以不是你们想象中那样，我有建所、设计课程和人员的想法，那是后来慢慢成形的事了。我当时并没有一个设计。

张　沛： 但我想您是有一个大意图的。据我和您平时的交流，您多次说过曾经想比照法兰克福社会研究所来打造我们的比较所，研究一些大的话题，比如中、西、马这三种文化力量如何能够和谐地融合在一起，包括深刻地影响了我们的毛泽东思想在中国又是怎样经历了变形和解读的。

乐黛云： 是的，我有这个想法。可惜我没有做成。后来既没有时间，也没有条件了。

所以在我们的国家，你们这一代是很幸福的，没有怎么耽误。那时我在农村劳改或下乡劳动，可能耽误了十多年。大好的学习时光没能用在学习上。当然我也有别的收获，例如我也了解了农民，懂得了种地。现在让我一个人从头开始种，我还能种下来。你们大概都不太行，不知道怎么种吧（笑）。

张　沛： 我想人文学术，不完全是从书本到书本。人文学者是需要

《中西比较文学教程》书影

有血肉经验、有主体性、有历史记忆的。

乐黛云： 需要有基础。可能你们不会有我这样的机会，但这并不是很好的机会，浪费了大量的时间。我想如果这些时间用来做学问的话，我的学问会比现在好很多。我现在的确是学问不怎么样（笑）。年轻一代人一定要努力、要用功。我听说中文系的学生不太用功，读书的时间太少，读古书的时间更少，看小说之类的时间还挺多。我那时看当代小说、西方小说的时间很多，真正扎扎实实念古书的时间还是少了，我希望你们能多用一些时间在看古书上。有时间看一看古代作品很好，对一个人的性情的陶冶是很有好处的，也可以看到过去的人是如何活过来的，他们有什么想法。

张菁洲： 在采访的最后，我们还有一个问题想问您。在很多人生节点上，您一次次遭遇艰险，又一次次选择回到北大，每一次选择都处在不同的历史关隘，承担不同的代价，但您仍旧坚持您的选择。在您人生的不同阶段，北大对您而言意味着什么？

乐黛云： 北大还有这些年轻教师，这对我来说就是最值得高兴的。在北大有我的亲人，有我爱的校园，大家看看我们的校园多美啊。前两天这里荷花满塘的时候，就更美了。明年荷花开的时候，欢迎大家再来，我们可以搬上小凳子一起出来坐。所以，我觉得北大和我是血脉相连的，不论是其精神命脉，还是过去的那些老师们，比如沈从文、废名等，可惜院系调整后他们都被赶出北大了，这些最好的老师没能在院系调整中留下来。不过我还是觉得这是一块宝地，将来总会越办越好。这一点信念我是有的。而且北大的精神是"创造"，它总是像鲁迅所说的那样，是"常为新"的，是要创新、要走新路的，这也与我自己的精神是一致的：总是要创新，不能老是说人家说过的话，做人家做过的事，那又有什么意思？你们比我做得好。

张辉、张沛： 惭愧！我们沿着您的足迹继续努力。

谢 冕

做一个可爱的人

受访人：谢　冕
采访人：邵燕君
采访时间：2020 年 9 月 10 日

受访人介绍	谢　冕	1932年生。1955年考入北京大学中文系,毕业后留校任教。北京大学中文系当代文学博士点首任博士生导师。长期从事中国新诗批评和研究工作。1980年筹办并主持了全国唯一的诗歌理论刊物《诗探索》。现任北京大学中国诗歌研究院名誉院长,著有《中国新诗史略》等,主编有丛书《中国新诗总系》《中国新诗总论》。
采访人介绍	邵燕君	1986年进入北京大学中文系,北京大学中文系教授,现任当代文学教研室主任。主要从事网络文学研究和文学生产机制研究。

邵燕君：谢老师，今年是110周年系庆。我们想采访一些老师，尤其是像您这样泰斗级的老先生，希望您谈一谈个人的成长和治学经历，对我们系、我们当代文学教研室建设，以及对中文系教育的思考。

谢　冕：我看你的案头工作做了很多，提了四个大问题，各部分有十几个小问题，你是学生来考老师啊。

邵燕君：对，我们这个是为您量身定做的，特别有烟火气的问题。先从您的求学经历说起。我看您小时候在家乡上的这个三一中学，好像是教会学校。

谢　冕：对。

邵燕君：而有趣的是，后来也成为当代文学研究著名学者的张炯先生，跟您是同学。

谢　冕：对，大学同学。

邵燕君：我挺好奇，那是一所什么学校呢，为什么和文学，甚至说

谢冕与夫人陈素琰（同为中文系 55 级学生）合影 [吕宸 摄]

和咱们当代文学这么有缘呢？

谢　冕：这倒不一定跟学校有多大关系，是跟时代有关系。这个教会学校，我整个初中都在那儿，张炯先生呢是高中才来。这个时候是 1948 年，是国内非常困难的时候。我们这一批青年人，十六七岁，感受到这个时代非常的艰难。我们，我和我的同学，应该是相当一部分同学都爱好文学，都读"五四"以来的文学作品。我们中的一些后来考进北大、在北大做老师，都和文学的影响有关。青少年时代喜欢文学。就我个人来说，巴金教我反抗，冰心教我爱，我有了反抗，有了爱，我自己的底气就很足了。那是向往一种理想的生活、理想的世界，也就是理想主义吧。带着这些东西，我和张炯都经历了很困难的辗转，最终我们都选择了文学。不仅我和张炯，还有些参军的朋友，不少都是同班同学，大家彼此都受新文学的影响，都爱好文学，于是都有理想主义。

所以其实不是教会学校教我们爱好文学，而是那个时代逼迫着我们爱好文学。爱好文学，我们就有理想。

邵燕君：这也是让我很惊奇的。您高中没毕业就参军了，六年之后复员又重新考北大,到了中文系。您能讲讲当时的情景吗?

谢　冕:是这样的,我的人生当中有几个重大的选择。一个选择就是到军队去。我小时候看到社会的不公,生活很艰难,比如北方的"路倒",饿得不行的人倒在路上,连个尸首都没人收拾。一方面是灯红酒绿,一方面是这样的不公,加上自己的切身体会,因为我家庭很贫寒,于是对底层老百姓的生活就有天然的一种亲切感。那个时候是 1949 年,4 月解放军渡江,5 月上海解放。我们家乡福州靠着上海很近,感受到新的时代要到来了。这时候我自己生活也很困难,我每年上学都要老师批条子减学费,剩下的这些我还交不了,我都要家属,比如我的姐姐,还有家里头亲戚朋友帮助那部分没有被免的学费。求学是太难了,我要找一个出路。

这时候家乡解放了,就看到人民解放军的战士们,在八千里行军之后,都顶着大太阳睡在街上。我说哪有这样的军队,这个军队是义师,我要参加这个军队,我要跟着这个军队解放全中国。

这就是我的一个最早的选择。我一方面对旧社会有这种感受,腐败、黑暗;一方面又好像有新的理想、新的火光在前面。至于说前面是什么,也知道,有风险,因为香港还没解放,整个闽南都没解放,我跟随着部队走的时候,当然有整个生死的考验,但那就不在考虑之内了。就是往前走,就是这样一种选择,我投身军旅,当了六年的兵。

邵燕君:那这六年的军旅生活在您一生之中有什么影响?

谢　冕:军旅生活。我不美化我自己,我是一个小知识分子,学问不大,大小是个高中生,对不对?有一点文化。知识分子渴望自由的生活、自由的思想,军队的纪律,限制得很严。但这是我自己选择的道路啊,我自己选择要走出家庭,我要解放全中国啊,我没有回头路。不仅我自己,我还动员了很多爱好文学的同学一起参军,有十几个人,没有回头路。不管前面怎么样,我自己选择的路我要走到底。军旅生活有个好处,使我变得很坚强。我什么都不顾、什么都不怕,我既然选择了,就一定要勇敢地往前走。另外一个是守纪律,你答应的事一定要做到。我有一种坚持,不畏艰险,而且守纪律、守时间,这就是军队给我的。所以看起来我像个诗人,但我还有战士、军人身份给我的锻炼。在年轻的时候受一些锻炼是很好的,对自己的一生有很多好处。

邵燕君: 后来您又报考了北大中文系。您说复员以后好像又感受到了一种圣地的召唤,这个圣地就是北大中文系吗?怎么召唤的呢?您也是著名的55级学生,这个年级集体编写了《中国文学史》,还是人民文学出版社出版的。之后又跟五位同学,包括洪子诚老师、孙玉石老师,编写了《新诗发展概况》。这都是大会战式的集体写作,当时是以青年革命的姿态反权威,才能够让学生编教材。这个经历太罕见了,应该说只能发生在那个特殊的年代,我们不可能复制。如果单从学术训练、学术经历层面谈,您觉得它给了您什么呢?从学术的角度来讲,又有什么经验可以对今天的学生们说?

谢冕: 这个时代是不可复制的,我也不希望它复制,不希望它重新出现。告别就是告别,永远不再重复。这个时代距离现在大概有六七十年了。

为什么有一个圣地召唤的问题呢?因为我"被复员"了。复员不是转业,不是说你带着军队职务到地方去。我"被复员",就要回来重新找工作。大家知道,我初中念完、高中念了一年,中学一共才念了四年,我的学历很低,什么都做不了,所以还是自己找出路吧。这就找到了,我要上大学,我要参加高考。这时候我下决心,自学我朋友借来的整个中学的课本。现在说到张炯,张炯老师是我同班同学,他听说我要准备高考,他也想,于是我们两个就在一起学习功课。1955 年 4 月回来,七八月就要参加高考,三个月的时间,我准备好了。填志愿的时候可以填三个,我跟张炯老师说非北大不行,三个志愿,北大、北大、北大,北大中文系、北大历史系、北大图书馆系,别的学校我不去。张炯老师有些犹豫,这样填行吗,考不上就完了,三个都完了。我说就填。

为什么我对北大有这样深的感情呢,因为我知道北大是五四运动的发源地,北大有很多著名的学者,有很多东西让我感觉这个学校太了不起了。那个时候我对北大理解不深,但我觉得这个学校就是我要去的地方。所以我说一生,我有两个选择,一个是选择部队,我不回头,后来复员就没办法了;现在的第二个选择就是选择圣地,来到北大。

入学北大时的谢冕

到了以后,很好,百花齐放,百家争鸣,学术的春天来啦,但是后来这个春天夭折了,开始大批判。学术批判,批判谁呢,就是批判权威。权威是谁呢,就是我们的老师,叫我们学生去批判他。你说那时候的我们幼稚也好,没有经验也好,我们只能跟着去批判。当时全中国都在"大跃进",北大也是,学术上面也要。于是,我们就在"大跃进"的旗帜下面搞学术"大跃进"。中文系编文学史,权威们编的不算,我们来编。

那时候说,没知识的人就是最有知识的,没文化的人就是最有文化的,敢想敢干。我们就在非常短的时间里头,把所有的文学史的著作都拿来读,全年级的同学,文学三个班一共将近六七十个人,统一指挥,成立编委会,从阅读入手。我们倒不是空对空,但是思想局限很多,有几个框框,什么人民为主、现实主义为主、民间文学为主,等等。就按照框框,我们把文学史编出来了,这就是后来叫的"红皮文学史",上下两卷,倒都是我们自己写的,但是内容和观点当然不行啦。到了建国十周年,那时候情况有一些变化,老师们参加进来了,游国恩先生、林庚先生、吴组缃先生都参加进来了,师生合作,后来变成了三卷本的"黄皮文学史"。

中文系 1955 级学生编《中国文学史》[来源于北京大学档案馆]

邵燕君：我 1986 年入学还是用那个教材。

谢　冕：那个教材是在"红皮文学史"的基础上把有问题的去掉，淡化一些东西。这就是我说的不可复制、我也不希望它重复的时代。但我们从中受到很多的锻炼。这个锻炼就是你刚问的，你们究竟得到什么经验？那就是，做学问要有一个精神，要敢于担当、敢于做，尽管自己学问很低，但是要通过学习敢于承担。

另一个就是必须读书，没有读那些我们批判过的老师的书，我们也写不出来。所谓 55 级了不起，就是 55 级这样锻炼了自己，不是空谈。所以现在 55 级同学在各个方面都很好，做什么都是权威，现在健在的、已经

《红楼》杂志同人在颐和园排云殿前合影（怀抱吉他的青年为谢冕）

去世的都做了很多事情。这就是我的经验，要读书，敢于读，敢于做。

邵燕君：我感觉您从进北大就一直是风云人物，您那时候还担任过校内刊物《红楼》的诗歌组组长。我看过你们的一张照片，在颐和园，您抱着一个吉他，在那个照片的正中间，给我的感觉就是一群英姿勃发的青年，其中您最英姿勃发。您笑得特别灿烂，我记得好像当天拍的另外一张照片还有林昭。

谢　冕：这都是青年时代的同学、好朋友。我倒算不上风云人物，但我写过一些短短的诗，被人家知道了，我自己也很得意。到北大后马上《北大诗刊》就吸收我作为成员，我自己也写、也读，我当着当着就说我们再办一个刊物吧,就办了正式的铅印刊物《红楼》,它是我参加创办的。当然我后来也担任了一些工作,诗歌组组长就是在这个时候。通过《红楼》诗歌组,北大的诗人们都团结在一起了,林昭、张元勋、沈泽宜这些都是诗歌组的成员,都是作者,有的也是编辑。张元勋和沈泽宜写的很著名的诗《是时候了》:"是时候了/年轻人/放开嗓子歌唱……因为,它的火种/来自——'五四'!!……快将火炬举起/火葬阳光下的一切黑暗!!!"大概是这个意思,因此他们两位就因诗获罪,都划到"极右分子"、坎坷一生。林昭那时候还好,但后来也是,她有一种很自由的独立思想,她开始也批判张元勋,后来觉得要出来发言,出来发言后也成了右派。她的经历,悲剧的一生大家都知道,我就不再说了。这都是很好的朋友,都是北大诗歌圈的诗人。我们的青春就是这样。在这个很动荡、很严酷的时代当中,我一一地告别了这些同学。当然我在北大能够到今天,内心也是非常复杂的。我知道,我跟他们不一样,我有经验,知道该说什么不该说什么,他们不知道。他们年轻,少不更事,他们一概地往前走,一概地说,于是他们就有种不好的结果,我呢是幸存者。

邵燕君: 我觉得您的生命状态就是诗的状态。从刚才您讲的来看,我觉得您对北大好像有一种宿命式的追求,好像天然您就是北大的人。您凭着这种强大的直觉来到这里,同时发现,哦,来对了地方。我挺想问问您,您觉得您跟北大的精神文化气质里最契合的是什么,您最爱的是北大的什么精神?

谢　冕: 学校现在有很多问题,有人批评,我也赞成有些批评。北大不是一切都好,但是这个北大,非常的可爱,非常的可敬。我选择部队,因为我向往光明,我为了中国的解放,要到前线去,这是我的选择,不后悔的。另外,我选择北大,我就追求北大精神。我最近给周先慎老师的文集写了篇短短的序言,概括了他的几个阶段:邂逅北大、融入北大、成为北大。

我也是这样,"遇到北大",我自己选择的,不离开了。北大的缺点就是来了以后不想离开,我想你我都是这样,尽管我们到外地去,但心还是在这。"融入北大"也不容易,"成为北大"最难。我是北大人,我身上有北大精神。许多北大的老师,他到了这个地方就是"成为北大"。北大精神通过你的学术、你的行动、你的言论、你的教学、你的写作体现出来。北大的魅力在哪里?就是独立的学术、自由的思想,就是兼容并包,是蔡元培先生定的一直延续到今天的立校宗旨。我们有很多困难,但学术的独立、自由的思想是不可放弃的。我们可以委屈,但这个精神始终在我们身上,这就是北大的魅力。它可敬可亲可爱,这个地方,不可替代。中国有很多好的学校,但北大就是北大。它的创新精神,它的敢为天下先,它的独立精神、自由精神,那是不可替代的。

邵燕君: 我想很多当年的北大人都有这样的感受,它不是最好的大学,而是唯一的那所大学,只能来这里。

谢　冕: 我们看到北大的问题也感到很痛心,感到心里隐痛,希望它没有这些问题,但是这些问题还存在。人无完人,学校也不是完美的,我们看到的是它好的地方、基本的地方,这个几十年、一百多年都不变。

邵燕君: 谈完北大我们谈谈诗歌。您是公认的诗歌界泰斗。提起谢冕,人们首先想到的就是朦胧诗、"三个崛起",这些都写进了教科书。这发生在 20 世纪 80 年代,那时候其实真的一切都在朦胧中,所有的人都经历了反反复复、风风雨雨的政治运动,所有人都朦胧而忐忑,朦胧诗也是刚刚浮出历史地表,被很多人,尤其主流诗歌界误解、责难,说看不懂、很怪异。我非常好奇,为什么您能最早发出支持崛起的声音?您做出这个判断的敏感是从哪里来的?

谢　冕: 你这个问题问得很好。当我们六个同学在北大编《中国新诗概况》的时候,我们已经通过大批判、科学进军,把整个诗歌史都读过了。我记得我们是受《诗刊》的委托。当时洪子诚老师是二年级,我三年级,都还是在校的学生。臧克家先生认为应该由年轻人来编一本学科史,过去的诗歌史不行。那时候就是这样,老一辈这么想,臧克家也这么想。我敢在当代诗歌界说一些话,我敢说,因为我读过。当学者、当教授、当老师，没有读过就满口空言，那是不对的、不行的。所以那时候我已经读过了，孙绍振、洪子诚、孙玉石都读了，我们一起读的。尽管我们做的工作有缺陷，那是时代的产物，但是我们真的读了，我们就敢对当前的问题发表意见。有人说怎么你胆子那么大，很多真正的诗歌界泰斗，艾青、田间、臧克家都在那边，他们都不同意，我怎么敢说呀。我敢说就是我有底气，因为我了解中国诗歌怎么走过来的，了解当时的诗歌状况是什么样子的。当时诗歌就是走着越来越窄的路，到了没有诗歌、诗歌死亡。然后我看到了希望，看到了以《今天》杂志为代表的朦胧诗最早的这些人。我很痛苦，我在这儿看到了希望，我当然支持它没有犹豫，因为这就是我希望看到的诗歌。我在整个过程中没有检讨过，这个在校刊上有篇文章。起因是胡乔木先生在某个很重要的高校党委书记的会上，点了我和朱光潜先生的名字。我觉得我没有错，所以我没有检讨。胡乔木当时是宣传系统最高领导，北大没有回应不好。北大了不起，我那时候还是讲师，北大说，谢老师，这样，你就在校刊上做个记者访谈回应。我接受了北大的意见，就委婉地谈了一些东西。有的人说你怎么胆子那么大，我说不是胆子大，而是我相信学术就是这样，诗歌的发展就是这样。诗歌的发展不能是一个声音，不能是一个风格，不能是一种格式，而是应该多种多样。我坚信这一点，于是我敢于发表意见。

邵燕君：这些年您一直置身于诗歌界，跟各个年龄段的诗人在一起，您怎么评价中国的新诗和诗人，有没有您特别喜欢的？

谢　冕：这个问题太复杂了，简单说说。去年，我以北大中国诗歌研究院为基地发起了一个纪念中国新诗100年的纪念活动。为什么我要做这个事情呢？因为我在北大中国诗歌研究院当院长，而中国新诗又是北大发起的，北大是发源地，最早是在北大，在《新青年》杂志上，北大的一些教授是参与者。我在这个位置上，在这个时间，我要不做这工作，我就不对，我对不起历史，于是我就要举行一系列的活动，包括在北大举行纪念大会，现在纪念大会文集上下两卷、一千多页，都快要出来了。在北大，我主编了《中国新诗总系》《中国新诗总论》这两部书。

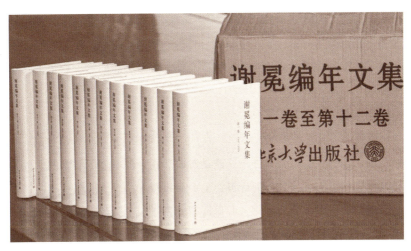

《谢冕编年文集》书影［蔡子琪 摄］

建系一百周年，我贡献的是《中国新诗总系》，去年是《中国新诗总论》。从创作到理论，我做了一个综合十六卷。做完这些，我觉得我的工作已经基本上完成了。

中国诗歌100年，我觉得有些事情需要说。一个是胡适先生，胡适先生是先行者、开创者，我对他非常崇敬，所以我一直希望在北大能够看见胡适先生雕像，但没出现，这是很遗憾的。他敢于突破几千年的诗歌传统，建立、创造中国新诗，是第一个应该纪念的人。在新诗历史上，郭沫若先生的诗歌传达了最狂飙突进的五四时代的声音，这是我非常尊敬的。艾青先生，在艰难的中华民族求生存的、反抗外国侵略的情况底下，他写作了《我爱这土地》《吹号者》《黎明的通知》等。这些诗人都是我非常敬仰的。另外，我认为牛汉先生代表的这些归来者，胡风集团他们，还有右派分子在外归来的这一批诗人，加上朦胧诗这些崛起的诗群，这些诗人都是应该予以肯定的。一百多年出现了很多伟大杰出的诗人，这是不可否认的，我愿意为它继续做工作。去年，我已经把这个事情基本上做完了，特别是《中国新诗总论》这六卷，大家有空可以翻翻，把重要文献基本都收进来了，我觉得这是我做的一个对历史的回答，也是对北大的一个回答。

邵燕君： 2018 年，您出版了《中国新诗史略》。我参加了您的发布会，我记得当时您说，一生只做一件事，指的是诗歌的事业，刚才您也讲了您编的大系，对百年来诗歌的总结。我今天想问您，您觉得圆满了吗？

谢　冕： 不圆满。

邵燕君： 有什么遗憾？

谢　冕： 一生只做一件事，这是对的。我一生贡献于学术的，也就是这件事。世界太大，学海无涯，生命很短暂，一个人的精力有限，学力也有限。王国维和闻一多，我佩服得不得了。王国维五十多岁，闻一多也就四十多岁，做那么多学问，真是了不起。但一般的人做不到，只能做一两件事情。我只能做一件事情，一件事也花了我一辈子的力量呢。即使这件事，包括《中国新诗史略》，我也不满意，那没办法。牛汉先生一直跟陈老师（谢老师的夫人）说，你叫谢冕写一本他自己的诗歌史吧。我这个人又爱玩，又爱吃，又爱那个，又爱这个，就没有专心去做。到这个事情，就是把十几年间断断续续写的、有意识积累下来的一些长篇文章集合起来，发现问题很多。刘福春老师帮我做了很多弥补的工作，比如应该但没有提到的诗人蔡其矫，又把他照片弄上了。这些个问题不好，所以我不满意。聊以自慰而已。

邵燕君： 好，下面得谈稍微枯燥一点的学科建设。我们当代文学教研室成立在 1977 年，是全国高校中的第一个。您、张钟老师、洪子诚老师奠定了这个专业的基础。您还是国内当代文学方向最早的博士生导师之一，您是这个专业的开拓者、奠基者。这些年来您也开过很多重要课程，培养了大量当代文学研究者，目前教研室的张颐武老师、李杨老师、韩毓海老师，都是您的弟子。那么对于当代文学专业的学科建设，不知道您有什么主张？您对现状有什么评价，对未来有什么期许呢？

谢　冕： 这个题目其实不枯燥。北大历史悠久，各个学科都有很多大师，我们的老师都是很有学问的。但我觉得北大除了研究历史以外，还应该研究当前。北大，鲁迅先生说是常为新的，新的东西要进入北大

20世纪70年代末,谢冕(一排右二)与严家炎(一排右三)、孙玉石(一排右四)、费振刚(一排右五)及学生们在北大图书馆前合影 [来源于北京大学档案馆]

学生的视野当中、北大的学科建设当中。我和张钟老师、洪子诚老师,我们都不满意于中国当代文学成为现代文学的尾巴,往往讲到《太阳照在桑干河》上,讲到丁玲、讲到赵树理就完了。新的时代开始了,出现了很多新的作家、新的诗人,怎么都写不进去呢,怎么不研究呢?当代文学的重要性就提到日程上来了。于是我们就建立了应该是中国学术界、中国大学里头的第一个中国当代文学教研室。后来我们编了当代文学教材,就是《当代文学概观》,我们又带了研究生、成立博士点,这个在全国都是领先的。现在你研究网络文学,也是新的。我们当代文学的队伍还是很好的、很有成就的。我觉得,我们不能满足于有很多古代的东西,还应该面对现实、面对当代。

邵燕君: 后来您还成立了"批评家周末"这样一个……

谢　冕: 发声方式。

邵燕君: 对,不断地对现实发言。

谢　冕：这也是我培养学生的一个办法。让学生做学术研究，通过他的报告，我来了解这个学生。我不用考察他，就知道他到了什么水平，他用功了没有，他读书了没有，他有没有自己的见解，他敢不敢表达自己的见解，等等。有的博士生导师或者研究生导师对学生不了解、不接触，我是不用接触，我通过这个方式就了解他们了。

邵燕君：好。谢老师，您2018年被评为"华人教育名家"，所以您也是教育家。对于今天的大学教育，我不知道您有什么看法，具体到北大中文系，您有什么建议和期许，尤其是对于今天的中文系的学生，您想说些什么吗？

谢　冕：我要说，北大中文系是一个风气非常好的系。我最近给周先慎老师写的，我说在北大中文系师生互爱，同事互敬。中文系也有缺点，但是学术风气是非常纯正的。对中文系，费振刚老师说过，以不变应万变，温儒敏老师说，守正创新。我想他们表达的都有一定道理。这些年的变化很多，但跟着变还是不变非常重要。大家都在变，比如很多高校都把中文系改成文学院，我们还是中文系，我的水平在这，我的分量在这，我就不变。我就是中文系老字号，百年老字号。这一点东西就是我们的坚持。守正，中文系不要放弃我们的学术传统，包括我们积累下的、前面110年留下的一些东西。还要创新。你现在做的工作我很赞成，网络文学很重要，从你的工作那边我得到很多启发，虽然我还是不懂，但是没关系。你那个词典《破壁书》非常好，我不懂就去翻，翻了也不一定都懂，但毕竟是最新的知识都进来了。所以我觉得中文系一方面要守正，但是也不忘记创新。我非常希望中文系学生能够写古典诗词、能够写一手好字、能够学会繁体字，这些东西，我觉得中文系都应该做的。而且我非常希望他们能够用古文来写作。当然白话写作没问题，也很重要，但是这些东西我们都应该有一定的锻炼。

邵燕君：好，下面我们接着说您刚才已经提到的师生关系。一般人都说，治学的路是寂寞的，但是您治学的路却是无比热闹的，您身边总是簇拥着很多很多的学生，以及各种各样的年轻朋友。学生无论什么年龄段都跟您特别亲，都喜欢跟您在一起。您呢，也特别在意学生，我看在《名作欣赏》您的学术年表里，您仔细地记下了每一个学生入门的时间、他们的姓名，就跟家谱一样。您怎么看待师生关系，学生对您意味着什么？

谢　冕：我的学生很多，包括国内的还有国际的访问学者，我都很喜欢他们，我希望他们独立成才。我和学生关系很平等，比较注意学生的个性和他自己走的学术道路。希望他能够发扬自己的个性，越是发扬，越是特殊，我觉得他"越北大"。北大就是不一样，北大就是一个人一个样，当然骨子里是民主、自由、独立思考这些东西，但是一个人一个样，这才是北大。要是说这个老师培养的学生一个模样，大大小小都是谢冕，你看多乏味呀，一点意思都没有。我的学生就是各种各样，我不干预。当然也有问题，有问题怎么办？不能勉强他呀，因为他都是成年人了——好像你的问题有这么一个吧。

邵燕君：对，这是我自己的问题，我觉得您对学生特别宽容，甚至可以说是纵容。

谢　冕：放养。

邵燕君：放养，本质上是要尊重每一个人生命的形态，让它长出自己的形状来。那么，如果您见到很亲的学生，您明明看见他身上确实有这个缺点，您说还是不说呢？

谢　冕：那没办法。一个人的性格，一个人的人生取向，很难改变。我自己说句很不科学的话。改造思想，能改造得了吗？改造不了，本性难移。成年人的选择一定有他的道理，我力求从中找到他的道理，但是我不苟同。我看到他的问题，我不能表扬他这一点，这就是我的态度。但是要说我去改变他，别人都改变不了我，我能改变他吗？立足于他自己。人生就是这样，性格就是命运，改不了。一旦他吃了亏，好，走回头路。但我觉得成年人很难改变，如同我很难改变一样。所以难啊，其实我对一两个学生说过，你要在中文系立足，一个你学术上面必须独立，另一个你不要放弃为公众服务。听进去没有，不知道；做到了没有，我也不知道。我拍拍屁股就走了，我就下台啦，管不了了。但是我们师生关系很好。我希望从每个人身上看到我要学的东西，的确也都有，我希望把他的缺点忘掉，我希望他能改正，但是他改变不了也没关系。人生呢，他自己都会找到活路，活得很自在就好。现在你说我有点纵容嘛，其实是无伤大雅。他们都说我很好、很了不起，我把这些很难带的学生带出来了，他们对我都很尊敬，我就非常高兴。所以我说了，我不留恋昨天，我只看重今天，今天我为什么高兴呢，今天有人惦记我、有人热爱我，我就很幸福。

邵燕君：好，这是您的"今天派"。我再有一个问题，在您的整个求学过程之中，尤其是北大，哪些老师对您影响特别深呢？有什么理念是他们传达给您的呢？

谢　冕：我的老师，我向他们学的好多啦。老的老师不用说，胡适先生我觉得学得最多，蔡元培先生我学得很多，尽管我没见过他们，但是我学得很多。和马寅初先生我也学了很多，马校长特别好，这都不说了。

中文系的老师，我的学问就是他们一点一点教给我的，我学得好不好是另外一件事情，我对他们的确有的时候很抱歉，因为普通语言学我学得很差，高名凯先生呢，学问很深，但我就听不懂，我也不喜欢，那怎么办呢？高名凯先生的考务啊，那时候考试一对一，他和我中间隔着一个桌子，铺了白的台布，抓阄，抓一个题目就一个题目，高先生给我抓的题目是，请谈谈语言和思维的关系，这下把我弄得……高先生不断地启发我，最后勉强给我五分，但这五分我觉得我很不配，因为到现在为止，语言和思维的关系我还讲不清楚，学问太深。但是我今天回想起来，的确这些老师教给我的，包括语言学，虽然我当时很厌烦，但是的确是很了不起的学问。语言学的老师、文学的老师都教我很多。

我在中文系跟别的同学有些不一样，我没有特别的老师，吴组缃先生、林庚先生，都很了不起，但是我没有特别学他。我远远地学他的东西、学他的风格、学他的学问，我都学，但是我没有特别"倾"。我是比较独立的。

1998年冬,在重庆师院(现在师大)召开中国当代文学研究会年会期间,探访考察当代文化遗址,适逢闭馆,谢冕在朋友和学生帮助下翻门而入。

邵燕君： 谢老师您曾经说，自己人生的大目标是"做一个除非万不得已，尽量不给别人、包括自己的子女添麻烦的人，做一个别人喜欢你，至少不讨厌你的、让人亲近的人"，希望从别人那里得到的评语则是"一个可爱的人"。对您来说，一个人要具备什么样的品质或特征才称得上您所说的"可爱的人"呢？

谢　冕： 做到前面的一些前提，我就是可爱的人。一个人，特别是取得了一定成就，年纪又比较大了，这样的人怎么让人觉得不厌烦？我见过很多老人，我也不喜欢他们，因为他们凑在一起就是讲一些老话，老话我不爱听。我说过我不愿意复制那个年代。它剥夺了我的青春，我最好的年华是从中年才开始的，中年以前都是在无休止的纠缠中。痛苦非常深，我要找自己的出路，我要求自己的成就，我做不到。好的时代降临了，我喜欢这个年代，于是我开启了青春，但人已经到了中年。我不喜欢过去，过去已经过去了，面对现实。这样，到了自己年纪也大了、需要别人帮助的时候，我们还是尽量自己能做自己做。大家，特别年轻人，上上下下、左左右右都有很多事情，每个人都有很艰难的事情，你不那么艰难的时候，你要人家来给你做什么呀？我们自己能做，就自己做好了，我觉得这样很好。这样你这个老头、你这个老太太，人家就会喜欢你啦，就会成了可爱的人啦。你要是老跟人家折腾，人家就觉得不可爱，就讨厌你啦，是不是？

还有问题啊？

邵燕君： 快啦，您再坚持一下……

谢　冕： 邵燕君这个学生不得了，考老师不放松的。

邵燕君： 对，因为不是别人是您。您身体之好天下无敌，您身体怎么能那么好？

谢　冕： 身体也不那么好，老年的毛病都有。年纪大了，机器转了几十年，你想想它能不能不生锈吧？不生锈才有鬼。有很多不适，好在呢，这不适还不至于要了命，这就很好。老年，到了这个地步，我们都能自理，尽量不求别人，不要麻烦别人，因为大家事情都多。这是我立身的一个标准。天下无敌，说不上吧。

邵燕君：是，您的身体之好，总是给我们年轻人带来巨大的压力。我们跟您在一起都会很疲惫，我们都累垮了，您还精神抖擞，您原来碾压您的同辈人，现在已经开始碾压您的后辈人了。

谢　冕：其实就是这样，我刚才说我认的一件事情就做到底。我在鲤鱼洲干校没有洗澡的设备，一天劳动下来身上很脏，南方人又喜欢洗澡。有一天在水井边，我说试一试冬天用冷水来浇身子，一浇身子，哎，很好，能行。我就带着这种经验回到北京啦。回到北京，我觉得我要锻炼，别的不会就跑步呗，走路、跑步，跑了以后我说用冷水擦擦呗，跟着做了这个，坚持了几十年。

邵燕君：冷水浴，坚持了几十年。

谢　冕：这个就是坚持。比如今天，我要到这儿来，我要提前跑步，1万步。1万步以后呢，回来其实也可以用热水洗，但是今天还是用冷水。自己认定的一件事情自己做。热水澡还是经常的，但是锻炼以后的冷水澡是坚持的，咬着牙要做的。这样做下来腿脚自然就灵活。我是88岁了，还跑步，还1万步，我能够做到，我就很高兴。无敌说不上，但是没有大的毛病。

邵燕君：碾压别人是没有问题的。再说您的生活，吃喝玩乐的事。前一段我也应邀写了一篇关于您的精神肖像的文章，《如何做谢冕老师的"三好"学生》。我的体会，做您的学生要求还是很高的，身体好、酒量好、兴致好，这是至少的。您呢，我记得也有"三好"原则，对吗？要好吃、好玩、好看。您刚才已经说过了，您的哲学是"今天派"，昨天的已经过去了，明天的事儿谁也不知道，我们能把握的只有今天。想请您再谈谈您的人生智慧。

谢　冕："三好"啊，你也说得不错。酒量好我不敢说，平平吧。身体好可以，兴致好可以。兴致好要说一下，就是人一定要快乐。我几十年前给陈老师写过两个字，我那时候不懂佛学，我说"放下"，后来知道是佛家经典里的两个字。我是在二三十年前写的，两个字也写得不错。放下，什么事情都要放下，你都压着自己，一个人就压垮了，要抒发出去。所以，兴致好、身体好是可以的，酒量好嘛，不敢说。天下有酒仙、有酒鬼、有酒徒，可能酒量都比我强。

邵燕君：但是好像您每次喝酒的时候，学生都觉得您非常尽兴，却从来没有醉过。

谢　冕：我有个秘诀，掌控。适可而止，不要过了，过了你就可能出现问题。

邵燕君：所以我说您一方面是诗人，内里却是战士，有纪律。

谢　冕：这太高太高。诗人嘛，就不控制。

邵燕君：不控制，对，但自己心里却又有战士的控制。

谢　冕：好吃，好玩，好看，这就是我人生的态度。实际上，一方面我们为社会服务。我们做学问，是为学生服务，为他们增添一些新的东西，这是很严肃的事情。一个人不能离开社会，他对国家、民族、社会的兴衰都有责任。一个人活着不能只为自己，这是一个。

另外一方面，对自己个体来说，要学会享受生活，享受生命的乐趣。否则一生就白活了，要有趣味。我们很多文人有趣味，人生就很丰富，我说"三好"，也无非就这些而已。喜欢看美丽的东西、看美丽的风景、看美文，等等，就这样，人生才有味道。对痛苦，你就一定要学会放下，学会咬着牙把它坚持过去，这个就是我的人生态度。要快乐，快乐人生，享受人生。

邵燕君：1998年北大校庆，您写了《永远的校园》，这篇文章成了这些年开学和毕业典礼学生们朗诵的名篇。您曾经赞美北大为圣地、为永远的校园，您刚才也说，认为北大有一种促使大家成为可爱的人的氛围。时至今日，您觉得北大是否仍然具有使人变得可爱的精神和魅力呢？

谢　冕：北大传统在哪里？北大前人给我们留下的思想遗产还在那儿，所有的北大人都要珍惜这个精神传统，不能浪费。这个东西是什么，我刚才讲在蔡元培先生、马寅初先生那边，还有鲁迅先生那都已经得到了一些体现，这些都是我们的精神遗产。要珍惜、爱护这个遗产，发扬光大。无论遇到多大的困难、多大的阻力，我们不能充分表达，我们也要坚持。我曾想，要我来掌管北大，我也有难言之隐，也有做不到的地方，我想我们当前管理北大的人一定也有这个难处。但是一定要记住，守住北大这个线。北大的线，自由、民主、独立，这个东西我们不能忘记。做得好做不好是另外一件事，我们必须坚持。今天的北大依然可爱，但也有不可爱的地方。同学老师当中，都有一些问题，这些是不可爱的。但在我的心目当中，北大永远是可爱的，可亲、可爱、可敬。所有的北大人都应该珍惜我们百年——110多年、快120年了的这个传统。北大是不可替代的，中国、世界只有一个北大，这就是我们今天在这里工作、学习的北大。

严家炎

唯实求真的学问与人生

受访人：严家炎
采访人：高远东、贺桂梅、曲楠
采访时间：2020 年 9 月 10 日

受访人介绍	严家炎	1933年生，1957年考入北京大学中文系，1958年副博士研究生肄业，留校任教。北京大学哲学社会科学资深教授、博士生导师。曾任北大中文系主任，国务院学位委员会第二、三届语言文学学科评议员，中国现代文学研究会会长。主要著作有：《知春集》《求实集》《中国现代小说流派史》《世纪的足音——二十世纪中国小说论集》《论鲁迅的复调小说》等。编著有《穆时英全集》《二十世纪中国小说理论资料（1917—1927）》等，参与主持《中国现代文学史》（三卷本）《二十世纪中国文学史》等大型文学史项目的编写工作。
采访人介绍	高远东	1979—1986年在北京大学中文系就读本科、研究生，获文学硕士学位。1993年8月回北京大学工作至今。主要从事周氏兄弟研究、中国现代文学与现代思想研究。
	贺桂梅	1989—2000年在北京大学中文系就读本科、研究生，获文学博士学位，同年留校任教。主要从事20世纪中国文学史、思想史、女性文学史研究与当代文化批评。
	曲　楠	北京大学中文系现代文学专业在读博士生，研究方向为中国近现代文学与文化。

曲　楠：严老师您好，很荣幸能邀请您参加系庆的专访，今天恰逢教师节，先祝您教师节快乐，身体健康。您在1956年考入北京大学中文系之前，没有正规大学的学历，就读的是华东人民革命大学。能跟我们简单介绍一下这段经历吗？

严家炎：八十几岁了，谈的是好几十年前的事情，但印象是永远不会忘记。我还记得我第一次进北大是1956年，因为当时在开"八大"（中国共产党第八次全国代表大会），我陪着铜官山矿务局的一位局长到北京来。接着几个月以后正式入学，是在1957年2月份。这个有点特殊，一般不会在1957年这个时候入学，但我们恰好是1956年考进来，然后被安排到1957年2月正式入学。所以跟其他届的同学不一样，我们那一届的同学都是那个时间进来的。

你刚刚问到华东人民革命大学。我高中毕业以后，在1950年2月先进了华东人民革命大学，之前进的是华东团校。这段经历应该说时间不

1947年,严家炎在上海吴淞中学

算很长,但是谈自己的思想转变、思想改造这样的课题,是从那里开始的。我觉得这辈子,这个印象是蛮深刻的。

我在华东人民革命大学学了半年,讲课的老师中有一位是刘雪苇先生,他是华东人民革命大学的教务长。这位老师讲课非常突出,他给我们谈思想的改造,谈得非常深刻。他自己就是从延安过来的,1936年去延安,然后在延安他自己也参加学习。我们当时其实就十五六岁,准确一点是十六岁,年纪很轻的,但就接触了思想改造的问题。我们没有想到,一个十五六岁的孩子上学,头一课就是思想改造,而且连续几个月都是学习这个课程,我这一辈子都不会忘记这段经历。我觉得听了他讲的那些东西之后,真有帮助,心悦诚服地愿意让自己成为革命海洋中的一滴水。如果是一个没有水平的人,在那里讲不出什么名堂来,我相信效果一定是很差的,即使结业也是达不到要求的。我从来没有听到过另外一位像刘雪苇这样子把革命、土改,还有各种各样的内容讲得那么深刻的老师,难以想象。因为他对我们进行这样的教育,所以我觉得我这一辈子一直到现在,还是有着一些体会。他是一位真正的革命者。50年

二十岁时的严家炎

代初期这几年对他们来说很难,各种各样接踵而至的问题,甚至受到冲击,这也是难以想象的。

曲　楠：这是非常珍贵的关于您个人生命的一段讲述。在我看来,您的这些宝贵的讲述不仅已经融入现代文学学科的诞生、发展以及在新时期的重建,而且已经非常紧密地与整个当代的共和国历史纠缠在一起。

严家炎：可以说我一开始工作,实际上就是进入到革命事业当中,自己也可以说是全身心地投入到工作中。1949年上海解放半年以后,我就加入新民主主义青年团,之后进入华东人民革命大学。我们那时候真的是全身心地投入到革命当中去。我们第一个月也没有任何的工资,第二月开始有两块钱的收入。但在那种情况之下,我还全身心投入到工作里面去,觉得完全符合自己的内心要求。我去参加土改,土改就参加了四次,都是在安徽省。当然自己开始并没有什么经验,对土改的意义也不完全清楚,但就投入其中,跟贫下中农交流,搭在一起参加土改工作。连着三期在滁州专区土改,然后最后第四期是到皖北的宿县。

我曾经在1952年以前写过一些笔记,写了笔记之后干吗呢?原本是

1955年春末,严家炎在安徽铜官山矿务局(今铜陵市)

想写文学作品,把我自己的体验写到文学作品里。但是实际上没有这样做。因为像刘雪苇这样的人不久就开始受到冲击,我感到很痛苦。这些笔记到了"反胡风"的时候,就被我烧掉了。笔记里有好多我的老师刘雪苇苇课上讲的东西,他生活当中的一些体验,他对所谓"胡风集团"的看法,等等。我害怕把别人牵扯进去,所以一把火烧掉了。

搞完了这四期土改以后,又到皖南铜官山的矿区,这就连着六年在那里,这些可以说都是从实际工作出发,自己得到的磨炼。所以我的经历和一般的年轻人很不一样的,我不知道你们有没有听出来什么不同的地方。

曲　楠:确实是很不同的一段经历。您之后就进入北大开始攻读副博士学位,这是怎样一种学位设置?

严家炎:1952年我们国家决定了一个方向就是要学习苏联。苏联没有硕士研究生,它叫副博士研究生。学制四年,正式授予学位,副博士之后就是博士了。北大登广告已经是1956年夏天了,考试的时候是9月份,1957年春节后入学,学四年的话就是1961年的春节才毕业。当时说是有学位,但是到了1958年,毛泽东发话要限制资产阶级法权,以后军队取消了元帅、大将、上将、中将等军衔,大学就取消了博士、副博士学位。研究生还是要招的,但是说明了将来毕业的时候没有学位。我为什么后来没有学下去呢?倒不是因为这个原因,而是1958年10月组织上决定把我提前调出来,最重要的原因就是北大中文系青年教师没有几个了。

右派划得很多,主要是第二期反右。第一期的反右是1957年,从6月份开始,秋天结束,划了一些,很少。全校的反右主要是第二期。我1957年2月进北大读研究生以后,那是拼命用功,埋头苦读的。忽然系里把我叫去谈话,我恳求不要把我提前调出来,到1961年毕业了再调,那时你愿意叫我做什么我都服从分配。他们说不行,没有征求我的意见,已经报到北京市的人事局去了。北大这样的学校,业务上归教育部管,但是人事权的变动是由北京市委组织部和北京市人事局来管。他们说我们已经报过去备案了,市里也已经点头了。找我谈了一次后不通,我确实有很多想法。第二次又找我谈,然后第三次就说你必须同意,你是党员,不服从分配不行,要处理的。最后我就只好答应了。这样就在1958年10月底的时候确定让我出来,承担下学期留学生的课,给我准备的时间也就是两个多月。我的副博士研究生生涯就这样结束了。

当时有二十几个外国的学生,有苏联的,有东欧的,有朝鲜的,等等。当时没有人教,就把我抓出来,要我去教他们。这都是弄得非常紧张的,有时候还要开夜车。给他们讲中国的现代文学,也有一点古典文学。因为我小时候五岁就开始学《孟子》《论语》,所以能讲一点古代文学,是很自然的。但从此也就从文艺学跑进了现代文学,一开始就放不下来了。

高远东:看来您一直很怀念做学生读书的时光。事实上您读书时结识到的也正是最具风骨的一代学人,比如杨晦先生、王瑶先生,能否为

1963年前后,现代文学教研室教师与进修教师合影(前排左二为王瑶、左三为严家炎)

我们谈几个您印象最深刻的良师益友?

严家炎:现在印象最深刻的就是杨晦先生,就谈杨晦先生吧。杨晦先生是我们到了北大以后的第二天早晨见到的,大概八点钟他就从家里面出来了,恰好我快要走到文史楼。文史楼那个时候是中文系的一个楼,主要是工作所在地。我见到了杨先生,这是第一次见杨先生,非常高兴。杨先生那时候虽然也就五十八岁左右,但是已经满头白发。他是一位非常亲切、可敬的教授,是系主任。还有一位导师,是钱学熙教授,侧重在英文方面指导我们。

杨晦先生对我的影响主要是学术方面的。那时候，胡经之、王世德和我三个人都是杨先生的学生，我们跟杨先生在一起谈话的时候，是非常亲切活泼的。我们常常跟杨晦先生一起讨论学术问题，有些时候意见不一致，那就争论，争论也很多。我们师生关系非常亲近，有时大声地交谈争论，争论到很深入，难以想象。但转过身来，跟杨晦先生又能很亲切地谈好多问题。

我跟55级同学关系也比较密切，有意见不一致的时候，这样的时候有很多，但自己也参与到55级同学的工作当中去。他们集体创作了一部《中国文学史》。这部书应该说有突出的长处，当然也有过头或者幼稚的地方，但也是一种学习。同学自己来写文学史，还没有学，结果投入进去了，提出很多不同的意见、不同的见解，跟老师发生了不少争论，这是一种特殊的学习。55级投入的时间很长，不是一点点，相当深入。所以那一段时间里老师和同学的关系是很特殊。相比较来说，56级同学听说55级编了教材、写了文学史，他们也要搞，但事实上他们的那条路子就是错误的路子。他们搞什么？他们搞大批判，实际上是批老师。结果55级在相当程度上获得了进步，获得了成功，但56级写出来的却是大大的失败。我们不能把学习本身看得非常容易，否则就是在胡来。如果这些东西现在还能保留着去看看的话，那就可以得到完全反面的教训。

贺桂梅：谈到编纂文学史，您后来参与主编的《中国现代文学史》三卷本是现代文学学科发展史上的核心教材，请您谈谈它的编写过程中的一些具体情况。

严家炎：《中国现代文学史》也是跟《中国古代文学史》一样，从1961年3月开始组织队伍重新编写的。不过《中国古代文学史》是以北大为根据地，编写组就住在北大招待所那边。《中国现代文学史》最初由北京师范大学主持，搬到中央党校去写作了，但有点像群龙无首，进展不顺利。后来决定由中国社科院文学研究所唐弢先生担任主编，经过周扬和文科教材办公室同意，才算步入正轨（唐弢原先只是这本教材的顾问）。

唐弢大概是从1961年9月中旬或10月初来的。本来9月上旬教育

唐弢、严家炎主编《中国现代文学史》三卷本书影

部人事司突然通知我，要我回北大，我也不知道要干吗，回到北大中文系一了解，才知是要我出去接替冯钟芸先生到匈牙利布达佩斯大学去教书。我当然是很高兴出去看看的。教育部人事司在电话里已经说了：下个星期你就走，国际火车票已预订好了，其他方面你赶紧做一点准备。那个时候去匈牙利是坐火车，经过苏联。我就在家里等了。结果五天后仍没消息。我问教育部人事司的人，他们说要等一等。稍后他们给我透露，其实是唐弢不放，让教育部把我扣着。唐弢刚刚担任主编，所以教育部对他的话很尊重。最后唐弢和教育部人事司商量定了，当时中国跟苏联东欧的关系也越来越不好，冯钟芸先生从匈牙利回来以后，我们就不再派教师去了。这样，我又回到了教材编写组。

贺桂梅：书稿写作过程中您负责的是哪些部分？《中国现代文学史》的写作跨越了"文革"前后两个时段，这期间有些什么变化？

严家炎：唐弢先生担任主编以后，不但把《中国现代文学史》全书的框架迅速确定下来，而且明确了几位责任编委的分工：他要我负责绪论和"五四"这段，刘绶松先生负责"左联"这段，王瑶先生负责抗战这段，山东大学的刘泮溪先生负责解放区和解放战争这段，文研所的路坎先生也是责任编委，着重负责戏剧方面。

在事先征求编写组意见后，唐弢还规定了几条编写原则：一、采用

2010年11月,北大中文系"鲁迅人文讲座第三讲——严家炎先生的治学道路"期间合影(前排右三为严家炎)

第一手材料,反对人云亦云。作品要查最初发表的期刊,至少也应依据初版或者早期的印本。二、期刊往往登有关于同一问题的其他文章,自应充分利用。文学史写的是历史演变的脉络,只有掌握时代的横的面貌,才能写出历史的纵的发展。三、尽量吸收学术界已有的研究成果。个人见解即使精辟,没有得到公众承认之前,暂时不写入书内。四、复述作品内容,力求简明扼要,既不违背原意,又忌冗长拖沓,这在文学史工作者是一种艺术的再创造。五、文学史采取"春秋笔法",褒贬从叙述中流露出来。等等。这五条原则都很重要,尤其是一、二两条更加重要,是否照着做结果会大不一样。比如新诗集《女神》,诗人臧克家、张光年和一些学者都讲郭沫若在五四时期就已经歌颂马、恩、列这些经典作家了,可以算早期的具有初步共产主义思想的知识分子。我们一对照《女神》初版本,才发现不一样啊,原来第一版的《女神》只提到列宁,其他歌颂的都是资产阶级的政治家和思想家，并没有马、恩。到1928年，郭沫若革命化后，他把《巨炮之教训》《匪徒颂》这些诗都修改了，提出"为消灭阶级而战"。这样判断，事情就不一样了。现代作品有很多是作家修改过的，因此，读初版本而后加以比较、对照是非常重要的。再有，是要看这些作品发表的杂志，看杂志上是怎么发的，周围的情况是怎么样的。唐弢强调要感受"时代气氛"，不能孤零零地谈一个作品。唐弢开列了一批他觉得比较重要的刊物，让年轻学者读。另外，他还强调"春秋笔法"；主张教材最好是不要只突出自己的某种独特见解。你在自己的研究论文里是可以，但放在教材里最好用公众认可的见解。如果有个人的见解要写也可以，应先介绍不同的意见，然后可以说自己的意见。这些规定对教材的规范化，对年轻学者的锻炼成长，都是很有好处的。

但其实，编写中国现代文学史教材的条件在60年代还不很具备。那时，东北批萧军的冤案还在，全国反胡风的冤案还在，文艺界那么多右派的冤案还在。左翼文学内部两派的宗派主义也还存在。很多问题无法

2010年12月，严家炎在北大中文系做学术报告《"现代"的长时段性与"中国现代文学"120年的历史》

碰，只能回避。尤其是1958年周扬自己发动的对"写真实论"的批判和1959年底1960年初对"人性论"的批判，直接影响到对现代文学史上许多作家作品的正确评价。我们编写组只能在当时条件许可的情况下，尽力设法做得好一点而已。

我们那个书（上册讨论稿）1964年内部印刷了二百本，为征求意见，绝大部分都分发出去了，所以在"文革"中流传较广。到70年代末大学恢复招生后，竟被有的学校拿去半抄半改成为教材。北京师范大学的蔡清富老师特别着急，他催促我们赶紧上马，重新组成编写组来修改上册和重写下册，争取快点出书。于是在唐弢先生家里开了一次会。唐先生身体不好，就叫我来负责，请王瑶先生、陈涌先生做顾问，并吸收了北京师范学院的两位老师参加。将修改上册与重写下册的工作齐头并进。后来上册较快改完，分两册先出，下册一年后也写毕，1980年印出。下册因为重写，反而放得开些。

贺桂梅： 请您简单介绍一下70年代后期80年代初期现代文学学科重建时期的一些情况，包括"中国现代文学研究会"的组织、《中国现代文学研究丛刊》杂志的创刊、运作等。据钱理群老师回忆，当时现代文学的许多具体工作是由您和樊骏两人主持的？

严家炎： 中国现代文学研究会是1979年成立的。开始成立的时候叫作高校中国现代文学研究会。那时正好北大、北师大和北京师院三校中文系合编了一套现代文学的教学参考资料，目录已定，想征求意见，请了一批老专家如田仲济、任访秋、刘泮溪、吴奔星、华忱之和中年教师陆耀东等大约二十多人来开会。会议期间陆耀东等提出要成立高校的中国现代文学研究会，好多人都赞成。于是经过酝酿，就推出了王瑶先生当会长，田仲济先生为副会长，推我当秘书长，陆耀东是副秘书长。决定要出版一个我们学会的刊物。正在计划的过程当中，北京出版社的邓庆佑就主动上门了，他说他们已经和社科院文学研究所的人商量好了，要出版一个现代文学研究丛刊，高校的中国现代文学研究会可以成为主力。我就去找王瑶先生，结果王瑶先生同意我们几家合作。当年，《中国现代文学研究丛刊》就出版了。次年，中国社会科学院文学研究所的现

访谈间歇,严家炎题词中 [吕宸 摄]

代文学研究人员也都加入了中国现代文学研究会,于是"高校"二字就注销了,研究会就成了全国统一的学术团体。刊物从一开始就组成了包括全国中老年学者二十五人的编委会,由王瑶先生当主编,田仲济、任访秋和我当副主编,我管常务,看稿定稿。连着干了两年,才体会到这负担实在太沉重,建议改为在京编委轮流编辑的办法,我只看定稿。

到了1984年,在哈尔滨开现代文学研究会年会的时候,有一天王瑶先生找我到他房间里去,田仲济先生也在,他们向我提出:我们这些年岁大一点的人精力不够,要由中年人多做些学会里具体的事情。他们俩认为我合适,希望我答应下一届起做副会长。可是我当时想了一下,觉得很困难。因为 1984 年春天我刚刚担任北大中文系主任，而且我还兼着《中国大百科全书》现当代文学分卷的副主编，要起草和编写条目，那也是很烦琐的事情。我又是国务院学位委员会语言文学学科的学科评议员。这样三四个身份都重叠在一起是吃不消的，而且我的行政能力又很低。所以我建议副会长由樊骏先生担任。因为樊骏有几个长处，一个是点子很多，一个是做事认真，当时也没有担任其他职务，我觉得他来当最合适。王、田两位先生考虑后接受了我的意见。这样学会和刊物方面有所分工，樊骏考虑学会方面的具体事情，我就负责刊物的具体事务。王瑶先生是主编，但是不让他看常规的稿子，如果有特殊的有疑问的稿子，就请他看。我们两个都当王瑶先生的助手，一个在学会方面，一个在《丛刊》方面。后来《中国大百科全书》也已经进入到要看稿、改稿的阶段，我就卸去了副主编，只当编委，这样稍微省事一点，可能两年才能轮到一次。

贺桂梅： 有一种说法认为"两代人"的相遇，也就是王瑶等三四十年代接受教育的民国学者与陈平原、汪晖等"文革"后进入大学的研究生这两代人的相遇，对 80 年代文学研究格局的变革产生了很大影响。您是五六十年代受教育并成长起来的一代学者中间成就非常突出的一位，您怎么看待您这代人的历史地位和所做的学术工作？

严家炎： 我觉得"代"的划分不必考虑得太清楚。逐代传承和隔代相遇，这两种情况都会见到。五六十年代受教育的学者有自己的局限和弱点，但他们在学术上还是起着承前启后的作用。比方说，黄子平很优秀，他的导师谢冕先生是 50 年代受教育的。葛兆光的成就相当突出，导师金开诚先生也是 50 年代出来的。葛晓音的成就为人称道，她的导师陈贻焮先生还是 50 年代毕业的。这些例子都不算隔代传承吧。事实上，从唐弢、王瑶先生那一辈人来说，由于年岁、精力的关系，到 80 年代中期以后，学术上的成果已比较少了。所以，如果要分"代"的话，应该说还是三代人的合力，才勉强弥补和消除了"文革"十年造成的文化断层。

曲　楠： 严老师，您刚才讲了很多您跟当时的老师们以及您工作之后跟您的学生们之间的一些互动。这些经历给人的感觉是，你们的身份

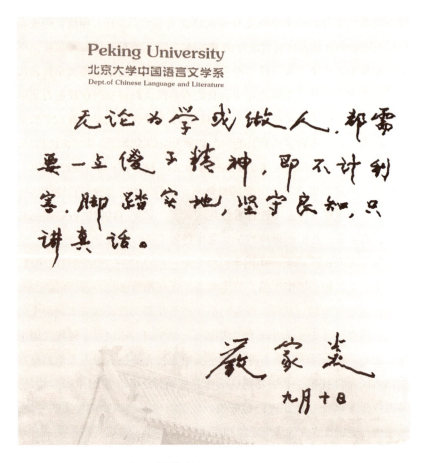

严家炎为中文系110周年系庆题词 [刘东 摄]

是平等的,话题是绝对自由的,这好像在某种程度上印证了某种北大精神。如果您心目中有一个所谓的北大精神的话,这种北大精神是什么?能不能给我们简单描述一下什么是北大精神?然后,我们想请您给北大的后学写几句话,就是寄语。

严家炎: 北大精神就是大家自己刻苦地学习,不管有多少不同的意见,也可以提出来讨论。这种讨论非常有意思。至于寄语,就用我从前写的几句话做寄语吧!"学问与人生,是有联系的,不但学问的终极目标应该为了人生,有益于人生——而且治学态度也是人生态度的一种表现，两者具有共性。无论为学或做人都需要一点'傻子精神'，即不计利害，脚踏实地，坚守良知，只讲真话，吃得了苦，经得起挫折，耐得住寂寞，必要时勇于承担，甘愿付出更大的代价。太聪明，太势利，就做不好学问，也做不好人。所谓板凳甘坐十年冷，文章不著一句空，就既是一种治学态度，又是一种人生态度。"

* 本文部分截取自洪子诚、贺桂梅《从"春华"到"秋实"——严家炎先生访谈》(《文艺研究》2009年第6期)，经严家炎先生本人审订。

段宝林

解放思想，超越雅俗

受访人：段宝林
采访人：陈昭玉
与谈人：陈连山
采访时间：2020 年 10 月 26 日

段宝林　解放思想，超越雅俗

受访人介绍	段宝林	1934年生，1954年考入北京大学中文系，1958年毕业留校任教。曾任中国民俗学会副理事长、中国俗文学学会副会长、北京市文联副主席。著有《中国民间文学概要》《笑话——人间的喜剧艺术》《非物质文化遗产精要》《立体文学论》《神话与史诗》（上、下）、《立体思维与民间文艺》（上、下）、《新诗与民歌》《民间叙事的立体研究》《北大回首60年》等，主编《世界民俗大观》《民间文学词典》《中国民间文艺学》《民间诗律》《中外民间诗律》《古今民间诗律》《中华民俗大典》（35卷本）等。曾获意大利国际人类学"彼得奖"等国际大奖，并三次获中国文联民间文艺家协会颁发的"山花奖"（国家级）和北京大学教学一等奖、北京大学离退休教职工学术贡献一等奖。
采访人介绍	陈昭玉	北京大学中文系民间文学专业在读博士生。
与谈人介绍	陈连山	1963年生，北京大学中文系文学博士。1990年至今，任教于北京大学中文系，教授，民间文学教研室主任。主要研究方向为神话学、民俗学等。

陈昭玉： 老师好，非常感谢您抽出时间来接受我们的采访。因为这次是北大中文系110周年系庆的专题采访，所以就先从和北大中文系相关的问题开始吧。您是1954级中文系的学生，您之前的回忆文章说那个时候北大大师云集，您也见证过很多新中国非常重要的时刻，都是我们这一辈学生没有经历过的。您现在回想大学时光，有没有什么印象特别深刻的事情，想要跟我们分享？

段宝林： 我进北大是在1954年，正是新中国第一个五年计划实施初期，所以我们学习的热情特别高涨。我15岁参军时只上到高二，工作了5年，20岁作为调干考取北大是很不容易的。而且北大作为最高学府，集中了全国最好的教授，1952年的院系调整把北大、清华和燕京大学的文科教授都集中到北大来了，1954年，王力先生和唐作藩先生也从中山大学调到北大，加强我们北大的汉语教学力量。

我们的第一课就是游先生在文史楼的小教室，给我们讲中国文学史，

1950年,段宝林(二排左二)在南京部队时与战友的合影

我印象非常深刻。游国恩先生是闻一多先生很欣赏的研究《楚辞》的专家,给我们讲中国文学史的第一段。他讲得有板有眼,咬字特别清楚。讲《诗经》《楚辞》根本不用看书,背得滚瓜烂熟,所以给我们印象很深。

还有周祖谟教授讲"现代汉语",他的北京话很标准,对我们从各地来的人学习普通话很有好处。他对我们要求特别严格,我记得有一次上课我坐在前面,听到他讲课常常举几个例子,我以为只要记一个例子就够了。然后我就看着先生讲课。他于是就说:"上课怎么不记笔记,看着我干什么,我的脸上也没有字?人民供养你们上大学,不好好学习,对得起人民吗?"我便赶紧低头记笔记。

魏建功先生是我们老北大五四时期非常活跃的人物,他给我们讲"古代汉语"。他的讲法和王力先生完全不一样。王力先生是留学法国的,他按照欧洲学来的方法组织课程内容,体系性很强。魏建功先生则是用我们中国传统的教学方法,讲古代汉语的选文,一篇一篇往下讲,结合着选文讲了很多古代汉语知识,对我们阅读能力的提高很有好处。魏建功先生是很活跃的人,在20年代和鲁迅关系很好,五四时期就参加了《歌谣周刊》的很多活动。他是我们中国最早开民间文学课的人,1934年就在北大讲过"民间文艺"的课。魏建功先生非常热情,对我们实在是非常的好。

1962年我们要纪念《歌谣》周刊40周年,当时跟陆平校长申请要开一次全校性的纪念大会。但后来不能开大会了,就在临湖轩开了一次小会。那次小会也非常热闹,《歌谣》周刊的主编常惠先生也来参加了。还有王力先生、林庚先生、吴组缃先生,还有中央民族学院的马学良先生、杨堃先生,还有华中师范学院的刘守华先生、中国民间文艺研究会的吴超先生……好多中老年专家。还有阎云翔也参加了,他是我的研究生,后来在美国哈佛大学博士毕业,在洛杉矶加州大学当中国研究中心主任。他和刘亚虎是我的第一批研究生。刘亚虎现在是中国社会科学院民族文学研究所南方室的主任,他的少数民族史诗研究做得很好。他们都参加了这个会。

陈昭玉:老师,您毕业之后就留校开始当助教了,后来在中文系执教这么多年,请问老师觉得中文系这么多年有没有什么变化?您觉得中文系和民间文学研究的发展有没有内在的联系?

段宝林:中文系的变化还是相当大,最主要的变化就是改革开放,我们中文系在五六十年代还是比较封闭的,和国外的学术联系很少。当时我们唯一的联系是1965年来了一个进修生——俄罗斯科学院高级研究员李福清。他是犹太人,很有成就,后来当了苏联科学院的院士。他听我的民间文学课,从头听到尾,他觉得很好,又叫外语学院的外国留学生来旁听。因为我这个课里面有很多新的观点,是过去他们没有的。比如说讲民间文学的特点,苏联就讲三大性——口头性、变异性、集体性,我又增加了一个民间文学的综合特性——立体性。我觉得民间文学和作家文学最大的不同还是它的立体性特点。民间文学是一种活的文学,立体的文学,而这种立体是四维的,除了长、宽、高三维之外,还有第四维,就是时间维度。后来我根据民间文学的立体性提出了立体思维的新理论，又发展了两维，提出了一个新的观点，就是民间文学有六维的立体。第五维是什么呢？第五维就是内部空间，要进行立体思维，你要考虑它的发展规律，它的本质是什么也要研究。这是第五维，很重要。第六维是它的外部环境、生态环境，这也很重要的。所以后来我们研究民俗学、民间文学，都要照顾到它的生态环境。过去的民间文学研究，往往只是研究书本上的民间文学，是别人收集来的，与实际就隔了一层。我以为我们应该研究活态的民间文学，一定要自己下去调查才行。六维的立体性理论就是在具体调查过程中提出来的。

陈昭玉：您刚刚讲到您给留学生上民间文学课，那个时候您觉得留学生对中国的民间文学和民俗的了解多吗？

段宝林：他们当然比我们差多了，所以我讲的课他们就觉得特别新鲜。在中文系我不是最早讲民间文学课的。最早是钟敬文先生新中国成立初期来代课，后来因为路比较远，他就不来了。他带了一个研究生，是朱家玉先生。朱家玉先生和乐黛云先生是好朋友，乐黛云先生专门写过一篇回忆录，大家可以看看。朱家玉先生她是上海人，是资本家的女儿，但是她很进步。解放初期她的家庭要她到美国去留学，她不去，坚持留下来，乐黛云先生说她是中文系第一个研究生，就是跟着钟敬文先生学的。当时他们学的是苏联的那一套理论，教学体系以时间为线索。因为俄罗斯文学比较短，从18世纪以后才有比较像样的书面的作家作品，所以苏联的民间文学就是文学史里面的第一部分——"人民口头文学"，在文学史的前面先讲民间文学，从原始社会的民间文学讲到奴隶社会的民间文学，再讲到封建社会的民间文学。开始朱家玉先生给55级、56级都讲过"人民口头创作"，讲过两年。后来1957年，她到大连旅游，不知道为什么在海船上早晨起来的时候就发现没有这个人了，她失踪了。乐黛云先生回忆录里写得很清楚，之前她还兴致很高地去大连旅游，在大连买了好多东西，结果回来的船上这个人找不到了，也不知道怎么回事。

朱家玉先生讲的那个体系我觉得不符合中国的情况。我们中国文学史长得很，按照这个体系就和我们的文学史课有冲突。后来我就把它改

段宝林（右一）与朝鲜留学生吴士根大尉及同学李丰凯、佘光清的合影

造成另一个新的体系，这个新的体系就是以理论为纲，先讲民间文学的总论，总论就是民间文学的范围、特点——本体论，我在这里的创新是提出了民间文学的综合特征立体性和内容特征直接人民性。苏联只讲人民性，我以为是不够的。因为作家书本文学也有人民性。而民间文学则与作家文学不同，具有直接的人民性。这是我的教材的第一章。第二章是民间文学的价值——我提出了三大价值的系统理论，这是价值论的创新，另外一个是方法论，就是民间文学研究方法的创新。我认为民间文学的研究和作家文学的研究不一样，它首先必须要有"田野作业"，对田野作业的研究方法，我做了一个新的理论概括——把它概括成对民间文学的"描写研究"，描写研究这个词我是从语言学那里借用过来的，他们的方言调查就是一种描写研究。我们进行民间文学调查的过程也是一种对民间文学的描写研究，描写它的动态特点，除了记录作品本文之外，还要记录它的创作、流传情况——生态环境。我把这种记录民间文

学作品的方法叫作"立体描写",这个是对民间文学进行真正科学的研究所必需的。

第二点,研究民间文学还需要运用比较方法。实际上,比较文学就是从民间文学当中开始的。乐黛云先生是中国比较文学学会的领导人,她就知道比较文学最早就是从格林童话、欧洲的狼外婆的故事、小红帽故事的比较开始的。

在描写研究和比较研究的基础上进行理论研究,要对民间文学的本体做总的理论的概括。这些都是总体研究——属于民间文学的总论。

总论之外还有分论,民间文学分论是关于每一种民间文学作品体裁的不同特点和代表作品的研究和分析。在这一方面,原来西方的研究把民间叙事作品分成神话、传说和故事,分别成三个学科了,这就是神话学、故事学和传说学。我觉得不应该这么分,应该把民间故事整体统合起来。所以我在编写教材和讲课的时候,就把民间故事作为一个总的系统,下面分成六七个方面的子系统,第一个是神话,神话是关于神的故事;第二个是传说,传说是关于历史的故事,第三个就是生活故事——长工与地主这样的故事,第四类是笑话……其他的就不一一列举了。我研究美学,在笑话这一方面是比较下功夫的,我发现我们的阿凡提笑话突破了西方传统美学的理论,写过一本《笑话——人间的喜剧艺术》。在世界民间叙事研究协会的国际学术研讨会上,我的新理论得到了学会主席劳里·航科的称赞。

在北大,这门学科是特别受欢迎的。我曾经讲过全校性选修课——民俗学(包含民间文学),从1987年开始讲,因为听的人特别多,换了三个大教室,最后换到最大的二教203,还是坐不下,有的进修教师就坐在走廊上。我问一个来听课的物理系同学,我说你学物理,为什么来听这个课呢?他说你讲的这些都是老百姓的生活知识,是我们都应该知道的,但是我不知道,所以我要来听。

陈昭玉: 您原本比较偏向于文艺理论的研究,后来民间文学缺教员,您就主动申请去担任这个课的老师了。老师当时是出于什么原因或者什么经历觉得愿意做这件事情,而且后来把它作为一生志业?

段宝林： 当时杨晦先生原来是让和我一起毕业的沈天佑去教民间文学的，但是他不愿意。我在旁边听说了，就说："我去吧。"杨晦先生说："啊？你去啊？"我说民间文学也是文学的一部分。我们研究文艺理论，过去光研究作家文学那是不全面的，应该是同时也要研究民间文学，才能全面掌握文艺规律。文学是从民间文学开始的，没有文字的时候就有民间文学、口头文学了。我觉得研究民间文学和文艺理论并不矛盾，所以我说要研究民间文学之后，再回过头来研究文艺理论，这样的话就能研究得更加全面。

陈昭玉： 您有非常多的民间文学研究成果后来在学术史上有很重要的推进作用。我想请问老师，您做这些研究是怎么寻找您的学术的兴趣点或者生长点的？

段宝林： 我在扬州中学入学考试的作文题目，就是"工欲善其事，必先利其器"。后来，我在《光明日报》还发表过一篇《磨刀不误砍柴工》。我深深地认识到学习方法的重要。所以在刚入大学的一年级，我就看了很多关于思想方法、学习方法的书，特别是许多大学者、大作家、发明家的回忆录，看他们怎么学习、怎么创造的，看马克思、恩格斯的研究方法，看毛主席的青少年时代……我就觉得要学习好，必须要掌握好思想方法，而这个思想方法最好的就是马克思主义的辩证法、唯物论。这种辩证法、唯物论就反对一切空谈、反对一切教条，就是要从事实出发，而不是从概念出发去推导，如果不联系实际就变成教条主义。在这方面我就特别注意了，在研究的时候，不是只看哪个权威说的，而要看它是不是符合事实，用事实来衡量真理。我在文艺理论、在民间文学还有民俗学的研究当中，都是按照这样一个基本的方法来研究的。

我们北大中文系有一个学术传统，就是特别重视材料，第一手的材料，反对克里空。我的导师王瑶先生对我说："研究一个问题，首先就要把所有有关的材料全部找齐，才能得出正确的结论。"我在研究中，都是这样做的。结果，我就发现原来的理论有很多不符合事实的地方，必须加以改正，这就必须有新的理论来代替它，所以必然就需要创新。

我认为创新是马克思主义的基本特征，不创新就不是马克思主义，而是教条主义，教条主义是反马克思主义的、违背马克思主义的。

我们的民间文学/文艺研究，还处在比较初级的发展时期，在国内外，教条主义都非常流行。国内一些研究者对西方的许多研究著作，往往只是复述、注解权威人士的话，而没有自己的新东西，似乎只有权威人士才能创造新的理论，我们的研究只能解释他们的理论。像中国民间文艺家协会的前领导刘某，甚至认为我们和外国学者对话的资格也没有。这是思想没有解放。我们只有真正解放了思想，才能大胆创新。而我们的创新曾经得过国际大奖。

在毕业之前我是研究文艺理论的，我留在北大就是杨晦先生把我留下来的。为什么把我留下来了？我在三年级的时候就敢于向苏联最大的学术权威季莫菲耶夫的《文学原理》挑战，写了五万字的学年论文：《论思想性与艺术性的关系》（后改为《论艺术性》），这是对苏联的那一套教条主义文艺理论进行反思的。

苏联的文艺理论根据黑格尔和别林斯基的理论，认为文艺的特点是形象性，我认为形象只是它的形式方面的特点，文学的内容特点是什么呢？苏联的文艺理论根本就没提出这个问题，我认为这种文艺理论是不科学的。

我以为形式是为内容服务的，连文学的内容特点都不知道，也不讲，这就说不过去。所以后来我就研究文学的内容特点是什么。我也看了好多文学方面的材料，从作家创作与文艺欣赏的许许多多实例中去做理论概括，我得出结论：文艺作品的内容特点应该就是感情。托尔斯泰在总结他自己和许多大作家的创作经验的《艺术论》里面说，文学是交流感情的工具。作家投入作品中的感情就是艺术内容。对这个感情，我也进一步发挥了，我说：这不是一般的感情，而是美的感情——美感。作家喜欢这个东西，就描写它，作家反对的、憎恶的，就在作品中反对它。这种感情就是文学描写的一种动力学。

当时是一个助教老师辅导我写学年论文，她不同意我的观点，觉得人家苏联是马列主义，是正统，你这样反对他们，冒犯莫斯科大学的权威，似乎是不可想象的。可是我还是认为研究就应该创新，不能只是复述而已，后来我说那就请钱学熙教授、杨晦教授看看再说吧。后来两位老教授都看了，钱学熙先生很同意我的观点，觉得我这个观点是有根据的，有道理的。文中我还对周扬的"世界观和创作方法的矛盾"提出不同看法，我觉得现实主义创作方法怎么能战胜世界观呢？其实，这应该是世界观内部的矛盾，我还做了一些论证。后来钱学熙教授对这个问题还专门写了文章在北大学报发表，认为是巴尔扎克的世界观内部的矛盾，而不是世界观和创作方法的矛盾。创作方法不能战胜世界观，世界观是起主导作用的。杨晦先生他没有表态，但是他最大的表态就是把我留作他的助教。我那个文章一直放在他那儿，60年代我才要回来。后来有人在精简时要把我调到附中去，他坚决反对，说："段宝林在文艺理论上还有一套呢。"

我的创新是非常多的，在国内外都有一些影响。日本的加藤千代教授曾经在北师大进修，她到北大来听我的课，听完之后就跟别人说，段宝林的创造性最多。因为我在民间文学和作家文学关系的理论上，提出了雅俗结合律，在民间文学本体的特点上，提出立体性、直接人民性，在民间文学的价值论、方法论等方面都有所创新。

西方的很多民俗学家、很多著作，往往都是反复辗转照搬教条主义的方法。比方说民俗的本质是什么？他们一般都照搬人类学派祖师爷泰勒的理论，认为民俗就是"历史残留物"。五四时期，这些观点我们已经从《歌谣》周刊上介绍过来了，现在许多人还在讲。历史残留物，就是从原始社会一直遗留下来的东西。所以他们的研究往往就是从民间文学里面寻找考证原始文化的成分。他们对民俗也进行调查，但调查的是那些比较落后的、迷信的东西。最开始，民俗学的研究就只研究民间信仰、研究精神民俗，后来才研究物质民俗。民俗学的研究范围一直在扩大，由精神民俗逐渐扩大到社会民俗、物质民俗。

民俗的本质是什么？对这个问题，因为我搞过美学，所以我就提出了一个新的观念，我认为民俗的本质是一种生活美。钟敬文先生讲民俗是一种生活方式，究竟是什么样的生活方式呢？我做了进一步的研究，我觉得它是当时当地的人民认为最美好的一种生活方式，所以它的本质就是生活美。关于这个问题，我曾经写过一篇专题论文，得了中国文联的银河奖，1985 年在《民间文学论坛》上发表的。我就觉得民俗学理论它应该创新，这是一种基础性的理论创新。

生活美，对美学来说也是一种创新。因为美学原来是哲学的附庸，是哲学的一部分，是作为艺术哲学来研究的。它只研究艺术美，不研究生活美，而我认为民俗就是生活美，就扩大了他们美学研究的范围。当然现在美学家他们也研究生活美了，但我是最早提出来这个问题的。

陈连山：当年您的观点是不是跟车尔尼雪夫斯基有点关系？

段宝林：车尔尼雪夫斯基写了《生活与美学》，他认为"美是生活"，对的，这是一种理论创新。但是如果仔细思考一下这个命题，也能发现它不够科学的地方，它是以偏概全了。因为生活也并不是完全都是美的。他只讲女孩子容貌之美，说明生活中有美，但是并没有讲民俗之美，我是把它具体化到民俗是一种生活美，这是车尔尼雪夫斯基没有提出来的。他没有提出生活美的概念。这是我最早提出的。

陈连山：刚才说到具体怎样找到那么多新的学术生长点的问题，比如研究民歌，大家会去研究民歌的思想内容、艺术表现方法，诸如此类。但是您就做了民歌诗律学，您为什么会研究这个呢？

段宝林：我觉得民间诗律它是发展新诗所需要的。为什么掌握这么多生长点，最主要的就是我从实际出发，发现它有些地方不够的，我就要专门去填补空白，民间诗律就是这么来的。我觉得民间诗律它就是文人诗歌的一个基础，古代的许多诗体最早都是从民间产生出来的，后来文人从民间文学里面再学习、提高，最后创造出文人的诗体和格律。新诗要发展，诗人就应该很好地向民歌学习。比如仓央嘉措，我曾经在 1960 年到西藏调查研究西藏的民间文学，看到西藏文学史上最有名的诗人就是仓央嘉措——六世达赖喇嘛。他的情歌作品就完全是从民歌来的，仓央嘉措情歌有六十多首，第一首就是唱歌谣，它的意思是说：

在那东方山顶，升起洁白的月亮；

姑娘的面庞，渐渐浮现在我心上。

它这个体裁完全是西藏的谐体民歌，是规整的六言的。这种诗体至今还在藏区广泛流传。

访谈间歇，段宝林在家中［徐梓岚 摄］

很多少数民族的作家，最开始都是从民间文学中学习来进行创作的，这是一个普遍的艺术规律。我后来专门论证了这个普遍的艺术规律——雅俗结合律。

我们的新诗要发展，要创造得好、人们能喜欢，那就必须学习民间文学的格律艺术。现在我们的新格律诗很难创造出来，我觉得应该好好向民歌学习，这样的话就可以逐渐创造出很好的格律诗。这是一个客观的艺术规律。为此我发扬我的优势，花大力气去研究民间诗律，这个研究从无到有，是非常困难的，但是得到了全国各民族学者和诗人的热心帮助。

陈连山： 我们做调查发现唱民歌的人出口成章，根本不用考虑押韵的问题，自然而然就能押上韵。他们已经习惯了，从小就掌握那种规律。但是作家们来写诗经常韵就押不上。您当年研究民间诗律学，是不是考虑过这个问题？

段宝林： 对。开始王力先生说格律只是文人诗歌的格律，他专门写过书——《汉语诗律学》。后来我发动各少数民族作家去研究各民族的格律，编了一本《民间诗律》，其中收集了37个民族的民间诗律。我请王力先生写序，提起这个问题，他说："民歌恐怕没有格律吧？"我说民歌有格律啊，我就把许多民间诗律的文章给他看，请他写序。他看了之后就写了一篇序，后来臧克家也写了一篇序，这是研究民间诗律的第一本。

第二本是《中外民间诗律》，写序的是冯至先生。他是五四时期鲁迅所说的当时最有名的诗人，他是我们西语系主任，研究德语的，我到他家去请他写序。本来是想请他写德语里面的诗歌格律，后来他说就请德语系的一个中年老师写吧。我就请他写序，他给我写了两封信说，五四文学革命就是反对格律诗，怎么又要研究格律，我说诗歌格律还是需要的，不过不能太呆板而已，他说再考虑考虑，后来考虑的结果说还是写吧。他对我们这本很厚的《中外民间诗律》很感兴趣。这时候就有了18个国家的民间诗律了。第一本只有3个，有季羡林先生写的印度两大史诗的民间诗律，还有俄罗斯、缅甸的民间诗律。

第三本是《古今民间诗律》，是我们俗文学学会的会长吴小如教授题签，诗人公刘写的序。这本书就从《诗经》、乐府开始，请唐作藩先生写了首篇，其后我还写了中古的民间诗律。又请台湾的著名学者朱介凡先生写了谚语的民间诗律。这三本书请全国56个民族的诗人、专家，写了他们自己民族的民间诗律。他们都很支持我们创新的工作。因为从来没有人搞过，我们这三本民间诗律确实来之不易，这是全国各民族专家学者共同努力的结果，我的合作者过伟教授和山西的诗人刘琦也做了许多组稿审稿的工作。出版之后，影响还是比较深远的。

陈昭玉：老师您刚刚说到，您以前一些文章里面也提到：做民间文学研究，不能只盯着文本，要学会多用语言学、文献学工具来研究它。现在学科发展专业化、精细化了，有些人就觉得民间文学在方法上什么东西都用一点，但是什么好像都不精深，对这种评论您有什么看法？

段宝林：这个很显然，方法是为目的服务，方法越多当然是越好，条条道路通向共产主义，条条道路通罗马，是吧？你不能只是一条路，一条路那就有局限性了。所有的方法，语言学的方法、古典文学的方法、考证的方法、比较文学的方法、解释学的方法,甚至自然科学的方法,都可以用到,这样我们的路子才宽。光是一种方法或者几种方法都不够,所以我的思想是比较解放的。我觉得坚持鲁迅说的拿来主义,只要我们需要的,不管其他,甚至一些反面人物他们调查的成果,我们也可以利用,不要在乎这些。要打破框框,十八般武艺都要用。科学的方法是实事求是,是多样统一,只要研究的对象是集中的,专题是集中的,就不会分散。一部机器的零部件很多,看起来很分散,但是组装起来就不分散了。

陈昭玉: 当代生活跟以前变化很大,很多人都过上了一种都市形态的生活了,包括现在的通信工具、互联网都非常发达,这个环境其实对我们原本传统的民间文学的一些定义或者观念都提出了挑战。您觉得我们这个学科面对这样的当代生活的挑战,应该怎么去走好下一步?

段宝林: 一方面是挑战,一方面也是机遇。这机遇就是我们民间文学提高创新力的好机遇。民间文学必须要根据时代的发展而创新发展,它是人民的一种生活方式,而且是当时当地最好的生活方式,那就应该是把最好的东西都用来为老百姓的生活服务,为提高人民的生活质量服务。都市民俗学已经是国际上的一个热门,有许多研究成果。我去印度参加民间叙事研究学会的大会,就专门反对了那种认为现代化使民间故事消亡的理论,得到了许多人的赞同。我以为民间文学随社会的发展而发展,永远也不会消亡。民间文学可以有书面的形式,有民间文学刊物、报纸和书籍,还有网络形式,你看互联网上那些笑话、歌谣,有很多东西发展很快,而且流传很广,我们都应该研究,它为什么会被创造出来,它的意义是什么?这个对活跃我们文学的发展,对我们人民生活质量的提高都有好处。是吧?

要应对这些复杂的情况,我觉得我还有一个很重要的方法可以使用。当年我是我们班唯一的一个优秀生,门门功课都考了5分(当时满分是5分),我也并不吃力。最主要的原因是什么?就是我善于考试,善于考试的方法就是会提炼。一门课也好,一篇文章也好,你必须提炼出它精粹的东西,需要记的东西,这些东西并不太多。一门课的内容我把它融会贯通将要点提炼出来写在一张纸上，就反复背它，背熟了，考 5 分是不成问题的。我们搞学术我觉得也是一样的，把那些重要的东西选择出来，而且把它发扬光大，这方面我们要做的化繁为简的事情很多。

陈连山： 互联网和手机普及了，对传统的民间文学的形式有一些影响。比如过去民间文学主要是口头的，虽然有抄本，但是那个情况比较少，主要还是口头的，所以我们说民间文学的一个基本特征是口头性。现在是互联网时代了，在互联网上大量信息都是文字传的，这样会对口头性特征有影响。因为它是文字的，算不算民间文学，学界就有一些不同看法。

段宝林： 口头性不能绝对化。曾经有人说口头的东西你记录下来，就没有口头性了，就不是民间文学了，这显然是不对的。口头性和书面性是结合着的，口头性，它要想更广泛地流传，必须借助书面的东西。口头的，比如唱歌，最多也就面对着一个会场那几千人，即使有广播也不可能不停地放录音，但是要久远地传遍全国，还必须通过文字。比如上海的《故事会》，就把民间故事记录下来，还有创新的故事，就传播到全国各地去了，这不是很好吗？它最多一次发行到 750 万份，是全国期刊里面最多的。所以我觉得口头性和书面性不能太绝对化。有些民间文学就是从书面开始创作的，因为它符合民间文学特点，它就流传开来了。在《中国民间文学概要》中我把它叫作"第二性的民间文学"。有些作家的诗句都可能变成口头文学的，是吧？这个应该是互动的，书面和口头的互动。对于民间文学，它的口头性不是和书面性绝对矛盾的，而是互相结合，它必须要有书面性，没有书面性的民间文学，我觉得就不能传之久远了，也不能传之四海了。

陈连山： 老师可以休息一下。

段宝林： 随便聊聊也行。我身体比较好，最主要的还是从小参军锻炼的。

陈连山： 段老师原来是军人。

段宝林： 我 15 岁从军，建国前，1949 年 9 月。

陈连山： 您运气好，刚好 9 月，提前一个月。

段宝林： 不到一个月，但是我填表的时候到了 10 月了，所以他们不承认我离休。不过反正我现在也是百分之百的工资，和离休也差不多。

我参过两次军。第一次是到三野的华东医学院，要学医的，需要高中毕业，我已经通过了笔试，后来因为我太小了就没要我。当时参军第一天就去帮助农民割麦子，那时候还没穿军装，带队的一看我这么小，认为身体不行，给我退回去了。太小了，怕我拖他们后腿。第二次就是 1949 年 9 月了，我已经入团了，团市委需要调人当机要员，苏北军区成立了一个机训大队，就是机要干部训练大队，就到市委要人，市委就调我们三个人参军了。

陈连山： 到那里面学什么？

段宝林： 学密电码，不是上电台发电报，而是把汉字变成码字，码字变成汉字，负责翻译电报，叫译电员。电台的报务员是不知道电报内容的。那些密码都是经过好几次加密，绝对可靠。敌人从来没有破译过我们的密码，破译不了。

陈连山： 中国当时那套密码是从苏联学来的？

段宝林： 不完全是，苏联和我们文字不一样。是周总理做地下工作那时候从国民党那里学来的，但是他根据我们的情况做了很多创造性的改造。周总理要求，我们的密码一定要绝对可靠，在战场上机要员宁可牺牲也绝对不能把密码给敌人拿到。而国民党的密码，我们就缴获了很多，常常破译出他们的密码电报。

陈连山： 我对作家向民歌学习的这个问题有一些怀疑。去年去韩国开会，我就谈到这个。不同的人群审美趣味不一样，作家个人要学，那是个人的选择，但是作为一个群体，要求作家去学民歌，好像有些问题。

段宝林： 其实就是提倡，提倡并不是说不要作家的个性了。原来艾青写自由诗的，去写民歌体，他写不好。所以我们不要求艾青、臧克家这些人去写民歌体，但他们自己愿意尝试一下，你也不能反对。关键问题就是我们还是应该强调创作自由，创作自由就是你可以选任何的题材和形式。我们希望还是反映民众的生活、反映重大题材，但是你要写个人的生活、写爱情都可以的。学民歌的目的，主要是为了作家的创造更加通俗易懂，使得最广大的人民群众都能够欣赏。如果你的诗人们看不懂，就起不到社会作用。

陈连山： 所以我的结论是我们研究民间文学的目的是肯定民众，肯定这种艺术趣味可以存在，有权利存在，下里巴人是可以存在的。宋玉当年就说下里巴人和者众，虽然是下里巴人，但是懂的人多，会唱的人多，对人家不应该有歧视的意思。阳春白雪很好，但是应者寡，会这个东西的，能听懂的、能够答应的人很少。他一方面说高雅，但人很少，另一边虽然好像有点低俗，但是人多。宋玉最早提出来阳春白雪和下里巴人的对立问题。但是其实对这两个对象应该是没有偏见的。

段宝林： 所以我就提倡雅俗结合。雅的和俗的相结合能够使得更多的人理解，扩大它的影响。俗的应该向雅的学习来提高它的水平，歌手们学一点新诗，学一点作家的文学，那也对提高创作有好处。

陈连山： 我的想法也不知不觉地受老师的影响了。

陈昭玉： 老师刚刚说到民俗学和民间文学，虽然两者有很多联系，但还是不一样的学科。现在民俗学发展很快，民间文学的很多人就向民俗学那边流失了，相对来说民间文学有些受到忽视，这个问题您怎么看？

段宝林： 民间文学、民俗学、人类学这个关系是比较复杂。人类学是发展最早的，为什么会有人类学？一个帝国要统治好殖民地的老百姓，就必须要调查他们的民俗，所以最早大概在19世纪60年代，他们就开始调查研究殖民地土人的民俗，出现了人类学。后来一些学者认为这些民俗在自己国家农民里面也有，现代社会里面的一些落后的民众也有这些民俗因素，也需要调查研究，于是就发展出了民俗学。所以人类学和民俗学有分工，一个是研究国外，基本上调查原始社会的文化；民俗学则是研究国内的。这两门学科到现在逐渐就有点合流了。实际上现在人类学也研究本地的，不光是研究外国的了，当然也不光是研究原始文化了，所以人类学、民俗学都混同起来了。

民俗学过去也不研究物质民俗，只研究精神民俗，以民间文学作为资料，研究迷信、民间信仰。后来民俗学发展出物质民俗研究，folklore

就是人民创造的知识。

在苏联，高尔基从小就是从民间故事里面成长起来的，他很强调这个，所以在他领导的苏联学界就着重从文学的角度来研究民间文学。其他西方国家还是不从文学角度研究的，只是把民间文学作为已经民俗化的资料。民间文学还没有从民俗学中独立出来。改革开放以后，有些人只崇拜西方，就不重视民间文学了，是一种倒退行为。

我觉得从文学方面研究民间文学也是我们中国的特点。西方的民间文学是属于民俗学的范围里面的，他们并不把它作为文学来研究，而是完全作为民俗学的资料进行研究的，而我们中国就把它作为文学来研究。

现在民俗学发展快也是和国际接轨，因为国际上都是研究民俗的。但是我们已经把民俗学和民间文学在中国变成两个学科了，民间文学研究是属于文学学科。过去只有北师大有这门课，后来北大也有这个课。到1958年"大跃进"反对教条主义地学习苏联，人民口头创作也被反掉了。在60年代，全国就只有我一个人讲过这门课，别的大学都不讲了，因为是从苏联来的，那时候都不再学苏联了。当时还不叫民间文学课，叫人民口头创作。那时候我独立坚持讲了七年民间文学，在全国都是少见的。钟敬文教授说我有"张志新精神"，东北的民间文学专家宋德胤教授说我是"站了文化革命前的最后一班岗"。

其实，这是北大传统，是许多老师支持的结果。

陈连山： 刚才谈到民间文学的研究，很多方法都是从其他学科借来的，就是这个学科的特点不明显。您的意思我总结一下，中国的民间文学在文学这一方面侧重比较多，跟西方的人类学不太一样，因为他们人类学虽然也调查口头的民间文学，但是基本上不从审美的角度来看，我们比较强调这一点。现在我们设在中文系里，中文系里是强调文学的，可是我们又跟作家文学的研究不一样，因为它要有田野作业。中文系的其他方向，古代文学、现代文学、当代文学、文艺理论等，他们都不讲田野作业的。这两方面都是中国民间文学的特点。跟其他学科有差别：跟民俗学比，我们强调的是文学；跟其他文学研究比，我们是要做田野的。这样就跟他们区分开了。

1998年,北大百年校庆暨中文系54级毕业40周年留念(第四排右四为段宝林)[来源于北京大学档案馆]

段宝林: 对。但是他们的一些研究方法,语言学、文献学考证这些东西对我们都是有用的。所以民间文学比它们更难学。除了文献之外,我们还有田野,还要有人类学、民俗学的知识。

陈昭玉: 老师您非常看重民间文学的社会价值,您刚才也谈到说您之前上课有物理系的同学来听课,觉得民间文学的内容其实是每个人都应该知道的东西。现在民间文学这门课在中文系是本科生的必修课了,但是其他院系来听课的人也没有特别多,更不用说在社会上,大家对民间文学的了解是很少的。您觉得作为民间文学的研究者,包括我们后来的这些学子们，对民间文学的地位以及它的未来，应该怎么去思考？

段宝林：原来我的研究重点开始就是价值论，我觉得要把民间文学的价值研究好，使得大家都重视民间文学。所以我首先提出了民间文学三大价值，第一个价值是实用价值，在人民生活当中，作为劳动的工具，劳动离不开歌谣，离不开民间文学。所以它在人民生活当中都有很多实用价值。第二个价值是科学价值，马克思、恩格斯、列宁他们都很重视这个问题，对神话都做很高的评价，我在文章里也举了好多例子。第三个方面就是艺术价值，分为两点。第一点是艺术的借鉴价值，作家来学习民歌能够创造更好的作品，音乐家像柴可夫斯基、肖邦，他们都很重视的，民歌是他们创造的基础。第二点是欣赏价值，民间文学当中最优秀的作品，完全可以和优秀的作家作品媲美，而且成为文学的经典。像《诗经·国风》、乐府民歌，对文学史起到很重要的作用，像李白、杜甫，他们都很重视民歌。《三国》《水浒》《西游记》，离开民间文学就根本没有了。所以民间文学的价值还是很大的，我们中国有这个传统，我们也要发扬它。

现在的问题是我们有些人看不起民间文学，觉得民间文学是不识字的老百姓的创作，肯定是很粗浅的，他不懂民间文学。但是有些老师，像葛晓音，是很重视民间文学的，她是古典文学的权威了。像陈贻焮先生，我们原来关系都很好的，他们都很重视民间文学。还有林庚先生，1958年的时候，我在学报还发表了一篇文章批判林庚先生的治学方法。后来我做文学史教研室的秘书，他是副主任，他和我关系还是很好。王师母还想把她女儿嫁给我，林庚先生说他有爱人啦。林庚先生挺有意思的。他很重视民间文学，我写过两篇回忆文章。

1972年我研究过民间文学在文学史上的地位和作用，写过一篇很长的文章，在1978年全国第一次民间文学学术会议上提供了这篇文章。当时钟老和许钰都参加了。主持人是西北民族学院的魏泉鸣教授，他看了我这文章，说这篇文章太重要了，是纲领性的，叫我在全体大会上做了一个大报告。他们都觉得这是"民间文学新时期的开台锣鼓"，对大家重视民间文学起了很大作用。当时有一个内蒙古的教授说他以前讲民间文学课,"文革"中挨打受到很多挫折,下决心再不搞民间文学了,觉得太危险。但他后来跟我说,听了我的报告,觉得民间文学这么重要,还是要好好地搞。所以有些学生在学习了民间文学课之后,就说以前是"有眼不识泰山""轻视是由于无知"——知道了就重视了!

所以要使得人们重视民间文学,使作家认识到不学习民间文学就写不好作品,这就必须首先了解民间文学。几千年来,人们都不重视民间文学,偏见比无知离真理更远。所以我们的一个主要的任务就是要通过一切办法,抓住一切机会来大力宣传民间文学,宣传民间文学的三大价值。

事实上,一些大专家像魏建功先生、吴组缃先生、林庚先生和季羡林先生等,都是非常重视民间文学的。魏建功、游国恩先生还是中国民间文艺研究会的理事。他们都参加过民间歌谣集成的审稿工作。

现在,联合国通过了保护非物质文化遗产的决议,我们国家也很重视,我曾经写过一篇文章说:"非物质文化遗产实际上主要就是民间文化",这个意见大家都是同意的。

这样我们就有了一个很好的机会,在学校中、在社会上落实这个工作,这当然是大大推进民间文学和民俗学的一个非常好的机遇。要主动充分利用,不能无所作为。可以办一些民俗讲座,把北大民俗学会恢复起来,可以搞很多活动。上海的华东师范大学在社会上搞过许多节日民俗活动,曾经搞得很热闹,我们可以参考学习。

我们北大,要力争在社会上起更大的作用,学术创新是一个方面,另一方面,在社会活动中也可以发挥很大的作用。例如普查编辑民间文学三套集成,就是我1979年在和贾芝同志一起编审《中国民间歌曲集成》最早两卷——湖北卷、山西卷的时候,向他提出的建议。他是李大钊的女婿,是延安来的老干部,当时是中国民间文艺研究会的秘书长,他觉得很好,就在文化部立项了。从1984年起在全国发动,普查民间文学,编辑出版民间故事、民间歌谣、民间谚语三套集成的县卷本和省卷本,成为非遗保护的先声。

我为什么能够成为中国音乐家协会《中国民间歌曲集成》的编审呢?这也是我自己主动争取来的。我听说他们正在搞这项工作,就找上

段宝林（右一）在山西调查时与刘胡兰父母等人的合影

门去，对音协的秘书长自报家门，希望参加这个伟大的文化工程，他说很好，他们正需要人对民歌的歌词做编审工作，我于是为他们写了一个民歌歌词的编审要求。这样就参加了最初的几个卷：湖北、内蒙古、山西等几个省卷的编审。向音乐家们学到了许多东西。

陈昭玉： 今年是中文系 110 周年，您作为中文系的系友，也是教授，是我们这些后来的青年学子都非常崇敬的前辈，您对现在的青年学子有没有什么生活上或者学术上的建议和叮嘱？

段宝林： 我曾经总结了我的治学特点，就是坚持理想信念，追求最高理想。

有两个方面，一方面就是最高理想，共产主义是人类最美好的社会，一个就是要学术创新，用最高的标准来要求自己。我们北大是最高学府，而且应该说这个最高学府不光是全中国的，还应该是全世界的，因为世界上没有哪个国家研究中文能够超过我们的。所以我们要用最高的标准来要求自己。我就是坚持高标准要求自己，所以国内得过三次"山花奖"，还得过一次意大利的国际人类学的大奖。当时我是第一个领奖的，一共六个人，其他人都只有奖牌，我还有奖金，相当于好几万人民币。

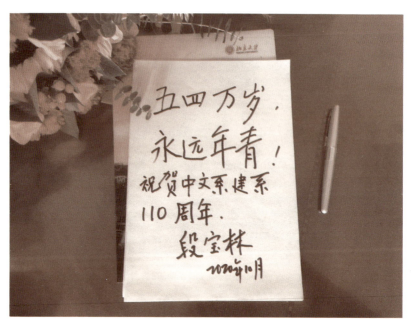

段宝林为中文系110周年系庆题词 [徐梓岚 摄]

我利用这个钱在意大利到处跑了一大圈。所以不管别人怎么说,要做好自己的事,一切都要尽力做到最好。

第二点就是要学会掌握科学的方法,学会多思考。50年代毛主席就提倡独立思考,不要迷信。独立思考,就应该是全面的思考,这样必然会有所创新。比如在民间文学上我提出了六维的立体思维,就比过去的说法更全面。

还要有不怕任何困难的那种坚持到底的精神。因为要创新就必须首先全面了解已有的成果,这就要花费大量的劳动,还要超越前人,就更要花大力气去调查研究、独立思考,这是非常艰苦的劳动。马克思说过,在学术的道路上是没有平坦大道可走的,只有不畏艰辛、坚持到底的人才能达到光辉的顶点。就是说必须要坚持,然后要不怕困难,点滴积累,最后从量变到质变,从不会到会,从不好到好,这个过程必须要坚持。我是以苦为乐的,所以还是很快乐。

我们还需要德智体全面发展，德就是要有理想信念；智，我觉得门门功课，只要需要的都要学好，就是马克思说的人类创造的一切，对我都不陌生。所以我的好奇心很强，我买了两万多本书，各种各样的书，我喜欢的、觉得需要的，我就买。后来我送了图书馆一万多本，他们搞了一个阅览室，原来和季羡林先生那个藏书室是一样的，叫段宝林藏书室，我说别用我的名字了，就叫民间文化阅览室，就在图书馆三楼正中的大屋里，和学位论文在一起。

身体是基础，要是整天生病跑医院就很痛苦，而且也没有多少时间来钻研学术了。我身体好对我很有好处。我觉得我们这一行必须要身体好，做田野调查需要跑很多地方。我就很注意锻炼身体，年轻时候是长跑运动员，学校代表队的。我是中文系第一届运动会的全能冠军，得了三项冠军：200米第一、800米第一，及总分第一。1955年的时候，我是我们班的军体干事。后来我也坚持长跑，现在我每天还跑800到1000米，围绕我们的院子跑两圈。我没有三高，血脂、血糖、血压都不高，我的心脏比较好，精力也就好了。另外我的心情好，所以就不容易得癌症。现在哪怕每天工作10个小时我都可以的。我也买了好多长寿、健康、锻炼的书，各种知识只要有用我都学。德智体全面发展，这很重要。这需要有恒——"坚持到底，就是胜利！"

今年是我们北大中文系110周年，中文系在五四时期是很有名的，特别是刘半农、朱自清、魏建功等很多老先生。五四的文化很重要，要发扬五四的精神，这是我们这一百多年来的最重要的经验。中文系是110岁的老人了，但还是很年青。我就想给中文系110周年贡献八个字："五四万岁，永远年青！"

孙钦善

学于斯·教于斯·研于斯

受访人：孙钦善
采访人：谷建
采访时间：2020 年 9 月 24 日

受访人介绍	孙钦善	1934年生，1955年考入北京大学中文系，毕业后留校任教。从事中国古文献学兼及中国古代文学、古代思想文化研究。曾任北京大学中文系古典文献教研室副主任、北京大学古文献研究所所长，现任全国古籍整理出版规划领导小组成员，《儒藏》总编纂。著有《高适集校注》《中国古文献学史》《中国古文献学》《论语本解》《清代考据学》《全宋诗》（合作主编）等。
采访人介绍	谷建	2004年毕业于北京大学中文系，北京大学《儒藏》编纂与研究中心副研究员，主要研究方向为中国古典文献学、宋代经学。

谷 建：孙老师您好，首先非常感谢您参加中文系110周年系庆的访谈活动。我们都知道您是1955年考入北大中文系的，您在高中毕业的时候，曾经在文理方向的选择上一度犹豫不决，是当时的班主任尚伴樵老师建议您报考北大中文系的，您能具体回忆一下当年报考和入学时的经历和感想吗？

孙钦善：我是1949年小学毕业后考上青岛礼贤中学，后来改成青岛九中。1952年初中毕业，考上青岛一中，这是个省重点中学。礼贤中学原来是卫礼贤办的，是个教会学校。这两个学校文理科都很棒，我也两方面都没有偏废。那么到1955年高考之前，要选专业，就很犹豫。我一直觉得，中学的教育应该全面发展，后来文理分科很不对。理科学好了才有助于学文，对逻辑思维有好处，可以更严谨地来学文，而语文表达对学理科也很重要。我的班主任是个语文老师，尚伴樵先生，是山东大学中文系毕业的，他就非常希望我报中文，第一志愿填了北大，第二志愿填了山大，

1955年高中毕业留影（第四排左五为孙钦善）

老师的母校。后来参加高考，考场在老山大校址，就是现在的中国海洋大学所在。我当时也没什么特别准备，不像现在的学生那么紧张，大概是录取率很高，竞争不是那么严重吧，自然而然就考了。

我自己还有个比较有趣的事，回想起来还有点后怕。我记得高考语文题文言文是标点翻译《桃花源记》，作文题是"你准备做一个怎样的大学生"。当然我就按照当时身体好、品德好、学习好这三好的路子来写了。但我不是写的议论文，而是用书信体写给一个老同学，就是原来一中的老同学，提前一年考上北大的张元勋校友，跟他娓娓道来，谈我自己的一些想法。本来是匿名考试，不能露个人信息，恐怕判卷的人作弊。而我在信里收信人和写信人都用了实名，这等于不是匿名了。我想当时人们都比较实在，没有作弊现象，评卷、阅卷的人和考生也都不在乎，不认为是有意作弊，所以我的高考录取并没受到影响，被第一志愿北京大学中文系录取。由此我还联想到，当时社会风气那么好，咱们中

1961年古典文献专业老师和研究生合影（前排左一为孙钦善）[来源于北京大学档案馆]

文系各教研室在文史楼二楼，一楼是历史系，包括考古，那时还没分出去，三楼是文科阅览室。历史系的一些考古文物，包括青铜器，很贵重的，就陈放在一楼走廊边的玻璃柜里面，我们到系里去都是随便看，日夜无人看管，也丢不了。当时世风就是如此淳朴，似乎不可想象。所以高考那年我并没受到影响，考上了第一志愿北京大学，就这样来了。

谷　建： 第一次听您讲起这段往事。我们都知道您本科就读于本系1955级，您在《大学生活三部曲》里回忆说您入学的时候学制刚改成五年，前两年是学习基础课程，之后上山下乡劳动开门教改，最后集体科研编书。当时讲授基础课程的都是哪些名家大师，您现在能回忆一下吗？或者当时有什么趣闻轶事可以跟我们分享一下吗？55级人才辈出，是否和这段经历有着密不可分的关系？您能谈谈本科生涯对您后来从事古文献学研究的重要影响吗？

孙钦善： 我们55级的大学生活分三个阶段。第一阶段，从入学到

1957年夏天，整两年，是比较安定的学习生活，即所谓"三点一线"，每天来往在教室、图书馆、宿舍。1956年国家号召向科学进军，对学习更是一次大促进。当时中文系的学术背景很好，我认为是一片沃土。为什么呢？1952年院系调整时，以北大中文系为基础，清华中文系、燕大中文系并入，1954年王力先生为主任的汉语团队从中山大学语言学系又调过来合并，可以说集中了当时全国中文系的精英，大师云集，得天独厚。同时，系主任杨晦先生起了很大的作用，以五湖四海的胸襟，把大家团结得很好。所以杨晦先生和系里各专业的老先生们一块制定了新的教学计划，从我们那一届改成了五年制，叫汉语言文学专业，前两年共同打基础，然后分专门化，后来改叫专业了。中文系叫作中国语言文学系，当时分两个专门化，文学专门化和汉语专门化。本来还有个新闻专门化，新闻专业后来调到中国人民大学去了。"专门化"学的是苏联体制。我进校的时候是偏重爱好文学的，特别是古代文学，但我们好多考中文系的同学都是想当作家的。一开始杨晦先生就给大家泼了冷水，在迎新会上他就说："中文系不培养作家"，他说作家是不能通过学校来培养的，一定要有生活。但是我原来没想当作家，我就想搞点文学研究，所以没有影响。我们前两年打基础，汉语课和文学课安排得都很全。你看当时我们任课的老师和课程：文学方面游国恩先生教先秦两汉文学史，林庚先生讲魏晋南北朝文学史，冯钟芸先生讲隋唐文学史，吴小如先生讲宋元文学史，季镇淮先生讲近代文学史，王瑶先生讲现代文学史，吴组缃先生给我们讲小说、讲红楼梦研究。杨晦先生讲中国文艺思想史，当时文艺理论请了苏联专家来讲，可是杨晦先生非常注重我们的传统知识，他就开了中国文艺思想史，讲中国的传统。后来苏联专家走了，吕德申先生就讲文学理论，还有郑奠先生讲《文心雕龙》，等等，这是文学方面。语言方面，魏建功先生讲古代汉语，王力先生讲汉语史，高名凯先生讲普通语言学，周祖谟先生和朱德熙先生讲现代汉语，周先生讲词汇，朱先生专门讲语法。梁东汉先生一开始做魏建功先生的助教来辅导古汉语，后来他又独立开了文字学。为了加强文献的基础，杨晦先生还建议周祖谟先生给我们开了"古代要籍解题"，这就跟我们后来古典文献的课差不多了。计划当中还有一些外系的课，比如冯友兰先生讲哲学史料学，还有李世繁先生讲逻辑学，历史系老师给我们讲中国通史、近代史，外语系的老师教东方文学、西方文学，等等。有这样一个教师队伍的阵营，按部就班地来教，辅之以课外自学，广泛阅读，所以基础打得很好。他们不仅给我们传授了丰富的文化知识、专业知识，他们的道德风范也给我们很大的影响。

因为中文系考进来的同学大部分是爱好文学的，还有好多同学想当作家，所以大家从兴趣出发，感觉到汉语的课程比较枯燥。后来分专业时赶上1958年"大跃进"搞教改，不少人要求早分文学和汉语两个专业，由大家根据兴趣自选。我们有个同学以漫画形式贴了一张大字报，标题是"有鸡联系"。画中一个学生两只手分别托了两大摞书，累得满头大汗，两摞书上画了一个大公鸡，一只爪子踩在文学书上，另一只踩在汉语书上。这是讽刺杨晦先生，因为杨晦先生反复讲到语言、文学不能分家，是有机联系的。这个大字报当时引起了轰动效应，后来想想，还是杨晦先生说得有道理。刚才我就谈到中学的时候文理不要分科，在中文系前两年打基础，也应该广博一点，汉语、文学确实不分家，再扩大一点，甚至文史不能分家，另外外国的一些情况也要了解。我后来做研究生读古典文献，我就感觉到如果没有汉语言文字学的"小学"的基础，那是学不好古典文献专业的。这是前两年三点一线的第一部曲。

1957年反右开始，下面就一个运动接一个运动，打乱了正常的教学秩序。1958年"大跃进"，要上山下乡，还要到工厂活动，开门教改。当然也有好的一面，大家接触社会，受到一些教育。有一次也很难得，1959年暑假，北京市团委邀请我们北大中文系参加编文学史的代表，随北京青年夏令营到山东长山岛部队参观锻炼，当时有张少康、吴泰昌和我三个同学，我们被分配去做文化教员。我们坐着海军从国民党军缴获来的一艘美国登陆艇，到长山岛最北边的砣矶岛待了将近一个月，受到很大的锻炼。但是长时间停课，正常的教学秩序被干扰，总是一大损失。这是第二部曲，与第三部曲时间有交叉。

教育革命要落到业务实处，到底怎么落实呢？我们55级的同学就提出来编一部《中国文学史》。当时中文系文学、汉语已经分专门化了，文学有三个班，一百人出头，汉语有一个班，二十几个人。文学方面的同学就提出了编文学史，当时受了"左"的影响，认为以前的文学史都是老专家编的，思想方向有问题，所以要批资产阶级权威，编一部新的文学史。于是我们大多数同学从1958年暑假开始，都留在学校编文学史，争取国庆献礼。大家分工，承担有关章节，最后再来统稿。学校也很支持，图书馆提供各种方便，晚上开夜车，食堂不关门供夜宵。当然当时的做法也有些偏激，但是从另一方面来说，也确实受到实际锻炼。当时教学计划安排了三年级有学年论文，我们就用编文学史代替了。对于这个倡议，系主任杨晦先生一直极力支持。但是他在支持当中又有引导，他反对那种偏激的"左"的方面，并组织了一些教师参加指导，如冯钟芸先生、陈贻焮先生都参加了。当时果然编出了一部七十万字、上下两卷本的红皮文学史，由人民文学出版社出版，实现了向国庆十周年献礼的愿望。后来大家征求各方面的意见，也平心静气地做了些总结，又争取更多的老师指导，编成了四卷本的黄皮《中国文学史》，那就稳妥得多了。汉语专业的同学同时编出《成语小词典》，影响也很大。以后集体科研继续深入发展，师生合作编著出版了《近代诗选》《中国小说史》等。我参加了《近代诗选》项目组，季镇淮先生指导我们一起编选注释，使我们获益匪浅，还为自己埋下了后续课题研究的伏笔，如龚自珍研究等。"大跃进"竟然落实到集体科研，是必然还是偶然？不管怎样，很值得庆幸，它是我们大学生活的第三部曲，奏出了美妙的乐章，而与第一乐章呼应交响，回荡在55级学子成材的起步路上。

谷　建：1959年我们古典文献专业正式成立了，魏建功先生担任第一任教研室主任，第二年您本科毕业以后就成为古典文献专业研究生。您能回忆一下当时亲历过的专业创建的始末吗？

孙钦善：好的。北大古典文献专业是1958年酝酿，1959年成立招生，当时我本科还没毕业，我是1960年暑假毕业的。建立古典文献专业，是史学界提出的倡议。当时北大副校长、历史系主任翦伯赞先生和北京市副市长、明史专家吴晗先生，他们从多年来的历史教学、研究和整理

1960 年北京大学中文系 1955 级毕业照

古籍、继承文化遗产的需要考虑，提出建立一个新专业来培养整理古籍、继承中国文化遗产的专门人才。翦伯赞先生给起了个名字，叫"古典文献"专业。吴晗先生认为古典文献专业相当于古代学术的重工业。建立一个新专业，要经过国家科委批准，当时主持国家科委的聂荣臻同志非常支持建立古典文献专业，建议高教部选择一所有条件的高校建立这个专业，最后决定由北大落实。校领导立即召集文史哲三系的领导和老先生一起商讨，决定建在中文系，这是强调语言文字对古典文献的重要性。

中文系请魏建功先生做专业教研室的主任，魏先生对这个专业的贡献很大，他从历史所调来了阴法鲁先生做副主任协助工作。中文系原来的文学、汉语方面的教师也转过来几位，组成了教研室。当时古文献的

孙钦善（左）在魏建功先生纪念会上发言

课程有三大板块，第一个是古代语言文字，第二个是古文献专书，第三个是中国文化史，讲通史内容之外，包括天文、地理、名物、典制等专题知识。这计划是魏先生主持定的，课程都很扎实。语言文字分文字、音韵、训诂，魏先生亲自来讲这门课。专书请外面的专家来讲，包括《史记》《左传》《论语》《孟子》等。文化史，涉及自然科学和社会科学内容，请校内外专家以讲座形式授课。这些课程特别体现了以传统小学为中心、为基础，非常扎实。另外，专业还强调实践，组织科研和古籍整理。教研室有科研项目，整理《贾谊集》。学生的毕业论文，也以科研项目来带动。当时中华书局总编辑金灿然同志很支持我们，一起联合办学，现在古典文献专业资料室的大量图书，不仅中华书局出版的，甚至一些珍贵的线装书，都是中华书局无偿支援的；另外还派富有经验、学者型的老编辑授课。培养的人才也很得力，不少人到中华书局等出版社当古籍编辑，还有些人到了文史哲等研究机构搞研究。古典文献专业的毕业生，不仅出了好多古籍整理、编辑的专家，也出了不少文史哲方面的知名学者。总是有人，甚至是某些领导，误解古典文献专业适应面太窄。为此古典文献专业屡遭被取消的命运。事实证明，古典文献专业是一个交叉的、兼综的、实践与理论密切结合的基础学科，适应面很广。我研究古文献学，对古文献学的了解，也经历了一个逐渐加深的过程。开始我在《中国古文献学史》和一些文章中，对古文献学的定义是这样表述的："古文献学是关于中国古代文献的阅读、整理、研究的学问。"后来我在一些著作和文章中的表述，又特别加上"利用"二字，即"古文献学是关于中国古代文献的阅读、整理、研究和利用的学问"。这一下涉及面就更广了，凡是研究古代学科，包括古代文、史、哲、经、法，乃至艺术史、科技史、中医药等，都要接触古文献、利用古文献，这关系到对古文献的搜集、甄辨和对其内容的正确理解，因此必须借助古文献学。现在强调国学，继承传统优秀文化，古文献学就是国学的根基。现在重视"强基"，古文献学就是一切涉古专业的基础。

古典文献专业有其历史渊源。我开始注意到北大 1932 年有个"整理国故"专科，后来又发现更早在 1925 年，北大国文系制定并实施《北京大学国文学系学科组织大纲》，其中有"关于语言文字者""关于文学者""关于整理国故之方法者"三类专业。而这个方案是魏建功先生当时做学生时所写《致马裕藻主任及国文系教授会书》提出来的，结果被完全接受，制订出《大纲》。而现在中文系的专业架构，与这个《大纲》一脉相承，可见魏先生对北大中文系和古典文献专业贡献至伟。他之所以能主持新建的古典文献专业，并不是因为这段历史渊源为人所知，而是基于他的学术专长和成就，实至名归。每想到人才流失、学科断档的惨剧，何以面对国家建立古典文献专业的殷切初衷？何以面对老前辈经营专业的良苦用心？

谷　建：孙老师，您以前谈过最早是更喜欢文学专业的。您在本科毕业之后，其实是被组织安排到古典文献专业来读研究生的，所以您对古典文献专业其实是经历了一个从逐渐接受到热爱的过程，您能给我们谈谈当时的心路历程吗？

孙钦善：古典文献专业建立的时候，我还在读文学本科。1960 年毕业分配时,我被分配到古典文献专业做研究生,当时也不分博士硕士,就叫研究生,而且不是通过报考,是分配。这也跟我读大学本科时参加集体科研编《文学史》《近代诗选》的经历有些关系。可以说当时读古典文献专业研究生是半推半就。推,是指组织上分配;就,指我对这个学科有些实践基础和经验,自己愿意。但是说心里话,开始也并不是完全心甘情愿,因为这个专业毕竟涉嫌厚古薄今、资料挂帅、钻故纸堆,由偏颇主导的舆论,不能不令人生畏。通过研究生的学习和科研实践,自己对古典文献专业不断加深理解,进而达到感情上的执着,体会到这个专业太重要了,无怨无悔,全身心投入。

谷 建: 孙老师,80年代我们古文献专业在教研室的基础上成立了古文献研究所,您出任第一任所长,随后您就提出了编纂《全宋诗》的构想。您能谈一谈当初是怎么考虑到这个选题的吗?另外《全宋诗》编纂前后经历了十二年,您在这个过程中有什么印象特别深刻的往事可以跟我们分享一下吗?您觉得《全宋诗》的成功编纂,对我们古文献专业的学科建设有什么深远影响吗?

孙钦善: 谈到《全宋诗》,这是一个大型的科研项目。我研究生毕业留在教研室工作,当时开了两门课,一个是校勘学,和陈铁民先生合作,一个是《论语》专书。后来教研室为了突出抓科研工作,又成立了一个古文献研究室,和教研室并行,实际上是一套人马,两块牌子,把教学和科研紧密结合起来。高校古委会成立以后,我们相应要把研究室的规格提高,提出来建立古文献研究所,国家教委和古委会都批准了。学校当时任命我做古文献研究所的所长。在研究室的时候我就有个想法,一个研究机构如何通过承担任务来发展学科。当时系主任是季镇淮先生,他很重视古典文献专业,他就带着我一块找到当时管文科的副校长季羡林先生,一起探讨,当时我们考虑的是《昭明文选》的研究课题。因为之前咱们专业师生联合搞了个《古文观止》新注,如果再进一步,从学术上来讲比较重要的就是《昭明文选》了。成立研究所以后,要带动一个研究所,也要有一个科研项目,要选更大一点的,那么就提出来编《全宋诗》。这个也是经过多方面的酝酿,请教了好多专家,得到大家

《全宋诗》主编和部分责任编委合影（前排左起：马秀娟、高秀芳、李更、陈晓兰、王岚、王丽萍；后排左起：孙钦善、傅璇琮、陈新、倪其心、许逸民）

的支持才决定的。我记得有一次利用在上海古委会开会的机会，严绍璗老师当时还在所里，他就去拜访了胡道静先生，他是搞科技史的。胡先生就说你们搞《全宋诗》，编出来之后肯定还要补，那补也是在你们基础上补你们的。尽管舆论对大项目多有诟病，认为成于众手的书没有好货。但是也不能一概而论，有意义的大项目必须搞，又绝非单枪匹马所能完成的，一定要集体合作，关键在于严谨。另外我们还想到这么一个大项目，光靠一个研究所是搞不成的，必须开门来做。《全宋诗》整理者必须内外结合，五湖四海物色专家。就五个主编来说，有三位是校外请的，即傅璇琮先生、陈新先生、许逸民先生，我们内部有两个，即倪其心老师和我；尽管大家调侃时有主方、客卿之说，但工作起来总是同心协力。至于顾问，我们请到了当时的古委会主任周林先生，还有本校的邓广铭先生、川大的缪钺先生、北师大的启功先生、苏州大学的钱仲联先生、南京大学的程千帆先生。后来启功先生还为《全宋诗》题签，钱仲联先生和程千帆先生撰写了序言。当时我们还登门请钱锺书先生出任顾问，钱先生婉拒了，但是鼓励我们编《全宋诗》，提示我们要坚持严谨的考据精神。我们还根据多方面总结经验，认为搞这样大的项目，既要多方面协作，又一定要有一个单位做基地，统一策划，集中审稿总纂，才能搞好。另外，光依靠教研室人手还不够，关于人力班底，我们想出了招研究生班的办法。当时批研究生班，包括后来的留人，学校很支持，特别是当时管人事的张学书副校长，给予极大支持，所以后来大家说，没有张校长就不会有《全宋诗》。当时大家同心协力，不分内外，不计条件。像傅先生、陈新先生，他们都是有名的学者型编辑，不光学问好，在书籍编辑方面也很有经验。当时我们请他们这些大专家来学校审稿编稿，我们招待的条件很差，眼瞅着勺园宾馆，包不起住房餐饮，只能安排住留学生宿舍，在员工食堂订餐吃饭。另外改造前的四教没有电梯，《全宋诗》编纂室就设在顶层，楼梯陡，楼层高，他们年纪都很大，傅先生腿还不好，也只能每天上上下下。老先生从不在意，以工作为重，而我们总觉得内疚。在这里我们要特别提到陈新先生，他发挥了很大的作用，他既是主编之一，又是编审，《全宋诗》第一道编审工作不是出版社来做的，而是我们所内请陈新先生完成的。他的编审工作是任何人都代替不了的，他是在审稿当中兼做校对。陈先生学问大，经验多，要求严，眼精手快，他这样学者型的编辑很难得，在《全宋诗》里边功劳很大。陈先生过世时漆永祥老师写过一篇怀念文章，现在他又和王岚老师给陈先生编了文集，我也写了序言。我们非常感谢陈新先生。

《全宋诗》在成果上我们认为站住了，虽然批评文章也有不少，但总体上站住了。说这话有几点依据：第一，有集子的作者，也就是宋诗"大家"，我们按照严格的古籍整理的规范来搞，底本一定要选择善本，并且注明依据，以此为基础做校勘、标点；第二，"小家"诗作及"大家"集外诗的辑佚，我们分两步来走，第一步先辑宋元时期的方志、笔记、类书（第一步查阅，包括少数宋元以后的大部头类书，此为特例）等的资料编入正编，详细注明材料出处，第二步，将来做《全宋诗补编》时，再对宋元以后的有关书籍进行辑佚；第三，每个作家写

《全宋诗》书影

一个小传,事迹都经过严格考证,虽然有些错误,但是总体比较严谨。这三方面内容,学界都给予肯定,事实也证明《全宋诗》堪称传世之作了。现在学术界在利用《全宋诗》,大家还在引用《全宋诗》,给予重视、信任,把它作为一个引据的出处。尽管它有些毛病还可以修订,还有补编有待完成,学术界也认为《全宋诗》的臻于完善,要经过几代人的努力,但毕竟有了可贵的基础。我们也意识到了问题的存在,现在正在进行后一步订补工作,《全宋诗》编委留下来做教师的年轻人,像王岚、李更、许红霞、陈晓兰她们也在利用这个项目带研究生。应该声明的一点,就是在众多的批评补正的文章当中,他们补的东西多数属于我们第二批辑佚书目里要辑的内容。我们本来就是分两步走,在前言和后记里边交代得都很清楚。我们计划在《补编》里要补的内容,他们先补了,我们很欢迎,很感谢;但作为《全宋诗》的遗漏来批评,就有点不公正了。

《全宋诗》是一个大项目。出成果，出人才，是研究所当初设计这个项目考虑的问题。参加这个项目的年轻人，他们不仅是《全宋诗》的整理者，也担任责任编委，在整体编纂上出了大力。他们还通过这个项目，衍生出不少研究课题，或撰写学位论文，或发表文章，或出版著作，成果可观，已成为有名气的宋诗整理、研究者，像王岚老师的版本学教学与研究，李更老师的校勘学教学与研究，许红霞老师的僧诗研究，陈晓兰老师的宋代思想文化研究等，都获得好评。她们还利用《全宋诗》编纂的平台进行教学，开出切实课程，教本科生，带硕士生，带博士生，教书育人，绩效显著。她们有些人一直坚持对《全宋诗》增补、补正，为《全宋诗补编》做准备，打基础，很艰苦。《全宋诗》规模比《全唐诗》大得多，从诗歌的数量、作者的数量来看，都比《全唐诗》多得多。而且清人搞《全唐诗》有基础，而《全宋诗》是没依傍的。回想当初大家调侃说，搞《全宋诗》，得准备"全送死"，压力确实很大。但是通过这样一个项目，达到了既出成果又出人才的目的，带动了教学，带动了专业和研究所的建设，总算得到莫大的安慰。

谷　建：您多年来致力于古文献学和古文献学史研究，在教学与科研相辅相成的基础上，陆续出版了《中国古文献学史》《中国古文献学史简编》《中国古文献学》《中国古文献学文选》等著作。您能结合这几本著作，介绍一下您对古文献学体系的认识吗？

孙钦善：好，你提到的我自己的这四部书，《中国古文献学史》《中国古文献学史简编》，还有《中国古文献学文选》，还有一个《中国古文献学》，那么现在还应该加一部《清代考据学》，这是 2018 年末出版的。这几本书都是我在工作以后，在教学和科研的过程当中出的成果，是以实践为基础，对古文献学理论总结的成果，所以涉及我对古文献学的认识。

最早的是《中国古文献学史》。我给 77 级讲《中国古文献学史》，在备课期间编了《中国古文献学史参考资料》油印讲义两本，从先秦一直到近代王国维。那时候图书馆也给了很大的方便，我当时可以进书库找书，而且是线装书，找到以后，用一个带网眼的大网兜，一次兜四五部，带回家利用晚上的时间来看、选、录，编了这份资料。这个经验也是我学文学史的时候跟以游国恩先生为首的古代文学教研室学的。从77级开始，经过几轮反复的讲授，逐渐形成了讲稿，又几易其稿。最早的讲稿是利用复印废纸背面的空白面来写的，后来跟中华书局签了出版合同，用他们的大稿纸又誊写了一遍定稿。1988年交稿，1994年才出书，几乎是八年抗战了。全书九十多万字。好多章节都曾作为单篇文章在杂志上发表过，所以这个教材不是一般的综合编写，而是带有原创性的。现在有人对教材有偏见，这是不对的，有好多名著都是从教材出来的，比如冯友兰的《中国哲学简史》、王力先生的《古代汉语》，是教材，其实也都是专著。《中国古文献学史》得到大家的肯定，还得了全国高校首届人文社会科学研究优秀成果著作一等奖，对自己是很大的鼓励。写这部书的时候，我对古文献学就有了一些理解。我在引言里面说"中国古文献学是关于古文献的阅读、整理、研究的学问"，当时没有在"研究"之后提"利用"，"利用"是后来加的，整个表述变成了"中国古文献学是关于古文献的阅读、整理、研究、利用的学问"。我对古文献学架构的理解，是受了戴震《与是仲明论学书》这篇文章的影响，即掌握古文献，从语言文字入手，再到具体内容，如名物典制等，最后在于求道，道就是义理，这是一个完整的过程。《中国古文献学史》由于分量太大，不适于教学，后来就出了《简编》，压缩了三分之一的内容，大概六十多万字的样子，被教育部定为研究生教学参考用书。这里面从先秦到近代，涉及文献学家大大小小上百人，专题三十多个。

后来我又编了《中国古文献学》，这是受了程千帆先生的鼓励。《中国文献学史》出版以后寄给他，请他指教。他看完以后给我写了一封信，就提出了让我编横向的便于初学的理论性著作《中国古文献学》的意向。另外我给研究生开的课有"古文献学与古代文史研究"，还有"清代考据学"，这也帮助我为编写《中国古文献学》做了一些资料方面的准备和理论上的考虑。所以我申请了十三五规划教材的项目来编《中国古文献学》。这本书的架构就反映了我对古文献学体系的研究成果。古文献学是什么？跟古文献有关系。古文献包括形式和内容，形式方面包括语言文字，也包括版本，文本形态就是版本；内容，包括具体内容，就是戴震讲的从天文、历法到地理、典章、人物、史实、事件，等等；还有抽象内容，就是传统所谓的义理。在形式方面的语言文字，涉及文字学、音韵学、训诂学；在形式方面的文本形态，涉及版本学；跟语言文字和版本有关的，是校勘学；跟形式和内容有关的，包括具体内容和抽象的内容有关的，有目录学、辨伪学，还有辑佚学。再一种分类包括两方面：从形式的全部到这个内容的具体内容，就是考据学；抽象内容，即思想，属于义理学。这样一个架构，就是完整的古文献学体系。在《中国古文献学》中，我已把古文献学的定义，加进了"利用"二字，即"古文献学是关于古文献阅读、整理、研究和利用的学问"。利用，涉及文献的收集、文献的甄辨，甄辨包括优劣的甄辨、真伪的甄辨。利用是研究工作的需要，属于高端范畴。古文献学它本身的定位不是一个狭窄的学科，它是个交叉的学科，又是个基础的学科。实际上戴震在《与是仲明论学书》当中，已经把这个系统讲得很清楚了，我受了他的启发，理出一个完整的体系。

后来我又在《中国古文献学史参考资料》的基础上编了《中国古文献学文选》，《中国古文献学史参考资料》是资料的节录，《中国古文献学文选》在文字上考虑到一篇文章的完整性，作为古文献学的范文。这也是国家规划教材。

最后谈谈《清代考据学》。我的一些成果都跟教学、研究有关系，在实践的基础上来进行理论探讨。《清代考据学》是我在中文系给研究生开的课，在讲稿的基础上写成书，也利用了《中国古文献学史》的积淀。在写古文献学的时候，我就强调了三方面：利用历史经验，利用现实的经验，还要利用个人的经验。清代考据学怎么来界定？它是一个文献考据学，事实上是清代的断代的文献学史。清代也有义理学，但最突出、最有成就的是考据学。那么第一个问题，清代考据学的内涵怎么总结？第二个，它形成的原因是什么？第三个，它发展的历史过程，分期、分派，怎么来看？再一个是历史定位，它的历史地位怎么样，现代意义、成就又怎么样？《清代考据学》就讲了这些问题。首先是定位：清代考据学是有清一代的文献考据学，义理除外，清代不是没有义理学，但考据成就是最大的。传统小学包括文字、音韵、训诂。文字学方面，对《说文解字》的突破，利用出土文献的古文字来纠正《说文》的一些错误；音韵学方面：破谐音说，对古音系统，包括分部、声母韵母的研究；训诂学方面，强调因声求义，避免望文生义。另外目录方面强调辨章学术，考镜源流。版本学上，清代人特别讲善本，对善本的定义是什么？怎么来看待？再有版本的鉴定、对版本源流的考订，某一部书在流传过程当中，它发生了什么变化？对于古籍整理来说，考察版本和确定底本、校本很重要，研究版本源流对学术研究来说也很重要。校勘学，陈垣先生讲的四种基本校勘方法，胡适有很高的评价，这四种校勘方法清代人已在谈论、使用。关于考据学形成的原因，我强调应该以学术为主。以前突出政治，老讲清代考据学跟文字狱有关系，实际学术上有继承，艾尔曼讲它是个话语的转变。在分派上，要强调清代的考据学有派别，但是跟一般的学术派别不同，不能混同。我对考据学的分派提出了几方面的界定依据。对于分期发展，梁启超认为乾嘉是考据的盛期，晚清是考据学的衰落，顶多有像俞樾、孙诒让这样的少数人殿后，我认为不对。晚清的成就很高，它实际上是个过渡，是中国文献学、考据学从古代到近现代的一个很重要的过渡。特别是孙诒让利用出土文献，后来一直到王国维的二重证据法，这是很重要的发展。开新造大，这是于省吾先生对孙诒让先生的评价，我认为晚清就是这样一个阶段。所以对清代考据学的历史地位应该给予充分肯定，清代考据学不是不可逾越的高峰，是一个很值得继承的高峰，忽视这个高峰是不对的。

谷 建：您在北大古文献专业从求学到任教，奉献多年，经历过学科从初创到逐渐发展壮大，也经历过停办、面临取消以及人才流失等挫折，可以说是古文献学科的历史见证人。您可以介绍一下我们这个学科价值所在吗？2019年古典文献学新生代研讨会召开时，提出了学科似乎面临边缘化的困境，您是否认同？或者您认为应该如何应对这种困境和挑战呢？

孙钦善：古文献学的意义非常重要，发展古文献学，不仅是古籍整理与研究的需要，也是古代文史研究的需要，全部古代学科所谓"国学"研究的需要，乃至传承中华优秀传统文化的需要。我在《人民日报》学术版上发表过一篇《传承中华优秀传统文化需要发展古文献学》，编辑部加了一个栏目标题"学科走向"，这个标题加得好，说明古文献学对于传承传统文化的重要性，说明古文献学发展的目标远大。至于古文献学的具体发展前景，2008年6月我在出席北京语言大学人文学院汉语古文献研究所成立会议时强调了两点：一是守牢传统小学的根底，一是开拓思想义理辨析的天地，发展中国的诠释学。前面提到在《中国古文献学》中，从语言文字解读，到内容考实，再到义理辨析，是我在古文献领会解释方面划分的三个层次。有人认为语言文字解读是古汉语研究的内容，不应该包括在古文献学里面，这是长期以来时人甚至业内人士对古文献学的误解，我认为这样不全面。因为从古到今作为语言文字的小学都被视为古文献阅读和研究的基础，不仅不应该排除在古文献学之外，而且应该结合古文献理解问题充分讲透。至于对古文献理解、诠释方面最高层次的义理辨析，人们也有误解，或者认为不应该包含在古文献学之内。我认为义理是古文献的灵魂。北大百年校庆时，我在香山举行的汉学研究国际会议上发表了一篇文章《论传统义理之学》，就是探讨义理辨析问题的。古人在理解文献的义理时，往往有一个偏差，就是主观附会歪曲，为我所用，所谓"六经注我"，我在书中称之为"附会诠释"。但古人也有实事求是，力求阐发文献原意的，我在书中称之为"原意诠释"。原意诠释在古文献学上有积极价值，因为它能保持历史真实。附会诠释在古文献学上没有积极价值，因为它歪曲历史真实；而在思想史上有积极价值，因为古人往往通过对古文献的附会诠释而产生新的思想。但是在准确把握这种新思想的特征时，也必须以原意诠释为参照尺度，原意诠释始终处在主导地位。关乎义理辨析的诠释学，是中国古文献学研究的一个薄弱环节，大有发展的余地，应该是中国古文献学研究的主攻方向。中国关于诠释学存在两个认识误区：一是受西方诠释学影

1997年，孙钦善（左四）与毕业生合影

响太大，并认为中国没有诠释学，只有从外引进；二是认为中国有传统的经典诠释传统，但只停留在经验或具体方法阶段，始终未上升到理论而形成"学"，因此要借鉴西方诠释学，建立中国的诠释学。我对上述两种意见均不敢苟同，认为中国不仅有悠久的经典诠释传统，而且诠释方法极为丰富，经过不断积累、总结，早已上升到理论阶段，形成自己固有的诠释学。中国历史上虽然没有"诠释学"的名称，但存在"诠释学"的实质，只是名称不叫"诠释学"而已。从解释层面来看，一般可分为三个层面：1. 语文解释，包括字、词和文义的训解串释；2. 文献具体内容（如史实、人物、名物、典制、天文、历法、地理、年代等有关空间和时间的具体事物）的考释；3. 文献思想内容的诠释。思想内容的诠释是最深的一个层面，中国传统称为义理学，义理学即相当于现时影响中国最深的以海德格尔、伽达默尔为代表的西方哲学诠释学关于文本诠释的理论。我们当今的任务，既不是引进诠释学，也不是创立诠释学，而是继承传统诠释学，以此为基础，并借鉴西方诠释学，进一步发展这一学科。我们如果通过中国经典诠释能够提出一些理论来补充西方的诠释学，这将是一个很重要的工作。需要补充的是，中国的诠释学不始于宋代的陆象山的"我注六经，六经注我"，还可以提前到先秦孟子的"以意逆志"。现在还需要强调，如前所述，中国的诠释学不仅有"六经注我"的附会诠释传统，还有追求原意的科学诠释传统，前者只对思想史的研究有积极意义，后者对古文献的校释则具有永恒价值。关于古文献校释，清代考据家多人说过"不诬古人，不惑来者"的话，这一告诫值得人们永志不忘。现在我们应发展原意诠释学，我也一直在探讨总结其具体方法。

谷 建： 当前我们已经进入了一个大数据时代，对传统的古籍整理和古典文献研究来说，引入数字化、云计算等新技术，既可以开阔眼界和思路，同时也是一种新的挑战。我们也很想了解一下您关于这个问题的见解和看法。

孙钦善： 这对我们开阔眼界、掌握研究信息，检索、搜集研究资料，很重要，提供极大的便利。另外，对避免重复影印引进文献造成严重浪费、徒劳无功，也有帮助。但数字化只能方便研究，而不能代替研究。

谷 建： 以前听师母讲过，您多年来一直坚持开夜车，一年三百六十五天，大概只有除夕例外，退休之后仍是如此。请问您是如何长期保持这种学术研究的热情的？

孙钦善： 熬夜有效率，但影响身体，不是好习惯，应该杜绝，不可提倡。我也在努力改变，但不太容易。至于保持研究热情，一是要有使命感、责任心，古文献学对于研究古代文史哲，乃至一切古代学科，以及弘扬优秀传统文化，太重要了；一是要方法对路，努力刻苦，不断取得成果，用成就感来激励自己。

谷　建： 目前正值北大中文系新生入学，两年后他们便会面临专业选择。当然根据以往经验，最终选择我们文献专业的同学并不多。借此机会，您能向他们分享一下自己的治学心得和经验，并谈谈对他们的期许吗？

孙钦善： 古典文献专业并非无用武之地，弘扬优秀传统文化，必须以古文献学为根基；古文献学是一个兼综的学科，学习古代学科，必须深扎古文献学的根，根深才能叶茂；古文献学并不枯燥，深入下去，就会找到感觉，产生兴趣，以致达到情感上的执着。2013年我在迎新讲座上谈的题目是"根：做人须有根，治学亦须有根"，其中治学方面，就是结合对古文献学学科的认识，谈谈古代文史学科治学的根底问题。我希望今天的访谈能对新同学有一些参考。

谷　建： 孙老师，您能在最后简要地谈一下您心目中的北大精神吗？

孙钦善： 我觉得最主要的是两点：一个是科学，一个是民主。这是北大的校训，最能体现北大精神。现在学术有不正之风，可以说学术的悲哀，或者学术的腐败，莫过于"不搞学术，玩弄权术"。其蔑视学术规律，强势霸凌，不尊重知识，不尊重人才，是对科学的极大戕害，对学术民主的严重践踏。北大精神不仅对正能量有感召力，对歪风邪气亦有震慑力。

陆俭明、马真

国家的需要就是我们的志愿

受访人：陆俭明、马真
采访人：范晓蕾
时间：2020 年 9 月 17 日

受访人介绍	陆俭明	1935年生，1955年考入北京大学中文系，1960年留校任教。曾任国际中国语言学学会会长、世界汉语教学学会会长、中国语言学会副会长、北京大学汉语语言学研究中心主任。研究兴趣涉及现代汉语语法、语文教学、对外汉语教学等领域。主要代表作有《现代汉语语法研究教程》《八十年代中国语法研究》《新加坡华语语法》《话说汉语走向世界》等。
	马　真	1938年生，1955年考入北京大学中文系，1960年留校任教。主要研究领域为现代汉语语法，专注于现代汉语虚词研究。代表作有《简明实用汉语语法》《简明实用现代汉语语法教程》《现代汉语虚词研究方法论》《现代汉语虚词二十讲》等。
采访人介绍	范晓蕾	自2015年起任北京大学中文系助理教授、北京大学中国语言学研究中心研究员，研究方向为现代汉语虚词和方言比较语法。

范晓蕾：今天我们有幸请到陆老师和马老师来聊一下北大的历史和你们个人的经历。50年代能就读于北京大学，在当时来说应该是机会难得的。两位老师初入北大时是什么样的心情？有哪些有趣的事情呢？

马　真：我上中学的时候特别喜欢数理化，原来是准备学理工的，想报清华大学。后来班主任劝我报考文科，说考虑到你的身体状况，学文科对你比较适合，再说目前国家也很需要文科人才。我想老师讲得有道理，而且当时"国家的需要就是我们的志愿"，这是我们这一代人的普遍想法，这样我就决定报文科了。我就喜欢语文，就报了中文系——我的第一志愿是北大中文系，第二志愿仍然是北大中文系，第三志愿还是北大中文系。入学后才知道，北大中文系在整个西南地区只招三个人。要是早知道，我可能就不敢这样报志愿了。

中学的时候觉得学习很轻松，一进北大就感到很不一样了。周围的同学都很成熟，我在他们中间就像一个黄毛小丫头。当时我只有17岁，班上有个同学比我大 8 岁，有人开玩笑说我应该叫他"志愿军叔叔"。我觉得自己的确各个方面，特别文科的基础比他们要差些，所以就加紧地努力，每天早晨 6 点起床锻炼，半个小时后洗脸吃饭，除了上课都在图书馆，想要奋发赶上去。

我上小学时，正是解放前夕物价飞涨的时候。我们家有五姊妹，我父亲是一个粮食局的职员，薪水不高。1949 年夏，我念完五年级，因家里没有钱了，就停学在家；所以我去年看到《北平无战事》里解放前夕那种物价飞涨、经济崩溃的混乱局面，觉得深有同感。好在我家乡南充 1949 年底就解放了。南充一解放中学就招生（春季招生），而且可以不交学费，还能申请助学金。我就试着去报考了，结果考上了。我就住在学校、吃在学校，专心学习了。"解放区的天是明朗的天"，我们这一代人唱这首歌是从内心发出来的。1955 年 9 月到北大后，我又申请了人民助学金，除了一个月 12 块 5 角的伙食费，还申请了零用钱 3 块钱，过得很轻松。1957 年秋分专业时，我觉得我是国家培养的，要根据祖国的需要选择自己的志愿。正是出于这种想法，我服从分配进入了语言专业学习。北大的环境我特别喜欢，勤奋、严谨、求实、创新的氛围，对我们这一代学生有非常深刻的影响。

陆俭明：我是在苏州吴县太湖中的东山岛上出生、长大的，父亲在崇明岛南堡镇一家小布庄上当店员（用现在的话来说是"售货员"），一个月的薪水很少，我两个哥哥都是小学毕业就出去当学徒了。解放前当学徒工很苦的。我 1949 年小学毕业，原本父亲也已经给我联系好到苏州一个杂货铺去当学徒，好在我们家乡 4 月份就解放了。我哥哥写信回来说，"无论如何不能再让三弟当学徒，一定要让他念书"。这样我 7 月份小学毕业后就随母亲从吴县东山到崇明我父亲那里，并考上了崇明的民本中学。每个学期都是全年级前三名。

我原来想考清华电机系，但到报名的时候，校长和班主任来找我，"陆俭明，现在国家需要文科人才，你报文科吧"。那个时候就像马老师说的，国家的需要就是我的志愿。我对语文感兴趣，那就考中文系。我问班主任，中文系考哪个学校好？他说当然最好是北京大学；我就说，"行，

陆俭明（二排右四）1954年参加中学学代会时留影

那就考北京大学"。老师说，"北京大学可不是容易考的，我们毕竟是个农村学校，能不能考上，可不能给你打包票"。我说，"考得上就上，考不上也无所谓"，就这样报考了。也是像马老师那样，三个志愿都是北大。

我们从上海到北京总共48个小时，国家给安排了学生专列。火车都是烧煤的，到了北京脸上全是黑黑的煤灰。一到站，北京大学负责迎新的人就接我们上了解放牌大卡车。现在的大讲堂那时是个大饭厅，车就停在大饭厅门口。路两旁都是各个系的迎新站。我就在那里报到了，就这样入了北京大学。

我能上中学进大学，都是因为来了共产党，所以我对党一直有一种报恩思想。入学后学习很努力，一直追求进步，1956年就入了党，我的入党介绍人就是谢冕。中文系新生入学不分文学和语言，全年级103人一起上大课。直到二年级结束才分文学、汉语专业。一开始几乎没有人报汉语专业的。那个时候大家都对语言不很了解，而且一般考北大中文系都是想搞文学的。当时系总支一位总支委员 就来动员我说，"陆俭明你是预备党员,你就得带个头,报汉语专业吧"。我说,"好,那就报语言"。就这样,我踏入了语言学这个领域。

范晓蕾: 谢谢老师们的分享。刚才在来的路上,您说燕南园过去住着的有林庚、朱光潜、林焘、王力等老先生,您一入学就接受这些老师的教导,对这些老师们有哪些印象深刻的回忆?他们有哪些特点?

马 真: 老一辈的先生都非常重视基础课,这使学生受益很多。朱先生说,一定要让同学一上我们的课就喜欢上我们的专业。另外,老师们的学术风格、为人为学,也都让我们非常敬佩。从1956年春节我们就开始给老师们拜年,一直到2017年他们陆续离开人世。他们都是把学生当成自己孩子一样的,认真教学,循循善诱;我们也是发自内心地尊敬他们。师生之间的感情那么好,跟老师为人为学的态度有很大的关系。

陆俭明: 朱先生讲过,本科生特别需要有经验的老教授来上课,引导他们走上学术道路。当时的课都各有特色。王力先生的特点是讲课清楚,但是没有抑扬顿挫。魏建功先生讲古代汉语从《论语》开始,每次讲一个字,譬如"子曰:学而时习之","曰"是什么意思?再讲和"曰"相关的"言""语"的区别,之后又谈到别的上面去了,结果一学期下来一个《论语》都没讲完,但我们很有收获。周祖谟先生讲课清清楚楚,而且发音非常好。"语言学概论"是高名凯先生上的,他上课的时候眼睛不看学生的,一直盯着天花板,但讲得是真好。文学课游国恩先生讲《楚辞》真是有声有色。林庚先生作为一个诗人讲授唐代的诗歌,那是有滋有味。还有王瑶先生,一开始听不懂他一口山西话,有时候他说了两句就自己先笑起来了,慢慢地听懂了,就越听越有意思。

我们两个受朱德熙先生的影响比较大。朱先生的课讲得特别好,还没有分专业的时候,我们103个同学中大部分都是要选文学的,但没有人缺席,也没有打瞌睡的,大家甚至觉得听朱先生的课是一种艺术的享受。朱先生讲课讲得那么好的原因,我们也是到后来才真正知道。先前的本科毕业生留校任教,先要做三年助教。而我们1960年本科生毕业就要求我们上讲台讲课。第一年,教研室分配我上外系的"汉语语法修辞"和"写作"课,第二年就让我回本系里给汉语专业上"现代汉语"课。

20世纪60年代马真与王理嘉（左）一起向林焘先生（中）请教现代汉语语音问题

当时我感到很有压力，比较紧张。我就去问朱先生："我们听您的课都觉得是一种艺术享受。您能不能说说讲现代汉语，特别是讲语法，有什么诀窍没有？"朱先生呵呵一笑说："哪有什么诀窍？"他停了一下，又说了一句话："不过要多从学生的角度考虑。"这句简单的话对我来说真的是印象深刻。回来以后我就告诉了马老师，我们一起回忆朱先生的讲课，怎么跟前一节衔接？怎么切入？怎么展开？举什么样的例子？甚至包括板书怎么安排，都很讲究，始终在考虑怎么让学生喜欢听，跟着自己讲课的思路走。朱先生在备课的时候，都是精心准备的，出发点都是为了学生。这反映了朱先生高度的教育责任感。

范晓蕾：从50年代到现在，北大发生了哪些重要的变化？

马　真：我觉得有变有不变。说有变，原先的大饭厅、小饭厅变成了大讲堂，原先的棉花地操场变成了现代化的"五四"体育场，原先的一至十三斋的二层小楼，变成了几座现代化的新的教室楼，原先的北大附小迁出了北大，盖起了现代化的图书馆，还新盖了许多食堂以适应学生人数的增加，等等。不变的，除了那未名湖、博雅塔，还有那"勤奋、严谨、求实、创新"的北大校风和学风。

陆俭明：确实如马老师所说，盖了许多楼，硬件变化不小，而全校的学风没有变。北大有一个好的传统，就像马老师刚才讲过的校训，一直保持至今。就中文系来讲，我想有这么几个变化。

专业的设置上，我们进北大的时候中文系就新闻和中国语言文学两个专业；1958 年新闻专业并入中国人民大学新闻系，我们中文系变成汉语和文学两个专业；后来又成立了古典文献专业。21 世纪我们又设了计算语言学专业，而且是从理科招生。可以看到中文系的专业设置都是根据国家的需要不断调整的。

有一个变化是我觉得很可惜的：现在教员跟学生见面就只在上课的时候，特别是本科生。我们那时候不一样，譬如我上"现代汉语"课，一周 4 学时，有两个晚上我到学生宿舍辅导。其他老师也如此。两到三周下来，全班同学的姓名和容貌任课老师基本都能对上号。师生之间的互动和交流是非常重要的，可惜现在丢了。

范晓蕾：今年是朱先生的 100 年诞辰，您认为朱德熙先生的学术思想以及他的影响，在今天有什么重要的价值和作用？对两位老师有怎样的影响？

陆俭明：朱德熙先生在学术上在汉语语法学界一直起着引领作用。比如 1956 年朱先生发表的《现代汉语形容词研究》影响深远；1961 年发表的《说"的"》，完全运用结构主义替换、分布的分析方法来研究汉语使用频率最高的"的"[包括"地（de）"]，引起了大讨论。他一系列的文章后来形成了《现代汉语语法研究》这一论文集，80 年代又出版了《语法讲义》和《语法答问》。朱先生的论著在全国语言学界影响非常大。朱先生核心的贡献是他真正吃透了结构主义的精华，并运用到自己的语言研究当中，有所发展。比如"变换"是美国结构主义语言学晚期代表人物哈里斯（Harris）提出来的，朱先生进一步提出了"变换分析

1998年北大百年校庆时陆俭明、马真在未名湖留影

的平行性原则",发展了变换分析理论。结构主义是讲形式,但朱先生强调形式和意义的结合,他说:"语法研究发展到今天,如果光注意形式而不注意意义,只能是废话;如果光注意意义而不注意形式,只能是胡扯。"你可以从形式切入去研究,也可以从意义切入去研究。但从形式入手,必须要找到意义上的根据;从意义入手,一定要找到形式上的表现,这就是真正的形式和意义的结合。

我80年代之前发表的重要文章都经朱先生看过,他总是仔仔细细地从内容到文字,甚至标点都进行修改。他有两句教诲让我印象非常深刻:

第一,一篇文章就集中谈一个问题,最多谈两个问题,不要把你想到的有关这个问题的所有东西都往这个文章里边塞,要谈就要把问题谈深谈透,而不是蜻蜓点水。

第二,能用一句话说清楚的,不要用两句话。不要用晦涩、生僻的词语，尽量做到深入浅出、通俗易懂。

马　真： 从 1955 年入学到现在，我在北大学习、工作、生活了 65 年。我觉得总共做了三件事情：第一就是"学习"，学习老一辈学者教授的知识，学习他们为人为学的态度；第二是我们毕业以后的"传承"，把从他们那儿学来的东西又传授给我们的学生；第三是"坚守"，只要我认为应该这么做的、能反映北大的学风的，就要坚守。朱德熙先生之所以教得那么好，是因为他心里有学生。我在后来的工作中时时记住这一点。所以不管是教学还是写文章、写书，我都时时想着要多从学生、从读者的角度去考虑。比如说我的《简明实用汉语语法》的编写与出版，我讲授"现代汉语虚词研究"课（为汉语专业高年级学生开设）和"现代汉语虚词"课（为中文系中文专业留学生班开设），以及我的《现代汉语虚词研究方法论》的编写与出版，就都是这么做的。就拿《简明实用汉语语法》来说，这是我根据课堂讲稿整理编写而成的。当时一般的《现代汉语》语法部分，包括我们教研室原先编写的《现代汉语》，都是前面讲知识，到最后集中讲应用中常见的语法错误。这样的安排，对汉语专业的学生可能是适用的，但是对非汉语专业，如新闻专业、文学专业、法律专业等，学生在学语法知识时，体会不到为什么要学这些知识，因而普遍会感到枯燥无味。我从学生的角度考虑，进行了新的调整与安排，授课和成书时，每一讲都将知识和实用的部分有机结合在一起，让学生感到学习语法知识是为了应用。

1961 年朱先生带着我们写《关于动词、形容词的名物化问题》这篇文章，我们常常在一起讨论。年轻人往往是有一点想法就说"我觉得是这样的"，朱先生就提醒我们，"再想一想有没有跟你的结论不一致的例子"，这句话影响了我一辈子。后来我写文章的时候，也一定要反复思考，我的结论到底能不能概括所有的情况。不断地否定自己，其实是为了更好地肯定自己。在一遍又一遍修改论文的时候，我希望都能把它修改到自己最满意的程度。"不断思考，反复验证"，这已成了一种习惯；而且我也这样要求我所指导的研究生和访问学者。

范晓蕾： 刚才老师介绍了朱先生在结构主义方面的诸多影响，您认为现在形式、功能、认知三大派都传入国内后，对国内的学界造成了怎样积极的以及消极的影响？跟传统的结构主义的衔接关系怎么样？我们如何继承前辈的遗产，如何看待后来的发展？

陆俭明：20世纪有两本书具有划时代的意义：一本是索绪尔（Saussure）的《普通语言学教程》，开创了结构主义的新天地；还有一本是1957年出版的乔姆斯基的《句法结构》，开创了进一步探索人类语言机制和人类语言共性、各个语言的个性的新天地。以乔姆斯基为代表的转换生成学派，基本观点是：（1）孩子生出来就有一个内在语言装置，这是人类进化中所逐渐形成的。爸爸、妈妈、叔叔、阿姨、哥哥、姐姐不断跟他说话，就激活了这个语言装置，孩子从而逐步学会了说话。这是对结构主义的"刺激—反应"和"白板"说的否定。

（2）人类语言有六七千种，彼此千差万别，但所遵循的原则是相同的，差异是由参数造成的。这就是著名的"原则与参数"理论。这里我想讲一个插曲，有一次我们到韩国访问，聚餐时有一位非语言学专业的朋友请我解释一下乔姆斯基的"原则与参数"理论。他说曾问过很多韩国语言学家，还是没弄懂。我举了两个例子，头一个例子，为了防止交通事故，每个国家每个城市都制定了严格的交通规则。主要有两条，一条是红绿灯，还有一条是同方向行进的车辆必须靠一边走。这就是原则。红绿灯怎么个表示法，各个国家各个城市都不一样，有的就是一般的红绿灯，有的用数字，有的用语言符号等，这就是参数；同方向行进的车靠一边走，有的国家、城市靠右走，有的国家、城市靠左走，这也是参数，可原则都是一样的。我又向服务员要了一些正方形的餐巾纸，给在座的每人一张。我发四个号令：第一，对折；第二，再对折；第三，再对折；第四，撕掉一个角。然后要求大家把纸展开。大家都遵守四个号令，这就是共同的原则，但每人展示的纸的形状五花八门。因为每一步怎么对折，撕掉哪个角，没具体规定，都可以有所不同。这就是参数的差异造成的。语言也是这个状况。六七千种语言遵循的原则是一样的，比如说"吃"这个行为动作，它一定有个施事（动作者），也有个受事（受动者）。因此如果拿"吃"作谓语动词，那么一定会有三个成分——

20世纪60年代马真（右二）与教研室其他年轻教师听取朱德熙（右一）、林焘（右三）两位先生的指导

施事、动作、受事。这是原则。但这三个成分怎么安排，怎么体现，不同的语言可能就不一样。比如说我们汉语是"施—动—受"，韩国语则是"施—受—动"。这就是参数差异。他听完我的解释，说："这回我明白了。谢谢您！"

（3）经济原则。表面看任何语言都有无数的句子结构，其实基础结构是很少的，那无数的句子结构都是通过一定的规则由基础结构转化而成的。另外人在使用语言时力求经济。

转换生成学派还认为一切规则都是内在的，与语言之外无关。这个观点是不符合实际的，是错误的。这就引发学界对它的批判，功能语言学派和认知语言学派相继产生，从而形成形式、功能、认知三大学派鼎足而立的局面。这三大派，语言观不一样，研究的切入点和研究的期望值不一样。从功能语言学来讲，他认为语言是交际工具，研究语言就是要从交际的角度出发，而语言的变异就是因为交际的需要。认知语言学认为语言跟客观世界不是直接对应的，人首先通过感知客观世界，然后在认知域里形成概念和概念结构、概念框架，再投射到外部语言。因此，不能认为说出来的话就是客观现实。事实上，同一个事物或现象，人们由于观察、了解的角度不同、立场不同、认识的深度不同，常常就会形成不同的看法；甚至同一个人对同一事物或现象，在看法上前后也会有变化。

由此可见，形式也好，功能也好，认知也好，表面看来不一样，实际上是互补的。各种各样的理论，只要是有价值的，就有存在的重要性。但每一种理论方法又都有它自己的局限。局限不等于缺点，局限是说任何理论只能解决一定范围里的问题，解释一定范围里的现象，超出了这个范围，就可能无能为力了。在科学领域里不存在可以包打天下的理论方法。科学研究就是在前人的基础上不断发展，新的理论方法不断产生，原因在于客观世界本身太复杂，只能这样一步一步认识它。因此，新旧理论方法之间不是简单的替代，而是一种发展；不同学派的理论方法之间，也都是一种互补关系。爱因斯坦的相对论很好，但不能把牛顿定律抛弃，而爱因斯坦的相对论也不能看作万能的。

范晓蕾：那么您觉得现在汉语学界对三大派理论的运用存在什么问题？目前的语言学研究还有哪些不足？应如何改进？

陆俭明：我们首先要知道语言研究的目的。语言研究的目的，其一是要考察、描写清楚共时的、历时的语言的面貌，解决好"是什么"的问题。其二是要在考察描写的基础上，对种种语言现象做出科学、合理的解释，解决好"为什么"的问题。其三，是要为语言应用服务，科学研究的最终目的都是为了应用。其四，描写也好，解释也好，应用也好，都需要建立一套理论，这样才能更好地指导我们的语言研究和语言实践。

一定不要忽视结构主义，这对一个语言学工作者、语言教师来讲是基本功。现在青年学者当中缺的就是这套东西。我常常跟学生说，你们不能死记硬背，你要知道为什么这个词是形容词，那个词是动词。同样，拿出一个句法结构来，是主谓还是动宾还是动补？学习、掌握了结构主义语言学那一套理论方法，就能应对自如。对语言的描写，主要靠结构主义那一套；形式派、功能派和认知派的理论方法，主要是用来对语言现象进行解释。

真正把外国的语言学理论吃透了，然后运用这些理论来研究汉语，才真正能取得研究成效。而目前很多人只是在贴标签，赶时髦，并没有真正了解，这很不好。毛主席在《改造我们的学习》里曾批评当时一部分知识分子"言必称希腊"，讲问题的时候，老是讲西方怎么说，国外怎么说，都忘了我们中国自己有很好的文化、哲学传统。现在我们语言学界也存在这个问题，吸收国外的理论一定是要为了更好地解决问题。

再就是在文风上，我在几次报告和文章里面都讲过，应该多看看王力、吕叔湘、朱德熙先生的文章，清清楚楚，简洁易懂。不像现在有些文章，看了一半还不知道要讲的是什么问题，这种文章就不能吸引人。

现在很少有人真正认认真真去读书，这有两种情况：一种情况是不少同学不读书，走捷径，因为现在电脑上什么东西都可以轻松搜索到，但其实错误百出，而且不能真正成为你的知识。另一种情况是有的同学还是读的，但是不会读书，不懂得怎么把书的内容转化为自己头脑中的知识。怎么才能转化呢？除了不要一知半解、不要不求甚解外，重要的是要勤于思考。要一边读一边不断思考，乃至发现问题。"转化"才能使一个人的知识不断更新积累。"转化"不等于"认同"，不一定要同意这论著的观点。总之，一定要多读书，会转化。

范晓蕾：我想请教一下马真老师，您在《现代汉语虚词研究方法论》中提到了两条要义，一个是重视虚词的语义背景，还有一个是警惕将虚词所在格式的意义归到虚词上，这两条其实是相互联系的。但是上课的时候学生容易混淆，有没有什么基本的方法原则可以清楚地区分呢？

马　真：这个要根据具体情况分析了，比如"反而"这个词，语法学家有分歧意见。从"反而"的词性来说，有人认为它是副词，有人认为它是连词，又有人认为它是副词兼连词；就"反而"所表示的语法意义来说，有的说是它表示递进关系，有的说它表示转折关系，还有的人说它既表示递进又表示转折关系。造成上述分歧的根本原因是，大家没注意分析"反而"这个词使用的语义背景。我研究了这个问题，请先看个实例：

（1）今天午后下了一场雷阵雨，原以为天气可以凉快一些，可

陆俭明、马真在访谈中 [徐梓岚 摄]

是并没有凉下来,反而更闷热了。

细分析"反而"使用的语义背景可以描述如下:

  A. 甲现象或情况出现或发生了;[例(1)里的"午后下了一场雷阵雨"就属于甲现象]
  B. 按说(常情)/原想(预料)甲现象或情况的出现或发生会引起乙现象或情况的出现或发生;[例(1)里的"天气可以凉快一些"就属于乙现象]
  C. 事实上乙现象或情况并没有出现或发生;[就是例(1)里所说的天气"并没有凉下来"]
  D. 倒出现或发生了与乙现象或情况相背的丙现象或情况。[例(1)里的"更闷热了"就属于丙现象]

"反而"就用在说明 D 意思的语句里。为了使大家更明了起见,可以将例(1)改写成例(2):

  (2)[A 意] 今天午后下了一场雷阵雨,[B 意] 原以为天气可以凉快一些,[C 意] 可是并没有凉下来,[D 意] 反而更闷热了。

在实际的语言交际中，为了表达的经济，这四层意思可以不完全说出来——可以省去 B 意，可以省去 C 意，也可以 B 和 C 的意思都省去。但不管怎么说，句子中"反而"的语法意义都是：

"反而"表示实际出现的情况或现象跟按常情或预料在某种前提下理应出现的情况或现象相反。

通过对"反而"使用的语义背景的分析，才能真正把握好"反而"表示的语法意义——所谓表示递进或者表示转折，这不是"反而"本身的意义，是"反而"所在的句子格式所具有的意义。句子格式的意义和包含在句子中的某个虚词的意义不是一回事儿。我们一定要小心地将它们剥离开来。

所以我们一定要重视词语使用的语义背景的分析。不光是对虚词，对实词也是这样。有个留学生在作文中出现了这样一个偏误句（标 *）：

（3）* 他天天坚持锻炼，身体一直好端端的。

那留学生显然是根据辞书的解释写出了这样的句子。辞书上说："好端端"表示状况正常良好。把那注释代进留学生的句子中，句子就是：

（3'）他天天坚持锻炼，身体状况一直正常良好。

这样说来，那留学生的句子没错呀。那为什么我们不能接受呢？原来不是任何表示"状况正常良好"这个意思时都能用"好端端的"。使用"好端端的"是有条件的。一定是已经出现了，或者预计可能会出现某种非理想的情况，才用"好端端"来引出原先的正常情况。例如：

（4）好端端的一桩买卖，全给他弄砸了。
（5）你可别让他把这桩好端端的婚事给搅黄了。

分析语义背景这个工作做起来是很不容易的，但是很必要；其成果对辞书编撰、汉语教学等各个方面来说都是需要的。要编出一个好的用法词典，就是要想办法把语义背景分析透。

陆俭明： 我的体会是，马老师虚词研究最重要的贡献之一就是提出了语义背景分析。语义背景是比较广泛的，而格式的意义也不是一个绝对的东西，如果那格式用得时间长了，也有可能会附在某个词身上，这在词汇发展史上也是有的。

格式的意义跟语义背景其实是两码事。格式本身有一种特殊的意义，现在构式语法里一个很重要的问题，包括国外的一些学者有一个"压制"的理论，实际上就犯这个毛病，为什么 napkin（餐巾纸）能出现在双宾构式里边，如：例句 He sneezed the napkin off the table. 国外认为是构式的意义压迫之下使 sneeze 产生了这种意义，其实不对。是因为它本身就有这个意义，只是在这个场合被激活了，就像我们现在为什么能说"很德国""很绅士"，但又不是任何的名词都能加个"很"？就在于这些名词所指的事物本身有某方面的特性，用"很"加上名词来凸显。

近义词、同义词的辨析，离不开语义背景分析。为什么这个词在这儿能用，在那儿不能用？也跟词语使用的语义背景有关。现在对外汉语教材对词语的注释基本都是照抄现有的供母语是汉语的中国人用的辞书的注释，这就出问题了。比如马老师讲的"往往""常常"，辞书里"往往"一般注成"常常"，外国人以为这两个词意思是一样的，只是风格不一样，所以说出了"她往往说谎"这样的偏误句。其实"往往"和"常常"使用的语义背景是不同的。这在马老师的《现代汉语虚词研究方法论》和《现代汉语虚词二十讲》里做了很清楚的说明。这个问题现在普遍不太重视，其实是大有可为的。

马　真： 我们要多做一些非常实在具体的研究，譬如把每一个常用的实词、虚词使用的语义背景搞清楚，从中可能会总结出很多东西，包括方法、理论等，同时具有很大的实用价值。我们要想出精品，要想出成果，要想出有质量的论文，就得扎扎实实地去研究，一定要把相关的语料研究清楚。

范晓蕾： 谢谢老师的精彩回答！最后一个问题，两位老师心目当中的北大精神的核心是什么样的呢？或者说您心目当中的北大精神应该是

陆俭明、马真题词:"在求知上,一是要勤读书,勤于思考;二是要不耻下问,脸皮要厚。"
［徐梓岚 摄］

什么样的?

陆俭明: 我觉得北大真正的精神所在,就是动脑思考,一定要有自己的思想。对于科学研究,在继承和借鉴前人成果的基础上,要探索要突破,就必须要有一个创新思维的头脑,这个是真正的北大精神。

过去王力、高名凯先生的学术观点不一样,但都可以在同一个系里讲课,讨论问题,允许不同观点的争论。因为目的都是为了推动科学研究的前进,任何一个看法都只是假设性的看法,今天看来很对,说不定过些时候就需要补充修改。北大为什么能不断地出成果?我觉得就在于有这样的独立思考、不断创新的传统。

马 真: 北大的校风——勤奋、严谨、求实、创新,在我心目中一直印象很深。作为一个北大人,就应该要勤奋努力,而且要严谨,要让我们的科研成果更加科学可靠。求实也很重要。我们写文章都要实实在

1986年9月，陆俭明（左一）、马真（左四）访日回国时日本汉学家桥本万太郎、平山久雄、舆水优等诸位教授与友人到机场送行时在新干线车前合影

在的，从语言事实出发，不能空谈，要让自己的结论更为可靠。创新，要提出新的观念。我总希望自己的每一篇文章都会有一个新的东西出来，让大家觉得有启发。

1985—1986年我在日本东京外国语大学亚非语言文化研究所研究访问期间，东京大学文学学部平山久雄教授请我去给他的研究生做一次讲座，我讲了虚词研究的问题。后来有一个平山先生的新加坡华人研究生对我说："马老师，你走了以后，我们都在议论。我们是觉得你的分析、你的推论让人信服。我们看到了北大真正的学者，中国真正的女学者。"

我觉得自己在国外的时候，一定要让人感到我没有给北大丢脸，没有给中国丢脸。我想要做一个真正的北大学者，一个真正的中国学者，如果别人是这么来看的，我就觉得很欣慰了。

袁行霈

格局・眼光・胸襟・气象

受访人：袁行霈
采访人：程苏东、孟飞
采访时间：2020 年 10 月 10 日

受访人介绍	袁行霈	1936年生,1953年考入北京大学中文系,1957年留校任教。北京大学中文系资深教授、北京大学博雅讲席教授、北京大学国学研究院院长、北京大学国际汉学家研修基地主任,中央文史研究馆馆长。2018年当选美国人文与科学院外籍院士。著作包括《中国诗歌艺术研究》《中国文学概论》《陶渊明研究》《唐诗风神及其他》等。主编《中国文学史》四卷本、《中国文学作品选注》四卷本、《中华文明史》四卷本(主编之一)等。
采访人介绍	程苏东	2007年考入北京大学中文系,2013年留校任教,现任古代文学教研室长聘副教授、研究员、博士生导师,主要从事汉唐经学史、先秦两汉文学研究。
	孟 飞	2011年考入北京大学中文系,现为西北大学文学院讲师,主要从事唐代文学研究。

程苏东: 袁先生您好,近年来"国学"复兴,各地高校纷纷成立国学院。据我所知,1992年1月6日,北京大学成立了中国传统文化研究中心,由您担任中心主任,2000年传统文化研究中心更名"国学研究院",由您出任院长。北大国学研究院创立至今已有近30年历史,可谓得风气之先。您认为北大国学研究院的传统和特色有哪些?

袁行霈: 北大国学研究院的历史要追溯到1992年,最初得到南怀瑾先生10万美金的鼎力资助,后来金庸先生又慷慨解囊,捐赠100万人民币作为国学研究院的启动资金,推动了研究的顺利开展。我们策划出版了《国学研究》,至今已出版43卷;还策划出版了《国学研究丛刊》,已出版几十种书。

我们的口号可以概括为两句话:"虚体办实事"和"龙虫并雕"。"虚体办实事"指我们国学院没有一位专职老师,都是兼职。"龙虫并雕"借用王力先生的斋号,指除了深入地研究,我们也做一些普及工作。我们所做的普及工作，影响最大的是与中央电视台合作拍了150集大型电视系列片《中华文明之光》，后来出了一大套书。2002年我们开始招收博士生，先后聘请北大文、史、哲、考古等方面的著名学者共同担任导师，设置有利于学科交叉的课程，至今已有12届博士毕业。他们在不同的岗位承担中国传统文化的研究和教学工作，有的已成为其他高校的国学院院长。

程苏东：2008年，由您倡议的"新编新注十三经"经专家反复论证，最终立项并成为北大国学研究院标志性的项目之一。"新编新注十三经"一经提出，就备受学界瞩目，现在已有多种成果陆续出版，得到学界的一致好评。"新编新注十三经"的一大亮点是对传统经典的格局进行了调整，请问您是基于怎样的考虑？

袁行霈：2009年我提出"新编新注十三经"的想法。"十三经"历来被视作中国传统文化的精髓，在当前复兴中国传统文化的社会思潮中，"十三经"也常被视作传统文化经典的代名词。但原来的"十三经"是儒家一门的经典，道家、法家、墨家、兵家等诸子的著作都未能涵括其中。我认为，所谓"国学"并不等于"儒学"，现在早已不是"罢黜百家，独尊儒术"的时代了，我们应当改变儒家独尊的局面，更广泛地汲取各家之精华，以更广阔的视野继承和弘扬中国优秀的传统文化。我希望编一部中华文明的"十三经"，不限于儒家。"新编新注十三经"保留了《周易》《尚书》《诗经》《礼记》《春秋左氏传》《论语》《孟子》，增加了《老子》《庄子》《墨子》《孙子》《荀子》《韩非子》，这些都是原生的、时代最早的、处于中国文化源头的、在当时或后代具有广泛深远意义的典籍。

程苏东：除了"新编"之外，您还倡议要为这些经典做"新注"。请问"新注"的特点是什么？

袁行霈：学术是知识的创新，创新是学术的生命。学术研究不能重复别人，要就不做，要做就要出新。或者有新的材料，或者有新的观点，或者有新的方法。但"出新"不能离开"守正"，基础要稳，走的路要平正通达。只要基础牢固，有充分的资料作为依据，可以大胆地提出新的结论。我把这种态度概括为"守正出新"，"新编新注十三经"秉持的

2010 年，袁行霈在北京大学中文系建系 100 周年庆典上发言［万辉 摄］

就是这一理念。利用今天掌握的资料，在全球的视野下，对经典做出新的解释。我们今天可以看到更多的出土文献和传世善本，加上日益频繁深入的中外交流，应该利用这些优势对经书做新的解释，集中展现一个时代经学研究的成果。这个项目由北大十三位老师负责，我担任《诗经》的新注。我希望北大能够成为经学研究的重镇，重建国学研究新格局。

程苏东：今年是北大中文系建系 110 周年，而您从 1953 年考入北大中文系以来，已经在北大中文系学习、工作了 67 年。请问您当年参加高考时，北大中文系是您的第一志愿吧？您当时为什么会选择北大和中文系？

袁行霈：我考北大中文系是第一志愿。当年每个人可以报九个志愿：志愿表有三栏，第一栏是考哪个学校，可以填三个系；第二栏是考什么系，可以填三个学校；第三栏怎么设计的我忘记了。我第一栏报北京大学，下面分别是中文、历史、哲学三系。第二栏报的是中文系，学校分别是北大、北师大、复旦。为什么选择北大就不用说了，谁不向往北大呢？为什么考中文系？因为我别的不行。我的中学重理轻文，绝大多数同学报理工科，清华和北航最热门。我虽然平均成绩挺好，达到 90 多分，那是靠文科拉上去的。但老赶不上另外一位同学，他老考第一，我老考第二。我知道自己理工科是不行的，动手能力尤其差。学校开过一门制图课，同学们都画得很好，而我的呢，实在不像样子，老师只给了 79 分，全班最低。

高考第一门考语文，只要作一篇作文。1953 年的作文题，你们肯定猜不到。居然是《我所认识的一位老干部》（笑）。我们这些十七八岁的学生能认识什么老干部呢？没办法，就编吧。编了一篇小说，写一位老干部怎么舍己救人，从火灾里面救出一个老太太，自己负了伤。用倒叙的手法，先是去看望他，然后由他追述火灾的经过。考完之后出来和同学交流，大部分同学写的都是我们的校长，从解放区来的。我想糟糕了，没想到却考上了。也许这篇作文帮了忙，别人千篇一律，而我的作文倒有点别致吧？

程苏东： 我们都知道您是有家学传统的，可见不管是什么样的作文题，都能把优秀的人才选拔出来。那么，中文系给您的第一印象是什么呢？

袁行霈： 我不算什么优秀，你说"家学"，我觉得也谈不上。只有像司马谈、司马迁、刘向、刘歆、班彪、班固、王念孙、王引之父子，才是家学。我虽然生在一个传统的读书人家庭，但是因为我自幼体弱多病，家庭并没有给我严格的学术训练。不过我小时候还是能够思考一些问题，比如孔子说"无友不如己者"，我说这个话不对啊，你要不跟不如自己的人交朋友，那比你好的人也不跟你交朋友了。还有，读到《孟子·许行》里孟子和陈相辩论，我不喜欢孟子盛气凌人的态度。许行不过认为人人都应参加农业劳动，孟子转移了话题，发出一系列诘问，赢得了这场辩论，难以服人。

到北大来的第一印象就是投身到一片海洋，自己仿佛遨游在一片汪洋大海中。在深处会发现一个五光十色、丰富多彩的世界。就像《庄子·逍遥游》所说："且夫水之积也不厚，则其负大舟也无力""风之积也不厚，则其负大翼也无力"，北大这片海水是很深、很厚的。在北大你想学什么都能学到。我告诉自己，不能满足于课堂上老师传授的知识，

大学三年级时 19 岁的袁行霈

要自己到海底去搜寻。

程苏东：您入校时正值 1952 年院系调整后的第二年，清华、燕大两校中文系都合并到北大中文系了，您当时会感觉到三校原有学术风气之间的差异吗？

袁行霈：老师们有从国统区来的，有从解放区来的，有穿长袍的，有西装革履的。学生有从中学来的；也有部队送来培训的，他们吃饭都是排着队进出食堂。我们中文系的同学有从普通高中上来的，也有从工农速成中学来的调干生。我们班的调干生特别多，他们年纪比我们大，经历也比我们丰富，我们晚上有时会帮着他们补补课堂笔记。在这种多元的环境里学习，很有好处。

校园也有新旧的差别。未名湖一带是老燕大的校址，靠南的生物楼、文史楼、地学楼是 1949 年后盖的房子。我入学时哲学楼正在盖。哲学楼南边，从东校门到西南小校门，是一条属于海淀区的小路，小路的两侧

大学时期，袁行霈（右）与中文系 57 级同学胡复旦、周强合影 ［来源于北京大学档案馆］

都有围墙，中间搭了一座木制的天桥，连接着院系调整以后北大的学生宿舍区。如果想要知道老燕大的风景，可以到未名湖一带去逛逛，要想知道解放初期的情况，就可以过桥到南边来逛逛。

我觉得北大中文系，清华的基因挺强。浦江清、吴组缃、王瑶、季镇淮、朱德熙、冯钟芸等先生，都是从清华过来的。林庚先生是清华毕业的，他的许多诗是在清华写的，毕业以后跟朱自清先生做了一年助教，也是在清华，后来才到厦门大学任教。北大中文系原来的一些老师，像俞平伯先生他们进了北大的文学研究所，也就是社科院文研所的前身，地点在哲学楼，钱锺书他们都在这儿上班。

程苏东： 当时有哪些课程让您印象特别深刻？

袁行霈： 一年级就上高名凯先生的"语言学概论"，高先生是法国巴黎大学博士，他讲课旁征博引，发的讲义后来出版了，厚厚一大本。还有游国恩和浦江清先生合开的"先秦两汉文学史"，游先生讲文学史，浦江清先生讲作品选，都非常好。游先生讲屈原，涉及"离骚"两个字

1958年9月，北京大学中文系汉语文专业54级师生毕业合影于文史楼旁（前排左起：吴组缃、高名凯、周祖谟、游国恩、袁家骅、杨晦、魏建功、林庚、章廷谦、钱学熙、王瑶、季镇淮、林焘、甘世福、吴小如；二排左起：冯钟芸）

的讲法，他介绍了普通的说法后，讲他自己的见解。二年级跟林庚先生学习"魏晋南北朝隋唐五代文学史"，他是诗人，将自己的诗情融入讲课之中，引导我们欣赏领悟，很受欢迎。浦先生的"宋元明清文学史"也很有特点，他会唱昆曲，讲到元明戏曲时，我们有时候在课上起哄："浦先生，唱一段！"他就给大家唱一段。

我听过五门语言学的课，高名凯先生的"语言学概论"，魏建功先生的"古代汉语"，周祖谟先生的"现代汉语"，王力先生的"汉语史"，袁家骅先生的"汉语方言学"，你们现在没这福气了（笑）。王力先生的讲稿好像是毛笔写的，课讲完了书也就出版了。袁家骅先生把各地的民歌、谚语用国际音标标出来，教我们说各地方言，我至今还记得一个粤语故事叫《无尾鼠》。另外还有几门课，我感觉很受益。季羡林、金克木两位先生开的"东方文学史"，余振、曹靖华两位先生开的"俄国文学史"和"苏联文学史"，李赋宁先生开的"西洋文学史"，使我眼界大开。还有周一良先生和邓广铭先生合开的"中国通史"，给了我史学的视角，这对我研究中国文学史很有帮助。

入学第一学期，我的成绩并不好，有两个4分（5分制），一门是高先生的"语言学概论"，另一门是游先生的"文学史"（笑）。我记得有一道题考《诗经》的人民性，老师讲了三条，我只答出来两条，第三条怎么也想不起来了。不过从第二学期开始，我就门门5分了，当时讲究当"全优生"，这很不容易的，只是千不该万不该文学史得4分（笑）。院系调整以后全面学习苏联，老师和学生都有一个摸索的过程。上课很重要，课下自学读书也很重要，要钻图书馆，充分利用北大丰富的藏书。学文学史，不管是中国的外国的，都要跟着课程读大量的作品，不读作品白搭。当年向达先生做图书馆馆长，允许青年教师进书库，在那儿一天到晚不出来都行，我经常泡在图书馆里拣自己喜欢的书来读，古今中外、中文、历史、哲学，其乐无穷，受益匪浅。为什么后来我要在大雅堂建汉学图书馆呢？就是这个原因。

程苏东：古代文学是北大中文系最有传统的专业方向，即便从1952年院系调整以后算起，游国恩先生、林庚先生、吴组缃先生、浦江清先

袁行霈和导师林庚先生（右）

生、季镇淮先生等可以算第一代学者，他们在民国时期就已经取得出色的学术成就。陈贻焮先生、褚斌杰先生、周先慎先生、费振刚先生和您是第二代学者的代表，你们在"文革"前读书、留校，并在"文革"后迅速成长为本学科的中坚力量。葛晓音老师、程郁缀老师、夏晓虹老师、张鸣老师、孟二冬老师以及目前仍在职任教的多位老师则在"文革"后进入北大学习、工作，可以说是第三代学者，而他们培养的60后、70后和80后学者也已经站上了讲台。您受教于林先生等第一代学者，与第二代学者保持着密切的学术合作与私人友谊，又见证了第三代学者的成长，您觉得他们的气质和学术风格有哪些特点？对于更年轻的一代学者，您又有哪些期待？

袁行霈： 第一代学者，像游先生他们，都有一种从容不迫的风度。他们做学问不像现在这样，急急忙忙挣工分似的。林庚先生，如果用一个字概括，就是"帅"。不仅外表气质很帅，他的著作，从《中国文学简史》《屈原及其作品研究》《诗人李白》，一直到《西游记漫话》，都透着一股清澈的味儿。"少年精神""建安风骨""盛唐气象""布衣感"

等,都是他拎出来的概念,话从他的嘴里面说出来,总能让人信服。他平时的生活很简单,有时候手提一个草篮子来上课,就是家庭妇女买菜的那种篮子,用来装书,但是他提着别有一种名士的派头。林先生讲诗讲得激动起来,喜欢伸出右手的食指说:"真是好啊!"他一说好,你再去读,发现就是好!我毕业以后跟着林庚先生一起做《中国历代诗歌选》,我负责初盛唐诗歌,他告诉我李白的《独漉篇》好,一定要选。这诗里有四句:"罗帏舒卷,似有人开;明月直入,无心可猜",恰好可以概括林先生的人格。林先生就是一位无心可猜的、透明的人。

吴组缃先生讲课也很精彩,他的讲稿写的字很小,密密麻麻的,就连提醒学生的琐事也写在上面。吴先生讲《红楼梦》,以小说家的眼光对《红楼梦》的人物性格和故事细节进行分析,深受欢迎。吴先生心地很敞亮,人生经验很丰富,常把他的人生经验穿插到课堂上。我们有什么心里话,有什么想不开的事情,可以跟林先生说,也可以在吴先生面前说,他会拿他的经验来给你化解。

王瑶先生颇有名士派头,他常常叼着烟斗,不知道为什么,他的烟特别香,骑自行车时一路飘香。我没上过他的课,但跟他一起到江西参加过陶渊明的研讨会,还一起到安徽参加过李白的研讨会,而且总是住同一间客房。晚上躺在床上海聊,所谓"对床夜话",有时聊到东方既白,话题总离不开学问,得益匪浅。

第二代学者,陈贻焮先生是我的师兄,"大师兄"的称呼是我叫起来的。他是一个典型的湖南人,说话很直,容易动感情。他有什么研究心得,或者写了诗,会跑到我这儿说说,或者一块出去,到四季青人民公社一带散步,一边走一边听他谈论。他写的关于李商隐的论文中,许多观点我都有幸先听他讲过。褚斌杰先生是青年才俊,很早就出版了《白居易评传》。他性格很开朗,是一个可爱得不得了的人。你没听过他的笑声,爆发式的。他后来的学术成果也是爆发式的,背后不知道付出了多少艰辛。

我毕业之后曾经带学生到煤矿半工半读,还曾下放农村劳动,也曾去过五七干校,做过矿工、木工、高炉工、铸工。当矿工时有一次下到

中文系57级毕业同学百年校庆时合影（右一为袁行霈）

最深的"七道巷"，那层巷道也就一米高，八小时都弯着腰干活。所以我了解基层老百姓的生活状况，很容易跟劳动人民交上朋友。读书，做学问，是断断续续的，"文革"结束后重新拾起来接着做。可以说我们是"焊接"过的一代，是改革开放政策把我们给"焊接"起来的。

第三代学者，因为"文革"耽误的时间太多了，想拼命把时间追回来。比如葛晓音老师没念完大学就分到农场劳动了。幸亏陈贻焮先生把她带出来，陈先生在我面前老夸奖她。这一代人可以说是"砥砺前行的一代"。

你们年轻这一代是赶上好时候了，可谓"得天独厚的一代"。梁启超写过一个横幅："无负今日"，借用他的话，我叮嘱你们："无负今日"啊！

程苏东： "文革"结束后，您在北大开设了"中国文学史""中国诗歌艺术研究""陶渊明研究""唐诗研究""李贺研究""唐宋词研究"等多门课程，受到学生们的广泛好评，可是您最初发表的学术成果，如《山海经初探》《汉书艺文志小说家考辨》《中国文言小说书目》等，却主要集中在文言小说的研究。在今天学科分类日益细密的情况下，具备这种学术格局的学者已经非常少见了。您当时为何会对文言小说的研究产生兴趣？最终又为何选定中国古代诗歌艺术作为您终身致力的研究方向？

袁行霈： 其实在写《山海经》论文以前，我已经在做中国诗歌的研究了，之前讲过白居易，讲过中国文学史，参加过《魏晋南北朝文学参考资料》《中国历代诗歌选》的编写，也发表过几篇论文。我们家有一部传下来的《山海经》，郝懿行笺疏的，巾箱本，有插图，挺好玩，小时候当小人书看。"文革"中我又把这部书拿出来看，渐渐就研究起来了，随后写了《山海经初探》，还请教了顾颉刚先生，投给《中华文史论丛》，被采用了，发表在第七期。紧跟着又写了《汉书艺文志小说家考辨》，发表在《文史》第四辑，都在1979年。当时我们教研室有位侯忠义老师，北大古典文献专业出身，我约他一起研究文言小说，孙楷第先生有《中国通俗小说书目》，我说我们来编一部《中国文言小说书目》吧。我做了一头一尾，再加上中间的唐代，其他部分由他完成。同时我的诗歌研究也还在继续，和文言小说研究并行不悖。等《中国文言小说书目》出版了，文章也发表了，我觉得这方面没有太多东西可以深入挖掘，它毕竟不能引领整个文学史的研究。我就不再做了，专做诗歌研究。

"唐宋词研究"这门课是怎么来的呢？1982年我在东京大学任教时，有六位教授要跟我学唐宋词，他们有东京大学的，有日本大学的，有御茶水女子大学的，有爱知大学的，都是东京大学的毕业生。我们每月有一次读词会，因为第一次是六月，读的第一首词是六一居士欧阳修的《蝶恋花》，他们谦虚地说是六名学生一名老师，所以称为"六一读词会"。这样就逼着我在唐宋词方面用功。一年后我回到北大，便给研究生开了"唐宋词研究"课，并发表了几篇词学的论文。爱知大学的中岛敏夫教授，后来又两次请我去他的大学做集中讲义，我的那本《中国文学概论》就是根据讲稿写成的。那时候精力旺盛，早上四点钟起床，在旧讲义的反面用铅笔写，一气呵成。说到这里，我们应该佩服王力先生，王力先生写的文稿和讲义常用毛笔小楷，很少涂改，客人来了就到客厅接待，客人一走立刻回到书房继续写，思维一点没有中断。

为什么我选中国诗歌艺术做研究呢？因为当时这方面的研究太匮乏了，1949年后都在讲现实性、人民性，而对艺术性的研究很欠缺。大家习惯于从社会学、历史学、政治学的角度去研究诗，不善于把诗作为诗，从它所具有的艺术特点、艺术魅力这个方面入手进行研究。我试图从中国诗歌的创作实际出发，吸收中国古代诗歌理论中的精华，适当对比西方的诗歌理论，建立起一种具有民族特色的比较系统的诗歌艺术理论，并用于诗歌的分析。在20世纪70年代末到80年代中发表了一系列论文，1987年结集为《中国诗歌艺术研究》。林庚先生为我写的那篇序，提纲挈领，十分精彩。据彭庆生先生说，林先生只写过三篇序，给陈贻焮先生写过一篇，给我写过一篇，给他写过一篇。

孟　飞：您主编的《中国文学史》，被全国高校广泛采用，多次再版，影响很大，成为高校中文系的经典教材，可以说许多年轻学者都是读您主编的文学史教材成长起来的。您能介绍一下当时编写《中国文学史》的一些情况吗？

袁行霈：主编《中国文学史》，是我学术道路的一个新起点。1995年我接受教育部的任务，主编一部面向21世纪的《中国文学史》，作为中文系本科的教材。我一共约请了19所高校的29位优秀学者，连我一共30人共同撰稿，这对我的组织能力来说是一次重大考验。我提出"守正出新"作为指导思想，撰写了《编写宗旨》和《编写要点》，强调此书既是高校教材，又是学术著作，必须站在学术前沿。

在总绪论中，我提出了"文学本位、史学思维、文化学视角"，以及"三古七段"这一新的文学史分期法，作为这部书的纲领。文学本位，

袁行霈旧照（2014）
[来源于北京大学档案馆]

是强调文学史是"文学"的历史，要把文学当作文学来研究，而不是社会或政治图解；史学思维，是强调文学史是文学的"历史"，要写出文学发展的脉络，而不是作家、作品论的汇集；文化学视角，是强调文学的文化属性，应当把文学史放到文化的大格局中研究。

关于文学史的分期，我打破相沿已久的按朝代更替来分期的方法，朝代的更替不过是政权的变更，不一定能引起文学划时代的变化，应当以文学本身的变化作为文学史分期的标准。这是针对当时和此前相当长的一段时间内文学史研究的老习惯提出来的。由于我注意营造良好的学术氛围，既充分发挥学术民主，又坚持主编的定稿权，所以工作十分顺利，只用了两年半时间，到1997年夏就收齐了书稿。当年秋天，我趁着哈佛燕京学社邀请我前往访问研究的机会，到大学的图书馆阅览室工作，逐字逐句地修改《中国文学史》书稿，紧张工作了四个月，终于完成了全书的定稿，年底交给高等教育出版社，1999年就出版了。

程苏东： 袁先生，我们都知道，您的课很受学生欢迎，能讲讲具体情况吗？记得我刚刚留校时，您提醒我"备课不仅要备教材，还要备学

袁行霈在课堂上（1989）

生,要根据学生的不同情况来设计课程",您的课堂、您的板书成为很多学生难忘的回忆,在您漫长的教学生涯中,有没有令您印象特别深刻的课堂?

袁行霈: 我 1957 年毕业,1960 年开始讲课,讲的第一门课就是"中国文学史"。老师讲课好不好,跟学生有很大关系,如果学生给你良性的反馈,能提出问题来,那老师的脑子就更加灵活,讲稿里本来没有的内容临时冒了出来,甚至还能形成新的研究题目。还有什么比师生之间切磋学问更快乐的呢?每一堂课都是一次切磋的机会,都可以从中得到乐趣。陶渊明有两句诗我很欣赏:"虽未量岁功,即事多所欣",就是讲他参加劳动的体会,不管粮食收成多少,劳动这件事本身就有许多快乐。我想教书也是这样,教书这件事本身就有许多快乐。我们平时读书做研究,有了心得总想找个人谈谈,课堂上那么多学生,就是专门来听你谈的,学生给我良性的反馈,使我有许多即兴的机智的发挥,学生的提问又启发我新的思路,教学相长,这有多好!

我给 77 级、78 级、79 级这三届学生讲"中国诗歌艺术研究",是

袁行霈书法对联:"文章辉五色,心迹喜双清"

中文系"文革"以后最早开设的两门专题课之一,另一门是吴组缃先生的"红楼梦研究",我的课在文史楼108,在哲学楼和二教的阶梯教室也讲过。选课的人多,坐不下,有时学生坐在讲台上,或者是站在靠门的走廊上。那是很值得回忆的一段时光。那时候胆子也真大,写两篇文章就敢讲一学期的课。一边研究一边上课,讲义也在不断地补充和修改,虽然这门课前后讲过多次,但内容并不完全一样。

孟　飞:袁先生,您觉得一位理想的学者,应该具备哪些素养呢?

袁行霈：最重要的就是"格局"和"眼光"，再加上"胸襟"和"气象"。我这样说并不是炫耀自己做到了，而是对自己的期许。一个学者的格局很重要，要将"纵通"和"横通"结合起来，从更广阔的背景上观察和研究一个个具体的问题，这样，做学问才能"四冲八达，无不可至"。同时还要有眼光，知道哪个题目能做，哪个题目不能做，在别人刨过白薯的地方，还能再刨出白薯来。再就是胸襟要开阔，不矜己长，不攻人短，不抱门户之见。学术是天下之公器，不能当成自己攒的私房钱。最后还要有气象，中国近现代的学者不乏有大气象的人物，如梁启超、王国维等，他们的共同特点是学术格局大，视野开阔，具有总揽全局的能力。我希望看到自己的学生达到这一境地。

除了以上这些，还应该做一个厚道的人。"己欲立而立人，己欲达而达人"，不能老想到自己，还要想到别人。北大给了我很多知识、很多学习的榜样，也给了我很多发展的机会，比如主编《中国文学史》和《中华文明史》，创办国学研究院和汉学家研修基地等。我常提醒自己"常怀感激之心，常存谦素之意"。

程苏东、孟　飞：今天下午我们真的是收获太丰富了，虽然跟您学习了这么多年，很多故事还是第一次听您说起。再次感谢您跟我们分享您的人生智慧。衷心祝愿您身体健康！

钱理群

晚年百感交集忆北大·中文系

受访人：钱理群
采访人：姚 丹
采访时间：2020 年 10 月 5 日

受访人介绍	**钱理群** 1939年生,1956年考入北京大学中文系新闻专业,1978年考入北大中文系现代文学研究生班。1981年留校任教于中文系,主要从事中国现代文学史研究、鲁迅、周作人研究与现代知识分子精神史研究。著有《心灵的探寻》《周作人传》《丰富的痛苦——堂吉诃德和哈姆雷特的东移》《1948:天地玄黄》《中国现代文学编年史——以文学广告为中心》《语文教育门外谈》等九十余部专著。编纂《中国沦陷区文学大系》《新语文读本》《王瑶文集》等近六十部(套)著作或资料。
采访人介绍	**姚 丹** 1968年生,1986年考入北京大学中文系,2000年于北京大学获文学博士学位。现为中国人民大学文学院教授、博士生导师。主要研究领域为中国现代知识分子与现代文学、中国现代教育与现代文学、当代文学制度的生成与演变。

姚 丹:钱老师,今天非常荣幸,也非常高兴,借北大中文系系庆的机会和您做一个学术访谈。请您就与北大中文系的渊源,您在北大中文系过往经历中难忘的往事,您的教学与学术研究的特点、取得的成绩和留下的遗憾等,做一次回顾和省思。

我们知道,您是1956年考上北大中文系新闻专业的,这是您和北大最初的结缘。记得以前在文章里您说过,中学时候是科目均衡发展的好学生,请您谈谈在当时普遍更重视科学科目的情况下,您为什么会选择新闻这样的纯文科专业呢?咱们就从这儿开始吧。

钱理群:好。我是1956年从南京师范大学附属中学考上北大的。当时我报考北大,而且选的是北大中文系新闻专业,原因就是我从小就有一个梦,想当一个儿童文学家。我印象很深刻,那个时候的高中不像现在这么紧张,我的高中生活很空闲,每礼拜六我都跟我的一个同学、好朋友,到南京的玄武湖,到湖的荷塘深处,在那儿,他画画,我写神话、童话(笑)。当时有个观点,就是文学必须有生活,所以我就决定做记者,我当时的梦想就是当《中国少年报》记者。记者到处采访,有生活,然后就可以做文学创作。其实当时我的功课真的非常好,概括力和想象力都非常突出,所以我高中毕业的时候,语文老师建议我考中文,数学老师建议我考数学。当时我们几个同学暗中比赛比什么呢?就是数学一题多解,不满足一个题目一解,每天想出另外一个解题的方式,这样一种抽象思维的能力和想象力,其实对我后来的文学研究是起作用的。

一进北大就立刻发现我这个选择不对。进校之后就发现,我这个人不适合搞文学创作,因为抽象思维能力太强,任何事到我这儿都概括出来了,细节全部记不住。而文学创作最关键的是细节,所以我当时就判断自己是不能够当一个作家的,我应该当一个学者。

另外我发现自己的性格不适合当记者。我最喜欢的是什么呢?就是在家里读书写作,然后我再跟别人聊天,一直到今天都是这样的。做记者,要跟各种各样的人打交道,而且政治性太强,要善于在现实里头打滚,这个我做不到,所以我就发现我选择错了。

姚　丹:专业认识是进了大学才有的,中学时候是想象的。

钱理群:就是发现自己不适合做作家,也不适合做记者,自己应该当一个学者。

姚　丹:大学一年级差不多就有这样的认识?

钱理群:嗯,50年代,费孝通的文章里有一句话,对我有终生影响。他说知识分子追求的,就是"一间房,两本书"。我一看,这就是我终身的追求。

姚　丹:您现在都有了。

钱理群:现在就是这样的。现在就是有一间屋,而且这个屋是比较大的。我觉得这涉及的也不是生活的问题,是研究空间要比较大。然后,就不只是两本书了,实际上是终身的学者生涯。所以我当时要求转到文学专业,原来的专业不读了。实际上我们那一届,1956年入校以后,到1957年就搞反右了,到1958年就搞"大跃进"了,所以我实际上只在北大认真读了一年的书。所以我老觉得自己根基不深厚,实际上指的就

钱理群在书房

是这一点。但我现在回想起来,这一年对我一辈子影响太大了。这一年,我发疯似的进图书馆看书。首先是学鲁迅,1956 年正好出《鲁迅全集》,我就买了《鲁迅全集》,当时是很贵的。我不惜成本地买《鲁迅全集》,认真地读了,而且基本上我考虑的就是研究鲁迅。因为当时现代作家里我最喜欢的除了鲁迅之外(最喜欢鲁迅的小说、散文),还喜欢艾青的诗歌,再就是曹禺的戏剧。

姚 丹: 后来都成了您的研究对象。

钱理群: 都成了我的主要研究对象。我非常、非常喜欢曹禺,而且到了北京,有机会就成了北京人民艺术剧院最忠实的观众,都想象不出来那种年轻人的热情。我们进城去看人艺演出,演完以后,公共汽车只通到西直门,不到郊外,我们就从西直门走到北大东门,然后翻墙跳进北大。所以我对曹禺的感情非常深,后来研究曹禺不是偶然的。再就是艾青。我非常喜欢艾青,而且艾青实际上对我以后的研究有影响,特别是艾青的那句诗,"为什么我的眼里常含泪水?因为我对这土地爱得深沉",后来我为什么对 40 年代文学有兴趣,都是这句诗作底的。后来我又研究地方文化,提出"认识脚下的土地"这一命题,它的根源都是来自抗战时期知识分子跟土地的那种关系。这是现代文学研究。

关于古代文学研究,那个时候因为时间很短,我们主要学先秦文学。我对古代的两位大师印象非常深刻,一个是屈原,一个是司马迁。对于外国的东西呢,也很奇怪,喜欢普罗米修斯,喜欢但丁的《神曲》,另外就是俄国文学。我讲这个是很有意思的,就是樊骏曾经写过一篇文章,讲王瑶那一代——现代文学的第一代学者——他们的精神谱系。他有一个概括,我觉得你们都没注意过,他说,王瑶那一代学者的精神谱系,国内是从屈原到鲁迅,国外是从普罗米修斯到但丁,到浮士德,到马克思。那么我实际上是继承这个精神谱系的。国内就是屈原、司马迁、鲁迅;国外的话,普罗米修斯、但丁对我都有影响,跟我后来的写作也有关系。我喜欢莎士比亚的《哈姆莱特》,喜欢塞万提斯的《堂吉诃德》,然后呢,又喜欢《海燕》,喜欢屠格涅夫,对俄国那几个作家,像别林斯基啊,车尔尼雪夫斯基啊,也都很喜欢。所以我的精神谱系是继承了这个的。所以我原来跟你说,要研究我们这一代学者,或者各代学者,必须研究他们的精神谱系。所以我建议你们去好好再读樊骏写王瑶的那篇文章,特别提到了这个东西。

姚 丹:关于王瑶先生,想请您谈两点。一个是他的学术训练对您个人的学术品格和学术方向的影响。第二个就是王瑶先生他所代表或者开创的中国现代文学研究的传统在咱们中文系是一个什么样的情况?这两点都请您谈谈?

钱理群:关于王瑶先生我写过很多文章。这次准备采访的时候,我就总结了一下王瑶对我的影响,主要在四个方面。

第一方面,就是怎么做一个独立的知识分子。王瑶有一句名言,他说什么叫知识分子?首先是知识,他必须有知识,但同时他是"分子",就是说,他必须有独立的人格。没有知识,不是知识分子,但是没有独立人格的话,也不能成为知识分子,在某种意义上独立人格比知识更重要。他这句名言对我影响太大了。王瑶是一个非常懂得如何生存的人,他生存智慧极高极高,但到关键时刻,他能够挺身而出。而且当时不仅

孙玉石、钱理群编《阅读王瑶》书影

是王瑶，他那一代知识分子在最重要的历史关头，都挺身而出。一个他，一个朱德熙，还有一个是季羡林。我认为这是北大辉煌的一个时期。

第二个方面，他强调，不仅要做独立的知识分子，还要做独立的学者。怎么做独立的学者呢？他说关键是在学术上，你要找到你自己特有的研究对象、特有的研究方法和特有的领域。做到这些，你在这个学科里才是独立的角色。那么我就在他的引导下做了选择。我觉得我这一生之所以有一定成就，跟我的对象和方法的选择有关。选择鲁迅、周作人，研究现代文学，把握了鲁迅、周作人，一下子就把线索拎起来了。鲁迅、周作人，把这两个作家搞透的话，整个现代文学就一切都迎刃而解了，这对我以后的学术发展太关键了。所以我后来主张年轻人还是要研究"大家"，因为你的成就跟你的研究对象是有关系的，研究对象很差，你顶多写两篇文章就完了。

第三个，就是学术方法上，他提倡典型现象研究。这个你们都很熟悉了，这对我影响太大了。他不仅给了我方向，还给了我具体的研究方法。

第四个就是他指引我们如何做出人生选择。我后来的一些选择都跟他有关系。他对我的两个教导：第一个是叫我毕业后留下来做他的助手时，他就跟我说："你现在留在北京大学中文系这样一个位置是极其有利的。以后你要发表文章、要演讲、要出书，都很有利，但是你要想好，你自己要什么？如果你不能把握自己要的东西，最后你到晚年，回顾你一生，出了很多书，做了很多演讲，也非常出名，影响很大，但是你自己想要的都没得到，你这辈子白活了，你这学者白当了。"这个对我影响太大了，我从这里知道，越处于有利的学术地位，越要拒绝诱惑。你看我往后的选择，我真的是拒绝一切，全身心读书写作。你看我每年写五十万字，再编个书，加起来将近一百万字，不是拒绝诱惑的话，我怎么做到这一点，是吧？还有一个，他跟我说："记住，一个人一天只有24小时，你给我记住这一点。"别的就不说了，我一下就明白了。就是说你不能面面俱到，什么都要，要有所得，必须有所舍。这个对我一生影响也非常大。

姚　丹： 然后学术传统方面的影响呢？

钱理群： 上次李浴洋博士论文答辩的时候，我就发言，吴晓东也在。我就觉得北大中文系现代文学专业，它有一个特点，就是一个特殊优势：它有一个学术的脉络，是从朱自清到王瑶，再到乐黛云、严家炎、孙玉石，再到我们，一直到吴晓东他们，形成了一个北京大学中文系现代文学专业的传统，这可以影响到你们。这个传统我总结大致有几个方面：第一个方面，就是极其重视史料，而且要独立的史料准备，因此就非常强调要看原始期刊。像你们现在就是要去看原始期刊，这在其他学校不一定。我们非常重视两个基础，一个是原始资料，看原始期刊，再一个就是坚持文本细读，这是第一个传统。

第二个传统，就强调王瑶先生说的，他有一句话，他说你的重要文

1981年,"文革"后北大现代文学专业第一届研究生与导师合影(前排左起:乐黛云、唐沅、王瑶、严家炎、孙玉石;后排左起:赵园、钱理群、吴福辉、凌宇、温儒敏、张玫珊、陈山)

章和重要著作,必须达到你写完之后要成为一个不可绕过去的存在。就是别人肯定要超过你,但是他要超过你之前,必须先看你的东西。你的水平是体现在这儿——你的课题在具体领域里,要成为绕不过去的一个存在,这是很高的要求。那么要做到这一点,必须要提前准备。第一,你必须了解在你之前做这个题目的学者已经达到什么水平,然后你再考虑我怎么去超过,怎么提出我自己新的东西,这个学术目标是很高的。实际上用我们今天通俗的话来说,就是要创新,必须有新的创造,而且是不可替代的一个新的创造。这也是北大现代文学研究的一个传统。

第三个传统呢,就是王瑶先生强调,我们研究历史,是为了从历史看到未来。也就是说现代文学研究，它研究历史，要处理历史和现实的关系，也不能脱离现实。但是怎么不脱离呢？后来我总结，它是这样一个基本思路：研究的课题与问题的意识来自现实，而这个现实是很广阔的，不是很狭窄的现实。在进入研究领域的时候，研究课题要和现实拉开距离，进入学术领域的研究，但是它会对现实产生积极的影响。我觉得这大概就是从朱自清开始的、王瑶所奠定的、北大中文系现代文学专业最大的财富。

姚　丹：好的，老师，您说到王瑶先生，我就想到您之前也会跟我们聊到林庚先生和吴组缃先生，您都特别敬仰。这些先生的风采，对您有哪些特别深的启示，也可以谈一谈。

钱理群：我这次总结说北大有"三巨头""六君子"。哪"三巨头"呢？王瑶、吴组缃和林庚。所以实际上影响我的不只是王瑶，其实我更多的是接近吴组缃和林庚的。吴组缃和林庚两个人分别有两句名言对我有终身影响。吴组缃有一句名言说，你要提出一个命题，提出"吴组缃是人"，没有意义。你提出"吴组缃是狗"，就有意义了（笑）。什么意思呢？他说，你提出"吴组缃是人"，学术上对人们认识吴组缃没有任何好处，没有任何贡献，大家都知道他是人，对不对？但你说他是狗，那就逼着别人想想，"吴组缃是狗"对不对呀？引起别人思考，你的学术目的就达到了。他非常强调学术的创造性、启发性。那么这决定了吴组缃的风格。吴组缃有个特点，他无论是创作还是学术研究，数量都不大，他没有大量的东西，但他几乎每一篇都有新的东西，都有至少他说的"要引发你思考"的东西，这是一个极高的水平，对我影响极大。我真的就是像吴先生那样，别人说过的话我就不愿意再说。我写任何一篇文章，一定要提出一些有价值的东西。就是研究的独立性和强烈的创新愿望。

姚　丹：您是看吴先生的书，还是说在当时课堂上？

钱理群：是课堂上。他课上挤满了人，但他上课也有这个特点，就是看学生的悟性，他一堂课就两三句话，你听进去了，就点醒你。如果说不会听课，就觉得他胡说八道（笑）。

中文系部分教师合影（前排左起依次为：林庚、吴组缃、杨晦、王力、王瑶）［来源于北京大学档案馆］

姚　丹： 天马行空的那种。

钱理群： 天马行空的那种。确实这样的教学是罕见的。那么林庚先生呢，我称为"天鹅的绝唱"。那是严家炎老师当系主任的时候，他当时安排我做一个工作，就请这些退休的老教授来跟年轻学生做演讲。我就请了王瑶，也请了林庚。林庚非常认真，换了很多题目。那天上课真是"天鹅的绝唱"。首先他的打扮极其讲究，穿一双黄色的皮鞋，往讲台上一站，就把所有人给"震"住了。

姚　丹： 他个儿也很高。

钱理群： 他一站，大家就一下子呆了。然后他就缓缓说来。他说，搞学术、写诗，最关键的是要用儿童的眼睛去重新看这个世界，用婴儿的眼睛去发现这个世界、描写这个世界。他讲完之后，我送他回家，后来就病倒了。他的课真是光彩夺目。所以他是"天鹅的绝唱"，把他整个生命投入，把他一生最重要的创作经验，最重要的研究经验，就用这么简洁的话概括，"用婴儿的眼睛去看世界"。这个对我影响太大了，你们看得出来了吧？

姚　丹： 对，您也有这种……

钱理群： 研究方法上他跟王瑶有区别。王瑶强调客观，而林庚有主观投入，其实我的研究是更接近林庚的。当时我总结，研究也有两条路，一条是现实主义，一条是浪漫主义。我这句话得罪了许多人，我说有很多是"爬行现实主义"，就是过分强调材料。虽然强调材料是对的，但如果过分强调材料，整个研究就没有一种飞跃，也是一种想象力的问题，我称之为"爬行现实主义"。这句话得罪无数人，但是可以看出林庚对我的影响非常大。

那么除了这"三巨头"之外，还有"六君子"。严家炎，谢冕，洪子诚，孙玉石，乐黛云……有些没把握。

姚　丹： 想把第六个给谁？

钱理群： 陈平原算不算？陈平原就辈分来说，是另外一辈，但从他的影响力来说，应该算，属于"六君子"。这六个人是北大独特的优势，六个人都非常强大，而且六个人的学术个性都极其鲜明，都有自己这一套，而且成就也非常高。这是其他学校找不到的。但更可贵的是，他们之间——当然不是没矛盾，因为学术中有各种分歧，学术观点不一定完全一致，也会有一些矛盾冲突——总体来说，互相追逐，而且甚至是互相欣赏，这是极其难得的。比如说我跟洪子诚的关系，我们走得并不近，不是天天彼此纠缠的，但是彼此欣赏，我就觉得洪子诚做的事是我想做还没做到的，洪子诚也会觉得钱理群做的这些事，是他想做而没做到的。

"燕园三剑客"在中文系百周年系庆庆典后留影（左起依次为：黄子平、钱理群、陈平原）

因为人特别年轻的时候有各种幻想，有各种欲望，各种对自我的设计，但真正实现的只是其中一部分，还有很多遗憾没有实现。那么现在你在另外一个人那里看到了，你就会欣赏，因为这个是你要的。所以实际上就是说人的观点是互补的，是生命的互补。

姚　丹：精神结构上的？

钱理群：精神结构上的互补。就这样去得到一个健全的发展。这就使得北京大学中文系特别是现代文学专业，它的那种学术氛围是全中国独一无二的。而且我觉得现在吴晓东他们大体也继承了这样一个传统。这就是最有利于学生成长的氛围，学生可以自由地出入，在不同的老师处都能吸取营养，而且老师不会因为你是我学生，却跟那个人走得近而不高兴。最后很自然地形成了这样一种情况，每个老师周围都有一群学生围着他，不是因为他的地位，而是学生自己的学术兴趣与学术修养和这个老师比较接近，他自然就团结在这个老师的周围，就形成很多的群体。以各个老师为中心，周围都有一些学生，而这些圈子之间不是不交往，而是互相学习。比如洪子诚的学生，也来听我的课，我当时就鼓励你们去听洪老师的课，这样就非常有利。所以我老说，北大中文系现代文学专业的学生要珍惜环境，这在全中国，真的我不是吹牛，独一无二。

姚　丹：确实是非常好的学术氛围。刚才因为谈到了教研室，谈到了现代学科建设，所以我还想跟您再聊一下相关的东西。因为您以前也开玩笑地说，您没有项目，没有得过奖，这个现象其实在中文系老师当中不是特别普遍，我听说是有三个特别有名的老师有这个特点，但不是特别多。尽管如此，我觉得您还是在学术组织方面做了很多工作，而且质量很高。比如说当年和广西师范大学出版社合作出版的《二十世纪中国文学与大学文化》研究丛书，后来还组织编撰了《中国现代文学编年史——以文学广告为中心》这样的大型文学史写作。这些东西对学科建设其实意义很重大，就想请您谈一下这方面具体的构想和内容。

钱理群：刚才就谈到，我是自觉地选择中国现代文学作为自己的领域，而且几乎是全力地投入，这也是王瑶先生期待的。那么我有一个特点，就是不仅自己的研究是偏于文学史的，还对学科的建设和学科的发展很有兴趣，而且是高度自觉的。我们现代文学，它本来有一个传统，像严家炎先生等，特别是樊骏先生，他们对学科建设是高度自觉的。在某种意义上，我是完全自觉地继承，特别是樊骏的这样一个传统。那么我对现代文学学科的建设，确实是花了很大功夫，大概有这样几个方面的特点：

第一，我自觉地研究这个学科的老一代学者的学术传统。不仅是研究王瑶，而且研究李何林，研究唐弢，研究贾植芳等。这就说到一个问题，就是大家有个误会，觉得80年代主要是上海、北京作为学术中心，但实际上当时是多中心的。而且我对每一个地方的领头人都非常注意，比如说上海的贾植芳，比如说山东的田仲济，比如说河南的刘增杰、任访秋，再比如说甘肃的支克坚。就是各个地方领军的那一代人，我对他们一个个研究。这实际上是一个很大的影响。

第二，我高度自觉地不仅关注自己的研究，而且考虑整个学科的发展。所以在七八十年代的特殊环境下，不断提出一些新的课题，倡导一些新的研究方向和新的研究方法，那么这在全国范围内可以说是产生了巨大的影响。包括我后来提出40年代文学的整体设计等，它就有一个整个学科发展的眼光。另外一个就是，我还有一个高度自觉，我们现在的学术研究，是国家系统的研究，向国家申请项目——让我先得到项目，之后才能开始研究，这样实际上对研究有很大的束缚。所以我强调民间学术研究这条路。这其实是陈平原和我两个都很注意的问题，陈平原主要是依靠办各种杂志的方式。我依靠什么呢？我依赖出版社。其实我对商品经济发展的理解是辩证的，它不一定是妨碍学术研究的，其实我觉得它反而提供了学术发展的一个余地，就是怎么发挥出版社的作用。我以出版社为中心，来组织一些大型的科研的项目。那么这当中最成功的就是《中国现代文学编年史——以文学广告为中心》，就是以出版社为中心，也是我替出版社设计，出版社就不仅仅是被动出书，而是参与了整个出书过程。开讨论会，有出版社出钱，我就组织，再加上我后来因为学术影响比较大，有一定学术号召力，他们希望找这样的学者。比如说，我提出这个广告文学史的构想，能超越学校和地区的范围把最出色的学者团结起来。而且我做这个工作还有特点，就是自己不是空头主编，我是主要作者。

姚　丹：对，您写得最多。

钱理群：写得最多。缺什么我写什么。因为大家都很忙，你要考虑到现实情况，你自己不动笔，就根本组织不起来。所以我一直到现在还坚持，就是和出版社合作，做民间学术为主的工作，这其实是非常重要

钱理群与夫人崔可忻在贵州安顺

的。尤其在现行体制下，它有很好的空间，这个经验是很有用的。我的人生基本经验，有两个精神支柱，就是北大和贵州，使自己能够在中心和边缘、主流和支流、体制和民间，在这两者之间自由出入，这个可能是我在学术界独到的优势。完全在民间是不行的，完全是精英的，也是不行的，要在这两者之间进一步地取得平衡。所以我最后落脚点是在贵州。今年还有一个重大收获，《安顺城记》出来了，七大卷。

姚　丹：您最初不是说到对司马迁的敬仰？

钱理群：对，我到了晚年，更加自觉继承司马迁的传统，给自己定位，用董狐之笔写历史春秋。

姚　丹： 太棒了。

钱理群： 我给自己定位是严格的。所以就是说，我的著作真正传世的是《安顺城记》，一定是代代传下去的。在当下的体制下进行民间修史，这是非常难得的一个创造。后来我就说，我的整个人生的学术结束在安顺城下，我心满意足了。

姚　丹： 聊完学科，我们也可以谈谈您在教学中的经验和体会？您常跟我们说最看重自己在北大讲了二十多年鲁迅这个经历。

钱理群： 我自己特别重视对青年的教育。而且我认为，在大学教书第一件事就是做好教学。我记得吴晓东毕业，我关照他就是首先要做个好教师。你要不是好教师，就别想着留在北大。而且你的本职就是首先要做好教学，培养年轻一代。那么，其实我和青年一代的最主要的一个连接点是鲁迅，我非常骄傲。

姚　丹： 留校就应该是1981年开始吧？

钱理群： 对，跟81级学生开始讲鲁迅，然后就跟吴晓东他们84级讲，跟你们86级又讲，一直讲到我退休，2002年。在北大讲了二十多年的鲁迅，而且跟大概有四五十届学生讲鲁迅，这是我一生最高的成就。连续、持续地去讲鲁迅，以后不会有了。我在北大讲鲁迅的课，有四个阶段。第一阶段是你们当我学生的时候，80年代初，你们这一代。你们都体会到了，就是课堂是一种生命的相融，鲁迅的生命、我的生命和学生的生命是相融的。那是永远都不会再有的感受了。

姚　丹： 大概到我们这一级吧？86级？

钱理群： 到86级之后就没有了。这是第一阶段，最辉煌。我最近在整理书信的时候发现，印象非常深刻的是，到了贺桂梅这一代，1990年开始，我跟他们班上课，就不一样了。他们班就产生激烈争论，我们和鲁迅的关系是什么？因为在你们这一代，鲁迅、我和你们的生命是连在一起的，到他们那儿，就变成了两派。因为听我的课，大家都很敬佩鲁迅；但一派就认为，鲁迅活得太累，我们不必活这么累，我们可以活得"轻"一点。因此希望鲁迅成为博物馆式的一个对象，我们崇敬他、尊敬他，但是他和我们没什么关系。另一派就是贺桂梅这些人，就是强调我们现在的生命恰好太"轻"了，要追求生命之"重"。要追求生命之"重"，就不能够离开鲁迅。对鲁迅的心态就发生了一个分歧，这是第二阶段。

第三阶段是比较特殊的一个时间，就是北大百周年校庆的时候。1998年开始重新提出一个"寻找北大传统"的热潮。在那样一个背景下，我开了"周氏兄弟研究"这门课，其实是有意识的。那不是一般的研究，而是讲它的现实意义，这跟北大传统直接相连。我一开始讲这个，就在全校轰动，当时你还在不在？

姚　丹： 在，我有印象，是一个大课堂。

钱理群： 不，这个课是每节课一个教室，下节课再换一个新教室。后来孔庆东告诉我，他说钱老师啊，全校各系最牛的学生都在你的讲堂上，有独立思考精神的学生，不管他是什么专业，都在你的课堂上，你可真了不得，这是你最大的幸福。那次是一个高潮，就好像有点回到80年代，但是很短暂，后来就过去了，但那个也是让我终生难忘的。

第四阶段就是最后。这个阶段的听课情况会发生一个很微妙的变化。我觉得有问题，后来我很不高兴，为什么？就是我的名气越来越大，很多人是奔名人来的，就奔着听钱老师的课，他快退休了，我赶紧听，以后我可以写我听过钱老师的课。但很多人不是出于一种精神共鸣。

姚　丹： 说难听点有点"看"。

钱理群： 嗯，看戏，看热闹。我心里很不舒服，所以后来我也不愿意再去讲了，我觉得没意思了。但是后来毕业的时候有一个学生给我写了一封信，我非常感动。他说："钱老师，我很喜欢你的课，什么原因呢？你的课显示了另外一种生命的存在方式，让我知道人还可以这么活着，尽管我不会按你那么去活着，因为你是另外一代人了，但我知道还有另外一种'活着'的方式，我也知道这种过程可能是更有价值的。"我觉得这是对我的最高奖励。

所以你们可以体会到这当中的一个变化。而且我觉得，其实说到底，教师最根本的就是要显示你自己生命的存在，尤其是在一种社会混乱、动荡的时代，你就是要守住自己的底线，坚守自己的底线。你不一定是

2012年,钱理群主讲"北京大学鲁迅人文讲座"

要学生都按你这样去做,不可能。就是说老师不再具体引导学生怎么去做人,那是他的事,但是你要显示出一种独立的存在。学生生命中有没有这样的存在是大不一样的。

2002年,我在北大退休的时候,有一场最后一次的演讲。我说将来每个同学从事的职业都会不一样,但是我还是希望你们能够坚持北大独立、自由、批判、创造的精神。我说你要搞政治,就应该成为一个政治家，而不要当政客，也不要当庸官；你可以从事商业，但是你要做一个有独立思想的私营企业家，你别去当奸商，等等；你要搞学术，要做新闻工作者，你也需要成为一个独立、自由、批判的人，不要去附庸权力。还有一个事，我觉得现在看来很重要，就是你们眼睛要往下看，不仅仰头看天，也要低头看下，不仅是要关心底层人民，而且要关心实际生活，要立足大地，因为北大人有一个弱点，就是志大才疏，不做实事，天花乱坠。我说你必须要脚踏实地，要关注实际生活，关注实际的土地上生活的普通人民。我对北大的学生到现在还是这两点要求。然后我就跟学生谈到了我的基本的知识经验，谈了我的三个人生座右铭。一个就是"路漫漫其修远兮，吾将上下而求索"，再一个就是"永远进击"，再一个就是"在命运面前，即使碰得头破血流，也绝不回头"。后来我还说了一句话，也算是我的座右铭："我存在着，我努力着，我们又彼此搀扶着，这就够了。"我把我整个人生的经验、治学的经验，全部都留给了北大。结果呢，北大学生反应极其强烈。当天晚上六七点，他们很悲壮地说：钱老师，你一路走好（笑）。

姚　丹：（笑）告别？

钱理群：他们就觉得，像钱老师这样的知识分子，没有了。有一种悼亡的意思。

姚　丹：一代人的结束。

钱理群：然后学生对我的两个评价让我非常满意。说钱老师是"最像老师的朋友，最像朋友的老师"，我对这个评价非常满意。还有学生说，钱老师"该说的也都说了，该听的也都听了，不想听的就不听了，他该走了"。所以北大学生说老实话，这是非常正确的。就是这件事我就该做。就是说，该说的就说了，该听的也听了，不该听的，他也不可能听你的，不听也就算了，到这时就该走了。我真的觉得北大的学生是特别的。

姚　丹：您到差不多 1997 年，用通俗的说法说，您在体制内已经比较成功了。但是您有一个走出体制的冲动和要求，其实我觉得是一种拓展，然后您开始关注中小学教育，关注北大的历史，百年校庆的时候还

钱理群夫妇与学生们的合影

参与了话剧《蔡元培》的上演，同时还在《读书》上发表文章。所以想请您谈一下当年的一些情况，以及到今天为止，您对北大精神有什么样的理解？有没有新的推进？以及您对北大中文系现在的希望。

钱理群：学术研究和社会实践用什么方式来产生一定的关系，这在现代文学也是有一个传统，是到现在还没有完全解决的问题。我自己是高度自觉的，我的自觉在哪里？我还是学院的，参与这些活动是有前提的，前提主要是以我的学术做资源，不离开我的学术。一方面，参与这个活动，把学术资源转化为社会实践；在另一方面，这个社会实践不是一般的社会实践，而是以学术作为后盾的实践。那么对我来说主要是鲁迅的资源，就是把鲁迅的资源转化为社会实践。

所以我就是有意识地选择了几个东西，可以说是三四个方面吧。一方面，自觉地卷入大学的教育课程和大学生教育改革，当然从北大开始。第二个，参与中小学的教育改革，主要是语文教育改革，这都是我的专业。第三个就是，支持青年志愿者，特别是支持这些志愿者到农村去，这样就一定程度地参与了乡村建设。最近我这几十年的努力，回馈回来了，有持续性的成果。我真的非常、非常感动，这就是一个收获的季节。为什么？我最初是2001年参与到中小学教育改革中来，现在已经到了2020年，它有继承人，而且这些骨干都是二十年前参加的，是我培养出的在一线的一些有理想的教师，这前后已经有几十年历史。还有具体就是，当年我支持做乡村建设的人，现在他们都成为中国乡村建设的重要骨干。而且他们写出理论，我现在正在给他们写序，他们都讲过，最初是受我的影响。我印象很深刻，当时跟他们说要沉潜十年，那么现在沉潜二十年了，他们的成果出来了，我真的非常、非常高兴。

北大的教育改革，我是从北大百周年校庆开始参与的。北大百周年校庆的时候，我做了几件事，其中就有你提到的《蔡元培》这个话剧。百周年校庆其实是一个官方行为，我们是唯一民间纪念蔡元培并真正产生了巨大影响的。这就开始了我对于北大历史的研究和对北大作用的思考。在这一过程中，我第一次明确提出来，我所理解的"北大精神"，我所理解的北大是干什么的，北大作为学校应该做什么事。

我提出两个想法，至今仍然坚持。第一，北大的传统就是鲁迅说的，是改革的一个先锋，就是独立、自由、批判和创造，这是北大的基本精神。第二，北大应该办什么样的学校？因为蔡元培说，北大不是办具体技术人员和具体操作人员的学校，我就觉得北大的培养目标，一个是要着重思想的创造，所以它要培养思想家型的学者。即使不是学者，从他的专业来说，也是专业的学科带头人、学术带头人，他提出专业的新思想，专业的新发展方向，能够成为这个专业的带头人。北大真要培养人

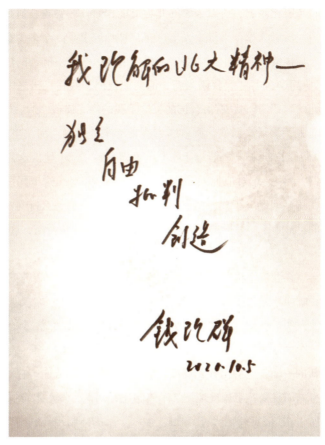

钱理群为中文系110周年系庆题词:"我理解的北大精神——
独立 自由 批判 创造"［刘东 摄］

才,得是这样一种人才,简单说,就是开创性的,有独立思想、对学科发展有独立思考的这样一些人才。

搞《蔡元培》这个活动,是强调蔡元培的传统。这里也有一个很好玩的事情。我们当时有一个剧组,这个剧组后来内部争论得一塌糊涂。有一派就非常推崇蔡元培,而且觉得今天的北大只要把蔡元培请回来,就有希望了。但还有一派就认为,蔡元培真有这么了不起吗?而且我们认为蔡元培对北大的影响,是在特定的时间、特定的历史下产生的。当时政府比较弱，所以当时的北大可能相对比较独立，但是那个时期非常短。所以大家今天讲蔡元培，在某种程度上是一个多少有点理想化的蔡元培传统。剧本里陷入新旧矛盾中的那么一个很痛苦的蔡元培的一段台词是我写的："我就陷入新、旧两面之间，我在夹击之中，谁懂得我蔡元培啊。"其实是有潜台词的，这是我的内心痛苦。然后他又出走，离开北大，然后又回来，剧就结束在他回来的时候。那么当时老师就鼓掌，"蔡校长回来了，北大有救了，中国有救了"。然后这是我加的一个台词："蔡元培对他夫人苦笑道：'我能够吗？'"这个剧按我的设计，就在这个问题上闭幕。但是后来演出的时候，这怎么行啊？最后是很辉煌的，他走下，后面的灯光起……（笑）其实写蔡元培，这都是写我自己。

姚　丹： 您的很多的体验。

钱理群： 很多的体验，很多的考虑，就是北大传统不是那么简单的，说呼唤蔡元培回来，北大就怎么样。它非常复杂，你想象不到的复杂。

所以我说，我在北大形成了自己特别的大学观，到现在还坚持这样一个大学观。我觉得大学它也有两面，有保守的一面，还有革命的、革新的一面。它的保守是支撑，它有一个知识的传递，它要把知识变成学术，而且要一定程度地把学术体制化，知识、学术才能一代一代传下去。所以在这个意义上，我觉得，强调学术的体制很有它的合理性。我们不能简单地否定学术体制，它强调知识、学术的传承，更重要的是精神的传承。它的保守面是传承，传承一种精神、一种学术、一种知识。因此我认为，北大不必那么先进，不必赶潮流，有时候需要保守一点。它必须和现实保持一定的距离，没必要和现实保持一致。整个社会是闹的，北大必须静；整个社会是热的，这儿必须冷。北大必须保持一种清醒，要守住一些东西。在两个时期这种精神困惑很多，一个就是国家发生民族危机的时候，西南联大就起这样一个作用；再就是整个国家失范的时候，其实今天就是失范的时候，大学就应该起稳定剂、起冷静剂这样的作用，不能"与时俱进"。就是大学有保守性这一面，这是一个特点。大学另一个功能是革命性功能，是创新功能，必须有创新的领域，是给社会提供新思想的地方。"五四"为什么北大有这么大的影响，原因就是在一个历史转折的关键点，它给整个国家提出一种新的思路、新的方向，不仅是学术层面的。

姚　丹：最后一个问题，您对自己的定位是一个文学史家还是思想者？还是怀疑主义者或者其他的？

钱理群：我更愿意把自己看作一个探索者：思想与学术的探索者。我一生坚持三十多年，就永远在探索，任何时候都在探索，永远采取一种积极进取的态度，从不消极，从不回避（笑），永远是进击，永远采取积极态度。

我的根本问题，我的基本弱点，就是我一再说的，不懂外文，古代文学修养不够，再有就是没有文人趣味（笑）。所以我说我是一个"不懂文化的学者，没有趣味的文人"，这个造成极大的损失。一个损失，就是我无法真正进入鲁迅、周作人的内心。因为他们两个人是典型的中国文人，不仅仅是一个文学趣味的问题，是整个的一种生命存在形态。我和鲁迅、周作人归根结底是隔的，这是一个很大的问题。还有我没有趣味，我的人生有个最大的问题，我是一个精神性的存在。包括你们来，我们全谈精神问题，不谈世俗问题。这是非常大的一个问题。我虽然天天讲农村，天天讲贵州的父老乡亲，我其实和贵州的父老乡亲是"隔"的，因为我不关心他们的日常生活；我天天跟你讲青年，但是我跟青年是"隔"的，因为青年讲日常生活。我是这种脱离了生活的精神存在，所以我这个人生就是一个悲喜剧，自己充满矛盾，实际上是"隔"的。

那么我的价值是什么呢？我最满意的，也是北大学生给我的评价，北大学生曾把我选为那一年的"最受欢迎的老师"，而且是排在第一位。然后学生给我写了一封信说，老师，我们最喜欢听你的笑声，能够像你这样笑的人，是一个非常可爱的人。我很欣赏这句话，我就是一个可爱的人，但可爱的人有另一面，可爱的人意味着你是一个可笑的人。我自己觉得我是一个可爱的人，又是一个可笑的人。而且我现在给你说，如果我死后有坟，你们给我题词：这是一个可爱的人。这对我这一生就是一个最好的评价。你要做一个可爱的人是极难的，别以为"可爱"是一个随便说说的，但可爱它同时一定有可笑的东西，可爱与可笑其实是互

钱理群晚年在国内外旅游、摄影,回归大自然中

为补充的,单纯是可爱,也有问题。可爱又可笑,这是一个真实的人生。我追求的实际上是一个很真实的人生。

钱理群: 我最后讲一个我和王瑶的关系,我觉得是具有普遍性的。王先生对我有很大的影响,但是后来影响越大,我也自觉意识到,我必须走出一条自己的路。我们提出"二十世纪中国文学"就是要寻求和先生的《新文学史稿》不同的另一种研究思路。

我今天讲这个主要是说什么呢,包括老师和学生的关系,也包括和你们的关系,我觉得比较理想的老师和学生的关系,应该是"三步曲"。第一步就是学老师,把所有老师的优点全部学来,这是必须做的。所以作为老师,当你还是我的学生的时候,我对你的基本要求你是必须做的。但是我觉得,第二步,特别是特别强大的老师,你必须反叛他,你必须要走出他的阴影,不然你毫无前途。就必须如此,必须有一个反叛的过程。第三步,在反叛之后走向更高层面。更高层面上,继承的就不是他自己的一些学术主张，具体的做法，而是一种基本精神，像我今天讲的王瑶对我们的影响，那就是一个在更高层次上回到他的传统。所以我觉得理想的应该是一个继承，甚至模仿，然后反叛，再到更高层面上的继承。所以我现在对你们的要求，我想你们也知道，我希望你们反叛我，如果不反叛我，毫无前途，反叛才有希望。如果永远在我们的阴影之下，你毫无出息。我希望还是这样一个关系，学习、反叛，一定程度地反叛，有分寸地反叛，然后在更高层次上和老师相融。把这样一个学术传统，一代一代传下去。

洪子诚

"不那么冷漠的旁观者"

受访人：洪子诚
采访人：季亚娅
与谈人：邵燕君
采访时间：2020 年 9 月 17 日

受访人介绍	洪子诚	1939年生，1956年考入北京大学中文系，毕业后留校任教，2002年退休。主要从事中国当代文学、中国新诗等方面的研究和教学工作。有《当代中国文学的艺术问题》《作家姿态与自我意识》《中国当代文学史》《问题与方法》《材料与注释》《我的阅读史》等著作二十余部。其中，《中国当代文学史》被译为英文、日文、俄文、哈萨克文、吉尔吉斯文、越南文、韩文等七种外文出版，《中国当代新诗史》(与刘登翰合著)是中国第一部当代新诗史。2019年获首届北京大学离退休教职工学术贡献奖特等奖。
采访人介绍	季亚娅	北京大学中文系现当代文学专业博士，现为《十月》杂志副主编。
与谈人介绍	邵燕君	1986年进入北京大学中文系，北京大学中文系教授，现任当代文学教研室主任。主要从事网络文学研究和文学生产机制研究。

季亚娅： 洪老师您好！今天我们的采访的地点是燕南园，现在是2020年的秋天，您还记得64年前，您刚上大学时燕南园的样子吗？

洪子诚： 基本格局是差不多的，只是树木没有现在这么多。以前围墙外有开阔的草坪，现在盖了楼了。上学时经常到这里走走，因为住着人家，能感受到"过日子"的气息，现在没了住家，这些小楼、院子就成了"文物"。1956年的9月1日我来北大报到——那个时候，从广东揭阳那边到北京上学不很容易，从揭阳到广州就要坐两天汽车。火车到前门火车站已经是凌晨两三点，有顶棚的大卡车把我们拉到哲学楼的迎新站，接待的人还没上班，天刚亮我们就按照通知书里的地图，从未名湖、办公楼，一直转到燕南园。后来知道不少著名教授住在这里，如冯友兰、汤用彤先生。中文系的王力也住在这里，我刚参加工作是在汉语教研室，大年初一教研室总会一起去他家拜年。林庚先生是在靠南墙的平房里，在没有打开通道的时候是个独立院落，特别安静，听说林先生

50年代，大学时期的洪子诚

还经常在院里唱歌，男高音吧，声音洪亮——但我没有听到过。

季亚娅： 那时候您是17岁。您那时候为什么要报考中文系，是不是想当作家呢？

洪子诚： 有这个想法吧（笑）。当时报考中文系的人有很多都想写作，包括写诗或者写小说。我也有这个念头，但是进校以后对我打击特别大，因为系主任说，"我们不培养作家"。现在还有创意写作专业，当时是没有的，而且不鼓励学生去创作。另外就是我也试写过一点小说跟诗歌，都失败了，就打消了念头。我给谢冕老师他们的《红楼》投过好多次，都给退稿了，这还是我的好朋友刘登翰推荐的，结果他们都没有用。

季亚娅： 中文系当时开了哪些课程呢？都有哪些老师给您上课，对您影响最大的老师是哪几位？

洪子诚： 课程设置基本上是文学史、文学理论，还有语言方面的课程，现代汉语、古代汉语、语言学概论、语音学等，还有一门"人民口

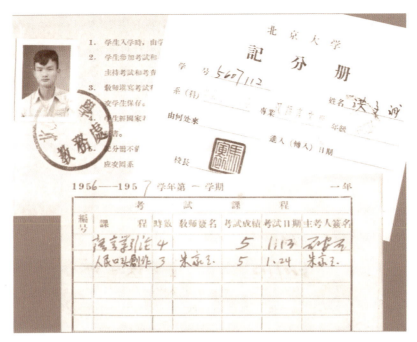

1956年，洪子诚的大学记分册

头创作"，后来改为民间文学了。那时候好像比较强调专业教学，通识的课程不多；文学史课时比现在多很多，包括外国文学史课，俄苏文学、亚洲国家文学，都单独有一个学期。但"大跃进"开始，欧美文学就没有上。文学史课程量这么大，估计是向苏联学习的，一种大文学通史的格局。开始两年考试的记分也是学苏联的五分制，必修的第一外语是俄语。体育实行的是"劳卫制"，全称是"准备劳动与卫国体育制度"，在中学以上学校实施，也是学习苏联的。

不少老师对我都有很大影响。当时中文系的师资力量很强。有魏建功、杨晦先生，文学史有游国恩先生，《楚辞》研究专家。林庚先生，唐代文学的，吴组缃先生讲明清小说，还有浦江清先生。高名凯教授给我们上的语言学概论，杨伯峻先生上的古代汉语。王力先生原来在中山大学，1954年调到北大。我没有系统听过朱德熙先生的汉语语法课，很遗憾，那个时候我对语言课不重视。杨晦先生给我们上文学理论，讲了一个学期的"九鼎",由于我知识准备不足,没有听明白。1956年进校的时候,北大还有一个文学研究所,办公地点就在哲学楼,不属中文系,是独立机构,郑振铎任所长,有余冠英、钱锺书、何其芳、蔡仪、陈涌等先生。他们也给中文等文科系开课。我在课表看到蔡仪、陈涌先生给高年级开文学理论和鲁迅研究课程。1957年,文学所就归到中国科学院的哲学社会科学部去了。

季亚娅: 读您和么书仪老师合著的《两忆集》,您讲到那个时候的北大和现在有很多不同。各种社会活动比较多,有劳动课,然后还有一些大批判、下乡锻炼。您能不能讲讲那个时期大学生活的一些情况?对学习、思想有什么样的影响?

洪子诚: 对我们这个年级来说,1956年进校以后,认真读书的时间大概也就一年半,就是1956年到1957年。1957年就开始反右斗争,但反右斗争并没有影响上课。但是到1958年"大跃进"的时候,课程就被冲击了。有些课还在上,但是大家已经没有心思听课,有时候就逃课或者上不下去。

"大跃进"对教学的正常秩序冲击特别大。整个1958年,真正的上课时间并不多。春天的时候,我们去修十三陵水库,就住在那边半个月。这个不是那种闹着玩的劳动,是很辛苦的。接着就是批判"资产阶级学术权威",对象都是我们原来尊敬的老师。中文系批判的对象,一个是游国恩先生,另外一个就是王瑶先生,吴组缃先生好像没有被触及。还有林庚先生,也被批判得很厉害。另外就是语言学方面的王力先生、高名凯先生,都是重点批判对象。不过那时候的批判跟"文革"期间的批判还是不太一样,主要是写文章或者贴大字报。语言的"暴力"是有的,但肉体的侮辱、迫害还没有出现。

当时北大中文系的系办公室在文史楼的二楼,二楼一半是中文系,一半是历史系。比起现在办公条件差很多。那时候的机构也没这么多,有几个房间就足够了。教研室只有语言、现代汉语、文学史几个,文学史还没有分古代、现当代。"大跃进"开展批判"资产阶级学术权威"和"双反"运动,楼道里面,文史楼的外墙都贴满了大字报,对"资产

1959年1月,《新诗发展概况》编写组在中国作协和平里宿舍楼前(左起依次为:殷晋培、刘登翰、洪子诚、谢冕、孙玉石、孙绍振)

阶级学术权威"批判揭发。费振刚老师前些年有一个回忆,说当时游国恩先生身体不太好,大家让他来看大字报,他拄个拐杖来看,很生气地说,你们是打不倒我的。

季亚娅:我在《两忆集》里也读到,在大学二年级,应该是1957—1958年的时候,您就跟谢冕老师他们一起在进行科研活动,编写《新诗发展概况》,以您说的集体科研的形式。您能谈谈当时集体科研的情况吗?它对您后来的学术之路产生了什么影响?

洪子诚:集体科研最著名的就是中文系55级编写的《中国文学史》,就是所谓"红色文学史"。三四十个人,用了暑假四十天的时间,写了七十五万字的文学史。出版的速度也惊人,8月底交稿,人民文学出版社赶在国庆前就出书"献礼"了。

《新诗发展概况》这本书不太一样,那时已经是1958年底,到了集体科研的尾声。当时《诗刊》的主编是臧克家,副主编是徐迟。他们认为新诗三十年了,还没有一本"观点正确"的新诗史,而靠老专家是不行了，因为他们受资产阶级思想影响太大，所以希望找年轻人来做。谢冕老师那时在诗歌界已经有点名声，所以臧克家跟徐迟商量以后，就让徐迟到北大32楼——我们当时住在32楼——来找谢冕。当时大人物架子没现在这么大，不是把谢冕叫到城里的《诗刊》编辑部，而是从城里头跑到学生宿舍来见一个学生。他和谢冕商量说，能不能组织几个人来写一个简要的新诗史的书——开始用的是"简史"，等到要发表的时候，郭小川建议改用"概况"——谢冕在他们年级里头找了孙绍振——孙绍振当时很有才气——另外是孙玉石、殷晋培，还找了56级的刘登翰。他们都是学生文艺刊物《红楼》诗歌组的。因为刘登翰跟我很熟，住在一个房间，据他说是上下铺，他就"走后门"把我拉进去了。其实我有点不大合格。

在1959年1月初放寒假的时候，我们六个人住到中国作协在北京北边和平里的一个宿舍，一个两个房间的单元。自带行李铺盖，从学校伙食科支出来半个月的伙食费每人6元多。开始想自己生火做饭，炉子火熄了几次，屋子里也烟气弥漫，没有办法就包给附近一个小饭馆。可是那点钱吃三顿不够，改成两顿；早上九十点钟去吃早饭，然后下午四点吃晚饭。编书也没有任何补贴。住在同一个楼里的诗人邹荻帆（当时他在《译文》编辑部）还给我们送过来煮熟的芋头。

季亚娅：这本新诗发展史的编写，大概持续了多久？

洪子诚：寒假期间大概半个多月，大家就各自写出初稿，每人分一章写出初稿，回学校后继续修改。其中有四章在《诗刊》上发表，从9月份开始，但是最后两章没登就停止了，原因我们都不太清楚。《诗刊》还把它推荐给天津刚成立不久的百花文艺出版社，出版社开始给徐迟的信说很高兴，但是读了稿子之后，很快就退稿了，写了退稿信，也是给《诗刊》的，主要意思是质量还达不到要求。可是徐迟先生不死心，在1959年底或1960年又推荐给作家出版社。大概半年以后，作家出版社写了一个三千多字的很详细的退稿信，主要认为我们革命性还不够强，对资产阶级有很多宽容，批判不够。退稿信现在还在，我最近在一篇谈这个事情的文章里还全文引了这个退稿信。

1961 年毕业合影（后排右三为洪子诚）

季亚娅：您一直自称"教书匠"，1961 年就留校当教师，那个时候就开始留校上课了吗？当时是上的什么课呢？

洪子诚：留校其实是一个很偶然的情况。55 级分配特别好，因为 1960 年他们毕业的时候，困难时期的后果还没有完全呈现出来。55 级的学生有许多人留在北大，还有分配到中国作协、《文艺报》、文学研究所等。留校的在中文系有费振刚、谢冕、孙静、陈铁民、孙钦善、刘烜、黄修己、陆俭明、马真，还有不少是在学校机关工作的。这个年级是比较特殊的年级，出了很多人才。我们 56 级就比不上了。1961 年我们毕业的时候，正逢困难时期国家许多项目"下马"，单位的人员也压缩，分配指标迟迟没有下来，我们一直在北人等。本来 7 月份就应该分配，可是等到八九月。但指标都不太好，都是很笼统的，譬如说北京几个，广西几个，山西几个，没有具体的单位。为了消化这些毕业生，系里就留了二十几个人读研究生。

开始报志愿的时候，我第一志愿就报了西藏，西藏有两个名额。我当时年轻，完全不知道西藏的具体情况，高原啦，缺氧啦，具体生活状况等，都不知道。印象里头觉得越远越好，有点浪漫。我上大学填志愿的时候，也都是从远往近填，可以填五个学校，我只填了三个，第一是北大，第二是武大，第三是中山大学。邵燕祥先生当时有一首很著名的诗叫《到远方去》，那时候"远方"就是诗、理想。后来没有分配我去。我的第二志愿是研究生，于是我们就等着读研究生。到了年底，好像又下来一点名额了，研究生名额压缩，只有五六个，我们许多人就重新分配，我就留在系里教写作课。

12 月份留校，到了第二年 2 月就要我上课。当时，我 23 岁，没有任何教学经验，单独讲话大概从未超过一刻钟的。第一次去上课，从住的 19 楼集体宿舍到一教，紧张得要命，一路手禁不住发抖。上课时只顾念讲稿，不敢看学生，课结束发现讲稿被我抠出一个洞来。记得休息的时候，一个学生还走到讲台，悄悄地纠正我一个字读音的错误，当时很感激他。因为教写作课没有明确的"专业"，负担又重，批改很多作业，所以普遍不安心。我也一样。

季亚娅：您教写作课的经历，会不会对您以后学术写作中的文体意识产生影响？

洪子诚：我想还是有帮助的。第一就是我当时没有专业，所以看书比较杂，没有非常直接的功利目的。回过头看是一件很好的事情。我看了好多俄苏文学，还有英美小说。我当时特别喜欢戏剧，曹禺 1949 年以前的几个剧本很喜欢，但不喜欢田汉的作品。也常去城里看话剧。读了很多文艺理论方面的书，包括西方的，柏拉图、亚里士多德、莱辛、狄德罗……丹纳的《艺术哲学》，普列汉诺夫的《文学与社会生活》。高尔基的《回忆录选》，屠格涅夫的《回忆录》和《猎人笔记》也都留下很深印象。中国古代文论的书也读了一些，《诗品》《文心雕龙》《沧浪诗话》。很认真地重读《红楼梦》《聊斋志异》。《鲁迅全集》也是这期间读的。当然，当代的作品也读了很多。

另外一方面就是你说的文体意识。我想文体不仅是语言文字的问题，和一个人的心性有关。这个时期好像开始告别50年代肤浅的浪漫主义？阅读也推动这个变化。1960—1963年，曾经热衷契诃夫的小说、戏剧，他的作品对我可能是一剂"毒药"，《万尼亚舅舅》《樱桃园》《带阁楼的房子》，等等。当时我在汉语教研室，我想朱德熙先生对我有影响。虽然我没有听过他的语法课。后来知道他运用结构主义方法研究汉语语法，写过很有名的论文《说"的"》。当时我也找来读，但没有读懂。我听过他几次文章分析。他是我们写作教学小组的指导教师，组长是他在西南联大的同学姚殿芳老师。我在回忆文章里讲到，朱先生上课的思路、方式跟别的老师不太一样，别的老师上课，主要是通过各种材料来论述自己的观点，朱先生也有自己的看法，但是主要落脚点是把问题的各种可能性提出来，引起学生的思考。我听过他讲朱自清的《欧游杂记》，毛泽东的政论文章，赵树理的《传家宝》，他的同学汪曾祺的《羊舍一夕》。他会说这个句子如果换另一种写法，用另外的词，或这个词挪动了位置，表达的情、意会发生什么样的变化。他有时也会反过来质疑他的看法、结论。节制，多种可能性，自反的思维方法，这是得到的启示。

季亚娅：我们常说一时代有一时代的学术，但我们总觉得您的文章和那个时期的主流文风有很大的差别。我本来一直在想这种独特性是从哪来的，但是听您刚才的讲述，我觉得可能正来自您那段时间和课程无关的那些阅读。在《语文课外的书》里，您还提到自己阅读《圣经》的经历。还有一类是革命的书，您当时写，这么多年过去了，依然还是很打动您，因为它能给那个时代提供一种共同的理想和理念性的东西。您能不能讲您的阅读史，有一些是私人的、"我"的东西，还有一些是那个年代的、"我们"的东西，这之间的差异与关联您能不能再讲两句？

洪子诚：整体来说我还是跟着潮流走吧。大学期间和参加工作之后，其实我都是追求"进步"的，希望能跟上形势，能站在潮头。却总是无法做到，缺乏这样的条件、素质。记得从反右运动开始，"大跃进"、北大"四清"运动，以至"文革"，开会给我提意见，总是那么两条。一个就是斗争性不强，阶级观点不鲜明，温情主义。反右的时候说我同情班里的右派。我也有自己的委屈，昨天还是朋友，过了一夜就要把他看成不共戴天的敌人，认识和情感上很难做出这样的急速转弯。第二个问题是清高、孤僻，不能够跟群众打成一片。上大学和工作经常到乡下和工厂，最苦恼的就是这一条。其实干活我并不怎么怕，累点苦点也能撑过去，唯独这一条真是没有办法。缺乏和"群众"沟通的能力和语言。"文革"期间给我提意见，说清高在旧社会还有积极意义，在新社会就只有消极性，甚至可能发展到和"党"对抗——那时兴上纲上线。现在如果不把事情看得这么严重的话，就是个性格缺点吧。

刚才问到读《圣经》的情况，我的家庭信仰基督教，父母和兄弟姐妹都是基督徒。小学是教会学校。初中上的学校其实也是教会学校，真理中学，但我上初中时新中国就成立了，学校改了名字。在家里，去教堂做礼拜，总要读《圣经》——是家庭、环境的影响。

季亚娅： 虽然宗教对您来说是一个被动式的阅读，但是它会不会潜移默化地影响您处世的方式？

洪子诚： 有些影响很难分得很清楚，但宗教方面的影响肯定存在。不一定是严格的教义之类。我在《语文课外的书》里，已经讲到这个方面。一个是，除了经验的东西之外，还是相信有某种超验的东西。另外，我觉得有一种平等的观念、意识。我最厌恶权力和财富的得益者对平民百姓的倨傲，对骄奢淫逸的炫耀。说实在的，这和阶级论无关，也不全是社会主义教育留下的，就是那种朴素的人道主义吧。

季亚娅： 1977年，您开始从事当代文学研究的时候，全国的中文系那时还很少有当代文学教研室设置。那您和谢冕老师、张钟老师，出于什么样的初衷，要在现当代文学这个大专业之外，独立成立当代文学教研室呢？您能讲讲最早的学科设置的情况吗？另外，也请您谈谈当时的教材编写情况。

洪子诚： 中文系的教学工作恢复是1970年就开始了，也就是招收工农兵学员，一直到 1976 年。我也参加了工农兵学员的教学工作。主要是讲很基础的知识，上一些实用性的课，"开门办学"到工厂农村的时间很长。1977 年恢复高考，教学才逐步走上正轨。"文革"结束之后，中文系的机构设置有一些调整。比如说，取消了写作课，写作教学小组自然就解散了。这个小组因为承担本系和文科各系的教学，教师人数很多，最多达到 18 人，戏称"十八罗汉"。解散了就重新选择专业方向。另外，汉语教研室也划分为古代和现代。原来的文学史教研室，也分为古代、现代，并成立当代文学教研室。机构越分越细，其实不是一件好事。

成立当代文学教研室，北大在全国是否第一个，我不知道，但肯定是最早的一批。短时间里，全国高校中文系都纷纷成立。这是个"水到渠成"的事，因为在五六十年代，对"当代"就非常重视。1949 年被看作时间的开始，胡风歌颂新中国成立的长诗，题目就是《时间开始了》。50 年代后期，就已经有类似"当代文学史"的教材、著作的编写。正式出版的有科学院文学研究所的《十年来的新中国文学》，还有 1962 年华中师院（现在的华中师大）中文系的《中国当代文学史稿》（科学出版社），很厚的一本。不过那时候"当代"时间还很短，成立相应的机构还没到时候。到了 1977 年，时机就成熟了。

季亚娅：但是 50 年代末那时候，"当代"实际上还只有不到十年的时间。

洪子诚：所以文学所的书就叫《十年来的新中国文学》，他们没有使用"当代"这个概念。华中师大的书就用了。80 年代唐弢先生说"当代不宜写史"，其实 50 年代就开始为"当代"写史了。"当代文学"这个概念 50 年代末就出现，但不是很普遍的。"文革"之后就接续了这么一个过程。教材好像也不是北大最先编。当时教育部委托北师大、北京师院，还有其他院校合作编写《中国当代文学史初稿》，郭志刚先生主编的。另外还有南方 22 所院校的一部，他们虽然动手比我们早，但是出版得比较晚，因为是很多学校的合作，有一个比较复杂的统筹过程。而且还有著名人物当顾问，像北师大的一部就让陈荒煤先生当顾问。我们没有顾问，就是教研室五个人，自己说了算。没有什么统一思想、审稿，写出来后也没有集体讨论，情况不太一样。

北大最初怎样商量成立当代文学教研室，我不太清楚，筹划应该是张钟和谢冕老师在做。张钟、谢冕"文革"前都是文艺理论教研室的，不是文学史的。这说明五六十年代文艺理论和文学批评、文学现状的关系很密切，不像现在隔得很开。张钟他们征求我的意见，问我愿不愿意来。我说可以，因为我对当代还是比较有兴趣，也还算熟悉。当代教研室基本上是两部分人组成的，一个是文艺理论出来的，除张钟、谢冕外，还有陆颖华老师。还有就是写作教学小组的，有我、汪景寿、赵祖谟。当时还从八一中学调进来佘树森老师，他研究当代散文很出色。

教研室张钟是主任，谢冕是副主任。最主要的工作也就是这么几项，一个是人员配备，一个是准备给77、78级刚进校的学生讲当代文学课，还有就是编教材。上课和编教材是联系在一起的。教材的编写主要是张钟老师召集主持。张钟提出，虽然当代文学运动、思潮、斗争很重要，但当时很多情况还不清楚，写这一部分还缺乏条件。所以他提出就按照体裁来结构全书，确定了诗歌、散文和报告文学、短篇小说、戏剧、长篇小说五个部分。短篇小说比较特殊，现在不可能将短篇单列，短篇小说已失去它的位置了，但是在"十七年"，很重视短篇，有过多次的短篇小说的讨论，而且有"短篇小说作家"这样一个称号，像孙犁、赵树理、李准、王汶石、马烽、峻青、王愿坚，都被叫作短篇小说作家。1962年在大连还开过很出名的"农村题材短篇小说座谈会"。教材分给我是两章，诗歌和短篇。诗歌我估计可能本来是谢冕老师写的——这是我的推测，没有根据——谢老师当时已经很出名了，活动很多，可能太忙顾不过来，就让我来写，毕竟我大学时也曾经编写新诗发展概况。分工之后，就各写各的，互不过问。稿子出来后，基本上也没有集体讨论，没有审稿什么。稿子交出版社之前，张钟让我"统稿"，主要是戏剧和长篇小说部分。一个是字数要压缩，另外有的写法不大符合文学史的叙述方式。讨论过教材的名字，《当代文学概观》应该是佘树森老师提出的。这本书1980年出版，1986年做了许多修订，修订版书名加上"中国"，就是《当代中国文学概观》。在当时，是几部重要的当代文学史教材中的一部，在高校教学中有一定影响。90年代到新世纪，张钟、佘树森、汪景寿三位老师相继离世，我也不再参加《概观》的修订，这部书就全部由赵祖谟老师负责。他请了计璧瑞老师增写了港台文学的部分，使书名中的"中国"名副其实。《概观》还是有它的特色，目前还在继续出版发行，有学校还在用它当教材。

季亚娅： 后来我们进北大之后学习的那本《中国当代文学史》（北京大学出版社，1999年），是您一个人的著作。它被称为是第一本真正意义上的"当代文学史"，也是奠定当代文学学科地位、影响深远的著作。您为什么起念写作这本文学史？请您谈谈写作过程。

洪子诚： "真正意义""奠定学科地位"的说法，是一些先生的鼓励，但确实言过其实。当然，这本文学史是长时间积累的成果。我1978年开始当代文学教学，到2002年退休，二十余年间给本科生上过十来次当代文学基础课。每次课都要重写讲稿，内容、方式会有调整，也补充新的内容。还在中央广播电视大学担任过这门课的主讲教师。备课过程中读了许多资料，作品集、研究论著，《文艺报》《人民文学》等重要的期刊，翻了有两三遍吧。90年代初在日本东京大学教书的时候，他们资料室有《人民日报》1949年起的合订本，也搬到研究室翻看。报纸上落满灰尘，看完以后，鼻孔就被灰尘堵住了：这是"灰尘堵住鼻子的工作"。在讲课和写这部文学史的时候，也认真读了不少理论书，其他的当代文学史。因为资料上的准备，因为"当代"我也算是"亲历者"，也因为有意识试图解决别的文学史没有解决或留下的问题，所以它还算有些特点。

这本书出来后，有的评论者强调"一个人的文学史"的意义。其实，在1950年以前，文学史大都是"个人"的。当初是想教研室集体合作编写，我跟谢冕老师商量，他说《概观》用了好多年了，已经落后了，需要重编一个教材，处理一些新的问题、材料。我们就开会讨论，要大家各自拿出自己的提纲。可是几份提纲差别非常大，有的以"创作方法"来结构，有的偏于文化研究的视角，我的提纲则比较传统、守旧（当时讨论有老师说新意不多）。总之，无法捏合在一起，讨论了两次也没有

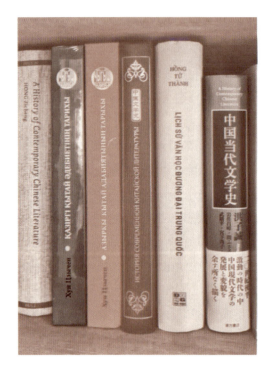

洪子诚书架上翻译成不同语言文字的《中国当代文学史》

结果。有一次遇到钱理群老师,跟他讲了"走投无路"的困境。他想了想说,你为什么不自己写一本?这才有这个念头。我开始自己编写的时候,一段时间不敢告诉教研室的老师。我想说的是,"独立编写"不是预先的设计,当时还觉得不很光彩,惴惴不安,有做了亏心事的感觉。

季亚娅: 听您这么说,您的文学史很像是一个累积多次的写作,每次讲课新写的讲稿,不停地刷新原来的判断或者叙述。看起来写作于1999年的《中国当代文学史》,也许是从1977年到1999年重写了很多次,是这么一个集大成的过程。

洪子诚: 是的,是不断积累的过程,不断发现一些问题需要解决。比如四五十年代之交的转折问题,概念的清理,时期特征等。还有制度问题——总的说,五六十年代以至80年代的当代文学研究,都不大重视文学制度问题,我也是这样。在研究过程中,逐渐意识到这个问题很重要,80年代后期也读了一些文学社会学的著作,逐渐把这个问题引入文学史中。80年代后期我上课就开始涉及，比较集中谈体制、制度，是90年代初在日本东京大学上课的时候。在东大上课的讲稿后来整理成《中国当代文学概说》这本书。

季亚娅： 记得贺桂梅老师从前跟我们说，相对于《中国当代文学史》教材，《当代文学概说》那本书可能更多地体现您的个人气质和观点。

洪子诚： 我想因为它比较简明，只有十三四万字，并没有把它当教材来写，不追求全面，基本上是要把对当代文学的一些基本看法讲出来，所以有更多"个人气质"的融入吧。前不久，北京出版社将这本书纳入"大家小书"系列，书名改成《中国文学（1949—1989）》重新出版。

季亚娅： 您应该是比较早地注意到文学体制和文学生产对文学作品和时代文学面貌的影响？这种切入角度与当时主流文学史的叙述方式很不同。您在讲课的时候，已经有意识地要和当时的主流叙述框架，比如作家—作品式的讲法拉开距离吗？

洪子诚： 我的当代文学课，确实有意识地和其他的论述对话。对话不完全是相反的意见，而是讨论是否有另外的观察点和评述的可能性。记得80年代初有关当代文学史分期的争论，当时有所谓"三分法"和"四分法"——不同的分期方法，体现对当代文学过程的不同理解，也各有它的依据。我提出的是前三十年和"文革"之后的划分。1987年朱寨先生编的《中国当代文学思潮史》出版，我也参加了讨论会，从这本书里学到很多东西，但也看到它的内在矛盾，它的裂痕。既有80年代启蒙思潮的强烈意识，又有"十七年"的革命叙述的架构：这两个方面不协调地"共处"一个房间中。当时就逐渐在讲课里，和这两种不同历史观和叙述方式进行对话。我对革命、阶级决定论的叙述有很多批评、质疑，但也不是完全放弃、否定。我接受很多启蒙主义的东西，但从80年代后期开始，对启蒙主义的主体性等，也有质疑、反思。两种对话也体现在《中国当代文学史》中。但是我也没有克服朱寨先生"思潮史"中的那种矛盾和分裂。对我这样的人来说，做到思想感情、世界观的内在统一，做到平滑而没有裂痕，可能是一种奢望。

季亚娅： 听您讲述，您的研究与课堂是一直分不开。您对自己的定

90 年代，洪子诚在北大课堂

位是"教书匠"，我特别想就课堂的问题再问您，您怎么理解教学中的师生关系？很多老师回忆说，您在课堂上特别宽容，尊重每个人的发言，有时候即使水平很不一致您也耐心倾听。有的人是旁听生，但是您也给他发言的机会。有的时候在课堂上甚至他们都能吵起来？我记得您还编过一本关于在北大课堂读诗的书，我想问当时上课的情况，像臧棣老师、胡续冬老师他们这些北大的诗人……

洪子诚： 我讲课一般是我讲，满堂灌，你说的可能是快退休时开的90年代诗歌讨论课。讨论的录音后来整理成书，就是《在北大课堂读诗》。这个课钱文亮、胡续冬他们花了不少力气，参加的人不少，已经是中文系老师的吴晓东、臧棣也参加，还有现当代文学的一些研究生、冷霜、姜涛、周瓒、刘复生、程凯他们，在五院的当代文学教研室。多的时候有三四十人。我们确定了十几位在90年代有成就和代表性的诗人，每堂课讨论一个诗人的一首或两首诗。先由一个同学做报告，然后大家讨论。不同意见的争论很经常，因为不少参加者是诗歌的行家里手，很自信，争论是必然的。你说的激烈争吵的一次，是讨论翟永明的《潜水艇的悲伤》，拍着桌子骂起来。我当然制止了。

退休之前的另外一门课是"当代文学史问题"，也是我自己讲。原来是打算当代文学研究生十几二十人上课，也准备讨论的，结果一百人的教室挤满了人，每次都从别的教室搬来许多椅子，就完全没有办法讨论。第一堂课，贺桂梅就在讲台上放了录音机，我事先完全不知道，说是说不定可以整理成书出版。后来她真的很快整理出来，就是《问题与方法》这本书，三联的郑勇策划的，是"三联学术讲坛"系列的第一本。虽然我很重视上课，但主要是备课认真，我想内容也比较充实吧。至于方法，和学生交流做得很差。有不少学生上完一学期的课也不认得。口才也不好，潮州口音改不过来，我想课堂效果肯定不大好……

邵燕君： 我打断一下，我听不下去了。洪老师的课是非常成功的，他自己不知道。因为我是在台下听洪老师课的，他是全篇的冷幽默。洪老师的课和钱老师的课一年级是一起讲的，那么刚开始的时候，学生肯定会特别地被钱老师吸引，当然后来也一直被吸引。我们班就会讨论你更喜欢钱老师，还是更喜欢洪老师。这说明肯定是都很喜欢，然后就分成两拨人，是更喜欢钱老师还是洪老师，这跟每个人的性情更相关。

洪老师一直非常的节制简洁，充满了冷幽默。他在课堂上使用看似非常平静的，就像是今天的这种语调在叙述，但事实上我们都是一直跟着他的节奏走，然后会心。所以到了后来，洪老师所有没说出来的部分，语句和语句之间的讽刺，还有话外之音，我觉得我们都能接下来。我记得有一位先生，我忘了是谁，写了一篇文章说我一直徘徊在文学的大门外，然后洪老师说，我认为他这个说法是符合实际的。他充满了这种冷幽默你知道吗？

洪子诚： 这个不好，我有点太刻薄了。

邵燕君： 但是洪老师的"刻薄"是绝对不会站出来说的，他是用各种材料、叙述暗示出来的，我们都心领神会。

洪子诚： 我要检讨，但我大部分时间不刻薄。

邵燕君： 那个话外之音，你接下了，就能体会到那个喜悦。他好像在平铺直叙，背后所有的激越、讽刺、批判，他都不表现出来，但是我们都接下来、都碰撞出来了,所以可能当时的课堂效果表面上是特别平静的,其实底下是很澎湃的,那两节课的节奏是很饱满的。到了前几年我自己讲课时,突然就觉得今天洪老师再讲课的话,学生可能完全接不下来了,因为语境彻底变了。50—70年代那几次批判运动,80年代时我们还在语境之下,所以他所有的暗讽我们都接得下来,但是一旦环境变了的话,我想洪老师今天再站在课堂上,也不能再有那种师生之间的关系了。

洪子诚: 邵燕君你说完了?那我接着说。也不是说我没有优点,优点是比较愿意向学生学习,也确实从学生那里得到许多东西。学生上课交的作业,讨论时发表的意见,有许多很精彩的,给我很多启发,包括我指导的研究生,我从他们那里学到很多。我常常举例骆一禾提交的本科毕业论文,他写了三万多字的导论《〈太阳城〉札记》,用的是《太阳城》的题目,一万多字写他对诗歌的观点,一万多字写对北岛的分析。的确是写得特别棒,但是这个稿子现在一直都找不到。当然它还留着那时一些不是很成熟的印迹,但是文字等各方面都是值得保存的文本。

季亚娅: 90年代谢冕老师和您组织的"批评家周末",可不可以说是一种另外形式的课堂呢?很多人的回忆文章中都提到它,能给我们讲讲您印象比较深刻的几次讨论吗?

洪子诚: 是的。我觉得是很重要的。它就是一个类似沙龙性质的活动,类似现在的读书会,或者小型的讨论会。批评家周末也是那个时期的产物。开始组织的时候,我不在北京,在东京,我是1993年回来之后才参加这个活动,谢老师应该是1991年或1992年就开始了。大概两个星期一次,一般都是在星期六下午,当时中文系在静园五院,就在五院一个比较大的房间,但其实还是很小,不到30平方米,常常挤得满满的,堵住了门。参加的人主要是现当代文学专业的研究生,来北大访学的访问学者,进修教师,也有外校的老师。参加的人会不断流动。确定的讨论题目很多样,包括新的作品和文学界热点问题,也有文本的重读。比如讨论过人文精神的问题,讨论过于坚的长诗《0档案》,贾平凹的《废都》,八九十年代的"转折",还有"后现代"问题等。记得谢老师

采访当日,竹林中的洪子诚

还提议讨论《廊桥遗梦》,出现激烈争议。

季亚娅: 课堂和科研是您两个重要的生活内容。除了它俩,您还有什么业余爱好?听说您是古典音乐迷?读您的回忆文章有 50 年代、80 年代接触古典音乐的经历,音乐对您意味着什么?或者应该这么问,在每个不同年代,音乐对于个人有何不同意义?毕竟尼采说,没有艺术,人类会被真理逼死……您给中文系的后辈们推荐几首喜欢的乐曲吧?

洪子诚: 音乐真是不能谈,因为我写过几篇音乐的随笔性文章,大家就认为我懂古典音乐。我不会任何乐器,不会读谱,音乐史知识也少得可怜……所以不能谈音乐。但确实喜欢听。记得 1962 年参加工作,领到工资之后,首先购置的是《鲁迅全集》十卷,接着是一架收音机,记得是上海飞乐牌子的。不过那时候电台播放的西方古典音乐节目不是很多。音乐是我放松心情的方式,没有下功夫钻研过。家里的 CD 不成系统,器材也属于入门级以下。听什么也没有计划,就是随心情变化。生病休息的半年里,贝多芬就无法接受,只能听莫扎特,很为内田光子的演奏感动。读了昆德拉的书,也会去找杨纳切克的来听。

对西方古典音乐的亲近，与小时候上礼拜堂和读教会学校有关系。做礼拜要唱圣诗，基督教堂一般都有唱诗班，表演经过一些训练的四部合唱。做礼拜用的名为《普天颂赞》的歌本，收有二三百首歌，许多出自著名作曲家，如亨德尔、舒伯特、门德尔松、巴哈之手，德奥作曲家一个重要题材就是宗教音乐，弥撒曲、安魂曲、受难曲等。

1956年到北大的第一年，周六晚上哲学楼101是举办固定的唱片欣赏的教室。那时候还没有立体声，还是单声道，但是放在地上的大音箱很好。由于意识形态等原因，播放的乐曲大多是俄国、苏联作曲家的，如格林卡、柴可夫斯基、鲍罗丁、里姆斯基-科萨科夫，还有东欧的肖邦、李斯特、德沃夏克、斯美塔那，再就是德奥的贝多芬、莫扎特等。当然没有20世纪的现代音乐，没有宗教题材作品，没有瓦格纳、没有斯特拉文斯基，拉赫玛尼诺夫。知道帕瓦罗蒂的名字，要到"文革"期间在王府井百货大楼看到唱片的广告，写着"高音C之王"。

季亚娅：其实很多人回忆50—70年代的时候，都会谈到古典音乐。除了您之外，当时有很多乐友们聚集起来听古典音乐，而且构成了一代知识分子写作的重要回忆母题，好多人比如上海的吴亮写到他们那时候小的"音乐共同体"。您怎么看古典音乐和革命之间奇妙的关系呢？

洪子诚：读过回忆文章，北京有"文革"古典音乐的小圈子，好像清华大学校园就有。但在那个时代，一般人不会有这样的条件，如放音设备，更重要的是无法弄到那些音源。60年代"文革"前，我路过厦门，住在刘登翰家，他说正好晚上鼓浪屿教堂放《茶花女》全剧录音，我们就渡海过去听，教堂里坐满了人，可见当时听音乐的条件。在那个年代，特别是"文革"期间，西方古典音乐是一种"革命之外"的精神产品，在不同的人那里，构筑不同的心灵屏障吧。

季亚娅：我们再来谈谈您退休之后的情况。退休之后您还继续做研究吗？

洪子诚：研究啊，我还得了一个北大离退休学术研究成果的特等奖（笑）。这说明我很厉害。

季亚娅：对，很厉害呀（笑）。有哪些课题是您最关注的？与退休之前相比，在情绪上、方法上发生了哪些变化？

洪子诚：比较放松了。选题、心情、文笔都是这样。但写的文章，基本上还是和当代文学史有关。具体在两个方面：一个选题上不一定是大家非常注重的、时髦的题目，也不一定是重大的问题；另外一个就是文体上比较放松，使用一些随笔性的笔墨来写作，不是那么严谨。

季亚娅：所以说，不能用论文的规范来规定一篇文章的学术价值。您退休以后的文体，一种是《我的阅读史》那种写作方式，把个人的生命体验、艺术的微妙感觉，还有学术的判断，融合在一起，写得这么好。我记得后记里有一个"娱思"的说法。

洪子诚：写文学史我警惕个人情感、经验的随意加入，"阅读史"因为是写"我的"，当然要向自己开放。不过写契诃夫的《"怀疑"的智慧和文体》一篇，个人的东西还是多了一点，我自己后来不大愿意重读。"娱思"是宇文所安教授的说法，他在《他山的石头记》这本书里讲到，读书、做学问也要快乐，就像邀请朋友来做客交谈一样，无意之中会有快乐的发现。这是一个境界。二三十年"学术"训练和学术规范，已经塑造了我的没有很多快乐的阅读和写作方式，我试着改变，但是改变并不容易。

季亚娅：另一种是《材料与注释》这本书的方式，全部用材料和注释完成自己的文学史叙述和评判。我当时读，就觉得您退休以后不仅是在进行学术研究，而且在文体意识、学术论文的多种写法上也做出了很多尝试和突破。我想接着这个话题替中文系的年轻学子们提问，文学史写作中我们到底应该怎么用材料，我们个人的生命体验又如何和历史写作相结合？

洪子诚：研究中人的生命、经验的处理，我在一些文章和访谈里有讲到。《材料与注释》也不是说我要创造一种新的写法，没有这个意思，开始只是要处理一些特殊的材料。就是反右、"文革"期间文艺界一些被冲击的领导人的检讨材料。这些材料的真实性和如何使用，需要经过讨论和辨析。因为这些人被打成"反党分子""黑帮"，检讨材料是在压力下被迫写的。里面提供的事实线索，以及当事人思想、情感的真实性都存在复杂情况。我尝试用这种方法，也就是尽量复现、叙述事件发生的具体情况,并将相关材料加以对照,用这样的方式,来发现它们的价值。这也可以说是一种多声部的叙述:材料写作者发出的声音,写作者另外时间、场合的声音,事件相关者发出的声音,以及研究者的声音。

关于个人生活经验和学术研究、文学史写作之间的关系问题,是大家都会遇到的,如何处理也一直存在争议。对于我的书的评价有时候正相反。有的说我的好处是能更好调动个人的生活经验,但有的先生正相反,说我可贵的是能避免个人情感、经验的干预,有一种比较客观、中立的态度。这个问题不可能也不应该有标准答案,写作者要通过自己的摸索,去确立合适的方式。"合适",既是指与写作者的性情、思想而言,也与写作的题材,形式有关。

我自己确实比较警惕个人经验的过度介入,因为我明白自己思想、生活经验的局限。这些年大家都在谈"底层",底层写作,底层叙事。我就完全没有"底层"的生活经验。这就是很大的局限。这也是我重视材料,重视材料本身丰富性,重视不同的材料构成的张力的原因。所以,在文学史研究上,如果用一个不很恰当的说法,我把自己定位为一个"不那么冷漠的旁观者"。不是那么冷漠,就不是完全的旁观,也有我的判断、情感。有时候爱憎并不比别的人弱;而且还难以扭转。但在历史写作上我基本还是一个"旁观者"。在难以做出判断的时候(这种时候很多),更愿意将不同的陈述、不同的声音收集起来放在人们面前,供他们思考,让一时的被批判、被否定的声音不致过早湮没、忘却;因为"历史"证明,它们也不都是虚妄之言。

这种处理方式,也受到一些朋友的批评。记得姚丹老师在一次讨论我的文章的座谈会上就说,你讲了许多不同的看法,你自己的看法呢?为什么不明白说出来?其实,我还是有自己的看法、倾向的,只不过在大多数情况下表现得比较隐晦。

季亚娅: 那我们换个话题,就谈谈美好的事物。我其实特别好奇,因为您是从广东潮汕美食之乡来到北大的,大食堂当时是不是都吃面食,您吃得惯吗?我们北大哪个食堂您觉得最好吃?

洪子诚: 我们当学生的时候,不像现在,哪里能选择"哪个食堂"?

洪子诚旧照

就是一个食堂：现在百周年纪念讲堂所在地的"大饭厅"，一个可以同时容纳一两千人吃饭的建筑。马寅初校长为了激发大家的自豪感，称它是亚洲最大的木建筑。既是吃饭的饭堂，把桌子椅子垒到旁边，就是电影院，周末举行舞会也在里面，还有报告会，全校大会。我在里面看过匈牙利人民军合唱团演出，听过胡耀邦、陆定一的报告。1956年到1958年，高中毕业的应届生和调干生——参加过工作三年以上考进来的——食堂是分开的。调干生在小饭厅，可以有炒菜、冷盘，这个就是等级（笑）。我们普通学生每月交十二块五的伙食费，发给你三十天的饭票，凭饭票进食堂。主食不限量，平时就是两个大木桶，你可以挑选其中的一个菜，给你盛在小铁碗里，这就是我们的唯一"选择"。后来实行粮票了，调干生食堂也取消了。五六十年代大学生的生活条件跟目前是没有办法相比，包括饮食、各方面的消费。

季亚娅：洪老师，您这一辈子，学问带给您的喜悦和遗憾在哪里？如果假如时光回到64年前，回到17岁的时候，您还会选择学术研究这条路吗？或者回到1977年的时候，您还会选择当代文学研究这条路吗？

洪子诚： 我不知道，可能会也可能不会。这是在问我对这几十年的工作生活是否满意。我的回答是，第一，生活在北大这个地方是比较幸运的。毕竟是全国最好的学校之一，而且不管发生怎样的变化，比较起另外一些地方，思想、学术的自由度还是高很多。举个小例子说，八九十年代，一个在北大中文系读硕士和博士的学生，她听过四位老师讲当代文学史，说讲的几乎完全不同。没有人要你提供教学大纲，没有统一要求。另外，从生活能力来说，如果我不在北大，不教书的话，可能养不活自己。我其他的能力、本领太差。

第二，对当代文学其实不是说很热爱。尤其是90年代之后，对当代文学的热情的减弱很明显，我也不知道为什么。所以，退休之后，作品确实读得很少。不过，"当代"是个很特殊的历史时期，它的复杂的、有挑战性的问题仍然吸引着我。所以这方面的研究写作仍在继续，也保持着一定的热情。

季亚娅： 我在《两忆集》的封面上读到一段话：今生今世能够生活在未名湖边，生活在北大，生活在与清华一墙之隔的园子，是上天赐给我们最大的幸福。对您而言，"最大的幸福"的元素具体包括哪些？除了您刚才谈到的安身立命之所，还有哪些幸福感？

洪子诚： 这段话不是我说的，是么书仪说的。我说要把它去掉，她一定要留着，因为这本书是我们两个人的署名，所以很多人都以为是我的感想。对北大我的感情没有强烈到这样的程度，有一种比较复杂的矛盾的方面。但是，正如上面说的，北大也是一个非常好的学校，它有一个比较开阔的思想空间。如果不到别的地方，没有比较，可能体会不到这一点。

季亚娅： 最后一个问题。您刚才讲到北大跟别的高校不同，是有一个自由思考、多种声音汇集的空间。1998年百年校庆的时候，您曾经说："北大最值得珍惜的传统，是在一代一代师生中保存的那样一种素质：用以调节和过滤来自外部和自身的不健康因素，在各种纷扰变化的时势中，确立健全性格和正直的学术道路的毅力。这种素质的建立和传递，可以肯定地说，不仅来自成功与光荣，也来自我们每个人所经历的挫折。"现在已经二十年过去了，您对今天年轻一代的北大中文系的学

洪子诚为中文系110周年系庆题词

子，对于我们今天所应当承担的责任，所应该持有和坚守的态度，有什么新的寄语和期待吗？

洪子诚： 还是这个话吧。北大也不是一个真空的地方，也出现很多问题，我也经历过反右、"大跃进"、批判学术权威，以至"文革"的暴力，都经历、见识过。重要的是在面对这些问题时的态度，是否有某种自省、反思的精神动力。我们不要只说光荣和辉煌。光明面重要，阴暗面也不要试图掩盖。你提到的那些话出自我写的检讨我们1958年对王瑶先生的批判那篇文章，那篇文章本来是学校宣传部门的约稿，要收到校庆一百年的纪念集子里的，但被退稿，也没有说明原因。可能是认为写到"阴暗面"，写到对王瑶先生的批判，不符合校庆的喜庆的精神吧。我能够理解，但这并非一种健全的心态。

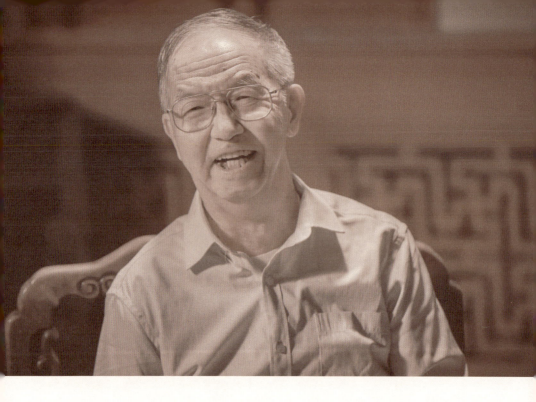

蒋绍愚

把"史"和"论"两方面结合起来

受访人：蒋绍愚
采访人：赵昕
采访时间：2020 年 9 月 23 日

受访人介绍	**蒋绍愚** 1940年生,1957年考入北京大学中文系,1962年毕业后留校任教。曾任中文系副主任、中文系学术委员会主任,北京大学汉语语言学中心副主任、主任。1992年被评为国家级"有突出贡献专家",2006年被评为国家级"教学名师"。著有《古汉语词汇纲要》《近代汉语研究概要》《汉语历史词汇学概要》《唐诗语言研究》《论语研读》《汉语词汇语法史论文集》《汉语词汇语法史论文续集》等。
采访人介绍	**赵昕** 北京大学中文系汉语史专业博士研究生。

赵　昕: 蒋先生好,很荣幸今天能够采访您。我们这次采访是为了庆祝北京大学中文系建系110周年而组织的系列专访。我们知道无论是教学还是研究,蒋先生都做出了很大的成绩,我们的同学和老师们都非常期待能听蒋先生讲一讲自己的学习和工作经历,以及对相关的一些问题的想法,那么下面我们就开始本次采访。

首先,关注我们采访的读者,很多是我们中文系和北大的老师、同学,所以大家想听一听您当年在中文系的学习、工作经历,您能不能先给大家简单介绍一下?

蒋绍愚: 我是1957年入学,1962年毕业。我们毕业那一年北大中文系要在各科系开设写作课,所以我留下做中文写作课教员。一年以后,我还记得很清楚,王力先生当时是古代汉语教研室的主任,把我叫到他家里去,说:"听说你很喜欢看古书,你是不是愿意来我们古代汉语教研室?"有了王力先生这样的决定,我就转到古代汉语教研室,从第二

1962年北大中文系1957级毕业生合影

年开始教"古代汉语",是曹先擢老师的助教,最开始教中文系的63级,其中有一位就是现在的张联荣老师。此后一直讲授"古代汉语"。

"文革"以后我们古汉语教研室的年轻老师也逐渐多一点了,也开始招硕士生、博士生。我就逐渐不教本科生的"古代汉语"了,而给硕士生、博士生开课。主要是"古汉语词汇"和"近代汉语研究"两门课,还开过"唐诗语言研究"。我退休是2003年,退休以后返聘了三年,之后就正式退休了。我在北大的整个教学的过程大概就是这样。

赵　昕:说起古代汉语,我们知道,现在中学教学里面,一种很重要的、大家非常常用的参考书《古汉语常用字字典》，也是您组织编写的，您能不能讲一讲这本字典的编撰过程？

蒋绍愚：这个说来话长。这本字典经过几次修订，到现在已经是第五版。我只说初版（1979）的编撰情况。

当时受政治运动影响，我们都要到工厂去劳动、上课。当时我就想，能不能做点事？当时工农兵"评法批儒"，需要看古书，我们能不能以这个为由头，编一本古汉语字典？用这个做理由，上面的工宣队也不能反对。

要编一本字典，第一个问题是确定搞多大规模、多少字。我提出一个初步意见，以王力先生《古代汉语》的"常用词"为基础选字，最后由王力先生逐字审定。"文革"过后，跟"十三经"索引、《史记》索引一对照，基本上全部符合。所以王先生的脑子里面装得很清楚，哪些是常用字，哪些不是常用字。

当时白天跟工人去参加劳动，晚上上点课，同时每周抽一定的时间，让学生一起做一些字条。当时商务印书馆倒是有眼光，愿意把这本字典拿去正式出版。那当然不能太草率，所以从1974年秋到1975年夏，一部分老师、学生和一部分工厂的工人就集中到商务印书馆编撰。当时从组织上讲是我负责的，但我的业务能力还不行，所以还是王力先生指导的。王力先生开头也住在商务，后来得到工宣队许可住在家里，我每周末把一周编写的字条打上包，回家的时候先到王力先生家里，把这一周的字条请他审阅。到第二周周末我再把一批新的字条给他，把他审阅过的字条拿回来。所以很大一部分稿子都经过了王先生的审阅，这样就保证了质量。1975年7月字典编写组解散，留下一堆散乱的稿子，我用一年多的时间把它整理加工后，交给了商务，1979年正式出版。这本字典1995年获首届中国辞书奖一等奖。

赵 昕：刚才听您讲了自己的教学经历，还有跟王力先生在一起工作的经历。您在以前的访谈中经常提到，您在教学方面很受王力、朱德熙两位先生的影响。您能不能具体讲一讲在哪些方面，受到了怎样的影响？

蒋绍愚：我自己回忆这一辈子的生活、工作的情况，有两位老师我是感激不尽的，一位是王先生，一位是朱先生。王力先生的指导主要是编字典的过程，同时，他的著作给我指明了研究的方向；朱德熙先生对我的教诲和提携也很多，我内心也非常感激。但是他们在世的时候我不常去打扰他们，在他们过世了以后，我倒是经常去看望两位师母。

所以我的印象里面，跟教学有关的还是我上学的时候。王先生给我们讲"古代汉语"，当时是在一教101这个大阶梯教室，里面挤满了听课的人，有人没有座位就坐在阶梯的地上。王先生讲课非常的清晰，不枝不蔓，重点突出。后来我自己在古代汉语教学里面，尽量向他学习，要尽量条理清晰，重点突出。

朱德熙先生给我们讲"现代汉语"。他的课对我们有很大的吸引力。朱先生是一个非常严肃、正经的人，他上课的风格也是这样，绝不多讲一句学术以外的事情，那么他是靠什么吸引人呢？他带给大家一种喜悦，一种探索的喜悦，以及探索以后有结果、有发现的喜悦。他往往先提出一些有问题的语法现象，让大家思考，然后就慢慢道来这个问题怎么看，给大家分析，他说到后来大家就恍然大悟。这是非常高超的教学方法，我自己在教学当中，也极力地想学习朱先生，但是我没学到家。

赵　昕：您刚刚提到，您多年来一直在给本科生上"古代汉语"，后来又给研究生开和汉语史相关的课程，那么您对于现在讲授这些课程的青年教师们有什么样的建议呢？

蒋绍愚：我一个总的想法，讲基础课也好，讲专题课也好，不要"炒冷饭"。什么叫"炒冷饭"呢？就是一门课不会只讲一次，过了几年以后教案基本上有了，今年用的这部教案，明年还是这部，后年还是这部。虽然对于学生来说，听的对象不同，但是作为一个教员，我就觉得心里不安，我觉得这样就没有尽到老师的责任。讲义都发黄了，还照着这个讲义念，这是不好的。

那么基础课怎么出新呢？我觉得应该尽量使每一年讲的课都有新的内容，而这是可能的。因为学科不断地发展，研究成果也不断地更新，老师自己也要做研究，总归有一些新的想法。所以每年都会有一些新的内容，可以补充到教案里面去。

就教师来说，每年讲课加进去新的内容，包括学术界研究的新成果

蒋绍愚在课堂上 [来源于北京大学档案馆]

和自己思考的新内容,把它积累起来,再系统化、加以扩展,就可以作为自己的一个研究成果。我的几本书就是这样写的,这一点也是向王力先生学习的,王力先生往往是开一门新课,就出一本新书。教学跟科研结合,这就是最好的途径。

如果说光是为自己的研究成果考虑,就把教学看作没有必要的付出,我觉得不能那么看。学术的发展是薪火相传的过程,每个人活在世界上的时间是有限的,你对学术的贡献,一方面是你自己写书、写文章、对学科的研究,另一方面是在精心培养的学生里面出一些很优秀的研究者,真正做到薪火相传,这就是对学术的贡献。你对学生的培养,也是对学术的一种贡献。

赵 昕:您说对学生的培养,也是对学术的一种贡献,我们也知道您培养了很多优秀的硕士生、博士生,他们现在都成为汉语史学界很重要的学者,您在培养研究生方面有没有什么心得能跟大家来分享?

蒋绍愚:这个问题我首先要说,所谓的"师父引进门,修行在各人",学生的成绩,主要是他自己努力的结果,他们取得的成就都是他们自己取得的，功劳不应该写在老师账上。

我对研究生培养确实有些想法。一个研究生在读的时候，应该很好地利用这三到四年，为他今后的研究打下扎实的基础。一方面具备一些必要的基础知识，面要广一点；另一方面，更重要的是培养一种思考的能力、研究的能力。而不是全部精力只做一篇博士论文。如果全部力量都用在写博士论文上，而忽视了基础的培养，这就是舍本逐末了。当然我这么说并不是意味着博士论文不重要。它确实是博士培养的一个重要环节，作为导师要有正确的指导方法：

第一，我历来主张论文的题目，要让学生自己选择。因为定题目本身也是一个学习和思考的过程。第二，论文的观点可以跟老师不同。这是我们北大的传统。重要的是言之有理，持之有据，说什么论点都可以，但是你要讲出道理来，而且有充分的事实来支持你自己的论据。不要以老师自己的是非来定学术的是非。另外，如果说论文中有的问题是导师不熟悉的，导师自己就要下一点功夫，来更新自己的知识。

还有一点我也是有所感触的，我觉得在指导学生论文的时候是双向互动的，老师对学生有指导，给学生提出意见和建议，学生的论文也给老师很多启发。所以一直到现在还有些外校的年轻人，愿意把文章或课题设计发给我看，我也还是愿意看，会给他提出一些意见。同时对我自己会很有帮助，他会把有关问题国内外的论述写得很清楚，然后他自己也会在其中提出一些很有意思的想法，我觉得这些东西对我来说都是很重要的。现在年纪慢慢越来越大了，直接接触到这样一些新信息的机会比较少。如果能够通过这样一些论文或者是一些课题的设计，使我增长知识，我觉得对我来说是一种学习，对我很有意义。

我觉得在指导学生论文的时候，不要把老师当成工头，把学生当成打工的。如果老师让学生写论文只是为了给自己的研究提供材料，这就很不好。

赵　昕：正像刚才先生讲的，如果我们的同学听课的时候能常听常新，又能够在这种兼容并包、思想自由的环境中学习，一定也是一件非常幸福的事情。除了我们的同学，也有许多同仁期待您能分享一些治学

2010年，蒋绍愚（右三）参加在巴黎举办的第7届国际古汉语语法研讨会

的经验。您在汉语史学界是较早深入开展近代汉语研究的学者，您是怎样关注到这一领域的？

蒋绍愚：关于近代汉语，我确实做了些工作。但我屡次说过，我这个是"奉命而行"。我在《近代汉语研究概况》的前言中说，在20世纪80年代初，朱德熙先生提出：北大中文系在古代汉语和现代汉语方面力量都比较强，而近代汉语却没有人研究，应当补上。朱先生实际上还有下半句："你可不可以把这一块做起来？"我当时听了以后，感到这个分量很重。近代汉语确实是汉语史研究的一个薄弱环节。这样的汉语研究是有断崖的，确实应该补。但我能不能挑起这个担子？

当时也是由于朱先生的指导和推动，我和北大中文系的几个老师跟社科院语言所合作编成《近代汉语语法资料汇编》，为有兴趣做近代汉语语法的人提供了一些帮助。

另一方面我自己注意收集了有关近代汉语进展和研究的成果。所以我1994年的第一本书题目叫《近代汉语研究概况》，是研究状况的一些介绍。

这里面虽然有我的取舍，但基本上没有自己的观点。十年之后（2005年）题目就改作《近代汉语研究概要》，"概要"就不光是介绍别人的，我自己也有一些想法。到2015年又写了一个修订本（2017年出版），因为十年之间在近代汉语研究方面又有新的发展，一个是资料扩展，一个就是眼光扩展，研究方法、研究角度的更新。我把这些新的进展放到了修订本里面。

近代汉语的研究，我觉得首先要归功于两位前辈，吕叔湘先生的提倡跟朱德熙先生的推动。我自己只是受朱德熙先生之命，在这里面尽我自己的能力做了一些工作。

赵　昕：您的研究兴趣中还有另一个重要的面向，即"汉语历史词汇学"，它同传统的古汉语词汇研究在研究旨趣上有不少差别，您又是怎样关注到这个领域的？

蒋绍愚：我自己感到很惭愧，像你们这样的学术界新秀，念了书、念了博士以后就开始自己的研究生涯了。我的第一篇论文《杜诗词语札记》是1980年发表的，那时候我已经40岁了，比起你们来晚多了。那时我首先注意到，诗词里面有一些词的意思跟通常所说的意思不大一样。我把这些意思整理一下，写了《杜诗词语札记》和《唐诗词语札记》。

后来，我觉得如果我们对古汉语词汇光是采取一种训诂学的办法，一个一个词地去弄，还是不够，因为语言是个系统，所以应该对词汇做一个比较系统的考察，同时也要做一些理论方面的探讨。当时我参考了一些国外的语义学著作，得到一些启发，经过自己的思考，1989年出版了《古汉语词汇纲要》。在第一章的第三节里面有一个小节，题目就是"建立汉语历史词汇学"，但是什么叫作"汉语历史词汇学"？当时的认识也不是很清楚。后来，我在这方面继续思考，2015年出版的《汉语历史词汇学概要》前言里面我说了这样的想法：对于汉语历史词汇的研究有两个方面，第一个方面就是根据语料，描写汉语整个词汇系统的演变发展脉络和它的一些发展规律，这个是偏向于史的研究。另一方面需要对这些问题做理论思考。把"史"跟"论"两方面结合起来，才是一个完整的汉语历史词汇学。

理论研究包括概念化跟词化、构式理论、认知语言学、功能语言学、语言类型学等方面。我的《汉语历史词汇学概要》比起《古汉语词汇纲

1984年,社科院语言所"青年语言学家奖"首次评奖时留影(左起依次为李家浩、蒋绍愚、吕叔湘、郭在贻)

要》,所探讨的问题开阔了一些、进了一步,但是要说到汉语历史词汇学整体的理论研究和探讨,我这本书还是远远不够的。这本书只是一个尝试,后面的大量工作,是需要你们这样一些年轻的学者来做。

赵　昕: 刚才您分享了培养学生和自己治学的很多心得,我们大家听了以后都感觉到受益匪浅。现在想请您总结一下,一个优秀的汉语史学者应该具备哪些知识和素养?

蒋绍愚: 首先,既然是汉语史,它就是一种史的学科,所以一定要熟悉基本事实。一定要比较扎实地掌握汉语史语料,并能够正确解读。

第二,做研究不是材料的罗列和堆砌。所以就必须有一个分析的头脑,需要分析的能力,没有这个能力的话,就是所谓的"两脚书橱",即便他对材料很熟,但他一辈子也写不出有深度的文章来。

第三,要了解一些前沿的语言研究理论。做汉语史研究,如果没有一定的理论眼光,没有一定的理论思考,也是不容易深入的。但这里要防止几点:第一是不要贴标签,把时髦的名词贴上去是没必要的;也不

《汉语历史词汇学概要》书影

能生搬硬套;也不能仅仅是用汉语史的材料来印证某种理论观点,这个没有什么新东西。

赵　昕: 除了学者个人的因素,我们整个科学研究的发展,还有一个它自己的潮流和脉络。那么您认为,从宏观上看,在目前这样一个基础之上,汉语史学科中还有哪些需要我们集中力量来研究的方面?

蒋绍愚: 我觉得是有这么几点,也是谈谈我个人的看法。

第一点,目前汉语史的研究者基本上是给自己划定某个范围,比如,有人主要做上古汉语,有人主要做中古汉语等。这是必要的,因为汉语史确实历史太长,资料太多,一个人要从头到尾地研究,几乎是不可能的,范围稍微小一点,这样也就更容易深入。但是从总体来看,汉语史各个阶段的连贯,注意得不够。要研究一个阶段从上看是怎么发展来的,往后看它是怎么演变的。

第二点,汉语史各阶段都有一些总体性的问题需要考虑。比如上古汉语跨度很大,为什么春秋以前和以后的语言面貌会这么不一样?上古

2015年,蒋绍愚在家中

汉语有不少王力先生所说的"词头""词尾",这反映了上古汉语是一个什么样的语言?中古汉语,我和汪维辉、方一新等老师交换了意见,最大的困难,是不容易找到反映当时实际语言情况的语料。近代汉语的跨度也很大,晚唐五代的材料跟明清的材料比,面貌有相当大的差距。我认为这些大的问题现在都不能找到明确的答案,要通过研究具体的问题以后,再加以综合、概括。但是反过来说,做具体问题的时候,对这些大的问题脑子里要有一个自己的大致看法,如果完全没有大致的看法,只是做一个个具体问题,很容易只见树木不见森林。

第三点,出土文献和传世文献相结合。出土文献的数量巨大,从先秦时代来看,是传世文献的好几倍,而且学术界研究得非常多,可以说是 21 世纪的一门显学;但主要集中在文字的考释上,而从汉语史的角度进行研究做得不够。这么一大宗材料,如果我们研究汉语史不加以使用,这是非常可惜的。

赵 昕:最后,您有什么建议想提供给我们中文系的年轻学生和青

2014年,古代汉语教研室迎新年联欢会(第一排左起:孙玉文、宋绍年、郭锡良、唐作藩、蒋绍愚、张联荣、张猛;第二排左起:刘子瑜、宋亚云、胡敕瑞)

年学者?

蒋绍愚:我们的"古代汉语"系列课程在2005年获得了全国第五届高等教育国家级教学成果一等奖。这是第五届成果奖文科里面,北大唯一获得一等奖的,所以这是国家给我们的一个很大的荣誉。评语说:这门课程是"积北京大学中文系古代汉语教研室50年三代著名学者之努力"而建设成的。首先是王力先生、魏建功先生这些大师讲这个系列课程,后来才轮到我们这些小辈。总的来说,不论是古代汉语的教学,还是专题研究方面,北大中文系在全国都是处于领先地位。我总的一个希望是,你们这样一些后来人能够保持这样一种领先的地位。

国家级教学成果奖

一等奖 古代汉语系列课程建设的新开拓——以为学生提供全面系统和前沿创新的专业课程训练为核心

主要完成人：北京大学中文系古代汉语教研室

完成单位：北京大学

积北京大学中文系古代汉语教研室50年三代著名学者之努力，紧紧围绕人才培养这一中心，坚持为学生提供全面系统和前沿创新的课程训练的教学理念，将学科的基础与前沿、继承与创新、知识的传授与能力的培养等有机地结合起来，建立起了本硕博三个层次、完整而规范的古代汉语专业课程体系，为北京大学中文学科和全校相关系科的人才培养创造了良好的条件，并造就了一批质量很高的古代汉语专业人才。

一等奖：《电磁学》系列课程的改革和建设

主要完成人：赵凯华 陈秉乾 王稼军 陈熙谋 舒幼生

完成单位：北京大学

自1958年以来，经过几代基础课教师辛勤耕耘，既强调优良传统的继承，又锐意改革创新，构建了以电磁场理论为主干的课程体系。特别是近年来，用现代的观点重新审视电磁学教学内容，注意把握基础研究和应用研究的联系和区别、基本概念的延伸或更新、视野的拓宽、新研究领域的开辟等，借以弘扬物理学固有的"崇尚理性、崇尚实践"的精神。

电磁学课程体系的构建，重视基本概念、基本方法、基本技能的训练，立论严谨、深入浅出，物理图像清晰。教学中重视逻辑思维能力的培养，同时又着重直觉思维和联想能力的开发；既重视定量研究的科学训练，又有力培养学生定性分析的能力。这种教学理念和教育方法深受学生欢迎，取得了突出的教学效果。

2005年，北大中文系古代汉语教研室获全国第五届高等教育国家级教学成果一等奖

严绍璗

为人民读好书、写好书

受访人：严绍璗
采访人：蒋洪生
采访时间：2020 年 10 月 5 日

受访人介绍	**严绍璗**	1940 年生，1959 年考入北京大学中文系古典文献专业，1964 年始任教于北京大学中文系。曾任北大比较文学与比较文化研究所所长，长期从事以中国文化为基础的"东亚文化"研究。曾获"中国比较文学终身成就奖"（2015）、"国际中国文化研究终身成就奖"（2016）。著有《比较文学与文化"变异体"研究》《日本中国学史稿》《日藏汉籍善本书录》等。现为全国古籍整理出版策划领导小组成员。
采访人介绍	**蒋洪生**	1972 年生，1997 年考入北京大学中文系攻读比较文学硕士。现为北京大学中文系比较文学与比较文化研究所副教授。主要研究领域为比较文化与文化史学、批评理论、东亚思想史。

蒋洪生：严先生您好，非常感谢您接受北大中文系的采访。对中文系老先生的采访，也是我们中文系系庆 110 周年活动的一部分。能否请您从您在北大中文系求学的经历谈起呢？您是 1959 年进入北大中文系学习的吧？

严绍璗：是的。谢谢你。在北大中文系大庆之前，找一些曾经在中文系接受教育、获得成长的老人谈谈自身的经历，我想对于我们未来中文系的道路可能会有一些价值。而对于我们自己，总结一生的道路，对后辈提供某些经验和启示，或者也有点意义。在这个意义上，我听说中文系安排这样的采访，派洪生来和我对谈，我首先感到很高兴，其次感到责任重大。我今天会断断续续地进行一些回忆，这些回忆如果能对年轻的朋友有某些启示和帮助，那我心里就很满意了。

蒋洪生：1959 年您来北大中文系，是读的古典文献专业吧？是哪些因素影响到您选择了北大中文系呢？

严绍璗： 对，我是1959年从上海考区考入北京大学中国语言文学系古典文献专业。当年我们入学考试的时候，古典文献是北大中文系新设立的一个专业，我们一部分考生是临时转到这个方向上来的。我高中时在上海考区读书，我们的语文课本相对前几年来说已经逐步正规化了。我记得我们高一的语文书就有《诗经》的文本。然后我一直到高二念完简易的中国文学史，逐渐培养了对于中国文化的敬重，特别是对中国文学的喜爱。对我们国家有这么深厚强大的文化传统，我深感自豪。中学的时候我就想着在这方面多读一点书，多获得一些古典文化知识。

这时我们听说北大中文系设立了一个新的专业，叫古典文献。当时我们在上海的老师也不知道古典文献是什么，就说总归是中国古代的东西，你喜欢就去考吧！但是听说全国就这么一个专业，最多也就招几十人。我去问我的父母，他们很开通，说考大学是你自己的愿望，你愿意去考就考，考不上自己反省反省，再去考吧！我就是这样咬着牙考的，结果真的拿到北大的录取通知书了，当时感到天旋地转、欣喜万分。那一年中文系古典文献专业在上海招收了四个学生，说这四个学生古代文学考得特别好，都在90分以上。这就是我们运气好，这样我们就进了北大古典文献专业。当年北大的古典文献专业是全国唯一的，其实北大设立这个专业的时候，对这个专业究竟应该是什么样的方向，乃至设立什么样的课程，都还有些茫然。在这个过程中间，有几位先生我们是永远不能忘记的。

蒋洪生： 是哪几位先生呢？

严绍璗： 第一、不能忘记当年北大中文系的系主任杨晦先生。杨晦先生是做近现代文学和文学理论的，但他对自己国家民族的文化有着特别的钟爱和关注。第二、不能忘记魏建功先生。魏建功先生后来成为古典文献专业的主任，他特别钟情于中国古代文化的建设。第三、不能忘记游国恩先生。游国恩先生是中国古代文学研究的大佬，他的研究在那个时代是绝对的权威，他特别赞成在中文系设立一个古典文献专业。然后中文系一批做语言、文学研究的老先生，都赞成。这是不容易的，当时为什么赞成很困难呢？因为我们刚经过了"大跃进"和对古代文化的批判，要重新在一个大学里——而且是在北京大学——组建对古代文化和古代文学的研究，需要很大的政治胆量和学术胆量。而北大以杨晦教授为首的这样一些在学术界名望很高的先生，都欣然赞成毛主席关于关注中国古代文化的讲话，感觉到这是文艺发展的一个新的春天。

然后他们决定在全国找二十多个学生进行试点。我们这些人就是作为试点被录取的学生。我们从全国各地到北京来学习古典文献，但这个专业当年还正在组建之中，还在讨论古典文献专业到底是放在古代文学好呢，还是放在古代汉语好？一部分老师认为，因为要读懂古代文献必须有语言教学，所以应该以古代汉语为中心。但另一部分老师认为，古代文献大多是以文学文本的形式表现出来的，所以学生必须有大量的文本阅读，应该放在文学专业。大家有很多争论，一切都在摸索之中。那么该由哪些教师来组建文献研究的队伍？当时也是犹豫不决的。

蒋洪生： 就是说新中国在此之前没有古典文献学这个专业，那么民国时期大学里有没有古典文献学专业呢？

严绍璗： 民国的时候也是没有"古典文献学"这一专业的，所以北大古典文献专业是一个极大的开创性尝试。还有一个问题就是：这个专业是设在什么系里？反复斟酌后，说还是先放在中文系，但要随时准备让历史系和哲学系的一些老先生加入师资队伍。我当年在北大，参与当时留下来的一些文献的阅读和整理，觉得真是有意思。我们在批判古代文化遗产后，重新开设古典文献专业，需要预估会有多少学生前来攻读这个专业，还有我们需要开设什么样的课程？当时有的老先生提出，要使他们变成真正能够从事古典文献研究的小专家。那位老先生还说："我认为这些学生需要至少读七年到八年书；不读中国浩如烟海的古代文献，只读几本古代汉语相关的书就想笼盖中国古典文献，那你不是说疯话吗？"当时各种意见都有。

后来学校决定让魏建功先生担任负责人。为什么选魏建功先生呢？魏先生是了不起的一个人物，直到最近几年，我们才弄清楚魏先生基本的学术道路。他是五四运动的积极参加者，同杨晦先生一样是五四运动的先锋。魏先生其实很早以前就是中共党员，可是他长期奉命隐瞒自己的身份，一直在教师队伍中。当时有人认为魏先生过于保守，也有人说魏先生是五四激进青年。魏先生决定由他自己出头："不管别人如何看我，我愿意负担古典文献的工作。"

那为什么这个时候北大可以建立一个古典文献专业呢？经历了此前急风暴雨的思想文化斗争之后，毛主席再三强调，要重视中国文化的传承和发展。如果不是毛主席这么说，我认为古典文献专业可能还会推迟建立。毛主席说在北大要建立一个古典文献专业，当时好多人到处打听，质疑这真是毛主席说的吗？据说中文系、哲学系、历史系的老先生们翻来覆去地开会，我想至少开了二三十个会，才确定下来，没有异议了。

那怎么来推进中国古典文化的研究？怎么把孩子们招进来？他们设想了很多的办法，说要么是历史系念一年，中文系念一年，也有说要在哲学系上一年的。但有的老先生认为，学生怎么可能样样通呢？必须要限制在一个系里边。魏先生当时就主动担当，决心在中文系建立古典文献专业。我还记得第一次魏先生和我们见面的情形。他个子不高，当时年纪也比较大了，但是学问了不得。魏先生向我们表达了欢迎之意以后，就向我们介绍古典文献是什么。我们从魏先生那里第一次听到北大设立古典文献专业是我们伟大领袖毛主席的主张，当时很多人都哭了！我六十来岁的时候，有幸获得中央领导同志江主席接见，他拿着我写的一本书说："一本好书，可以抵千军万马啊。好好地继续努力吧！"我当时就想起毛主席，想起毛主席指示在北大设立古典文献专业，要叫我们重新认识古籍、整理古籍，把有价值的部分交给民众、建设新中国，觉得古典文献研究的责任是如此重大。

蒋洪生：能否介绍介绍您当年在北大中文系古典文献专业求学的情况？

严绍璗：哦哟，中文系真是一个知识的大海啊！在中文系，你不学不知道，中文系的教师，知识量的积累是相当有水平的。新生见面的时候，专业主任魏建功先生给我们介绍情况，然后安排我们上古代汉语，先去语言专业听课；文论先不要上，因为理论比较难，但是文本要读，那就念古文吧，我们就上古文。一切都在匆忙建设之中，但北大很重视，

2019年,严绍璗(右)在魏建功先生纪念活动上发言

我们的古代汉语就是王力先生教的,古代文学是游国恩先生教的。这些第一流的先生,在别的学校通常只能找到一个两个,但在当时都"扎堆"在我们的课堂上了,一下子使我们学生的眼睛都亮起来了。我觉得北大的教学风格非常好,它集中全部力量让一年级的学生就树立起对学科的一种信心、一种信念——我们班上要调专业的只有两个同学,而其他学科就经常有调专业的——这种信念可以说和大家对于国家民族的美好前景的信念都是联系在一起的。我觉得当时北大组织的教师队伍非常好,这些老先生对自己的学科非常忠实,带着我们一帮人钻研古典文献,我们都很感动,然后慢慢地我们大家都摸到了古典研究的门径,登堂入室了。我们古典文献专业在新中国后来的古代文化建设中起过很大的作用。中华书局一批优秀的编辑,都是北大古典文献专业出身的,全国还有一些相关的编辑部也是这样。我自己是这里的学生,又从学生变成教师。到现在全国已经有很多学校有古典文献专业了,这对于继承中国文化遗产确实是起了作用的。其中北大中文系起了关键性的作用,我觉得北大中文系在这一点上厥功甚伟。

1965年,毕业不久便留校任教的严绍璗

蒋洪生: 谢谢严老师。您在北大中文系接受了严格的古典文献的训练,留校后也长期从事古典文献的教学与研究工作,但我们知道您的学术兴趣、研究领域远远不止于中国古典文献学。从比较文学到比较文化学、文化史学,从日本中国学到中国日本学,从文学变异体思想到文化发生学,您在上述各种领域都取得了开创性的卓越贡献,但是我们知道您不管学界的理论潮流如何变迁、您自己的研究领域如何拓展,您始终强调原典实证的重要性,我们想请您谈一谈为什么您在学术研究里面这么重视原典实证呢?

严绍璗: 我正要跟你说的就是这个。不管自己个人的兴趣发展道路何等遥远,我的根基都是从北大古典文献专业出来的。我今天取得的成果,都跟古典文献、原典实证有关系。别人以为古典文献专业就是读古书、背古书,毋庸置疑,这是基础,在这个基础之上,风物长宜放眼量,要着眼于中国文化,还有中国文化和外来文化的关联。我们的古典文化其实融合了各种各样的外来文化因素。

我大学一年级的时候，因为系里排课表排错了，把我的英语课排到了英语教学的最后一年，也就是排到高年级去了。我进去上课，英语老师是不讲课的，他说这学期就排一个戏，The Story of Tom，《汤姆的故事》。然后大家就分角色，我们老师是上海人，他认为上海人的英语发音可能比较好，就说："严绍璗，上海来的，做 Tom 吧！"然后我就演了主角 Tom，但我逐渐发生了疑惑：一年级的英语怎么那么深呢？但我也不敢说。然后一学期训练下来，我的戏演得倒也不错。学校里把我们这些演戏的学生全部宣布英语结业，然后系里才发现把严绍璗跟另外一个同学的外语课排错了，结果他们演戏还演好了。这个故事传到系里面，系里的老师很高兴，觉得中文系的学生外语水平高。然后碰到魏先生，他说英语学好了很好，下学期开始学日语吧！日本人在战争期间搞了我们那么多东西，总得有人去学日语的。过了两天，魏先生陪我们去见杨晦先生，杨先生说你们很聪明，他和魏先生意见差不多。然后我们就去学日语了。学日语的工作量很大，但没办法，只得学啊！这样我们就学了两门外语。我觉得中文系的学生掌握一些外语是很符合时代需要的。我们发现日本人研究中国文化的人很多，也慢慢知道有一门学问叫国际中国学，我们就开始对这个感兴趣，就开始自己在课上把刚刚学来的知识给学生介绍一下。因为有一批古典文献专业的学生对这个很感兴趣，这样就无意间带动了北大几个跨学科研究领域中的一些人开始学两门外语。

蒋洪生：确实，对中国古典文化的原典实证研究也应该非常重视外语的学习。

严绍璗：对，这样以后我就进入国际中国学的研究中。国际中国学的研究得到了很多老先生的支持。我记得邓广铭先生拿了一沓史学的材料，有日文的，也有法文的，说让我帮他把这个材料翻译一下。我看到有法文的，赶忙推辞；他说你先放着，把能译的先译出来，然后咱们再商量。邓先生是何等人物啊！我就很努力地翻译、研究，因为我父亲懂法文，他也帮过我一些工作。所以我知道做国际汉学最好要懂法文、英文、日文，慢慢地就互相串联起来了。

1994年,严绍璗在日本

严绍璗编著《日藏汉籍善本书录》书影 [周昀 摄]

我总结回顾自己的学术历程,感觉要搞好学术研究,首先要对学术有兴趣,第二,要有一种不断探索新问题的能力,能力不够就找老师帮忙。我法文能力不够,就不敢胡说,以免误人子弟。做研究我觉得一个要宽眼界,一个要小心态(严谨论证)。

蒋洪生:您上课的时候跟我说过原典研究特别重要。我记得您举过一个例子,有人研究《源氏物语》接受中国古诗词的影响,不是依据日语原本,仅仅用丰子恺的译本,把丰先生中国古诗体的译诗当成是论证的依据,这就出了不少笑话。

严绍璗:对,所以我觉得要懂一种外语、以及多读书开阔眼界是很重要的。我们现在很多人没有原典实证的精神了,有一种急功近利的思想在我们的年轻一辈中间传播。但是急功近利也不能完全责怪年轻人,这跟某些老师上课也有关系。所以我一直强调要实事求是,不懂不要紧,不要"以其昏昏,使人昭昭"。

蒋洪生:谢谢严老师。您年轻时候曾经参与编撰过《马克思恩格斯列宁斯大林毛泽东论文化遗产》,强调研究文化遗产进而推陈出新的重

严绍璗在课堂上

要性,并在北大开设过相关的课程,比如说"历史文化论",还有给新闻系、新闻专业的学生开过"马克思主义新闻学",当时为什么想起编这本书和开设这些课程呢?

严绍璗: 嗯。从事中国文化研究的人,是要读一点马恩列斯毛的书的。你说的那本书不是我一个人编纂的,而是我们当年几个年轻教师的共同成果。当年我们在北大中文系和历史系有几个熟人,痛感理论界有一批特别喜欢吹牛的后生,拎到什么东西,他就引一段,写文章旁征博引,看起来他好像知识面很广,但其实经常是断章取义、莫名其妙。我们当时深感自己需要吃透马列原典。那本书是我们几个人共同编的,当时由蒋绍愚领头,然后我们这边有陈宏天、陈铁民等,都是古典文献专业出身的,集中钻研马恩列斯毛关于文化问题的论述,编成了《马克思恩格斯列宁斯大林毛泽东论文化遗产》一书。这本书今天看起来也有问题,要编马恩列斯的语录谈何容易?里面可能也有编错的,所以我们现在不敢说自己编过这个书了。我们的中心思想就是你要读书,你要引什么文章之前,你还是要稍微翻一翻人家文章的全文是什么样子的,在什么情况下讲的。蒋绍愚他们就强烈主张,做文化研究的人一定要读经典原著。我们很赞成,大家就志同道合编了这个书,其中蒋绍愚整理、核对的功劳最大。这次编书对我个人来说还是很有益处的。我觉得北大中文系从本质上不是浮夸的地方,不是空口说白话的地方,大家还是很尊重原著、原典,强调原典实证的重要性。

蒋洪生: 谢谢。最后一个问题:人贵有精神,一个国家、一个民族,乃至一个单位也贵在有精神。北大中文系自不例外。您认为北大中文系应该发扬和建设什么样的"北大中文系精神"呢?

严绍璗: 我谢谢你向我提这么难的问题。我认为北大中文系的精神就是五四精神,因为普遍认为五四运动和北大中文系是不可分离的,像杨晦先生、魏建功先生等一批老先生都是五四运动的亲历者。现在看到五四精神的追求者,我们都是非常高兴的。但今天要举起这个五四精神的旗帜,也比较困难。因为你首先要说清楚五四精神到底是什么,今天是怎么表现出来的?我们说你要写好书;可什么叫"好书"?我们年年

2014年，1959级系友赠中文系"斯文在兹"石后聚会留影（右一为严绍璗）

评书，评书的标准其实很难确定。江主席当时拿着我的书说"谢谢你为人民写了好书"，我感动之余忽然有个念头，我想主席要求我们写的好书到底是什么标准？但是因为中央没有一个标准，所以大家就在学习过程中互相讨论、互相批评。这个认知的过程又和中国文化的总体潮流相一致，但是你要把它讲清楚是很难的。但是我觉得一门学科如果没有一个精神是不成的，一定要有一个精神气质，而且要有一些敢当敢为的中青年人出头；老先生们可以作为奠基、作为支持，但要老先生们构思新的精神形态，可能有点困难了。北大中文系如果没有旗帜是不行的，老一辈大都离开了或者将要离开，你说今天还能找谁呢？只能找敢作敢为的中青年人了。

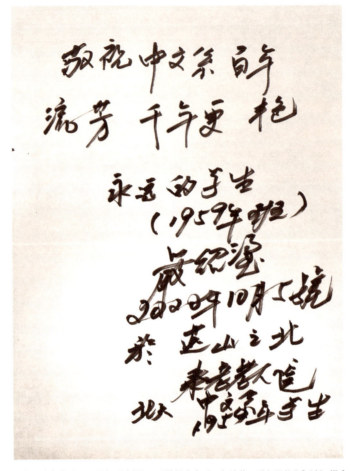

严绍璗为中文系110周年系庆题词："敬祝中文系百年流芳，千年更艳"［刘东 摄］

蒋洪生：谢谢严先生。最后，能否请您对北大中文系110周年的系庆讲几句话？

严绍璗：我说一句最空口的话：我们必须继承和发扬五四精神。五四的精神在我们每个人身上的表现可能各各不同；但是在一个层面上一定是一致的：人文学者一定要忠诚于我们自己的民族、忠诚于我们自己的人民。譬如像我们人文学者，江主席要我们"为人民写好书"，这种好书一定是与我们时代的步伐相一致的，而且能够对我们这个时代起到精神上启蒙、推动的作用。从总体上说，你写出的书要有益于中华民族在未来道路上的进步，有助于我们民族社会精神思想的发展，有助于人民福祉的建设。

蒋洪生：您这是对北大中文系的每一位老师的希望了。那您对中文系的学生有什么期望呢？

严绍璗：我建议在求学期间，北大中文系的学生能够好好地读几本书，对你起到解惑、启蒙作用的书，那就是很好的。我们那时候读《青春之歌》《知识就是力量》这样一些书，就是在社会为我们年轻一辈提供的公认有价值的著作中，选读个三四本。我们那时都读《青春之歌》，为《青春之歌》中强大的精神力量所鼓舞。在那个年代，大家都觉得《青春之歌》很有意思，它既激荡着年轻人奔腾的血液，又寄托了时代对个人的一些要求。我觉得现在这样的作品还是比较少的，你说现在哪里有这么一本书，能让整个社会都为之震动且都接受它呢？当然社会要求也高了，但是我感觉作家实际的状态、作家的精神力量变弱了。

安平秋

在北大中文系古文献六十年的片断回忆

受访人：安平秋
采访人：林嵩
时　间：2020 年 9 月 18 日

受访人介绍	安平秋	1941年生。1960年考入北京大学中文系,1965年毕业留校任教。教授,中国古典文献学博士生导师。现任全国古籍整理出版规划领导小组副组长、全国高校古籍整理研究工作委员会主任、北京大学"经典与文明研究中心"主任。曾任北大中国古文献研究中心主任(1999—2012)、中国《史记》研究会会长(2001—2012)。主要研究方向为先秦两汉文学文献和海外汉籍。著有《史记版本述要》《古文观止》(点校本)、《安平秋古籍整理工作论集》等。主编《古代文史名著选译丛书》《中国禁书大观》《日本宫内厅书陵部藏宋元版汉籍选刊》。
采访人介绍	林 嵩	北京大学中国语言文学系、中国古文献研究中心副教授,主要研究方向为古典文献学、古籍整理。

林　嵩：今年是北京大学中文系建系110周年，您是1960年考入北大中文系的，到今年为止已整整60年。1959年，北京大学设立了全国第一个古典文献学专业，您一直在古典文献专业学习、任教。要了解古文献专业的历史，采访您是最合适不过的，我们就从北大古典文献专业谈起吧。当时北大为什么要设立这样一个专业？您是因为何种机缘，进入文献专业的？当时的古文献专业有哪些课程和教师给您留下比较深刻的印象，或是对您后来的工作产生比较大的影响？

安平秋：谢谢林嵩老师。你提的问题一开始就很清晰。北京大学中文系建系110周年，对我来说是1960年入学，也就是北大中文系建系50周年的时候入学，这么一算，到今天我在北京大学已经学习、工作、生活了60年了，一个甲子。林老师一下子就抓住这个问题，"50年""60年"，这是很齐整的两个数字。

刚才提到北大中文系的古典文献专业，我在北大中文系古典文献专业学了 5 年，从 1960 年到 1965 年毕业，那个时候是五年制。当时我考的是北大中文系，本来想学文学专业，是服从分配到的古典文献专业。

今天回想起来，当时有五门课对我影响大些。全系性的课，是"古代汉语""中国文学史"两门。"古代汉语"我们学了一年半，用王力先生编的《古代汉语》作为课本，但是那个时候书还没有出，用的是讲义，上课的老师除去有王力先生，主要是吉常宏、陈绍鹏两位老师。这两位老师教课认真负责，所以我古代汉语的基础打得比较坚实一些。"中国文学史"课，给我们讲课的有游国恩先生、冯钟芸先生、金开诚先生、倪其心先生。这两门课是中文系设的公共课，而且是中文系的老师在讲。

第三门课是古典文献专业的学生同历史系中国史专业的学生一起上的，叫"中国通史"。这课上了两年，是历史系的老师上课，比如邓广铭先生、汪篯先生、田余庆先生、许大龄先生。那个时候学得比较认真，很老实地去上"中国通史"课。今天来看，经过了将近 60 年的时间，北大中文系古典文献专业的本科生，上两年"中国通史"课至关重要，给我这一生打下了中国通史的底子，了解中国历史很有必要。尽管中国历史我们在小学中学都接触过，都学过一些，但是系统地学，是这个时候。这是在北大中文系学的第三门课。

另外古典文献专业自身开的课有两门，到今天回想起来对我影响还是很大的。一门课是专书课，当时开的专书课有《诗经》《左传》《论语》《孟子》《楚辞》，我记忆中还有《史记》。这些课请来的大部分是外面的老师，本系本专业的相对少一点。平心而论这些老师讲的课，除去阴法鲁先生讲的《诗经》课很吸引人，其他都不吸引人。

但是课堂之下和学习完这门课之后，我们认真地读了一些书。比如我上了《论语》《孟子》，便利用假期再深入地读。《论语》是比较认真地看了朱熹的《论语集注》和刘宝楠的《论语正义》，《孟子》是看了朱熹的《孟子集注》和焦循的《孟子正义》。所以专书课带给我的，是强制性或者半强制性地让你去读这些书。

古典文献专业开的第二门吸引人的课，是"文化史讲座"，是由阴法鲁先生主持的，请了外面的一些名家来讲，我记忆中请来的人有郭沫若、翦伯赞（那是我们学校的）、张政烺、吴晗、柴德赓、史树青、启功先生，等等。主持人阴法鲁先生讲的是音乐，古代文学里面的音乐，所以我后来有时候还唱一点古琴曲（古琴的歌曲），"长安一片月，万户捣衣声"等，就是受这个课和阴法鲁先生的影响。因为课外我喜欢这个东西，所以阴先生借给我不少磁带。

回想起来，这些名家当时讲的具体内容的哪一条对我有什么影响，决定我后半生什么的，没有。但是这是一种熏陶，可以开阔眼界。你想一个北京的中学生考上北大中文系，进来不久就接触了这么多名家，看到他们的形象，看到他们的谈吐，听到他们讲的内容，就是一种教育、一种启发、一种感染。

林　嵩： 1970年，为了"应中小学生和工农兵的急需"，周总理要国务院科教组组织班子修订《新华字典》。修订小组以北大的文史哲教师为主，您和魏建功先生当时都进了小组，而且还是领导小组成员。《新华字典》是每个上学的学生必备的工具书，但是今天了解这段历史的人并不多，尤其是对《新华字典》与北大，特别是与魏建功先生的关系，许多人不是很明了，因为当时也没有任何个人的署名。您是亲历其事者，能否为我们具体介绍一下这次修订的工作。这次修订是在"文革"期间进行的，您怎么评价这次修订？

安平秋：《新华字典》的修订开始是在1970年的10月或是11月初，是由国务院科教组布置下来的。当时给我们传达是说，周恩来总理提出来，中小学生要上学、要读书，要有一本合适的字典，在当时的几本字典中，他觉得《新华字典》可能比较合适，并且要修订的人也做一些调查。国务院科教组就很快组织人，以北大作为基地，当时在北京大学文史哲几个系都抽调了人，以中文系为主。中文系当时办公地点在32楼，因为"文革"前叫32斋，本是中文系、法律系男生的宿舍，但是到"文革"的时候，32楼就变成了中文系的。一楼是办公的地方，所以就拿出了几间房子，给字典组。中文系参加的人，我的记忆中有魏建功先生、游国恩先生、袁家骅先生、岑麒祥先生、周祖谟先生、阴法鲁先生，还有一些稍微年轻一点的，如曹先擢先生，其中也包括我，中文系大概

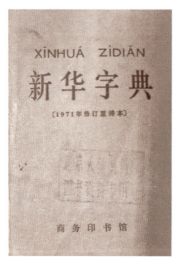

《新华字典》1971年修订重排本书影［来源于北京大学档案馆］

有不下十个人参加。还有历史系的周一良先生、哲学系的王甦先生，实际上是搞心理学的，王甦先生现在去世了，他是心理学系的开创者之一，是中国心理学的一代宗师。政治系、经济系、图书馆系的人都有。以这个为基础，同时吸纳了商务印书馆的五位，他们是阮敬英、汪家镕、任寅虎、孙锡信、李达仁。还有中国科学院的两位。另外还有北京市中小学的老师，我印象中有北京市第一师范的校长曹乃木。曹乃木先生参加我们字典组之后，后来就搞辞书，也搞得很不错，已是研究辞书比较有名的一位学者了。另外有北京市的几位特级语文老师，其中有一位姓罗，是北京几中的一个老教师，年纪是我的父辈，他的儿子正好是我的中学同班同学，所以我印象比较深。这样组成了一个《新华字典》的修订小组。当时里面就设立一个七人领导小组，组长是曹先擢，是我们中文系的，后来他离开北大中文系，到了国家语委做副主任。成员里面有魏建功，有我，还有商务印书馆的阮敬英，和中小学老师里面的校长曹乃木。另外就是工宣队、军宣队的代表二人，共是七个人。经过调查、比较后，确定《新华字典》最实用。在此基础上，"小改以应急需"。第一稿修改了64处，我们列成表，并且写了一个报告，给国务院科教组并转周总理。

周总理批得比较具体，在64处稿的有些地方还有改动，比如我们原

新华辞书社编《新华字典》（商务印书馆 1971 年版）内页 ［蔡子琪 摄］

来删了"陛"字中的"陛下"一词，认为是"封资修"的、旧的，周总理看了就把它恢复了，并且让秘书口头转告我们说："今天西哈努克亲王来，我们还讲'亲王殿下'。'陛下'删了，将来人家查'陛下'是什么意思，查你字典、词典都不知道了。小学生不懂'陛下'里边为什么用'陛'，'陛'是什么意思，那一查字典就能查出来。"所以后来我们又恢复了。

当时国务院科教组的领导建议我们应该听取公众的意见。我们就到北京、上海、辽宁、广州四个地方的工农兵里征询意见，我被派到上海组，其中有工宣队的领导师傅，还有一个中学老师，还有北大的一位，还有我。我印象去了上钢三厂，去了上海的"新闻出版五七干校"，当时在奉贤县，还去了一些地方，有复旦大学、华东师大、上海师大，还去了上海的一个农村，征求农民意见。我的印象，上钢三厂工人师傅倒很通情达理，在奉贤县"新闻出版五七干校"，那些知识界的人反而很尖锐。

我记得，我们明确了是以《新华字典》为基础，要修订给广大工农兵阅读以应急需之后，魏建功先生非常兴奋。魏建功先生是一个非常善良、正直，甚至有点天真的老人，他比我大 40 岁，1901 年生人。他跟我说："你看周总理选择《新华字典》修订是有道理的，他了解《新华字典》。"我当时就对他的最后一句话很蒙，为什么周总理了解？他就讲了一些，我才知道魏建功先生是 1948 年从台湾回来，胡适请他回来担任北京大学中文系系主任，一直到 1950 年 3 月辞去中文系系主任。也就是说北京解放以后，中华人民共和国建立以后，第一任北大中文系系主任是魏建功先生，而不是杨晦先生，现在只说杨晦先生，这是不准确的。魏建功先生为什么 1950 年 3 月辞去中文系系主任呢？是因为要做《新华字典》，国家新闻出版总署要建立一个新华辞书社，让他去做社长，他没有那么多精力，又管北大的教学，又管编《新华字典》，所以就去做新华辞书社社长，从 1950 年到 1953 年编出来，并且出版，费了很多的精力。所以他说这个过程周总理是知道的。魏先生也因此就特别兴奋，我这才知道魏先生是《新华字典》最早的编者和奠基人。所以现在听说《新华字典》发行 6 亿多册，这是很可喜的。这是我简单的回忆，可能谈得还是啰唆了，因为还有许多具体的细节。

林　嵩： 我注意到您办公室里有很多工具书，当然也包括《新华字典》。这是否与您参加过编字典有关？参加这项工作对您来说，最大的收获是什么？

安平秋： 你说这个现象，就是因为一个人的学问有限，一个人对于一些字的读音有时不确定，随手翻来学习，有工具书在手边，还是有用的。

我是在 1965 年毕业之后留在北大中文系工作，到 1966 年"文化大革命"起来挨了斗，做了"黑帮爪牙"，抬不起头来，到了 60 年代后期，才允许我作为革命群众参加做一点事情，到 1970 年能够让我参加字典组的修订，我觉得是很有荣誉的事情。

在《新华字典》修订的过程中，我觉得一个收获是从头到尾地去看《新华字典》，看一个字的读音，一个字的义项，又学习又挑毛病，等于集中地又上了一遍小学、中学、大学的文字课。尽管现在我有时也有读错的字，还在学习、提高，但当年修订《新华字典》是使我受益终身的。

第二个收获，对我锻炼很大的是，学习写应用文体的公文，包括给领导的请示报告、工作汇报、座谈会总结、政策性的分析报告，等等。

因为字典组要给上面，给国务院科教组，给周恩来总理写报告，都扔给我了，原来是别人写，后来让我来写。我发现工作报告、请示报告写得好不太容易。要写得简明扼要、问题突出、用词准确，让人家一看就明白，便于把握，还要说话得体，让领导看后乐于同意你们的意见，是一种功夫。我以前没有这个功夫，但这是字典组工作的需要，所以就得学。在这个过程中，一是当时字典组的军代表张作文同志，他是周总理的秘书，到北大化名"张驰"（不是"张弛"），他给了我很多指教。还有几个老先生，我印象很深的是魏建功先生、游国恩先生和周一良先生，因为我在那写的时候，几个老先生往往是盯着我的，怕我写不好。

我举两个例子，一次是写了一个给周总理的报告，开头第一段最后写出"摘要如下，一二三……"，魏建功先生就说："你不要用'摘要'。"我说："用什么？"他说："撮要。"然后魏建功先生用手比画着说："一小撮的'撮'，从那里抓出来，撮要。"这样一比画，我就改成"撮要"。我想周总理看到这个报告没有用常见的"摘要如下"而是用"撮要如下"，一定也会眼前一亮。这是老先生的指点。还有一次，我在那写，游国恩先生在旁边看着，说："这句话，不如这样说……"所以像这样的老先生，耳提面命，告诉你把一句话怎么简明扼要又准确地表达出来。我是在那个过程中比较多一点地学，比较用心地学，我觉得是个机会，也是终身受益。

林　嵩："文革"结束之后，各行业百废待兴，但古典文献专业却面临着危机。据说当时有人认为古文献专业已没有继续存在的必要，后来是北大古文献专业的教师们联名给教育部写信，最终引起了高层领导的重视，把专业"保"了下来。这件事的始末您是否了解？

安平秋：1978年教育部在武汉开了一次文科的工作会议，会上决定要调整学科目录，其中一个就是撤销古典文献专业，北大也有领导同志参加，回来就来贯彻。因为实际上在那个情况下，古典文献专业真正在高校设立的只有北大，曾经在"文革"前杭州大学要设立古典文献专业，但是没有完全做起来，所以就只有北京大学一家，所以这个事情要撤就撤北大一家。

安平秋在魏建功先生纪念活动中发言 [周昀 摄]

北大当然按照教育部的规定来办了，这样直接受影响的就是北大中文系的古典文献专业的老师们。我们古文献教研室当时大概有十几位老师，大家基本上是反对的。我们当时的教研室主任是阴法鲁先生，阴先生是一个非常厚道的人，很不喜欢惹事的人。阴法鲁先生说："也有好处，没有教学任务，我们从教研室改成了研究室，我们就做点研究工作。"就劝大家。但是年轻一点的老师就不同意，比如金开诚、裘锡圭、我、陈宏天、严绍璗，这些就不同意，就跟系里说，系里面也了解我们的情况，当时主管的副系主任是向景洁同志，他还参加了武汉会议，也同意我们的意见，但是他又不好跟上面对着干，就劝我们，后来大家也没办法，就拖下来了。从1978年到1980年，大家也只好安心做自己的事情，不招生了。到了1980年底1981年初，思想有些活动，准备向上面做一些反映，所以到了1981年的4月下旬，我们全体老师就联名写了一封信，想写给中央，后来听说陈云同志对古籍整理很支持，就给陈云同志写了封信，希望能够恢复古典文献专业招生，因为古籍整理工作还是很重要的。

教研室老师都签了字，如裘锡圭、金开诚和我们一批人。这个信，因为我家在城里，他们就说你给送去，我们也没后门关系，所以我就骑着自行车送到中南海西门，人家收了这封信，很快转到陈云同志手里。这是 1981 年的 5 月。大概到 1981 年的 6 月，我就已经听到陈云同志在杭州讲的话，支持古籍整理工作，出版口的一些朋友就已经转告我了。到了 1981 年的 7 月，陈云同志派他的秘书王玉清同志，到北京大学来开座谈会。我印象北大是王学珍同志主持，当时他是主管文科的副校长，参加会的有我，还有教研室的金开诚、孙钦善，图书馆的副馆长郭松年，大概六到八个人。王玉清同志就转达了陈云同志的意见："陈云同志最近关心两件事，一个是粮食，一个是古籍整理，陈云同志看到你们写的信，我看你们写的有保留，比较谨慎。"我就赶紧解释，因为是我送的信，这个信我印象是金开诚起草，金开诚也参加了，就赶紧说明一下，我说："不光送给了中央同志，也送给了教育部，也送给了北大学校领导。"一式几份，就表示不是我们去告状，我们是几个渠道都反映，是光明正大的。陈云同志的秘书王玉清在北京大学座谈会的纪要，后来收到"古委会"编的材料集里面，我就不啰唆了。这是 1981 年 7 月。此后陈云同志对古籍整理做了全面的指示，1981 年 9 月把陈云同志这个讲话变成了中共中央文件，是 1981 年 37 号文件，题目就叫《中共中央关于整理我国古籍的指示》，完全是陈云同志的讲话，这样就发下来了。陈云同志的讲话，后来收进了《陈云同志文选》，跟 37 号文件完全一样。

另外这个文件正式发之前，7 月以后形成了一个稿子，9 月正式形成中央文件。在中央文件正式形成之前，那时候工作比现在可能更细致一点，陈云同志让他的秘书王玉清把这个东西给了出版口的张指南同志，他是出版局的副局长。张指南找了几个人，包括中华书局的总经理王春、总编辑李侃，还有北大的我，去征求了一次意见，很随意的，就说："有这个东西你们看一下。"那个里面写到应该支持高等学校的古籍整理，依托于高等学校，基础好、有条件的大学可以建立古籍整理研究所，有些学校的古籍专业（如北京大学古典文献专业）要扩大招生。这条我提了意见。这本来是对我们很有好处的，支持我们扩大招生，我说："扩大招生不行。"他们说："怎么了？扩大招生你还不满意，为什么不行？"他们觉得支持你还不满足吗，大概觉得我有点得寸进尺。我说："你光扩大招生，它是配套的，扩大招生要有师资，要有宿舍，要整个的一套。"他们说："怎么办？"意思就是这已经形成一个初步文件，就是来听听你的意见，你现在这么提，怎么改？我说："只把'招生'这两个字改成'规模'，'扩大规模'就行。'北大古典文献专业扩大规模'，规模扩大了，包括学生增加，老师增加，房子、教室也扩大，一整个配套就行。"所以现在中央文件和《陈云同志文选》都是"扩大规模"，这是接受了我的意见。所以到了1981年的9月，中共中央37号文件便下达了。

林　嵩：这一事件的最终结果是古文献专业不仅没有停办，而且党和国家对古籍整理更加重视了。1981年9月17日中共中央发布了《关于整理我国古籍的指示》，其中提到"古籍整理可以依托于高等院校"，随后在1983年9月27日正式成立了"全国高等院校古籍整理研究工作委员会"（以下简称"古委会"），其秘书处挂靠在北大中文系。"古委会"成立后主要做了哪些工作？"古委会"及其秘书处和北大是一种怎样的关系？

安平秋：刚才提到中央文件1981年的37号文件下来以后，国家"国务院古籍整理出版规划小组"恢复，这个小组本是1956年全国建立的国务院科学规划委员会下面的一个小组，作为"科学规划"的一部分。1981年恢复工作，1982年开了一些会，教育部在1983年2月开了一个规模比较大的关于高校系统古籍工作的会。在那之后，1983年的9月建立"全国高等院校古籍整理与研究工作委员会"，简称"古委会"。

"古委会"当时是这样，它是属于教育部的机构，它的办事机构秘书处在北京大学办公，不是由北大中文系代管，也不是挂靠北大中文系，而是在北京大学办公。"古委会秘书处"的工作人员，一开始是各个学校的都有，以北大为主，比如副秘书长是北师大的马樟根先生，秘书长是教育部高教一司的科研处处长章学新先生，还借调了一些人，东北师大的张玉春，华中师大的彭益林，四川大学的杨耀坤，各个学校参与，在北京大学办公，和中文系没有太直接的关系。但是北大出的人都是中文系古典文献专业的老师，所以又和中文系有关系。机构上没有关系，

> **陈云同志关于古籍整理的指示**
>
> 一九八一年七月十四日上午，陈云同志的秘书王玉清同志到北京大学召集座谈会，会上传达了陈云同志关于整理古籍的重要指示，跟中文系和古典文献专业以及图书馆的一些同志共同讨论了有关的问题。
>
> 王玉清同志首先说：陈云同志对古籍整理很关心，几年前就曾指示，古书要整理，让更多的人看得懂，把祖国文化传统继承下来。去年又问过：古籍标点搞得怎样了？古籍不标点、断句，即使古文基础很好的人也难读。今年四、五月间在杭州又问起这件事。后来据中华书局报告，八万多种古籍（北大图书馆反映约有十二万种），已整理了四千种，差得很远。整理古籍是一项很重大的工作，工作量很大，关系到子孙后代。陈云同志认为，仅作标点、校勘、注释还不够，青年人读不懂，要作今译，要使搞理工的人也能懂得，争取做到能读报纸的人多数都能看懂。要下决心，搞个领导班子，搞个规划，十年、二十年、三十年。第一个十年先把基础打好，把愿意搞的人组织起来，第二个十年也要有一班人接上去，第三个十年再接上去，逐步扩大。搞上三十年，就能培养出相当一批人，就不会后继无人了。尽管国家现在有困难，也要花点钱，八个亿、十个亿、二十个亿，当然钱不是一下子拿出，一下子花完，是逐年用的。以上设想，准备报中央研究后决定。北大古典文献专业给陈云同志写的信，已报告陈云同志，今天来就是给个回音，并进一步听取大家的建议和意见。

《陈云同志关于古籍整理的指示》［席云帆 摄］

人员上是有关系的，这是当初的情况。

1983年"古委会"建立之后，就负责全国高校的古籍整理工作，逐渐地受到重视。1983年"古委会"建立至今，37年了，简单地说是做了四件事。

第一是组织队伍、建立机构。刚才提到从1981年文件下来到1983年"古委会"建立，中间是两年时间。这两年各个学校像雨后春笋那样，按照中央文件的精神建立古籍所，一下子有88家。所以教育部才要建立高校"古委会"来协调统筹这些机构，这也是"古委会"建立的原因之一。逐渐地，由"古委会"直接联系的机构，就浮出水面，最后形成24家比较有实力的研究机构，也是全国的重点大学，像北京大学、复旦大学、南京大学等。这是第一项工作，组织队伍、建立机构。这机构里面的人员总体上逐渐增多，但是这些年各个学校重视程度不同，有些古籍整理研究所的工作和人员有些变化，有些缩小。

第二是培养人才。培养人才是分两个类型，一方面是在实践之中，比如做整理和研究的项目，比如《全宋文》《全元文》《全明诗》《全元戏曲》，在这个过程中，一个研究所带着他们的年轻教师和学生、研究生来做，在实践中成长，一边标点、校勘、整理，同时也做研究。另一方面是教学。教学实际上有三种不同的情况，一种情况是从1982年开始，在全国各个学校办了八个讲习班。比如，在吉林大学有于省吾先生办的古文字讲习班、金景芳先生办的先秦两汉史讲习班，四川大学杨明照先生办的古籍整理讲习班，陕西师范大学史念海先生办的古文献学讲习班，华中师范大学张舜徽先生办的历史文献讲习班，华东师大的徐震堮先生办的古籍整理讲习班，等等，办了八个班。这是作为讲习班或者培训班。在这基础上，在1985年3月到12月，"古委会"又直接在复旦大学办了一个讲习班，讲习时间大概是10个月，参加的人有30多个，将近40个人。这批人后来在古籍整理的岗位上发挥了很好的作用，今天有的都退休了。还办了一个中医药的培训班，那是1990年北京师范大学办的。这是第一类，办培训班、讲习班。第二类，招本科生，我们过去是北京大学的古典文献专业一家，后来扩大到杭州大学的古典文献专业，现在叫浙江大学了。再有又增加了上海师范大学、南京师范大学和陕西师范大学这样三家，一共是五家古典文献专业来培养本科生，打好古文献学的基础。第三类就是培养研究生，硕士生、博士生，我们依托的除去刚才提到的五个本科专业之外，还有各个研究所，直接联系的24个研究机构、研究所，都招收硕士生和博士生。这是第二件事，人才培养。

第三个是组织科研项目，出有质量的成果。"古委会"的提法不是"高质量成果"，而是"有质量成果"，不是意味着我们不要"高质量成果"，这是面向整个的古籍整理队伍，要求所有的古籍整理成果都必须是高质量的，这是做不到的，我们要实事求是。我们要求是"有质量的"，鼓励是"高质量的"。你提的目标可以是"有质量的"，是大家能够接受的，但我们奖励"高质量的"。所以这些年我们支持的科研项目，

访谈现场,安平秋(中)与学生杨海峥、林嵩［周昀 摄］

有各个所自己的项目,有各省市自治区教育厅、局所属院校的项目,而直接由"古委会"联系的一些所的项目,就更给予重点的支持。在这之外,"古委会"直接抓了若干个重点项目,比如"断代诗文总汇",类似过去的总集,我们把它叫作"断代诗文总汇",主要是"九全一海":《两汉全书》《魏晋全书》《全唐五代诗》《全宋诗》《全宋文》《全元戏曲》《全元文》《全明诗》《全明文》,这是九全;一海就是《清文海》。这样10个项目,构成了"断代诗文总汇"。再比如说大作家集,像《李白全集编年笺注》《杜甫全集》《柳宗元集》《韩愈集》等;语言文字方面的,有《故训汇纂》《古音汇纂》等;普及性读物如《古代文史名著选译丛书》。再比如海外汉籍,像宫内厅的,这个项目其实很重要,今天没有那么长时间来谈,有机会再谈。它的意义相当重大,那是集日本天皇13个世纪1300年的收藏,它收集了一些重要的古籍。我们把珍稀的版本、非常齐整的版本全部复制回来,这是一笔对我们有用的宝藏。在这过程中,我们只是原样复制,既尊重了日本宫内厅的权益,同时又对我们有利、有用。在政策界限上也把握得比较准确,在书的价值意义上也非常重要。像这样一些项目还有很多,不多举例了。"古委会"的第三项工作就是做科研项目,组织科研项目。

第四个是用好国家的财政拨款，给古籍整理提供经费支持，经费虽不多，但是用得比较好，效率比较好。

"古委会"主要是做了一点这样的工作。

林　嵩：1999年成立的北京大学"中国古文献研究中心"是教育部重点人文社会科学研究基地。在教育部首批设立的基地里，北大唯一入选的就是"古文献研究中心"。目前全国已经有150多家教育部文科重点研究基地，但是古文献学科领域的基地目前也只此一家。您是古文献研究中心的首任主任，当时为什么要成立这样一家基地？古文献中心在学术与体制方面有哪些特色？

安平秋：1999年，教育部要在全国建立若干个人文社会科学基地，作为重点支持对象。当时北大将社会科学处取消了，因为教育部觉得北大没有跟教育部商量，对这件事不是很赞同，所以那一年北京大学申报的时候，就受到限制。

当时北大申报的是三家，一家是我们"古文献研究中心"，一家是费孝通先生主持的，叫作"人类学研究中心"，还有邓广铭先生主持的"中古史研究中心"，就是后来的"中国古代史研究中心"。"中国古文献研究中心"因为是由"古委会"和北京大学共同来办的中心，所以后来得到了学者们的支持。这个基地的建立，从我们内部来说，是想整合内部的力量：第一个是北大的"古文献研究所"的力量；第二是北大的古典文献教研室的力量，也就是专业的力量；第三是"古委会秘书处"的力量。前面提到了"古委会秘书处"的工作人员是北京大学古典文献专业的老师，但是工作的重点是在"古委会秘书处"，在逐步发展过程中很需要三部分人的联手结合，能够有一个机构把它统起来，这对北京大学的古文献学科的发展，对北京大学古文献学科在全国成为龙头老大很有好处。出于这样一条对北京大学有利，也是对中文系有利的原因，当时中文系系主任费振刚和党委书记李小凡找我谈了两次，就希望我能够出头把这件事办成，对中文系有利，同时也对大家有利，也就是对古文献研究中心的老师们有利，因为它的经费也会增加，重视程度也不同，申报项目也有关照，最后形成了这样一个中心，得到了学者的认同，也

北京大学中文系古典文献专业 77 级毕业照（三排右三为当时已做老师的安平秋）

得到了教育部的批准。

  这个机构建立以后就做了一些科研项目，还是得到了学术界的肯定的。比如像裘锡圭先生工作班子的关于文字和出土文献的项目，再比如一些海外汉籍的项目，都得到了学术界的重视和支持。

  林　嵩：您的学术研究主要集中在《史记》学与海外汉籍等方面。特别是在海外汉籍的调查、复制、整理、研究方面，我认为北大古文献研究中心是开风气之先的，研究中心在成立之初，就明确把"海外汉籍与汉学"作为一个重点的研究方向。目前海外汉籍方面的研究可谓蔚然成林，已是学术界的一大热门，您对目前的海外汉籍研究有何看法？未来这一领域的发展应注意哪些问题？

  安平秋：海外汉籍的工作发展到今天，我觉得有些概念需要明确，或者说有些理念应该清晰。比如说现在存藏在国外的，或者说境外的中国古籍，无论在美国、在日本，我们不要觉得它全部都是被侵略者掠夺走的，它外流的渠道是很多的，而且大多数的渠道是正常的。你想想看，汉籍就是中国古书，中国古书是印刷品，过去的线装书一次刷两三百部，那个版就已经磨损。这两三百部书它印出来是干吗的？它就是让人读的。中国人读外国人读都是一样的，对书商来说，刷印的，你日本和尚来中国读也可以，你带回日本也可以，所谓遣唐使、遣宋使，我们的佛经在径山寺、在天台寺、在普陀寺的，那些日本和尚要带回去，你能不让他带吗？这是正常的流通。也就是说，古籍作为印刷品，无论是中国人还是外国人，都可以读，他读了我们更欢迎，因为他学习汉字，学习中国文化，是我们中国文化向外的传播交流。所以现在国外，无论日本、美国、欧洲还是其他国家图书馆收藏有中国的古籍，我觉得是好事，而且大多数不是掠夺走的，不是抢走的。八国联军也好，英法联军也好，抢走中国的东西，还是一部分或者说是少量的。我觉得这是第一个认识。我们往往怀着一种屈辱感，民族屈辱感，老认为哪个国家有我们的大中华的古籍，都应该要回来，我觉得这是要不得的，而且你不应该要回来。因为这个东西，中国汉字的古籍在那里就是一个传播，中国文化的传播，你为什么一定要要回来？我曾经讲过流传出去的渠道有八个，今天不在这讲，我觉得这是一个主要的认识问题。

第二个海外汉籍研究里面要注意的问题是我们对各国收藏汉籍的图书馆应该给予尊重。比如说有的图书馆收藏了中国的汉籍，我们要复制它是可以的。但是我们应该明确那个书已经属于人家了，印的时候是汉字，是中国的纸，中国的墨。中国的东西不管什么渠道出去，他买去了，就是他的财产。他抢去的，现在在他那里，我们可以交涉，你想要回来也可以，但要通过法律程序。无论如何，现在这个东西不管什么渠道出去的，现在是在他们的图书馆收藏，你不能拿着中国一个国家部委的公文告诉国外一家私人财团藏书机构说："我要调看你们的宋本书。"人家当然会很反感。我觉得要尊重人，从法律上应该尊重。有法律意识，有世界眼光，这样才能够和人家对等地，或者说平等地打交道，你才能解决问题。所以有人告诉我说，国外收藏汉籍的图书馆，人家跟我们打交道，怕我们说"回归"，人家就容易理解成我们要把他们图书馆的汉籍全搬回中国。所以要有一个概念，处理这些书，要有一个法律的观念，一个世界的眼光。我们不能说，用中国字、在中国印的书在你那儿，我

2019年12月,安平秋参加山东大学文学院开办的"《史记》文献整理的回顾与展望"研讨会

就要回归。回归的另外一种方式,现在叫作复制性的回归,再生性回归。你再生性回归,复制性回归,也要跟人家商量,不要强加于人,好像我气儿很粗,我的东西你得给我弄。我觉得我们要有一个谦和的态度,特别是有一个平等的法律意识,这是目前存在的第二个问题。主要是这么两条,是海外汉籍研究里面存在的一些偏向。当然还有很多,今天不能展开来谈。

林　嵩: 您长期担任"高校古委会"的主任,目前又兼任国家古籍整理出版规划小组副组长,同时还是全国古籍保护专家委员会的副主任。对目前的古籍工作,您有一个形象的比喻,把它比喻成一条河,古籍的收藏与保护是上游,古籍的整理与研究是中游,古籍的出版与规划是下游。能否进一步谈谈这三者之间的关系?

安平秋: 这三个部分是目前古籍整理界、古文献学界客观存在的一个事实。一方面是古籍的保护收藏,这以图书馆为主,量很大。中国的古籍应该说都在图书馆里收藏。除去私人藏书家之外,还有我们个人家里面有一些,但是更为珍贵的古籍都是在图书馆。国家图书馆、各省市图书馆、各高校图书馆都有,所以收藏古籍主要是在图书馆。这些年图书馆的朋友都很留意,一方面收藏,一方面保护,使它寿命更长。我们过去有一句俗语叫纸寿千年,宋代的书到今天也有千年的样子,所以应该加以保护。这些年随着古籍收藏保护的发展,2009年文化部就建立了"古籍保护中心",和国家图书馆结合起来做这项工作,做得非常好,有声有色,我很佩服,这是一个。

在古籍收藏保护的基础上,就要有对古籍的整理和研究,其中不可能对所有的古籍都整理,要对主要的和需要的古籍进行整理、研究。这样的队伍,过去是在高校多一些,因为各个高校有研究所。经过这些年的发展,不仅仅是高校,各个出版社的编辑也在做,各个图书馆的朋友也在做,也就是这三个系统——图书馆的、出版社的、高校古籍整理研究所的和不是古籍整理研究所的,比如就在中文系、历史系、哲学系研究古代的这些学者、这些老师都在做。这些人来做这些事情,就壮大了这个队伍,我想这也是需要的,所以古籍的整理和研究以高校为主,包括了其他方面的人,这是一个潮流,也是一个主干。这第二部分,是属于教育部的。

第三是古籍的出版。因为你所有的这些古籍整理出来,需要出版的话必须经过出版系统、出版社。出版社现在有一个联合体,简称"古联体",有几十家的古籍专业出版社,其中也有一批人才,队伍在逐渐地壮大,老中青都有,这批朋友学问也很好。这是第三个部分。这一部分一直是由"国家古籍整理出版规划领导小组"来领导的,而这个小组过去是属于国家新闻出版总署,现在属于中宣部。

第一是古籍的收藏保护,第二是古籍的整理研究,第三是古籍的出版规划。出版要做规划,你不规划乱出版也不行,所以这三个部分,上游中游下游要互相配合,互相呼应,互相协调,便需要一个协调机构。虽然大家合作得很好,彼此很尊重、很友好,但最近这些年协调得不够,还是需要有协调的机制。我一直主张这三个部分的工作应该由"国家古籍整理出版规划领导小组"来抓总。因为它的前身是1958年设立的"国务院古籍整理出版规划小组",主持全国的古籍工作规划,现在又是中宣部的机构,他们的工作人员又精通相关业务,事业心也强,还能虚心听取大家意见，有全局观念，是个适宜抓总的机构。2019年10月，"国家古籍整理出版规划领导小组"做了新的调整，由中宣部的领导同志来做组长，又重新任命了副组长和成员，包含了这三个方面的人。我想这个小组建立之后，今后开展的工作会有利于这三个部分的合作，会有一个新的面目出现。

林　嵩： 您在古文献专业学习、工作了一个甲子，您感觉今天的古文献专业与您上学时候相比有何不同？古文献学是很古老的学问，但是成为一个学科，特别是在高校开设专业的历史并不太长，您对古典文献学的学科建设有哪些建议？对今天学习古文献专业的年轻学子们有何寄语？

安平秋： 我觉得今天的古典文献专业和古典文献的老师学生，和我当年，已经是五六十年前的古典文献专业有同有不同。相同之处都是很重视文本，重视文献，重视文献的基础研究，这都是好的。而且古典文献的人总体上看都在比较规矩、比较认真地做学问，积极参与其他方面的相对的少一点，这是相同之处。

不同之处，我一个明显的感觉，今天古典文献的老师和同学，和当年我们那个时候古典文献的老师和同学相比，似乎更灵、更敏锐，也更重视情报信息，反应很快。我们当初没有这么多的信息渠道，没有这么多的消息来源，所以没有那么灵。

我发现现在的人，以古典文献为例，是脑子怎么反应，身子就怎么反应，行动就怎么反应，甚至不假思索。我以上说的这个"快"，是作为优点提的，但是我也认为是个缺点。我觉得做古典文献的学问，信息固然很重要，赶上时代发展也固然很重要，包括数字化，数字人文也好，或者古籍的数字化也好，那是一个划时代的发展。我是说，今天无论你怎么弄，要在文化的积累上去做事情就得思考，同时要有在这基础上的敏锐性、抢先性、灵活性。你很灵是对的，如果只是脑子灵，信息灵，决断快，我觉得是不够的。目前的问题是沉思不够，沉淀不够，沉潜不够，这个恐怕也是美中不足。

林　嵩： 占用了您很多的时间，感谢您接受我们采访。

葛晓音

传承、反思与期望

受访人：葛晓音
采访人：李鹏飞
采访时间：2020 年 9 月 16 日

受访人介绍	葛晓音	1946 年生，1968 年北京大学中文系本科毕业，1982 年硕士研究生毕业留校。现为北京大学博雅荣休教授，国学院博士生导师。著作包括《汉唐文学的嬗变》《八代诗史》《诗国高潮与盛唐文化》《先秦汉魏六朝诗歌体式研究》等 24 种，发表学术论文 140 余篇。曾获第七届吴玉章人文社会科学一等奖等多种奖项。
采访人介绍	李鹏飞	1991 年考入北京大学中文系。北京大学中文系长聘副教授、研究员。主要从事中国古典小说史和小说理论研究。

李鹏飞： 首先非常感谢葛老师百忙之中抽出时间接受我们的访谈。第一个问题是跟您的人生选择相关的。请问您当年是怎样走上古典文学研究的道路的？在这个过程中，有哪些前辈学者或者老师对您产生过影响，他们对您有哪些影响？

葛晓音： 其实我喜欢古代文学是从中小学的时候就开始了，因为家里这方面的书比较多。我一直喜欢语文，实际上最喜欢诗词，所以在很小的时候我自己就经常读一点诗词选，抄些喜欢的文章。我考上北大中文系是 1963 年，那时候咱们中文系的很多老前辈还年富力强，所以给我们上文学史课的老师，像第一段是吕乃岩老师，第二段是林庚先生，第三段是季镇淮先生，都是非常好的老师。而且那时候我们还没有上现代文学，而古代文学有整整四个学期，是我们最重的一门课，自然就会比较喜欢了。不过可惜的是我们 63 级的学生赶上"文化大革命"，所谓的"大学五年"，实际上只上了两年基础课，1963 年到 1964 年。1965 年就开始"四清""文革",后面三年基本没有读书。所以古代文学在我脑子里印象非常深。"文革"后期,学校里武斗,我的书也全丢光了,最后只捡回来一本,就是《魏晋南北朝文学史参考资料》的下册。我就带着这本书下乡,到农场、到新疆,看来看去就是这本书。然后又跟知青借些书来抄,抄的都是古典诗词。后来1978年有机会回到北大上回炉班,补了一年课,主要补的其实也是古代文学和古代文学理论这方面的课。有了这些基础以后,正好1979年招第二届研究生,古代文学有陈贻焮先生招生。陈先生研究魏晋南北朝隋唐五代文学,我考上陈先生的研究生后,从此走上了古典文学研究这条路。

走上这条路以后,对我影响最大的是陈贻焮先生和林庚先生。因为在大学的时候,我是文学史课代表,常常去林先生家里联系上课的事情,接触就比较多。而且那个时候老师跟学生的关系也挺近的,每个星期老师至少要晚上到学生宿舍来辅导一次。林先生是亲自到学生宿舍辅导的,每次都是我去接、送,自然而然会受到一些影响。陈先生原来给林先生当过助教,但他一直是把林先生当老师看的,每个星期还要到林先生家去请安。而且陈先生在指导我的时候,就把林先生很多治学的经验和教导都告诉我,所以我从陈先生那里也间接地知道了很多林先生的特点。当然林先生的书我也都看了。研究生毕业留校以后,大概在林先生84岁那年,他因为想把文学史的宋元明清部分写完,指定我当助手,我就正式地给林先生当了一段时间的助手。那两三年的时间里和林先生接触还是比较多,天天跟他面谈,听他对文学史和作品的看法,对他的了解就更多了。

在硕士研究生三年间,陈先生可以说是手把手教我的,对我们的要求非常高,两个星期就要交一次读书报告,那就得拼命看拼命写了。如期交上读书报告以后,陈先生就在报告上面打勾画圈,或者是提一些不同的意见等,我们取回报告就反复看陈先生的批语。这对我们的影响还是非常大的。另外陈先生平时对我们的生活和工作各方面都非常关照,尤其是我毕业留校以后,有更多的时间在陈先生身边工作,那时候陈先生曾说,"我会一直管到你当教授"。所以陈先生对我,就是一种"师

林庚先生（右）与时任助教的陈贻焮先生 [来源于北京大学档案馆]

恩"兼"父恩"吧。这两位先生可以说是我人生中最重要的导师了。

我从他们身上受到的影响，主要是治学和为人两个方面。从治学的角度来看，我觉得有两点，第一点是，他们是把自己的全副感情都投入到自己研究的对象中去的。这个感情深到什么程度呢，我觉得某种程度上来说，好像是跟作家融化在一起。大家知道林先生是研究李白的著名专家，李白喜欢月亮。林先生到去世前，还要求家里人推着轮椅，带他去看月亮。完全是一种诗人的气质。陈先生写《杜甫评传》，写到最后嚎啕大哭。你看我们现在一般的研究者，真的是很难有这种境界。所以我觉得这样一种全身心投入自己专业的感情，是他们能够取得成就的最重要的原因。

第二点影响，就是要解决文学史当中的重大问题。这一点可以说是我一直努力的一个方向。两位先生留下的著作虽不算太多，像陈先生有《杜甫评传》《唐诗论丛》，还有后来的《论诗杂著》，但研究的都是文学史上很重要的一些问题。陈先生最早是做王孟诗派，后来做中唐两大诗派，中唐两大诗派这个问题应该是他第一次全面论证的。而且他们提出的这类重大问题，完全是通过研读第一手材料总结出来的，所以提出的很多观点，学界到现在也绕不过去，像林庚先生提出的"盛唐气象""少年精神""布衣感"，等等。林先生是用一种诗的语言来表达的，但实际上他通过比较盛唐诗与其他时段诗歌的不同，抓到了最关键的地方。虽然到80年代，我在盛唐研究方面可能又推进了一些，但是很多论题的范围并没有超出林先生最早提出来的那些大观点。所以他们两位给我的最大影响，就是在文学史研究方面想要做出一些成绩来，就应该像他们那样，真正解决一些文学史当中的重大问题，这个是最重要的。

他们两位先生指导学生的特点是都很强调义理、辞章、考据，而且他们在这三个方面都做得挺好的。首先是考据，林先生的《诗人屈原及其作品研究》，里面几乎全是考证文章，还有《天问论笺》，也主要是考证。陈先生做《杜甫评传》，也是以考证为基础的，把杜甫生平中很多前人没有注意到的问题都考出来了。他们认为这是做古代文学的最必要的基础。其次就是义理。义理包括思想的研究，其实也包括整个时代背景的综合的研究。像林庚先生提出的建安风骨和盛唐气象的关系等，我觉得都是很典范的研究。还有像陈先生做中唐两大诗派，他论白居易的观点，当时是非常令人震撼的。他认为白居易的新乐府其实就是谏官之诗，当时是有政治目的的，是根据中唐的政治背景提出来的。这些其实就是义理的论证。最后还有辞章，辞章也包括两个方面，一个是对文学研究本身的重视，还有就是对文字本身的讲究。这两点我觉得这两位先生都做得非常好。可以说以上几方面对我的影响都很大。

在指导学生方面，我印象最深的是林先生提出来要"读聪明书"，就是要求学生悟性要高。你可以读很多书，但如果书读了半天，什么也没读出来，这个书就不如不读。这个"读聪明书"的意思，我觉得一个就是说要善于从书里面发现问题，就像林庚先生说的，一个研究者的嗅觉要比猎犬还灵敏。第二就是对作品的领悟。陈先生曾说，林先生说好的作品一定都是好的，这就是一个鉴赏力的问题。其实我们现在整个学界，做古代文学研究的鉴赏力高的学者不是特别多。林先生就属于那种领悟力非常高的学者。有时候我跟林先生对话，都常常觉得自己是个

林庚著,葛晓音编选《林庚文选》(北京大学出版社,2010年)书影

"钝根人"。

第二点,除读书以外就是写东西。他们非常强调要多动手,多写文章,我觉得这也是很重要的。林先生尤其强调写文章不要面面俱到,他就最不喜欢那种把所有材料罗列一遍,最后实际上什么要紧的东西也没说出来的文章。一篇文章解决一个最重要的问题就可以了。所有的材料,所有小的论证,都要为最主要的观点服务。后来我在给林先生当助手的时候,林先生也是反反复复这么强调的。包括他的文学史,按道理文学史总归多多少少要铺开一点,要全面一点,林先生也不愿这样。所以如果说我现在的研究还有一点他两位先生的影子的话,我觉得这两点是他们留给我的最大的遗产。

李鹏飞: 从您的叙述里,我们可以看出对您的学术道路影响最大的两位先生就是林庚先生和陈贻焮先生。以前我听学界有学者说,这两位先生所代表的我们北大的诗歌研究群体,可以称为"林陈学派"。您刚才的叙述,已经把他们的治学风格以及他们培养学生的特点都做了很精

葛晓音与林庚先生（左）的合影

辟的概括。接下来我要请教的就是关于您个人学术研究的一些问题。您在近40年的学术生涯里，在六朝隋唐的诗风演变，齐梁到北宋历次诗文革新运动的过程和原因，山水田园诗的哲学社会背景和艺术特征的研究，还有先秦汉魏六朝到初盛唐诗歌体式的研究，以及隋唐乐舞和日本雅乐的关系研究等五个研究领域，都取得了众多成果，做出了很多富有原创性和开拓性的研究。在这一过程中，您从不故步自封，也没有自我重复，是唐代文学界公认的学术常青树。请问您是怎样不断保持这种学术研究的创造力和活力的？

葛晓音：这创造力和活力，应该说首先还是来自两位先生不断的鞭策和鼓励吧。陈先生是2000年去世的，我从认识陈先生、当他的学生，到留校以后跟着陈先生，也是20多年了，而且平时跟陈先生接触也是非常密切，陈先生见面就是问我书读得怎么样了，你最近写了什么，等等。这些都鞭策你必须要不断地拿出一些新的东西来，这是一种客观的因素。

从主观上来说，我自己也是对这个专业非常喜欢，兴趣很大，总是

1974年陈贻焮先生给解放军战士讲课［来源于北京大学档案馆］

有很多可以追问的东西。我们这一代人，有我们的不幸，但是也有我们的幸运。我们正好是在80年代步入学界的，这个时候其实我们的老师们在某些方面是跟我们站在同一条起跑线上的。虽然他们根底要比我们好很多，但是面对学术界思想的拨乱反正，还有新思潮、新观点等，其实是要和我们回答同样的问题。实际上五六十年代或者说更早一些的研究，给我们留下了很多的空白，甚至是可以质疑的、可以再提出新问题的地方。这些是我们这代人幸运的地方，总有很多的问题可以去思考，所以那时候真觉得问题做不完。最早是兴趣，到后来慢慢地就变成一种责任感了。当你研究越深入，问题越多之后，就会觉得你要不断地创新，不能重复自己，这已经成为一种不断鞭策自己的力量。

其次，我觉得这也是一个很自然的往前推进的过程。当你研究了一个问题以后，因为不可能在一篇论文里把所有的问题都解决完，肯定会接触到很多在这篇论文里没法解释的其他问题，那么就要继续把它做出来。所以我的论文题目都是从我自己的论文当中延伸出来的。比如说我曾经研究李峤的《百咏》，然后就牵涉到当时的类书问题、干谒问题、文艺理论问题等，就扯出一篇一篇的论文来。很多问题是有连带关系的，它自然而然会让你不断地有新的学术问题可想。

另外，有些问题我其实研究过不止一次。比如说初盛唐诗歌革新的问题，我最早提出的是张说和张九龄在诗歌革新中所起的作用，但是那篇论文我觉得好像还是没有完全讲透，始终有一个问题没有解决。就是现在文学史上都把陈子昂和李白看作初盛唐诗歌革新的两个代表人物，可是他们两个究竟有什么关系？为什么他们两个会先后提倡复古革新？不清楚。所以我就反反复复地在想这个问题。后来写过一篇关于李白的乐府的论文，部分地解释了一下他跟陈子昂的关系，但好像说服力也不是很够。最后通读《全唐文》盛唐部分的时候，我突然间发现张说、张九龄和"文儒"的关系问题，这才思考整个时代"文儒"群体和思潮的形成，再把这一系列的问题串起来，才算是对盛唐诗歌革新的背景有了比较透彻的解释。可见同一个问题，只要不断地往下挖，也会不断提出新的学术问题。

第三点，研究的积累越多，对作家、作品的认识也会慢慢加深。我举个例子，我1982年读研究生的时候，曾经写过一篇关于韩愈的研究论文《从诗人之诗到学者之诗》。这篇论文好像反响还不错，王运熙先生还把这篇文章推荐到了《唐代文学研究年鉴》上去。但那个时候其实我对韩愈并不太了解。最近我又重新开始做中唐古诗的尚奇之风的问题，再捡起韩孟诗派，重读以后就发现我对韩愈、孟郊和李贺这三个诗人有了新的认识，而且我现在越读韩愈就越喜欢他。原来我不喜欢韩愈，觉得他的诗也不美，而且还那么老长，又那么难懂。有的字真的是太难读了，现在看着注解读，还都挺费劲的。可是越读进去，我就越觉得这个韩愈真是特别可爱，对他整个感觉就完全不一样了。包括李贺也是这样，研究李贺的文章简直多如牛毛，但抓的都是他一些表层的风格上的特点。可是我把好几种注对起来看，发现李贺有很多重要的诗，大家都没读懂。李贺的诗，就像宇文所安说的，好多都是断裂的，他这句跟下句到底什么关系？很多人就是没有说清楚。所以历代的注家也都是众说纷纭，没有一个准确的答案。我最近专门挑十几首大家都讲不通的诗拿出来研究，

葛晓音与导师陈贻焮先生（右）的合影

终于找到了他的诗歌句脉之间的关系。以前有人觉得，他这些诗这么碎片化，一定是跟他的创作方法有关系，他每天不是骑个小毛驴带着一个小书童一路写嘛，有了好句子就扔在锦囊里，所以说他的诗都是锦囊里的句子凑出来的，都是些密集的断片。其实在这种断裂中，李贺是有很多他自己的想法和新的尝试的。我举这两个例子，是想说明一些我们原来读过的作家，或是以前研究非常多的作家，当你深入进去，真正读懂他的创作用心的时候，你就会得出可能是跟前人完全不同的一些看法。

以上三方面是我能保持创造力的原因。我不大需要去参考知网上人家都做了些什么题目。我自己可以从一手材料中读出很多题目，而且我也自信这些题目是不会跟人家重复的。

李鹏飞：学界公认您的研究有几个特别突出的特点，一是资料丰富，您的观点都一定会有材料的支撑。二是您的论文里表现出来的文学艺术的感悟特别敏锐，特别准确。三是理论的概括提炼特别精辟。形成这些特点，除了天赋之外，还有没有其他方面的原因？这些特点之间的相互关系是什么？尤其是诗歌的艺术感悟跟诗歌的理论研究之间的关系是怎样的？

葛晓音：其实资料丰富这一点，应该是做我们这一行的基础了。我记得咱们系的王瑶先生，他做中古文学研究的一个特点，很多人都说是"竭泽而渔"，我觉得我好像还没有做到"竭泽而渔"，但是也还是尽力去做的。可能也跟我做的一些题目有关系，比如说我一开始做的初盛唐诗歌革新的问题，骚在后世的影响的问题，还有风雅观的演变等，都是一些文学史当中的大问题，而且很多都是从纵向的角度看。这些问题存在着不少疑点需要解决，从当时的一个具体的时段去看材料是远远不够的。因为很多观念的演变是长时段的，这就要看很多很多资料了。所以我很早就习惯了要解决一个问题的时候，几乎要把《全唐文》和有关的史料全部翻一遍。那时候也没有什么电子检索，现在检索起来可能就容易很多。但我觉得电子检索也不能完全解决问题，因为很多内容不能只看关键词，是要从大量相关文献中找的。还有陈先生以前也指导我们，要重视一些基本的史料，正史，杂史，唐代的笔记小说，七七八八，我想到可能有关系的就都去找来看。当然也可能找的过程中毫无收获，但是没有收获也是一种收获，经过通读，我就知道了这些材料里没有，再去找。我现在虽然不敢说我能像王瑶先生那样"竭泽而渔"，但有一点自己觉得可以做到：我得出这个结论，后面一定最起码有三四条资料支撑。哪怕我可能还是有遗漏，我后来也发现可能有些特别能说明我这个观点的材料，我居然没有用，但是这么大量地看下来的话，一个大体的印象是可靠的，你得出的结论就会是站得住的。我在资料上面都是这么做的。我们做这行还有一个很基本的原则，比如你要研究一个作家，最

葛晓音（后排中）与同门及弟子合影

起码要把前人对于这个作家的所有评论通通看一遍。我是特别注意前人相关的评论，因为有时候从这里边能够发现很多问题。这是资料的问题。

在文学感悟上，其实也有一个培养的过程。我刚才讲到，我觉得自己是个"钝根人"。陈先生曾经在这方面锻炼过我，他就拿大量的作品让我自己选。因为我们现在习惯看人家的选集，但是如果拿一个根本没有人研究过的作家，让你去说哪首诗好，哪首诗不好，我相信很多人都是说不到点子上的。我以前也有这个问题，所以陈先生就用选诗来训练我。选诗是一个很好的办法，后来慢慢地就有点提高。另外最重要的还是大量的阅读。大量地阅读，自然而然就有个比较，什么是好的，什么是不好的，慢慢就练出这种感悟能力来了。对作品本身的感悟，说来说去就是细读的问题。细读的确是很重要的，如果你是粗略地跟着大家一般的想法读，而且你脑子里还有一些现成的理论框框，比如说什么"意境"，什么"神韵"之类的，那不一定能读出自己的感觉来。因为很多作品，诗人不是按照这一套理论去创作的，所以要抓直觉，要抓感悟，这一点也是我读所有作品的一个出发点。

说到理论的概括提炼，读作品有了感悟，最终目的是提升到理论层面去认识，我觉得理论提升是一个现代学术的要求。那么到底什么叫作理论的提升和概括，我是这样来理解的：真正解决一个问题，而且能够用比较简练的、概括的、科学的语言，把这个现象及其原因准确地表述出来，那就是理论了。比如对于体式的形成如果能做出原理性的解释，它自然就会上升为理论。另外在写论文的过程中还要提高自己的理论概括能力。比如我写了一篇文章，在写的过程当中把材料都弄好了，第一步写什么，第二步写什么，大体上也都已经想好了。但是最后要得出什么结论，这就要多问问自己，我写这些东西的意义在哪里？我到底要说明什么？这种进一步的自问，有助于理论的提升，我觉得特别关键。比如前几年在《文学评论》发表的关于杜甫七绝的问题，杜甫七绝前人谈得已经很多了，我总结出来的那些现象好像也跟别人说得差不多，那这论文到底有什么意义？我就反复地自问。后来突然想到了一个问题：从总的印象上来看，杜甫的七绝除了极少数的几首以外，大都是在一种轻松幽默的心态当中写的，跟其他诗体多数抒发沉重的心情非常不一样。这是为什么？再继续往下追问，就考虑到杜甫对七绝这种体式的认识是不是与别人不同。杜甫的七绝在历代诗论中评价不高，争议很多。有的人就觉得只有李白和王昌龄的七绝才是最正宗的，杜甫恰恰走的是跟他们不一样的路。但杜甫的七绝是不是就违背了创作传统呢？完全不是。我将前人对他的批评总结了四条，发现他的创新在七绝本身的形成发展中都可找到根源。所以杜甫是非常懂得七绝这种体式的表现原理的，他在这四方面的与众不同正是他要拓展七绝表现功能的创新。我觉得这样来讲，可能就把研究这个问题的意义提升了。当然也不是人为地拔高研究的意义，而是进一步想清了问题的实质。这个反复自问的提升过程也就是你所问的艺术感悟跟诗歌的理论研究之间的关系。在这过程中，自然而然就可以加强理论的概括能力。当然还有文字表达上要不断地磨炼，也是很重要的。

李鹏飞： 您的魏晋隋唐诗歌研究似乎遵循着一个发展路径：从诗歌发展史、诗歌艺术史层面进入探索诗歌的深层原理与形式规律的层面，从内因、外因相结合的诗歌历史文化研究进入诗歌内部发展动因和规律

葛晓音（前排右六）与研究生一起开学术研讨会

的研究，也就是您前几年做的诗歌体式的研究。我记得已故的唐诗研究专家赵昌平先生生前曾经对您的体式研究给予了很高的评价。他曾经说六朝隋唐诗歌的音韵之美，对他来说是一个让他望洋兴叹的学术难题。但是您从诗歌的节律入手的体式研究，让他看到了破解这个学术难题的曙光。请问您是怎样看待这种高难度的诗歌原理研究的意义的？我记得以前林庚先生也是探索过诗歌形式规律的一些问题，他的目的是要把中国古典诗歌的规律运用到他的新诗创作中来。这方面研究的意义您是怎么看待的？另外在我看了您的很多关于体式研究的论文之后，感觉您的研究似乎已经把诗歌研究的边界拓展到了一个极限，您觉得在这一方向还有继续深入的空间吗？

葛晓音： 我先说体式研究的意义。这个意义其实我自己也是有一个逐渐的认识过程的。最早是在我的论文集《诗国高潮与盛唐文化》里，有两篇关于初盛唐绝句和七言歌行的论文。因为林庚先生曾经说过，绝句和歌行是盛唐诗歌发展到高潮的标志，所以我重点做这两种诗体。其实在这之前赵昌平已经写过七言歌行的问题，已经写得非常好了，他的思路跟我是差不多的，但他主要是从风格的发展上来讲。于是我就想到风格还是一个表层的现象，我希望能够从七言诗体制的原理上去对这种风格形成的原因做一个解释。所以绝句和七言诗这两篇论义，我都是试着从它的句式变化、节奏原理方面，探讨它们的形成发展过程。虽然还不算太成功，但这种尝试当时已经被学界看到了，这两篇论文还分别在《文学遗产》和《文学评论》得了优秀论文奖。

后来我就觉得，既然大家觉得这个方向可以，这个问题还是可以再继续做。那就要从诗歌的源头开始做了。开始时我并没有一个大计划，只是走一步看一步。2002年的时候，我先做了四言诗的问题。当时主要是受松浦友久先生的影响，他是从休音的角度来做中国诗型的原理。另外还有林庚先生，是从三言节奏音组这个角度来研究骚体。他们这两个概念，给了我一些启发。而且我一直不太满意现在人们解释四言诗形成的思路。因为讲来讲去都是二二节奏，我觉得不满足。因为二二节奏在《尚书》里就有很多，为什么那些《书》我们说它是散文，不说它是诗呢？我认为关键不在二二节奏，而在于篇体节奏。那么如何解释篇体节奏的形成呢？我就做了很多枯燥的统计工作。主要是句式的统计，把《诗经》305篇的每一种句式节奏，都做了一个统计，就找出一些规律来了。后来我自己总结出"句序"这么一个概念。这篇论文是发在《中国社会科学》上的，当时好像反响不错，国外也有学者希望来找我谈这个问题。后来我觉得这个问题又可以延伸出很多问题，比如以前我们说《诗经》和楚骚毫无关系，而且相隔三百年，但我从节奏音组的角度继续找，发现了《楚辞》的三种节奏音组的组合方式以及与《诗经》节奏的关系，而且还弄清了《楚辞》为什么要把单音字放在句头的原理。有了收获以后再顺流而下，继续做三言、四言、七言、杂言。最后是重点做五言，因为汉魏六朝主要是五言诗，基本上做到八代结束为止。我当时其实也没有特地去想它的意义，只是希望从原理上去做。因为我的做法是在全部韵文的发展过程中来看诗体的形成和发展，和松浦先生和林先生不同，我想这样可以形成我自己的视角。虽然工作量极大，但是这样做出来的结论会更可靠些。所以当时这样做，主要是为了让诗体的研究能深入一层。

这个工作刚开始时，我总说是"试验性"的，我自己也不知道是不是做得成。但是没想到发表以后陆陆续续地还是受到很多同行的关注。其实我原来的想法很简单，诗歌体式是我们中国古代诗歌理论当中一个很重要的问题，尤其是到了明清以后，所有大部头的诗学著作都是以"体"作为框架来分章分节的。而且明代的时候特别强调"辨体"的问题，如果不辨体、不知道它的源流，根本就不能作诗。中国古代非常强调什么样的体可以写什么样的风格，而我们现在的研究恰恰缺乏这一点。尽管研究诗体的论文也很多，但是具体的论述一个样，都是从风格上去讲。为什么五言是这样的，七言是那样的呢？都讲不出个道理来。所以我当时只是想要解决这个问题。古人其实也想要解释这个问题，比如清代的《师友诗传录》，王渔洋、张萧亭和张历友三个人跟学生对谈，学生提出一些问题要他们解释，为什么五言要那么作，乐府要那么作，乐府和五言有什么不同等，但是这三位先生的回答大都说不到点子上。我就想实际上古人也想要弄清楚这些问题。

南京大学张伯伟教授最近整理出版了一本程千帆先生80年代初上课的笔记《古诗讲录》，程千帆先生在书里提到一句话，我觉得特别好。他说诗歌的体式，是我们中国诗歌真正具有民族特色的地方。这个话也点醒了我。我们现在经常强调中国古典诗歌研究要做出自己的民族特色来，我们的理论也要有自己的民族特色，那么到底什么是我们民族特色的东西？我想体式是其中之一。

另外体式研究我还没有做到边界的极限。我现在做的不是才到六朝为止嘛，赵昌平在序里面也是希望我接着做唐代，可是我不打算这样做了，为什么？一个就是如果我还按照原来从先秦到六朝的做法，难免会重复自己，没有太大意思。第二个，体式问题到了唐代以后有一个极大的变化，事实上在解释唐代的很多艺术形式问题的时候，都会触及体式问题。我在唐代重点做了杜甫，因为杜甫在体式上是最有创造性的，也是集大成者。杜甫就等于唐诗的一个中点，我可以拿他观照前头，也可以拿他来看后面。如果做好了杜甫，那么其他很多问题就比较容易解决，所以我后来就专门写了一本《杜诗艺术与辨体》。我借一个杜甫，可以解释很多杜甫以前的体式问题，而且也从这个角度看到了杜甫在诗歌史上的地位。而这个恰恰是前人都没有做过的。虽然很多以前研究杜甫的都喜欢说他的五言怎么样，他的七言怎么样，但是从来没有人从原理上讲清楚杜甫的各种体式的创造性，他的发展在哪里，他对后面的影响是什么，尤其是没有讲清楚杜甫的这些诗歌体式和他的艺术表现之间有什么关系。至于今后还要怎么做，我是想体式研究本身其实不是目的，我们还是要用体式来解释诗歌艺术表现的一些现象和原理，这个才是终极目的。今后需要继续开拓的方面是各种体式和艺术表现的关系。

在杜甫之后，我其实还做了一点体式研究，但是比较零碎。我本来做了大历诗人刘长卿的五律和七律。后来因为人文学部要新的选题，我就想到不如下面就把韩孟做了。我在研究大历诗人的时候，发现从大历到贞元时期，近体诗变化不是很大，但是古体诗变化极大。这就引起我思考为什么古体诗有这么大的变化。那就是古体诗本身一定有容许它自由发挥的一些地方。要把这些道理说出来，我就觉得做韩孟诗派是最好的。所以近三年来大概一共写了 11 篇吧。只发表了 5 篇，现在还有 6 篇在手里，还需要反复检查。在做这个课题的时候，我又想到体式本身还和很多问题有关系，这样就可以拓展出很多课题了。除了语言、句式、句脉、意脉等，其实还有联想思路、艺术视野、声调变化等，这些都是一些比较难的问题，但都是可以继续挖掘的。

李鹏飞： 您前面也提到，当年林庚先生和陈贻焮先生特别强调在学术研究里要提出和解决重大的问题。在您的研究中，您解决的都是一些重大的学术问题。我们今天的学者，尤其是年轻的研究生，怎样才能找到重要的学术问题，或者说我们怎样去判断一个问题或者课题是一个重要的问题，值得我们为此付出时间和心血？

葛晓音： 首先要明确学术课题重要与否，其实不在大小，关键在于你是不是彻底解决了一个问题。比方说小，可以小到一个字，像以前陈贻焮先生，讨论了"闻道玉门犹被遮"的"遮"字怎么解释。这是属于比较小的问题了，但它也很重要，因为这是名篇当中的一个字。大的问题，当然最好是解决重大的文学史问题。

怎么去寻找一个重要的学术课题，怎么衡量这个课题是不是重要呢？

我觉得一个就是把这个问题放在文学史发展的纵向和横向的两个角度去看，在文学史当中，它到底处在一个什么样的位置。比如以前的文学史著作一般不重视齐梁文学，我却发现齐梁文学有革新晋宋文风的意义，因为齐梁文学对唐诗的影响很直接。前人都没有注意的，你发现了，这就填补了一块空白，这算是一种比较重要的问题。还有一种是前人没有搞清楚的问题，你把它搞清楚了。比如说北宋欧阳修革新太学体的问题，以前一直讲不清楚。1982年我刚留校的时候，为备课拿几种文学史对照着看，很快就发现这些文学史关于太学体说的都不一样，原来这个问题根本没有解决。如果通过自己的研究能得到解释，这也是比较有价值的。

还有一个就是深入的问题。比如说做山水诗，以前研究的也很多，一般都是从情景关系、诗中有画这些方面去做。但是我觉得这些不完全能够解释山水诗本身的深度，尤其是从山水诗的起源来看，还有盛唐的一些重要的山水诗，包含着一些哲学的意蕴，但是都说不清楚，这就促使你必须要去解决这个问题。后来我是从玄学的自然观向审美观的转变，还有审美观照方式、"独往""扁舟"这些角度做了一些解释，当然这几个角度其实还不是全部，还是可以再继续挖的。像这种可以对某种文学现象再深挖一层的问题，当然也是有学术价值的。

还有一个，研究者应该对魏晋南北朝隋唐文学的整体研究状况，最起码是某一个问题前人和今人研究的全部成果做到心里有数。所以为什么我们现在要求学生写硕士论文、博士论文，一定要讲前人的研究动态，这不是一个表面上的程序，这其实是一个前提，让你明白你选这个题目到底有什么意义。想清楚你做这个课题的动机是什么，你的思路和别人有什么不同。对一个学者来说，脑子里就经常要装着这些问题。你心里要知道哪些东西人家没有讲过，哪些东西人家只是讲得很浅的，哪些东西是压根连提都没有提出来过的。所以我们说学问无非就是提出问题、解决问题。解决的问题，包括新问题和旧问题，旧问题往往是一些积久没有解决的，解决起来也有难度，但提出新问题更难。所以我觉得判断学术重大问题，一是心里要有数，另外也有一些具体的方法，而且要有积累。

李鹏飞： 在整个魏晋南北朝隋唐五代文学研究领域，资料相对有限，范围相对明确，经过现代学术研究一百年来的发展，这个领域中重要的作家和作品都已经被研究得比较充分，相关的成果可以说是汗牛充栋，十分可观了。同时带来的一个问题是，我们要继续在这个领域里深入地拓展，难度也更大了。用您以前跟我们打过的一个比方来说，我们就好比是去挖一块白薯地，刚开始挖的时候，里面白薯很多，大的白薯也很多。但是挖的时间长了，大的白薯就没有了。到我们今天，再去看这块土地，好像小的白薯都已经找不到了。那么在整个魏晋隋唐文学研究的领域里，还能不能找到比较重大的研究课题，如何进一步地深入拓展魏晋隋唐文学的研究呢？

葛晓音："挖白薯"的比喻是陈先生以前总说的，他这个比喻特别生动，所以我常常跟你们说。大白薯挖完了就剩小白薯，这在某一个课题是这样的。比如说诗歌革新，我把基本的问题解决了，可能它还有很多具体的问题可以研究，跟大白薯连在一块的是中等的、小个的白薯。但是除此之外说不定我们还可以挖出其他的东西来呢？比如说"体式"其实就是一个。当然也不仅仅是"体式"而已，我相信还是会有其他的东西可以挖出来的。

可是究竟怎么去挖？粗粗一看，我们这段文学史好像所有的题目人家都做过，要找空白确实是很难了。现在最主要的问题就是深入，深入其实还是有很多东西可做的。不说别的，我以前因为重点在做初盛唐诗，中晚唐的很多作家应该说没有好好地细读过。现在做中晚唐，虽然这段的研究成果比初盛唐多，可是我再回过头来去看前人研究的那些观点，就觉得其实很多作家大家都没有仔细地读。包括我刚才说的韩愈、李贺，都是八九十年代做得好像都没法再做的这些作家，现在看起来还是有很多新的东西可做。所以近年来有博士生进来，我让他们去做高适、做岑参，这都是大作家，现在都是仅仅停留在注本、生平考证，还有一些最基本的评传的层面上。但仔细去读他们的作品，连我都常常有一种陌生感，我觉得陌生感是可以发现问题的一个基础，说明我并没有完全把这个作家搞懂。比如我这次读完韩愈以后，我觉得好像对他是稍微熟悉一点了。但能不能说我对他已经很了解了？也不是的。所以这就是一个不断深入的过程。在自己研究的基础上去不断深入是最好的，如果不能深入，至少看看别人做了些什么，你还有什么东西可以做。其实最根本的还是一个继续往下挖的问题。

另外还有一个大方向的问题。我最近看程千帆先生的《古诗讲录》，挺有感触的。里头很多观点都是程先生80年代初就提出来的，但是现在仍然值得我们思考。他讲到古代文学的研究如何提高理论水平的问题。他说理论，一个是"古代的文学理论"，一个是"古代文学的理论"，两者是不一样的，"古代的文学理论"就是前人的文学理论。他说对于前人的文学理论，我们的研究就是从理论到理论，从来没有想过古人的理论都是怎么得出来的。因为它只有结论，没有如何论证的过程。他说这个就是需要我们现在的研究者去做的。我觉得这个方向提得就非常好。说实在的，做理论的人，如果不懂作品、不懂文学史，根本就说不出这个过程来。这是不容易的事情，但我认为是值得做的。

还有一个就是"古代文学的理论"，我们通过自己对文学作品、文学史的研究，提升到理论层面，总结出我们当代的理论来，这个是难度更大的。程先生已经做了一些示范性的研究，从对具体的作品的精彩分析中，提炼出问题来。他有好几篇这样的论文。其实我现在做体式也是这样的尝试，但也只是一个方面。原来罗宗强先生把文学理论和创作实践的研究结合得已经很好了，他找到一个文学思想的角度。这启发我们还可以从艺术的其他方面去寻找。如何提炼出我们今天的古代文学研究的理论，这需要对文学史本身有非常深入的、从全新的角度出发的考察。这是一个今后应该开拓的大方向。

另外有很多具体的问题是可以转换角度去看，转换角度也能够有开拓。比如说，以前我们研究韩愈，我们老说他"以文为诗"。我最近刚写了一篇论文，对这个说法表示怀疑。因为说他"以文为诗"，最明显的是五言长篇和七言长篇嘛。我从韩愈所有的长篇到底怎么处理文和诗的关系这个角度去做，有些不同的看法。其实从宋代一直到清代，只有一半人认为他是"以文为诗"，有一半人不认为他是"以文为诗"。但是我们现在都接受了这个印象，认为他文章写得好，所以他写诗肯定是用写文章的方法，这是想当然的。所以很多问题你如果转换一个角度看，会得出完全不同的结论。

总之可以开拓的东西还是很多。至于说会不会还有像80年代初那样，那么多的"大白薯"摆在明面上让你捡，这个可能难了。现在要你自己往地底下挖矿了，说不定要钻井，钻到像采石油那样深。但肯定是可以开拓的。

李鹏飞： 在您的学术研究生涯的前半段，您虽然也做考证，但并不太多，在我的印象里大概有六七篇，比如王维、储光羲、李商隐生平的考证，还有"歌行"的"行"的意义的解释等。但后来您开始转入隋唐乐舞和日本雅乐的研究之后，考证研究就很明显地增加了。我拜读过其中的几篇，有一篇《日本唐乐舞"罗陵王"出自北齐"兰陵王"考》，这篇文章强大的思辨性和逻辑性，给我留下了深刻的印象。后来我自己一些类似的考辨性的文章，就从中受到了很多启发。那么能不能请您结合您研究的经验和体会，谈一谈我们怎样做好考证研究？您认为在古典文学的研究里，什么样的考证是比较理想的考证研究？

葛晓音： 考证研究这方面，最重要的就是孤证不立，这是一个原则。你说的最早那几篇都是一些小稿子，作家的生平、作品的本事分析等。我有兴趣的都是难度比较大的，有点费脑子的。一般的特别简单的我就不太喜欢做。

就一般的考证而言，最理想的结果就是定论。王瑶先生以前说过第一等境界就是定论，第二等是能够自成一说，第三等是自圆其说。定论就是做到无可辩驳，论据非常之充分。

我就重点说说你感兴趣的隋唐乐舞考证，这个考证跟一般的文献考据不太一样。我们现在一般的考证都是利用文献资料之间的内在联系"搭桥"，可是隋唐乐舞和日本雅乐的问题，难度就在于我们自己国内的文献极少。日本虽然有不少古代音乐文献，但都是古代那些乐人或者舞人口口相传的，所以文字记载的资料都不太可靠，文献本身就需要考辨，这是一个很大的麻烦。万幸的是日本有很多的实物资料。唐乐舞也好，吴乐也好，都有面具、服装、道具，还有一些从平安时代以来的表演记录，一些大的寺庙里还有些资财账。这些东西基本上都属于实物资料，我的考证主要是充分利用这些实物资料来做的。中华书局90周年纪念的时候，他们曾经让我去做过一次报告，就是关于这个研究专题的。有很多听众反映考证方法很新鲜，因为不是纯用文献。那是没办法，因为文献没法完全信赖，你只能利用实物资料。

在唐乐舞之后，我又做了吴乐研究，吴乐是隋代来的，跟南北朝的乐府有关系。传入日本的时代在7世纪左右，而有关其表演情况的最早记载是13世纪的《教训抄》。吴乐实际上只有八个曲子是有表演情节的。《教训抄》的记载有不少把表演情节、人物关系搞混了。考证难度就更大。但好在它有面具保存下来，吴乐的每个面具就是一个人物的标志，从面具上可以看出这个人物的身份、年龄特征，甚至简单的表情。依靠这些面具和资财账关于道具服饰的记录，可以大致考出每个曲子表演的是什么故事情节。

还有难度最大的考证，就是我去年在《文史》上发的一篇关于"飒磨遮"（苏莫遮）的论文。"苏莫遮"的研究也是西方学者的难点。我受一位德国学者的启发，从"飒磨遮"的梵文语义为大型宗教性群众集会这一点着想，重点考察印度教的祭礼。但印度古代几乎没有这方面的文献资料。我借鉴日本学者所用的历史人类学的方法，利用这些祭礼在近代的表演记载和风俗遗留，最主要是18、19世纪的相关记载，去考察各种祭礼的举办时间和群众娱乐的方式特点。这些祭礼场面的描写出自当时一些到印度旅游的人，还有在印度公干的英国人等，虽然零散，却有他的客观性和可靠性。再加上日本、印度学者对这些祭礼的研究，把所有的蛛丝马迹全部都综合在一起，发现慧琳所说"飒磨遮"的几大特点，全都可以在十胜节的印度教女神祭活动中找到。接着又利用《大唐西域记》的记载，证明公元6、7世纪时，这种女神祭的活动方式已经影响到龟兹和于阗。我自己是很相信这个结论的，目前不可能再有其他观点比这个更能解释"飒磨遮"的缘起了。这个考证难度是非常大的，我做了差不多十几年，当然不是天天都在做，只是有机会看到有用的资料就记下来。一直到再也找不到新的资料了，才把它写出来的。所以我觉得，随着现代学术的发展，考证其实是有很多方法的。

至于说理想的考证，就是王国维先生说的考证和理论相结合。如何和理论相结合？就是考证为理论服务。比如说我考这个隋唐乐舞，目的无非就是想说明中国戏曲史的萌芽时间可以从唐代再往前推。以前我们一般都认为戏剧萌生于唐代的歌舞戏，现在看来恐怕可以推到北齐，这已经有比较多的证据了。另外乐府是不是可以表演？现在也有一点证据了。考据可以解决文学史上的一些比较大的、始终没有定论的问题，这是它的意义。再比如我原来做太学体考证，其实是为了说明欧阳修诗文革新的意义。假如像前人那样以为太学体就是西昆体，那么欧阳修诗文革新顶多只是复古而已。只有搞清太学体是古文，而且欧阳修反对的就是古文当中这种晦涩的歌功颂德的倾向，你才能明白欧阳修为什么要提倡平易自然的文风，这样做的政治意义到底在哪里，他就是要把古文引导到为现实政治服务的正确道路上来。所以这些都是考证为理论服务。

李鹏飞： 您一直特别强调文学史研究的文学本位的问题，我们在培养研究生的时候，也特别地强调这个问题。我们的研究要从文学本身的问题出发，然后综合运用哲学的、历史的、文献学的各种手段和方法，但是最终要解决的还是文学本身的问题，要去阐明文学本身的义理。能否请您谈一谈您是怎样理解文学研究的本位性，以及怎样理解我们文学研究的意义？尤其是在我们现在这样的时代，大家可能会更多地去追问文学研究的当代意义。我当年也问过您，我们现在的学生，也会想要问您这个问题：我们古典文学研究的意义何在？

葛晓音： 文学本位的问题现在讨论了很多，目前学界也是有争论的。一部分学者比较注重资料考据，他们就对强调文学本位不以为然。而强调文学本位的学者，又觉得你们整天钻在资料里头，所以分歧一直存在。我是这样想的，其实文学本位就是专业本位，它是自然形成的。举个例子，古代的诗论很少讲什么背景之类的，就只说诗艺本身对吧？但是从《唐音癸签》开始，你看它前面是《评汇》，然后是《诂笺》，《诂笺》其实就是文献，就是词语训诂。最后一部分是《谈丛》，其实《谈丛》里头谈的很多都是唐诗为什么会繁荣的原因。在我们今天看来，讲

葛晓音（右四）与博士生们合影

的其实就是唐诗发展的外因的问题。到一定的时候，人们在评论作品以后，自然而然会考虑到为什么这个时代的作品会这样或者那样，形成研究文学发展内因和外因的不同角度，这是一个很自然的要求。

到20世纪初的时候，出现了很多文学史，文学史也有一个由浅入深，分类慢慢发展、细化的过程。这个过程其实也是跟我们现代大学的学科设置有关的。一开始中文系还没有分得这么细，现在历史、中文、哲学学科分得这么细以后，自然而然形成了一个学科本身的定位的问题，就是说你的学科主要是研究什么的？如果是我们中文系的人都去研究历史学的东西，那么我们中文系设它干什么呢？所以所谓的文学定位，也就是说我们文学专业的研究目的，都是要立足于解释文学本身的发展状况和原因。这样一来，我们研究历史的、哲学的、文化的等其他所有外部的因素都是从这个目的出发的，我们提问的角度和解决的目标都是跟其他系不一样的。我们关注的问题他们不一定会关注，他们关注的可能会供我们参考。他们顶多会关注诗歌文章当中一些史料的问题，也不会关心艺术的问题。所以这个本身就是中文系的任务，我觉得文学本位这一点提得是没有错的。

至于说到具体的研究者，每个人的才性是不一样的，我倒觉得并不一定要强迫每个同学都去做文学研究，如果有的同学他就是文史兼顾，他就喜欢史学，他也可以往这方面发展，也可以做得很好啊。他可以做考据，可以做资料、文献整理这些，都是可以的。但既然我们是文学专业，那么一般来说，我们当然是要求文学本位，最起码你要掌握这个专业的一些基本的技能。我觉得我是从这个角度来理解文学本位问题的。

李鹏飞：还有文学研究在当代的意义，因为很多学生都很关注这个问题。

葛晓音：文学研究的当代意义，我觉得程千帆先生讲得很好，他说文学是要教人思考的，是为了提高人的觉悟，要教人有判断力。判断不仅仅包括道德是非的判断，同时也包括审美的判断。一个社会要进步，要发展，我想这些道德伦理的判断，审美的判断，都是属于高级的、上层建筑的层次，这方面的发展其实正是一个国家的文明发展的标志，它的意义在这里。这是从比较高大上的角度来说。具体到个人来说，意义也是很明显的，一个人只要是从事文字工作的，如果没有古代文学的修养，写出来的东西就是干巴巴的，一看就是没有底蕴的。但是有这方面的修养，有这方面的知识，说出话来，写出文章来，都是不一样的。

李鹏飞：从学生时代一直到现在，您的学习、生活和工作，都跟北大中文系有密不可分的联系。那么能不能请您从历史发展的角度，谈一谈我们北大中文系古代文学专业的过去、现在和未来的发展，有什么经验和教训？对专业未来的发展，您有没有一些好的建议？

葛晓音：我是1963年就上的北大中文系，到现在有50多年了，对我们专业也算是有一个了解。20世纪五六十年代大约是中文系古代文学最辉煌的时期，主要表现在两个方面，一是阵容强大，我们有好几位国内非常著名的教授；二是我们的集体影响力大，我们编了一部全国通用的文学史，还有从先秦到魏晋南北朝的文学史参考资料。这套参考资料编得非常好，一个是选文好，一个是注解特别好。所以在各大高校产生了很大的影响。再就是我们的文学史，虽然说我们的文学史经历了一个从红皮到黄皮到蓝皮的过程，但最后定稿的蓝皮文学史是我们游国恩先生领衔的，当然也有其他高校老师参加，但还是跟北大中文系密切相关

90年代初古代文学教研室的照片（第一排左起依次为：袁行霈、周先慎、费振刚、周强、冯钟芸、褚斌杰、沈天佑、孙静；第二排左起依次为：刘勇强、钱志熙、葛晓音、孟二冬、张鸣、程郁缀、于迎春、傅刚、常森）

的。这本文学史一直是全国高校的基本教材，影响很大。

80年代也是很辉煌的，80年代的辉煌就在于很多老先生还健在。另外就是一些原来中年的先生们，像陈先生、袁行霈先生、褚斌杰先生，这些原来比较年轻的老师，在80年代有了非常快的发展，很快地就成为全国著名的学者。同时从集体影响力来说，他们编的好几种文学史和作品选注也很有影响，如后来袁老师主编的《中国文学史》四大卷。从这个角度来说，我们专业也始终保持了"十七年"的优势。

但是随着老先生的凋零，我觉得现在的古代文学专业恐怕是很难有原来五六十年代那么辉煌强大的阵容了。另外我们现在少了很多集体的工作，基本上转为单打独斗了。从个人的发展来说，我们还是有一些中年以上的老师，现在发展得也还是挺好的，很扎实。客观地说，他们每个人的研究成果，无论是从数量还是质量来说，其实不比六七十年代的时候差。但是我们40岁以下的年轻人，现在优秀的暂时还是凤毛麟角。这是我们的忧虑。将来的发展，我觉得重点是要培养和引进40岁以下的，或者说45岁以下的新的年轻学者，否则的话很快这一代人就过去了。

要说经验教训，其实五六十年代的这批老先生，他们有很多的成果都是在解放以前做的。他们在五八十年代，都受到当时一些思潮的干扰，其实也浪费了很多时间。我觉得教训就在于，任何一个时段都会遇到各种各样的扰乱学者心智的问题。现在我们就处于一个改革发展的大时代，当你遇到各种干扰的时候，能不能摆正心态，坐稳自己这张书桌，不要太受外面的影响，这是挺重要的。就我自己留校40年来的体会而言，受到的各种各样的干扰可以说是太多了，人事上的，社会上的，学界的都有。学界的思潮一直在变化，会影响学者的方向感。所以最重要的就是不受干扰，咬定自己的目标，认准自己的方向，坚持往前走，至于做得快做得慢，我倒觉得不太重要。无论是快慢，只要你不停，你就一定能够做出成绩来的。

对于学者来说，最重要的是时间。到了我这个年纪，回过头来想，人生真是太短太短了。你会觉得好多事情都还没来得及做，怎么一晃都已经到了快做不动的时候了。可是当初在受到干扰而浪费了宝贵光阴的时候，你不一定觉得的，可能想着以后时间还多着呢。要说什么教训，这可能就是最大的教训了。

李鹏飞： 请您也从历史的角度来谈一谈对我们北大中文系历届学生的看法吧，包括本科生和研究生，他们有什么特点？您对年轻一代的学者，包括我们的研究生，有什么期望和建议？

葛晓音： 我就只能说古代文学专业的了。其实"文革"以前，每一年招的学生都是受到当时的政治形势影响的，这就关系到学生的质量问题。这我就不多说了，我就说从80年代初我留校以后的印象。现在回想起来，将近40年里，80年代的学生是最好的，质量高。那是因为还有在"文革"当中积累下来的一批人才，这些人多半都有在"文革"中受过苦的经历，他们很懂得珍惜时间，而且毕竟是从那么多人当中选拔出来的。这个状况维持到1990年的时候，出现了一个变化，90年代前期有一段招生质量降低了。当时实际上一些在学的研究生，包括我的研究生，都在怀疑我们读古代文学有什么意义，对自己学习和研究的目标产生了怀疑，就不可能安心地去做学问了。90年代有不少学生我觉得不是很安心的，而且应该说也不是收了最好的学生。因为那一段第一志愿的学生很少，相当一部分都是第二志愿甚至调剂过来的学生，这就使得当时的学生质量普遍有一个低落的时期。21世纪以来，我觉得这个情况在逐渐好转。

近二十年来我跟本科生接触得比较少了，主要是和研究生接触得多。他们现在比90年代好一点的就是他们都是因为喜欢我们这行才来读研究生的，不是为了混一个饭碗，这一点倒还让我比较欣慰。另外从听课的研究生的表情、反应来看，我觉得大部分我们自己专业的研究生还是非常专注的，学期论文、交上来的报告也都很认真。另外每年我都参加一些毕业生答辩，大体上我们的博士论文应该说质量都还是达标的，做得很认真，讲究材料的考订，一般没有那种大而空的，或者整个就是胡说八道的那类东西。在我们的专业从来没有出现过，我们也不可能让它出现。一道一道关我们把得还是非常严。但是现在的学生，因为个性差异太大，基础也差得太远，所以对指导老师来说，增加了不少困难，只能是根据他们每个人的个性特点来施教，每个人要调整的方向都不一样。我现在还很难判断这种状况是好还是不好，将来他们的发展会怎么样。

我现在对研究生最大的期待是希望他们能够学会自己从第一手材料当中找问题，提炼问题，最后找出自己的论文选题方向。博士生不会自己选题，这是个全国性的问题，而且选题重复的情况很多。原因就在于他们的题目不是自己从材料里看出来的，而都是从外面的一些现成的成果，或者从史学、哲学中受到点启发套过来的。对这点我还是很担忧的。因为这是最起码的一关。不会从第一手材料里提炼问题，将来的路走不远的。第二点希望就是要勤动手，现在学生的读书报告也比以前交得少，一开始都是决心满满的，保证我一个学期交多少报告，最后一个学期下来一篇也交不上来的情况，也是有的。

温儒敏

北大中文系还是应当坚持"守正创新"

受访人：温儒敏
采访人：李宪瑜
采访时间：2020年9月21日

受访人介绍 温儒敏 1946年生，1978年考入北京大学中文系，1981年获文学硕士学位，1987年获文学博士学位。1981年起留校任教。曾任北大出版社总编辑、北大中文系主任（1999—2008）等职，兼任中国现代文学研究会会长，《中国现代文学研究丛刊》主编。义务教育语文课程标准修订专家组召集人，全国中小学语文统编教材总主编。被教育部评为国家级"高校教学名师"，被中国教育学会等机构评为"当代教育名家"。主要从事中国现当代文学、文学理论和语文教育的研究与教学。有二十余种著作，包括《新文学现实主义的流变》《中国现代文学批评史》《中国现代文学三十年》（合著）、《当代社会"文学生活"调查研究》《温儒敏论语文教育》等。

采访人介绍 李宪瑜 2000年毕业于北京大学中文系，文学博士，现任教于首都师范大学文学院，研究领域为中国现代文学。

李宪瑜： 温老师您好，谢谢您接受采访。那咱们就在这个院子里开始吧。这个院子是燕南园66号，我查了一下，最早是冰心夫妇的寓所，后来朱光潜先生也住过。朱光潜先生在北大的时候，您也已经入学了吧。

温儒敏： 是啊，那时候他还健在。我没有到他家来过，但经常在图书馆看到老先生查资料。

李宪瑜： 听您这样说起来，觉得好亲切。那咱们就先聊聊您当年到北大中文系求学吧。那是1978年，研究生教育恢复的第一年。那时您早已大学毕业，在广东韶关地委工作七八年了。您那时的生活是什么样的？

温儒敏： 我在广东那几年，有较多时间直接到农村和工厂，还当过生产队驻队干部，对中国基层社会生活有切身体验。那时还读过很多书，历史、政治、经济、文学什么都读，也读了不少"内部发行"的外国作品，是杂览，但知识面和视野拓宽了。这两点，对我后来做学问有很大影响。

李宪瑜：那时广东也差不多要改革开放了，您要是在机关职位上继续做下去，可能前程似锦，大有作为。可是您选择读研究生。为什么？

温儒敏：重回校园是希望自由一点，做点自己想做的事。另外还有一个很实际的原因，我爱人是北京人，我们要回北京。就是这样。

李宪瑜：那您回来读书，为什么选择北大中文系现代文学专业？

温儒敏：我本科毕业于中国人民大学的语文系，"文革"后期人大停办了，到我考研那时还没有复校，我决定考北大。也是因为心仪北大自由开放的校风。考研时，也想过报考古代文学，但复习资料缺少，而手头有王瑶先生的《中国新文学史稿》，有一位在京的学长也鼓励我考现代文学。我就给王瑶先生写了封信，希望报考，严家炎老师代表王瑶先生给我回了信，我就下决心报考北大的现代文学专业了。

李宪瑜：您是恢复研究生教育的头一年到北大来读研究生的。那时的研究生教育什么样？跟今天的读研是不是差别很大？

温儒敏：变化肯定大，毕竟几十年过去了。那时研究生比较少，享受的是老师的待遇，戴的校徽都跟老师的一样，红底白字的，后来才改成橙色。我们去图书馆也受照顾，没有借书的限制，书库也可以随便进。上课很少，导师也不怎么管，主要是自己读书。不像现在，规定要修几门课凑多少学分，然后做篇论文。那时候不是这样的，比较自由，如饥似渴地读书。我们岁数也比较大了，学习机会很难得，都还是比较努力的。记得那时很多同学都是早晨食堂吃一碗玉米糊和一个馒头，然后就到图书馆，一待就是一个上午。下午和晚上也大都在图书馆看书，比较专注。

李宪瑜：那时候你们在学校里跟本科生来往多吗？毕竟那时本科也刚刚恢复招生。

温儒敏：来往很多，主要是77级、78级，他们上的有些课我们也听，有些活动也一起参加。不同专业研究生之间交往也很密切。跟老师来往也多，记得有些著名教授还来学生宿舍辅导或者聊天，比如岑麒祥、朱德熙、阴法鲁、林焘，等等，都常在研究生宿舍看到。我们也常去导师

1987年温儒敏博士论文答辩（前排左起为王瑶、吕德申、吴组缃、乐黛云；后排左起为樊骏、商金林、钱中文、孙玉石、温儒敏）

王瑶先生的家。学生去找老师不用提前打电话，敲门就进去了。赶上吃饭了，就一起吃点饭。不像现在，学生见老师很困难，老师要找学生也不容易。

李宪瑜：您那时候已经年过三十了，与您同级的钱理群、吴福辉老师他们都快四十岁了，如您所说，都是"老童生"，那怎么样再次开始自己的校园生活？

温儒敏：同学们普遍心气较高，思想也比较活跃，较少怨气和戾气，就是抓紧时间学习。那时外界诱惑较少，也没有很多业余生活，就是看看电影，有时候还到别的学校去看电影，也看剧院演出。有个砖头似的录音机，就是享受呀。体育锻炼一般都安排在下午五六点钟，有些"老童生"一块拔河，现在的年轻人看了都不可思议了。当时北大校园里面也有舞厅了，不过我没去过。

李宪瑜：咱们聊聊您的专业研究吧。您进入现代文学研究领域时，也就是80年代前期，您的兴趣好像比较偏重于理论，关注文学思潮。比如您的硕士论文写的是鲁迅与厨川白村，博士论文是研究新文学现实主义的流变，这个论题后来的影响很大。还有《中国现代文学三十年》，也是80年代中期就写出的，其中有关论争思潮的章节也都是您撰写的。您为何较多关注理论、思潮的问题？这些研究是怎么成型的？

温儒敏：上大学那时，我对理论还是有所关注的，也发表过一些评论。考上研究生以后，寻找自己的研究方向，我们几个研究生不约而同都有个大致的"分工"，我一开始是做鲁迅和郁达夫研究的，后来又较多往思潮、流派方面考虑。留校任教，其他几方面都有人研究，批评史没有人做，我就选择做批评史。我也受王瑶先生影响。王瑶先生是很大气的学者，他研究六朝文学和新文学，都很注重以历史的审美的视点观察"文学史现象"，其中有鲁迅小说史的方法论影响。我的《新文学现实主义的流变》和《中国现代文学批评史》也都力图学习"抓现象"的方法，从史事、作品和相关材料中提炼问题。

李宪瑜：您那一级研究生有好几个人，王瑶先生对你们每个人是因材施教吗？对不同的人有不同的指导方法？

温儒敏：应该是的，我们每个人特点不一样。比如钱理群比较成熟，他对鲁迅各方面的研究都比较到位，所以王先生就建议他做鲁迅。我当时也有想做郁达夫研究，王先生也指导我，最初做研究都是下死功夫的，我先做年谱，那时候没有现成的资料，要一个一个资料去找，写出了二十多万字的郁达夫年谱，准备出版，王先生还给我写了序。我接受的学术训练是有点偏于史学的，文学史也是历史的一部分，所以很看重材料。当时获取资料不像现在这样方便，要自己去摸索。我的方法是：先有大致方向，然后收集资料，了解前人研究状况，形成问题，再进一步

2011年，北大中文系文学、古文献等专业78级研究生毕业30周年返校聚会，在五院合影（前排左起依次为：张玫珊、赵园、温儒敏、陈山；后排左起依次为：李家浩、张国风、张中、钱理群、钟元凯、吴福辉、凌宇）

研究。

李宪瑜：那时候找材料，跟现在有大量的学术资料储备不一样。

温儒敏：不一样，我们看书也多，刚才说老师开了书目给我们，我们顺着书目来看，再扩展去看，我那几年读了大约不下1000本书。有些是过眼录，读得快，但会有印象或者问题，随手就用卡片写下来。现在有了电脑，网上查资料也方便，但容易一步到位，没有过程，研究的积累不一样的。现在好像没人用这个"笨"办法了。以前很多老先生做学问也是这样，都是用卡片。

李宪瑜：手动写一遍，跟我们今天在网上检索的感觉肯定是不一样的。

温儒敏：网上检索当然也很方便，但毕竟你要打开那个文件夹，文件夹里边又有小文件夹，还有三等文件夹，难于一目了然。做卡片这个方法我也推荐给现在的博士生，我看他们没有人用，嫌麻烦。

李宪瑜： 现代文学学科本身也发生了一些变化。现代文学不再是"显学"了，学院化的东西可能更多了，甚至有人说这个学科古典化了。您经历了现代文学学科这三四十年的变化，对于我们现代文学学科及现代文学研究以后的发展，您愿意来预判一下吗？或者说您觉得有哪些会是更好一些的研究方向？

温儒敏： 一代有一代之学术，以前我们找题目比较容易，做什么题目学界的关注度都比较高，大家也心无旁骛，就想着把它做成。现在各种要求和利益诱惑多了，现代文学研究已经失去当年那种动力，研究越来越琐碎，"自娱自乐"，有些研究可能自己也觉得没有多少意思，花很多气力做文章，得出的结论是常识，也没起到文化积累的意义。古典文学因为学科比较庞大，跨越时代比较久远，有些题目比较细小，也是有意义的。现代文学不一样，与当代社会生活联系较密切，还是要注重做些有问题意识也比较有意思的题目为好。

李宪瑜： 您这么说我就想到另外一个问题了，是关于您自己研究的转型。您后来在山东大学承担了一个重大课题，叫"当代社会'文学生活'调查研究"，我也看到您带领课题组像做田野调查。您是怎么考虑的？

温儒敏： 为什么我要研究"文学生活"？为了突破圈子，目光扩大一点，接地气一点。有些对普通国民影响很大的作品，我们研究文学的可能并不关心。我们只关心圈子里有话说的。譬如说《平凡的世界》，我们做过调查，是各个大学的图书馆连续十年、二十年出借率最高的，但是前些年当代文学研究者对《平凡的世界》都不怎么关心。它能进入千百万普通人阅读视野，这种阅读接受是值得研究的文学现象。这样的例子很多。所以我想打破从作家、作品到研究者和批评家的"内循环"，看作家作品的接受情况，普通的读者或者说理想的读者有什么反应？像《平凡的世界》可能艺术技巧差一些，但有它的长项，它能成为普通读者长期喜欢的作品，这就值得研究。我讲"文学生活"，还是希望文学研究能适当关注普通国民的文学接受与消费，以及相关的文学现象。这个课题在2012年就被批准为"国家社科基金重大课题"，咱们北大也有

1988 年，温儒敏在未名湖畔镜春园 82 号寓所门前

些老师参加。打破惯性，往外拓展一步，就海阔天空，有很多题目可做。比如有人做《知音》杂志的研究，《知音》为何影响那么大？它是什么生产机制？它是怎么传播的？读者群是怎么回事？还有人研究《读者》和《故事会》，研究网络文学，研究农民工的阅读状态，短视频对人的认知以及文化传播的影响，等等。我看题目很多呀。

李宪瑜：您 1999 年到 2008 年担任过北大中文系系主任，这个时期是新世纪的头十年，也是中文系发展快、变化大的一个时期。包括您刚才讲到的一些学者的学术生存状况，可能在那个时候这些现象都已经出现了。您那时提出了关于北大中文系的"系格"是"守正创新"这样一个提法，影响很大。"守正创新"这个新词，现在不同领域都有很多人在用。

温儒敏：那是中文系成立 90 周年时，我在演讲中提出的，得到中文系老师的认可。几年前，北大校长林建华在《人民日报》发文肯定了"守正创新"，作为北大办学的思想，影响就出去了。近年来中央领导和一些文件都在使用"守正创新"这个提法。中文系是个老系,有好的传统和学风,比如严谨求实,又宽松自由,还有思想比较活跃,这些都是好东西,要想办法把它传下来。"守正创新",先是把"正"守住,在这个基础上再创新与发展。不要天天搞改革,不要那么多动作,搞教育特别忌讳"多动症"。教育有滞后性,特别是精英教育,它有时要与社会潮流保持一定的距离。

李宪瑜:您做中文系主任那十年,在本科生、研究生的教学方面有哪些做法,您认为值得发扬?

温儒敏:第一个就是强调基础课,让有经验的教授来讲。北大的本科生条件比较好,要让最好的老师讲基础课。当时北大中文系规定有八九门基础课,有些属于精品课,还获得全国的奖项。其次是设置若干二级专业课,比基础课更专一点,但是它又不是研究生的课,是专门给高年级本科生开的课。我不知道这个措施现在还有没有实行。像我当时开的"现当代文学专题研究",那个就是针对本科生开的专题选修课。每一个学科,古典文献、汉语史、古代文学,都应该有个二级课,不是说每个老师你想上什么课,就上什么课,不能因人设课。那时还特别注重让学生读书,读基本的书。开设了《论语》《孟子》《左传》《红楼梦》等专题读书课,一个学期下来,就是完整读一本书,要求学文学的也要学点训诂、版本等课程。我不知道现在这些课程有没有坚持下来,我到山大也建议他们开设类似的读书课。我总是想,中文系毕业的学生,如果有关中国文化的基本的书没有完整读过几本,那是说不过去的。

李宪瑜:您觉得中文系本科生培养还应当注意什么?

温儒敏:基础要扎实,写作要过关。中文系不一定能培养作家,但必定要培养"写家""笔杆子"。中文系毕业的,笔头要硬,这是社会需要,也是他们的饭碗。

李宪瑜:很多大学中文系现在都没有写作教研室,北大中文系也没有。如何让学生具备基本的写作能力?

温儒敏:写作能力背后是思想能力、专业能力,是一种综合训练,很难靠一门课来解决。北大中文系没有写作课,但原来我们有这样的规

2009年,温儒敏给本科生讲授基础课"现代文学史"

定,要求所有课程都布置一些写作任务。还有就是学年论文,必须有老师指导。二年级下学期有个写作能力评定,如果写作方面没有达到一定水平,就做专科处理。记得那时每年大概有百分之六七,甚至最高达百分之十的本科生毕不了业。要落实挺难的,但规定明确,老师责任到位,就能做好。当时要求老师必须给学生改文章,系里抽查。

李宪瑜:您做系主任的时候,研究生的教学也实施了一些改革。您能说说吗?

温儒敏:研究生特别是博士生教育最重要的是把好三关,即招生宁缺毋滥、资格考试有淘汰、毕业答辩实行匿名评审。我们是全国最早对博士生论文实行匿名评审的,《人民日报》都登过消息,后来逐步推广。当时每个专业搞个专家库,导师回避。答辩通过之后,还要系里讨论。每年都有不能通过的。还有,为拓展研究生视野,活跃思维,还专门设立了"孑民学术论坛",是跨学科的,邀请不同领域顶尖的学者来讲座。

1998年,北大百周年校庆温儒敏等在北大南门留影(左起依次为:李宪瑜、温儒敏、贺桂梅、任晓红)[李宪瑜提供]

李宪瑜: 咱们再聊聊您退休后的事——其实我觉得您好像是一直也没有退休。

温儒敏: 我2008年卸任系主任,2009年退休,返聘到2011年,就转到山东大学去,他们聘任我为文科一级教授。我在那边带博士生,也给本科生上课,北大这边我负责指导的几个博士生继续指导,直到他们都毕业。我去山大不久,教育部就聘请我担任全国中小学语文统编教材的总主编。

2016 年,温儒敏在客厅

李宪瑜: 您现在在中小学语文教育方面影响非常大。您这几年是深度参与到了中小学语文的教学改革、教材编订等事情当中去了。在外人看来,您这个专业转变的幅度很大,为什么会有这个转变?

温儒敏: 也不是什么"转变"。关注语文教育是中文系老师的题中应有之义。我当系主任时,看到很多师范大学中文系不怎么关注基础教育,都往综合大学的路子发展,而基础教育存在的问题又那么多,是国计民生嘛,我就想"敲边鼓",让北大中文系在语文教育方面有所作为,发出声音,支持更多的大学来关注基础教育。2004年我就主持成立了语文教育研究所,做了很多实事,在全国产生影响。袁行霈老师领衔的人教社高中语文教材,我当执行主编,北大中文系有十多位教授参与编写。包括陆俭明、陈平原、苏培成等,那时都参加了。在统编教材之前,人教社这套教材覆盖面最大,这也是中文系的重要成果嘛。那套语文的封面上就写着"北京大学中文系编写",影响很大。

李宪瑜: 关注中小学语文是北大中文系的传统。

温儒敏: 以前的老先生都关注啊。朱德熙、王力等都教过中学的,冯钟芸先生也主持过中学语文教材评审。西南联大时期中文系教授们编

2012年,温儒敏(三排右五)与中文系同事及研究生合影

过《国文月刊》杂志,朱自清还教授过"中学国文教学法"。这并不妨碍他们学术上的成就,又让中文系的学术与社会需求取得更密切的联系,这是淑世之举。所以教育部请我出来做这件事,担任语文统编教材总主编,我就来做了。这个大工程从2012年到2019年做了八年,先后组织各方面专家两百多人,虽然非常艰难,但终于完成了。现在中小学语文统编教材已在全国投入使用。

李宪瑜: 统编教材的编写社会上很关注,影响很大,有些争议也会被放大,可以想象编写过程是非常复杂艰辛的。

温儒敏: 以前的语文教材都是各个出版社编的,有些质量未见得有保障。统编能调动全国的研制编写力量,水平会提升。教材编写是国家的事权,肯定有政治要求,但也有专业方面的很多空间。比如课文选什么、应该引导学生怎样去学、建议在教学上做哪些改革,等等,都是要各方面的专业研究去支持的。这是值得做的事,的确太艰难,比我们自己写文章难得多。到编高中那几年,我年纪也大了,很累了,又动了手术，一度想推辞不做了。教育部的领导特地到家里来，要我坚持做完，我还是从大局考虑，坚持做下来了。

李宪瑜： 那您现在从一个中小学语文教育专家的角度，回过头来看大学中文系的文学教育，有什么新的发现吗？

温儒敏： 中文系是基础学科，又是人文学科，需要有社会关怀。现在的问题是分工很细，大都是在自己专业圈子里转，打井式的研究，只关注发文章做项目，其他都不关注，缺少社会关怀，缺少思想发现，还缺少"文气"，那你就会被边缘化，变成一个摆设品。中文系应该有一部分力量（不是全部）关注社会的"语文生活"和"文学生活"，用专业视角关注中小学语文教育。比如说搞诗歌的，可以关注一下何为"诗教"，中小学诗歌都是怎么教的？研究古汉语的，也不妨关心一下什么叫"浅近的文言文"？语文教育研究所是一个虚体，但影响挺大的，也是中文系的学术资源，应当用好这个平台。要通过切实的调查研究，结合专业的眼光，发现问题，向社会发出声音。

李宪瑜： 这个是北大中文系的传统，也是北大的传统，这一点一定可以传承下去。说到北大，您心目当中的北大精神是什么？

温儒敏： 北大精神应该还是学术自由。特别是搞基础研究、搞人文研究的，没有那种相对自由的心态是做不好的。天天想着项目，想着怎么去花钱，想着怎么去开会，怎么做学问呢？选择自己有兴趣、有意思的、对社会有意义或者对学科发展有价值的题目来做，一辈子能够做成一两项，就不错了。

李宪瑜： 今年是北大中文系110周年系庆，请您再说几句寄语吧。

温儒敏： 我还是主张把"守正创新"当作中文系的"系格"来坚守。在这个很实利化的浮躁的环境中，尽可能为老师和学生争取相对的学术自由，让他们能够有比较宽松的心态去学习和做学问。教好我们的学生，通过学术训练让他们充分打开自己，认识和磨炼自己，为一生的学习发展打下厚实的底子，做有家国天下大胸怀的人。祝福110岁的北大中文系生生不息，走向未来。

李 零

历史是挖出来的

受访人：李　零
采访人：田　天
时　间：2020 年 9 月 16 日

受访人 介绍	李　零	1948 年生，1985 年始任教于北京大学中文系。现为北京大学人文讲席教授，美国艺术与科学院（AAAS）院士。研究兴趣主要在考古、古文字、古文献、艺术史、军事史、方术史、思想史、历史地理八个方面。主要著作有：《〈孙子〉古本研究》《中国方术考》《郭店楚简校读记》《丧家狗——我读〈论语〉》《我们的中国》《鸟儿歌唱——二十世纪猛回头》等。
采访人 介绍	田　天	1984 年生，先后就读于北京大学中文系、城市与环境学院历史地理研究中心。现为首都师范大学历史学院副教授，研究方向为先秦秦汉历史、史籍及出土文献。

田　天：老师您好，您 1985 年 9 月调来中文系，到现在（2020 年 9 月）正好 35 年，能否先谈谈当时调来中文系的经过？

李　零：我跟北大结缘，其实比较早。"文革"期间，我就跟我父亲来北大图书馆看书。当时北大图书馆的阅览室，把古籍分成两类，一类是儒家，一类是法家。1985 年，我到北大报到那一天，正好是北大考古系的俞伟超老师告别北大。他的学生在南门外的长征食堂给他办告别会。参加完告别会，我到中文系报到。

中文系，全称是中国语言文学系，在北大文科四系中最大。它最大，却不成立学院，这在全国高校很少见。中文系，政出多门，大概有十门。"语言"分古代汉语、现代汉语和语言学理论，"文学"分古代文学、现当代文学和文艺理论，另外还有个古典文献专业，居然有三个带"古"字的专业。语言（Language）是什么，比较清楚，大家没分歧。但文学（Literature）有点复杂，Literature 这个词本身就有"文献"的意思，它

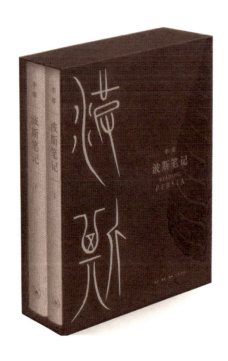

《波斯笔记》书影

跟"艺术"(Art)不同,是研究写下来的东西,但同是写下来的东西,什么样的东西才能叫"文学","文学"和"文献"有什么不同,却有点麻烦。

前不久,浙江评图书奖,给我的《波斯笔记》发了个奖,别人的奖都属于 Fiction,就我的奖属于 Non-fiction。在汉语概念中,大家是把带有点想象力的那一类才叫文学,比如诗歌和小说,但说到散文,就比较麻烦。这个界限很难分。当年,我还是中学生,我读过王力先生主编、中华书局出的《古代汉语》。这是古代汉语的课本,还是古代文学和古典文献的课本,我根本分不清。中文系的"三古",都读古书,很多书是一样的,比如获奖的《全宋诗》,就是古典文献搞出来的。我在中文系,大部分时间都是在古典文献专业度过的,后来转到古代文学这边来了。其实年轻时,我更喜欢古代文学。

我这一辈子,说起来也很简单。插队 7 年、社科院考古所 7 年,社科院农经所 2 年,中文系 35 年,我基本上把自己的后半生交代给中文系

1981年，研究生时期的李零（中）在宝鸡金台观

了，最后肯定是死在古代文学这边了。

田天，我跟你不一样，我没有北大出身。我在考古所，绝大多数时间是给《殷周金文集成》打工。读了三年研究生，专业是殷周铜器，我没有在中文系当过学生。

当然，我也可以说，我在中文系上过一点课。当年，我在考古所读研究生，来中文系上过两门课，一门是裘锡圭老师的古文字课，一门是唐作藩老师的音韵课。我在考古所，迷的是古文字。我是因为古文字，才调来北大。我离开考古所，一脚迈出门，以为再也回不到学术圈了。可是我没想到，朱德熙先生和裘锡圭老师又把我捞回来了。他们想调三个人来，只有我来了。

我进北大头一回上课，讲银雀山汉简《孙子兵法》。学生觉得太专，派个代表来问我："老师，我们是不是可以不来上课了？"给我一个下马威。更糟糕的是，我刚来北大，有好长时间排不上课，因为老师太多、课太少。考古系的高明老师把我叫到考古学系给他的研究生上金文课。高老师想调我去考古系，历史系的王天有老师想调我去历史系。我的信经常被误送到考古系和历史系，孔子说"名不正则言不顺"，谁也说不清我是干什么的，我自己也说不清我是干什么的。

有人说"欲得领导重视，必先重视领导"。我不重视领导，领导也不重视我。这有坏处，也有好处。坏处是不得烟抽，好处是能躲清净，躲开知识生产的流水线。人文学术，除了买书，不需要什么钱。我缺的不是钱，是时间。

我在北大，晋升职称并不顺利。如果没有袁行霈老师、费振刚老师、倪其心老师督促我申报教授，我可能当不了教授。现在，我确实有迟暮之感。"冯唐易老，李广难封"，"书生老去，机会方来"。现在，时间、空间比较自由，但青春不在，太多的时间都浪费了。前年，我在北大给郭路生过生日，我用《诗经》集句："蟋蟀在堂，何草不黄。所谓伊人，在水一方。"我还有梦，在很远很远的地方。

人这一辈子，受苦倒霉的事儿很多，但我写了不少东西，干的是我想干的事。我不太相信什么"吃亏是福"，但我觉得自己很幸运。第一，大难不死，活着就是幸福。第二，我一直觉得我是因祸得福，回头看，倒霉还真倒出不少好处来。

田　天：您最开始研究青铜器，后来是如何进入简帛研究的？

李　零：其实，我踏入学术之门的第一脚就是简帛，银雀山汉简是1972年发现、1974年公布。我读银雀山汉墓的发掘简报时，还在山西当农民。我回北京以后，因为写了一篇关于银雀山汉简的文章，夏鼐先生让我到考古所工作。我一开始就跟简帛有缘。

1996年李零(左)在北大与汉学家马克梦(中)、同事唐晓峰(右)合影

田　天：对现在出土文献研究的总体态势您怎么看？文献专业是否应向前半段倾斜？或是保持旧有的传统，让出土文献另起炉灶、独立发展？

李　零：现在，做人文学术，大家很纠结，谁都挣扎徘徊于"弘扬传统"和"国际接轨"之间。我目睹学术界的变化，有一个很奇怪的现象。早先，清华大学有国学研究院，李学勤先生把它恢复起来，改叫"汉学研究所"。为什么"国学"改"汉学"，因为这么一叫，就"国际接轨"了。后来，饶宗颐先生办了个杂志，叫《华学》。他认为，外国人研究中国的学问才叫"汉学"，咱们中国人不好这么叫，他又改叫"华学"。

最近，裘锡圭老师又换了个词，叫"古典学"。他不太喜欢如今非常泛化的"国学"概念。我很赞同他的表态。我理解，裘老师的"古典学"是以古文字为主的出土文献研究。这牵涉到出土文献研究要不要从古典文献学独立出来，成为另外一个学科？我没当过领导，不知道这事儿该怎么办。其实，要说简单也简单，"古典文献学"，只要把"文献"两个字去了，不就成了"古典学"？但这根本不是"古典学"本来的意思，大概属于"洋为中用"吧。

如今的"古典学"是又一次变形，还是为了"国际接轨"。普林斯顿大学的柯马丁教授听了别提多高兴，他们非要我去人大参加挂牌会。我去了一看，开会连汉语都不讲了。我听说，有些大学办会，说英语给钱，不说英语不给钱，真是奇怪。他跟我说，我最欣赏你推崇的王国维的"学无古今中外"。人大国学院干脆挂出两块牌子，一块是"国学院"，一块是"古典文明研究中心"。我觉得这是一种很重要的文化现象。

到底什么是"古典学"？西方有古典学系，那是研究希腊、罗马的学问，不等于我们的古文字学或古文献学，也不等于哲学系的先秦诸子研究。这门学问是随欧洲的文艺复兴（Renaissance）才兴起。Renaissance的意思只是"复兴"，确切讲是复古。他们复的是希腊、罗马之古，首先是艺术，建筑和雕塑什么的，其次是以文本为依托的历史、哲学、科学等学术。关键是提倡人文精神和科学技术，走出"中世纪"。西方考古分古典考古、近东考古和史前考古。古典考古是南欧考古，希腊考古和罗马考古，跟古典学和艺术史关系最大。近东考古是西亚北非的考古，研究欧洲的老邻居，跟圣经学、东方学和铭刻学关系最大。考古学的主流是史前考古。史前考古是古典时代以前的考古，主要是北欧考古和西欧考古，以研究欧洲的"北佬"（Nordic）为主。

古典的另一个意思是经典。"古书的经典化"到底是什么意思？中华书局百年，让我题词，我写的是"为学日益，为道日损，古书常读常新"。我琢磨，只有常读常新的东西才能叫经典。古典音乐一点儿都不古老，但确实很经典。我们古典文献专业是中文系的一块金字招牌，不叫"国学"，不叫"汉学"，不叫"古典学"，又怎么样？

田　天：研究三代，考古、古文字、古文献三个学科好像谁也离不开谁，您怎么看这三个学科之间的关系？

李　零：学术发展总是越来越细化。每一门研究都可以自成一类，自己有自己的研究领域，是个自我满足的体系，但同时对别的学科、对

2017 年摄于松丸道雄教授家

整个学术体系来说,可能只是个工具。我把古文字、古文献和考古都当作工具。我用这三个工具研究什么呢?研究历史,不是小历史,而是大历史,不限于以文献为依托的狭义历史。大历史,前面99%是无字天书,后面才是有字的书。传世文献是书,出土文献也是书。我们现在用的字是文字,古文字也是文字。这里面有个大、中、小的关系,我相信"大道理管着小道理"。字是书的基础,不认字,没法读书。认字是基础,但基础性的学科都是垫底的学科,基础上面要盖楼。基础不稳要塌楼,但只打基础不盖楼,或半途而废,盖个烂尾楼,那是很可惜的。

考古学是研究大道的。古文字从哪儿来?挖出来的嘛。考释古文字,粗读、通读很重要,你要考虑阅读成本。古文字研究的是简单事实,这个字是哪个字就是哪个字,要么是,要么不是,就这么简甲。你用三言两语讲出来,是这个结果;用千言万语讲出来,也是这个结果。三言两语,错就错了,千言万语,费尽移山心力,最后还错了,太不值得。你非这么考释,撅着屁股认字,一辈子能认几个字。我很佩服王国维,他写的《战国时秦用籀文六国用古文说》,几百字就把一个大道理给讲清楚了。

古文字是小道,"小道可观,致远恐泥"。搞考古的一般格局比较大,没有人认为自己的看法铁板钉钉,都是"今日之我与昨日之我战",认识是个反复调整的过程。最近我买了一个吸尘器。我买它是为了打扫卫生。大家都希望把自己的屋子打扫得窗明几净。没有人说,我的目的是搜集灰尘、研究灰尘。我认为,古文字研究千万不要搞成吸尘器式的研究,专门搜集别人的错误,证明自己高明。

我一直认为考古学对人文学术很重要。一个是人家源源不断给你提供很多资料,非常辛苦,你得尊重它。另外,它的一些方法也有帮助。比如古书整理,就可以用类型学的方法,分析文本衍生的树谱。我认为,现在研究古书,不能只研究宋以来的传世本,更重要的是,还要研究简帛本、敦煌本、辑佚本,上下打通。我的《吴孙子发微》就是尝试。我跟中华书局讲,今后的整理本都应该这么搞。这里的问题是要打通,而不是强调其中哪一部分更重要。学科和学科应该相互补充,而不是相互拆台。

现在很多人说古文字应划归汉语专业,其实只要数一下近代的古文字大家,就可以知道,他们没有几个是语言专业的。要么是金石学家,要么是考古学家,要么是历史学家,很多人的研究都不是为识字而识字。当然,现在古文字研究比较专业化了,这也是好事,但它仍然是一门跟其他学科都有关系的学科。

田　天:培养学生,您最注重的是哪个方面?

李　零:古人说,老师是"传道、授业、解惑"的人。这三件事,古人最看重"传道"。"道"是立场,政治立场和学术立场。

我是张政烺先生的学生,张先生带我完全是老派的方法。他原来是北

1996年4月15日，李零与老师张政烺先生（右）的合影

大的老师，好多人都说他们是张先生的学生。我觉得那个时候挺好，学生不是某个人的私产，只要听我的课，都是我的学生，"大道为公"。

孔子说："不愤不启，不悱不发，举一隅不以三隅反，则不复也。"（《论语·述而》）学问是要问的。我们中国传统的教学是学生不问，老师不说，你要问他，他才解答你的问题。很多问题，他可能说他也不懂。老师不一定能告诉你答案到底是什么，但往往会告诉你答案不是什么，让你知道，问题的界限在哪里。

从我老师学到的是，当一个老师，最重要的是成就学生的愿望，而不是老师的愿望，不要把学生变成老师的复制品。比如某老师是大师，人们要夸他的学生，总是习惯说，他简直就是个"小某某"，我觉得这很可悲。孔子是中国的第一老师，孟子说他是"金声玉振""集大成者"。"集大成者"，英文叫 Synthesizer，人们也用这个词讲柴尔德，他是欧洲考古的"集大成者"，好像交响乐或大合唱的总指挥，演奏者各操一器，跟着他的指挥棒吹拉弹唱。老师棒，学生"各得夫子之一体"，学生的

李零在课堂上

学生"各得"下去,学问只能越做越小。有人甚至说,学生应该靠老师出名,老师应该靠学生出名,我觉得这是中国文化传统里不太好的东西。特别是有些学生,尊师不重道,就更加糟糕。西方文化传统不尽优秀,但人家不爱把"我是谁谁谁的学生"挂在嘴边,老师也不太强调"谁谁谁是我的学生"。你是谁的学生,既不能抬高老师,也不能抬高自己,自己行就是行,不行还是不行。

成就一个学生的愿望,这点非常重要。人生旅途中会有各种各样的选择,经常是老师点拨了你一下,就改变了你的整个人生,简直"胜造十级浮屠"。我理解,老师应该是这样的老师。

田 天:现在培养研究生、塑造年轻学者的制度鼓励的是更专精、更容易"成功"的学问。这是不是不可扭转的风气?

李 零:恐怕是吧。渠敬东老师说,高校发展,要警惕"过度专业化,盲目国际化",我很赞同。但说归说,大潮来了,谁也挡不住。实际上,学术分两种。一种是大规模的"知识生产",一种是个性化的

2018 年 11 月 21 日，李零在北大为好友诗人食指（本名郭路生，右）办庆生会时留影

"自由学术"。学术界、学校是"知识工厂"，强调的是分工、专业化、规模化。过度专业化，有利规模化。由于这种知识生产，文艺复兴式的、百科全书式的人物必然式微。这种人多半都是在缝隙和乱世中才会出现。

当代社会不养爷，不养闲。但人类文明，真正的好东西，富于创造性的活动，还是得有点"闲"，不能像拿个鞭子抽陀螺，让人都滴溜溜转。我认为，"养闲"才能"养贤"，人家不养怎么办？只好找个夹缝躲起来。

我虽然喜欢自由自在地做学问，但我不能害学生，叫他们学我。我不值得仿效。自由学术和知识生产，胳膊拧不过大腿。我只是希望他们能够留点火种，不要把心中的火种彻底熄灭。

我常跟学生说，人生没有多少时间能够让你什么都不干，只读书。现在规定研究生在读研期间要发表几篇论文，还要登什么 C 刊。同学都很痛苦，我也为他们痛苦。做学问，本来是个很愉快的事儿，为什么要

李零与采访人田天在采访现场 [徐梓岚 摄]

逼迫他们呢?

当年,我从农村回来,特别珍惜在考古所的工作,觉得时间特别宝贵。我读研究生那三年,在《考古学报》《考古》《文史》《文物》上都发表了文章,还写了本书,《长沙子弹库战国楚帛书研究》(1985),并且我还与人合作,编了《新出金文分域简目》(1983)、《汗简·古文四声韵》(1983)。这些都是我硕士论文以外的东西,没人逼我。所以我常跟同学讲,要珍惜时间呀,人活一辈子,能有几年可以坐下来集中读书?你们要珍惜呀。

田　天:您当年给中文系新生做演讲,说"历史就在我们脚下",特别触动我。在今年这样的一个时间点,您对学生或者年轻学者,有没有什么要说的?

李　零:那次讲话是讲北大的历史。中文系的楼道里挂的画像,是胡适等人，他们是做学问的人，北大是个做学问的地方，没问题。但北大是个既出学问家也出革命家的地方。中国历史，既有国民党，也有共产党，既有政治史，也有学术史，光讲哪一面都不对。什么是北大中文系的历史？真正的历史，只有深挖，才能看到。

所谓"历史就在你的脚下"，你要知道，你脚踩的地是什么样的地，头戴的天是什么样的天。资本主义的高楼大厦是盖在什么上面的？这是个大问题。人类历史，告别自然，走出伊甸园，开弓没有回头箭。人家说将来的世界，农村彻底消亡，人全都住在城里，人挤人，人㩙人，吃饭靠生态农业，不光人住在楼上，梯田也修在楼上，水渠也引水上楼，一开窗户一推门，到处都是能吃能喝的绿色植物。最近，我从电视上看到，养猪都有养猪大楼，猪都上楼了。这让我想起我的一个老乡，他在他家屋顶种麦子，简直就是"生态农业"的先驱。"天下熙熙，皆为利来；天下攘攘，皆为利往"，人流物流海陆空，越转越快。新冠全球化，良有以也。

当年，柴尔德批评斯宾格勒、汤因比这些人，自己实际上很悲观。他是搞文明史的，知道无数文明都曾经辉煌，然后毁灭了。一战结束弄出个二战，二战结束又弄出个冷战。我们今天不是还生活在这个故事里面吗？这样的大问题左右着我们的所有思考，包括你那点儿可怜的学术。

陈平原

北大精神、中文系定位以及教师的职责

受访人：陈平原
采访人：林　峥
时　间：2020 年 9 月 22 日

受访人介绍	陈平原	1954年生，1984年进入北京大学中文系攻读博士学位，毕业后留校任教。2008—2012年任北大中文系主任，现为北京大学博雅讲席教授、中央文史研究馆馆员。曾被国家教委和国务院学位委员会评为"做出突出贡献的中国博士学位获得者"；获教育部颁发的第一、二、三、五、六届高等学校科学研究优秀成果奖以及第四届思勉原创奖等。先后出版《中国小说叙事模式的转变》《中国现代学术之建立》《触摸历史与进入五四》《左图右史与西学东渐》等著作30余种。
采访人介绍	林 峥	2004—2015年就读于北京大学中文系，本系现代文学专业首位直博生，现任中山大学中文系副教授，主要研究中国现代文学、城市文化。

林　峥： 陈老师好，很荣幸能在110周年系庆之际，与陈老师做一个代际之间的对话。陈老师是80年代来到北大读书、任教的，那是一个承上启下的时代，一方面作为"风景"的老先生们还在，另一方面你们又开启了一个生气淋漓的80年代，所以我今天就想从这里谈起。首先我想问陈老师，关于大师云集的80年代，是否有一些好玩的小故事与我们分享？

陈平原： 我1984年来北大跟王瑶先生念博士，中文系我们是第一届，就我和温儒敏两个人。老温已经在北大教书了，只有我一个真正意义上的学生，所以王先生没正式开课。除掉外语和政治，其他就是每周到王先生家里去聊天。他上午睡觉，下午起来工作，我们从下午一直聊到傍晚。另外，王先生叮嘱，应该去系里几个老先生那里走走，请教问题。我见得比较多的是吴组缃、林庚、季镇淮，还有一个大家想象不到，那就是朱德熙先生。朱先生是语言专业的，但他是王先生的好朋友，所以我偶尔也去请教，跟他聊聊天。每个老先生的性格不一样，像吴组缃先生特别喜欢说话，去了以后听他说就行了，他能谈各种各样好玩的东西，因他阅历很丰富，会跟你讲他对时局的看法，对某些作家的品鉴，还有他自己早年的故事等。季镇淮先生比较木讷，不爱讲话，基本上是问一句答一句，若大家都没有话，那就在那里坐着对看。因季先生是夏晓虹的导师，我们比较熟悉，经常去。某种意义上，也是因为当初没有专门的博士课程，王先生用这个办法来促使我转益多师。

林　峥：我觉得 80 年代的北大，同五四时期的北大一样，都成了一个传奇，您也是参与见证和创造这个历史的一分子。老师能不能跟我们分享一下您和中文系的 80 年代？

陈平原：80 年代的北大中文系，对我来说，有三年在念博士，有三年在做老师。也就是说，一半是学生，一半是老师。不管是当学生还是做老师，我的很多学术活动都是在这个地方展开的，包括跟钱理群、黄子平合作做"二十世纪中国文学三人谈"，跟其他朋友如甘阳、刘小枫等组织"文化：中国与世界"编委会，还有参加由《人民文学》编辑朱伟承包，由李陀、林斤澜、刘再复、史铁生、黄子平和我等当专栏主持人的《东方纪事》。后者只出了四期，1989 年下半年就没有下文了。那时候的校园风气很活跃，学生们各有主张，老师们也有自己的追求，而且大家都很忙，全都意气风发，那么有趣的局面以后不会有了。我们的《二十世纪中国文学三人谈》发表以后，北大研究生部做了一个决定，说举办一个研究生座谈会，中文的、历史的、数学的、物理的都来，大家随便谈，怎么看待 20 世纪的中国。那样跨院系、跨学科的对话可能不着边际，但很好玩。不像现在，大学变成一个只是生产论文的地方。当初的大学是让大家聚在一起自由阅读、独立思考、相互对话，然后努力往前走。必须承认，那时学生比较少，容易组织。记得我们那一届博士生，全校也就几十个人，住在同一栋楼，大家很容易在一起对话。老钱（钱理群）是当老师了，可他住集体宿舍，我经常打完饭就进去聊天。我编《筒子楼的故事》时，提及那种学术上的侃大山，甚至整个 80 年代的人文风气，都跟居住环境有直接间接的联系。

1989年春节,陈平原(左)与袁行霈先生(中)在吴组缃先生(右)家

2004年,陈平原(左)与钱理群(中)、黄子平(右)在汕头大学

林　峥： 陈老师跟北大中文系有很深渊源，包括您曾经担任北大中文系主任，在任上大力推动中文系的发展，做了很多变革，我自己特别感动的是您谈"胡适人文讲座"创立的来龙去脉，包括为什么要命名为"胡适"。请陈老师谈一谈您做主任时对于北大中文系发展的规划和期待。

陈平原： 我从系主任位置退下来后出了一本书，就是《花开叶落中文系》，在生活·读书·新知三联书店出版的，其中故意收了我的就职演说，和退下来时的演讲。当初的宏大愿望，和最后壮志未酬，以及留下来的遗憾等，在里面已经体现了。院系是大学的基层单位，对于整个大学格局来说，它或许无关宏旨，但仍然有些事情可以做，就像你说的设立"胡适人文讲座"。跟今天不一样，我当系主任的时候，北大还是比较穷的。设立"胡适人文讲座"，那是募捐来的，也就是黄怒波捐的100万。当初模仿的对象，是香港中文大学的"钱宾四先生学术文化讲座"。其实，这是全世界大学的通例，捐一笔钱，命名一个讲座，然后邀请国际上的著名学者来做专题演讲。至于命名为何选胡适，那是因为胡适和北大中文系有很深的历史渊源，当过文学院院长、中文系主任等。更重要的原因是，胡适20世纪50年代被批判，北大百年校庆前后才正式给他平反，我们认了这个校长，也认了这个现代中国史上著名的思想家、文学家，重新肯定他的历史位置和精神价值，但是在北大校园里，并没有实质性的表现。所以，我想用命名讲座的形式，来体现新一代北大人对他的怀念。我觉得，胡适的学术理念、政治立场，还有文学实验的精神，直到今天对我们还是有意义的。当然，还有一个人本来可以做，那就是鲁迅。鲁迅是北大讲师，不是全职教授，但他在北大开设中国小说史略的课程，影响很大。不过，此前北大已经设立了一个"鲁迅社会科学讲座"，就没必要重复了。中文系设立了"胡适人文讲座"，每次请世界著名的学者来，做五六次系列演讲，效果很好。四年前北大成立人文社会科学研究院，他们有充足的资金，请人更方便，另外，学校还有"大学堂讲座"等，因而胡适人文讲座不像以前那么重要了。好在还是留下了印记，表达立场及关怀。但有一个想法，最后没有实现。当初我希望中文系从五院撤出来搬到新地方后，在属于中文系的大楼里立一个胡适塑像。没成功的原因，一是北大校园里不能随便立像，需要学校统一规划，我们知道的就是蔡元培铜像、李大钊铜像。大楼里相对自由些，比如北大法学楼，一进去就是马寅初铜像。当初设想中文系搬新楼后，在自己的办公楼里摆鲁迅铜像、胡适铜像等，没有成功，有点遗憾。

林　峥： 我也记得在课堂上听老师说过想立一个小小的胡适胸像，非常感动。陈老师在任时恰逢百年系庆，也筹划了一系列很有意义的活动，譬如编纂百年系庆的文库、文集。想请老师谈一谈您当时筹划系庆有什么特别得意的，以及您对现在我们110周年的中文系系庆有什么祝福。

陈平原： 100周年系庆很隆重，那是因为名头好听。今天我们做110周年系庆，你再怎么努力，都做不过100周年系庆。不是努力不努力，而是大家关注的是整数，就像北大百年校庆很风光，以后就没有那种辉煌了。北大中文系100周年系庆，刚好我当系主任，做得好是应该的。这么说吧，题目比人重要。那个大题目下面，我们做了几件比较得意的事：出版20卷的"北大中文文库"，还有《我们的师长》等6册纪念文集，开了九个国际学术会议，更重要的是，那一年《人民日报》刊发了八篇北大中文系教授的文章或专访，至于10月间的系庆活动，《人民日报》更是破例，先发一报道，再发一评论，最后加一则专访。作为中国最重要的媒体，《人民日报》对北大中文系如此厚爱有加，也是用意深广——我相信，这不是纯粹对着北大中文系来的，而是看作中国现代教育的一个起点，尤其是现代中文教育的起点，借此机会讨论文学教育及思想文化建设等问题。那些系列活动影响很大，留下来的资料也比较多，第二年北大出版社帮我们内部印行了《北大中文百年庆典纪念册》，可参阅。

林　峥： 其实陈老师平时还主编和撰写了很多有关北大还有中文系的故事，把北大中文系进一步经典化。您为何对大学叙事情有独钟呢？

陈平原： 1998年北大百年校庆时，我编了《北大旧事》，还撰写了《老北大的故事》，效果很不错。后来谈蔡元培的贡献时，我说过一句话：

大学是做出来的，大学也是说出来的。只做不说，不可能形成传统；既身体力行，又不断总结经验，才能形成一个好的可持续的传统。把行动记录下来，把思考凝聚成文字，让其传播四方，这也是一件重要工作。北大百年校庆成功举办后，很多大学有样学样，某种意义上，我们带了一个好头。以前大家办百年校庆或五十大庆等，看重的是实惠，主要工作是募捐、建楼，后来发现那些虚的东西，比如诗文书籍等，对提升学校声誉也很有用，尤其是对公众影响更大。中文系作为北大诸多院系中的一个，在很多人心目中还不是最顶尖的，可中文系对社会及公众影响力之大，是别的很多院系所难以企及的。很大程度上，这是一种溢出效应，也就是说超越专业限制的影响力。有的院系学术上很厉害，可他们的影响力局限在本专业之内。中文系你仔细看，它的老师及学生，他们的活动范围，他们的发言姿态，以及他们影响社会的能量，是超越原先的专业设计的。以前许智宏校长曾经问我一个问题，为什么我们谈老北大，谈的很多都是中文系教授。照道理说，比起传统书院来，现代大学里的自然科学更是突飞猛进，要说划时代，要说社会贡献，应该他们更大。但为什么到了校史叙述的时候，是以文科尤其是以中文系的老师学生为主？我说有这么三个原因。第一，一旦进入校史层面，讨论的就不是具体的专业知识，也不是今天特别看重的数字，而是人格及精神。中文系的老师往往特立独行，性格上比较张扬，所以容易被记忆。第二，中文系的学生会写，把老师们的故事说得天花乱坠，很容易传播开来。第三，过于高深的专业知识大众看不懂，反而是中文系的工作业绩比较接近公众的视野及趣味。

林　峥：不仅是北大的故事，陈老师始终在关注和思考大学教育问题。以前我们的老先生很自信，认为在本专业领域，北大中文系世界第一；但是现在我们越来越崇拜海外汉学，又容易"唯哈佛剑桥马首是瞻"。我想问陈老师，您怎么看北大中文系在全球中国文学研究中的位置，以及北大中文系未来的发展方向？

陈平原：我有一篇收在《读书的"风景"》里的文章，题目叫《国际视野与本土情怀——如何与汉学家对话》，就谈我对这个问题的看法。

2002年初，现当代和民间文学教研室老师在潭柘寺合影

北大百年校庆的时候，曾经有一个小规模的座谈会，校方找了七八个人，文科、理科都有，讨论我们和世界一流大学的差距。各人比照自己的院系，有的说我们跟世界一流差5年，有的说差20年，轮到我，我说我看不出我们和世界一流大学的差距。不是我骄傲，而是院系情况不一，数学、物理我们能一眼就看出差距，中国语言文学研究水平高低，则实在很难衡量。我们不能跟哈佛、耶鲁来比中文研究，北大中文系一百零几个人，哈佛、耶鲁一个东亚系才几个教授。如果一定要比，就应该都是本国语言文学系，比如说，我们跟莫斯科大学的俄罗斯语言文学系，跟巴黎索邦大学的法国语言文学系，跟东京大学的日本文学系，跟耶鲁大

学的英美文学系,这样的对比,才能看得出差距。可如果这样比,又碰到一个很大的障碍,我们各自不懂对方的语言。而且,还有一点就是刚才我说的"溢出效应",在我看来,每个国家的本国语言文学系都承担了语言文学教育之外的功能,那就是对于这个国家精神文明的建构。这个东西很难比,因无法量化。比如说北大中文系的学生当年参加五四运动的业绩,这怎么计算?谈院系水平,不能只是看出版专著或取得专利。若承认每个国家的本国语言文学系都是这个国家精神建设的重要力量,那么基本上没办法量化,也不应该量化。如果一定要比,而且见贤思齐,把北大中文系改造成哈佛东亚系,那是失败的,对不起国家的信任与民众的期待。当然,具体到某个专业领域,我们努力跟海外汉学家对话,向他们学习,包括把你及好多北大学生送到哈佛等名校去听课,为学生们争取尽可能多的外出交流机会,这些都很必要。但这里有个前提,那就是以我为主,建立学术自信,而这是北大中文系应该有的精神气度。

林　峥: 我觉得陈老师也给我们做出一个特别好的榜样,当我们还在进行文化输入的时候,您已经实现了文化输出,世界一流的汉学家们都对您的学术十分推重,同时建立了很好的关系,因此也促成了中文系与海外学界的交流,比如"胡适人文讲座",我们都很受益。

陈平原: 还是不一样。我再三说,今天我们的著作走出去,译成外文出版,在人家眼中,这是区域文化成果,最多也只是值得参考的中国学者的中国研究。这跟我们读福柯、读德里达、读萨义德,读其他西方著名学者的著作很不一样,他们的成果往往是被当作理论看待,具有普泛性意义。今天中国的人文学,还没达到这个高度,基本上只是在具体的专业领域里被接纳。所以,还有好长的路要走。再过20年,下一代受过更好教育的学者起来了,情况会好些。而且,国家强大也能放大你的声音,推广你的成果。中国学者的立场及思路,终究会越来越被国外的学者们尊重。这是大势所趋,急不得,也挡不住。

林　峥: 我记得您有一篇文章叫《从中大到北大》,提到北大迎新会上,无论老师还是学生的发言,都是一种"指点江山,舍我其谁"的模样,然后您说特别感动的是还没有人笑,大家都很严肃。北大学生确

1999年，北大20世纪中国文化研究中心成立会

实有这种"舍我其谁"的魄力和担当，但也容易自觉不自觉地"目中无人"。老师是从中大到北大的，我想可能对这些有更多的思考和体会，能不能谈谈北大中文系在全国的位置，以及应该如何自处？

陈平原：北大学生的"舍我其谁"，其实挺好的，年轻人应该是这种状态才对。年轻人的"狂"和老年人的"淡"，都是一种值得鼓励的境界。当初我说那句话，是因为我比他们年纪大好多，才会觉得不太自然。确实，北大学生比别的学校的学生有更大的抱负，当然也就容易眼高手低。你问跟其他大学的中文系相比，北大中文系的特点何在。20世纪80年代，教育部组织学科评估，北大中文系确实天下无敌，而这个状态，其实是50年代院系调整留下来的底子。50年代院系大调整时，北大、清华、燕大的中文系合在一起，后来中山大学的语言学系也合进来了。等于是集中了全国中文专业的很多精英人才。这些人到80年代有的还在，而他们的学生也成长起来了。所以说，20世纪80年代北大中文系的学术实力，在全国各大学里遥遥领先。经过这40年的演进，虽然北

2012 年，陈平原（右三）与李欧梵（右四）、浦安迪（左二）等在北大五院

大中文系总体实力依旧最强，但跟其他好大学比已经优势没那么大。今天中国各大学的主力，都是 80 年代以后才开始念大学、念研究院的，而各大学培养或延揽人才都有自己的独得之秘，故差距不是特别大。北大中文系真正得意的，是我们好学生多。之所以好学生多，是因为高考的时候，大家对北大很信任，把很多本来就很聪明的孩子送进来。所以我才会说，北大有好老师，但不是每个老师都强；相对而言，更值得骄傲的是北大学生的素质。学生基本上都好，导致我们总体实力在目前国内各大学中文系里还是属于最前沿。但我还说了另一句话：后面的追兵络绎不绝，很多大学都在某个专业追赶上乃至超越我们。记得 80 年代的时候，北大中文系专业布局是布到了每个二级学科、三级学科，我们希望每个点上都有人能独当一面，且保持领先。今天已经不可能了。因为别的学校可以集中力量专攻某个特定学科，若干年内就发展起来了。所以只能说，我们总体实力还不错，但说到具体专业，则因人而异。

林　岿：您说过和北大中文系主任头衔相比，更看重教授身份；和您获得的很多荣誉相比，更珍惜"北大十佳教师"称号，因为这是学生们选出来的。您是那种能把学问和讲课都结合得特别好的老师，而且不停推陈出新，我在北大读书这11年，经常看见老师开新课，这是非常难得的。您能不能就这方面讲讲您的心得。

陈平原： 分头来说，一个是为什么特别看重老师这个职业。你本来就是老师，当系主任是偶然的。当系主任可以出成绩，但受制于大环境，有各种各样的限制，很多时候力不从心。当老师则可以尽情发挥，基本上能将自己的想法和能力做到极致。我曾经说过，老师用心不用心，教得好不好，天知地知，你知我知。虽然没有一个明确的衡量标准，但学生们知道你用心与否，老师也知道自己尽力没尽力。所以，我会对教书这件事很在意。我毕业留校，王瑶先生叮嘱，站稳讲台是第一位的。我的学生毕业走出去，我也是这么说，先站稳讲台，以后再说别的，这是教书这份工作最基本的要求。今天因为学术论文容易计算，大学老师普遍更看重科研，不太注重教学，这是不对的。在我看来，所谓当老师，第一位的工作就是教好书。当老师的，首先把学生放在心上，这是天经地义的。然后，学问能做到多大，尽最大可能去做。其实，我的好多科研规划是围绕这个来打转的。为何同时拓展好几个学术方向，这么设计也是为了学生，方便教书。至于评上北大十佳教师，那是偶然的。参评十佳教师，必须是给本科生上课，刚好那年是给你们上。中文系的情况很特殊，我们的研究生数量比本科生多，而研究生的课必须不断更新。今天很多人批评大教授没给本科生上课，但他忘了一点，研究院的课程更新换代压力很大。本科生必修课大家抢着上，因为同一门课，上了一遍又一遍，讲了一二十年，可以不断完善，那样很轻松。但研究生的课不能这么做，你在北大教书，聪明的学生逼着你不断往前走，必须有很多推陈出新的课程。

林　峥： 陈老师这种对讲台的敬畏之心让人感动，记得有一次您跟同学们说对不起，今天身体不太舒服，我坐下来讲。我一直记得这件事情，所以我后来上课一定是站着的。

陈平原： 这是个人选择，不强求一律。我自己愿意站着讲，那样气比较顺。有的老师身体不太好，坐着讲，没问题的，因人而异。

林　峥：说到师生关系，我看过陈老师一篇文章，谈您追随王瑶先生治学的情形，您用"从游"这个词，包括他用烟斗把你们熏出学问来的那个场景，我觉得太妙了。我自己跟陈老师读书的感受是，您和王先生的这种关系，也影响了您后来跟弟子的相处方式。

陈平原：跟王先生念书的状态，有点偶然性。我来北大念博士时，王先生已经 70 岁了。加上当初学校没有为博士生设计专业课程，所以我和导师的关系很密切，比如说每星期都去聊天，谈学问也谈人生，等等。但另一方面，传统中国书院的教学方式本来就这样，大鱼游，小鱼也游，游着游着小鱼就变大鱼了。学生们跟你朝夕相处，一起读书、生活，会察言观色，观察你如何做学问，也看你的精神状态及日常生活态度。在这个过程中，他们会自己体贴、模仿。说得出来的，是有形的经验；而那些精微之处，很多无法用语言表达或描述。传授独得之秘，是需要心心相印的。而那个东西，在"从游"过程中比较容易体会到。所以，我跟学生们确实有较多的交往。20 多年来，习惯于每星期下课后，约上学生，各自打饭，以前是在教研室里，现在是在我办公室，大家一边吃饭一边聊天。不仅谈专业问题，也包含某些时局观察和人生经验。可以这么说，这是高校教学的一个特点，中小学不可能这么做。

林　峥：毕业以后最怀念的就是每周跟陈老师、夏老师和同门们一起，在教研室吃盒饭，还有每年春游或者秋游，你们带我们出去玩，就有曾皙说的那种快乐。陈老师对我们不仅有现代教育，也蕴涵传统的师生关系，就像您说的耳濡目染、言传身教等。

陈平原：现代大学制度建立以后，我们的高等教育，基本上和传统中国教育脱节。记得 20 世纪 20 年代梁启超到清华学校来教书，特别不能接受的就是，大学老师只是上课，下课铃一响拿起皮包就走。老师和学生只在课堂上见面，这他不能接受。因为他当年跟着康有为在万木草堂读书，不是这个样子的。我写《抗战烽火中的中国大学》，提及北大、清华南迁时，冯友兰说了一句话，因战争的关系，老师和学生打成一片，一起逃难，一起读书，精神上感觉特别充实。跟学生一起成长，学生给老师精神上的刺激，也会给老师某种生活上的帮助。老师和学生之间，

1989年春节,在王瑶先生(前排右三)家门口合影

不再是一个买卖知识的关系。在西南联大这种特殊情境下,师生共同成长,这是一个比较理想的状态。其实传统中国的书院,我说的是好的书院教学,追求的也是这个状态。

林　峥: 记得老师您说过,师生之间的关系应该是不即不离、不远不近,表面的威严和内心的温情,二者并行不悖。陈老师以前是很严格的,后来愈发慈祥,我入学的时候是过渡期。

陈平原: 不是这样的。王风说过,他们早年跟我念书,我年少气盛,很严厉,年纪大了肯定会变得比较慈祥。还有一个因素,有王风协助指导,好多事情我可以退居幕后。王瑶先生再三说,毕业了我们就是朋友,在校学习,我们是师生。当老师的,必须有威严,否则无法指导,学生很容易讨巧的。因为读博压力很大,完成一篇好的博士论文,对很多人来说是一个很大挑战,会有逃避的心理。这个时候,不让你轻松逃避的,是有威严的老师。老师们的温情不应该挂在脸上,应该藏在心里面。等到学生毕业了,可以自己成长,那个时候导师再表达温情。最怕的是,或者对学生漠不关心,或者过分溺爱,这两个极端都不合适。当老师的,要把握好分寸,因为学生比你敏感。

林　峥：陈老师是在现代文学研究领域不断开拓疆域、引领风气的大学者,不仅通过自己做研究,也通过上课、带学生来开拓,您带的学生毕业以后又上课、带学生,这样不断地把您的学问传播和传承开去。

陈平原：前几年在一个城市研究会议上,我说我的城市研究做得不怎么样,但我带出了一批学生。其实不仅是城市研究,好几个领域都是这种情况。人的精力有限,不可能在很多领域都做出大的贡献。有些方面我是真下了功夫,比如以前做小说史研究,后来做学术史研究、教育史研究；但有的我不是很擅长,或者说做得不太理想,但还是在坚持。之所以这么做,是为了我的学生。我在北大中文系开那么多课,往好几个方向发展,就学术研究而言是大忌。因为伤其十指,不如断其一指。做学术研究,在一定时期内集中精力完成一个课题,这么做效率最高。你看我好多题目拖了很长时间,那是因为中间穿插别的,如此开拓进取,某种意义上是为了我们的学生。我希望学生们不只是在老师的天地里腾挪趋避,所以预先开出若干可能的路径,他们凭自己的兴趣,有人走东,有人奔西,将来会比我走得更远。假如只是把自己的题目或阵地经营得特别精彩,学生们全都被笼罩在你的大旗底下,那不是一个好老师。

林　峥：想到老师以前引清儒的话,说大国手门下不出大国手。

陈平原：对,就这个意思。得给学生预留发展空间。

林　峥：感谢老师的苦心。我记得您在一个访谈里说过,每一次转向的时候都很清楚自己会失去什么,我觉得很特别,想请老师详细谈一谈。

陈平原： 其实刚才已经说了，你不断转移阵地，精力分散了，必定会有遗憾。在学术界，你某个方面做好了，大家就认你的招牌；若你的研究领域太多，会导致招牌混乱。所以，一个学者若不断开疆拓土，他就面临流失固定读者及学界好评的危险。另外，你想给年轻人开辟新的路径，他们总有一天会超越你，因为你多头并进，不可能做到多么了不起。学生们超越你的时候，有的记得你的引路，有的早就忘记了，以为本就应该如此。而且，说不定还故意批评你。多年前我在伦敦大学图书馆找到傅斯年批注的《国故论衡》，上面写了一段话，说顾颉刚跟他讲，章太炎批评的那几个人，正是他用力最深的，比如章学诚、阮元、龚自珍。早年受影响，读得很细，利弊得失看得很清楚，日后超越时，更愿意拿他当靶子，而且批评也比较中肯。用布鲁姆的话来说，这也是一种"影响的焦虑"。所以，你要记得，别以为你开拓了新的疆域，学生们一定特别感谢你。单从个人利益考虑，应该是专心致志，做好自己的研究，别想那么多。所以我才会说，我的学术取向，更接近于老师，而不是纯粹的学者。纯学者的思路，一辈子就做《红楼梦》或鲁迅研究，你肯定能做得很好，因为你心无旁骛。可我除了自己感兴趣的若干课题，还在试验别的可能性。当然，再过20年或50年，假如我的学生有大出息，且明确是受我的影响，那我的工作就很有意义了。

林　峥： 您这些年"四面出击"，文学史之外，还关注四个方向：大学、城市、图像、声音。这也跟我的一个困惑相关，就是现代文学研究未来的方向在哪里？

陈平原： 现代文学也行，当代文学也行，你在这个领域里继续耕耘，会有成绩的；但若仅仅局限于 literature，又会受到某种限制。我的建议是，或者上天，或者入地。入地就是跟民众的日常生活，跟整个社会思潮，乃至跟政治活动结合在一起。上天就是你努力开拓，拥有更加开阔的学术视野。不一定像我这么做，但必须意识到目前的文学研究路子太窄。文学研究不仅仅是作家作品的批评与鉴赏，这个大家都知道。但文学研究到底可以做到多大，这是我一直思考的问题。文学研究与史学研究，各自的边界与长短何在？文学史作为一种历史研究，和政治史、思想史、经济史、艺术史，他们的关系又是如何？从文学入手，你对人性的理解，对文本的解读，对历史的体贴，对时间的超越，这些优势如何发挥到极致？无论如何，从事文学研究，它的视野和疆域不应该局限于晚清以后圈定的那个 literature。不断做各种实验，看还有什么可能性，能让"文学研究"做成大学问。不过说实话，直到现在还是心里没底。

林　峥： 我也困惑，我的研究课题，似乎超出了文学范畴，这样可能不被大家认可。

陈平原： 困难就在这里。"跨学科"这个词很好听，但学科不是那么好跨的。你一步跨出去，人家别的学科认不认你，这很关键。就像刚才说的，中西医结合，这理念很好，可实际操作中，就怕中医不认，西医也不认。要走到中医觉得你不错，西医也说你行，这可不是很容易的。比如中文系教授谈教育问题，必须做到教育学院的人虽不完全认同，但起码觉得你别具一格，你说的他们说不出来。对，必须做到这一步。像赵园做明清研究，和历史系教授做的不一样，人家也认。我做晚清画报研究，美术史家没想到可以这么来做，也有他们专业所不及的地方。

林　峥： 老师您除了是上课好、学问好的学者以外，还是一个特别有生活情趣的学者。比如说您喜欢书法、美食、旅行，跟夏老师又是神仙眷侣，你们每年做的电子明信片都是我们最期待的，特别近些年我感觉老师越来越臻于从心所欲不逾矩的境界了，能不能跟我们讲一下如何平衡学术和生活？

陈平原： 这是个人兴趣，无所谓高低。有的人只读书不旅游，也有的人像我这样，希望兼及各种乐趣。这叫勤于业，游于艺，志于道，本来是很多读书人都想达到的境界，但年轻一辈生存压力很大，刚开始工作的时候，很难达到这个状态。我们俩物质方面的要求不是很高，加上我们出道较早，能够实现经济上的以及学术上的自立与自主。大概你们还得奋斗若干年，才能达到你所看到的资深教授们的生活状态。但有一点，我主张有业余爱好，而且不妨有意识养成。你知道，官员退休以后，最大的苦恼是什么？

林　峥： 没有会开吗？

陈平原：是的，以前整天开会，也会抱怨的；但一旦没有会开，没人听你演讲、做指示，会很郁闷的。所以我才会说，人生的乐趣不仅仅是做学问，也不仅仅是当官或挣钱，有一些个人兴趣，不应该丢掉。我相信学生们大都有自己的爱好，但因任重道远，只好暂时把它压下去。其实一张一弛，是必须有的生命状态。西方人重视休假，我们所说的春游秋游，都是追求生命的节奏。要有这个节奏感，才能走得比较顺畅。我不喜欢一年365天天天上班，每天都拼命工作，那不是理想状态。

林　峥：谢谢陈老师，我觉得可能生活情趣，尤其是对于人文学者来说是必不可少的。

陈平原：是的，这个生活情趣也会反过来影响你对社会、对人物、对文学、对艺术的理解，没有这个东西，有的时候你读书读不进去。

林　峥：老师这一代人，虽然是很坎坷的一代，但同时又是挺幸运的一代。现在我们客观条件好很多，但"青椒"的压力也很大，包括主观上也不容易满足，不知道老师是怎么来看待我们青年学者这样的一个困境。

陈平原：我们那一代人，早年生活坎坷，但博士毕业以后，后面的路走得比较顺。那是因为，我们出道时，整个中国学术界处在很低潮的状态，所以我们比较容易得到社会承认。今天不一样，这么多博士，这么多青年学者，能力都很强，竞争激烈，学生们的心态容易失衡。我们当年竞争不太激烈，走得比较平稳。今天奖励太多，诱惑也太多，很难平心静气做学问。放眼看过去，别人怎么都做得那么好，然后不断给自己加码。过分加码，对年轻人的身体不好，对他们的精神及学术状态也不好。所以我老说，今天的中国学界有很多好题目，但很少完美的作品。感觉上就是缺一口气，很大原因是时间太紧，需要赶紧发表，方能申课题、评职称、获大奖，于是菜还没完全做好就端上桌了。所以我才会提醒，能不能稍微放慢一点，不争一日之短长。今天中国学术界，整个处在一个快马加鞭的状态，马跑得太快了，会累死的。别的专业我不懂，这种不断地快马加鞭，对人文学发展很不利。人文学需要自我涵养，需要沉潜把玩。可现在大家都很忙，都说时不我待，巨大的竞争压力导致大家心态上都太急，不太可能有长远打算。因为不这么做又怕被淘汰，所以，这是一个两难的境地。希望年轻学者获得稳定位置后，赶紧自我调整，现在的状态不太理想。

林　峥：现在我们三年要一个什么，另一个三年又要一个什么，都是硬指标，要学会在这个环境中自我调整。

陈平原：不能说完全不理会那些外在指标，但必须明白，这不是理想状态。其实，做学问也得讲节奏，一旦达成了初步目标，就必须自我调整。就怕上了瘾，日后就习惯性地围着那些指标转。

林　峥：我觉得陈老师那一代学者好多有领袖的气度，很有公心，自觉去推动学术共同体建构。我们现在各自为政，做得很精细，但缺乏那种登高一呼的气象，不知道陈老师对我们青年学者有什么寄语？

陈平原：学界领袖不该是主观追求的结果，必须是自然而然形成的，那样才行。20世纪八九十年代，是一个社会及文化大转折的时期，那时候民间学术蓬勃发展，有很多可作为的空间。今天不一样，政府的力量越来越大，规划性越来越强，很难再像八九十年代那样特立独行，发挥自己的能力及才华了。某种意义上，时代不一样，很难强求。

林　峥：最后再请陈老师谈一谈您心目中的北大精神是什么样子？

陈平原：所谓"北大精神"，那也是被建构起来的。记得我刚到北大的时候，校园里的大标语是"勤奋、严谨、求实、创新"，北大百年校庆，弄出了"爱国、进步、民主、科学"。我表示不太同意，陈佳洱校长见面就说：陈教授，我们北大人还是要爱国的。我跟他解释："进步"本身没有具体内涵，"爱国"做校训又太一般，因为几乎所有机构都可以用。如果说北大有什么特点，或者说"精神"的话，还是应该回到蔡元培的"循思想自由原则，取兼容并包主义"。也就是说，"思想自由，兼容并包"，这是北大传统，是最坚硬的内核，也是北大最值得坚守的精神。如此鲜明的立场，别的机构做不到，部队做不到，工厂做不到，中小学做不到，一般大学也做不到。而用来描述北大校格，又特别合适。当年蔡先生文章是写出来了，但没把它列为校训。这句话虽流传深远，但不是所有北大人都认可，因而导致今天北大的尴尬局面：这

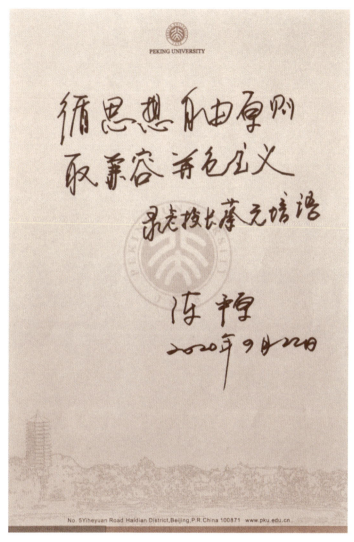

陈平原为中文系学子题词:"循思想自由原则,取兼容并包主义"[蔡子琪 摄]

是一所没有校训的大学,我们只能把几个不同时期的口号捏合在一起,说北大有什么什么传统、什么什么精神、什么什么学风。这个状态不理想,可现在没有办法,谁说了都不算。若你问我,我一定说回到蔡先生的"思想自由,兼容并包",那是综合性大学最应该达成的精神境界。

北京大学中国语言文学系 —— 编

四海文心

我与北大中文系

下册

MEMORIES ACROSS DECADES
OUR DAYS IN THE DEPARTMENT OF CHINESE LANGUAGE AND LITERATURE, PEKING UNIVERSITY

北京大学出版社
PEKING UNIVERSITY PRESS

下册目录

曹文轩　中文系让我在真正意义上成了一个读书人——340

王岳川　探索文艺美学的中国立场——364

陈保亚　语言研究——田野、材料与理论——380

傅　刚　文学史研究应与文献研究相结合——402

孔江平　语音学与人类关心的问题——418

戴锦华　面对充满危机的世界，人文学是最好的解毒剂——438

陈晓明　博雅塔下"常为新"——454

杨荣祥　北大实在是读书的好地方——480

李宗焜　做人及格，做学问才有意义——492

钱志熙　学术人生·薪火相传——510

廖可斌　文以明道，学贵贯通——524

袁毓林　徜徉于人文精神与科技理性之间的语言研究——540

吴晓东	文学、时代与重建感性学——554	
潘建国	曾耽稗海无穷史，待访人间未知书——582	
贺桂梅	人文学的想象力——602	
董秀芳	永远在探索的路上——620	
詹卫东	从感知智能跃升到认知智能 ——计算语言学的机遇与挑战——634	
周　韧	我愿意再做三十年微观研究——660	
程苏东	读内外书，想大问题，写小文章——678	

后记——689

曹文轩

中文系让我在真正意义上成了一个读书人

受访人：曹文轩
采访人：赵　晖
采访时间：2020 年 9 月 21 日

曹文轩 中文系让我在真正意义上成了一个读书人

受访人介绍

曹文轩 1954年出生于江苏盐城，中国作协主席团委员，北京作家协会副主席，北京大学中文系教授，国家小学、初中统一语文教材主编之一。出版长篇小说有《草房子》《蜻蜓眼》《青铜葵花》等；出版系列作品有《我的儿子皮卡》《丁丁当当》等；出版绘本有《远方》《羽毛》《烟》等50余种；出版学术著作有《中国80年代文学现象研究》《第二世界——对文学艺术的哲学解释》《20世纪末中国文学现象研究》《小说门》等。2010年人民文学出版社出版《曹文轩文集》19卷。百余种作品被译为英、法、德、俄、希腊、日、韩、瑞典、丹麦、西班牙、葡萄牙、意大利、罗马尼亚、塞尔维亚、阿拉伯、波斯等语种。曾获国家图书奖、中国政府奖、中国儿童文学奖、宋庆龄文学奖金奖等重要奖项50余种。2016年4月获国际安徒生奖，2017年1月获影响世界杰出华人奖。

采访人介绍

赵 晖 2004年考入北京大学中文系，文学博士，毕业论文《海子，一个"80年代"文学镜像的生成》获北京市优秀博士论文，现为北大培文阅读研究院研究员。

赵 晖： 曹老师好，很高兴能在北大中文系110周年系庆的时候采访到您。北大百年校庆时，您写过一篇题为《背景》的文章，当初您怎么会想到这样一个角度来谈论北大与您的关系？

曹文轩： 百年校庆时，系里让我写一篇文章。那些天我就在思考一个问题：我何以有今天？这与北大有关系吗？就在那几天，我的大脑里突然出现了一个短句：我是一个有背景的人。这个短句解释了一切，使我变得更加有自知之明，我的背景是北大。本来，衡量一个人的价值，只应纯粹地计算这个人到底有多大能耐，是不应把背景也计算在内的。然而，倘若这个人果真是有所谓"背景"的话，那么在计算时，却会一定要加上背景的——背景越深邃、越宏大，这个"和"也就越大。人值几个钱，就是几个钱，应是一个常数。常数是不变的。但我们在这里恰恰看到的是一个变数，一个量大无穷的变数。

北大于我而言是一个大背景，一个几乎大得无边的背景。现在，我站在了这个似乎无声但却绝对生动有力的大背景下。本来，我是渺小的，但却因有这个背景的衬托，从而使我变得似乎也有了那么点光彩。当我反过来追问了一下——如果我没有这个背景又将如何时，我更加清清楚楚地看到了这个背景参与了我的身份的确定。我为我能有这么一点点自知之明感到了一种良心上的安宁。我同时也想到了我的同仁们。他们在他们的领域里，确实干得非常出色，其中一些人，简直可以说已春风浩荡、锐不可当。也许我不该像发问自己一样去发问他们：如果没有北大这个背景，他们又将如何？他们也会像我一样去发问自己的——从北大门里走出来的人，都还是善于省察自己的。

这个背景也可以说成是"人墙"。它是由蔡元培、马寅初、陈独秀、胡适之、鲁迅、徐志摩、顾颉刚、熊十力、汤用彤、冯友兰、朱光潜、冯至、曹靖华等无数学博功深的人组成的。这是一道永远值得我们仰望与审美的"大墙"。我想，这个背景之所以浑沉有力，一是因为它历史悠久，二是因为它气度恢宏。它是由漫长的历史积淀而成的。历史一点一点地巩固着它，发展着它，时间神秘地给它增添了许多风采。而蔡元培先生当年对它所作的"大学者，囊括大典，网罗众家之学府也"的定义，使它后来一直保持着"取精用宏，不名一家"的非凡的学术气度，保证了这个背景的活力、强度与无限延伸的可能性。

这个背景一方面给了我们种种好处，但同时也给我们造成了巨大的心理压力。我们在这样一个背景之下生存着，无时无刻不感到有一根无形的鞭子悬在头上。我一直觉得北大这个地方不是很好待的地方，它的高大，在无形之中为我们这些人设下了几乎使我们很难接受的一个攀登的高度。很久以前，我就有一种感觉：当我们一脚踏进这个校园时，我们就仿佛被扔到了无底的漩流之中，你必须聚精会神、奋力拼搏，不然就会葬身涡底，要不就会被浪头打到浅滩上。北大看上去很自由，比任何学校都自由，但是她有一个无形的力量在那个地方，控制着你、操纵着你，这个背景的力量之大，居然能够使你不敢仅仅是利用它、享受它，还能提醒与鞭策你不能辜负于它。这就形成了一个难度：一代又一代人设下一道又一道台阶，使后来人的攀登愈来愈感到吃力。

我们也可以换一个角度去说：没有我们就没有他们，是我们创造了前驱。先人们的荣耀与辉煌，是后人们创造的。若没有后人们的发现、阐释、有力的弘扬与巨大的扩展，先人们的光彩也许就会黯淡，他们就有可能永远默默无闻地沉睡在历史的荒芜之中。任何得其盛誉的先人，都应由衷地感谢勤奋不倦的后人。没有现在的我们，这个背景也就不复存在；背景衬托了我们，但背景却又正是通过我们才得以反映的。

背景是一座山，一座大山。

奋斗不息的我们，最终也有可能在黄昏时变享受背景为融入背景而终止自己。

我非常感谢中文系在一个特殊的年代吸纳了我，从而使我成为北大的一员。说北大于我而言恩重如山，得首先说北大中文系于我而言恩重如山。

赵　晖： 您几次在回忆文章中说到了父亲的"两书柜书"，说到了对书籍的渴望，后来您竟然被北京大学图书馆系录取了，您面对的已不再是"两柜子书籍"，而是一望无际的书籍，可不久您又"跑票"到了中文系，您是怎么解读这一命运的安排的？

曹文轩： 那段岁月，我说的是我的"童年"，你身处的这个世界匮乏得使人感到绝望。这个"匮乏"，毁掉了许多孩童的身体和心灵的健康。它是我记忆中的一个想拼命逃离的黑洞，那个被文学喜欢了数千年的"春天"，却是我不喜欢的，因为那是一个青黄不接的季节，头年的粮食吃完了，而这一年的庄稼还没有成熟，春天的太阳暖烘烘地把你的根根汗毛孔烘开，让你身体的能量大量耗散，可是米缸里已经无米，所以你只能盼望着天黑，让黑暗关上你饥饿的眼睛、饥饿的欲望。这是我童年非常深刻的记忆，而精神的匮乏一样伴随着我的童年，突出的一点就是没有什么书可看。

但说到读书，谢天谢地，我比其他一些孩子还要强一些，因为我的父亲是小学校长——就是《草房子》中的那个"桑乔"校长，他有两柜子书。这两柜子书总算让我多少避免了精神上的饥荒。当我得到通知——"你要去北大图书馆系读书"时，我立即将"图书馆系"等同于"图书"了——我将拥有书山书海，心情兴奋至极！但我很快知道，图书馆系固

大学时代的曹文轩

然与图书有关,并且十分在意知识的广博,但从那儿毕业后,如果不是做学问——图书馆学是一门很深的学问,而成为一个图书管理员时,你的主要时间却是用来管理图书,而不是用来读书的。这让我有点儿失望。但,我在那里学了三个月的图书分类法后,却得到一个通知——这个通知也许从根本上改变了我的一生——让我转到中文系学习。原因是,我进入北大之前就已经发表文学作品,又因为张贴在三角地的我的一首长诗引起了很多人的注意,更是因为当时去盐城招生的一位我将会一辈子感念的老师——这位老师,我要一辈子感谢他,有些人是你一生不可以忘记的,你没有理由、没有权利忘记的——在将我领到北大后,向校方说的一句话:这孩子更适合去中文系。如果不是这个改变,我可能走的是另一条人生道路,当然也就根本不会有我们今天的这场访谈。是中文系让我在真正意义上成了一个读书人。我今天所拥有的一切,都是因为这里的氛围——读书的氛围。

你要在这里混,就必须读书,不顾一切地读书。读书本就是我喜欢的,但在这里,其中一部分原因是:你不得不读书。你不读书,就没有你的位置，就没有你的话语权。但时间久了，读书就成了一种习惯，一种需要，甚至是生理需要——我说了，你们可能会不相信，不读书我就会感觉身体不适。但我依然要万分感激我与图书馆系的这一缘分，因为它让我这个从乡下来的孩子对世界上究竟有多少图书有了一种直观。我深深地记得我参加从老馆往新馆运书的情景，这个情景特别像我当时在农村把粮食一车一车地拉到仓库里的情景：一车又一车，一车又一车……遗憾的是，那些书你不能看，当时有许多书是不能看的，但是我知道了这个世界上有图书，而且我也知道了，北大图书馆虽然很大，也不是全世界的图书都在这儿——这是我要感谢图书馆的，它让我这样一个农村的孩子知道了在这个世界上图书有多少。那一年，我去阿根廷访问，专门去了博尔赫斯任图书馆馆长的布宜诺斯艾利斯国家图书馆。他用"森林"这个意象形容过书之多。让我进入这片无边森林的便是北京大学中文系，是中文系让我知道了八个字：悠悠万事，阅读为大。

赵　晖：您怎么解读中文系？怎么定义它？

曹文轩：那年，北京大学新职员岗前训练，让我去做一个"北大精神"的讲座，也就是解读北大。其实，解读北大的这套说辞，用来解读中文系再也合适不过，因为在我心目中，中文系是北大一个十分完美地体现了北大之精神的系——我之所以那么解读北大，更多的就是源于我在中文系几十年的感知和感悟。我并不认为中文系有只属于它的特殊精神——没有。它有的就是北大精神，只不过体现得更加令人难以忘怀。

北京大学、北京大学中文系的基本品质之一，便是它的悲悯情怀。所谓北大传统，所谓人文精神，到底有什么含义？我想一本书两本书都是无法诠释清楚的。我凭我在北大几十年的人生体验，得到一个看法，这就是：它们的基本品质就是悲悯情怀。我不知道在此之前是否有人这样诠释过——我们通常对北大的诠释不外乎科学、民主、自由、独立之精神，等等。好像没有人这样诠释过，但我就是这样觉得的。我是从成百上千的北大人那里感受到的，是从无数的大大小小的事情中感受到的。五四运动的爆发，就是源于这样的情怀。忧国忧民，为劳苦大众而鸣不平，为生民涂炭而愤怒，为国运衰败而忧思，于是走上街头，于是呐喊，于是不顾枪林弹雨。当年集聚于北大的知识分子，都是悲悯之人。他们很容易伤感，有怜悯之心、恻隐之心、哀切之心。五四之后，北大历史上发生的一系列事情、事件，其背后，都有着这样一种情怀。北大是革命火种的产生之地，而殊不知这严厉甚至严酷的革命却源于这种情怀。

中国现代文学与北大的关系为什么如此密切？文学为什么一直是北大的重要学科？当然，也是我们中文系重要的学科？北大为什么会成为中国文学事业的重镇？肯定不是学科设计的结果，那么真正的原因是什么？是文学能够使悲悯情怀得以落实和抒发。

从文学史来看，文学始终将自己交给了一个核心单词：感动。古典形态的文学做了若干世纪的文章，做的就是"感动"的文章。而古典形态的文学之所以让我们感动，就正是在于它的悲悯精神与悲悯情怀。当祥林嫂于寒风中拄着拐棍沿街乞讨时，我们体会到了悲悯。当沈从文的《边城》中爷爷去世，只剩下翠翠一个人守着那一片孤独时，我们体会到了悲悯。我们在一切古典形态的作品中，都体会到了这种悲悯。文学具有悲悯情怀，契合了北大知识分子的心理世界和精神世界。所以，从校长胡适到许许多多的教员，老北大人，几乎没有一个与文学之间是没有机缘的。那个时候的教员即使不是从事文学的，也对文学有很多很深的那种密切的关系，哪怕是理科教员。那个时候的理科教员，也都能写一手很有文采的文章。至于写旧体诗，几乎人人可为。如此局面的原因，就是因为文学能够满足他们对悲悯情怀的渴望，或者说，文学能够使他们的悲悯情怀得以抒发。

我在北大几十年的生活，几乎时时刻刻都能够感受到这一情怀。我有说不完的记忆。大到由悲悯而引起的全校性的革命，小到生活琐事。我们中文系有一位德高望重、学术成就非凡的先生，在爱人悄悄过来告诉他，保姆正在从他们家的米桶里偷米的时候，他对他的爱人轻声说："不要惊动她，她有她的难处。"

北大，我们中文系在处理一些事情时，我觉得总是很有人情味的。它当然讲原则，但它在不违背原则的同时，总有很有人情味的一面，不像有些学校，是冷冰冰的简单的原则主义者。比如评定职称，它在条件差不多的情况下——我说的是条件差不多的情况下，就不会像一些西方的学校，

访谈间歇,曹文轩在书房中[徐梓岚 摄]

简单地、冷酷地仅凭一些数据来论定。评委会的委员们,往往会在潜意识中加入悲悯。比如一个教员,他的成果也许没有明显的领先,但他几十年兢兢业业地工作,而现在只剩下最后的机会了,怎么办?会让系里很多人在心中纠结。我做了好几年中文系学术委员会的主任,非常坦率地讲,那是我时常感到痛苦的一段时间。当因名额限制,你只能将票投给两位老师中的一位,而有可能就是因为你这张票,使其中一位老师失去了晋升的机会。我有好几次因为这样的结果忽然于五更天醒来,一身虚汗,觉得心中非常愧疚——愧疚于那位落选的老师,就觉得有点对不住他。有人说,你完全不必,按原则办事就是了,你完全可以心安。可我从中文系的先生们身上感染而来的那样一种品质,导致我不喜欢简单的原则主义者,很不喜欢。中文系的人就是这样的一群人。多少年过去了,这里没有宗派,没有山头,固然也有矛盾,但这些矛盾不足以生成帮派,就因为这份悲悯之心。

我之所以一直在从事文学创作,或者说,我之所以一直能够不断地写出作品,就是因为,我在这个地方,能够始终受到如此情怀的感染,或者说,我的悲悯情怀在这里得到了保护。

也许世道已变，也许在其他地方，只有原则，而没有悲悯了。我说的不是放弃原则，我说的是在你坚持原则之后，还能有对失意者的悲悯。我坚定地认为，这是北大的传统，中文系的传统，也是北大中文系的人文性之一。

赵　晖：您对中文系还有其他的解读吗？

曹文轩：有，北大有的，我们中文系都有。比如自由、民主，比如"兼容并包"，比如独立之精神，比如严谨之学风，等等。"严谨之学风"是我对中文系最深刻的记忆之一，我们的严家炎老师——这里有个小故事，很有意思。现在我给人签名售书的时候，哪怕我认识你，我都会问："赵晖，你这两个字怎么写？"因为我出过一次差错，有一次我给严家炎老师送一本我写的书，他看完了以后说："小曹，你把我的名字写错了。"为什么呢？严家炎——他名字的"炎"是天气炎热的"炎"，可是我们中文系都说严老师是"严加严"，严上加严。我当然知道他叫炎热天气的"炎"，可潜意识里头一出手就变成了"严加严"。

其实，严老师这个形象很能代表中文系的系风。我刚才讲的是"严谨"两个字，其他的我不再一一说了，我要说的是中文系一代一代的人，都在用他们的课堂、学术成果以及日常行为，在诠释这一切。这是我成为它的一员之后，事胜于言的深刻记忆。

赵　晖：曹老师，您上学的时候最爱听的是哪位老师的课？

曹文轩：很难回答这个问题。因为我们中文系有许多学问做得好、课又讲得好的老师。或才情，或睿智，或悟性，或理性，或庄重，或诙谐，或激情，或冷峻，或开阔，或深邃，各有各的风景，难见高低。我这里只讲一次我听吴组缃先生的课的记忆。那本是林庚先生开的一门课，但是在讲到《红楼梦》的时候呢他就不讲了，把吴组缃先生请来讲《红楼梦》。当吴先生讲到四大家族走向衰败与崩塌的时候，吴先生有感而发，讲了一段他个人的经历。吴先生出身于大户人家，他是富家子弟，但就在他读书的时候家道中落，境况悲哀到了要不时拿着衣服去当铺换钱以勉强维持学业的程度。他讲了这样一个细节，这一天，他又拿着衣服去当铺，去之前呢，下意识地翻检了一下衣服的口袋，居然发现那件马上就要当出去的衣服口袋里有五块大洋！可想而知，他以前的日子是多么好，多么的豪富——根本就没把钱当一回事儿。可是现在这个把五块大洋放在口袋里都忘了的人，居然惨到要去当铺当衣服！这个细节生动地诠释了红楼四大家族由盛而衰的情景，令人感慨良多。吴先生他们那批学者，是将个人经验带入学问的。遗憾的是，这个路数很严重地断裂了。

赵　晖： 有一个问题我们很好奇，您到底应该算是哪一年进入北大中文系工作的呢？您是1979年毕业留校的，可正式工作却是在1980年以后，这里怎么会有一段空白？

曹文轩： 毕业后，我被宣布留校。但我不太情愿，原因是那时——"文革"期间的北大留给我的记忆非常非常糟糕。但我当时为自己找了一个不愿留校的理由，很孩子气，我说我想家。那时的中文系领导说：那你就回家待一阵吧。名义上是"深入生活"。于是我毕业后就回到了老家，他们每个月准时给我寄工资。优哉游哉一年多之后，父亲说："文轩，人家对你这么好，你还是回去吧。"就这样，我回到了北大。从此将自己交给了讲台，这一站就是40余年。当我第一次站讲台时，我就知道，我这一辈子就是中文系的人了，北大的人了，你要与北大中文系相依为命、白头偕老。让一个人毕业后回家待了一年，这就是"北大之大"。

赵　晖： 当代文学在很长一段时间内，都是一个令人焦虑的学科。您从当初被定位在这一学科，一定也经历了漫长的焦虑。如今，这种焦虑还存在吗？

曹文轩： 几十年前，"中国当代文学"作为一门学科，是令人生疑的。因为，一、它所面对的研究对象的历史十分短暂。二、也许这才是最重要的，就是它的研究对象——中国当代文学的创作成就让人失望。按理说，被研究的对象的价值与研究这个对象的价值，不应当是同一个概念，但在感觉上，它们就是一回事。这就使得在很长一段时间内，相对于古老的古代文学、古代汉语和后来的现代汉语、文艺理论、中国现代文学等，中国当代文学的位置很尴尬，甚至十分尴尬。邻近的现代文学有鲁郭茅巴老曹，你有吗？你有的是公式化、概念化，有的是无法冠以"文学"的非文学的、不伦不类的作品，有的是寒碜、苍白、无趣、无法归类的尴尬。

但我们这些人,依然不屈不挠地坚守在这块看似荒凉的阵地上。但中国开始觉悟,将她的大门轰然打开了。由苦难而积累起来的丰富的写作资源,在由从国外而来的理性亮光的照耀下,被中国作家惊喜地发现了。他们听到了造物主的声音——我们这个国家、这个民族,是一个多灾多难的国家和民族——造物主在将这一切交给我们的时候,我们也听到他说,这一切都将会转化为你们的财富。中国当代文学回到了"文学",开始了真正的文学史。而研究它的"中国当代文学学科",在宏大的国际文化背景之下,有了丰富的话语资源,也变得风生水起。研究与创作互相作用,使得双方都在不断地发生质变,学科焦虑迅速减退和淡化,直到消失。而如今,它已经成为一个非常有活力的、可与世界学术界频繁交流的学科。中国当代文学仰望中国现代文学的时代显然已经结束。它的视野之开阔、题材之广泛、对文学性理解之透彻以及强烈的实验性,已是不争之事实。如今,它已成为与中文系其他学科一样重要的学科。

赵　晖: 当代文学的边界一直是"动态"的。在当代文学学科内部,既包含着已经历史化了的部分,也包含着尚未或者正在历史化的部分。研究者在做研究时,应该如何处理这种情况?

曹文轩: 根据当代文学的实际情况,我们这个学科的人大概要分成两部分——一个人也可将自己分身两人,一个主要用安静的目光往后看,将已经稳定下来的文学成果以及文学现象进行文学史意义上的描述与研究;一个主要向前看,以敏捷的目光看到文学前沿的情况以及动向。这是我们"中国当代文学学科"特有的迷人之处。它几乎是唯一一个需要激情的学科。

赵　晖: 您出版了很多学术著作,比如《第二世界》《小说门》等,但是您的学术著作,不管逻辑如何严谨,如何有哲学底蕴,都始终贯穿着一种让人着迷的感性气息。记得您在《小说门》里,提到过"摇摆"这一概念,非常形象又十分准确,这是对小说理论的重大推进,这种推进,是否也是对您小说家身份的一种"暴露"?

曹文轩: 我在说吴组缃先生他们这一代人的学术研究时,已经讲到,他们的研究是将个人经验带入研究的。其实,我们回过头去看,从前的

曹文轩在访谈中 [徐梓岚 摄]

学者，比如王国维、陈寅恪都是如此。陈寅恪写《柳如是别传》时，你可以明显看到，他是把自己的个人经验带入了研究。比如说，柳如是那天晚上的船停在苏州城外。为什么停在苏州城外呢？他得到一个结论，这个结论不是他根据什么史料做出的，而是从他个人的生活经验推定的。遗憾的是，随着所谓的学术规范的实施——其实，我们对"学术规范"应该有所反思的——如今做学问越来越与个人的经验剥离了，个人经验甚至成为要避讳的东西——我承认这种学问，我也很喜欢这种学问，特别理性，与个人经验毫无关系——但是我不赞成这是唯一的合法路数。其实，那些被我们引经据典的话语资源的提供者——而不是他们后来的徒子徒孙们，并不都是这样做学问的。尼采自不必说，海德格尔的许多文字都呈现着满满的个人经验，甚至维特根斯坦也是，他的哲学研究，与他个人的人生经验密不可分。所以，我在写《小说门》时，很清楚地告诉自己，这是你个人的关于小说艺术的研究。你除了要吸纳现有的小说艺术的理论，应当很不客气地将你个人在小说创作中所积累的经验容纳到你的叙述中，当然你要隐去你的身影。我要有我的表述。

我还发现，我们对术语的理解是片面的，其实用一些形容词来充当术语，是非常给力的。我记得那一年参加谢冕老师文集出版的一个研讨会，我专门分析过谢冕老师特殊的学术表达，谢老师在他的学术表达里很少使用我们通用的那些学术术语，他有很多是形容词或者动词，比如说"崛起"。"崛起"不是一个名词，但是我觉得很棒啊，它把一个状态非常完满地呈现出来了，这不是一般的术语能够做到的，在很多时候，只有用这些形容词、动词来充当术语，你才会觉得恰到好处，所以就有了"摇摆"等这样的一些概念。

赵 晖：一直以来，北大中文系都流传着一句几乎是天经地义的话：中文系不培养作家。这句话为什么频频被提及？实际上，我们中文系出了不少重要的作家。刘震云也提到过这句话，可是他话锋一转说："北京大学中文系不培养作家，但如果我没有读过北京大学中文系，我不会成为一名作家。"想知道曹老师您，是我们北大中文"培养"出来的作家吗？

曹文轩：我们现在成立了一个"北京大学文学讲习所"，这是我提供给学校的名字，其实，这个概念我20年前就提出来了。一方面，是为了消除一个误解，即"中文系不培养作家"。这一误解，或者说这个"规矩"的出现，有它特定的历史原因，它的逻辑建立的起点现在不太适宜去做追究性的分析。当时就觉得多年来在学科建设和学生培养方向上形成的某种误区，不该再盲目地延续。另一方面，也是为了顺应全世界兴起的创意写作的潮流。当年，我请我们中文系的邵燕君老师帮着我做过一个"世界各名牌大学文学创作方向的设定、创意写作专硕的设定、写作中心的设定的情况"的调查——我们后来办的创意写作和我们那一次做完调查之后设定的"文学创作与研究"的方向还不太一样，"创意写作"属于专硕——然后根据这份调查，给研究生院起草了一份设立"文学创作与研究"硕士方向的报告，很快得到批准。于是我们就设立了一个"文学创作与研究"的硕士方向，把它放到了"现代文学学科"下面。复旦大学说，他们是全国第一家设立这一方向的，这是不准确的，"创意写作"他们比较早，但设

2002年9月,曹文轩在古巴作家协会演讲

定"文学创作与研究"方向,我们北大中文系绝对是第一家。

从北大中文系自身的发展历史而言,教授、作家引导学生成立文学社团从而形成某种文学流派,这本来就是老北大开创的传统,也是现代文学阶段高校普遍采用的方式。我们对历史的遗忘,其速度之快令人吃惊。仅仅过去几十年,我们就忘记了这样一个历史事实:在中国现代文学史上,在那些占一席位置的作家之中,有相当一部分人,当年都在大学任教或经常到大学任教:鲁迅、沈从文、徐志摩、闻一多、朱自清、废名、吴组缃、林庚,等等。鲁迅先生确实在学术与创作的双重工作中困惑过,但他本人恰恰是两者结合得美妙绝伦的实例和典范。他的学术著作《中国小说史略》,至今仍然是经典学术文献,是研究中国小说史绕不过去的著作。他们开设过专门的创作课。沈从文先生当年在西南联大开过三门课,其中有两门都与创作有关。即使其他课程,也带有明显的创作论色彩。

国际上,也有许多一流的作家在大学任教。纳博科夫——他有一本非常有名的书,你们都知道——《文学讲稿》,贝娄也是十分出色的大学教员,还有米兰·昆德拉等。至于不太有名的作家在大学任教那就难以计数了。他们开设的课程是关于文学创作的，经过多年的教学实践，现在已经有了大量创作论方面的教材。

大学对于作家的意义究竟是什么？我想是不是可以这样看：大学对培养作家和作家的生存，提供了一个难得的环境。它除了能在理性上给予人足够的力量，让理性的光芒照亮自身的生活矿藏，激发出必要的艺术感觉之外，还有一个极为重要的价值：它酿造了一个作家在从事创作时所必要的冷静氛围。纳博科夫在谈到大学与作家的关系时，非常在意一种气息——学府气息。他认为当代作家需要的就是这种气息。它可以帮助作家获得一种良好的创作心态。这种肃穆而纯净的气息，有助于作家洗涤在生活的滚滚洪流中所滋生的浮躁的气息，将会使作家获得一种与生活拉开的反倒有助于作家分析生活的必要距离。高楼深院所特有的氛围，会起一种净化的作用，从而使这些气息得到去除。当第一届作家班从鲁迅文学院正式搬到北大时——我是班主任——当时我就对他们说：高楼深院将给予你们的最宝贵的东西也许并不是知识，而是一种氛围。

中国当代作家与中国现代作家相比，输就输在书卷气上。

经验对一个作家而言，当然是至关重要的，但我们不能承认对于经验范围的画地为牢，不能将经验看成文学创作的唯一财富。就一个作家而言，若无厚实的文化照拂与文学的修养，"经验"实际上是不存在的。如果脑子里没有东西，没有知识的预设，那样的观察也永远是无谓的观察，是没有价值的。

20世纪30年代形成的文学传统，因一种不可靠的见识，后来彻底丢失了。而这一传统的丢失，对中国当代文学的创造力是有很大影响的——试想，如果我们没有丢失这个传统，今天中国当代文学的局面应当会好看得多。

作家在大学的存在，除了文学创作上的意义，我以为还有一个重要的意义，这就是：他们的研究，会使我们的学术研究出现另一种路数，从而使我们的学术研究更加立体，更加丰富。鲁迅的学问，毕竟是一个作家的学问，或者说，他如果不是一个作家，也许就做不出那样一种学问。不是说作家的学问好，别的不好，而是说，我们可以看到另一种学

1998年，百年校庆时部分作家班学生重回母校，与老师曹文轩（后排左三）合影［来源于北京大学档案馆］

问。这种学问与纯粹的学者做的学问，可以交相辉映。

我说这么一大通，无意做一个全称判断：只有大学才能培养出作家。反例也很多。疫情期间我正好有大量的时间，我重新回过头去看——人民文学出版社送了我一套多卷本的《高尔基文集》，高尔基这个作家呢，多多少少被我们误解了。我们总是把他当成一个意识形态色彩很强的作家，其实他是一个道道地地的文学家，尤其是他的短篇和中篇小说，写得太棒了！我收获很大。高尔基就没有进过大学，他的大学是社会，他自己讲的，但是别忘了，高尔基虽然小学没有毕业，但是他后来读的书非常之多，你看他的作品就知道了，等于他把大学要完成的功课挪到了大学门外去做。

我们回到话题上来，当年，温儒敏先生也曾有心做这方面的事情的。他说，我们退一步讲，即使说大学不一定能培养出作家，培养一些写手都还可以的吧。

我的创作与我身处中文系密不可分。没有中文系，我不可能是一个作家。

赵　晖：文珍，是您第一个创作方向的硕士研究生，不但是"最年轻的老舍文学奖获得者"，而且很早就拿到了华语文学传媒大奖的"年度新人奖"，2019 年还获得了"茅盾文学新人奖"。您的另一个学生徐则臣，鲁奖、老舍文学奖、茅盾文学奖拿了个遍，已然成为"70 后作家的光荣"。您是如何在写作上指导与影响学生的？

曹文轩：我首先讲师徒关系，都说名师出高徒，但是一个人成为名师，是因为他的高徒。一定是这样的关系。其实主要不是我影响了他们，是中文系，是北大，是大学教育影响了他们。20 世纪 30 年代，在艾奥瓦大学率先设立"创意写作专业"时，这项新兴的学科教育模式并没有立即为大众所接受，来自学界和媒体的大量批评称它为"工业化的流水线"，妄图复制作家模式。他们认为，没有哪个领域的优秀人物是能够被教育机构按照预期的模式"定制培养"出来的，作家与创意写作机构亦然。艾奥瓦大学对此的回应表明了一个基本的理念："作家或许不能被教出来，但可以被鼓励。"时至今日，从英美等国的校园写作工坊走出的作家比例不在少数，美国战后普利策文学奖的获奖者多数都出身于创意写作训练班；石黑一雄、麦克尤恩等著名作家也曾在英国东英吉利大学的创意写作专业就读。我们中国的作家，特别是台湾五六十年代的一些作家、诗人，比如余光中、白先勇，也都曾在美国艾奥瓦大学的写作班就读。

徐则臣也好，文珍也好，如果没有在北大的学习，他们能否走到今天这一步？我说不好，你们可以去问徐则臣和文珍。

赵　晖：您学生的毕业论文涉猎的领域非常广泛：小说、戏剧、诗歌、场域、权力、叙事、风景描写……不拘一格。在学位论文写作方面，您最注重什么？

曹文轩：我把选题看得很重要，你们都听我说过，我总是对我的学生们讲，如果你能得到一个几乎是"天赐"的好选题——我用"天赐"这个字眼，就是如果给你这么一个题目，简直就是天意——如果你能得到这样一个好选题，其实你那个论文一大半就下来了，这是我一贯的看法，所以比起论文的研究领域，我更在意选题。

2016 年,曹文轩获国际安徒生奖,图为在新西兰领奖现场

赵　晖: 获得安徒生奖后,您的写作发生了哪些转变?似乎存在一个魔咒,一个作家一旦获得国际性大奖,就再也写不出什么重要的作品来了,但您好像是一个例外……

曹文轩: 我不想让获奖成为压力,它只能成为动力。压力有可能会使你在获奖之后"江郎才尽",再也写不出任何有价值的东西。我尽量减轻获奖的压力,尽量减弱获奖对我的影响。从得奖的那一天我就告诉自己不要太在意这份荣誉,也许它并不能说明什么,能说明什么的应当是一如既往的写作。我告诉自己,要像从前一样轻松地去写作,绝不让获奖成为包袱和枷锁。一个作家如果不能再写作了,也就什么都不是了——当然,身体的衰老另说。还好,在十分疲倦地对付了一阵媒体之后,我很快恢复到了常态,恢复到老样子。我甚至忘记了获奖证书和那枚有安徒生头像的奖章被我放到了什么地方。这种感觉很好,很清爽,就像什么也没有发生过。我在不停地写,速度比以往任何时候都快。2017 年出版了《蜻蜓眼》,这是一部在我个人写作史上很重要的作品——我坚信这一点,它的英文版也很快就要出来。我常说,人有人命,书有书命,《草房子》和《蜻蜓眼》也各有各的命运,时间将证明一切。后来,我又写了"曹文轩新小说"系列。

我还在写,是因为我还在中文系,还在受中文系氛围的影响,我还在读书。不读书,谈写作毫无意义,这是我几十年总结出来的一个经验,写作就是阅读的一个结果,阅读是写作的一个前提,你哪一天停止读书,写作就再也进行不下去了。

赵　晖：在中国,您是作品输出海外版权最多的作家之一,单《青铜葵花》就有近 30 个语种,还有作品被收入国外的语文课本。为什么您的作品能够实现跨越语言文化的交流?

曹文轩：能够穿越时间和空间的不是别的什么,而是文学性。无论长篇短幅,你必须要想到,要将你的作品当成一个个的艺术品去炮制。我坚持文学是有基本面的。文学有文学的边界,就像权力有权力的边界,国家有国家的边界。边界是神圣不可侵犯的,不可以退让的。人类数百年、数千年的战争,差不多都与边界纷争有关。古罗马有一个令人尊敬的职业,土地测量,确定边界。我们都还记得卡夫卡的《城堡》里那个土地测量员。他在测量城堡的边界、村庄的边界。"土地测量员"是一个具有象征意义的形象。儿童文学与成人文学一样,既是文学就必有文学性——这是文学恒定不变的品质。我将会永远提醒自己:要时刻明确文学的边界。守住边界,你才能走向世界,从今天走向明天。这就是至高无上的辩证法。

我对我的文学观始终不渝的自信和冥顽不化的坚守,很大程度上也是因为我的作品在给我做佐证,矗立在我的背后——在几十年时间里,它们在不断地被印刷,有一百多种作品被翻译成英文、法文、德文、俄文、西班牙文、瑞典文、希腊文、日文、韩文、阿拉伯文、波斯文,等等。我有一套《草房子》被做成了画本,什么是画本?就是有大量的插图把《草房子》变成了 9 本。这 9 本书现在翻译成非洲的一种文字,我不知道你们有没有听说过,叫斯瓦希里文,很拗口,我记不太住,这是非洲的一种文字,它们去了更加广阔的世界,我好像看到了我的《草房子》,写中国水乡生活的《草房子》,居然来到了非洲的森林、草原、荒

2005年9月,曹文轩在哥本哈根安徒生铜像前

漠、部落,被一个非洲的孩子抓在手里看,这个感觉真的让人觉得文学的魅力实在是太迷人了。而我明白,它们之所以能够走向天边,是因为我坚守了文学应当坚守的边界。边界和无疆,是一对辩证法。

赵　晖:我们注意到,您以前的大量作品故事发生地,都是在一个叫"油麻地"的地方。可是,大约从《火印》开始,您不再总是将故事放置在这个地方了。这是为什么?

曹文轩:从《草房子》开始,我写了不少作品,但故事基本上都发生在一个叫"油麻地"的地方,盐城是没有这样一块地方的。那一年,我在日本东大教书,开始写我的《红瓦黑瓦》,那个时候我就有一个念头,我说我要让我的故事找到一个共同的发生地,但是我老家那个名字很没有诗意,别人不会记住。东大教完书后,我去了一趟台湾,当时我有好多书在台湾出版了,那时还没有实行三通,在台北完成访问后,只能从香港回到北京。他们给我在香港订的酒店所在地就叫"油麻地",当我突然看到这三个字的时候,又听到香港人用粤语讲它——我就觉得这是天意,有一个名字在这个地方已经等了你数十年上百年,所以我就把这个地方搬了过来。就像有人评价福克纳的作品时所说的,"他写了邮票大的一块地方"。我关于人生、人性、社会的思考和美学趣味,也都落实在"油麻地"。

但大约从 2015 年出版的《火印》开始,我的目光便开始从"油麻地"转移,接着就是《蜻蜓眼》,情况就越来越明朗了,"明朗"到有人开始提醒我了,"你最好还是写你的油麻地"。接下来,我以"曹文轩新小说"命名的《草鞋湾》推出了,不久前又出版了《寻找一只鸟》。我心态的变化是:我越来越不满足只将目光落定"油麻地"。我告诉自己:你的身子早就从"油麻地"走出了,你经历了"油麻地"以外的一个更加广阔也更加丰富博大的世界;在那里,你经历了不同的生活与人生,这些与你的生命密切相关的经验,是"油麻地"不能给予的,它们在价值上丝毫也不低于"油麻地";你可以不要再一味留恋、流连"油麻地"了;你已经到了可以展示"油麻地"以外的世界的时候了,你已经到了书写你个人写作史的新篇章了,这新篇章的名字叫"出油麻地记"。

我是一个文学写作者,同时也是一个文学研究者。我发现,在文学史上,一个作家很容易因为自己的作品过分的风格化,而导致他的写作只能在一个非常狭小的范围内来经营。因为批评家和读者往往以"特色"(比如地域特色)的名义,给了他鼓励和喜爱,让他在不知不觉之中框定了他的写作。他受到这个氛围的左右,将自己固定了下来,变本加厉地来经营自己的所谓"特色",这样就将一个非常广阔的生活领域舍弃了。这其实叫"画地为牢",叫"作茧自缚"。我回看一部文学史,还发现,这种路数的作家,基本上被定位在"名家"的位置上,而不是"大家"的位置上。

沈从文和鲁迅,都是我非常喜爱的作家,我没有高看一个,也没有低看一个,但是他们是有区分的,沈从文先生是一个名家,但鲁迅是一个大家。托尔斯泰、雨果、海明威、狄更斯、巴尔扎克、高尔基是大家。他们所涉及的生活领域都十分广泛，不是一个地区，更不是一个村落，至少是巴黎、伦敦和彼得堡。我后来读了福克纳更多的作品，发现评论界关于"邮票大一块地方"的说法完全不符合事实，是一个骗局——事实是，福克纳书写了非常广泛的生活领域。那么，一个作家要不要讲究自己的艺术风格？当然要。大家阅读了我的新小说之后，你将会深刻地感受到，这些作品与《草房子》《青铜葵花》《细米》等作品之间所共同持守的美学观。它们家族的徽记很清楚，是由一个姓曹的人写的。一如既往的情感表达方式、一如既往的时空处理、一如既往的忧伤和悲悯、一如既往的画面感、一如既往的情调，无不是我喜欢的。但已经不再是"油麻地"，有些甚至不再是乡村，而是城市，甚至是北京和上海这样的大都市。2017 年的《蜻蜓眼》，写的是上海，甚至写到了法国的马赛和里昂。我其实已经是一个很熟悉城市生活的人了。我在城市生活的年头是乡村生活的年头的三倍。我觉得我现在写城市与写乡村一样顺手，完全没有问题。我有不错的关于城市的感觉。写一座城市与写一座村庄，写一条街道与写一条乡村的溪流，我一样可以做到得心应手。就这么转身了，转身也就转身了。我觉得一切都在很自然的状态里。一个作家，特别是那些生活领域被大大扩展了的作家，总会去开采新的矿藏的。

赵　晖：曹老师，我们的采访接近尾声了，我想重新把话题拉回到中文系上来，如果一个学生通过奋斗，终于考进了北大中文系。您认为，对他而言这意味着什么？而一个人被中文系录用，对他而言，又意味着什么？

曹文轩：对一个学生而言，肯定不意味着他到达了终点，只意味着他到达了驿站。那年，系里让我给新生入校时讲一讲，正好赶上我头天去过一个著名的驿站——怀来境内的鸡鸣驿，那天我的第一个话题就是：这里是一座驿站。

鸡鸣驿是座很大的驿站，大墙几乎完整保留，非常气派。站内一应俱全，就在八达岭高速路边上，因在鸡鸣山下而得名。我在驿站慢慢地走着，感受着从前的情景：天色已近黄昏，有人骑马而来，或是传递情报，或是传递圣旨，长途跋涉，现已人困马乏，抬头看到驿站，满心欢喜。进得驿站，他得到了无微不至的照料，一番休息，这个人精神焕发，也许继续他的长旅，也许换了新人接着下面的路程。

我就觉得，"驿站"用来做中文系的象征很切合。那些进入中文系的人，到这里来是补充给养的，是为了充满活力，而后奔赴前程的。而对于被中文系"看上"而从此成为它一员的老师而言，用驿站作为象征同样也是切合的。如果说中文系是座驿站，我们就是驿站的工作人员。这个说法，境界似乎不太够。更诗化的说法应该是：我们就是驿站。那些胸怀壮志的学子，能否完成他们人生和事业的长旅，取决于驿站能否给他们注满强劲的奔跑动力。让这个驿站给那些来到这个驿站的人丰富无边的知识，让他们深切地领会经久不衰的传统和广博的人文精神。四年、七年、十年，他们终于在养精蓄锐之后从这里开拔，然后，我们幸福而自豪地看他们策马奔突，绝尘而去。这个驿站充满了诗意。它是美的，是经得起审美的。那些离去的人，在一天一天老去时，总会想到这个驿站。他们会对这个驿站感恩戴德，会念念不忘那些驿站上的人，为他们点灯的人，为他们升起炉火的人，为他们指点迷津的人。驿站的形象会在他们的奔跑中，睡梦中出现。他们会将为这个世界做出的一切贡献，毫不犹豫地记在这个驿站的名下。终于老去，他们在暮色中每每回想起这个驿站时，就会有一种感觉——乡愁。

我们的幸福在很大程度上源于我们是奋斗在这个驿站的人——我们就是这个驿站。海子有一首著名的诗——我曾经在北大一百年校庆的时候给北大的校长提过一个建议，在北大校园的某一个角落，为海子树一尊像，因为这是一个天才的诗人，我们无法去估量他诗歌的成就——这是题外话，他有一首诗，说："从明天起，做一个幸福的人／喂马，劈柴，周游世界。"我们将他的诗改动一下："从今天起，做一个幸福的人／教书，育人，驿站一生。"

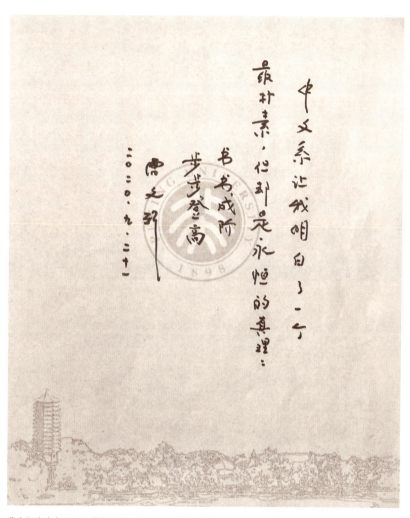

曹文轩为中文系110周年系庆题词:"中文系让我明白了一个最朴素,但却是永恒的真理:书书成阶,步步登高。"[蔡子琪 摄]

王岳川

探索文艺美学的中国立场

受访人：王岳川
采访人：黎潇逸
采访时间：2020 年 11 月 21 日

受访人介绍	王岳川	1955年生，1988年毕业于北京大学中文系。1993年以来任北京大学中文系教授；北京大学书法艺术研究所所长，中国书法家协会理事，享受国务院特殊津贴专家。长期从事文艺美学、西方文艺理论、当代文化批评和文化战略的最新研究和教学，是当代中国书法"文化书法"理论的创始人。出版有《后现代主义文化研究》《艺术本体论》《当代西方最新文论教程》《发现东方》《文化输出》《中国镜像》等专著四十多种。
采访人介绍	黎潇逸	北京大学中文系文艺学专业博士后。

黎潇逸： 王老师好！很高兴能在中文系110周年系庆之际采访您。您在北大中文系已经从事教学科研三十多年了，可谓著述颇丰，弟子很多。您最初是如何选择进入中文系学习、工作的，有怎样的学术体会？

王岳川： 1977年冬，我参加了十年"文革"结束后的第一次高考。考试使我终于完成了人生的一个仪式，"文革"中那与书无缘的时期成为了历史。当时重点大学的录取率不到万分之一，中文系最热门，而国际关系、财经、法律等，都不如"文史哲"热。1977级大学生进大学后，彻底改变了大学的读书风尚，同学们废寝忘食、你追我赶、唯学问是高，在大学四年心定神闲地读书。我长期三点成一线地生活：图书馆—教室—寝室。在图书馆我整整看了三年的善本书，抄录的学术卡片有几万张。每日十几个小时昏天黑地狂读诸子、经史，尤好杜甫诗歌，最终写成一篇长达七万字的学位论文《杜甫诗歌意境美》，完成了大学的学术初阶。

大学毕业我分到教育部中央教科所工作，两年以后，我重回大学进修访学——到北大哲学系学习。一年进修生活即将结束，我决定报考北大研究生，开始惜时如金地玩命复习，最终考进了北大中文系。我想，凡事有道，读书亦有道。于是慢慢摸索读书门径：泛读，精读，读经典，读对经典的阐释和论战，读善本，读善本提要，补"小学"（文字训诂），补史（史识、史料、正史、野史）；从疑处疑，也从不疑处疑，从跟着说到自己说，力求说点新东西，并不惮于不成熟。留校任教后，我花了一年时间翻译出版《文艺现象学》（中国文联出版社）这二十万字书稿之后，还出版了一部二十五万字的《艺术本体论》（上海三联书店）。其后，翻译出版了《后现代主义文化与美学》（北京大学出版社），撰写出版《后现代主义文化研究》（北京大学出版社）。学术上我坚持"学无古今，学无中西"的理念，坚持"义理、考据、辞章"三者不可偏废。"义理"主要是指哲学入思方面，"辞章"大抵指语言修辞运用方面，"考据"则侧重对考古学最新材料的运用和文献学修养的根基。在研究中我强调文本细读和考据相结合的方式，主张在读东西方大哲思想时，注意考量每位思想家的思想脉络，考察其怎样进行思想"还原"？在知识考古学的"人文积层"中解决了什么问题？解决到何种程度？有何盲视？怎样评价？如果将人类思想的进展比做一个环环相扣的链条，要进一层弄清楚他们属于学术中的哪个环？他们用了怎样的方法去试图打开这个思想链条上的结？

在我看来，自己的学术旨趣的确有一个转变深化的过程，从西学转向中学的中国问题研究。在做西学的二十年（1981—2000）我不是全盘西化的拿来主义者；在做"中国镜像""发现东方"二十年（2000—2020）的学术理路中，我的立场也不是民族主义的。我在写作出版了四十多部中西文论和美学的学术专著以后，感到应该从全球性视角出发，从生命体验和文明变迁的角度追问困扰人类生命心性的共同问题，在人类文化现状和未来发展的坐标轴上反思中国形象和人类文化走向。在"发现东方"中申说中国文化的美丽精神；在"文化输出"中重申，全球性的学术舞台上，"东方声音"不应该被淹没。因此，我在学术上主

王岳川旧影

张"发现东方,文化输出,会通中西,重铸身份";艺术上提倡"文化书法",强调"回归经典、走进魏晋、守正创新、正大气象",致力于中国书法文化的世界化。

黎潇逸: 能否简要谈谈胡经之老师开拓文艺美学新学科的意义?

王岳川: 胡经之教授1980年提出创立"文艺美学"学派和学科,其后在北京大学1982年开始招文艺美学硕士,在北大出版社出版文艺美学丛刊和丛书专著,形成了一个具有中国文化特色的文艺美学流派,北大中文系文艺美学在全国影响甚大。

百年前北大蔡元培校长提出"以美育代宗教",认为中华民族是一个不相信神的民族,儒家道家佛家背后一般都没有绝对神的空间,因此蔡先生提出用美育——"美"来取代背后的神。而如今"以美育代宗教"似乎有些落空了。看一下传媒上的"小鲜肉"、娱乐至死,影视界肥皂剧的抄袭之风,书法界的怪书、诞书、盲书之类,把我们的"汉字文化圈"的汉字文化、书法汉字、汉语言说方式糟蹋了。书法还美吗?美是

1982年，王岳川（左一）、尹鸿、方珊、王一川、刘小枫五位学者合影

什么？中华民族长期以来是强调生活当中产生美，而人们写着不少空洞的文章，却没有全面去研究中华民族的艺术精神、中国的艺术审美体验、中国美学情怀。我认为中国经验、中国身份、中国言说方式、中国的话语非常重要。我们的科技、经济和军事越来越强，而文化教育却没有同样地"硬"起来。钱理群教授说：一些大学生正在变成"精致的利己主义者"。我们亟需两手都硬，文化硬则国家强！硬实力不行，一打就败；软实力不行，不打自败！

胡经之先生当年在北大中文系创立的文艺美学学科成为中国的文艺理论和美学的二级学科，不仅在北京大学持续招收博士硕士，而且在全国各大学都开文艺美学这门课，山东大学还成立了教育部"文艺美学研究中心"。胡经之先生在全盘西化的语境中，以很大的理论勇气建立了中国特色的中国文艺理论新流派——中国文艺美学流派。我认为，由北大创立的文艺美学学派不应该在北大中文系中断。不难想象，缺失了中国身份、中国立场、中国经验、中国美学价值关怀的文化建设将是苍

王岳川书孔子语"言之无文,行而不远"

白的。我们应该理直气壮地呼唤美,弘扬美,倡导美,抵制丑;抵制全盘西化,呼唤中国文化立场。一些人不重视我国学者自主创新的新学科"文艺美学"的情况,亟需改观!

黎潇逸: 您是北京大学书法艺术研究所的所长,以创作实践和理论拓展来弘扬"文化书法"的主张。您所倡导的"文化书法"和"文化输出",在当前的国际环境和世界格局下,有什么意义和作用?

王岳川: 提出"文化书法"的前提是对全球化时代中国文化处境的深层思考。我认为文化可以分为四个层面,一是器物类即科技层面,二是制度层面,三是思想层面,四是价值层面。第一层可以提倡全球科技一体化,因为科学无国界,西方先进科技可以全盘"拿来";第二层可以结合中国特色大量引进,成为制度并轨;第三层强调思想对话化,通过重建哈贝马斯所说的"交流对话"平台,可以达成一定的"文化共识";第四层是民族文化的根基和血脉,对一个民族的存在具有文化生命和核心的意义。这表明,不同民族文化之间不可能"同质化""一体化"，只能相互理解尊重差异而走向"差异化"。事实上，全球化并非完全是一个同质化的过程，而是逐渐差异化的过程，也就是从同到异、同中有异的过程。这一差异化的过程促使了多元文化的发展。在这一差异化、多元化的全球语境中，中国文化理应发出自己的声音。

近二十年来，我的主要工作是围绕"发现东方"和"文化输出"展开的，强调中国文化的"身份立场"，并将思想中国或文化中国的理念以及当代中国的思想、学术和艺术可持续地进行"文化输出"，呈现给世界以恢宏、雅正、刚健、浑厚的中国"新文化形象"。正惟此，我把书法作为世界重新发现东方和中国文化输出的第一步。中国书法是东方汉字文化圈的标志，是中国文化的核心编码。书法是书写文字尤其是汉字的艺术，在世界各类艺术中只有书法和文字结合得最为紧密，一提到书法就不可能不提到汉字。汉字是中国文化的最重要的载体，没有汉字审美书写的中国文化是难以想象的。

我常想，蔡元培先生当初之所以提出"以美育代宗教"，大抵在于西方有基督教、中东有伊斯兰教，印度有佛教，相对而言中国的宗教观念最为淡漠，所以只能以美育来替代宗教。要让中国人完全信仰金钱不可能，完全信仰某种主义也不可能，彻底皈依基督教、佛教或儒教同样不可能，那么包括书法在内的艺术，是否可能作为一种暂时替代品或者中介，在这个虚无主义和消费主义时代给人以某种希望呢？然而，"美"今天被很多人质疑，而"丑"却被太多的人把玩，这使从事艺术者陷入两难处境。从正面看，当代审美范畴空前扩大，过去是"美""优雅""和谐"，今天却可以有"荒诞""黑色幽默""白色写作""丑陋""恶心"等。借用光谱学来说，过去主要是红黄色的暖色调倾向，而今已经有诸多阴暗的冷色调出现。作为美学理论的研究者面对这些时不能扼杀，而应给予恰当的评价。从负面来看，这些冷色调如果成为主色调，那么人性良知和神性光辉就有可能被掩盖。因而在"以美育代宗教"失范之时，要掂量的是有人用什么样的"丑育"来代宗教，如果让那些恶心或极端的"试验艺术"来代宗教，可能会产生更多、更大面积的精神生态失衡。

我之所以在2003年北大书法所成立时提出"文化书法",是基于这样一种认识:在相当长的一段时间内,中国人在物质上一定不能沉沦到消费主义文化中,在精神价值上也不能降解为虚无主义。中国是处于前现代农业大国向工业文明和后工业文明转型的复杂语境中。一个丧失了母土大地的艺术家将是没有生命的艺术家,就像古希腊神话中的伊卡洛斯一样凭蜡做的翅膀飞向高空,但最终被太阳融化而跌入大海。因此,我采取一种务实的态度,坚持"文化书法"就意味着强调东方"文化价值"的新的生命形态,一方面审视文化中国有生命价值之"经",另一方面整合西方思想艺术中有意义价值之"纬",以我为主,求实创新,形成人类新文化的"经"和"纬"。正如联合国社会发展事务高级主管雅克·布道所说的那样:"今日之世界并非一个共同体,她之所以饱经暴力冲突和侵犯人权之难,乃是因为她缺乏能够以一种合作与和平之文化来替代一种竞争与不信任之文化的政治制度和共享价值。具有这些政治制度和共享价值的共同体必经深思熟虑之努力而精心建构。"

黎潇逸: 从全国各高校范围来看,中文系的存在有何文化意义?

王岳川: 中文系在中国学科历史与未来的独特价值是什么?我认为中文系弘扬文学、语言、汉字、美学,在中国学科发展中有着非常重要的地位——培根铸魂。它的独特价值是什么?是塑造中华民族的文化自信和对自身文化的价值认同。我们知道,中文学科对社会、对人类很有价值的部分,在于它对心灵的塑造和人格的完成。

中文学科当然是文化软实力,而且是软实力中的重中之重。所以它主要培育的是对文化的根本认同,对中国魂的认同,对中国立场的认同。中文系要培养什么样的人?从理论上讲,要培养认同中国身份、中国立场、中国审美的人。也就是说,不是匍匐在西方面前,不是认同西方"继父"的身份。相反,是对中华民族自身的一种认同,对中国文化立场的坚定的守卫者,对中国审美的国际传播者。中文系在大国崛起的过程中,在今天的经济大潮中,似乎变得不太重要,但那只是表象,而根本上它是很重要的。马克思曾经说过,世界发展有三个阶段,第一,人类是"自然人";在社会的发展、教养、教育过程当中,人逐渐去掉

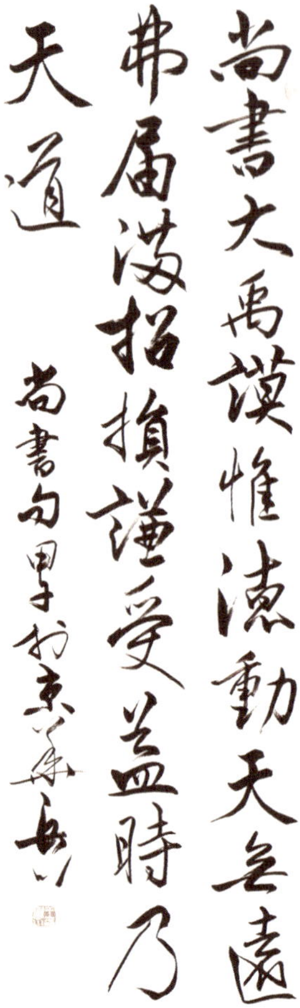

王岳川书《尚书》语

了一些欲望，进入了文明时代，这个时候成为"社会人"；最高境界是"审美人"。从自然人、社会人，到审美人，是人类发展不断超越的三个阶段。而中文系是社会人到审美人的发展的重要推动力！今天，顶层设计用一种简洁明快的语言告诉全民：大中小学生要培养"美育"精神、审美精神，知道美丑、崇高、优美，等等。从这个意义上来说，中文系对培养我们中华民族的审美精神和艺术精神非常重要。

北大中文系在百年的北京大学的发展史当中具有怎样的重要地位

王岳川与李泽厚教授（左）在美国对话

呢？可谓大师林立，影响深远。我把它分成三代：第一代"五四一代"，有鲁迅、胡适、沈尹默、刘半农等，可以说如雷贯耳；第二代是1949年"解放一代"，可谓名师众多，有游国恩、杨晦、王力、俞平伯、林庚等；第三代是"新时期一代"，也就是说77级以后这批新生的学者。但是我们认为当代无史，他们还在发展变化当中，还没有定性，谁能成为名师，还有待历史的检验。

黎潇逸：北大中文系在文艺学方面有什么突出的优势？在哪些方面有所欠缺？我们应该怎样改进和弥补？您在中文系已经从教三十余年，对于文艺理论学科本身，需要的是愈加本体化的"提纯"，还是在"问题意识"层面上做出超越时代和学科领域制约的探进？您对文艺学学科未来的发展有怎样的期许？

王岳川：文艺学包括三个方面：文学史、文学理论和文学批评。文学史背后的学理依据是文学理论和批评，这构成对思潮、作家作品的合法性评价机制。北大中文系文艺学在中国文艺理论界影响很大,出了不少知名的学者专家。在马列文论、文艺理论、古代文论、西方文论、文艺美学、文艺心理学等方面都各有建树,获得文艺理论界的高度重视。

但是,整个文艺理论界也存在一些问题,需要"三省吾身",严于解剖自我。20世纪一个世纪已经过去,文艺理论家还提不出自己的原范畴、体系、思想,还不应深切反省吗?文艺理论介于文学和哲学之间的困惑性在于,我们不能不作形而上的思考,但是当我们进入这种纯理论思维时,却不期然地失落了文学的丰满感性的体验意味;而当我们沉浸于文学的感性意味中,却有可能丧失了超越性的生命感悟和理性澄明性。在我看来,当前文艺学研究存在着泛化的弊端。一、泛文化化——无所不知,无所不晓,但言不及义;二、泛商品化、消费化,没有精神穿透性,对低俗文化现象善于合法性解释,而很少深度反思;三、泛身份化,文学批评家丧失了批判精神和严格把关精神,人们在谈问题时会出现身份意识淡薄的倾向。面对文化和文学观念的论争,面对西方各种流派共时性地进入中国学界,学界的浮躁成为一种"现象",可以说,近二十年来,文学理论面临成堆的问题的同时,也出现了淡化或放弃思想的征兆。比较明显的有:热衷于表面的各种会议多,到处办会和开会,个体独到精深的思考少;观点左右上下摇摆多,坚持数十年如一日探索少,理论的钻头精神更少;关注纯理论思辨多,从事当代问题与问题的解决少等。

一个民族的文学理论是时代的风向标和精神的温度计。如果我们只是听从一种霸权主义声音的训导,而不再或者不想再发出自己的声音,就会出现所谓的"文论失语"的"不声而哑"甚至"又聋又哑"现状。事实上,在多极化的世界,任何一个小民族、小语种、小文化都可以发言。但只有那些不断坚持发言,不断地可持续地争取"文化发言权"的民族,才能不因为文化精神的"哑"而成为西方"头脑国家"的一种文化摆设——"肢体国家"。我们要自己在"他者镜像"中提出"新世纪中国问题",而且还不能在文艺和美学上自恋和自满,相反要将这种有效的思想变成人类性和世界性问题。中国文化作为亚洲汉字文化圈中的重要文化发源地，应该成为东方文化的重要代表，达成这一点需要我们真正意识到：新世纪的世界学术重要问题就是"发现东方"并重新"阐释中国"！

值得欣慰的是，一批真正的理论家，仍在思考和写作，他们多年的思考浓缩在自己的著作中。在这四十年的理论风雨中，我们能够逐渐走出独断论的话语框架，能够更具有开放精神谈论当今世界各种不同的思想和理论，在很大程度上是一批具有探索勇气和思想创新意识的理论家艰苦努力的结果。他们承担了巨大的理论风险，受到了各种数不清的攻击和压力，为中国的学术发展和文学理论的拓展，做出了自己的努力。应该说，在这些文艺理论开拓者的身后，又成长起一批新的文艺理论家，他们在前人开辟的理论基点上，进一步从事世纪之交的中国文学理论和文化分析，关注现实若干知识学和文本美学问题，关注各种复杂问题及其问题背后的话语权力运作，并力求透过"问题"审视"主义"，进而从思想深处进行自我思想清场。

中国学者不应照搬和移植西方文艺理论，而应在与西方文论参照对比中，整理、分析、总结自己的当代文艺理论，进而建设中国当代文艺理论体系。当我们真正把握了20世纪西方文艺理论的真实意义，真正领悟了当代中国文论下潜藏的存在本体论意义空洞之时，我们的知识型将有全新的结构。在文艺理论和美学研究的深层，涉及一个远为深邃而且相当重要的问题，即中西文化精神的走向问题。要建立当代中国的文艺理论体系，必须首先清楚西方文化和文论的主要趋势和价值取向。只有真正弄清了西方文论的"文化灵魂"，同时也认清了我国文艺理论亟待鼎新革故的方面，才可能取长补短，扬优弃劣。

文化强，则国家强，文化兴，则国家兴。中国文艺理论和美学方面，有这样一些名师，他们致力中华民族崛起于世界民族之林，使得中国文艺学和美学成为全世界所共享的东方资源。这些名师是：宗白华、朱光潜、钱锺书、季羡林、李泽厚，等等。我相信今天的优秀学者已经超越了民国的学者，起码冯友兰的哲学史在某种意义上比胡适的半部哲学史要高；起码季羡林的东方学比民国很多的学者要高；起码宗白华的美学比民国时期那几个美学家要高。我们大可不必自卑。而且我们新一代的，1977年高考的新一代的学者，他们正当盛年，他们到了晚年，到了八十岁、九十岁，乃至百岁，一定会得出可喜的成果。

黎潇逸： 近年来，"回归经典"成为学科关注的热点和潮流。您在多年执教中所确立的中西文化研究互动和中国立场、所坚持的"国学根基、西学方法、当代问题、未来视野"的四条法则，是否在和这一热潮保持着某种对话关系？是否有可能寻找一个中国文艺理论的主体位置？

王岳川： 我把自己做学问的方法归结为"国学根基，西学方法，当代问题，未来视野"。可以说，这十六字"心经"是我长期以来做学问的一点体会。没有这四条法则，学问可能只是知识性的积累，而不会产生思想性的飞跃。正是依据这古、今、中、西的问题意识，使得我在大学时代注重对中国古典文化的研读，研究生时代则转向现代西学的研习，在执教北大多年后，则转向中西文化研究互动和中国立场的确立，这是一个在转型的"否定之否定"中精神深化和人格修为的过程。

2003年北大书法所成立的时候，我提出了"回归经典，走近魏晋，守正创新，正大气象"十六个字作为"文化书法"的基本定义。我坚持认为：中国新世纪的守正创新的大国文化不是霸权性文化，不是"中国威胁论"的冲突性文化，不是西方人眼中的愚昧落后衰败文化。中国文化是具有境界的精神文化，是怀有天下观、博大精神的博爱文化。在此意义上，中国文化的新世纪输出是对全人类未来的贡献。我们应努力进行中国文化输出，使中国文化和艺术逐渐世界化变为可能。

当今世界正在兴起一种"回归经典"的文化大潮。中国文化学者应该在回归经典中"守正创新"，在"物质现代化"进程中开始实现"精神现代化"。中国现代化必须从本民族高度向人类共同高度出发，坚持文化拿来与输出中的自主创新，使中国思想成为人类思想，进行可持续的文化自我更新，进而走向绿色生态文化、知识创生文化。

黎潇逸： 您曾在文章里谈道：学术不是进身之阶，不是骄人之本，不是霸权话语，学术只能是"天下之公器"。应该如何理解这个"天下之公器"？基于您所秉持的这种精神态度，您对中文系有志于"以学术

2008年，王岳川与季羡林先生（左）在301医院对话

为业"的学子们还有什么寄望？

王岳川：学术是二三素心人潜沉商量的情怀，而不是大呼隆"大跃进"。学术人生由无数个短暂瞬间构成，珍惜每个稍纵即逝的瞬间，积淀每个美好短暂的经验，会形成学术智慧。真正的写作是用命换的，人都是趋懒的动物，怎么舒服怎么过。有的人一辈子悠然而过，有的人却著作等身。只有少数人明白人生短暂，才会用命写作！明乎此，我才坚持：学术不是进身之阶，不是骄人之本，不是霸权话语，学术只能是"天下之公器"。

进一步看，学界应该放弃那种文化失败主义和文化自卑主义，而应清醒地认识到：文化定输赢，和谐救人类！新世纪文艺理论话语转型不同于20世纪80年代之处在于：80年代有太多的"发现西方"的"拿来主义"情结，而今有更多的文化自觉的"发现东方"和"文化输出"的新眼光。

王岳川书蔡元培语"兼容并包,胸怀天下"

古代知识分子心中有"天下",故而"天下兴亡,匹夫有责"。国人心中的"天下",是中华民族生老死葬的这片热土。如果一个艺术家,一个美学家,一个作家,一个画家,一个书法家,不爱这片热土,心中没有天地,没有天下,而且还没有公正、公平、公信的"公器",文化软实力可能就真的"一手软"了。我认为"学术乃天下之公器"全在于学者用公正的心去研究学问。我不相信一个目无"天下"的学者能够把学术变成"天下之公器"。如果他不知道有天下,那么他所做的学问只是为稻粱谋的学问。如果说,"铁肩担道义,妙手著文章",是北大百年无数先贤风骨精神和理想人格的真实写照,那么,"发现东方"和"文化输出"则应是新世纪学人一代传一代的历史责任和使命。

关系人类命运的中西文化交流关系,不再是19世纪的"中体西用",或20世纪的"西体中用",而只能是21世纪的"互体互用",使民族主义和冷战立场让位于人类的互相理解和文化互动,使东西方消除文化误读,使人类的未来成为东方和西方共同关心和构筑的远景,那就是我的终极向往——"人类之体,世界之用"。作为东方大国应该深思,中国文化应该怎样创新并持之以恒地输出。中国应该站在人类思想的制高点上来思考人类未来走向,文艺理论创新和超越应该共建新世纪的人类文化艺术精神坐标。中国崛起将不是中国越来越像西方,而可能是西方世界开始吸收中国经验智慧。

我在北大中文系教学已经三十二年了。我认为北大的情怀,中文的精神体现在脚踏实地的学术探索和教书育人中。北大是有魂的,未名湖是有魂的。中文系培养的人是有情怀和远景的人。希望中文系新一代学者和青年学生们,把这一百年优良传统,一代一代发扬光大下去!

陈保亚

语言研究——田野、材料与理论

受访人：陈保亚
采访人：何治春
采访时间：2020 年 9 月 23 日

受访人介绍	**陈保亚**	生于1956年，1994年获北京大学博士学位，师从徐通锵先生。现为教育部人文社科重点研究基地北京大学中国语言学研究中心主任，北京大学博雅教授，中文系语言与人类复杂系统研究平台主任，北京大学—香港理工大学汉语研究中心主任（北大方）。研究方向包括语言接触、历史语言学、理论语言学、语言哲学、茶马古道研究等。1997年和2011年两次获得"王力语言学奖"一等奖。2018年获得国家教学成果一等奖，2019年当选第十五届北京市高等学校教学名师。代表作有《论语言接触与语言联盟》《20世纪中国语言学方法论》《20世纪中国语言学方法论研究》《当代语言学》。
采访人介绍	**何治春**	北京大学语言学及应用语言学专业博士研究生，研究领域为汉语方言、苗瑶语。

何治春：您之前有过一段学医的经历，后来又转到语言学。什么缘由让您选择了语言学，而不是其他专业，比如您同样也喜欢的数学、物理等专业？您觉得语言学最大的魅力是什么？

陈保亚：从小我就对科学中的秩序和理论非常感兴趣。从中学时候开始，在班主任和数学老师陈容光老师的影响下，我特别喜欢去钻研爱因斯坦的理论和数学的完美证明。后来，77级高考填志愿时我也全部填了理论物理。那时候似乎不太管你志愿填的什么，也许和我当知青时的两年赤脚医生经历有关系，最终被录取到华西医科大学。我的赤脚医生经验对我学习本来是有好处的，但后来发觉自己有色弱，学医不合适，于是我就转到了西南师范学院（西南大学）学文学。当时也考虑过转学数学，但没有联系上。转文学的一个考虑是西南师范学院有个吴宓教授，中学时听老师介绍过，很感兴趣，但我转到西南师范学院时吴宓教授已经去世了，非常遗憾。转到文科以后，我开始对哲学中的许多问题感兴趣，尤其是关于秩序与逻辑的问题。随后，在语言学概论老师毛秀月教授的引导下，注意到哲学的根本问题是语言问题，目光又被维特根斯坦、索绪尔、布龙菲尔德和乔姆斯基等吸引，从逻辑与秩序出发，慢慢开始对语言学产生了不小的兴趣。就这样，随着这些因缘，我一步步走进了语言学。虽然说离开了医学，但当时所修的数学、化学、物理、解剖、实验等课程训练了我的逻辑能力和观察能力，这些给我以后的语言研究带来了很大的帮助。

何治春：您的硕士和博士阶段的导师都是徐通锵先生，您应该是徐先生带得最久的学生了，老先生对您的影响肯定也非同一般。徐先生在语言领域有很深的建树，有很多原创性的看法。作为学生您能谈谈徐先生的学术风格，以及他对您的学习和研究生涯的影响和帮助吗？您在学生时代北大中文系还有哪些老师对您产生过很深影响？

陈保亚：在学术风格上徐老师对我的影响非常深。"从事实出发"可以看成徐老师带领我们研究理论语言学的基本原则。这本来是自然科学研究中一个非常简单的道理，但在语言学和人文科学中坚持这一原则却不简单，因为长期以来这里的评价标准不像自然科学研究领域那样完全根据事实、计算和逻辑。我做硕士论文期间，经常和徐老师、王洪君师姐在一起讨论语言的结构、系统、变异、音变原因等问题，我们也谈到语言以外的系统论，谈到耗散论和信息论，当时的"三论"是认识系统性质的三个视角。我们在徐老师那不太宽敞的家里分享着运思的乐趣，品尝着徐老师泡的很浓很浓的茶，无所不谈，气氛格外轻松。但是徐老师绝不让我们空谈，各种知识结构只是背景和借鉴的源泉，在关键的时候就要落实到语言事实上来。

徐老师指导我研究不只是把关让我不犯学风、逻辑和材料方面的错误，而且能够在我提出问题时，引导我继续读哪些著作，这需要指导老师有深厚的学术积淀。记得刚入校和徐老师交谈时，他就告诫我们不要只读当前刊物上的论文，不要跟着杂志刊物跑，不要囿于所谓热点问题，而要抓住根本问题。徐老师让我先系统读索绪尔、萨丕尔、布龙菲尔德、莱曼（W. Lehmann）和莱昂斯（J. Lyons）等人的著作，还有徐老师的一

2000年，徐通锵参加博士论文答辩时与同事、学生合影（前排左起依次为：陈章太、唐作藩、王洪君、杨耐思、徐通锵；后排左起依次为：刘现强、高晓虹、侯精一、王福堂、陈保亚）

些文章。尽管索绪尔和布龙菲尔德的书原来也读过，但很多都没有读到要害处，也没有读出问题，这次是在徐老师的指导下精读，一边读一边讨论，徐老师的很多读书心得也都融会到我的思路中了。徐老师也时刻教导我，读书不能停留在总结别人的创新上，而要进一步提出经典作家未能解决的关键问题。

这一招很管用，读完以后感觉到知识结构和以往大不一样，各种理论的来龙去脉和相互关系一下清楚多了。徐老师说这就是学术史眼光，研究理论语言学必须要有学术史眼光，才能进入下一步的研究。这时我第一次领会到了系统阅读经典著作的价值。这大概是名师指点的第一个好处。经典著作是知识结构中的一些重要支点，要分清哪些是经典著作本身就是做学问的一大难关。

对于徐老师，做学问已经是他的一种生活方式。研究语言学是他生命的主要部分。在语言分析中智慧地生活着，是徐老师最大的乐趣。有人说徐老师是清贫的，这要看我们怎样理解富裕。有的人在生活上富裕，有的人在思想上富裕，这两类人还经常相互瞧不起。徐老师是在思想上富裕的人。徐老师平生做学问做人小心谨慎，反对大而化之，但不跟人论伎俩抠字眼，一切尽在心中。一旦水到渠成时，敢于和重要理论模型交锋，可谓"大勇若怯，大智若愚"。熟悉的人都知道，徐老师做学问有大气，驾驭全局的能力比较出色。这是一种难得的能力，需要深厚的功力。

说到北大的其他老师，朱德熙先生极具理性精神，学问有品位，有境界，给我留下了很深的影响。还有很多老师，治学严谨，实证精神很强，形成北大语言学学风，也给我留下了非常深刻的影响。

何治春： 您的博士论文提出了语言接触的"无界有阶"理论模型，是历史语言学中的一项重要的原创发现，您能介绍一下这个理论模型形成的相关背景和所解决的问题吗？

陈保亚： 谈不上重要的原创发现，只能说是一种探索。李方桂先生的汉台同源假说影响很大，国内很多人都接受这种说法。但国外也有不同意的，比如白保罗。这当中关键的问题是同源词。有的学者基于语音对应认为是同源词的，另外一些学者认为是借词。这就涉及语音对应到底能不能拿来作为判定同源词的标准。1982年大学毕业，我去了云南民族学院任教。从那个时候开始对傣语进行调查，我发现傣语中的西南官话借词和傣语原词对应非常规则，这种规则性并不亚于同源词的对应规则性，并且有不少基本词汇借用的情况。从那个时候我就开始了对傣语和汉语接触的追踪调查。读硕士期间，在徐老师的指导下，调查更加深入系统。硕士毕业后，我到了云南大学任教，继续开展这方面的调查。慢慢我发现，在保持语音对应的情况下，基本词、同族词和同音词都是可以借用的，也就是说仅仅用语音对应来确定同源关系是不充分的，需要另外的证据。

1991年我再度回到北大，在徐通锵老师门下读博士。我在徐老师指导下精读了魏因赖希（Weinreich，1953）和托马森（Thomason，1988）关于接触的书，深受启发。但二人都在不同程度上认为接触有界限，托马森尽管提到了词汇借用没有界限，但她认为基本词的语音对应规则是有界限，不会横向传递，这与我们的观察结果不一致。在后来的追踪里，我发现接触时傣族学习汉语音位在结构上有先后顺序，呈现一种有阶分布。所以说语言的接触是"无界有阶"的。"无界"指只要社会条件足够，接触会抵达系统的各个层面，包括基本词汇的语音对应，"有阶"指接触的深度是按照结构排序的。在此基础上，我提出了语言接触的"无界有阶"模型。在这一模型基础上，提出了"词阶法"，用来判定处于同一对应层的词是接触造成的还是分化造成的。基于斯瓦迪士核心词列表（Swadesh List）的第 100 词和第 200 词，我们在大量语言上做了调查分析，最后发现存在语音对应的关系词比例在分化和接触情境下的分布是相反的。大致来说，如果两种语言是接触关系，那么关系词落在 100 词中的比例少于 200 词，这是一种发散分布；如果是同源关系，关系词落在 100 词中的比例要多于 200 词，这是一种收敛分布。根据这个结论，我们在汉台关系词上做了检验，发现有语音对应的关系词落在 100 词集的比例远低于 200 词集。我们认为这些早期对应词是汉语和侗台语存在接触关系的证据。当然，在汉语和侗台语之间是否能够找到更早时间层次的对应词，需要进一步研究。

何治春： 您目前正在关注和研究什么学术问题？

陈保亚： 目前重点研究茶马古道上语言变异与接触机制。该研究重点观察正在进行的活的语言现象，从微观的和动态的异质有序过程中认识语言系统机制。从中国语言和方言丰富多样的变异类型以及接触类型出发，全面系统地收集语言横向传递的数据，展开语言变异和接触机制的深入探讨，同时结合其他领域研究成果和方法进行跨学科研究，充分厘清中国语言中纵向传递和横向传递交织的途径和复杂机制。模块包括内源性语言变异研究和外源性语言变异研究。内源性语言变异研究主要研究中国语言及方言内部的发展变化，包括语音系统、词汇系统和句法系统的自组织运转，其中新的成分如何产生，并如何逐步替代旧的成分。外源性语言变异研究主要从中国语言及方言丰富多样的接触类型出发，全面系统地收集语言横向传递的数据，展开语言接触机制的深入探讨。

语言是一个高度异质性的复杂系统，人工智能等应用学科要有所突破,需要解决这个难点问题。异质指自然语言符号系统是一种存在丰富变异的符号系统,这一点不同于其他人工符号系统。有序指自然语言符号系统在共时和历时层面都是有规则的。我们的研究将在丰富的语言变异中研究语言的有序性和规则,即语言的机制。语言系统机制包括语言运转机制和演变机制两个方面。

何治春:您对本科生教学倾注了很多的心血。"语言学概论""理论语言学""田野调查"等本科课程,每门课程基本都配备了两三位助教,在您的带领下开展课堂跟踪、课后答疑、小论文辅导等工作;同时,您也为本科生提供了大量的暑期田野调查机会,让他们进入田野,真正动手实践。在教学方面您提出了"三一"教学模式。近年来,您屡次获得各个层级的教学奖励,去年您所带领的语言教学团队获得了"国家教学奖"。

您很注重本科生的研究能力的培养,您认为本科阶段课程学习(教学)、田野实践和科研的关系是怎样的?

陈保亚:如果一种培养方式不能提高学生的能力,一定有问题。"三一"教学模式指"教学—实践—研究"循环进行,最后统一到学生能力的培养上,实践是必要环节。这里的实践既包括田野实践,也包括实验室、计算语言所等地方的实践。

实践首先是正确理解概念和深度理解概念的保证。缺乏实践的学习是没有深度和广度的。很多经验在课堂上很难讲清楚,即使老师在解释概念时引用大量例子,学生仍有可能不理解。学语言就像学游泳,你不能只在陆上学习基本概念,然后根据这些概念来归纳游泳理论。比如国际音标中发音方法众多,浊塞音、送气擦音、鼻冠塞音、清边音、小舌音等音在一般汉语方言中都很少见。课堂上的学习其实十分有限,只能获得初步的印象。要在田野调查中才能发现现实发音中的丰富多样性,比如清塞与浊塞的差异,其实对立的方式很多,吴方言的清浊对立和彝语的清浊对立,其发声方式就不同。田野调查中你还会发现语言变异相当复杂,但人脑有处理这些变异的能力。课堂上接触到的语言实例往往是理想化的、同质化的。实际的语言是一个复杂系统。人工智能在处理语言的问题上遇到困难,很大程度上在于所依赖的语言学理论建立在同质化语言材料的基础上。

实践还是检验课堂理论的标准。比如一般的语言学概论课讲到语言接触,都说词汇最容易扩散,语音、语法不容易扩散,那是只观察了语言的借贷,但在田野实践中你会看到,傣族人说汉语很容易把语音规则、语法规则带进当地的汉语,其次才是词汇,这是母语干扰过程。在田野实践中,你会看到错综复杂的接触方式,过去把接触问题简单化了,其中一个重要的原因就在于缺少田野实践。现在还有很多语言学家,认为语言接触不会深入到核心词、语音、语法,都是因为没有在民族村寨居住过或居住的时间太短。只有田野实践才能真正观察到可靠的事实。我现在最担心的就是不少老师传授了一些错误的结论,还说是基本概念。这是很危险的。有很多历史语言学家和接触语言学家从来没有做过田野调查,这对教学和科研也是很危险的。我们现在的很多语言理论还建立在古代文本的基础上,文本只是书面语,很多丰富的语言现象并没有在文本中记录下来。比如进入田野实践,你会看到大量的双语者和双方言者,但文本不反映这一现象。仅仅靠文本来归纳语言理论是远远不够的。

实践也是学术研究的推动力,因为在实践中发现理论概括不了材料,这才需要展开研究,解决问题。理论需要材料来建构。我喜欢学生问问题,问题导向是把教学和科研结合起来的有效方式。错了没关系,但一定要有发问的习惯,本科生要有提出问题的能力。有问题意识的学生往往比较容易找到好的科研选题,好的科研选题才能创造好的科研成果。一方面,带着问题下田野,能够加深学生们对课堂知识的理解;另一方面,在田野实践中产生新的追问,能够带着问题回课堂,开展下一步的研究。而带回来的这些问题、发现与创见,同时也能促使教研结合,不断延展课堂的深度与丰富性。正是这一"问题—互动"模式,有助于解决教学与调查、科研脱节的难题,以及改变语言学方向学生理论脱离实际,套用国外理论和高分低能的现状,更加聚焦于创新人才的培养。儿童生来喜欢追问,追问来自对观察事实的好奇,这是很好的天性,可惜很多家长不耐烦,于是很多儿童长大后沉默了,不观察了,也不追问了,

1986年6月28日,中共江西省高安县委党校欢送北京大学方言实习队(第四排右八为研究生时期的陈保亚)[来源于北京大学档案馆]

这很可惜。实践也是培养观察和追问的习惯。

何治春：本科生的评价问题一直以来是个难题，涉及考试能力、公平性、科研能力等诸多方面，最近两年您也提出过一些新的看法，比如"双轨"评价，您能谈谈吗？

陈保亚：成绩评定的科学性已经成为评价学生学习能力、调动学生学习积极性和有效支持高含金量学科的重要因素，所谓"高分低能"带来的弊病正说明现有成绩评定模式无法有效体现学生知识结构的含金量。因此，我们提出了评定成绩的双轨制方法，即绝对成绩和排名。在一个100人的课堂上，90分排名第一和90分排名第50，含金量是不一样的。

另外，我们的评价系统更不能局限于考试的卷面成绩。实际上我们的每一门课程的评价都由课堂提问积极度、课后作业完成质量评分、期中小论文得分、期末考试卷面成绩、期末论文得分等若干环节组成。这样的评价更为综合，也更为客观。为此，我们建立了精细的课程反馈模式，为每一位同学建立学习档案，包括卷面成绩、课堂提问回复与追踪、课堂讨论记录、作业详细批改意见、期末卷面分析、进一步学习具体建议等项目，每位同学最终会收到500—1000字左右的详细指导意见，极大激发了学生的学习热情。这些程序一方面促使同学们整理一学期所学框架，检测自我学习情况，明确努力方向；另一方面也检验着教师的教学成果，为下一次授课积累经验，同时以适当的区分度挑选适合进行专业研究的人才。不过，这也要求教学过程中教师和助教必须要有非常高的参与度。

"双轨"评价在于重视成绩排名。在当前大学生选课过程中，普遍存在"高分趋易"选课现象，即只要老师给的分数高，考试容易，就有大量学生选课。结果是，一方面含金量很高的课程没有人选，另一方面很多课程老师为了招揽学生也迎合学生的"高分趋易"行为，最终导致学生知识结构不充分、不完整，教学质量大幅度下降，含金量高的学科被淘汰。这已经成了当前高等教育普遍存在的问题。为了解决这方面的问题，我们还展开学生能力实现的后续追踪。一种教学方法或培养方式是否有效，还应该看所培养的学生后来走向社会的表现。比如我们的学

陈保亚讲授理论语言学课

生汪锋、咸蔓雪、宋作艳、李子鹤等后来都拿过语言学重要奖项,邝剑菁是美国几个重要语言学实验室之一的负责人,他们的最大特点就是经常参与调查实践。吸取这种培养经验,通过调查实践的参与度来评价学生,后来成为我们的重要权重标准。

在双轨制的基础上,最近我们现在又加入了"师承参数"。即使都排名相同,裘锡圭老师的"古文字学"第一名和一个普通老师的"古文字学"第一名,含金量是完全不一样的。传统有所谓"师高弟子强",这个说法不完全正确,但大致能说明知其师则知其学生的道理。目前大部分高校的学生成绩单中没有注明任课老师姓名。当学生进一步深造时,接受单位的老师仅凭绝对成绩分数和相对成绩排名仍然不能充分把握学生的知识结构。现在我们要求推荐生在成绩单上注明任课老师的名字。

必须要把任课老师的信息作为反应知识结构的重要参数来对待。通过任课老师的信息及其所给的成绩,我们大致可以确定一个学生对该课程知识结构的掌握情况,大致可以通过老师的研究路子了解到学生在这门课程方面可能有的一些知识特点。我们知道,同是语法分析的课程,结构语言学、功能语言学和转换生成语言学的老师所教授的知识结构是

陈保亚（左）在海南岛搜集回辉话长篇语料

完全不一样的。

何治春： 相比于本科，研究生的教学和培养差异主要应该体现在哪些方面？

陈保亚： 研究生培养的基本思路是"研究先于学习"。没有研究的学习是没有深度的。来北大语言学方向的学生都是经过筛选的，知识结构有一定的基础，因此可以让他们参加课题研究，在研究过程中展开阅读和课堂学习，理解问题更有深度。

研究生学习的方式和本科生也不同。研究生需要一边研究，一边大量阅读，然后在课堂上结合研究、阅读做报告，老师加以分析、点评，逐渐培养独立的研究能力，尤其是选题能力、可行性能力、材料获取能力和论证的能力。如果说本科生这四方面的能力是在老师协助下培养的，研究生这四方面的能力则主要由自己完成，这就是独立研究能力的四个关键点。

在能力培养的等级上，我们有一个基本的"本科—硕士—博士"递进模式，基本要求是，本科生要有提出问题的能力和在老师的协助下研究问题的能力，硕士生要有独立研究问题的能力，而博士则应培养独立建立理论模型的能力，并力求对前人理论有所突破。我比较重视培养研究生从材料到理论的研究思路，所以他们有大量的时间在做田野调查。培养研究生走的也是"教学—实践—研究"的"三一"教学模式，只是研究上的实践和研究两个环节权重要大得多，对他们的教学更多注重阅读讨论，所以基本模式可以说是"三一"模式的一个变体，即"讨论—实践—研究"。

研究生培养的另一项重点在"教学相长"理念的实施，即让研究生参加助教团队，协助教学，带领本科生参与田野实践。北大本科生整体素质高，往往能够提发现和提出很多根本问题，通过助教工作，研究生很多不牢固的知识点可以得到巩固完善。另一方面，和老师比较起来，本科生和研究生在知识结构、思维模式、年龄结构上更接近，更容易沟通，本科生和研究生的互动有利于"教学相长"理念的实施。

何治春：就本科语言学教学方面，您认为中文系有哪些优势？哪些方面还需补足？

陈保亚：谈到优势和不足，必然要问评价优势和不足的标准。由于高考的特殊机制，从整体上说北大中文系的本科生集中了全国学中文的尖子生，整体素质是最强的。从整体上说，北大中文系的师资队伍也是全国最好的队伍之一，证据是教育部的评估、教育部文科重点研究基地评估。因此，北大中文系有学生和师资两强优势。

但是，目前我们培养出的优秀学生和北大两强优势的条件是不相称的。我们本应该培养更多的更优秀的学生。前面提到的"高分趋易"的评估方式是负面影响的关键因素之一。再一个负面关键因素就是"铜铁充金"的现象，即根据学生发表成果的数量、引用数量等来评估学生的能力。铜铁堆积再多也不是金子。"高分趋易"和"铜铁充金"都是以量取胜，对培养一流人才是很荒谬的做法。道理很简单，我们不能因为一个百米运动员一生跑了多次 10 秒的最好成绩，就认为他比一生只跑了 1 次 9.6 秒的人更有实力。北大中文系既然有两强优势，就应该有自己独立的评估标准，比如，北大中文系老师对学生能力的评价，通常都是比较准确的，不用社会上流行的数量评估标准。

陈保亚在中文系 2019 年毕业典礼上致辞 [来源于 "北大中文人" 微信公众号]

各学科的难易不一样,评价标准也是不同的,应该分开评估,优秀名额按照专业分配。比如文学专业的学生发表成果比语言专业的学生容易,如果以量取胜,语言学专业的本科生会吃亏,进一步,选择语言学专业的人就会减少。其实文学专业内部和语言学专业内部也都存在成果发表难易的差异,如果以量取胜,难度大的学科就会逐渐被淘汰或萎缩,中文系两强的优势就难以维持,最终培养的本科生会越来越弱。

其实衡量一个学科的重要参数就是能否解决难题,现有的量化评价标准不利于解决难题,不利于一流学科的发展,这是问题的关键。这也是为什么改革开放几十年,我们很少有世界一流的成果。像刘半农《汉语字声实验录》(1925)那样的一流成果,现在很少有了。那时候没有量化标准。

何治春:在研究的方法论上,您经常提到"理论照亮材料",并时刻提醒我们要有理论的高度。在您的理念中,材料和理论之间的辩证关系是怎样的?

陈保亚:合理的范式应该是二元循环模式,即"理论—材料—理论"。中国早期语言学研究涉及西方理论时,研究范式多限于从理论到理论,这是一种理论介绍阶段,作为引进、解释西方理论,这个工作是必要的。从理论到理论的研究姿态由于缺乏实证,最终会走向空谈,导致无意义的争论。

为了避免无意义的理论争论,不少学者转向了另一种研究范式,用外国理论研究中国的语言材料,不追问理论本身。这就形成了研究姿态从理论到材料的研究范式转向。从理论到材料的范式遵循的理念就是"理论照亮材料"。从方法论上看这种范式是有一定道理的,如果没有经过语言学理论训练,再优秀的母语发音人,也看不到自己母语中的音位、语素、词和直接成分,原因就在于他的材料得不到理论照亮。理论训练越严格充分,越有利于调查,越有利于发现材料中的规律。

但是"理论照亮材料"必须以理论的有效性为前提,而从理论到材料的范式更多的是接受西方理论来分析汉语或汉藏语,如果这种西方理论有不能解决问题的地方,再换一种西方理论,或者用几种理论来进行互补研究。这种态度的好处是大家都扎扎实实地做研究,不去争论理论,最后的结果也能解决不少实际问题。其弱点是如果理论模型概括力不够强,材料和理论就会脱节,就可能给材料增添一些不存在的性质,甚至出现牵强附会或理论歪曲事实的现象。

正是因为"从理论到理论"和"从理论到材料"都有严重的局限,随着问题的深入,人们必然要追问为什么要根据某种理论研究汉语和中国境内的语言。这个问题继续追问下去,就会追问到印欧语的方法是否适合汉语以及中国境内语言这一根本问题。近十几年来,经过一些学者的努力,方法论研究的思路开始明确了,出现了研究姿态向"由材料到理论"的重要转向。一些学者认识到,建立在印欧语基础上的方法论有没有普适性,需要在汉语材料中验证。有的可能有普适性,有的没有,这就需要从汉语的实际出发归纳新的方法和理论。从材料到理论的范式基于"材料建构理论"的理念。

归纳的理论是否有效,还得用来处理材料才能发现问题,这又回到了从理论到材料。如果出现了问题,再根据材料调整理论、建构理论,所以我们说合理的方式应该是"理论—材料—理论"这样一种二元循环的范式，即"理论照亮材料，材料建构理论"，材料是关键，我们前面提到的"三一"培养模式也是根据这种二元循环范式设计的，实践在连接教学和研究中是关键一环。教学让学生有了理论知识，可以在田野实践中发现问题，田野实践获取了材料，又可以用来展开进一步的研究，建构新的理论。

何治春："茶马古道"研究近些年来很热门。从1990年7月份"六君子"开始"茶马古道"川藏滇大三角的考察，到2020年恰好30个年头。可以说"茶马古道"已经成为一个人类学、语言学、地理信息等诸多学科参与的大的研究课题。作为"茶马古道"发现者和命名者之一，您如何定义和看待"茶马古道"这个概念？又怎么看待目前的"茶马古道"热？

陈保亚：1990年夏秋，我和木霁弘、李旭、徐涌涛、王晓松、李林徒步3个月考察了滇藏线和川藏线马帮运茶古道及语言分布情况。因为这次行动极其危险，历经艰辛，后来有人就把我们6人称为"六君子"。我们一路调查采访发现，这些被遗忘的马帮古道并不是局域古道，而是以滇藏川为中心，可以延伸到很远的地方，具有远征性，主要线路有两条：一条从西双版纳、普洱经过大理、中甸、拉萨到印度；一条从雅安经过康定、拉萨到印度。这两条远征古道赖以维持的必要物质是茶，最主要的运输工具是马属中被驯化的马、驴及其杂配马骡、驴骡，还有牦牛、骆驼和羊，于是我们把这两条马帮古道命名为茶马古道，并于1992年发表了关于茶马古道考察和研究的第一篇论文《论茶马古道的历史地位》和第一本专著《滇藏川"大三角"文化探秘——茶马古道研究》。由此开启了茶马古道的研究，此后研究一直很活跃。

茶马古道的热潮可分为学术热和旅游热两个方面。从学术上看，丝绸技术和茶叶技术最早出现在中国，并且在中国得到高度发展，这两项技术对世界文明传播有重要贡献。丝绸技术的出现导致了丝绸之路的出现，使欧亚大陆首次有了远征古道的连接。茶叶技术的出现和高寒地区民族嗜茶行为的形成，导致茶马古道作为生命纽带出现在世界高地及其

30年前的记忆——"六君子"中甸合影（右三为陈保亚）

周围，横亘整个欧亚大陆的最大阻障被克服，欧亚大陆两端的连接不再中断。和丝绸之路一样，茶马古道有很多值得探讨的内容，比如茶马古道和茶马互市的关系，和丝绸之路的关系，和古盐道的关系，和民族协和的关系，和茶学的关系，以及藏族恃茶行为形成的机制，这方面的调查和研究所涉及的内容相当多，是跨学科的，包括语言学、地理学、历史学、考古学、遗传学、民族学等各个方面。追问这些问题形成了茶马古道的学术热。

从旅游的角度看，不是其他古道，而是茶马古道最终征服了横断山腹地，也因此最终征服了欧亚大陆最高地。茶马古道是人类行走文化的奇迹，然而这个奇迹后面隐藏的是人类古道征服艰难险阻的最简单原则：高原恃茶民族对茶叶的需求。茶马古道奇迹激起了很多深度旅游者、行走文学者等的兴趣，由此形成了旅游热。

何治春：目前的"茶马古道"相关研究，您认为不足的地方在哪里，未来能够深入研究的方向有哪些？

陈保亚：茶马古道研究的内容很广泛，但目前的研究实证性还不够

2018年5月，陈保亚在大巴山茶马古道考察 [何治春 摄]

强，调查不够深入系统，最迫切需要研究的几个方面是：

第一，茶马古道遗迹、文物、非物质文化方面的田野考察。随着国家现代化建设步伐的加快，不少遗迹和证据在消失，迫切需要被记录下来。茶马古道在境外延伸的相关遗迹也需要考察，这些是茶马古道相关研究繁荣的一个基础。第二，茶马古道的演化研究。实际上不少古道很早就形成了，之前可能是民间局域的移民通道、宗教传播通道、盐道等，它们是如何一步一步向茶马古道演进的，需要更为深入、细致的研究，这也涉及茶马古道的起源和扩展问题。第三，目前还缺乏阶段性的总结性著作。

何治春："茶马古道"沿线区域，往往又是中国语言最为丰富的地区，将茶马古道研究和语言研究有机结合起来并非易事，您最近在这方面做出了新的尝试，提出了"古道语言学"的概念，能否请您谈一下？它和目前地理语言学有何关联和差异？

陈保亚：茶马古道和语言传播有密切的关系。茶马古道首次徒步考察的"六君子"，主要都是研究语言学的，当时启动徒步考察的主要目的之一就是追踪语言在古道上的分布情况。川黔滇藏地区通行西南官话，可以说西南官话和茶马古道是一种相互促进关系。世界上没有哪一个地方能像西南地区那样，在高山峡谷中形成一种几亿人的通语。像怒江、澜沧江、金沙江、雅砻江、大渡河、雅鲁藏布江等大峡谷，这种需要艰难跋涉才能抵达的地方，竟然都通行西南官话。一方面，西南官话为茶马古道沿线交易提供了便捷；另一方面，茶马古道的扩展促进了西南官话的远征。在茶马古道发展的过程中，西南官话不断同当地的民族语言接触，促进了语言的演化。茶马古道沿线语言的接触和演变研究是茶马古道研究的一项非常重要的内容。如果我们能对古道上的语言分布、变异、接触演变做深入研究，再结合考古、民族学、历史学、遗传学等知识，我们能够通过语言定位茶马古道形成和发展的特定时间段，甚至可以重构茶马古道面貌和古道上的语言演变机制。

我们提出"古道语言学"是为了回应早期语言学领域内著名的"波浪理论"。波浪理论认为语言的传播机制就像扔在水里的石头激起的波浪一样，从中心点一层一层往外扩散。这种理论所说的情况是大量存在的。实际上，波浪型扩散只是语言传播的一种模式。更常见的是语言沿着交通要道，呈线性网络传播。在西南地区，该模型体现为西南官话或其他强势语言沿着古道呈线性网络传播。茶马古道沿线的马店、商铺、饭庄、钱庄和往来的马帮为西南官话传播提供了条件。随着茶马古道的延伸，西南官话也逐渐成为古道上的强势通语，古道延伸到哪里，西南官话就传播到哪里。

地理语言学是研究语言和地理之间关系的一门学问，关注语言特征在地理上的表现、传播问题。古道语言学关注通语传播和方言、古道的关系。应该说，古道语言学是地理语言学的一个分支。古道语言学的研究需要我们对古道上的语言变异和语言分布做专项的、细致的调查，以充分认识古道上的语言、方言的分布规律，各种语言的接触关系，以及古道的形成时间和机制问题。

何治春：从全国各高校范围来看，在学科上北大中文系在语言学及应用语言学（理论语言学）方面的优势有哪些？目前有无短板，或需要改进和弥补的地方？

2010年,陈保亚(左三)在川藏线上做语言调查[来源于北京大学新闻网]

陈保亚: 最大的优势在于语言学及应用语言学方向能够继续坚守实证精神,这是自刘半农、王力、高名凯、朱德熙等学者以来形成的一种精神,为整个北大中文系语言学专业所坚守。目前语言学及应用语言学为双一流学科,有了一个很好的平台。

另一个优势在于目前在职老师构成了一个科研和教学实力比较强的团队,总共有11人,科研方面,有3人获得过王力语言学奖,1人获得过李方桂语言学奖,1人获得过吕叔湘语言学奖,1人获得过罗常培语言学奖,有4人多次获得教育部高校优秀成果奖,有3人获得过北京市哲学社会科学成果奖。教学方面,老师们提出并实施的教学、实践和科研相结合的"三一"教学模式,获得北京市教学成果奖一等奖(2018)、国家教学成果奖一等奖(2018),"理论语言学"系列课程得到普遍认可,获得北京市教学成果奖一等奖(2004)和国家精品课程、国家资源共享课等荣誉;"历史语言学"系列课程先后获得北京市教学成果奖二等奖(2008)。

陈保亚在办公室中［来源于北京大学档案馆］

在2016年全国16个语言文学文献基地评估中,唯有"中国语言学研究中心"被评为优秀。自世界QS排名出现以来,北大语言学和现代语言一直排在前22名以内,语言学最高排名第10,现代语言最高排名第5。北大语言学基于实证的研究得到了国内外的认可。在这些排名的指标中,中文系语言学及应用语言学有不少贡献。

我们的团队国际化程度比较高,在国际上发表了一系列重要论文。11位老师中获得海外博士学位的有5人。实验室的国际化程度也比较高,和国外有多项合作。整个语言学及应用语言学跨学科优势也比较强。以语言学及应用语言学为主,北京大学与台湾联合大学系统、香港中文大学三方,于2013年签署协议,共建"语言与人类复杂系统联合研究中心"(Joint Center for Language and Human Complexity),三方参与人员除了语言学者外,还有来自考古系、数学系、心理系、医学部、电子工程系、系统工程与工程管理系、生物医学院等的学者。"语言与人类复杂系统联合研究中心"三方紧密合作，中心年会轮流召开，以与国际学界建立良好的对话交流渠道。2014年联合中心组织了"语言与人类复杂系统国际研讨会"，主题为"语言变化"，从8个不同的维度展示了语言作为复杂适应系统的特性，成果汇集为《语言与人类复杂系统》（2017）；2015年联合研究中心组织了语言学与其他学科的国际学者"簧门对话"，主题是"语言演化与接触的数学模型"。成果汇集为《簧门对话——以语言接触与语言演化为中心的跨学科视野》（2017）。

目前需要改进的地方是，在教师人才梯队建设方面需要尽快完善。现在团队中有50后2人，60后3人，几年后要陆续面临退休，70后5人，实力较强，但80后只有1人，90后无人。80后、90后人才要尽快补充。

何治春： 去年您在中文系毕业典礼上的演讲在多个平台引起了热烈的讨论，您最后提到作为北大人要"理性地生存，诗意地栖居"，作为中文系的学生应该怎么理解这句话？最后，作为北大中文系教师，您对中文系同学，特别是新入学的新生有何寄语？

陈保亚： 我讲这些是要鼓励大家要有理性、有境界。北大曾是新文化运动的中心，是五四运动的策源地。一代代的北大人塑造着北大，给予她新的含义，自由、包容、科学、独立、爱国等都是她的标签。这些标签背后都是北大人对于理性的坚守。因为特殊的平台，作为北大人，有着特殊的使命。在未来的学习、生活和工作中，你们会遭遇诸多非理性的力量。我希望大家坚持独立的思考，永远保持一种终极追问的精神。坚守理性，我们将来才不会被种种不合理裹挟，不会迷失自我；才能活出境界，活出"诗意"。所谓"诗意"也正是指这种理性生存的最高境界。所以我对同学的寄语还是那句话："理性地生存，诗意地栖居。"

傅 刚

文学史研究应与文献研究相结合

受访人：傅　刚
采访人：冉雪立
时　间：2020 年 10 月 5 日

受访人介绍	**傅刚** 1956年生，1996年至1998年于北京大学中文系完成博士后研究，后留校任教。现为北京大学中文系教授、中国《文选》学研究会会长（国家一级学会）。代表著作有《魏晋南北朝诗歌史论》《〈昭明文选〉研究》《〈文选〉版本研究》《萧统评传》（合作）、《〈玉台新咏〉与南朝文学》《汉魏六朝文学与文献论稿》等。
采访人介绍	**冉雪立** 北京大学中文系古代文学专业在读博士生，研究方向为先秦文学与文献。

冉雪立： 傅老师，您好。首先非常感谢您接受我们的访谈。我们知道，您是1996年来北大中文系做博士后研究，随后留校任教的。在此之前，您已在上海师范大学工作，并在社科院文学所读博。能请您为我们简单介绍一下当年是怎样选择了古代文学研究，又是因为怎样的契机而来到北大中文系吗？

傅　刚： 我最早对古代文学研究感兴趣，应该是在本科二年级的时候了。我是77级，那时候刚经过"文革"，大学生们都特别痛恨不讲知识、夸夸其谈、空话连篇的风气，所以进大学之后都倾向于选择一些比较扎实的学问。在这种背景下，古代文学在当时是中文系非常热门的方向，我们当时就成立了一个课下学习小组，大家开展课外学习，再请老师指导。大学毕业后，我参加研究生考试进入上海师范大学，跟随曹融南先生学习古代文学，从此就算正式进入了古代文学研究领域。

上海师范大学，当时叫上海师范学院，虽然是地方院校，但师资力量非常雄厚。曹融南先生以外，古代文学方向当时还有马茂元、章荑荪、商韬、陈伯海、孙逊等诸位先生，这所学校也是得了上海地区的风气之先，很开放，视野也很宽阔，老师的研究也都各有千秋。我从 1983 年进校，1986 年毕业留校，又一直工作到 1993 年，在上师大读研、工作的十年，收获是非常大的。但随着自己的学习、研究逐渐深入，慢慢感觉到自己在学习上还有很多不足，就想进一步深造了。当时考博士，我最想选择的是两位老师，一位是复旦的王运熙先生，一位就是社科院文学所的曹道衡先生。这两位学者，写文章非常真实、朴素，都是为了解决问题而写，文章没有空洞的题目和话语，都是研究中的新发现。而且他们的文章具有一种学术魅力，就是读起来觉得有味道。一方面，他们运用资料极其娴熟，对资料和资料间的逻辑关系也把握得十分准确；另一方面，他们对文学史现象的分析又都丝丝入扣、合情合理，能发掘出史料背后隐藏着的思想意义、社会意义、历史意义，因此往往能够阐发出别人想不到的深蕴。我当时就是从他们的文章里学习研究、学习写作。同时，我读研的时候就已经确定了魏晋南北朝文学作为研究对象，其实当时唐宋文学才是热门，但这个时段的历史、思想和文学都让我觉得非常有新鲜感和冲击力，因此我就想报考王先生或曹先生的博士。1992 年报考王运熙先生，结果考试时看错了题而落第。第二年又报考了曹道衡先生，考取后就来社科院文学所了。

曹道衡先生是北大中文系毕业的，我认为他是我们这个时代里最笃实的、学术研究成绩最好的一位文学史研究大家。曹先生指导学生，不是泛泛讲解，而是先提一些基本要求，我们自己做过研究后，再和他交流、讨论。我最大的体会是，任何时候我向曹先生提问题，他总是能够举出材料来作为解答。也许某个问题他的确没有考虑过，但是他会马上举出跟这个问题相关的资料来做解释。这些资料有的是很不可思议的，比如《尚书》他不仅能指出原文，还会背"伪孔传"。最典型的一次，我的一位同学想编一本东方朔的集子，要求搭配白话翻译，他想请曹先生做指导，让我去问问曹先生的意见。曹先生说，翻译东方朔的文字比较困难啊，然后他就随口背了一段，是我当时并不熟悉的东方朔的篇目，

傅刚在日本早稻田大学留影

曹先生说这一段文字历来都解释不清楚,你如何去翻译呢?历来都解释不清楚,但他却能随口背出,可见他的记忆力的确非常好。晚年他写《困学纪程》,回忆往事也都记得清清楚楚。

其实关于曹先生的记诵之力,他早年在北大时就有传闻。曹先生去世以后,社科院文学所和中州古籍出版社在编订《曹道衡先生文集》时开过一个座谈会,会上请了跟曹先生比较熟悉的程毅中、徐公持、谭家健等先生。程先生就回忆说,曹先生在1949年前先曾就读于无锡国立师专历史系,此后又考入北京大学,并且直接从三年级插班读书。程先生讲,他来北大插班读书的时候,他们同学间就传说新来一位同学非常厉害,能背《左传》。后来他们私交甚好,程先生就问曹先生,都说你能背《左传》,是真的吗?曹先生却说我怎么可能会背《左传》呢?可见,曹先生善于记诵是早有传闻的,但他自己却十分谦逊。

曹先生的为人谦和与他从小的家庭出身和私塾教育有关,所以他非常知礼。这点我有亲身见闻。在我跟他读书的时候,他家里常会有外地学者来电询问学术问题。我记得有一次一位学者请教他一条材料的出处,曹先生说我一时也想不起来,我也得查一查。当时我们就在旁边,曹先生挂了电话以后,就跟我们笑一下,说其实我知道这条材料出自哪里,但是我不能说,为什么呢?他不知道所以来问我,我要是立马就说我知道的话,他会觉得很难堪。所以他过了一会儿才打电话回复那位学者,他就是这么一位学识非常渊博,但为人十分谦逊的先生。

同时,曹先生对学生也极为提拔,这一点也是我作为学生有深切体会的。我跟他读书,从读书到毕业以后,一直到他去世,我基本上每周都会去他家里看望他,跟他聊天、向他请教,因为每一次都是有收获的,了解他在做什么研究,然后我们再讨论一些具体的问题。我的感受是,没有能够让他很为难的问题,他都能给你解答或者指点。曹先生去世以后,我最大的一个体会就是,我再也没有曹先生这样一位有疑问可以随时得到解答的老师了。

1996年博士毕业后,我又申请来北大中文系跟袁行霈先生做博士后。袁先生是我博士论文答辩的答辩委员会主席,他对我的研究有所了解。向中文系递交申请以后,我去拜见袁先生,袁先生就问我《文选》版本方面的问题。他对版本方面比较了解,所以问得很到位。我在博士期间对《文选》版本做过调查,所以还算熟悉,大约我的回答也令他满意,袁先生就同意接收我随他做博士后研究,两年出站后就留校任教了。

冉雪立:您的博士论文做的是《昭明文选》的研究,侧重于从《文选》的成书时间、编纂体例、文学观念等方面着眼,博士后的成果则是对《文选》版本的系统研究,这在当时的古代文学研究中都是很新颖、独到的选题,现在看来可谓前沿。请您为我们谈谈是怎样确定了这样的选题,曹先生、袁先生对此有着怎样的指导?

傅　刚:《〈昭明文选〉研究》这个题目是曹先生帮我定的。考博士生前,我本来想做一个魏晋南北朝时期的乐府研究,但曹先生建议我研究《文选》。《昭明文选》,我们学魏晋南北朝文学专业甚至所有古代文

2018年夏，傅刚（前排左四）主持在北京大学中文系召开的中国《文选》学会十三届年会，与访问学者和研究生们合影

学专业的学生都是要读的，我在本科阶段也读过，但没深入研究过。读硕士的时候，上海师大的曹融南老师也很重视《文选》，因为曹先生是黄季刚先生的学生，而黄季刚先生对《文选》有很深入的研究。

不过，"五四"以后，《文选》研究出现了很大的空白，在这个背景下开展《文选》研究，就有必要对很多基础问题，像刚才提到的作者问题、成书时间问题、编辑体例问题等进行比较系统、完整的研究。当时中国《文选》学刚刚恢复研究，《文选》学第一次会议是1988年召开的，我入学的时候已开了两次《文选》学国际学术会议，这些问题在当时也有了一定程度的讨论，但还没有综合的研究，对前人观点也缺乏考辨，因此曹先生就布置我做一个深入、总体的探讨。

曹先生当时众望所归地被推举为《文选》学会会长，因为他对中古文学的材料十分熟悉。因此，在他的指导下展开《文选》研究，无疑是站在一个比较高的起点上。不过，具体的研究思路、论述框架还是要自己探索和设计，这点我跟曹老师学习时是如此，现在我指导学生也是如此。我认为，选择题目、编制提纲、搜集材料、展开写作，老师都不应该过多干预，过多、过细致的指导，会让学生有所依赖，而且会限制学生的发挥，限制学生创造力的开拓。我博士论文的写作，基本上都是在设置好提纲以后和老师讨论，他指出问题和修改意见后我再深入写作，并不断搜集材料、拓展研究。我当时讨论的问题都是《文选》学研究迫切需要解决的，当时国内学界已有一些讨论，海外像日本学者、美国学者也都有触及，我们在充分参考他们的依据、观点后仍有辨析和推进，所以相关研究在当时是比较前沿的，博论写作对于我本人来说也是一次非常愉快的学习经历。

同时，我的专书研究有一个习惯，就是一定要先把版本的情况搞清楚，这样才能让自己对理论研究部分感到心安。因此，我在写作博士论文的时候，已经对《文选》版本进行了初步清理和研究，所以在博士后阶段就以《文选》版本研究作为研究的题目。在这方面，袁先生对我有很多帮助。大家都知道袁先生诗歌理论方面的研究在国内是首屈一指的，其实袁先生在北大留校以后，就协助林庚先生编了《魏晋南北朝文学史参考资料》，他自己也做过小说的版本研究，所以他的基本功是非常扎实，也很重视资料的建设和文献的考索。改革开放初期，应该说是百废待兴，古代文学方面的理论研究尤其匮乏。事实上，从50年代到"文革"这段时间，中国学术确实受到了比较大的冲击，但是一些文献的整理工作还是不断在进行，有些老先生甚至被打成右派后，自己在家里还能看书，或是做一些资料的搜集、整理，反而是文学理论的研究的确比较缺乏。所以我觉得袁先生很聪明、很敏锐，抓住了改革开放带来的新的思想解放这样一个时机，开展了这方面的研究，这是非常了不起的。

傅刚在国家图书馆查阅明赵均覆宋本《玉台新咏》

不过，20世纪90年代末期，我来北大做博士后的时候，袁先生的研究重点逐渐从诗歌理论转移到文献方面了，他自己就做了陶集的笺注，以及陶集的版本研究、陶渊明的年谱考订，等等。我做博士后的时候，可能正好和袁先生当时的一些学术布局和考虑契合，因此他很支持我选择的题目，也给了我很多帮助，我很感激。

冉雪立：您在《文选》和《玉台新咏》的版本研究上都有重要的突破，但我们知道，无论是《文选》还是《玉台》的版本问题，在当时都已经不乏颇具影响力的研究。您能给我们讲讲，您当时是怎样具体地收集和考辨材料，最终取得结论上的重要突破的吗？这种研究方法对文学史研究有着怎样的启发？

傅　刚：以《玉台新咏》为例，其实可以看我《〈玉台新咏〉与南朝文学》的后记，我已清楚地把自己的研究历程做了交代。我的版本研究其实都是基于文学史研究展开的，目的是服务于文学史研究。我认为文学史研究中最能体现版本重要性的就是《玉台新咏》。因为《玉台新

2018年，傅刚在日本九州大学做报告《论建安文学批评的发生》

咏》现存两个不同的版本系统，研究者选择哪一个版本，就会有不同的文学史结论。比如选择明代通行本，就会得出《玉台新咏》编在南朝陈的结论。更有甚者，引申发挥以为编者也不是徐陵，而是陈后主妃张丽华。而选择明末赵氏覆宋陈玉父本，就会得出《玉台新咏》编在梁时的结论，对萧纲命徐陵编《玉台新咏》及当时流行的宫体诗风也能做出合理解释。我是2000年开始做《玉台新咏》研究的，当时学术界的研究成果主要有日本学者兴膳宏先生的研究，以及中国学者沈玉成先生、刘跃进先生等人的研究。兴膳宏先生根据《法宝联璧序》等材料提出《玉台新咏》编于南朝梁中大通六年,兴膳宏先生的研究资料翔实,考订缜密,结论令人信服,沈玉成先生认为是铁案。但兴膳宏先生的研究是建立在赵氏覆宋本基础上的,他没有就版本问题进行研究,这就为刘跃进先生从版本研究上提出相反意见留下了空隙。刘跃进先生站在明代通行本基础上,认为此书应该编在陈时。这两个不同的版本系统涉及这部书许多重大问题,如编者、编辑时间、编辑体例、编辑目的,等等,不同的版本系统,这些问题的结论便不同。

我涉入《玉台新咏》的研究也是从关注其编纂体例开始,但我意识到对这个问题的讨论必须以深入、细致的版本研究为基础。因此,我当时比较全面搜集了《玉台新咏》研究中相关资料,查阅了各种版本以及史、子、集诸书,要讨论的核心问题就是赵氏覆宋陈玉父本和明代通行本哪个更接近《玉台新咏》的原貌、更可信。赵氏覆宋本的刊刻者赵均是明末人,但它依据的是宋本,也就是陈玉父本,只是这个本子已经失传,我们今天见不到了。不过,在赵均得到宋本以后,冯班兄弟曾到赵均家里抄录过陈玉父本,这个冯氏抄本传了下来了,藏在国家图书馆,所以我就专门去国家图书馆查阅了这个本子,了解了陈玉父本的原貌,以及它和赵氏覆宋本间的异同,也理解了赵均所说的整齐行格的具体情况,并由此指出赵氏覆宋本相较于明代通行本更接近宋本《玉台新咏》的面貌。

当然,这还不够,前面我讲,我对文献都是喜欢尽量搜集殆尽的,于是我又搜集了宋人笔记里有关《玉台新咏》的一些介绍,看看能不能找出材料印证后来的传本。那么我就想,唐宋的一些类书里面有没有可能会抄到《玉台新咏》,所以我又对重要的类书进行翻阅,后来就翻到《类要》。《类要》里有二十多条材料和《玉台新咏》是直接相关的,其中还有好几条材料直接证明了北宋初年晏殊和他的门客所使用的《玉台新咏》版本是和赵氏覆宋本相合的,比如称萧绎湘东王,称萧纲皇太子,又比如傅玄、徐干等人的作品排序、卷数等也都符合赵氏覆宋本,这就进一步证明了这个版本系统来历很早,而明代通行本却找不到这方面的证据。此外,敦煌写本里面也有两首潘岳《悼亡诗》的残片,我认为它的异文使用也与赵氏覆宋本更近,因此更加佐证了赵氏覆宋本在整体面貌上最接近徐陵所编《玉台新咏》的原貌,它也应该被作为讨论《玉台新咏》编年、体例和目的等问题的依据。

冉雪立: 这个例子真是很好地为我们展现了穷尽式掌握和考辨材料对古代文学研究的重要意义。除了传世典籍,这两年,您在做先秦两汉文学研究的时候,对出土文献也很关注,同时也参与了北大汉简《反淫》的整理,您能给我们谈谈整理经过和您使用出土文献开展文学史研究的心得吗?

傅 刚: 出土文献毫无疑问是非常重要的,但实际上,出土文献在古代文学领域受到重视还是有一个过程。出土文献研究应该是一个专门的、综合的学问,作为古代文学研究者,我们与专门的出土文献研究者是不同的,但是,作为重要材料,我非常重视出土文献的价值。

所以北大汉简出来后,历史系出土文献研究中心邀请我参与整理《反淫》一篇,我非常高兴参加。这篇文献和《七发》接近,是七体产生之前的文学作品。整理过程中,文字注释方面的工作我请了我们系的邵永海教授一起参加,他付出了非常大的努力,注释主要由他完成。整理期间,整理小组几乎每周都开会讨论,历史系、中文系、考古系学者聚集一起,互相讨论,对自己是非常大的提高,收获非常多,这也是北大特别的地方。我以前也参加过由袁行霈先生主持的《中华文明史》和《新编新注十三经》的工作,也是这样的模式,中文、历史、考古、哲学四系学者共同参与,一起讨论辩难,多学科综合研究,似乎也只有北大才能做到。

通过对《反淫》的整理,我对以前考虑过的赋文体的起源问题又加深了认识,完成了《论赋的起源和赋文体的成立》一文(文章收入系庆论文集)。这是一个老问题了,从前的文学史研究基本都是直线式的思考,认为楚辞发生在战国时期,汉初的人肯定受到楚辞影响,因此汉赋直接源自楚辞。但我读史料发现,在汉武帝以前楚辞还未对北方文人的写作产生影响,像贾谊与楚辞相关的写作就不是产生于汉廷所在的关中,

2019年,傅刚在国家图书馆主讲"风雅·风骨·风趣——中国古代文学名家名作讲座"第二讲:《左传》如何读

而是在他被贬长沙后才"侧闻屈原"。这个时期,北方流行的应该还是秦杂赋一类俗赋,例如"荀卿赋"便是这类赋的代表,出土秦简中的《为例之道》也是这类杂赋。而产生于楚地的《楚辞》,汉初还只局限在楚地,至武帝时,枚乘等南方辞赋家北上梁地,他们的写作才与北方的文体结合,从而产生了一种新文体——汉大赋。我对这个发现还是很满意的,认为基本解决了赋的起源和汉大赋文体成立时间的问题。

我的专业是古代文学研究,我理解古代文学就是以中国古代作家、作品、文学现象为研究对象,这一点我是反复给学生们强调的,因此,我的文献研究也都是为了解决文学史问题而开展的。但是,文学史问题不是光靠着从书中搜集一些简单的材料来进行理论思考就可以的,很多材料都需要重新梳理和辨析,同时对前人研究的结论要有充分了解。古代文学研究应该像曾国藩治军,要扎死寨、打死仗,也就是说你的资料准备要充分。在文学史研究里,我想这是我自己的一个基本态度,就是材料方面不能放松，至于你做到哪一步，那是你的能力问题，但做和不做是你的态度问题。其实，从材料来出发的话，你就会发现，很多前人的观点，限于当时材料和角度的局限，是有一定问题的，这样你就会有一些新看法，从而形成自己的研究。

冉雪立： 文学史研究之外，这些年您还有另一个重要研究方向，就是"《春秋左传》校注与整理"，这是咱们系的国家重大社科基金项目。您能为我们介绍一下项目的最新进展吗？

傅　刚： 这个项目本来不在我的学术计划之内，因为研究《左传》的难度非常大。但是因为袁先生主持了一个《新编十三经》项目，他希望我做《左传》校注，我也只好接受了。其实从接受下来到开展工作，已经有十几年了，因为校注不是理论研究，它要求研究者每个字都不放过，而《左传》涉及的制度、礼仪、地理等都是非常艰深的问题，一旦深入进去，相关讨论真是汗牛充栋。同时，《左传》本身是经传著述，原属经学，所以校注就不仅涉及字词解释，还涉及经义，我希望经学史上的一些问题在校注里能反映出来。所以，我自己就设计了两个子课题，一个是《经义会通》，一个是《左传》校注，都由我自己负责完成。

《左传》的校注，杨伯峻先生《春秋左传注》无疑是一个学术高峰，如何在杨先生校注的高峰之后再出新注，这是很考验人的，当然是我一直努力的地方。我的工作方法是，尽量综合前人的意见，弄清楚不同观点和提法的前后关系，尽量能够梳理出一个学术线索，做一个清源的工作。此外，结合古今人注，我力求做到不放过一个疑字。因为《左传》过于艰深，看似简单的字，其实含义甚为丰厚复杂，不能放过。我把校注的基础工作定在先完成《春秋经义会通》上，即对历代经学研究做一个清理和判断。目前做了一部分，感觉在《会通》的基础上再做校注，就比较有信心，也更有依据。

在此之外，既然是做一个项目的综合研究，我想就理应涉及《左传》的版本问题、它在历代的校注问题，以及历代的研究成果的著录也就是书目问题。所以我在自己的课题外又设计了三个子课题。版本研究我请张丽娟教授参与完成，她对《左传》的版本研究非常深入，已经完成多

傅刚在书房

篇文章了。书目研究则请了罗军凤老师,她是社科院文学所毕业的博士,是刘跃进老师的学生,博士论文是清代的《左传》学,做得非常好。目前她的部分成果也已经出版。校注研究则是请的刘成荣、袁媛老师,他们是我们北大毕业的博士生,也在努力推进项目,他们的成果大家也可以关注。

冉雪立: 谢谢老师的介绍。今天您为我们谈了不少在北大的读书、科研和教学的经历，您的老师曹先生、袁先生也都曾在不同时期在北大中文系工作和学习。最后，可以请您为我们讲讲在北大中文系工作的主要体会，以及对我们现在中文系同学的建议吗？

傅　刚：北大无疑是国内最好的大学，北大中文系也是我们国内最好的中文系。因为她学科齐全，每一个专业和研究方向，都有在学术界知名的学者。经历了一百多年的发展，北大中文学科的积累是深厚的，也是有传统的。传统不会十年二十年就形成，它必须经过一代一代学者的积累，他们的成绩、方法和治学态度都会传承下来，形成了学科的历史积淀。北京大学在一百多年发展过程中，形成了独特的风格，就是兼容并包。当代北大又提出了新口号：守正创新。这个口号最先是袁行霈先生提出的，原来是"守正出新"，后被改造为"守正创新"。我们中文系也当然秉持北大的传统和风格，不仅在研究上可以显现出北大学者的气象，在各系学者组成上也能见出。比如我们系教师的构成，有很多人本科甚至研究生阶段都是在外校读的，这样构成的好处是，能够使不同学校的研究风格集聚到北大，在这里百花齐放了。北大是大熔炉，我们这些来自各个学校的学者进入北大以后，也很快融入了北大，为北大的发展做出了贡献。不过，也要提到的是，融入是一个过程，有些学者在进入北大初时，可能还不适应北大的学风和传统，这是需要尽快磨合的。我来北大比较晚，进校的时候，袁先生就跟我说，你要尽快融入北大。我当时对这句话的体会还不是很深入，时间长了以后，我才体会到，所谓的融入，就是要变成一个北大中文人。北大中文人是什么样？就是要自信，要有北大中文人的风骨，这很重要。近些年，学术界有一些不好的风气，互相吹捧、拉拉扯扯，不以学术研究为宗旨。我的体会是，北大人不喜欢这样，也不屑于这样做。总体来说，我们北大中文系还是能够坚守传统，不媚俗，我想这一点还是非常重要的。

孔融说："岁月不居，时节如流。五十之年，忽焉已至。"孔融五十二岁时发出这样的感慨，我现已经六十多岁了，的确是时节如流！耳边还清晰听到别人叫我"小傅"，一转眼已是华发满头。我进北大的时候四十岁，距今居然二十多年过去了。我们这一代人比较坎坷，经历了"文革",也经历了改革开放,所以我们的一些体会可能不是你们这些年轻的学生能完全理解的。结合我刚才对北大中文系的体会来讲,我期待我们的同学,无论是本科考进北大中文系的,还是硕士博士进中文系读书的,都能够坚守、坚持北大中文系的风气和风骨,坚持你们自己的学术理想。这个学术理想建立在北大中文系传统基础之上,因此要能够继承和发扬我们北大中文系的传统,不媚俗,有独立的思考和严谨求实的专业精神,坚持去完成自己的学术理想,这是我的第一点建议。

第二点,既然是做专业研究,就要求实、努力,要全心全意地投入自己的学术工作,这是立身之本。毕业以后,社会上会有各种各样的诱惑,其他院校会有各种各样的任务和担子交给你,但还是希望大家把学术研究放在首位。另外,做学术研究要踏实,不能有投机取巧的心思,所谓"功崇惟志,业广惟勤"。有了志向,你在坎坷当中、在不公平的待遇里才能够坚持自己,它会帮助你提高自己的境界。而惟有勤奋,学术研究才能长久。像我老师曹道衡先生在 70 岁以后,仍然每天早晨五点多就起来,然后伏案工作十几个小时,这是我自愧不如的。

诸位北大中文系人,有责任推动我们中文系的发展。我发现当前学术界有成绩的年轻一代学者,出身我们北大的,比重并没有占很多,至少没有达到我们期待的那样。当然这里面有很多非学术因素,不过,也有我们自己的不足。总之,我们中文系同学要时刻保持清醒,我们自身还有很多缺点,不要眼高手低,要务实,既紧张又从容,通过你们的努力,让北大中文系再伟大!

孔江平

语音学与人类关心的问题

受访人：孔江平
采访人：梁昌维
采访时间：2020 年 8 月 17 日

受访人介绍	孔江平	1957 年生，北京大学中文系教授、博士生导师，现任北京大学语言学实验室主任。1981 年毕业于郑州大学外国语言文学系。1988 年硕士毕业于中国社会科学院研究生院民族学与人类学系，师从林焘先生。2001 年博士毕业于香港城市大学电子工程系，师从王士元先生。开设"实验语音学基础""现代语音学理论与方法""语音分析与编程""语音田野调查的理论与方法""中国有声语言和口传文化""汉藏语声学分析"等课程。主要研究领域为：中国境内语言的语音和发声类型研究、普通话发音生理模型研究、语音认知研究、中华传统有声文化研究、藏语语音学和音韵研究、汉藏语音位负担量研究等。发表论文一百多篇，主要专著有 Laryngeal Dynamics and Physiological Model 和《论语言发声》。提出"音位负担量恒定假说"，并提出建立"认知音位学"和"语音乐律学"。曾主持国家社会科学基金重大项目"中国有声语言及口传文化保护与传承的数字化方法及其基础理论研究"。现任中国语言学会语音学分会主任。
采访人介绍	梁昌维	语言学及应用语言学专业在读博士生，主要研究方向为实验语音学、动态声道与言语产生。

一、从莎士比亚诗歌到语音学研究

梁昌维： 孔老师，在中文系网站上您的简介中能看到，您在进入社科院读语言学的研究生之前从事的是英语语言文学学科的学习和工作，是什么契机让您选择了进入语言和语音研究的领域呢？您当初选择进入这个领域的时候，对它有怎样的想法和期待呢？

孔江平： 我在大学的时候读的是英国语言文学专业，是 77 级。三年级的时候学校请来了很多美国的教师，其中负责我们那一班的是皮尤（Pugh）先生，我们都称他为 Doctor Pugh（皮尤博士），他是英国语言文学和语言学的双博士。我们开始一边学古英语，一边学英国文学，主要是读乔叟的《坎特伯雷故事集》和莎士比亚的作品。从那个时候我就开始注意到莎士比亚的戏剧里边的一个特殊舞台表演形式"内心独白"（soliloquy），它是一种无韵诗（blank verse），以步长为主要形式。后来写本科毕业论文我就选了做这个方面的研究。当时老师给我讲了很多语音学的东西，说诗歌的形式要从语音学角度来进行研究，包括节奏、重音等。我做毕业论文就做了莎士比亚四大悲剧里边所有内心独白诗的文学和语音的分析。从那个时候开始就对语音学有了了解，毕业后在大学当英语老师教英语，觉得意思不大。后来发现有语音学方面的研究生，就考了中国社会科学院民族学与人类学系的研究生。当时也没有太多想法，就开始了语音学和语言学的学习，这就是整个过程。可以看出，一个偶然的机会，碰到了一位热心的好老师，就会影响一个学生一生的学术生涯。

在考研究生之前自己也看了很多语音学的书，但实际上大部分是生成音系学。对中国的结构主义语言学、语言田野调查，还有其他的语言学的研究，实际上都不是很了解，都是到了研究生以后才慢慢开始学习的，后来才发现语音学是一个非常令人着迷的领域。

从文科的角度来看，语音学实际上是很小众且非常窄的学科领域，但是它确实有很让人着迷的地方。人类在演化的过程中，最后为什么选用了声音作为思维和交际的工具？这是一个很难回答的问题。随着研究的深入，慢慢对语音学有更深入的了解。如果把语音学扩大到其他的学科领域，即言语科学领域中，语音学和语言的病理、语言的教学、语言认知、司法语音学、语言的起源特别是中国传统有声文化都有密切的关系，是这些学科的理论基础。从这个角度来看，语音学的研究领域实际上是非常宽的一个领域，可以根据你的爱好有很多发挥的地方。

梁昌维：能否请您谈谈您研究生时期中文系的导师林焘先生和博士时期的导师王士元先生对您的影响？您当时师从林先生主要学习过哪些方面的内容，跟现在中文系语言学研究生要学习的课程有怎样的差异？这段经历对您后来选择进入中文系工作有怎样的作用？

孔江平：我是1985年考入了中国社会科学院研究生院民族学与人类学系，社科院聘请北大中文系的林焘先生做我的导师。当时我每个星期来一次北大，就在林先生家里上课。林先生是我遇到的一个非常和蔼可亲的先生，他儒雅博学、平易近人、淡泊名利。自从见到林先生，我才

孔江平在西藏调查藏传佛教诵经

知道"先生"这个称呼在北大和在社会上的含义是不同的,而且女性老师也是可以被称为先生的,但并不是所有的老师都可以被称为先生,一定是德高望重、博学重道的教授。

我本科的专业是英语专业,而在社科院研究生院主要是学民族语言的课程,如国际音标、田野调查、汉藏语研究、声学分析等。林先生主要给我补了很多关于汉语方面的知识,比如说林先生让我看的第一本书是《尔雅》,后来看了《四声实验录》,这本书是实验室语音学最早的奠基之作。还有王力先生的博士论文《博白方音实验录》,用法文写的。很多中文系的学生不知道,王力先生的博士是实验语音学专业。论文里边有声学分析和腭位拍照的资料。后来林先生让我看音韵学,第一本看的是唐作藩老师的《音韵学教程》。还看了王力先生的《诗词格律》,以及王力先生1981年版的《古代汉语》,这是林先生早期指导我看的一些最基础的汉语专著和论文。

当然还读了林先生写的论文和专著,比如说《探讨北京话轻音性质的初步实验》和《北京话去声连读变调新探》,还有那篇很有名的《声调感知问题》。《北京语音实验录》是1985年出版的,是林先生带领几个硕士生做的声学研究,做得非常好,把北京话从各个方面做了很全面的声学研究，是当时林先生和他的学生在那个时期实验语音学的代表作。

同时，也看了一些和语音学稍微远一点的，比如说《北京官话溯源》，还有林先生最喜欢的《京剧韵白声调初析》。林先生写的东西，我当时全部都读过。在研究生的时候，受林先生的影响，除了这些汉语的东西以外，还学了很多文化方面的知识，比如说林先生给我介绍过很多昆曲的情况，工尺谱也是跟林先生学的。林先生非常详细地给我讲过他和李方桂先生的一些事情。另外，还有一些关于语音乐律实验室的往事。林先生对我的影响不仅仅是学术上的，最重要的是他那儒雅的人格魅力，深深地触动了我，成为我一生的榜样。我常想如果每位老师都能做到像林焘先生那样，大学的校园会是什么样？

我的博士导师是王士元先生，以前读研究生期间给王老师写过信，但正式认识王老师也是通过林先生。我硕士毕业后在民族所工作，有一年我去香港大学计算机系做访问研究，主要是做"基于矢量量化的汉语普通话双音节声调的聚类分析"，这篇论文是和中科院声学所的吕士楠教授一起写的，发在《声学学报》上。在港大期间，有一次林先生告诉我王士元老师从美国来香港城市大学工作了，让我去探望他。王先生问了我很多中国民族语言的情况，因为当时我对中国的语言，特别是语音的情况比较熟悉，我也比较喜欢编程，就聊了很多关于中国民族语言和研究方法上的问题。大概谈了十来分钟，王老师说你来跟我读博士吧。后来就到了香港跟王老师读了博士。王老师在香港城市大学的两个系担任讲座教授，一个是电子工程系言语科学实验室，另一个是语言及语言学系。他说你这种情况需要的实际上不是语言学的知识，你更需要的是信号处理方面的知识，所以我最后是电子工程系的博士。我在电子工程系的言语科学实验室里面，学了很多信号处理方面的知识，也认真学习了《高等数学》。由于学科跨度有点大，所以学习很辛苦。

王先生为人非常和善，但是他对学生要求非常严格。他看问题，特别是学术上的问题是非常敏锐的，而且也具有国际的视野，在那边我主要是得到了信号处理方面的训练。另外，王老师那边访客很多，都是国

孔江平和两位导师在燕南园林焘先生家中（左起依次为：孔江平、王士元、林焘）

际上的名家，他也会专门邀请一些学者来香港，所以见过一些国际上很著名的语言学家、基因学家、人类学家，开阔了学术的视野。后来我做论文就选了一个比较难做的题目，即用高速数字成像来研究声带的振动。王老师介绍我去东京大学研究生院言语生理系，我在那儿待了两个多月，拍了第一批汉语普通话四声的声带振动资料，高速数字成像的采样频率为每秒4500帧，这种技术至今都是很先进的，后来用这些材料做了博士论文。在东京大学指导我的教授是新美成二（Seiji Niimi），他是日本嗓音手术的第一把刀，通过复杂的手术治愈了当时日本几个著名声乐演员的声带疾病。

我完成了论文的初稿后，王老师介绍我去了瑞典皇家理工学院，去方特（Gunnar Fant）教授那里访问了两个多月。我做的论文是生理和声学这方面，方特教授是言语声学理论的奠基人之一。国际上有两个最著名的言语声学专家，一个是方特教授，他主要是做嗓音模型，即嗓音

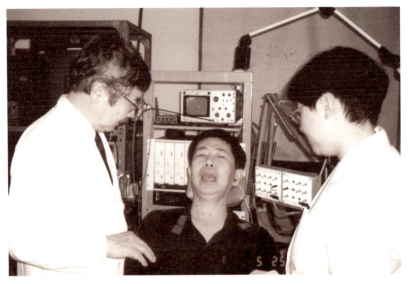

在东京大学医学院做嗓音肌电实验（左起依次为：新美成二、孔江平、村野）

四参数模型（LF Model），还有声道的理论。另一个是美国的肯·史蒂文斯（Ken Stevens）教授，他主要是做言语声道的量子理论（Quantum Theory）。见了方特教授以后，我才明白有很多从书本上无法理解的问题，当你和世界著名的教授在散步中不经意地谈了一次以后，会发现这些问题是那么容易理解和简单。那时我才知道用浅显的语言让学生理解复杂的问题，那才是教授。

我觉得自己很幸运，有两个非常好的导师。一个给我奠定了汉语的基础和中国文化的视野，另一个给我奠定了科学的基础和国际的视野。在民族所工作的时候，我主要是做民族语言方面的田野调查和声学分析，各种各样语言的情况了解得比较多。但是后来到了中文系以后，实际上林先生当时让我读的那些书，对我有很大的用处，特别是音韵学，后来这些对我们做汉语方面的研究，特别是昆曲、古诗词吟诵，都奠定了一个比较好的基础。王士元老师那边主要是理科的理论训练，对我运用自然科学的方法研究语音学和语言学打了一个比较好的基础。

孔江平在瑞典皇家理工学院访学（左三为孔江平，左四为方特教授）

二、语言学实验室和研究生的培养教育

梁昌维： 您在中文系已经从教 17 年了。在指导博士生和硕士生的过程中，您最注重哪些方面的培养和教育？为什么？这些方面是怎样具体体现在您对学生的培养中的？

孔江平： 目前中国语音学的专业教师不多，但是这几年语音学发展很快，语音学人才的需求很大。在培养学生方面，我个人认为最主要是他们的全面发展，要有学术的眼光和自己动手的能力；另外，需要有自己的特长和核心竞争力。为什么要全面呢？因为现代语音学是一个涉及面比较广的学科，只有涉猎面广，你才能去发展一个自己的方向。同时，还要让学生有比较强的动手能力，让他们毕业了以后完全能够自己去开创一个领域，这是我的想法。所以我在北大带的语音学博士，毕业后所有的都在高校和科研单位工作，工作后也都能申请到国家的社科项目和教育部的项目，并建立了自己的实验室，我想这和我们平常的训练有很密切的关系。

具体来说，硕士生，我基本上是让他们按照个人爱好去发展，或者说你将来工作可能会做什么，你就去按照这个方面去发展和写硕士论文。博士培养我采用另外一种方法，因为北大的博士名额较少，而语音学的方向有很多，我在招生和培养上有一定的计划和安排。到北大后我主要开展了汉语普通话语音生理的研究，由于语音生理研究需要用医学的设备，还需要大量资金支持，做起来比较困难。为此，我设定了一个生理研究的目标，即建构"中华虚拟发音人"，然后让每个学生去做一个方向，尽量不重复。

我们的目标实际上是想做一个生理模型出来，我们把它叫作"中华虚拟发音人"。它和做一个通常的虚拟发音人是不一样的，通常的虚拟发音人主要是合成人的面部和语音，我们要做的主要是发音器官的内部结构。中华虚拟发音人不仅要合成面部、唇的形状和声音，而且要能看到发音器官内部的运动，如看到口腔内部的运动，声带的运动和肺部呼吸的运动。这不光需要研究语音和生理的特性，还需要建立发音的生理模型，最后用参数来驱动这些模型，包括唇形、声道、声带的振动和肺的运动，都要做成三维立体的模型。为了达到这个目标，我给学生的研究进行了规划，每人去完成一个方向，整体按照实验室的总规划走。从结果看，这种理念是正确的，非常有利于学生发展。

另外，在博士培养上，注重培养学生的学术思想，希望他们都能在大学里面任教。

梁昌维：请问咱们语言学实验室最初是以怎样的初衷建立的呢？能否请您对大众谈谈咱们实验室对语言学的教学和科研有怎样的价值？实验室近年来有哪些新的发展，未来还有怎样新的规划呢？

孔江平：20 世纪 30 年代，刘复先生到了北大任教后，蔡元培先生提议，让他去西方开阔一下眼界，后来刘复先生去了法国。他获得法国巴黎大学文学博士学位，他的博士论文是《汉语字声实验录》(Étude expérimentale sur les tons du chinois，法语直译"汉语声调实验研究")，这是一篇获得很高评价的博士论文。因为这篇高水平的博士论文，刘复

北京大学语音乐律实验室九十周年纪念研讨会合影留念（前排左起：项梦冰、董秀芳、王韫佳、曹文、孔江平、王理嘉、王士元、鲍怀翘、沈钟伟、陈保亚、彭刚、吴西愉、汪锋。曹文后为林幼菁，汪锋后为李俊仁。）

教授被巴黎语言学会推为会员，并获伏尔纳语言学专奖。现在大家都知道声调的基本物理参数是基频，但当时这是语言学界重大的发现。

刘复在法国的时候，给北京大学打了一个报告，要求建立实验室，要申请一些专门的经费。经过努力当时就批了一些经费和专门的签证，买了很多设备。他学完后就带了当时的先进仪器回国。刘复教授回来以后，经过努力于1925年成立了北大语音乐律实验室，成立的报告发表在《北大日报》上。实验室的名字是经过很多有关的教授反反复复地讨论以后才定下来的，即"北京大学语音乐律实验室"，并提出"鉴于研究中国语音，并解决中国语言中一切与语音有关系之问题，非纯用科学的实验方法不可"的实验室宗旨。北京大学语音乐律实验室的成立标志着我国语音学研究从传统进入了科学的领域。

我刚来北大的时候也不是很理解当时为什么要用"语音乐律实验室"这样的一个名称。后来随着我个人研究的拓展，特别是我做完了关于中华传统有声文化的数字化方法和理论研究的社科重大项目，调查了很多

孔江平（右）在广西三江调查侗语和侗族大歌的音律

中国语言的语音和传统民歌及戏曲后，我才发现实验室当时采用这个名字是非常有远见的，而且有非常深厚的中国传统文化的底蕴在里面，因为当时北大的教授们已经看到了语音和乐律之间的关系，所以把这两个放在一起。

后来经过研究，我发现它们不仅是声学上有一定的关系，而且通过人的大脑认知，能够把有声语言和口传文化连接起来，形成一个理论上的框架。这就是后来我提出来的中国传统有声文化研究，我用"声律"（相声小品等）、"格律"（古诗词吟诵等）、"曲律"（民歌戏曲等）和"乐律"（音乐音律等）四律来概括，因为它们在语音的认知上分为四个不同的层次，四律也构成了中华传统有声文化的理论框架，我称之为"语音乐律学"。所以，当时这个名字是非常好的，但是后来由于各方面原因，把它改成语言学实验室。现在实验室属于中文系语言学研究的一部分，但实验室从研究方法上主要是用自然科学的方法来进行中华传统有声文化的研究。

现代语音学主要由声学语音学、生理语音学和认知语音学三部分构成。20世纪末实验室的工作主要集中在声学语音学的研究上。现在实验室在研究上主要集中在语音生理的研究和语音认知的研究上。语音生理研究的目标就是构建一个中华虚拟发音人,目前已经到了最后阶段。语音认知的研究主要是通过语音合成和感知实验,研究语音的认知单位和音位感知范畴,如声调的感知范畴、元音的感知范畴、语音长短的感知范畴、句调和焦点重音的感知范畴、附加成分的感知范畴、元音和谐的感知范畴和语音情感的感知范畴,同时也在探究诗歌押韵的感知单位和认知基础。近几年有四五个博士都做了语音的感知和认知研究。最近我编了一期《中国语音学报》,基本上都是感知研究的文章。可以说在国内语音学研究领域,实验室一直在推动语音感知和认知的研究。在语音感知和认知研究的基础上,我提出了"认知音位学",这与传统的结构主义音位学有很大不同。在语音学基础理论的研究上,实验室还开展了语音病理、司法语音学、传统口传文化和人类语音演化等语音学相关领域的研究。

梁昌维:您在对学生的教学和培养中非常注重让学生亲身参与真实的语言田野调查。那么请问您如何看待中文系语言学学科的田野调查传统,这对语言学和学生的经历来说有怎样的意义呢?

孔江平:我们知道语言学的研究和语言田野调查是密不可分的,它是语言学研究的一项基本功。西方发现新大陆以后,就开始向各个地方派出传教士。传教士到了一个地方,首先要学当地的语言,要对语言进行记录和研究,创制文字,用创制的文字编写赞美诗的歌词,最终把《圣经》用当地的语言翻译出来进行传教。中国许多早期的民族语言文字都是传教士创制的。因此,传教士对语言的田野调查方法有很大贡献。怎样检验你是否具有田野调查的基本功呢?假如你坐飞机迫降在原始丛林中,那里有一个原始的部落,你能否把他们的语言记录下来并做研究,就能测出你是否具备一个语言学家所必备的基本能力。

按照汉藏语系这样的语言,你要一个星期内能够调查出五六百个词,

孔江平（右一）与同事在贵州省从江县高增乡小黄村侗族大歌传承人潘萨银花的家里，调查国家级非物质文化遗产侗族大歌的传承情况、和声特点等

并能把这个语言的音系用宽式国际音标描写出来，差不多用一个月的时间，你要能够调查出一千左右的基本语素和词汇，然后给这个语言创立一套文字，并开始记录这个民族的故事用于语法研究，这些就是一个语言学家所必须具备的田野调查的基本功。

现在国内研究生的田野调查训练，大部分集中在汉语方言的研究上，但是汉语方言的田野调查和一个未知语言的调查是有差别的。因为做汉语方言的调查，它有一个《广韵》的系统在那儿。按照这个《广韵》系统走，主要的材料都可以调查到。但是另外的一些俗字，或者说在汉语里面没有字的那些词，也许是从别的语言接触和融合进来的，还是需要按照未知语言的调查方法，才能拿到一个完整的汉语方言音位系统。这种田野调查方法才是一个完整的调查方法。

是否做过田野调查，对学生在北大学习这个阶段是非常重要的。因为只有做过了田野调查，你才能真正理解什么是语言学。在完全没有任何资料的情况下，如果你能把一种语言调查出来并进行研究，才能称得上真正的语言学家。所以我认为语言田野调查是语言学的基础，对一个学生一生的语言学研究会有很大的影响。目前中国民族地区，如喜马拉雅山南坡的丛林中还有很多语言等待我们去调查，语言调查还大有用武之地。

实验室大部分学生都跟我去做过田野调查，研究方向是民族语言的学生会和我一起去很多次，有些偏生理模型研究的学生也尽量去一两次。所以每年夏天的假期我和学生们都是在田野度过。我带学生基本上走遍了云南、广西、贵州和西藏，也去内蒙古采录了长调和呼麦，去新疆调查了和录制了锡伯语。由于田野调查需要老师传授调查的经验，所以每次我都是和学生在一起，这样对学生的安全也放心。

三、语言学和语音学的研究前沿

梁昌维：您觉得语言学研究可以怎样为唇腭裂障碍儿童、阅读障碍儿童、自闭症儿童等弱势群体提供帮助和支持呢？在您和中文系的同事及学生近年来做过的研究中，能不能请您举一两个具体的例子？

孔江平：北大口腔医院的马莲教授是腭裂研究和手术方面中国最著名的专家之一，她那边有的学生做和语言相关的研究，我会作为导师组的成员。去年有一个学生是做关于声门闭合和代偿性发音方面的研究，她收集了很多术前和术后的材料。有一种现象就很有意思，如果一个儿童患了腭裂，没有及时地去医治或者手术，等他长大了再做手术，想学会正常的发音就非常困难。因为你的音位体系已经形成了，而腭裂儿童所形成的音位体系基本上都是代偿性发音。腭裂患者的口腔和鼻腔是相通的，没有办法憋气发塞音类的语音，如 b、p、d、t 这些音都发不了。为了发这些音，患者会在声门那个地方闭合，上面发音器官摆一个位置，但闭合实际上是在声门闭合。这种发音方式一旦形成，手术后很难纠正，影响语言的康复。

现在北京可以做到婴儿出生后 8 个月就做腭裂手术，即在他的语言音位系统形成之前就做手术，就不影响这些儿童语言的发音和建立音位系统。但是如果一个孩子过了 15 岁，做完手术后，要想让他恢复语言是非常困难的。这一部分是需要语音学家和语言学家想办法搞一套语音康复教程来，对这些患者进行康复训练，这是非常难做的一件事情，涉及建立音位系统的认知。10 年前马莲教授就组织了一些搞医学的和我们搞语音学的教授开了一个听证会，倡导在大学开设语言康复专业，但没有被采纳。到现在还是缺少语言康复的人才。

代偿性发音怎么校正的问题，目前最好的办法就是用电子腭位给患者做一个假腭，让他拿舌头去舔不同的发音部位，发音部位对了，就告诉他这个地方是什么音，这样才能慢慢学会发音，实际上是重建音位系统。在国外手术只占 1/3 的治疗费用，而大部分费用可能都是后期语言矫治的费用，这一点目前中国还做不到。

现在我们希望能够通过技术，比如中华虚拟发音人，看能不能做出视觉反馈系统。视觉反馈重要的作用是对这些发音有困难的人群进行语言康复校正。如果他发的音不对，系统能告诉他这个音发得不对，应该是怎么发，并显示出来舌位的画面。如果能做出来这样的一套语音的视觉反馈系统，就可以来进行这方面的校正，来恢复他的语言。当然视觉反馈首先要做语言的生理模型，要拍摄大量的动态磁共振的发音动作，拿很多人的声音去训练，这方面有很大的研究困难，包括学术的和资金方面的。有了这样的系统，患者只要能看到发音动作，他就可以自己慢慢建立起一个正确的音位系统，进行自我康复。这种语言生理视觉反馈系统实际上对聋哑儿童语音的矫正用处更大。

阅读障碍简单的来说就是阅读有困难。一个小学生注意力不能集中，学习不好，家长通常会批评孩子不好好学习，这实际上是一个误区。小学课本上的那些知识对儿童的大脑来说太简单了，不存在学不会的问题。如果学习不好，很有可能是阅读障碍的问题。对于大部分的儿童来说，阅读障碍都是发展性障碍，约占 80% 多。发展性阅读障碍实际上并不是生理器官和大脑的病变，是儿童生理发育不平衡造成的，原因很多。如视觉和听觉发育快慢不同，就会造成阅读障碍。根据具体的情况对有阅读障碍的儿童采取一些阅读上的加强训练，这些儿童可能很快地过了这一关。如果能够做出来一个北京儿童的发展性障碍模型的话，通过一些训练就能够很快把阅读能力提高。不然有些孩子本来很聪明，由于上小学时有阅读障碍的问题会错过上大学的机会。

但是还有另外一种情况，它占的比例非常少，就是有神经方面的问题或者生理发育方面的问题，一旦确定了以后，对于一个家庭是比较残酷的。这个孩子就可能学习很困难，将来也只能做一些比较简单的工作。所以阅读障碍对于中小学教育是非常重要的，也影响到千千万万个家庭，教育部门应该认真对待，小学也应该进行经常性的测试。

我们的目的是想做一个北京小学生的阅读障碍模型，用它来判断到底哪些是属于发展性障碍，哪些属于带有疾病性质的。因为发展性障碍属于语言教育的问题，正好是我们中文系可以做的事情。

这几年我和汪锋、林幼菁、吴西愉几位老师在做一个系统，是自动测试阅读障碍的一个计算机系统。因为人工测试要花费很多时间和经费，一个测试员一天才能完成一个学生的十几项测试，效率太低也做不到普查。我们的目的就是想做一个北京市儿童的阅读障碍模型，一个统计模型。最好是能够到一个班级里边，大家都有电脑，我们就拿一台电脑做一个局域网，让他们在各自电脑上去做，数据基本上自动完成，做完立即就出结果。但是一个理想的方案，实施起来需要做大量的研究。

如果这样的系统能做好，我们就可以对北京市的小学生进行普查，筛选出来哪些儿童是有阅读障碍的。对于有阅读障碍的学生，通过这个模型筛选出他们阅读障碍的程度。然后可以进行专门的阅读障碍的培训，经过两个月的训练以后，就基本能知道它是发展性障碍，还是病变性的障碍。如果是发展性的障碍，训练一定会有效果，能让他很顺利地度过阅读障碍这个坎。也可以通过这种测试来发现哪些孩子可能是有生理上的障碍，即脑神经通路或者是什么地方有问题，是否属于生理病变。

梁昌维： 这些年来人类演化和语言起源的问题越来越受到关注，您和您的同事也在这方面进行了很多研究，您觉得这反映了语言研究怎样的趋势？您怎么看待这个问题当前的研究进展？在这个方面，您觉得中文系的语言学和语音学前沿研究都有哪些发展机遇？您有怎样的期待呢？

孔江平： 近10年人们开始把视角放在语言的起源和演化上面。如果说一个语言它产生了音变，我们传统的研究往往去探究以前是什么样，现在是什么样，这是语言演化表层，但是演化不只是这些。比如说过去在结构这个层面，我们做语言的接触和融合，两个语言系统碰撞在一起了，它的音位会变多。如，刚开始的时候还能分清哪些音位是汉语的，哪些是民族语言的，时间长了就分不清了。最近我统计过汉语方言，如果按照《广韵》系统里边的字调查，把音位系统拿出来，再去调查那些俗字，即不是汉字的那些词，它可能是从别的语言融合进来的，你会发现音位系统已经能够涵盖那些俗字用的音位了，也就是说推不出来以前的系统。

在少数民族语言里边就不一样，有很多语言，有些音位一看就是汉借词用的，它是成套的，甚至有的时候是从不同的时期借进来的，层次上是不同的。这个过程实际上是两个语言正在融合的过程，还没有形成一个新的体系。我们前年去调查了石门坎苗语，过去苗语里边有汉语的老借词，后来又有西南官话里的新借词进去。现在再去调查，你就会发现大量的普通话的借词。当地花了10年时间编了一本苗语的词典，有11个韵母是专门用来描写汉借词，这些韵母在苗语词里边是不用的。但是随着发展，并不是说新的普通话进来的这些韵母会慢慢地融合到苗语系统里边。现在看来很可能是反向的，苗语的音位正在慢慢消失，在进入汉语的系统。这些都是我们可以用来做语言演化研究的。但是这些研究只是在结构层面上的一个研究，有很多语言演化的本质并没有涉及。随着语音认知基础研究的发展，我们开始从认知这个角度、音位负担量角度和语言生态的角度进行研究，探究到底本质上是什么导致了语言的演化，而不只是看演化表层的结果。

我们北大校庆120周年的时候《自然》和《科学》给了北大一些宣传页，学校让几个文科实验室交材料到学校去竞争。我写的材料是一个全面的实验室的介绍，但学校反而是愿意突出我们研究从黑猩猩声道到现在人类声道演化的内容，认为这个更重要。从科学的角度，这涉及人

孔江平（右）与中文系同事吴西愉一同研究从黑猩猩到人类发音形态的演化

类语言起源问题的研究，这部分内容对一个实验室来说确实更重要，更有价值。后来我突出了人类声道演化的研究部分，最终就被选入《科学》杂志的宣传页。

有些问题是具体的语言演化的研究，但是有些是涉及语言起源和整个人类都关心、都想解决的问题。最近吴西愉老师和北京动物园建立了联系，他们对黑猩猩的语言研究很积极。疫情过后我们准备买一些摄像头去记录猩猩的这些行为。特别是小的猩猩，刚生下来以后就被抱出来了。它的任何行为和声音的习得已经脱离了猩猩的环境。在人类这个环境里面，小黑猩猩怎样习得语音？它形成的声音和笼子里面有语境的黑猩猩的语音会有什么区别？这些实际上都是非常有意思的课题，涉及人类语言起源问题和语言的习得。我们实验室做人类演化中的元音涌现研究已经 5 年多了，直到最近才完成了黑猩猩声道到现代人类声道的演化模拟，我和吴西愉老师在模型上花费了大量精力。直到最近我们才完成了第一篇论文的英文初稿，希望能顺利发表。

从语音学的基础理论上讲，语音学的学科前沿是语音认知研究，这基于语音合成技术和感知方法的发展。技术的发展使得我们能够通过语音感知和认知来研究大脑的语言活动，而不只是基于语言的表层结构。例如，从语音信息量的角度来进行音位负担量的研究，这样就可以探究人的语音认知能力。我们知道语言是一直在演化的，根据热力学第二定律，音位系统在变化过程中应该是从有序到无序，这体现在许多语言的接触过程中。但语言确实可以自己重新组织形成新的音位系统，这就需要外部能量。这两年我的研究发现，从无序到有序的这种外部能量，就是人类大脑中存在的语言认知能力。为此，我提出了"音位负担量恒定假说""音涯一千""认知音位学"等语音认知的概念，从理论上来讨论人类语音的演化。

四、人文研究的特征和意义

梁昌维：如果请您用一两个词来谈谈您自己对中文系的总体印象，您会选择哪些呢？您为什么会选择这些词？您觉得中文系的语言学研究存在哪些优势，同时存在哪些欠缺呢？对于这些问题我们应该如何改进？

孔江平：这些年中文系用"守正创新"这个词，我觉得这个词选得很好。但是"守正"和"保守"比较近，而"创新"和"浮夸"比较近，所以我们需要辩证地看它。整体上我觉得中文系是一个比较稳健的教学和科研集体，"守正"是做得非常好的。就我们实验室来说，"守正"是坚持研究语言本体，坚持语言基础理论研究，至于"创新"主要体现在不断使用新的科学方法，新的方法的使用开辟了新的研究领域，也得到了新的结果。我对实验室的老师和学生的要求是坚持独立思考和追求事物的本质。由于我们是用实证的方法来研究，所以什么东西都要用数据来说话。因此我们实验室一直用的是"格物致知"这个词作为实验室的座右铭。对学生用"凡经我手，必为佳作！"来要求他们。

整体上来说，我们实验室的规模还比较小，这样的话有很多大的课题没有办法开展。这两年在学校和中文系的支持下我们也购买了许多设备，使实验室上了一个台阶。主要购买了两台脑电，两台眼动仪，最近又给脑电做了两个电子屏蔽室。但目前面临的一个问题是没有实验员，现在仪器越来越复杂，不是随便就能操作的，操作规程不对的话，会损害仪器，仪器又比较贵重。我们这边特别需要一个专业的实验员来把这些事情安排好，争取将来能有一个实验员。

梁昌维：最后想请您谈谈，您是如何看待学术在您生命中的意义的呢？

孔江平：学术在生命中的意义，我是这样理解的，可以从两个方面来考虑：一个是个人的小的方面，另外一个可以从大的方面来讲。人类的知识是在历史的长河中不断地积累起来的，如果一个人一辈子能对人类的知识哪怕有一点点贡献，对个人来说就是很有意义的了。但非常遗憾的是，人们做的大部分研究，可能对人类的知识并没有很多贡献。可能有一两代人只是在那儿做积累和铺垫的研究，过了几代人以后突然就往前走了一步，但是这在整个人类知识体系的发展过程中又是不可缺少的。

从大的方面讲就很不同了，这就涉及人类整个演化的过程。学术，特别是做人文研究，它的意义是什么呢？我们知道人在演化过程中经历了很多不同的阶段，如南猿、能人、直立人、智人和现代人类。直到直立人，像北京猿人，可能还是同类相食的。在长期的演化和适者生存的竞争过程中，人性构成了两个方面，即同时有善良的一面和罪恶的一面，这完全是演化造成的。现在科学发展很快，但科学是一把双刃剑，在提高了人们的生活质量的同时，也让各国在大量生产杀人的武器。从物种的角度看，世界上只有黑猩猩和人类是有组织地屠杀同类的动物。有一种悲观的观点，即人类很可能把自己毁掉。到目前还看不出人类怎么能跳出现在的阶段进入高级阶段。我个人认为现在人类缺少的并不是科学技术，而是人文思想。没有人文的关怀，人类可能会走向错误的方向。我们进行人文研究就是要让人的善良得到发扬，摒弃人的罪恶的一面，这可能就是人文研究最重要的意义。

戴锦华

面对充满危机的世界,
人文学是最好的解毒剂

受访人:戴锦华
采访人:王雨童
采访时间:2020 年 8 月 11 日

受访人介绍	戴锦华	1959年生，1978年考入北京大学中文系，自1993年起任教于北京大学比较文学与比较文化研究所。现为北京大学人文特聘教授，北京大学电影与文化研究中心主任。主要从事电影、大众传媒与性别研究，是中国大陆最早从事女性主义理论、中国电影史论、文化研究的学者。中文专著有《浮出历史地表——现代妇女文学研究》（合著）、《雾中风景——中国电影文化1978—1998年》《电影批评》《隐形书写——90年代中国文化研究》《涉渡之舟——新时期中国女性写作与女性文化》《昨日之岛》《性别中国》等十余部；英文专著有 Cinema and Desire（1999）、After The Post-Cold War（2018）。专著与论文被译为韩文、日文、德文、法文等十余种文字出版，曾在全球数十个国家和地区讲学和访问。
采访人介绍	王雨童	北京大学中文系比较文学与世界文学专业在读博士生。

王雨童： 感谢戴老师今天接受我们的采访，首先想请您从与北大中文系的缘分说起，您在北大度过了四年的大学时光，当初为什么会选择北大中文系呢？

戴锦华： 我在1978年进入北京大学学习。可能年轻的朋友不知道，恢复高考的第一届是77级，77级和78级之间仅相隔半年，所以某种意义上说，我们算是"文革"结束、恢复高考的第一代。在我读中学的时候，通过考试，经由自己的努力进入大学，是连做梦都不敢做的一件事。因为在此之前大学招生经历长期停顿，恢复招生后也是工农兵学员的推荐制，在当时的我看来，高考是一个以前不敢梦想的、公平理想的考核方式。说远一点，大家可能记得北大的同学在1984年国庆游行时打出的标语"小平您好"，它最直接的含义就是感谢恢复高考，让我们这些没有背景的读书孩子们能够上大学。我认为，我们中的多数人对于未来专业的选择都是非常明确的，对我来说选择中文系是没商量的一件事，不会考虑其他的专业。在这样一种笃定地要读中文系、笃定地要进入大学求学的情况下，北大是梦中之梦。那个时候整个社会并没有关于高考的经验，我们简直受到了整个社会的照料和宠爱。我记得高考的时候，监考老师脱下他们的上衣挡住窗户的阳光，不断地给考生送水，一个一个地照料我们，因为这是整个社会的梦想和转折时刻。高考结束以后，跟我并不特别有私交的老师们也不断地找到各种各样的标准答案来对分，每一次对分后他们就说，"现在你走出了市属师范院校"，"现在你接近了国家重点学校"，最后说"你可能达到了北大分数线"。那时候从家里通往北大的路是一条两边都是麦田的白杨树大道，我当时对北大的全部想象，就是沿着这条大道走下去，走出城区，进入北大。北大中文系的四年奠定了我生命当中的一切。其实我觉得，与其说是那些具体的课程以及受的专业训练，不如说是北大的校园氛围和老师们整体的形象，到今天为止仍然是榜样和不可逾越的标杆。

王雨童： 能否请您具体地谈一下中文系的老师们对您的影响？

戴锦华： 真的很难尽数。每次谈到中文系的老师，我都会说到乐黛云老师。在我就读的四年期间，乐老师大部分时间都在国外，她回国时所做的公开演讲和开设的课程是一座难求的。我第一次听到诸如结构主义、结构主义符号学、批判理论这些概念，就是在乐老师的一次归国演讲中。当时我坐在今天的办公楼礼堂的窗台一角上，听完了整场讲座。那时候大家都知道乐老师是"归来者"，二十三年在乡村、在农场、在锅炉房，在社会的底层和最普通的劳动者中间。她怎么自学英语、怎么最早开始用尼采的思想来阐释现当代中国文学，她和汤老师的爱情，她在中国人文科学界如何最早地走向国际、出版英文专著等，她个人的生命故事就是一个了不起的传奇。实际上最终使我坚决地选择未来做一个大学老师的，是看到她跟汤先生两个人在黄昏的未名湖边散步的场景。我不好意思正面去打扰他们，我就注目他们的背影，那个时候心里暖暖的，获得了一种精神上的稳定，我想仿效他们这样的一生。

再比如说林庚先生的"楚辞研究"课程，我永远记得到第二节课的时候，我要用一个布条或纸条缠住手指，因为已经记笔记记到手抽筋，

2006年戴锦华与老师乐黛云先生（左）在北京大学电影与文化研究中心成立大会的合影

真想把每一个字都记下来。虽然彼时林庚先生已经年近七十了，但他讲课时展现出真正的学识广博、学贯中西，同时又幽默机智。再比如当时的孙玉石教授、洪子诚教授，他们都是第一次上专业课的年轻教员，但他们的课特别精彩，跟我们有一种亦师亦友的亲切状态。后来我才知道，我在大学三年级写的论文被洪子诚老师拿去推荐发表，使一个年轻人能在重要的学术刊物上发表对新时期文化的讨论。我也会经常想起谢冕老师，他每一节课是从衣衫俨然开始，讲着讲着全情投入，逐渐解开西服扣子、脱掉西服，把领带也拉松，然后手舞足蹈，激情澎湃地把每节课变成演讲。我们可以肆无忌惮在课堂上站起来反驳老师的观点，然后老师会在课后到你的宿舍来跟你继续地论战。我永远也不会忘记这些场景，而且那个年代不会再现了。

我觉得，在特定的时代遇到的北大中文系这些特殊的师长们，他们塑形了我对于大学教育、对理想、对作为一个大学老师的全部想象，从某种意义上说没有再更改过。也许当时作为一个小小的本科生，我的理解是非常有限和片面的，但他们所形成的范式，构成了我对大学的整体理解，我再也没有试图去改变。

王雨童： 在您自己成为人师之后，在传道授业尤其是指导硕士生、博士生的过程中，最重视哪方面能力的培养？

戴锦华： 我一直希望能做到两点，第一点是与学生分享问题，分享那些无解的问题——尚未被提出、尚未被解答，甚至被宣布为不可能有答案的那些问题。第二点，我一直希望对问题的分享同时是对思想能力的共享和培养。当然，到进入教学生涯"倒计时"的时候，我也知道这样的诉求是最高纲领，甚至某种意义上是不可能的任务，但我仍然认为这至少是研究生教育阶段必须的内容。如果不包含这样的内容的话，我认为所谓导师的角色就不那么必要。因为学术制度自身越来越自动有效地完成格式化培养，即一般的学术生产能力和教学程序的习得，整个体制自身在某种程度上可以自主完成学生培养，一个老师最多扮演的是功能性的调节角色。但是我想，如果我们仍然有一个现代版的薪火相传，或者说师徒承续的话，我仍然坚持认为问题的分享和思考是最重要的。

王雨童： 在您的阅读生涯中，您能否列举几本对您影响最大的学术书籍？您会跟学生们分享这些书籍，让化学反应传递吗？

戴锦华： 这是我最难回答的问题，因为我毕生的阅读习惯是"博览群书，不求甚解"，在阅读量上大概无愧于任何学者，但是在细读深读、有自己的经典文本的意义上说，我可能有愧于绝大多数的学者。影响我的书籍太多了，成为我生命中不同阶段的参照的文本也太多了。我学术起步的年代，是一个今天学术环境中人们很难想象的、与世界相脱节、学术资源非常有限的状态，所以事实上对我的生命形成巨大影响的书，当时可能是在断编残简中获得的。比如说，我们是通过读别林斯基而获知莱蒙托夫的《当代英雄》的，在那很久以后我才读到文本。其实，当我读到《怎么办？》小说时挺失望的，因为在原来断编残简的想象中，它是这么美丽，这么丰满。学术著作也一样，比如说杰姆逊的北大演讲录（《后现代主义与文化理论》）和特里·伊格尔顿的《20世纪西方文学理论》，当时它们对我来说并不是一个地图或导引，它就是全部，我通过他们的描述才了解到那些重要的思想家和理论家。今天我会更肯定地说，没有什么文本具有圣经式的位置，我也认为大学和研究生教育不是复制再生产，而是培养回应问题和原创性思考的能力。所以对我来说，没有原文本、原典或者说经典。其实被人们称为原典的东西，我觉得都值得甚至都必须读，但是不必把它作为原典，焚香沐浴、拿好红蓝铅笔地去读。

王雨童：可以说您的学术其实是从对生命的追问开始的，您之前也曾经说过，"我的整个学术过程，所有书的写作过程完全是我生命的内在组成部分"，您跨越了电影研究、文化研究、女性主义、第三世界研究等诸多学术领域，它们是如何成为您生命，同时也成为您学术的一部分？

戴锦华：一方面，我迄今为止全部的学术动力都必须有某种现实的触动，尽管最后我在触动之下处理的问题未必一定是现实问题，可能选择一个相对历史的切入角度。如果我所处理的问题不与在现实当中困惑着我的问题形成互动，我就没有动力去推进和完成。另外一方面，我真的觉得我是个非常幸运的人，我生命最好的年华遭遇到人类社会最好的年代。在我年轻的时候，世界刚刚度过了极度动荡、急剧变革的时刻，但我们变革世界的勇气和信念仍在，同时资本主义仍然有它的纵深和成长空间。在这种双重的动力之下，世界的未来是开放的，它和我生命当中最好的年华相碰撞，给了我们太多的、前辈和后来者都没有的历史机遇。而另外一个幸运是非常个人的：我以热爱的东西为职业。所以，我整个学术工作的内在性是因为学术不仅是我的工作方式，也是我的生活方式；不仅是生产方式，也是赢得快乐和创造快乐的方式。所以，在这种意义上，我会说学术过程是我生命的内在组成部分。说到跨越领域，其实我考虑的不是学术领域，而是当你在任何一个领域中工作，至少在某个阶段一定会逐渐形成思考和书写的范式，然后你自觉不自觉地被范

戴老师在课堂上

式所局限,开始进入到一种复制再生产中。每当这个时候,我会不自觉地想转移领域,转移对象群,以期面对新的挑战,以及打破已经形成的复制再生产的范本。当然坦率地说,这也包含了不陷于倦怠感,不陷于已经丧失了活力和热情的工作状态。

王雨童:具体到您的学术领域,先从文化研究来说,90年代文化研究对中国整体的人文社科领域产生了重要的影响,您作为最早在中国从事文化研究的学者,如何看待文化研究在中国的发展历程呢?

戴锦华:我反复讲过的是,当年我做文化研究其实是某种反身命名。80年代后期我逐渐形成了多少是我自己独创的一种对电影的研究方法,以及八九十年代之交我试图勾勒和回应中国社会和中国思想的变局,在这一过程中,我形成了一种并非自觉的工作方法。在我1994年到北美访

2001年，戴锦华在静园六院办公室

学的时候，我的这些工作被欧美学者反身命名为文化研究，我才知道这种完全在没有先例、没有范本、没有理论资源的情况下摸索出来的东西，原来呼应了一种在国际上叫文化研究的学术。当我结束在美国学术界较长时间的访学、返回中国的时候，我跟乐老师汇报我的工作，乐老师就肯定地说你做的是文化研究，这是比较文学的前沿。通过乐老师我理解到比较文学的精神不仅是比较，而且是跨语系，也是跨学科。

中国的文化研究和欧美的文化研究的不同之处在于，欧美的文化研究是在新的大众文化工业、大众文化生产的全面冲击之下给出的回应，尤其是在战后美国霸权的形成和美国式文化工业冲击下，欧洲知识分子试图给予的正面回应。而中国的文化研究始于中国的文化工业开始勃兴，但同时这一文化工业又是在知识分子整体呼唤和殷殷期盼中产生的。同时，中国文化研究的产生伴随着中国知识界分化，伴随着一种新的、与国际相连接的所谓社会批判立场再次浮现。所以中国的文化研究有它的庞杂含混，也有它的丰富之处。我自己也在这样的过程中逐渐地明确和试图界定我所倡导的、我所从事的工作。

王雨童： 1995 年创办的北京大学文化研究工作坊是大陆第一个专门从事文化研究的工作机构，您是在什么样的机缘之下创立工作坊的？

戴锦华： 非常简单的是，这是乐老师替年轻人铺路盖房。我 1995 年回国第一次开设了"文化研究的理论与实践"课程，同时乐老师再次给予一切帮助来创建这样一个研究机构。她不仅在比较文学研究所之下创立了文化研究工作坊，而且同时把文化研究设为硕士招生方向。我在自己开设课程的同时，带领主要以硕士生为主，包含少量的博士生和本科生的学生们开设每周一次的讨论班。在美国我第一次知道有 seminars 这样一种讨论班形态，师生坐在一起讨论问题，共同读书，共同分析。我并没有想完全复制 seminars，但我觉得必须找到一种能与在消费者文化中成长的年轻人们共享的方式，找到一种习得他们的文化，同时分享我的问题的方式。所以 1995 年，我同时开设了"文化研究的理论与实践"课程，建立了文化研究工作室，开始了一学期一度的文化研究工作坊，从那时直到今天，工作坊都在继续。

王雨童： 这是不是也与在乐老师主持下的比较文学在中国学术界的活力有关？

戴锦华： 毫无疑问。我觉得这跟比较文学当时在中国的整个人文学科中的引领位置相关，当然更为直接的是和乐老师个人的学术视野相关。她如此果决大胆，有执行力地推进这一学术构想，以及她兼容并包的胸襟和视野。北大中文系的文化研究是被乐老师直接催生的，否则我可能真的把它作为一个反身命名的笑谈予以搁置。

王雨童： 在您看来比较文学的意义是什么？北大中文系的比较文学学科有什么特色呢？

戴锦华： 我对比较文学的理解可能是相当理想化或相当理想主义的，同时这种理解可能也会被比较文学学科内部的学者视为外部之见，因为

2019年，戴锦华（左二）与学生们在一起

我始终没有进入比较文学的学术体制内，尽管我每一次这样表述都会被乐老师否认。我理解的比较文学首先是歌德的"世界文学"概念，现在先暂时抛开对殖民主义、帝国主义、资本主义、现代主义的反省，世界文学是在现代历史当中的全球史认知。每一种文学都带有地域化特征、区域化特征，都被语言的事实所规范和限定，而世界文学意味着一种新的巴别塔，是人类相互理解和沟通的努力，用它去对抗现代资本主义内在的种族主义、等级制度、以解放之名完成的对一部分人的解放和对另一部分人的放逐。其次，我觉得比较文学是一个最基本、最重要的跨语系机制，它不仅带领我们跨越语言的高墙，同时真正带我们进入他人。而走进他人不仅是认知他者，也是认知自我作为他者，在我看来这是最重要的比较文学的理想。

2010年百年系庆纪念活动，戴锦华（右一）与老师乐黛云先生（左二）及学生们的合影

王雨童：可不可以这样理解，无论具体是文化研究还是电影研究，在北大中文系做这些具有比较视野的研究，它的特殊性、趣味性正是这种"视差之见"？

戴锦华：我希望如此，因为我的学术生涯后半期所经历的主要事实就是学科化、规范化和专业化，不是伴随着新技术革命和全球化壁垒的坍塌而坍塌，而是篱笆墙的重新修建。在这个意义上说，我希望我的工作具有这种视差之见的意义，希望能够在我不断地认知自我局限的同时，也能够使大家在不断跨越、拓展边界的意义上工作，但这只是我的一厢情愿。

王雨童：对于在今天的学术体系下仍有志于跨越界限的年轻学生，您认为他们应该具有哪些能力？

戴锦华：首先，我非常希望作为一个人文学者，你应当有充分的好奇心。以前我会觉得这是一个太低的原则，后来我才发现好奇心似乎不是人文学者的必须了，因为人文学也越来越被限定在某一个专业方向之上。我觉得好奇心就是对于新奇、对于未知永不餍足的一种状态。我希

戴锦华与同学们交流 [周昀 摄]

望大家始终不丧失对于文本——无论是小说文本、艺术文本还是大众文化的文本,无论是通俗文本还是高雅文本——的好奇心。当然这就联系到我的"不求甚解",不是每一部都要去细读,都要去穷尽。我有时候会被同行问,你哪来那么多时间去阅读大量的、有时候是通俗的文学文本?我相信他们可能私下里以为我是不是一向"不务正业",没有读学术著作。事实上我读了大量著作,但我大概不是用他们的方式或态度去阅读的。

我觉得一个人文学者区别于普通的文化消费者、文学读者的特征是,普通读者大概只在年轻的时候阅读作品,接触艺术,而一个人文学者应该一辈子与文学艺术的现实实践和生产相伴行。在这样的前提之下,我们才能谈到"跨",但从这个意义上说其实也无须跨越,因为你的生命事实就在丰富繁杂的文化艺术现实之中,而并非因为我是一个文学研究者,我就生活在文学的文本事实中,我是一个戏剧研究者,我就生活在戏剧的文化现实中。这样的现实经常造成一种错位,比如说一个非常有造诣的学者会盛赞一部在我看起来很烂的肥皂剧,或者一个电影学者发

2015年广州,戴锦华(左)与导演王小帅亮相华语传媒大奖红毯

现了一个"伟大"但实际上是三流之作的文学文本,原因在于这些文本对大家是陌生的。我认为一个人文学者的基本修养,首先不在于专业著作的精读,而是对于文本的广泛占有。这是一己之见,我不求别人赞同,但是我自己毕生受益。

王雨童: 您一直坚持以一种沟通,同时也是求同存异的方式向大众清晰地传达自己的观点,您是如何看待学术研究与社会参与的关系?

戴锦华: 首先,这二者对我来说始终有张力。前面我说过我所有的学术动力都是现实触动,所以我的学术工作自身构成某种对现实的回应,或者说我可以比较轻松地在公共论域中做出相对有把握的回应。但张力状态在于今天越来越学院化的学术现实。学院确实与社会文化空间,尤其是新媒体所形成的公共论域之间有越来越大的落差和紧张。这时候,作为一个不拒绝在公共论域中发言的学者,就会面临着诸多的诱惑和陷阱:怎么去区隔或怎么去组合作为一个人文学者和作为一个公共论域以及大众文化生产脉络中的言说者的身份。不论你自觉与否,你的关系势

2011年墨西哥自治大学，戴锦华（右二）与外国学生在一起

必被混同，势必有一个相互的重叠和置换，这一点我自己非常警惕。所以在90年代中后期，我曾经完全撤出公共领域和大众文化讨论场。迄今为止我仍不"触网"，没有博客和微博，也不把微信朋友圈作为我的言说空间。到今天为止，我非常惧怕"火焰战争"，我不知道在网络非黑即白、即刻撕成一团的逻辑中，我可能占据什么样的位置。

另外，作为一个学院知识分子，一个大学的教授，你与底层的弱势群体之间能建立什么样的关系？我觉得我生命当中最宝贵的，也相对不大一样的一段生命经验，就是1999年到2013年之间参与的农村基层调查，我介入了农村各种各样的妇女组织。还有第三世界考察，我走遍了亚非拉几十个国家的农村、丛林、原野和运动现场，这与今天几乎是两戴锦华为中文系 110 周年系庆题词："人文学或许是全球化世界的希望所在。中文系的师生正参与赢得并创造未来。"［王雨童 摄］

种不同的道路或不同质的生活。一方面我的学术和思想极大地受益于这种介入，可同时我也在警惕，这种介入本身丝毫不意味着某种道德优势、某种道德资本。所以到现在为止，我拒绝混同这两个层面，更拒绝它们形成一种资本的累积，甚至是社会资本的转换。我自己非常不喜欢以介入为道德褒扬，或者以介入作为自己学术言说的背书或者特权。

抛开所有思想获取的层面，当你在世界的远方，在底层、在边缘人群当中拥有一些真心朋友的时候，你的整个生命都好像落地了，都好像有了根。我不再有此前长久迷惑着我的那些自我怀疑，即我做这些事到底有什么意义。今天面对同行们"这有什么用"的质询，面对着成功者"你们是在做无用功"的质询，我一点都不会被伤害，因为我看到我所做的工作和那些真实的生命和人群发生共享。我体认到他们懂得我的工作，他们分享我的思考，我甚至可以说，可能我的工作是真正更有意义、更有价值、更有生产力的。但这是我内心的快乐，而不是当标签一样贴在自己脑门上的东西。

王雨童： 最后，请您用一两个词谈一谈您对北大中文系的总体印象。另外，您有没有什么对中文系的祝福和期待呢？

戴锦华： 在历史上，北大中文系是京师大学堂最早的科系之一，也是最重要的科系。在我读书的年代，我们是王冠上的钻石，是人文社会科学所有专业当中录取分数最高的专业，我的班里同学包含了一半以上的区域状元。不需要体制的支撑，中文系作为历史与学科意义上的骄傲和光荣，对我来说从来没有改变过。所以，中文系对我意味着什么？我认为是一种笃定，一种坚持，这种笃定和坚持体现在对中国文化，对中国文学，对历史所折射的中国现实的追问上。

最后，与其说是对中文系的祝福和期待，不如说是对人文学的祝福和期待。在世界范围内，人文学的边缘化都到了前所未有的地步。我还是那句话，我觉得这不是中文系的悲哀，这是世界的悲哀。这样一个被新技术革命、被大数据所掌控的世界，无疑是一个酿造危机而不提供解决方案的世界。我相信由中文系的各位同仁、未来学者们所坚持的人文学是最有可能有效的解毒剂。所以，如果说我期待什么的话，我期待经由人文学，我们去想象未来和创造未来。

陈晓明

博雅塔下"常为新"

受访人：陈晓明
采访人：白惠元
采访时间：2020 年 11 月 6 日

受访人介绍	陈晓明	1959年生，自2003年起任教于北京大学中文系当代文学教研室。时任北京大学中文系主任、教授，教育部长江学者特聘教授，中央文史研究馆馆员，同时担任中国当代文学研究会副会长，中国文艺理论学会副会长，民盟中央委员等职。主要研究方向为中国现当代文学、文学理论和文学批评。其有关先锋文学、德里达、"解构主义""后现代主义""晚生代""现代性""历史化"等的理论研究和学术概括在国内外学术文化界影响广泛。专著有《无边的挑战——中国先锋文学的后现代性》《中国当代文学主潮》《德里达的底线——解构的要义与新人文学的到来》《追寻文学的肯定性》《众妙之门——重建文本细读的批评方法》《无法终结的现代性》等20多种；发表论文评论500多篇。其著作曾获教育部高等学校科学研究优秀成果奖、华语传媒文学大奖、中国当代文学研究会优秀成果奖、鲁迅文学奖理论评论奖、北京市哲学社会科学优秀成果奖、中国社会科学院优秀成果奖、当代中国文学批评家奖等奖项，多次担任鲁迅文学奖、茅盾文学奖等奖项评委。
采访人介绍	白惠元	2007—2016年就读于北京大学中文系，当代文学专业直博生，现任北京师范大学文学院讲师，主要研究方向为中国当代文学、中国电影、戏剧创作的理论与实践。

一、伤痛

白惠元：陈老师您好，感谢您接受我们的采访。我们先把时间倒回1977年，那一年，曾经中断了10年的高考恢复了，您也是考生之一，但据我所知，由于家庭成分问题，您未能如愿考取厦门大学中文系，而是去了南平师专。您能讲讲当时的情况吗？

陈晓明：这个故事说起来是我的伤痛，我很少提起。1977年我报考的第一志愿是厦门大学中文系，我的家庭成分不好，虽然父母是干部，但祖父和外祖父都是地主。当时的知青点，大家都在复习，我非常羡慕他们有资格考试，但不知道自己有没有考试机会。所以，直到临近考试时听到广播通知说全国适龄的考生都能考试，我才跑到县里文教局去问：像我这种情况能考试吗？人家问：你什么情况？我说：出身不好。我那

中学时期的陈晓明

个时候一说到家庭成分就涨红着脸。人家回复说：考当然可以考，但是录取不录取，这个就不好说了。我只匆忙复习了一个来月左右，当时搜集的课本也不全，也不可能找到什么复习资料。但是我那一年考试成绩也还可以，语文是 83 分，作文分很高；数学竟然考了 60.5 分（在 77 级中，新三届数学考及格的人是很少的），我还自学过微积分；政治考了 79 分；但最荒谬之处在于，我历史地理竟然只考了 57 分，史地是最简单、最能够拿高分的。记得有一题，问从福州坐火车坐到北京，要途经多少个站，填出来就 20 分。可惜我没有坐过这趟车，填对了一个，错了一个，两相抵结果这题零分。我总分却很可悲了——279.5 分，听说 77 级北大在福建招生的最低分数线是 290 分。上厦大应该还是可能的。据说档案被厦大拿走，我以小人之心来推测，我当时应该也是发生了类似调包的情况。别的考生挤进来了，我的档案里放进了我父亲的三份材料，还加盖一个大的斜章，横贯档案"此生限制招生专业"。这是我听我的导师说的，他看过我的档案。结果我也错过别的学校，我说的这些话，每一句都是实话，因为多少年来，我在记忆中都不断琢磨这些事。

当时我被借用到县文工团一段时间，文工团指导员杨汉书对我非常欣赏。他后来调到县文教组，即后来的教育局。招生的时候，他和厦大招生老师推荐我，说这个青年好生了得，在我们剧团自己写诗自己朗诵，他主演的几个角色也都受到好评，特别勤奋好学，又乐于助人。当时有特长的考生招生有优待，我想填特长，父亲竟然不让，我说我明明是县文工团借用的，但父亲说教授是不喜欢这些唱唱跳跳的，所以我就没有填。我后来的硕士导师李联明看到我的档案还问我：你的考分很高，怎么当时连福建师大都没有上？再后来，我就录到南平师专去了，我不甘心，但父亲说，孩子，像我们这样的家庭，能有书读，你还有什么话讲？万一政策变了，明年你连考试都不能考，你还有什么希望？文工团借用只是暂时的，几个月后你又要回去当知青，在山沟沟里面你怎么过？

南平师专大专班的学生大都是家庭成分有问题的，考分很高，人才济济。我当时是班上年龄最小的三个人之一。我年轻的时候确实很发奋，每天早上5点爬起来跑步、冲凉水，然后背英语单词，一天背100个英语单词，其实也记不下来，因为直到考研究生时我才开始从ABC学起英语。1980年我已经考上了福建师大的研究生，但是李联明老师后来说：全国哪有这么年轻的研究生？你才21岁，再等两年吧。那时候研究生都30多岁，他后来就录取了比我大12岁的同班同学。当然这是命运，我也不怪谁。

白惠元： 其实，今天的采访我梳理出了五个关键词，第一个词就是"伤痛"。所以我想追问一句，您在少年时代是如何化解这种伤痛的？阅读是一种途径吗？

陈晓明： 当然。我阅读得最多的时候是在十五六岁，我的房东是邮递员，有很多知青给他的书，像《傲慢与偏见》《德伯家的苔丝》《三国演义》《东周列国志》《复活》《安娜·卡列尼娜》《唐璜》，等等，这些书都是在那个时候读的。后来1980年春天，我留校在南平师专教书，那时师资紧缺。到了南平师专，当代小说已经开始风行，《十月》《当代》《人民文学》那些杂志都有，但我当时都是匆忙掠过。当时我读的恰恰是理论书。我21岁的时候就开始读黑格尔，读马克思的《1844年哲学经济学手稿》，确实是感到如沐春风。很多人根本走不进去，但是我欣喜的是我读得进去。我感谢我当时报考硕士的导师李联明先生，虽然在1980年他没有录取我，但他一直指导我读书。他给我们开的书目就是从

陈晓明（一排左一）青年时旧照

《柏拉图对话录》一直到黑格尔《美学》，这样读下来，所以我一直得益于这样一种经典训练。

白惠元： 您曾经说过，您非常喜欢苏童的小说《罂粟之家》，这是不是与您内心深处的伤痛有关？

陈晓明： 苏童的《罂粟之家》写的是中国最后一个地主，因为我家的成分是地主，所以我一直感到一种深深的悲哀。我很理解，这样一个阶级的覆灭，是历史的大趋势，是一种必然要到来的时代变革。这是都要接受的命运。但是我又多了一层，因为祖父和外祖父都是地主，对这种生活，对这个阶级，我多了一点了解，也多了一点同情。所以我读《罂粟之家》，读那些乡土的作品，我会有一种复杂的感受：一方面，我知道这是一种历史的必然进程；另一方面，面对那些大家族的破败、凋零，我也会感到一种悲哀。

白惠元： 文学的复杂性可能也正在这里。在当代青年中，最近有个时常被讨论的命题："我们是否应该感谢命运的暴击？"对此您怎么看？

陈晓明： 我觉得你们确实生长在一个非常幸福的时代，机会很多。虽然说世界还是风云激荡，种种曲折，但国家民族又确实处在一个上升的势头中。当然，我们都希望人生不要接受那么多的波折，但是波折来临的时候，我们必然要坚强面对。我有一个特点：当我遇到失败，我会先检讨自己，肯定是自己做得不完美。这也是我性格的缺点：我是一个完美主义者，我觉得我可以做得更好，从而，避免挫败。《论语》说：吾日三省吾身。出现了问题，多检讨自己，年轻人要有这样的精神，对别人却应该多宽容。我其实宽恕过很多曾经加害过我的人，甚至可以说：换了别人，都会成为仇敌。但对于我来说，都过去了——生命如此宝贵，你如果浪费在仇恨上，浪费在和人家的计较上，那是没有意义的，那是负价值。现实生活中，能够"得过且过"，我觉得这是最重要的。或许你会说这是犬儒主义，但我不想陷于负能量的深渊。我这一点做得到，我真的是不记仇。年轻时有一位老大姐曾经说我的内心"纯净如水"，我不敢自诩。特别是随着年龄的增长，我也难免为社会所玷污。但年轻的时候，我确实是比较纯粹的。

白惠元： 少年时代，您曾经下乡插队，有着丰富的乡土经验。您在课上也多次提到，您一直非常关注当代作家的乡土写作。这是不是跟您内心深处的乡土情结有关？随着中国城市化进程的加深，我们这一代人的乡土经验越来越匮乏了，您想对我们这些"城市的孩子"说点什么？

陈晓明： 对，你提的这点很有意思。有时候我反省我自己：一方面特别求上进，很喜欢外面新生的事物，特别好奇，不相信命运，想摆脱命运。因为少年时候的环境真的是太令人绝望，你不能接受这个现实。如果接受了这个现实，那你还有什么希望？所以我总是对外面充满了渴望，充满了理想，相信理想能够实现，所以我会喜欢先锋派变革，打破格局。但另一方面，乡村又给我快乐，农民们对我非常好，劳动能带给我快乐。我从小就是一个非常勤快的人，闲不住。学木工、种菜种地、插秧耕地，我都学得很快。这让我有了一种成长感。

二、北大

白惠元： 第一个词有些沉重，好在已经过去。第二个词是"北大"。我们把时间跳转到 2003 年，您 44 岁的时候从社科院文学所调到北大中文系。您为什么会做出这样的选择？

陈晓明： 北大真是我一生的梦想。我没有受过良好的教育，10 岁就到农村，小学就念了三年级，中学都是学工学农学修拖拉机，我随父母下放的公社中学有几位好老师，他们教给我不少东西。当然，那个年代知识主要还是自学。后来考研究生，我一开始也不敢考北大，但又不甘心命运。我学的是中文，但考研考的是北大哲学系美学专业，导师是朱光潜先生和宗白华先生。那个时候总是做梦，我想，人生何不拼一拼？当时我收到成绩单，觉得成绩还是挺好的，应该是 1982 年夏天暑假，我受邀参加全国马列文论年会，顺道在北京停留，就跑到北京大学来了。老朋友高少峰把我介绍给他的同学朱晓进，朱晓进安顿我住在他的宿舍。说起来这是一段非常珍贵的友谊。朱晓进对我这个乡下来的人照顾得十分周到，我说我想去拜望宗白华先生。晓进鼓励我直接去找宗先生。第二天我直接去找宗白华先生。那个时候真是很莽撞，没有预约，直接去老先生家里敲门。老先生已经高龄了，但还是让我进去，陪我聊天。我说我来自远方的福建南平，他说他抗日战争躲难躲到南平。他聊起了他在南平的经历，半晌回过神来，说："应该录取你的，怎么没有录取你呢？"老先生这句话重复了两遍。我那时也知道录取不太可能了，所以就对宗先生说："我一直读您的书，您的《美学散步》我几乎快要背下来，读来特别感动。今天见到您，我觉得非常好，我在心里觉得永远是您的学生"。给老先生鞠了一躬，我就离开了。然后沿着朗润园的湖边往回走，我心里想，此生我一定要到北大来。北大是我心中的一盏明灯。

我博士毕业的时候，本来是乐黛云老师要来当我的答辩主席，但她当时要出国讲学，就做我论文的评阅老师，对我的博士论文给予很高评价、很多鼓励。后来我送论文来拜访乐老师，乐老师当时还推荐我出国，我那时候博士论文写解构主义，她说，你应该到国外去，乐老师还给我

陈晓明在中文系庭院中

写了好几封推荐信，她那么信任我，真的是我的恩师。后来我用这些推荐信，联系了好多国外的大学，但是也无果。（笑）

2002年（或者更早一年），谢冕老师和洪子诚老师都退休了，李杨兄和我提起这件事。他说谢冕老师一直很欣赏你，现在是一个机会，你要主动一点。应该是谢老师和李杨向温儒敏老师推荐了我。当时主管此事的是温儒敏老师和曹文轩老师。我跟曹老师熟一点，温老师并不太熟。李杨后来向我回忆说，他向温老师推荐我时，温老师说：有印象，是不错，但是他在有次学术会议讨论中还反驳过我。温老师是敦厚之人，雍容大度，并不计较。他后来跟曹文轩商量，曹文轩马上和我联系，他表示非常欢迎我到当代室。所以，温老师、曹老师对我都有知遇之恩。李杨是很义气的朋友，这我就不多说了。

但社科院那边压了我一年，因为我那时已经是研究员了。社科院有个"59岁现象"，到59岁才能评研究员，评完就退休。但我是在39岁时评的研究员，同年成为文学所学术委员会委员与社科院的高评委员。在当时的同龄人中我算较早评上正高。

我一直说北大对我有知遇之恩，2003年到北大之后，我真的是特别快乐，我很多重要的成果都在北大完成。50岁时的代表作《中国当代文学主潮》和《德里达的底线》都是因为在北大与最优秀的学生交流之后教学相长所得。

白惠元： 调入中文系之后，到目前为止，您已经开了十几门新课，每门课程背后都有一本书作为支撑。特别想问您，在开设的所有这些课程中，您最喜欢哪一门？

陈晓明： 我最喜欢的当然是面向本科生的"中国当代文学史"，我能够把我所理解的70年中国文学讲述给他们，这也是我到北大完整开的第一门课。我当时没日没夜地写讲稿，到现在大概开过四五轮了。年轻的时候，课堂上有学生说，陈老师神采飞扬。现在想想，可能是那样吧？后来超星还录了课程视频。我现在都不敢回头看过去的自己了，真是岁月沧桑。另外，"90年代以来的长篇小说研究"我也很喜欢，还有这几年的"中外文学批评方法""当代外国长篇小说细读"。我曾经开过一些理论课，比如"德里达与解构主义""现代主义与先锋派""现代性理论导读"，说实话，理论课是比较累的，我累，学生也累，但是大家都会感到收获很大。

白惠元： 在您的北大故事里，我还想提一个插曲：您的夫人也是北大毕业生。那么，您怎么理解"北大精神"？调入北大之后，您觉得北大就是您想象中的样子吗？

陈晓明： 我太太是北大的，她考北大的时候，高出录取分数线40多分，她在家常常"欺负"我，问我：你行吗？这一句话，我就被她打趴下来了。（笑）我大外甥本硕博也是北大的，北大化学院毕业，他毕业时是理科学术十杰排名第一。他28岁获得中科院的正研究员（正教授）职位，29岁就是博导，但他很谦虚。时代在变化，百年的北大历经了风霜，它自身要经受住很多考验。我想，北大始终是会有一种精神，一直贯穿下去，一直沉在心底，一直将这个作为自我期许。老校长蔡元培说

陈晓明（中）与学生们

"思想自由，兼容并包"，我觉得这是北大始终不变的一种精神。所以在北大，大家坚持独立思考，同时允许别人发表不同的观点。就像我们当代文学教研室，大家做法都不一样，但大家都相安无事，绝对没有因为方法不同就相互轻视，这是北大的包容精神。澳门大学文学院院长朱寿桐有一年到北大参加四校博士生论坛，他说了一段令人非常有感触的话：他参加王瑶先生的纪念会，看到北大的七八十岁老先生们坐在一起，那么平和，那么谦让友善，他感到非常温暖，甚至有点惊讶。这一点，我们现当代做出了一个表率。谢冕老师是极为宽容的一个人，他的好朋友像张炯、孙绍振，与他的观点并不一样，但他们关系都很好。

白惠元： 您觉得，在全国的中文学科里，北大中文系的独特价值和意义是什么？

陈晓明： 首先，北大中文系开了风气，它是"常为新"的，它把"现代"引入中国，包括现代文化、现代教育、现代思想、现代风尚、现代美学。同时，很多学科的开创都是在北大中文系。1952年院系调整合并之后，北大中文系实力增强，1959年北大文献成为独立专业，由此北大中文系形成了语言、文学、文献三足鼎立的局面。可以看到，北大中文系的学科建制是最为完备的。同时，北大始终在学科上探索前沿，不断开辟新的领域。比如"文艺学"这个学科，就是毕达可夫1953年在北大开讲之后才有的，而"比较文学"这个学科就是乐黛云老师80年代到国外学习回来后开创的，王瑶先生等前辈奠定了现代文学学科的基础，张钟老师、谢冕老师、洪子诚老师、赵祖谟老师、曹文轩老师等逐步建立起了当代文学学科。所以，北大一直有一种学术的风范。现在年轻人讲"范儿"，但"风范"可不是一般的词。北大始终要有一种"风范"，要有精气神，要有底气，要能立得起来，要能标举旗帜，要能当仁不让。

白惠元： 那么，中文学科对于社会，对于整个民族，它的价值又是什么？

陈晓明： 对于社会来说，中文学科是"无用之大用"。古人说"重器无锋"，正是中文的写照，它是一种柔绵的力量。"不学诗，无以言"，因此，中文恰恰是国之大器。一个民族的生存发展都与自己的语言息息相关，一个民族的语言文字需要不断地提纯、精炼、继承。所以说，中文的担子很重。现在的北大校长郝平教授非常看重中文，他说北大有"四梁八柱"，中文正是其中之一。他对中文工作非常支持，包括文学讲习所也是在郝校长一手支持下成立起来的。汉语的纯净，关乎我们历史文化的传承，关乎我们面向未来的能力。只有语言美了，人与人的交往、社会的生存、家庭的伦理、爱情的言说才能够继承下去。否则，连语言都贫乏了，谬误横生，我们还能言说什么？做什么？

白惠元： 中文专业应该培养什么样的人才？

陈晓明： 这个问题一直有争论，中文系当然首先培养引领未来的人，这也是北大的目标。但是在今天，中文系的培养目标似乎和过去不太一样。除了要培养学术型的人才之外，我还想强调，中文系应该能够培养会写作的人，这是我的一个理念。虽然当年的系主任杨晦先生说"中文系不培养作家"，但时代不同了。那个时代，北大中文系本科毕业就可以到其他大学去教书，直接上讲台，因为北大中文系的基础教育很完备。

但今天不可能，今天的硕士、博士、博士后能不能直接上讲台还是另一回事。所以，今天的本科教育应该是更加通识的状态。学生能够读好一篇文章，能够写好一篇文章，这两个基本功，应该是今天中文系的学生要具备的能力。乐黛云老师的访谈你可能也看到了，她那个时代的北大中文系教育从大一到大三一直要上写作课，学生要写文章，老师要改文章。曹文轩老师说："写好一篇文章是一个人的美德。"我非常赞赏这句话。写好一篇文章能够看出一个人的本领，看出你的道德修养、你的见识、你的思想资源、你处理问题的能力。

白惠元： 记得我们那年毕业，系衫上写的是"铁肩担道义，妙手著文章"。

陈晓明： "铁肩担道义"——是什么样的道义？这就牵涉到蔡元培校长所讲的北大精神。其实中国人对道义的理解始终都是标举得很高，是一种人的精神，一种民族的精神，一种品格。从我的角度看，蔡先生是在面向当时中国正在迎接的一种现代到来的时刻，他的大学理念是一种强大的召唤精神。"铁肩担道义"，这就是对中文系学生的期许。

"妙手著文章"，就是我刚才讲的中文系学生的基本功。我觉得，文章要写得早，文章是训练出来的技艺。过去的先生说，40岁以前不要乱写文章。但是，我觉得年轻的时候就要写，文章是写出来的，不是读出来的，也不是想出来的。等到40岁以后你再写，会眼高手低，写不成文章。所以年轻人要敢写，要大胆地写，写得不好没关系。文章是改出来的。我记得我读硕士的时候就发表过八九篇文章，在《文学评论》和当时影响很大的《当代文艺思潮》《当代文艺探索》发表文章。我读硕士时的文章在《新华文摘》全文转载还上了封面。这些文章都是改出来的，开始很艰难，但是一遍遍地改，后来每改一次，文章就上了一个台阶。后来才能所谓一气呵成。而且，写文章是需要毅力的。说起来，我二十几岁就能写长文章，2万字、3万字的篇幅，那真的是考验你的毅力和精神意志。像《学术月刊》《文艺争鸣》这几个刊物发表过我很长的文章。这不是自诩，而是自己有深深的体会。我曾经有一个比较年长的师辈同事，他当时上岁数了，身体不好，他说他写不了

陈晓明在爱丁堡大学

长文章了,像踢足球踢不过中场一样。我三四十岁的时候不理解这一点,但现在我老了,我也有了类似的感觉。去年我还写了一篇3万多字的文章,但是今年身体不好就写不动了。写长文章需要一个大的构架,需要传球、倒脚、转折,需要始终把握好一个连贯的逻辑,这是很需要精力的事情。

白惠元: 在中文系,您曾经多年担任当代文学教研室的主任,那么,您如何评价北大中文系当代文学研究的学术传统与研究特色?

陈晓明: 北大将现代和当代区分开来,我觉得是有道理的。因为当代确实是一个无限开放的领域,而且现代文学与当代文学的学术方法也不尽相同。事实上,当代一直没有找到一种能够为古代文学和现代文学都接受的学术方法。因此,洪子诚老师对于提升当代文学研究的学术性的贡献就很重要,这是一种历史主义的方法,继承这一路径的是李杨老师、贺桂梅老师,他们都做得非常好。我和张颐武老师则是从80年代后期开始一起做后现代,更偏向理论。邵燕君老师兼及材料和理论。韩毓海老师是从思想史角度入手,更加广阔。 所以,当代的方法

陈晓明（中）与严家炎夫妇

基本上可以说是两种：一种是立足历史主义的谱系学、知识考古学的路径；另一种是偏向理论的方法，但实际上，我们即使做理论也是很注重文本分析的。

白惠元： 2016年，您通过民主测评和上级选拔当选了中文系主任，上任之初，您最想改变的现状是什么？

陈晓明： 不敢说"改变"。我首先是感恩。我很感谢中文系老师对我的信任，因为我没有北大中文系的学缘背景。在北大历史上，没有北大学缘关系而能够当系主任（或院长）的极少，这是对我的一种信任，所以我也非常看重这份信任，觉得肩上的担子很沉，我要把这个事情做好。我不敢说"鞠躬尽瘁，死而后已"，但是到了第4年（现在已经是第5个年头了），身体的确是吃不消了。

我是一个完美主义者，理想主义者，这是我的优点，也是我的毛病，可能毛病更多。在上任选举的陈述中，我就表明了关于学科整合的理想。我希望中文系老师既能够保持个人的独立风格，又能够交叉融合，互相沟通。1995年到1998年，我有较多时间在欧洲大学访学，我深感国外大学人文学科之间沟通兼顾与跨学科跨领域的重要性。这在国外基本是一种常态。我想打破我们国内的这种学科壁垒，因此我们做了三个平台：中国古典学平台、语言与人类复杂系统平台、现代思想与文学研究平台。郝平校长、王博副校长对此也都特别支持。去年4月的平台成立大会上，我们邀请了全国几十个文学院院长、系主任到场，大家都很震动，都认为这是中文，或者说新文科今后发展的一种可学习、可借鉴的经验。

白惠元： 现在4年过去了，冒昧问您，您给自己这4年的工作打多少分？

陈晓明： 我很惭愧，我显然不能评价自己，我只能说，我尽心尽力了，但是很多事情没有做好。特别是今年，受到疫情的影响，本来5月份我们就要系庆，也要完成"王默人国际文学奖"，还有文学季、文学周等。我真的不敢给自己打分，可能这个分数也不会太好看，因为我对自己的期许很高，老师们对我的期许也很高。可以说，我是拼到最后了。现在我就只有一个感慨："万里悲秋常作客，百年多病独登台。"今年和去年相比，我是判若两人。当然，我上任的时候岁数也比较大了，我现在是全校最老的系主任（或院长）。21岁的王勃在《滕王阁序》中说"冯唐易老，李广难封"，我是57岁当中文系主任，那个时候已经垂垂老矣，今年我61岁了。我确实没有把身体调整好，我希望尽快换届，没有力气再做服务工作了，我觉得愧对大家。

三、理论

白惠元： 您言重了。第三个关键词关乎您的治学方法——"理论"。在我的理解中，"理论"是您重要的学术风格。您读硕士和博士时，所学专业都是文艺理论。后来在研究先锋文学的时候，作家余华曾经戏称您是"要把先锋文学作为理论研究的证明材料"。我特别想问的是，您认为，掌握理论对于当代文学研究是必要的吗？

陈晓明： 我认为，理论是所有学科的基础。宇文所安说，他是一个

"解构主义的历史主义者"：既受过解构主义训练，又是擅长细读的历史主义者。我当时非常吃惊。宇文所安是一个古典文学研究者，但是他对德里达赞赏有加，他认为德里达是最好的细读批评家，这真是与我心有戚戚焉。在西方，不管你研究哪个学科，理论都是你的基础，就像数学是所有科学的基础一样。然而在中国，文艺理论变成了一个封闭的体系，它被束缚起来，我觉得这是非常致命的。理论应该是提问的发动机，我们只有在理论的层面上思考，你才提得出问题。所以，理论是问题意识的基础。

当然，学理论不是拿理论去套。理论是融会贯通，只有理论进入了你的材料，你才能够真正发现问题，而不仅仅是整理材料。对于我来说，我的理论不是外设的，是内在于文本自身的。我的方法更接近德里达、希利斯·米勒和哈罗德·布鲁姆。

白惠元： 其实，很多青年学子也在练习把理论和文本进行结合，但是最终效果应该说见仁见智了。在理论学习方面，您对大家有什么指导建议吗？

陈晓明： 说实话，对于理论，大家不能以实用主义的态度来看，学成一个套路。理论其实是长期潜移默化的结果。我21岁开始理论学习，直到读到德里达之后，我才真的豁然开朗，领悟到一点理论的真谛。当然，所有这些都要回到文学文本。不管你是读古典诗词、明清小说还是现代诗歌、现代小说，你感受的都是文本，必须在文本中形成你的理论思想。理论是涌现出来的，理论与文本的碰撞是一个火花，而不是说你想好一个理论的概念，然后去找文本，那就大错特错。在我看来，理论这个概念就像马克思所说的，要从感性到抽象，再从抽象又回到感性，感性再提炼为一个抽象。它是这么一个不断往复的过程。所以，大家要不知疲倦地"渊博"，广博阅读才能真正领会理论之妙。

白惠元： 一般认为，当代文学研究主要是两部分：文学史和文学批评。在文学史方面，您在2009年出版了《中国当代文学主潮》。能不能给我们介绍一下这本文学史的写作理念？

陈晓明：《中国当代文学主潮》的基础部分是2003年来到北大给本

2018 年，陈晓明在威尼斯大学

科生上课所写的讲稿。那时加班加点写，然后在课上讲，又在讲的过程中不断修改。2009 年完稿时大概 60 万字，在中国当代文学史中，这可能是最厚的一本。同时，这本书的时间下限也延伸到了 90 年代后期与 21 世纪初期，跨度是比较大的。在《主潮》里面，我贯穿了一个现代性的理念：从现代性的角度来看中国当代文学 70 年的历史。我认为，中国当代文学是现代性不断激进化的一个产物，同时，我尝试以同情的态度去理解 50 年代、60 年代的文学。仅仅将其看成极"左"路线、意识形态的产物，我认为是不公平的。比如，梁斌谈《红旗谱》，记者问他书中你最感动、最得意的是什么地方？他说是春兰挑起帘子说"一屋子的人都在啊"的那个时刻。梁斌说，他最喜欢这里，让他觉得最开心、最放松。其实，这就是回到生活。所以 50 年代的文学有它的双重性：一方面它有意识形态的诉求，另一方面它始终回到生活的底蕴。毛泽东也很理解革命理念和人民生活之间的关系，所以他反复强调，文学要来源于

陈晓明与王德威（右）

生活，作家要深入生活实际，光有革命理念是不够的。在《红旗谱》《创业史》甚至《艳阳天》中，都有大量的生活。

白惠元：在文学批评方面，您在 2015 年出版了《众妙之门：重建文本细读的批评方法》。您试图通过这本书传递怎样的批评方法？

陈晓明：这是我很多年的一个夙愿。我早年很崇拜罗兰·巴特，他写过一本《S/Z》，对巴尔扎克的一部中篇小说《萨拉辛》进行阐释。我很惊叹：读一部中篇小说就能写出一本书，这得是多大的本事！后来我就很注重去读短篇小说，我想试一下，读短篇小说能不能写成一篇文章？现在我们都很会概括，这源自文学史的教学，也是文学史的写作方法。但是，要你把一篇小说展开为一篇文章，这难度就大了，这叫细读，叫拓展，叫内与外的交互。后来，我看到阿甘本仅仅细读《圣经》里的圣保罗的一句话就写成了一本书，这就更让人惊异了。对于我来说，《众妙之门》的想法就是重建小说细读的一种批评方法。拿到一篇小说，你怎么展开？怎么谈问题？逻辑构架怎么设计？

其实，"众妙之门"本不是我的理想标题。应该说，"小说的内与外"是更合适的。我一方面谈的是小说文本，另一方面也寻找文本与外部历史的一种联系。这是美学的一种折射，也是文本细读的目标：通过文本的阅读，读出它的哲学，读出它的思想，读出它的社会文化内涵。

白惠元：我记得您在给我们上课时，提到过杰弗里·哈特曼的一篇文章，叫《作为文学的文学批评》，这篇文章对我影响很大。我想，您也一定欣赏这样的文学批评？

陈晓明：我就是比较尊崇哈特曼所说的"作为文学的文学批评"，所以我非常欣赏王德威先生的文学批评，他的文学批评写得非常漂亮，有思想，有韵致，有文字之美。文学批评首先要漂亮，本身要有文学性，这不是科学论文，要美，要有意蕴，要有味道，要让人读起来觉得他不只是跟你讲道理，而是让你有很多感悟，这就是哈特曼所说的"作为文学的文学批评"。所以，好的文学批评，应该说他不只是好的学术，更是一篇好的文章。

四、先锋

白惠元：第四个关键词是"先锋"，这似乎是您的学术生涯写照。1987 年到 1989 年，您在读博期间就完成了《无边的挑战：中国先锋文学后现代性》。现在，这已是中国先锋文学研究的必读书了，在北大，您也开设过"现代主义与先锋派"这样的课程。所以我想请教您，您怎么定义人文学研究中的先锋精神？

陈晓明：我那个时候在社科院读博是读三年。这期间我其实写了三本书，一本是 30 多万字的《本文的审美结构》，虽然出版了，但可能很少有人读到，不过赵毅衡和蒋寅读过，他们对这本书有比较积极的评价。还有一本就是《无边的挑战》的主体部分，因为当时出版很困难，拖延了好长时间才出来。再一个是我的博士论文《解构的踪迹——话语、历史与主体》。我们那个时候属于学术草创时期，大家都敢想敢干，写作也不像现在大家都要做很多的引证材料。那个时候的学术是一个转换的时期，所以我们得益于那个时期。你只要有好的想法，就把它展开，将它演绎，去做就好了，这可能就是一种先锋精神吧？

当时，写完了《本文的审美结构》，我感到很累，结构主义阐释学这样的框架让我觉得非常沉重。汪晖常常和我交谈，他看到我在桌上写的稿子，拿来读一段。他说，你应该历史主义一点，这个太理论化了。他的话对我有很直接的触动。有一个很看重我的上海朋友说，我应该搞当代批评。我那个时候做理论，看不起批评，觉得批评是雕虫小技，黑格尔的那种理论才是宏伟大厦。他说，你去做一做批评，绝对有好处。所以我后来就开始读格非、余华、苏童、孙甘露的小说。一读，我激动万分，这正是我要理解的文学！而且汉语文学有这样的成就，让我也很激动。所以我就开始写关于这方面的批评，也陆续发表出来。读博的时候，余华和格非读到我的文章，很是欣赏。余华那时候还在鲁院读书，他们多次相邀而来，到西八间房找我。来的那几次我们都相谈甚欢，非常投入，在他们的作品中，我感受到汉语带给我的一种冲击，以及年轻一代作家思想的锐利。我当时也正在写博士论文，那里面融合了罗兰·巴特、福柯和德里达，所以读他们小说的时候，我觉得这两者之间的碰撞非常有张力，想把它们结合在一起。

这些都让我感受到：所谓"先锋"，首先来自理论的激发，也来自我一直对新奇事物的好奇，更来自我对中国文学需要大的突破的一种渴望。中国文学需要放弃旧的，需要某种意义上的一种"断裂"，或者说是"胜过"。就像罗兰·巴特所说的，"我说的是胜过，胜过法律、胜过父亲"，是"胜过"。所以，跟古典现实主义就没有什么好争论的，也不想去讨论是非对错。"胜过"的，就已经过去了，这就是一种先锋。

白惠元： 但成为"先锋"，是不是首先意味着承受孤独？孟繁华老师说您的研究方法是"孤军深入"，从心底而言，您享受这种孤独吗？或者也渴望回声？

陈晓明与余华（左）在中文系楼前

陈晓明：这是孟繁华兄对我的一个鼓励了。其实我的文章很快就得到北大中文系同道们的认可。张玞的博士论文就大量引用我的文章，李杨对我的文章也十分看重，孟繁华那时候也在北大读博，所以谢冕老师的周末文会我都会参加，他们对我也都非常友善。包括韩毓海、张颐武，我们之间都非常契合。张玞尤为欣赏我的文章，谢冕老师就说，张玞的文章和我的文章一直在对话。不过，确实也有你说的孤独在，当时做我们这些的毕竟还是少数，上海有吴亮，但他的做法更像是发表宣言，很短，也不太走学理化的道路，但是影响非常大。李劼也做，但是他后来就没有继续下去了。我的方法和他们不太一样，他们还是从先锋派和现代的理念以及这样一种文体的演变来看，我就干脆就从解构主义和后现代主义的思想和哲学这个角度来展开阐释。

陈晓明与贾平凹（左）

白惠元："先锋"是不是也包含着一种对公众常识的"冒犯"？我举一个例子，1984年您参加全国第一次研究生聚会的时候，就发表了《中国传统思维模式向何处去》的报告，应该说是较早地进行了一种反传统的批判。事实上，这种"冒犯"在您的写作中是经常发生的，但您在生活中又相当温和，我觉得这是很有意思的。

陈晓明：年轻的时候，我为人处世还是有点锋芒毕露，但我一直与人为善，人家觉得我可能有个性。但是后来，我越来越收敛，对人越来越平和。我在日常生活中是广交朋友，不管走到哪里我朋友都最多。在西八间房研究生宿舍，我的房间就是一个聚会的俱乐部，每到晚上10点多钟，他们写论文写完了就跑到我那儿去喝酒。在研究生院我就结婚了，我太太读硕士，我读博士，我们占据了一个活动室，同学们都跑到我们那儿去聚会，当时都喝很烈的酒。我在福建师大，那个时候身边就一群朋友，我们走在校园里面，你不张扬都没有办法，大家谈天说地，坐在草坪上，或者坐在大排档里面。当然还因为有孙绍振老师经常领着我们，他是一面旗帜，他不在的时候我就猴子充大王，身边有特别好的朋友都保持了几十年的友情，虽然这几十年没有什么来往，但是心中一想起，都是沉甸甸的。

我前一段身体不好，一个已经当了大干部的老朋友专门跑来看我，还视我为大哥。之所以我朋友很多，我觉得可能是因为我心纯净如水，我对人没有恶意，总想成人之美，与人为善，这一点我是问心无愧的。古人也说"为文要放诞，做人需谨慎"，但是这是一个天性使然。我想我的特点就是感恩之心吧，滴水之恩，涌泉相报。帮助过我的人，我总是记着他的好处。我也跟我的学生说，你们不要老看别人的缺点，人家和你们较量是用优点来较量，而不是缺点。

白惠元： 在我的理解中，在80年代的文化语境之内，"先锋"这个词也预设了一种赶超西方的文化心理，当时中国的人文学者普遍渴望"走向世界"。我读到您的一件趣事：读博期间，当得知国际哲学年会以"德里达哲学思想"为主题却没有中国学者参加，您感到很不服气，想尝试攻下这学术难关。我从中读到了很复杂的意味：一方面是您"朝思暮想去航海"的少年意气，另一方面却是一种运动员般的民族主义激情。您认为，"西学"是中国学术走向世界的一种必要路径吗？

陈晓明： 我想是的。无论是中学为体，西学为用，还是颠倒过来，以及我们后来接受马克思主义作为我们的理论指导，都是试图国际化。1987年底，当时的中国作协书记处常务书记鲍昌先生在研究生院做一个报告，他谈到德里达，说国际哲学年会讨论德里达，也希望中国派出一个代表，但中国基本上没有人知道德里达何许人也。当然，据我了解，哲学所的几位先生还是知道的。但是我想，这肯定是一位高难度的哲学家，我觉得应该要读他的东西。所以当时费了好大的力气去借书，所幸社科院图书馆、北图还是有德里达的书。

在某次讨论中我说过一句话："我只想做最好的学问，不管是中学还是西学，只要是最好的学问，就是我最喜欢、最欣赏的，我就要去努力接近。"无所谓中西，我认为学问应该是追求极致，应该做到"致广大而尽精微，极高明而道中庸"。你可以"中庸"，但你首先必须"极高明"。什么是高明？"致广大"。知道天外有天，山外有山。所以我想，

"西学"对于我们整个中国现代学术来说，一直是一个巨大的挑战。我们只有去迎接它，才能够真正站起来，走出中国的道路。如果对"西学"完全都不了解，不通皮毛，然后就要在世界上走出中国的道路，我觉得这不严肃，也不科学，这不是实事求是的精神。

五、自由

白惠元：最后一个关键词是"自由"，这或许与解构有关。一直以来，德里达的解构主义理论都是您的重要学术志趣所在，您的博士论文叫《解构的踪迹》，2009 年您又出版了《德里达的底线》。您觉得德里达的哲学思想对您最大的影响是什么？解构可否通向自由？

陈晓明：拉库-拉巴特说过这么一句话：保罗·策兰发明了诗，德里达发明了散文。这个说法非常奇怪，他说的是"发明"。当然拉库-拉巴特是德里达的朋友，他可能有对朋友的一种偏爱。我读德里达的文章，觉得其中有一种非常自由潇洒的东西。他会从一个词，一个常人不在意的词，就引申出无穷无尽的想法，这是一种特别的思想。其实他说的道理你未必接受，可能太离奇了，典型如《柏拉图的药》，但是能让人感觉到奇中有妙。

我在英国的时候问过一位英国作家，他也从事批评，我问他：你觉得最好的小说是怎样的？他说是 subtle(微妙的)。突然间我觉得，其实理论也是这样，文学批评也是这样。我这个学期给学生上《当代外国短篇小说细读》这门课，选了 4 篇门罗的小说，就是想通过门罗来让大家体会"微妙"中才有大义。

理论也是这样的，福柯在当下中国被接受得很广泛，他就像一个工具箱为大家提供了方法论的指导。但是德里达却不好用，因为德里达处理的每一个文本都不一样。很难说德里达用的是什么方法去解构。解构从来都不是外在的方法，解构是立足内在进行的，文本自身的逻各斯中心及其构成关系形成解构。所以，可能大家都理解错了，认为有一套名之为"解构"的方法，能够用来操作。实际上，德里达没有方法，但是福柯有方法。他们是两个路径，这一点哈贝马斯看得很清楚，他说，福柯和巴塔耶走的是一条路径，可以说是科学的路径，又或者可以称为社会科学路径。这是可以掌握、可以学习的方法论。另一条路径是内省的路径，也就是海德格尔、德里达，你无法说从中学到某种特定的方法，你根据他们写出来的东西也永远跟他们自己的感觉不一样。但是从他们中得来的，是一种微妙的感悟。这一点上，阿多诺也是一样，他也是一种"妙得"，所有被称为"妙"的东西都是最难理解的，最深奥的，最令人惊叹的。其实只要是思想，是道理，我们都能弄清楚。但是德里达让我们始终半懂不懂，因为德里达从来都不要我们接受他的真理性，他并不阐明真理，只是指出某种真理性的不可能。他要的是感悟，要的是想象，要的是阅读之后读者自己的思想随之开启。某种意义上来说，也可以说和禅宗有点相似。

白惠元： 这刚好就是我的下一个问题。您提到"妙"，是否也有一种中国哲学的层面？我以为，它更接近一种道家哲学，您是否同意？您说过，您下乡插队的时候曾经被司空图的《二十四诗品》吸引，里面也谈"妙"，包括您常提到的"上善若水""随物赋形"这些概念。中国的道家哲学与解构主义是否有一种"妙"的呼应？

陈晓明： 听你这么说，我确实没有好好从这个角度思考过这个问题。整体上来说，我个人更偏向儒家，所谓"天行健，君子以自强不息"。据说是毛泽东年轻时代写下的诗句，那句"自信人生二百年，会当水击三千里"，我年轻的时候把它写成条幅挂在自己的屋子里，我对自己一直是这样的一种期许。但是你所说的对于"妙"的这样一种领悟，可能是我在40多岁（特别是50岁以后），在对解构主义有了更深的一些了解之后发生的事情。虽然我觉得道家的境界太孤高，但我也仍然非常欣赏道家，我最欣赏的就是"和光同尘"的境界，《道德经》中说"挫其锐，解其纷；和其光，同其尘；是谓玄同。"我的床头一直都放着一本《道德经》。我想，应该可以说，道家的高妙和解构主义的高妙之间，确实存在着某种非常微妙的契合。

我现在也常常想，儒家现世与入世的精神，在社会生活与我们的日常工作中确实是一种精神的支撑。但是，在个人独处的时候，我现在确实如你所说，想去体会、去接近那种道家的意境。

白惠元： 在与您的师生相处过程中，我觉得您身上有两种力量，一种是治学或者审美趣味上，您欣赏那种自由无拘的写作风格；但另一方面，您在为人处世上又具有一种很强烈的秩序感。您是怎么将二者结合起来的？

陈晓明： 我确实非常看重秩序，做人要尽到礼数，这个是一个大的问题。比如说，学生给我发来的邮件、微信，不论什么人，我看到都会回一下。这是做人的一个礼数。当然对老先生来说更是。虽然有时候心力有限，心有余而力不足，这也是没办法。包括我做系主任，我觉得很多规则要建立起来，很多秩序要建立起来。我对学生的要求也是，都是希望你们能够尽力地去通情达理，当然要做到这一点并不容易。另一方面，我又希望你们在学习中，能够自由，能够放松，能够快乐。比如你们选博士论文题目，我一定是激发你们去想，你提几个题目都可以，然后我们再不断地讨论。有时候你们提了五六个我都会推翻，但是我说你再想，不要我来出，自己思考之后，你们的思路才可以展开。

白惠元： 您之前跟我们说过，如果有一天你退休了，您会写自己最想写的东西。那么，您最近是否还有写作计划？或者是特别想要做的研究课题？

陈晓明： 你这么一说，我现在感到很惭愧。我曾经想把自己10岁到农村以及之后怎么从农村走出来的这些经历写下来，我自己总是不断去回味。但是今年过后，感到世事沧桑，不知道是不是还有那么多值得记忆的事情。就好像随风消逝，这都是必然的。我本来还有两本书要完成的，但是现在精气神、心气都没有那么高了。曹操还说"烈士暮年，壮心不已"。但是现在，我对于特别想写的东西，好像也不是那么充满激情了，这可能是我处在调整期的一种心境。我希望能够早日走出这种心境吧。

杨荣祥

北大实在是读书的好地方

受访人：杨荣祥
采访人：赵绿原、池明明
时　间：2020 年 11 月 14 日

受访人介绍	**杨荣祥**	1959 年生，1989 年获北京大学文学硕士学位，1997 年获北京大学文学博士学位后留校任教。主要从事汉语语法史、词汇史方面的教学研究，著有《近代汉语副词研究》《近代汉语语法史研究综述》（合著）和《方苞姚鼐文选译》等，在国内外重要刊物上发表论文 70 余篇。
采访人介绍	**赵绿原**	2019 年毕业于北大中文系，现就职于中国社科院语言研究所历史语言学一室。主要研究领域为汉语语法史、汉语方言语法。
	池明明	北大中文系汉语史专业在读博士生。

赵绿原：杨老师，非常感谢您抽出时间接受我们的采访，与中文系的同学分享您求学、治学、教学的故事。我们就从您治学的起点开始吧，请问您当初选择汉语史作为研究方向的契机是什么？

杨荣祥：有两个契机。一个是我 1981 年 1 月从湖北荆州师范专科学校毕业后留校当助教，专业是由领导安排的。我当时最想选的专业是古典文学，但老师们觉得我的古代汉语成绩比较好，就安排我到古代汉语教研室当助教。这也得益于我读二年级时，利用暑假给《论语》做了一个注释和翻译，请古代汉语老师蒋兆鹍先生和杨辉映先生指教时受到了老师的夸赞。毕业留校时，这两位老师就极力向系里要求将我分到古代汉语教研室。

另一个契机是，我刚当助教，杨辉映老师指导我读王力先生的《汉语音韵学》、罗常培先生的《汉语音韵学导论》，说当古汉语老师必须懂音韵学。当时，《汉语音韵学》还能读懂一点，《汉语音韵学导论》就读不大懂。幸好1981年暑假，学校请唐作藩先生到我们那里讲学，讲的就是音韵学。暑假听唐先生讲音韵学的，有来自全国20多个省市的高校老师达100多人。我负责课堂安排，资料的准备和分发等事务性工作，听课就坐在第一排记笔记。唐先生讲学结束时，我拿听课笔记请唐先生看记得准不准。唐先生看了非常高兴，说笔记非常好，叫我再根据录音把笔记整理出来。随后我花大约半个月时间，将听课笔记整理誊抄好寄给唐先生，唐先生回信说要用我的笔记作为将来出版讲稿的参考（唐先生的《音韵学教程》1987年出版时在后记中还提到了这次讲学以及参考了我的听课笔记）。也是这个缘分，唐先生向我所在的荆州师专提出，愿意帮助我到北京大学中文系进修。1982年春，经唐先生帮助，我到北大进修一年，唐先生是我的指导老师。在北大一年，听了很多课，见到了很多以前只在书的封面上看到大名的大学者，包括王力先生、林焘先生、朱德熙先生、季镇淮先生、吴组缃先生、林庚先生、王瑶先生等，还到历史系听了一学期高明先生的古文字学课，到社科院语言所听吕叔湘先生的讲座，到北师大听陆宗达先生的讲座，等等。同时，唐先生讲授"汉语史（上）"时，让我做一些助教的工作——每次作业我先完成交唐先生批阅，然后我负责批阅全班别的人的作业。

在北大进修的这一年，我还听了何九盈先生的"中国古代语言学史"、郭锡良先生的"汉语史（下）"、陆俭明先生的"现代汉语语法"、曹先擢先生主讲的"古代汉语"等课程，算是对研究汉语史的基础知识有了一些储备。进修结束后，我回湖北荆州师专担任古代汉语的教学工作，并确定未来的研究方向就是汉语史了。

赵绿原：您刚才提到您是师专毕业的，那后来是通过什么途径考到北大中文系读硕士、博士的呢？

杨荣祥：我能够考入北大读硕士、博士，还是要特别感谢唐作藩先生。1982年经唐先生帮助我得以到北大中文系做一年进修教师，这是我一进北大。那时唐先生就鼓励我考北大的硕士研究生，我觉得自己水平不够，没有勇气考，原单位荆州师专也不同意，但我内心是下了决心今后还要到北大读书的，北大实在是读书的好地方。1986年，我经过很多努力，

1981—1982年北大中文系教师进修班合影（第一排右六为来京参加进修班的杨荣祥）

终于得到荆州师专的同意让我报考研究生，但是条件是只能"委托培养"，就是读完后必须再回原单位，这是我二进北大。1989年我从北大硕士毕业，遵约回到荆州师专继续担任古代汉语老师。此后我一直想考博士，但荆州师专不出具报考证明，无法报名。到1994年，我感到自己年龄越来越大了，必须要考博士了，于是一咬牙，辞职报考博士，还算幸运，考取了，终于三进北大，成了注册的、全职脱产的北京大学博士研究生。

池明明： 那么能否请您分享一下在中文系读书期间，中文系各位先生对您的影响？

杨荣祥： 对我产生影响的先生很多，首先是导师蒋绍愚先生。我读硕士的导师也是蒋老师，开学第一天见老师，老师说研究汉语史是坐冷

1985年，杨荣祥在宿舍内读书，面前的书架上贴有便笺"有事快说"

板凳的事情，要耐得住寂寞。读博士时，开学第一次见老师，老师说，你拖家带口，辞掉工作出来读书，不容易。蒋老师一向话很少，主要是通过自己对学术的追求来影响学生。

何九盈老师对我的影响也很大。我1982年在北大进修时，就经常去何老师家讨教。何老师从不拒绝晚辈后学的要求，也从不吝啬对后学的夸奖。硕士期间，我写了一篇讨论"反训"的课程论文请何老师批阅，何老师批语中说："文章写得很好，做学问就应该如此，虽然我不同意你的观点……"给了一个92分。读博士期间，蒋老师因为去澳门讲学，博二时就将我委托给何老师指导。何老师平时都是正面夸奖，但在批改我的论文前两章后，教导我：文章要尽量没有废话，尽量删去多余的字，并认真修改了其中的一页多（那时还是400格稿纸的手写稿），删掉了100多字。何老师在稿子的旁边批道："他处仿此。"

唐作藩先生则是一如既往地关心我，鼓励我，教我不要叹息博士读得太晚，只要努力，今后在学术上还是可以有所作为的。

陆俭明先生对汉语语法现象的敏锐观察一向令学生们钦佩，马真老师是现代汉语虚词研究的专家，我的博士论文写的是《近代汉语副词研究》，写作期间，经常向两位老师讨教，得到了许多指点。

还有很多老师，包括文学专业和文献专业的老师，他们对学术的敬畏和执着追求，其实也潜移默化地对我产生了很大的影响。

赵绿原：作为北大中文系的老师，您既要负责教学，又要推进研究，这二者是如何兼顾的呢？

杨荣祥：我想作为大学老师，首要的任务就是教学，而且应该坚持给本科生上课，这一点是不能打折扣的，是职责所在。

然而，在北大这样高水平的大学当老师，仅仅当个教书匠，给学生贩卖一点知识，我觉得也是不大称职的。北大学生水平高，要求老师讲课要有新知识、新见解、新理论、新方法，这就逼着老师不仅要在自己所从事的教学研究领域具备比较全面的基本知识结构，还要紧跟学术前沿，还要有点自己研究的东西。其实，即使是本科一年级的基础课，如果认真备课，还是可以发现很多值得深究的问题的。写教案的过程，实际上也是研究的过程。我们知道，王力先生的《中国现代语法》《中国语法理论》《汉语史稿》《中国古代语言学史》等，朱德熙先生的《语法讲义》都是在授课讲稿的基础上改写成学术著作的，而且都是很经典的著作。我们达不到那个水平，但是认真备课，总可以发现一些值得研究的问题。事实上，我发表的一点点研究成果，大多数也都是与教学相关的。比如本科一年级的"古代汉语"课，讲《郑伯克段于鄢》，我写了《"大叔完聚"考释——兼论上古汉语动词"聚"的语义句法特征及其演变》和《古汉语同义词辨析的途径——以"制""度"为例》；《"具""俱"之别及其源流演变》是在讲文选《鸿门宴》时发现的问题，《古汉语中"杀"的语义特征和功能特征》是讲文选《孙膑》时发现的问题。

我的意思是说，如果教学中追求深度和创新，那么就会发现可以研究的问题；反过来，如果坚持做研究，讲课也容易加入一些学生感兴趣的新内容。教学科研二者其实是可以互相促进的。做科研，自然要不断更新自己的知识体系，要紧跟学术前沿，要了解相关的研究理论和方法。

2001年,杨荣祥参加北京大学第二届青年教师教学基本功比赛

这些内容加入教学中,讲课就会有新鲜的内容,学生学到的也就不仅仅是限于参考教材里的那些现存的知识。

我的研究成绩并不突出,但老实说,我从来没有把科研单独作为一项工作来做,而是始终把它和教学联系在一起,所以对我来说,好像不存在"兼顾"不"兼顾"的问题。

池明明:从全国各高校范围来看,北大中文系的汉语史专业一直都是非常突出的。您能否谈一谈您所理解的中文系优势具体在哪些方面,目前的劣势又有什么呢?

杨荣祥:我们的汉语史专业,老实说,现在在全国范围内可能谈不上什么优势了。我们的老师辈退休之前,我们专业在全国的领先地位大概还是不可动摇的。现在我们在岗的人,队伍规模已经大不如前,学术影响力我觉得也大不如前了。如果要说我们的优势,我觉得就是王力先生那辈学者和我们的老师们那辈学者两代人给我们留下的学术积累和学科建设基础。现在我们这些人,守成都很困难,创新、进步还真说不上。我们的劣势是,没有产出在学术界产生重大影响的学术成果,也没有形成专长互补、协同合作的教学科研团队。所以今后我们需要在队伍建设包括教学科研团队建设方面想办法,当然,更需要我们专业的每个老师

2011年春季学期的"汉语史(下)"课上,杨荣祥为选课学生答疑

以及全体研究生能够努力创造出有学术影响力的成果。

池明明：将"学术影响力"量化为论文发表量是近些年来国内高校的普遍做法。但我们注意到，中文系去年起将博士研究生毕业的论文发表要求由两篇改为一篇，您能不能谈谈中文系做出这种调整的考量？

杨荣祥：大家都说唯论文的做法不好，我也这么认为。人文学科，用量化管理的方式恐怕不是一种好的选择。中文系对博士生毕业的论文发表要求减少数量，可能就是考虑到，人文学科的学术水准，很难用发表论文的数量做出准确评判。不过我个人认为，博士生，甚至硕士生，应该有很好的学术论文写作的训练，应该具备写作学术论文的能力。研究生，就是会做研究的学生。所以，对于发表论文的数量可以不做严格要求，但要求研究生多写论文还是应该的。现在发表学术论文很难，像我们这种专业，可发表论文的学术期刊就那么几种，要求博士生在高级别的专业期刊发表多少篇论文，事实上也很难做到；有些博士生，手上有很好的文章，可是因为没有知名度，论文很难被专业刊物采用，这也是事实。但我希望研究生要有写专业文章的意识，现在发不出来，积淀厚了，总会能够发表的。硕士、博士阶段是人生读书的最好时间，精力充沛，没有杂务干扰，可以集中精力读书写作，应该是能够出研究成果的。

赵绿原：最近几年的历史语法研究，越来越多的研究者有意识地引入各种语言学理论来处理历时语言材料，但能真正做到运用新理论解释现象、揭示变化的研究并不多。杨老师您对这个现象怎么看？您觉得如何才能更好地运用语言学前沿理论，服务历史语法研究？

杨荣祥：这个问题太大太难了，凭我的学力很难回答。不过我认为，引进各种理论是没有错的。陆俭明先生在很多场合都说过，任何一种理论都不能包打天下。我们不要指望引进某种理论或学说，就能够解决我们研究中难以解决的所有问题。国外的理论不断翻新，如果我们只要看到新理论，就觉得前沿，那也未必。关键是要看这种理论能不能帮助我们解释汉语历史演变的事实。

要真正做到既对汉语历时语言材料做出准确细致的描写，又能够运用合适的理论方法对汉语历时演变做出合理的解释，揭示语言演变的规律，这个要求是很高的。现在的研究确实存在一些问题，比如对国外的语言学理论并没有完全吃透，就拿过来套用到汉语研究中，贴个新颖的标签，用一堆不加界定的术语，实际上不能解决任何问题。这就好比看到人家有好看的衣服，就拿过来往自己身上套，也不管自己的身材是否合适，也不管这衣服应该在什么场合穿，当然不会有好效果。另一方面，对汉语历时语言材料的掌握分析，也不是件容易的事情。确实有一些文章或著作，材料不全面，甚至曲解语言事实迁就某种理论，这也是很不好的。

我想，汉语有三千多年不间断的文献记录，这是研究历时语法得天独厚的条件，但前提是我们要正确运用这些材料。比如像蒋绍愚先生说的那样，要区分文言和白话，要区分口语和书面语，要区分不同语体的语法特点，等等。同时，我始终认为，准确的语言事实的描写分析是研究汉语历时语法的基础，只有在准确描写分析的基础上，我们才能够真正对汉语语法历史演变做出有价值的解释，各种语言理论才有可能帮助我们进行理论分析，探寻语言演变的规律。

赵绿原："一时代之学术，必有其新材料与新问题"。近年来出土文献材料的发掘整理工作一直在火热开展。您觉得近年新整理出的简帛文献材料对历时语法的研究有什么帮助？如何才能将新材料运用到历时语法的研究中去呢？

杨荣祥： 这跟上一个问题有些关系。新材料的发现，往往能够形成一门学问，如甲骨文的发现，产生了甲骨学，敦煌文献的发现，形成了敦煌学。近些年大量的从战国到东汉的简帛文献出土，现在简帛文献研究也成了热门学问。我对简帛文献没有研究，据有限的了解，利用简帛文献研究汉字历史演变的成果多，研究文献学的成果比较多，研究历史文化的成果也不少，但从语言学的角度研究的成果还比较有限。有些研究语音演变和考释词语的成果，但是研究语法的成果很少。这些年我一直在课堂上呼吁研究生和本科高年级学生关注出土简帛文献对语法史研究的价值，我也请教过研究简帛文献的朋友关于简帛文献对研究汉语语法史的价值的问题，回答是很有价值，就是研究的人不多。日本学者大西克也有几篇利用出土简帛文献研究汉语语法史的好文章，比如他发现了秦简和楚简的语法有不少差别，包括句式和虚词。

我想，我们过去主要用传世文献研究汉语语法史，而我们知道，先秦至汉代的传世文献，大多数都有后人的语言加工，不一定能够完全反映语言的真实面貌。出土简帛文献绝大多数属于太田辰夫所说的"同时资料"，对于研究语言演变的价值是不言而喻的。现在文字学界的朋友对简帛文献非常重视，我们研究语法史的，应该努力利用这些材料。

赵绿原： 谈完了理论、材料这些研究方法问题，我想从学生的角度请教杨老师一个更具体的问题。北大的科研学术训练，从本科时期就开始了。在您心目中，我们这个专业在本科、硕士、博士阶段的科研训练，分别应该达到什么样的水平？或者说，不同学习阶段的同学们该如何给自己订立一个本阶段的具体目标呢？

杨荣祥： 考我的都是一些很宏观的题目啊。这个问题，各人的看法可能很不一样。我以为，我们这个专业，本科阶段至少应该学会怎么发现问题，怎么组织材料写成一篇文章。硕士阶段，除了打下比较厚实的专业基础，构建专业知识体系，还要逐渐明确自己的研究方向。要培养勇于探索的学术勇气，要围绕学位论文，全面掌握某个研究课题的研究现状。博士阶段，应该有攻关精神，要敢于对一些具有挑战性的课题进行研究，

2019年中文系毕业典礼，杨荣祥为语言专业、文献专业的研究生拨穗

要把博士论文看作自己在学术舞台上的第一次亮相。就我所知，很多现在有成就的汉语史专业的学者，都是凭借博士学位论文引起同行关注的。

简单地说，本科阶段打好比较宽广的知识基础，学会写论文；硕士阶段，找准自己的兴趣点，学会发现问题，提炼问题，具备解决问题的能力，学位论文的部分章节应该达到可以公开发表的水平；博士阶段，应该具备比较开阔的学术眼界，至少在自己研究的专题方面，对前人的研究有所突破。

赵绿原：杨老师，每年到了选专业方向的时候，中文系同学选择文学方向的人多，选择语言方向的人少，其中，选择古汉语作为研究方向的同学又远少于选择现代汉语的。您觉得对于本科阶段的同学来说，我们这个专业方向最大的魅力是什么？

杨荣祥：同学们选择专业，考虑的因素很多，最终肯定是经过反复权衡确定的。我一向不动员学生一定要选择哪个专业，我只建议选自己最感兴趣、感觉在那个方面天分好一些的专业。选择专业，有点像年轻人选择恋爱对象，如果你打定主意要跟这个人过一辈子，那当然要慎重。

我们这个专业，我觉得最有魅力的地方，一是能够静心。这是个冷僻专业，冷僻就是不热闹，不热闹就清净，清净就容易静心。读点古书，心无杂念，是一件很享受的事情。二是可以与古代贤达会心会意。古人的著述经过历史的筛选，不少经典流传至今。要读懂这些经典，我们需要真正懂得古人的语言。从事汉语史研究的人，一般来讲，可能比别的专业的人更懂得古人的语言，因此也能更多地与古代贤达会心会意。比如《论语》开头一章："子曰：'学而时习之，不亦说乎？有朋自远方来，不亦乐乎？人不知而不愠，不亦君子乎？'"意思是学而时习之是愉悦的，有朋自远方来是快乐的，别人不了解自己也不怨恨，就是君子。这样理解，大意是没错的，但是孔子为什么要用"不亦……乎"这样的句子呢？有人说这是用反诘句表达肯定的意思，那么，孔子向谁反诘啊？他会突然向学生"反诘"吗？其实，先秦大量的"不亦……乎"句子，往往是表示说话人自己对某个问题的深思，"问"的对象不一定是听话人，很多时候是自己经过深思有了明确的结论，然后用这种句式把观点表达出来。我认为这样理解，更符合孔子教导学生的场景，也能够更好地体味圣人说话的用心。

池明明：很多同学进入大学校园后，不知道该如何平衡学习和娱乐的关系。能否请杨老师跟年轻的同学们分享一下您的想法？

杨荣祥：我的观点，很多人可能不赞同。我认为，年轻人，最重要的是会娱乐，通俗地说，就是要会玩。当然，娱乐要讲个度和量。度就是限度，每天就24小时，人人平等，你不能都用来玩。别人玩的时候你跟着玩，别人学习了你还是玩，那你的学识就肯定不如人家。量是指质量，娱乐也好玩也好，要讲品位。很多娱乐，之所以被人类发明，是因为有助于提升人的心智，有助于愉悦人的精神，有助于强健人的体格。现在我们的学生都很勤奋很上进，这是很好的，但我发现不少学生为学业焦虑，特别是研究生，这就不好。学习也是愉快的事情，应该放松一点。如果感觉压力大，还不如放下学习去娱乐放松自己。精神愉悦了，学习效果可能更好。我的观点有点离经叛道，不对的地方请你们批评。

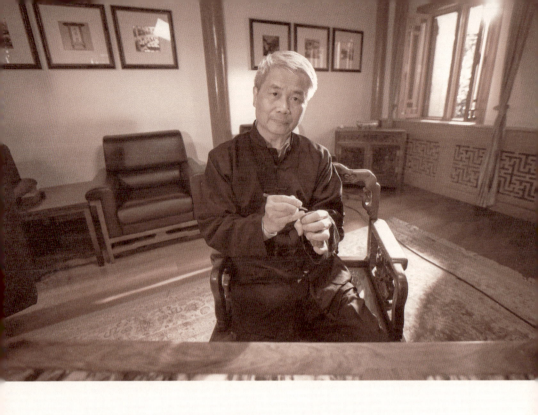

李宗焜

做人及格，做学问才有意义

受访人：李宗焜
采访人：马尚、王可心
采访时间：2020 年 9 月 24 日

受访人介绍		
	李宗焜	1960年生,1995年毕业于北京大学,获博士学位。2017年9月起任北京大学人文讲席教授、博士生导师。主要从事甲骨学与古文字学教学与研究工作。主持国家社科基金重大项目"北京大学藏甲骨整理、保护与研究"、国家社科基金重点项目"《甲骨文字编》修订与增补"。著有《甲骨文字编》(获"全国优秀古籍图书奖"一等奖、第二届"李学勤中国古史研究奖"一等奖、第二届全球华人国学成果奖)、《唐写本说文解字辑存》《殷墟甲骨文字表》(博士论文)等。业余从事书法、篆刻的研究和创作。

采访人介绍		
	马 尚	北京大学中文系古典文献专业古文字方向在读博士生。
	王可心	北京大学中文系古典文献专业古文字方向在读博士生。

马 尚:老师好,今年是中文系110周年系庆,感谢您接受我们的采访。您博士是在北大中文系就读的,2017年又回到这里任教,是怎样的契机促成了您和北大中文系的这段学缘呢?

李宗焜:现在谈当年怎么考虑到北大读书,都已经是三十年前的事,有点像"白头宫娥话天宝遗事"了。不过我当年的经历还是挺特殊的,似乎也值得提出来,当作一种历史见证。

我本科和研究生都在台湾大学读。但研究生还没毕业,指导教授就提前退休了,这不仅关系到我硕士论文的完成,也牵涉到下一个阶段该怎么办?

我硕士论文写于省吾先生《甲骨文字释林》的研究。因为这个题目的关系,我跟吉林大学的林沄教授有比较多的联系,他是我接触的第一个大陆学者。那个时候两岸的互动还是很稀奇的,这是一段挺特殊的经历。

1991年，李宗焜来北大读博不久时留影

硕士毕业的时候，连带一个问题是考博，我跟林先生讨论到这件事，最后林先生跟我说："你去北大找裘先生吧！"就这样，我踏上了去北大的征程。

1990年，我第一次到北京来。那个年代要到大陆比较困难，必须要经由香港转机，总是要搭第一班飞机，从台北往南飞到香港，再从香港换大陆航班，往北飞往北京，这等于三角形走另外两边。现在直航只要三小时，当年一天的时间基本就耗在交通上了。

到北大，拜访了裘先生，他是我见到的第一个大陆学者。我把硕士论文呈请裘先生指正，并说明希望报考的来意。接着我去了吉林大学几天。再回北大时，裘先生对我的论文只说了一句话"路子是对的"，同意我报考他的博士生。那时还有一个比较严肃的问题，台湾根本不承认大陆的学历，裘先生也比较关心这个问题。学历不承认，你怎么办？我说，我要学到本事，不考虑学历承认的问题。后来幸运地考上了，当时的准考证、录取通知书，我现在还留着。虽然考的是公费，但各种花费还是要的，于是我把还在交贷款的房子卖掉，毅然决然来到北大。当时就是用这种破釜沉舟的决心来的,甚至来了都没打算回去,就更不考虑学历承认的问题了。但事与愿违,学校让我签的第一份协议书竟然是,毕业之后必须马上回台湾去,不能在大陆工作。这样,学历承认就还真是个问题。但是,这个问题似乎从来就不在我的考虑之列,或许因为当时年轻,觉得人生有无限的可能。

1994年初,我博三的尾声,史语所让我先用台大硕士回去任职。我跟裘先生商量,裘先生认为,我这个题目体量这么大,短期内很难完成,他支持我先回史语所工作,同时抓紧时间把博士论文完成。当时的博士一般只读三年,因此向学校申请延长了一年。那个年代,延长年限是很特殊的例子,因为在延长期间,所有的公费都没了,也没宿舍,一般学生的经济能力都不好,几乎没有人敢延期;而我其实是回家,情况还好。就这样,我先回史语所工作,1995年再回来答辩,并取得博士学位。

值得一提的是,那一年是有博士袍的第一年,博士袍是全新的,我买了一件带回去做纪念,一直放到现在。据说以前参加毕业典礼都穿便服,我回校的时候,主要想到赶快把论文完成,什么正式的服装都没带,根本没有衣服可以搭配博士袍,衬衫是临时借来的,领带、皮鞋也是借的,就这样去参加了毕业典礼。现在看到很多学生学位袍搭凉鞋、短裤,当年大家尽管日子不一定好过,还是很认真看待这件事的。

我应该是第一个从北大校长手上接过博士证书的台湾地区学生。现在回想起来,人生的事很奇妙,有些事情你处心积虑却可能落空;相反的,有些你不去考虑的事情,反而自然地落实了。我当年没有考虑学历承认的问题,但一路走来,学历似乎也从来没有成为我的问题。一直到今天,我的博士学位好像没有真正地拿出来用过。而当年签的协议书,却在二十六年后悄悄地失效。

从1994年开始,我一直在史语所工作。

2016年10月,我到长沙领取"致敬国学"的优秀成果奖。在颁奖会场上,复旦大学的汪少华教授跟北大中文系的廖可斌教授来找我。此前我跟汪老师是旧识,跟廖老师则素昧平生。

廖老师跟我提到北大需要古文字学、甲骨学的老师,说我是北大毕

1995年,李宗焜博士毕业

业的,应该回来帮忙,力邀我加盟北京大学。我当时跟廖老师说,我要到2017年3月底,才具备退休的资格,现在恐怕无法考虑这个问题。廖老师说:"那正好,我们可以等。"此后,廖老师积极跟各方联系,我也想到:我是北大毕业的,北大有需要,我也应该回馈母校。而且,我对"中华民族伟大复兴"是有期待的。就这样,因缘际会,我又回到北大。

事后,每当有人问我为什么到北大,我都一言以蔽之说"为中华民族伟大复兴而来"。事实上,这真是我来北大的背景,也希望它可以发展为前景。

到北大后的某个黄昏,我在未名湖散步,跟三十年前一样的依依杨柳,潋滟湖光,颇有"树见行人几回老"的一抹苍凉。再度回到北大,换了身份,也换了容颜,抚今追昔,想想当年为什么来,颇感对景难排。回到办公室,写下"不忘初心",裱后挂了起来,既以纪念已逝的青春,且策老骥伏枥的将来。与后来的"牢记使命"竟不谋而合。

马　尚:相比于您曾就读或工作过的台大、史语所,北大中文系给您留下了哪些不同的印象?

李宗焜:我在台大跟北大都当过学生,也都当过老师。我到北大读书的时候,就经常有人问我,北大跟台大有什么不同?我回答"北大比较大"。因为每个人的感受可能都不一样。

要说北大中文系跟台大有什么不同,差别还是有的。主要从两方面说:

一、北大分很多个教研室,学生的分流很明显;台大则打成一片,学生唯一的隶属单位是中文系。学生兴趣的不同,完全从选课中自我实现。

每个年级都规定有一些必修课,全系的学生都要修,另外还有一些各年级都能选的选修课。大一的必修课比较多,从"国学导读""文学概论"到"现代文学"都有。大二以后则选修课变多,必修、选修有些配套。比方大二的"诗选"是必修课,另外还有"李白诗""杜甫诗"之类的作为选修;大三的"词选"是必修课,"苏辛词"则是选修;大四的"哲学史"是必修,但"老子""庄子""荀子""韩非子"等,就是选修。让全系的学生对经史子集大概都能有一点基本的认识,还可以根据自己的兴趣去选自己喜欢的科目。

二、另一个主要的不同,台大把文字学(大二)、声韵学(大三)、训诂学(大四)列为全系的必修课,任何人(包括外籍生)都必须通过才能毕业;北大则即使"三古"都不是非修不可。任何做法都有它的考虑,不必加以轩轾,但我还是比较认同台大的做法(台湾很多重点大学也是这样做的),这绝不是本位主义或卖瓜的说瓜甜,而是所谓的"当行本色"。假使某人有一个篆书对联认不得字,首先想到的一定是问中文系的人,如果我们跟他一样渺若天书,我们的专业训练在哪里?梁启超曾提出作为一个中国人的"最低必读书目",现在时代变了,即使文科的人都未必达到这个标准,但作为一个中文人,姑且不谈高深的研究,起码的专业认识还是要有的。

有一个数学系的学生,旁听我很多课,他谈起古韵的时候,《诗经》朗朗上口,这对于我们来说,真的是一种警醒。我们搞不了数学,但是他可以把《诗经》整个背下来,还能分析它的古韵,而很多中文系的学生,根本不知道古韵为何物,这不是好现象。

史语所跟大学的差别很明显。史语所是研究单位,它没有学生,也不需要上课，这是工作性质的根本差异。我以前先入为主地（或说莫名其妙地），很不喜欢教书，所以在史语所"安身立命"了好多年。也许是墨菲定律，临老反倒成了教师。教书后才发现，其实也没那么讨厌，也真正体会到教学相长的道理。面对学生各种各样的问题，也在鞭策自己不能停止进步。

但是，对我来说，差别最大的是心理的感受。在史语所，新进人员不管多么年轻，都会跟着我们一起变老。但是在北大，我们所面对的，永远是二十岁上下的孩子，只有我在变老。这让我想到佛经里的"舟行岸移"。他们随时绽放着青春的魅力，鼓舞着我们心态上要保持年轻。

马　尚：今年北京大学的古文字学被列入"强基计划"，目前的招生情况和教学安排有何进展？您认为北大古文字的学科优势是什么？您对北大古文字学的未来有什么期待？

李宗焜：强基计划是今年新推出的政策。目前招生已经完成，教学计划也有一些初步的安排。计划在进行规划和推动时，因为疫情的关系，我没能在学校，只能通过网络协助。具体的情况宋亚云老师比较了解。

我觉得北大中文系要推展古文字的研究，它的优势是相关的学科比较全面。中文系重视古文献、古汉语，还有文字、声韵、训诂等专门课程，也有很好的积淀。此外，历史系、考古系等相关课程，对古文字的研究都有很大的帮助。这是北大中文系发展古文字学的一个优势。

国家既然出台古文字学强基计划这样的政策，我们应该把握这个机会，把北大的古文字学队伍重新建立起来。期盼有更多的同学对古文字学有兴趣，从而进入古文字学研究的行列。希望增强师资力量，让甲骨学、金文、简帛学，甚至古玺印学等古文字学重要的领域，都能有学有专精的老师来带领。期待经过大家的努力，北大中文系的古文字学队伍，能够慢慢壮大起来。

马　尚：本科生的通识教育和专业研究（如古文字研究）都需要耗费大量心力，通过"强基计划"进入中文系的同学，如何在兼顾通识教育的基础上学习专业知识？

李宗焜：做任何事情，有可能劳而不获，但不可能不劳而获。我还

李宗焜在课堂上

是相信中国那一句古话"吃得苦中苦,方为人上人"。要取得好的成绩,一定要通过不停地努力。只有付出得更多,持续得更久,才有可能取得好的成绩。有人问钢琴家傅聪,一天花多少时间弹琴?他说:"年轻的时候每天弹八个小时,现在年纪大了,记性不好,每天弹十个小时。"所有的成功,都是通过不停努力获得的。我们只看到成功的人,却可能不知道他们比别人付出更多。

我读高中的时候,有一个老师说,上大学以后,如果能把准备高考的精神持续十年,一定会有所成就。这是有道理的。北大的同学,都是身经百战,累积无数的成果,才进入北大的。只要有决心,没有人对这种功课压力会感到无法承受。知识面越广,对于将来的研究会越有帮助。而且,越到后面,我们的专业领域会越来越窄,如果能利用刚进大学的时候,有比较多的通识教育,多方面接触,也不是什么坏事。这些东西也许只有在这个时候你会用心去学习,将来更专精的时候,可能你再也碰不上了。而且,你现在所学的,以为没用的,没准什么时候就会派上用场。

有很多机会看到留美学生的访谈。很多人会提到在美国读书,功课的量很大,教授往往指定一本书之后,下次就要讨论,自己要花很多时间去阅读。有的人甚至会说，他在美国一个月读书的量，超过在大陆四年的总和（我在台湾也常看到类似的言论）。不知道实际情况怎么样，如果这是事实，说明我们的努力还很不够。我希望跟同学们共勉，无论如何我们不能在努力学习这件事情上落入下风。所有的耕耘，收获终归是自己的。

人的一生当中，最好的学习时光是学生时代，尤其大学更是学习的黄金时期，一定要好好珍惜。你不需要为准备升学读书，所读的是你比较有兴趣的专业，应该是可以快乐学习的。等进入社会，即使你想付出很多的时间来学习，恐怕都没那么容易。在可以学习的时候，就算辛苦一点，也要好好把握，这种机会一辈子只会有一次，错过就没有了。

马　尚：在出土文献与古文字研究日益繁荣的今天，如何看待古典文献专业的发展方向？

李宗焜：出土文献跟古文字的新材料，是现在的一个显学，受到学术界高度的重视。然而，在出土文献非常繁荣的今天，古典文献的价值，并不会因此而减损。现在非常新颖的出土文献，再过若干年，它也会变成古典文献。而古典文献虽然不是现在出土，只要它流传有序，曾经也是非常新颖的文献，并不会因为现在有了出土文献，就减损其价值。事实上，很多出土文献跟古文字的研究，正是因为在古典文献上有比较好的基础，或是得到古典文献的印证才取得成果。古典文献的训练，正是破解出土文献的钥匙。这两者应该相辅相成。

另一方面，在出土文献这么繁荣的今天，我们对古典文献也要有新的认识，而不是只局限于文献本身，应该充分与出土文献互相印证，这是我们这个时代比过去学者得天独厚的优势。不管主力在出土文献或古典文献，只有偏重的问题，没有偏废的权利。

我们以《说文解字》为例来说明这个问题。《说文解字》是东汉许慎的著作，流传近两千年，当然是传世古典文献。现在出土古文字材料非常多，很多地方都修正了《说文解字》的说法，但这并不影响它的价值。研究古文字，无论如何还是要以《说文解字》为基础，不可能无阶而升，这也就是出土文献跟传世文献应该相辅相成的道理。从《说文解字》本身来说，它是传世文献，但我们研究它不能局限于它本身，还必须伸出触角，去跟古文字对话，否则我们很可能就是在清朝《说文》四大家底下炒冷饭。我们对待出土文献跟传世文献，就是这样的态度。王国维提出的"二重证据法"，也是这个道理。

马　尚： 古文字学素以"冷门绝学"见称，"周诰殷盘，佶屈聱牙"，是怎样的机缘让您当初选择了古文字学？除此之外，您还曾经对哪些方向感兴趣？

李宗焜： 在中学时代，我读得比较多的其实是古文和诗词。到进入大学之后，对这一类的课程还是比较感兴趣的。这里提一下"当年勇"，在台大时参加古文、诗、词的比赛，三项都拿了第一。当然，以后我就不好意思再参加了。

后来上了文字学、声韵学，还去旁听研究生的甲骨学，觉得也挺有趣。当时台大中文系的学生，形容文字学跟声韵学加起来是一把剪刀，因为这两个学科往往有一半的学生挂科。中文系的学生，对这一类小学课程都非常的害怕，我却读得津津有味。

其实，不管文学或小学，我都很有兴趣。但是，当时不自量力地认为，就是要"大胆担大担"，有种要把冷门绝学承担起来的使命感。当时的一点年少轻狂，决定了我未来的学术走向。像习近平主席所说的"扣好人生的第一粒扣子"，我不知道我第一粒扣子是不是扣对了，但是，就这样一路走来。

我的兴趣比较广泛。即使在学术上，我也不是只对古文字有兴趣，除了章回小说没有时间读之外，宋元以前的东西我都很喜欢。

在史语所的时候，我整理了几种傅斯年图书馆收藏的古籍善本。其中一本是王念孙、王引之父子的手稿。因为是手稿（其中很大一部分还是草稿），非常的潦草，必须要懂他们的学问，还要看懂他们的字，才能让这些手稿产生价值。这本还是属于小学的范围。

另外我也整理了傅斯年图书馆收藏的宋刊本《文苑英华》。《文苑英华》宋刊本总共有一百册，传到今天只剩下十五册，史语所收藏的是唯一没有出版的一册。我费了一些功夫，把这一本详加校勘、整理，仿照宋版蝴蝶装的样式出版，作为史语所八十周年所庆的献礼。这本书除了文学价值之外，版本的价值也很高。

在台大读书的时候，没有什么专门讲版本的课，我对版本的认识完全是兴趣，自己摸着石头过河。也不知道什么原因，我对古书的刻本，有一种浓浓的感情。以前读古书的时候，往往不太愿意读排印本，看宋元刻本就觉得心旷神怡。初中时，看到施元之、顾禧《注东坡先生诗》宋刻本出版的书影，爱不释手，虽然买不起，但那一页却成了我的版本烙印，过了四十五年终于把那部书买进来，圆了少年的梦。

凭借"古籍版本学"这类书，很粗浅地认识个大概。宋元刻本当然只能看印刷品，或到图书馆、博物馆去看看展览。我真正实际接触得比较多的是清刻本。

1991年到北大读书之后，当时体验到，买宋元本很不现实，明刻本往往版本价值不高，所以就锁定了清刻本，目标是著名学者重要著作的原刊本，比如段玉裁《说文解字注》经韵楼刻本。清代因为朴学昌明，很多古籍都有非常好的新注本，学术价值都很高，原刻本就更有意思了。像王先谦《汉书补注》虚受堂刻本，堆起来半个人高，五百元。我当年买得不亦乐乎，但那时北大教授的月工资才七百。

当时的氛围，大概还不太把清刻本当回事，算不上善本，这类原刻本在琉璃厂，还不是太难买到。而从实际购买的经验中，我对清刻本的体会，就远远超过了读古籍版本导论，这让我充分认识到了"实践"的重要。

买这些书，有时也会碰到有趣的事情。有一次我到店里去，看到一本书，以我的判断是乾隆原刻本，要价一百元；店员说那是翻刻本，所以比较便宜。我赶紧付了钱，请他开了发票，然后拿了书立刻走人。还有，王引之的《经义述闻》，前后刻了好几种版本，我全部收齐了，其中一部还有毛子水的藏书印。还有一本李白诗的康熙刻本，当时书店的老先生把书给我的时候，语重心长地说："好好保存它，我工作了一辈子，只看到这一部，卖给你之后，我这辈子应该再也没有机会见到了。"这一段经历，对于我认识清朝的刻本，是非常宝贵的。也让我充分体会到人与人、人与书之间的感情。

访谈现场,李宗焜在篆刻印章 [吕宸 摄]

学术之外,我对艺术也很有兴趣,书法、篆刻都玩,当然这跟古文字学关系还是很密切的。从甲骨文以降,金文、简帛、石刻,这些古文字材料,往往也是非常精美的书法作品。我把古文字材料用书法、篆刻表现出来,让学术与艺术结合,自以为是地自得其乐。李学勤先生在为拙著《甲骨文字编》写的序中,还特别谬赞"摹写之精",因为我在书法下过功夫。

我还曾经疯狂搞过黑白摄影的暗房,玩得不亦乐乎,这当然跟学术领域完全不相干了。记得《幽梦影》里提到"人不可以无癖",总要有一点专业以外的乐趣,人生会比较有趣一点。

马　尚: 您的《甲骨文字编》是当下使用最方便的甲骨学工具书了,您对目前甲骨学工具书的出版有什么想法和期待?

李宗焜: 由于国家的提倡,甲骨学好像突然之间变成显学,这对于学术的推进当然很有帮助。但是不管怎么说,这毕竟还是属于少数人的专家事业,不需要一窝蜂地去凑热闹。普及跟推广当然非常重要,但给普罗大众的东西,更需要专业,绝不是普及的东西,就可以由外行的人随便写。

我想甲骨学工具书,最好还是由少数学有专精的学者,认认真真地把它做好,而不是由半路出家的人做一堆似是而非的东西。毕竟这是一个非常专业的领域,不是照猫画虎或者看图说故事能够做好的。坊间很多介绍汉字的书,其实都在误导,更糟的是它还畅销。

要做就要有"不成功便成仁"的决心,这绝对是劳心劳力的漫漫长路。我的《甲骨文字编》前后花了二十年,也是吃足苦头。

马　尚: 您在甲骨材料的整理工作上付出了很多心血,您对学界目前的甲骨整理方法有哪些自己的看法?

李宗焜: 现在的甲骨整理,跟以前相比有非常大的进步。不只在技术上进步,在观念上也有很大的进步。在甲骨发现之初,所谓的甲骨整理,仍是传统金石学的套路,绝大多数只有拓片,有的甚至于为了节省空间,把没有字的部分剪掉,现在看起来是非常幼稚的行为。

当时由于技术条件没有成熟,甲骨整理最多也就提供拓片,有的连拓片的印刷品质都很低,对甲骨流传跟学术研究,是非常不利的。随着科技的发展,现在我们对甲骨的整理,有了新的要求。比较好的甲骨整理,起码应该满足几个条件:

(一)高清的彩照。以往的甲骨著录是很少有照片的,现在则必须有高清的彩照,不管有没有字,正反面都要拍,甚至侧面也要拍。现在的甲骨学研究,已经不限于文字,完整而清晰的照片非常重要。

(二)清晰的拓本。旧著录的甲骨,很多拓片不佳。旧社会的拓工,手艺都非常好,拓片品质也不差,但变成书以后,品质往往不理想,这主要是印刷造成的。即使80年代出版的《甲骨文合集》,所收的甲骨拓片,很多并不是用原拓去印,而是拿印得不好的出版品再去翻印,更等而下之。现在要整理甲骨,一定要提供清晰的拓片,而且要把它印好。

(三)正确的摹本。甲骨的实物往往是斑驳的、残缺的。照片、拓片做得再好,也没有办法把每个甲骨字都完整而清楚地呈现出来。这就要靠摹本来补其不足,所以提供一个正确的摹本是非常必要的。

(四)最新的释文。甲骨文字的考释是日积月累、日新月异的。新的

李宗焜手持甲骨文材料

甲骨著录，当然要参考学者的最新研究成果，提供最新的释文。

由于数字化的飞快发展，如果还能提供数字检索，当然是更好的。

有很多甲骨的细节，只有通过实际整理甲骨实物才会发现，当然有这种机会的人不多。

我最近因为整理河南博物馆旧藏的甲骨，做了一点缀合的工作，深深体会到拓片缀合有相当的危险性。有些拓片缀合看起来天衣无缝，但是经过实物检验却是错的；相反的，有些拓片看起来无论如何不可能缀合，实物却可以缀起来。这就是利用甲骨实物去做整理的一个优势。多数学者没有这样的条件，我们只能期待，有甲骨实物整理机会的人，能够给学术界提供更多的信息。由于对甲骨的整理更加全面，能够提供的信息更多，我相信将来对甲骨的研究，会有另一个境界。

去年甲骨文发现 120 周年，有一系列的庆祝活动。我在相关会议上曾经倡议，应该纂辑 21 世纪版的《甲骨文合集》。现在的技术条件，以及国家的财政能力，都比 20 世纪 80 年代要强得多。如果能够由国家层面来领导,把全国的甲骨(甚至包含藏在其他国家的甲骨),全部按照相同的规范,用最新的技术,全面地重新加以著录,这样的《甲骨文合集》,就是甲骨学 21 世纪的《四库全书》。希望我这个祝愿,有实现的一天。这对甲骨的学术研究,是非常重大的贡献。以收藏者为单位,用同样的技术规格去做,分头进行,汇总起来就是大全集。旅顺博物馆已经完成,故宫博物院、国家图书馆正在进行,希望不要各行其是。

马 尚: 古文字学作为具有很强交叉性质的学问,它要求学生要有怎样的视野?对有志于此的学生有怎样的建议呢?

李宗焜: 古文字学大概是所有学科里面需要相关知识最多的一门学问。唐兰先生说,古文字学的学问不在古文字学本身,这是非常有道理的。纯粹从文字论文字,它的局限性很大。很多古文字的认识,往往是通过和其他古文字材料或古文献互证。除了传世文献,文字学、声韵学等传统小学外,还要关注历史学、考古学、器物学中的相关知识。

知识面越广,所能解决的问题就越多。有一句唐诗说,"欲穷千里目,更上一层楼",不同的高度,会有不同的视野。怎么样更上一层楼呢?那只能靠自己不停地努力。学问的事,跟跑马拉松一样,就是比气足、比气长。

还要再重点强调传世文献的重要性,先秦典籍要尽可能多读,这些都是研究古文字学非常重要的资产。我们这一代人古书读得太少,这对研究古文字是非常不利的,是亟需补强的短板。我经常幻想着一个不可能实现的美梦,如果乾嘉学者生在现代,或者大量文献出土于乾嘉,那会是一个多么美妙的奇景!必须承认,我们的古书修养远不及旧社会的读书人,虽然拜科学之赐,我们在古籍检索及信息传递方面非古人所能想象,某种程度弥补了古籍修养的不足,但是,维生素代替不了饮食。尽可能增强自己阅读古书的能力,是研究古文字最重要的法门,再好的资料库,只能协助,无法取代。

不管是出土文献还是传世文献,建议大家尽可能读原典。研究论文当然也很重要,也要能够及时吸收、跟上。但是,原典还是最根本的,如果没有原典的基础,对别人的论点很容易人云亦云,或者没法判断。

访谈现场,李宗焜创作书法"法古开新"[周昀 摄]

有了原典的基础,再充分吸收各家意见,心中才有主,这样比较有效。一切努力都是为了更好地解读原典,如果不能充分掌握原典,而是在各家说法中游移,那是本末倒置的。

读书要有计划,才可能有效率、能持久。如果没有计划,人难免有惰性,很可能一曝十寒,最后不了了之。所以我建议,要有切实可行的读书计划,不要大而无当。计划拟定之后,努力去执行,日积月累,一定会有成果。

还有,不要去管冷门的问题,要有做佛门扫地僧的决心。只要出色,别管冷门。

王可心: 您作为这个方向的导师,您希望以什么方式来培养研究生?

李宗焜: 我想我可以跟大家分享我当年跟裘锡圭先生读书的时候他对我们的要求。我记得裘先生有一次跟我们谈的话,他就说首先是做人,他说我们人活着是为了做人,不是为了做学问的,所以首先是做人,你只有做人及格,你做学问才有意义。我觉得这是非常重要的一句话。另

1988年,中文系古文字专家裘锡圭在讲课 [来源于北京大学档案馆]

外有一次他提到说,你学问好,要让人家觉得是对他有帮助的,而不是让他觉得难堪。这句话影响了我一辈子。就是说,我们首先是来做人的,所以我觉得作为人的要求才是最重要的。如果人不好,其他东西越好,你的祸害越大。所以我觉得做人是最重要的。

那么如果说讲到我们专业的做学问来说,知识面一定要广,当然不能广得漫无边际连自己都抓不到。我还可以提一下,我当时跟裘先生读书的时候,有一次裘先生跟我说:"你也不能一天到晚搞甲骨,还是要休息。"我当时就觉得,难得裘先生还会关心我们要休息。但是你知道他后面讲的那句是什么吗?他说你不要一天到晚搞甲骨,还是要休息,休息的时候看一下金文。意思就是说你要孜孜不倦,你根本就不能懈怠。但是你一直都看甲骨的时候,可能会疲乏,换个东西看,甲骨看累了,看一下金文。总之要高强度地学习,多方面地充实。以前裘先生也跟我们讲过,如果你只搞一种东西,搞不深。当然很惭愧,我们这一点都做得不够,但是我想这个说法肯定是对的。

我在课堂上一再跟学生讲,最好读书的时间就是当学生的时代,俗话说"过了这村就没这店了"。你过了学生这个阶段,绝对不会有像当学生这么好的读书的机会,即使你有那样的机会,你的体力、记忆力各方面都不如当学生的年代。你出了社会再好的环境让你读书,你的烦恼也会变多,绝对不像学生这么单纯。当学生唯一的工作就是念书,你没有其他需要烦恼的,而且当学生的时候又年轻,身体又好,记忆力也好,这个时候不努力,更待何时?

有一句话叫作"好(hǎo)读书,不好(hào)读书;好(hào)读书,不好(hǎo)读书"。你们现在属于好(hǎo)读书的阶段,不要不好(hào)读书。我们现在虽然很有体会,我们现在是好(hào)读书,但是已经不好(hǎo)读书了,读了马上就忘,你们的记忆力还好。我觉得在保障身体健康的情况之下,要抓住这个机会,一辈子只有一次,过了就没有了。

王可心: 您是如何看待学术的,学术在您生命中的意义是什么?

李宗焜: 学术是坐冷板凳的专家事业。要能耐得住寂寞,不追求名利,也不可能速成,甚至要不求回报,因为有些努力可能付出很多,最后毫无所得。所以要搞学术,首先必须要有兴趣,否则一辈子去做一件没有兴趣又没有名利的事,岂不是太悲催了。学术需要全心全意地投入,甚至有人"一生唯一念"。我很惭愧没法做到这样。我的兴趣太多,都占了一些时间,美其名曰多才多艺,实际则是备多力分。但不管怎么说,从事学术工作二三十年了,人生中大部分的精华岁月,都投入学术工作,也算是生命的意义吧。

李宗焜为中文学子所刻印章:"闻健自修,分分己获"[周昀 摄]

钱志熙

学术人生·薪火相传

受访人：钱志熙
采访人：杨　照
时　间：2020 年 8 月 15 日

受访人介绍

钱志熙　1960年生，1978年至1985年就读于杭州大学中文系，1987年考入北京大学中文系攻读文学博士学位，1990年毕业后留校任教。现为北京大学中文系教授、教育部长江学者特聘教授、北京大学古代文体研究中心主任、北京大学中文系古典学平台主任等。兼任中国李白研究会会长，中华诗词学会副会长等。主要从事中国古代诗歌及相关的思想文化背景的研究，集中于汉魏乐府、魏晋南北朝诗歌、唐诗、宋诗等领域，著有《魏晋诗歌艺术原论》《唐前生命观和文学生命主题》《黄庭坚诗学体系研究》《陶渊明传》等专著10余种，发表学术论文190余篇，杂文诗歌若干篇。获教育部高校人文科学优秀成果奖、北京市哲学社会科学优秀成果奖等多种奖项。

采访人介绍

杨　照　北大中文系在读博士生，主要研究领域为魏晋南北朝隋唐五代文学。

杨　照： 您在上学的时候，是什么样的契机使您最终选择了中文系，选择了古代文学呢？

钱志熙： 我在中学时数理化不好，语文比较好，所以就选了文科。高考的时候我填了中文、历史两个志愿，最后进入了中文系。当时杭州大学中文系文学、语言两个专业都比较强，我是偏向于文学的。应该说古今中外的作品我都是喜欢读的，大学一二年级的时候读了不少现代作家的选集，50年代出版的那套现代作家选集，好些我都通读过。还有不少外国的小说，都是跟着课程读的。后来发现这样读不过来，所以之后较多在课外自学古代文学，这也跟我小时候接触古文比较多一点有关系，如《千家诗》《古文观止》等，以及《今古奇观》《说岳》《三国演义》，上大学前都读过一些。

杨　照： 您的硕士、博士的研究方向大致是中古文学的范围。您选择这一段是不是也跟您之前的阅读和兴趣有关呢？

《黄庭坚诗学体系研究》书影

钱志熙：我在杭大的时候读的是唐宋段。因为在大学阶段最感兴趣的、看得最多的还是诗词，读的别集、选集主要是唐宋的。当时杭州大学唐宋专业的老师上课也上得比较好，所以就选了唐宋段，硕士阶段的研究课题选了宋诗方面，其实也很喜欢宋词。后来我要报考北京大学，陈贻焮先生指导的这一段是魏晋南北朝隋唐五代。当时我就感到唐宋文学家其实深受魏晋南北朝文学的影响，研究唐宋文学，要追溯源头到魏晋南北朝。比如黄庭坚就很受魏晋影响，我写硕士论文研究黄庭坚的时候，主要写他的思想中禅宗和历史的方面。魏晋是比较重视思想的，这也使我后来能够比较自然地进入魏晋一段的研究。此后，思想与文学的关系，一直是我深感兴趣的研究课题。早期的一些研究，包括《魏晋诗歌艺术原论》《唐前生命观和文学生命主题》，主要是循着这个方向展开的。

杨　照：您认为中古文学这一段的研究有哪些比较突出的特点呢？结合魏晋南北朝隋唐五代文学的研究现状，您认为今后应当如何继续开

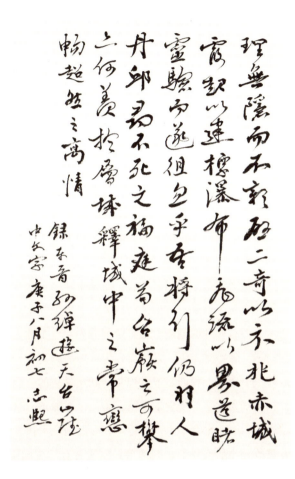

钱志熙节录孙绰《天台山赋》

拓学术路径呢?在开辟新的学术空间时应当重视哪些方面的问题呢?

钱志熙: 我觉得以传统的诗文论,这应该是文人文学发展的一个很重要的阶段,而且研究积累很丰富,但好像也有一种难以突破的感觉。对于学习的人来讲,比较能够把握住这一段文学史主要的研究对象,所以你看到的问题,大家可能也都看到了,或者前人都已经提到了。我一直不太愿意走捷径,也不知道有什么捷径。要继续开拓研究路径,我觉得可能还是要在材料上面下功夫,尤其在研究生阶段阅读的广度和深度都要增加,比如说历史、文学、哲学,包括艺术等各方面都应该联系起来。同时，我的理解是，我们比较注重的还是对文学史本身渊源流变的研究，这方面仍然可以在参考前人研究的基础上做一些归纳，再加上个人的学术个性和思想，是生生不穷的。另外还可以从文化的、制度的角度，或者艺术的相关门类来寻找研究空间，都有可为。另外，我在研究方面强调悟性。

杨　照：说到古代文学和北大中文系，想请教您如何理解北大中文系中古文学研究的学术传承呢？

钱志熙：北京大学古典文学专业的传统极为丰厚。比如说最早的京师大学堂，任课的都是清末桐城派和当时同光体的文学家；后来《文选》派、章黄学派进来，学术的方向、方法又发生了变化，比较接近于乾嘉学派，但同时也很重视文学艺术形式，即老一派所说的辞章；"五四"以后，新文学这一派很多学者、作家也从事古代文学研究。我们太老师辈的林庚先生就是一位新诗的诗人，吴组缃先生是一位小说家，他们在艺术上都有非凡的创造。还有游国恩先生、王瑶先生等；到了我们的老师一辈，陈贻焮先生、袁行霈先生，然后到葛晓音老师，都可以感觉到这样一个传统，我们是很重视文学和文学史的。魏晋南北朝这一段的研究，北京大学是一个学术重镇，是一个发源地。又比如这几年研究得比较多的乐府，也有学术上的传承，在西南联大执教过的萧涤非先生曾跟着黄节先生研究乐府，刘师培先生又著有《中国中古文学史讲义》，这就奠定了乐府研究的基础，一直延续至余冠英先生、阴法鲁先生他们。又比如说陶渊明也是我们这里研究的一个重点。袁老师也是研究陶渊明的大家，孙静老师也是。他们都有陶渊明研究的著作。袁老师有好几种。我现在开的陶渊明研究的课，以前孙静老师也开过。我喜欢陶渊明，除我自己兴趣之外，如果说受谁影响的话，就是陈先生，他是十分喜欢陶渊明的。可见，在学术上是存在一些继承关系的。如从刘师培、鲁迅到王瑶，一直到葛老师，到我们这一辈。在魏晋南北朝研究方面，有一条脉络。当然，有些在当时感觉不到，后来反思才意识到的。一句话，学术研究与文学创作一样，都是传统与个人创造结合的。

杨　照：北大中文系成立了古典学的平台，您如何理解古典学这个

钱志熙在"国图公开课"节目录制现场

概念对古代文学研究的意义呢？

钱志熙： 近期流行的古典学，是受西方古典学影响的一个概念，它的核心意义既是文化学的，更是文献学的，甚至是考古学的。它的方法当然也是现代科学的文献研究方法。这是我们可以借鉴的。但是我们现在成立古典学平台，就不能只局限在这样一个学术概念、学术方法之上。我们的古典其实还是古典文学、古典文献还有古代的语言学。我认为更应该挖掘传统的"古典"含义。我理解就是近现代之际新的文学、学术形式产生之前，具有经典价值的东西，我们都可以把它纳入古典学中，这就是北京大学古典学平台的研究对象。

杨　照： 我们平时的研究一般是比较重视在文学史的视野中探讨艺术的问题，这种研究的视野和方法与北大中文系的学术传统有怎样的关联呢？

钱志熙： 文学史的研究视野重点就在于我刚才讲的"渊源流变"四个字。"辨章学术、考镜源流"的方法，是章学诚比较明确地提出，但他是概括了班固到刘勰的这个古典学术传统的。章氏这个学术思想，对后面影响很大。在文学史研究方面，"辨章学术，考镜源流"这个方法，

钱志熙东京赏樱旧影

其实还没有为大多数人所自觉把握。因为文学史的对象，性质比较复杂。文学史的基本性格是历史学的，但是又有艺术的审美、鉴赏、评论在里面，把这两部分结合起来，才能够比较准确地理解文学史的研究方法。北京大学中文系比较重视文学史的研究，前辈教授中有很多可以被称为文学史家的。刘师培的《中国中古文学史讲义》中，基本上就是用渊源流变的梳理方法，比较重"史"的脉络。很多前辈老师也都是这样，比如说陈先生的《杜甫评传》，虽然讲的是杜甫，但是很多艺术问题其实都是有连贯性的，对杜甫作品的一些艺术鉴赏，都是在"史"的脉络中体现出来的。比如他对杜甫排律的研究，就将排律与齐梁以来重视偶对、声律的长篇五言直接联系起来，纠正普通人认为排律是律诗形成后才出现的不准确印象。其实我们在个案研究中，或者一些具体的专题研究里，也比较重视"史"的问题。一般的鉴赏、解读，也要在把握文体发展、艺术表现方法的演变等文学史经验的基础上进行，才是真正有效的、有深度的解读与鉴赏。

杨　照：有一些研究会结合与文学发展变化有关的外部因素来探讨文学的问题，中古文学研究当中，我们应该如何看待诗文作品本身和更广泛的文学现象、文人生活等的关系呢？

钱志熙：其实我自己的研究经历中就有过这么一个探索的阶段。我在杭州大学的时候做黄庭坚的研究，一部分是讲黄庭坚与禅宗思想，一部分是讲黄庭坚与新旧党争，最后一部分是讲黄庭坚诗歌发展的脉络。这三部分中，花时间比较多的是前面两部分，其实就是一种外部研究。后来《魏晋诗歌艺术原论》的写法，也和这个经历有关系。后来写《唐前生命观与文学生命主题》，则大幅度地移向思想史。其实我个人感觉内外部研究没有一定之分，文学的发展不是一个封闭的体系，它跟思想、社会、历史都有很大的关系。但是从文学专业来讲，我比较强调，还是要在文学的立场上来做文学的研究，避免将文学史研究变成纯粹的文化思想的研究。那就是另外一个领域的事情了。我的《魏晋诗歌艺术原论》虽然采取思想文化与诗歌艺术的关系的研究角度，但重点还是在艺术，其中提出了诗性精神、诗歌艺术系统等概念。

杨　照：关于这种结合内部研究和外部研究的方法，我们还可以从北大中文系的前辈学者的研究中获得哪些启发呢？

钱志熙：启发其实有很多，比如说像葛晓音老师的《八代诗史》，就把外部因素和内部组织连接得比较好。她在讲山水诗的时候，对整个山水诗的思想的、生活的背景，对文人生活的环境都讲得很好。再比如像陈先生研究李白独特的人生道路，也把李白放在从隋唐以来的文人晋升之路的问题上来研究，至少可以看出李白走这条道路不完全是个人的、偶然的，是有历史背景的。再往前推，王瑶先生的《中古文学史论》也很重视思想背景。基本上我们系里前辈的老师，都很关注文学与外在背景的关系。但是在这种内外部相结合的地方，我们重视文学史本身的立场和品格，可能是更重要的一个特点。我自己对文学与思想的关系，是充满探讨兴趣的。

杨　照：您认为古代文学传统的艺术观念和理论视野，能够为我们将来的研究提供哪些重要的启示呢？在吸收传统学术的经验方面，您有哪些建议呢？

钱志熙：我说的传统含义下的诗学，是在西方的亚里士多德《诗学》还没进入之前的中国传统使用的"诗学"一词。这实际上是一个很重要的文学概念，也是属于传统的范畴，还有的比如词学、比兴、言志、境界，等等，都很值得深入研究，因为它往往是我们认识传统学术形态、揭示传统学术真相的关键。传统的艺术观念和理论视野，我觉得都不能简单地把它当成一种古典的、概念的东西来研究，而是应该当作一种艺术的思想和方法来研究。所以我觉得研究古代文学，有一部分工作应该是去恢复这种古典学术的形态、范畴和艺术理论的活力，这样你才能真正了解古人的东西。如果我们只是用现代西方引进的或者新的概念范畴来研究古代文学，可能会离古代文学越来越远，所以这是很重要的一个问题。

杨　照：您曾在文章当中谈到审美的、历史的、逻辑的研究方法，从您的研究经历出发，您认为中古文学的研究者在面对丰富而又有些复杂琐碎的诗歌历史文献的时候，应该如何逐步从宏观的角度把握大的历史时期的文学现象，并有所创建，并且逐渐地形成自己的研究风格呢？

钱志熙：我们把握研究对象的基本方法应该是审美的，但是阐述它的历史过程则应该是历史学的，进一步地从文学史发掘规律性的东西，提出某些新的理论，这是逻辑的方法。我觉得文学研究、文学史研究应该这样做。我在大概十多年前，讨论过比如诗学发展从群体到个体，表现与再现，还有个体的超越，群体的作用等，这类文章其实就想寻找文学史发展的一些"理"的东西，一些规律性的东西。即使是对一些具体的问题，也想要揭示出一些基本的特点，不仅仅是就事论事。比如组诗的创作和个别作品的创作不同，从这个意义上讲，我说有一个"组诗的诗学"。另外，宏观的研究，比较理想的做法，应该是不断地返回到具

2012年钱志熙（中）和学生在未名湖谈诗

体的作家、作品以及文学史时代，而不是单纯讨论宏观。我的每个研究其实也都是从一个个很具体的对象出发，然后逐渐上升，逐渐看到更多的东西，自然地形成一种带有宏观性的研究风格。

杨　照： 您曾经有一本著作《唐前生命观和文学生命主题》，您认为生命观在唐前的文学当中有怎样的意义呢？

钱志熙： 我觉得探讨自先秦以来的生命观、生命意识的演变，以及跟文学的深层关系，这对于揭示文学的一些现象还是很重要的。其实这是一个很复杂的问题，文学跟生命的关系究竟应该怎么理解，其中有许多理论性的东西。从事文学创作的人，他是有生命观念的，也许他意识不到，但他对生命价值以及生死问题的认识，其实都影响到他的审美。我通过对陶渊明的《形影神》的探讨，真的觉得对陶渊明的艺术有了一些新的认识，而且做了一些概括，比如我认为陶诗存在形、影、神三种境界，这个大概是在唐前生命观里面做得比较深入的。我最近在修改这本书，内容上有较多的增加。

杨　照： 正好接下来就想请教一下关于陶渊明研究的问题。您在不久前出版了新书《陶渊明经纬》，您之前还有《陶渊明传》，还有一系列谈陶渊明的论文。您认为一位学者与一位或者几位重要的文学家之间，有着一种特别的学术的、精神的交流，对这位学者的学术生涯会有怎样的意义呢？就像您研究陶渊明、黄庭坚这些文学家。

钱志熙：对陶渊明在历史上有很多描述，但也许我得出的结论跟我本人的气质有关系，也可以说是我个人对陶渊明的一种阐述吧。研究者有时候是会用自己的个性、意识和思维，跟研究的对象进行一种学术或者精神上的交流。现在有学者强调客观研究，这是对的，文学研究或者古代文学史的研究是历史的科学，历史的基本价值评判标准就是要客观。但其实历史的客观应该怎么理解也是一个问题。作为文学史研究，我觉得如果没有心灵、情感、思想的投入，那么你所掌握的文学是什么？你所掌握的陶渊明会是什么？只有像浦起龙讲《读杜心解》那样，用你自己的心灵，用你的审美，用你的思想情感才能把它复活，所以说这不仅影响你的学术，而且影响你的人生。我们是要有客观研究的意识，但是不能说我们的精神跟陶渊明、苏轼、黄庭坚这些古代的作家没有关系，不能简单说我们是现代人，他们是古代人。就我个人而言，还是较多受到这些古代文学家的影响的。

杨　照：您认为北大中文系开设诗词格律课程，对同学们的学习和研究会有怎样的积极影响呢？

钱志熙：说起和邵永海老师一起开诗词写作课，我觉得很愉快。我在大学本科的时候，基本上是自己写，也有其他同学喜欢写诗，但基本上没有什么氛围。我觉得现在给同学开诗词写作课是很好的，这几年北大同学在诗词格律与写作方面也有很大的提高。之前我在陈先生门下读书，陈先生也没有要求我们一定写，但是他有提倡。他还说季羡林先生曾建议他开一门诗词课。对于古代文学的研究，尤其是我们这一段的研究，我觉得应该这样做，而且还应该坚持下去。现在诗词写得好的同学不少，应该说现在我们北大中文系在这方面至少不输于其他的学校吧，这是个好事。

杨　照：您认为应当如何在现代的创作中，既保持旧体诗词的艺术

钱志熙和导师陈贻焮先生以及同门朱琦、罗伯特在一起（左起依次为罗伯特、钱志熙、陈贻焮、朱琦）

风格，又能够更好地融入新的事物和情感呢？

钱志熙：这个问题三言两语说不清楚。我觉得这是一个矛盾，但又不矛盾。其实从近现代的诗界革命一直到现在，诗歌里一直都反映着当时的一些新的内容、思想和生活，所以这本来应该没有问题。关键在于现在的人没有像诗界革命时的人那样深厚的古典艺术功底。所以问题并不出在对象上面。从诗歌史来讲，内容一直就在发展；但是，诗毕竟是诗，不是说什么东西都要写成诗，还要考虑表达的内容是不是有诗意。所以我觉得写什么固然是可以探讨的，但可能更重要的，还要更加深入地把握旧体诗词传统的艺术风格吧。另外，我觉得今天我们也不一定要以诗词能不能表现、表现多少现代内容来衡量它的价值。它是一种美，是一种艺术。从艺术所表现的内容的多少、大小来评估其成就的高低，其实还是有反映论的思维方式在里面。

杨　照：学生拜读过您纪念陈贻焮先生的文章《湖畔的思念》，陈先生对诗歌艺术有着深刻的感知，能够将诗的豪情融入学术的人生。您认为陈先生在学问与诗方面带给您最大的启迪是什么？您如何理解北大中文系在学术精神上的这种传承呢？

钱志熙：陈先生对诗歌艺术的感知很丰富。他真的是一生爱好诗词的人，说得稍微修辞化一点，他的人生是一种诗意的人生。我跟他学习，很受他这种精神的熏陶，我写诗也受到他的鼓励。陈先生的精神，是北大的精神、诗性的精神。他这个人是很坦荡的，而且温厚平和，简单地说就是对人很好，这和他对诗的兴趣也有关系。他受陶渊明、李白、杜甫、苏轼的影响都很深。我觉得我们应该学习、传承、弘扬他的这种精神，应该多看看陈先生的书。他的学问基本上没有被他那个时代所限制，即使现在读他的这些文章都还很有价值，没有过时，所以我们要继续地学习陈先生。

杨　照：您认为学术对于一个人的一生有怎样的意义呢？

钱志熙：我觉得应该理解为，我所追求的人生，就是学术的人生，学问的人生，或者学者的人生。就我自己来讲，如果能这么过人生，我觉得很有价值，很有意思。不是每个喜欢学问的人都能走这条道路，我们有机会走上这个道路是很幸运的。

杨　照：从您的教学和指导经验出发，您认为北大中文系的学生在读书做学问方面有着怎样的特点？您对他们有哪些期待呢？对于将来有志于坚持学术道路的青年学人您有哪些建议呢？

钱志熙：我一直指导硕士和博士生，而且给本科生开课也一直没停，文学史的课一直在上。我觉得北大学生的整体素质是很好的，能给北大的学生上课是一件很幸运的事情。北大的本科生知识面很广，而且写作能力也很强，每年都有一些水平很高的课程论文。有些学生在本科阶段就已经走上治学的道路。但如果要指出他们的一点不足，我觉得也许是"啃硬骨头"的精神少了一点。做学问要"困而知"，因困而求知，渴望弄清楚一些，甚至为此废寝忘食，青年时期要有这么一种精神。有一次我杭大的老师王元骧先生来北京，我和当时在北大做博士后的张涌泉请他吃饭。他突然说，要一往情深，你们都是一往情深。我们做学问就是要"一往情深"。陈先生也说，我们读书是一辈子的事。我还曾听褚斌杰先生说过一句话，"学问就是从已知求未知"。依靠我们的已知，来求未知。得到了以后，再从这个基础去求新的知识。当然，思想的发展与成熟也是很重要的。北大的本科生"困"的感觉少了一点，研究生感觉到有点"困"，但是怎么从"困"里面走出来，又是另外一个阶段。"困"最后又能"知"，这个大概就是学问吧。以前一个人说我知道什么东西，是读了好多书才知道的，今天一个人说我知道什么东西，也许他有检索的方法很快就能知道了，所以我觉得需要重新拾起这个"困而知"的精神。另外我最想跟大家讲的是，学问最终是一个"诚"的问题，"诚"是学问的根本。还要有独立思考的精神，不要盲目地崇拜、盲目地相信自己的老师，要尊重老师，但是不要被老师所局限。要读经典的大家，还要努力，要勤奋，写作、思考、读书这三者一定要结合起来，这样你的学问才能扎扎实实地提高。我们不要求速成，要立下大志向，这也是我希望告诉大家的。

廖可斌

文以明道,学贵贯通

受访人:廖可斌
采访人:张鹤天
采访时间:2020 年 9 月 9 日

受访人介绍	廖可斌	1961年生，北京大学中文系教授，长江学者特聘教授，北京大学中国古文献研究中心主任。兼任北京大学人文学部副主任，中文系学术委员会主任，中国俗文学学会会长等。主要研究领域为明清文学、古代戏曲小说。出版著作《明代文学复古运动研究》（获教育部第二届人文社会科学优秀成果二等奖）、《明代文学思潮史》《理学与文学论集》《明代文学论集》《文学史的维度》《诗稗鳞爪》《明史随笔》《走近经典——古代文学名篇十八讲》等，主编《稀见明代戏曲丛刊》等，发表学术论文60余篇。
采访人介绍	张鹤天	北京大学中文系古典文献专业在读博士生。

张鹤天： 老师好！感谢您拨冗接受我们的采访。您从事古代文学研究与教学工作已有30余年了，首先请允许我们从头谈起：您当初是怎样与中文系结缘，又为何选择攻读古代文学专业呢？

廖可斌： 我是所谓77级的大学生，1978年初进入湖南师范学院，也就是后来的湖南师范大学。我们年级的同学都是非常好学的，因为好不容易才获得上大学的机会。70年代上大学，大家觉得最正宗的系科，就是文史哲、数理化，现在很多专业那时都是没有的；文科里面又尤其认为中文系是最好的，所以就上了中文系。

我自己当时年纪比较小，也心无旁骛吧，比较喜欢读书，几乎对大学阶段中文系的每一门课程都很感兴趣，其中最感兴趣的可能是文艺学、美学、古代文学、外国文学、现代文学和古汉语这些。我的大学毕业论文做的是美学方面，题为《论形象思维的逻辑性》，当时老师们评价比较好。毕业后留校做助教，老师们认为我比较适合搞古代文学研究，就留在了古代文学教研室。

当了一年多时间的助教后，于1983年春考研究生。当时高校师资特别缺乏，规定留校青年教师一般不准考外校的研究生；主观上我也非常敬佩我们那里的一位老师，马积高先生，再加上确实非常喜欢古代文学，就考了马先生的研究生，这样就进入了古代文学专业。马先生重点研究元明清文学，我也跟着老师做元明清这一段，硕士论文写的是《金圣叹哲学美学思想述评》。然后到杭州大学读博士，导师是徐朔方先生。他重点做明代文学和古代戏曲小说研究，所以我的博士论文写的也是明代文学，题为《复古派与明代文学思潮》，写了50余万字。从本科到硕士、博士，专业方向自然就越来越集中了。

张鹤天： 看来您在求学的不同阶段遇到了诸多良师，能否请您展开谈谈先生们对您有哪些影响？

廖可斌： 大学阶段给我帮助的老师很多，我觉得大学阶段是人生中最美好的岁月。那时的很多老师对我们学生都非常好，不仅是一般的师生关系，更有一种亲情在。现在我回忆那时候的老师们，都真的很感动。我们经常吃完饭就到老师家里去了，大家不断地交流问题。学术上对我影响最大的是杨安崙教授，他是北大哲学系毕业的，教我们美学，指导了我的学士学位论文。杨先生的理论思维能力非常强，他总是教导我要提高抽象思维的能力，提升学术思考的层次。像我一直念叨的马克思讲的那句话，就是杨先生经常跟我讲的，我觉得非常重要。"从实在和具体开始，从现实的前提开始，似乎是正确的，但更仔细地考察起来却是错误的；从抽象开始，上升到具体，即抽象的规定在思维的行程中导致具体的再现，这是科学上正确的方法。"[1]

硕士阶段就是跟马积高先生学习。马先生是一位非常优秀的学者，他是抗日战争时期民国国立师范学院的学生，受到钱基博、骆鸿凯、钟泰等很多著名学者的教导，知识结构非常完善，在文字、音韵、训诂学、

---

[1] 马克思：《1857—1858年经济学手稿》"导言"，收入《马克思恩格斯全集》第30卷，人民出版社，1995年，第42页。

1987年，廖可斌读博期间与导师徐朔方先生（左）的合影

经学、史学、佛道、马克思主义理论等方面修养都很深厚。他后来写出了中国第一部比较完整的《赋史》，还编了《历代辞赋总汇》，有2800万字，撰写了《宋明理学与文学》《清代学术思想的变迁与文学》《荀学源流》等多部学术著作，主编了《中国古代文学史》，这套教材在全国影响很大。你可以看到，马先生在很多领域都取得了非常重要的成就。马先生在很多方面影响了我。马先生学术功底好，重理论，还有湖湘学者那种关注国家命运和社会兴衰的知识分子的使命感和责任感，他做的很多学问都是有自己的寄托的，这方面我受马先生影响很多。

读博士的导师是徐朔方先生。徐先生是浙江的学者，大学上的是英文系，早年特别喜爱写诗。他继承了吴越的学术传统，比较重视文献的整理和考证，以及文学艺术的欣赏分析。徐先生整理了《汤显祖全集》《沈璟集》，校注了《牡丹亭》《长生殿》，撰写了《晚明曲家年谱》《论汤显祖及其他》《论金瓶梅的成书及其它》《小说考信编》《明代文学史》等著作，这些都是非常有价值的工作，为古代文学研究特别是明代文学和古代戏曲小说研究做出了重要贡献。徐先生具有非常鲜明的学术个性，敢于创新，对明代文学和古代戏曲小说都有自成系统的见解。他的文章也写得极漂亮。如果说做学问分义理、考据、辞章三部分的话，在义理方面我可能主要是在湖南那边学习的，有些东西年轻时受到影响了，就终生难变。考据和辞章方面，则受徐先生的影响比较大，但自己资质和水平有限，学得不到家，非常惭愧。当然除此之外，还有很多老师给过我很大帮助，就不一一列举了。

张鹤天： 您师从先生们耕耘于古代文学领域，取得了很多丰硕成果。当年是什么契机促使您选择进入北大中文系、中国古文献研究中心工作，从文学向文献领域有一个小小的"转型"呢？从您这些年的工作和教学实践来看，您觉得文学研究和文献研究之间有何异同？近年来，学科之间交叉融合的趋势也愈发显著，您觉得这种跨领域的经历对您的研究工作有何启发？

廖可斌： 来到北大中文系也有多种因素吧。我是1994年评的教授，从1995年就开始做院系和学校机关部门的行政管理工作，一共做了14年，教学一直没中断，但学术上耽误了很多时间。2009年的时候，自己觉得实在不应当再继续做这些了。为了安心地做点教学和研究工作，就想换个环境。这时北大中文系古典文献专业和古文献研究中心正好想引进教师充实师资力量，北大在学术上当然是一个很高的平台，所以联系上以后就这么来了。

为什么到了古典文献专业呢，因为在我们看来，古典文献和古代文学其实没多大区别。可能你们现在觉得有区别，但我们并不认为差异很大。它们在根本上都是研究古典，本来是不该分家的，是因为所谓的学科体制才把它们人为区分开了。20世纪八九十年代就有很多学者主张文献和文学要沟通，我们中文系现在想把古典这一块融为一体，我觉得是有必要的。古典文献、古代文学、古代汉语，都是相通的，所以这一点并不构成一个很大的障碍。

当然就具体的研究而言，文学和文献的侧重点还是不一样的。搞古典文献的人会侧重于对目录、版本、校勘等做专门的研究，重点关注文献本体及源流的考察；搞古代文学的人要立足于文献基础，探讨文献中包含的思想和艺术。最好能够打通两者：文献学者在清理文献的基础上，能发现其中历史的、文学的、思想的、艺术的问题；文学学者也要有文献意识，首先要搞清所研究文献的文本状况，不然分析和发挥往往靠不住，同时也不妨兼做一些文献整理的工作。其实我们现在很多学者都是这样做的，这两者之间可以有不同的侧重，但是最好贯通兼顾。

再多说一句，现在我们的学科分得这么细，客观上会带来很多人为障碍，对学术研究和人才培养的影响很大，我在很多地方都这么讲过。我们现在的这套科层制的学科分类体系和相配套的教研室管理体制，是20世纪50年代从苏联学来的。当时这么做自有其必要性，也确实发挥了一定的积极作用。但现在它已成为严重阻碍学术发展的制度瓶颈。学科分类太细，人为地割断各个学科之间的联系，使不同学科之间界若鸿沟。出身于不同学科的教师，往往只能在自己所了解的一点知识范围内打转，不敢越雷池一步，自然缺乏创新能力。培养的学生又常常只能继承其中一个分支，知识面越来越窄，屋下架屋，一蟹不如一蟹。搞古代文学的人为什么不可以搞现当代呢？它其实是可以互相促进的，像王瑶先生最初是研究古代文学的，后来就主要做现代文学，都取得了突出成就。我的导师徐朔方先生原来是英文系毕业的，他后来做古代文学又有什么不好呢？有些古汉语专业的人从语言学的视角来研究古代诗歌的格律、选字、体裁等，又有何不可呢？我们现在应该突破学科壁垒，淡化学科概念，鼓励不同学科之间的交叉融合，这样才有利于学术研究的创新，和创新人才的培养。

张鹤天：老师您主张学问贯通，研究兴趣十分广泛，在明代文学史、戏曲小说等领域多有建树，能否请您向大众简要介绍一下您研究的主要

2016年,廖可斌在汤显祖纪念活动上发言[来源于北京大学档案馆]

内容和兴趣点?

廖可斌: 我因为过去在最好做研究的时候耽误了十几年时间,学术上荒废很多,确实是感到很惭愧,也辜负了当时老师们的期望。博士生阶段主要研究明代复古派。复古派是一个贯穿大半个明朝的重要文学流派,牵扯到整个明代文学乃至中国古代文学的发展历程。但是当时很多人其实没有好好读过复古派的书,长期认为复古派是保守的、落后的,这完全是想当然的误解。我仔细地读了下他们的书,发现复古派其实是一群非常积极参与现实的、富有斗争精神的知识分子,至于他们的文学观念和创作路径与目标,则因为特定的历史原因,在一定程度上走入误区,从而让后人造成历史的误会。另一方面,我一直对理论比较感兴趣,所以不是就事论事,而是把复古派放到中国古典审美理想的演变线索上观察,在大背景下会看得更清楚。这个研究工作应该说在当时有一定的影响,博士论文的一部分,题为《明代文学复古运动研究》,由上海古籍出版社出版了。到北大后,我终于有时间把《复古派与明代文学思潮》修改成《明代文学思潮史》,在人民文学出版社出版。这次修订做了比较大的改动,增删了部分章节,吸收了近年来一些学者的相关研究成果,还核对全书引文,抽换了一些引证文献的版本,将大量夹注改为脚注,等等。

到北大古文献中心后,主要做了两项文献整理工作。一是主编《稀见明代戏曲丛刊》,共收录《六十种曲》《盛明杂剧》《孤本元明杂剧》《古本戏曲丛刊》等大型曲籍以外的稀见明代戏曲79种(含杂剧42种,传奇37种),以及175种明代戏曲的佚曲。其中至少28种剧本(杂剧10种、传奇18种)是海内孤本,或某种版本的唯一存本,搜集极为不易。校点整理更是困难重重,戏曲刻本大多质量较差,版面漫漶,字迹模糊,曲白不分,异体字满眼皆是。为了省力,有些语句还用符号表示,并不全部钞出。曲词需核以曲律,有时曲词还要分正衬,比整理一般诗文作品更为复杂。若对这样的戏曲文献简单影印,效果会很差,肯定不便于读者利用。丛刊采用校点排印的出版方式,付出了辛勤劳动,整理审校的工作量很大。该书分8册,共456万字,已由东方出版中心于2018年出版。它有助于展现明代戏曲的全貌,为明代戏曲研究和明代历史文化研究提供重要文献资料。我也准备写一些相关的论文,已在《文学遗产》发表了一篇《晚明戏曲的"戏剧化"倾向》。另一个文献整理课题是安平秋先生主持的重大项目"海外藏中国古籍调查整理与研究"项目的子课题《英国国家图书馆藏中国古籍书目》。英国国家图书馆,也就是大英图书馆,是西方收藏中国古籍的重镇,收藏中文古籍7000余种,但已有目录交叉重复,内容都不全,错讹颇多,几乎每一条都需要考订。这些年我和两位年轻学者合作整理这个目录,马上就要出版。

当然我自己的研究重心还是放在文学方面。早年间做过一些个案研究,发表过一些戏曲小说研究方面的文章,比方说研究《红楼梦》《琵琶记》、金圣叹的小说评点、龚自珍等。90年代在浙江大学出版社出过一本论文集《诗稗鳞爪》。近年在生活·读书·新知三联书店出版了一本《压抑与躁动——明代文学论集》。受马积高先生的影响,我一直比较关注理学与文学的关系。如何看待理学,关系到如何看待儒学乃至中国传统文化,自己在这些方面做过一些思考,写过一些文章,结集成

《理学与文学论集》，由东方出版社出版。关于文学研究的理论与方法问题，自己也做了一点探索，出了一本《文学史的维度》。近些年来，我主要还是按照自己的兴趣，比较关注诗文、戏曲、小说文体的演变。文体演变的背后实际上是文学观念的演变，而文学观念演变的背后是社会生活和人们思想观念的演变。由文体看文学、再看社会，我觉得是一个比较有意思的话题。明清时期，传统的诗文实际上发生了不少变化，新生的戏曲小说等文体的重要性逐渐得到承认，这一转型主要发生在明代，这在整个中国古代文学的发展过程中都是非常重要的。比如我写了《〈征播奏捷传〉的成书方式和思想倾向》，这本小说的成书方式表明小说的写法正在发生变化，它的思想倾向反映出晚明思想的活跃，远超后人想象，这个比较有意思。再比如《汤显祖的文学史观和文体选择》《万历为文学盛世说》《关于明代文学与清代文学的关系——以诗学为中心的考察》等文章，倡导明代文学特有的价值。因为现在好像和80年代不一样，80年代比较重视先秦、唐代、明代和近代文学，现在似乎更重视汉代、宋代和清代文学，这个当然有各种各样的原因了。我是比较强调明代文学所具有的思考性、探索性和创新性，它反映着一个古老的帝国正在面临一种内部蜕变与外部刺激下体制失效的阵痛，从而产生出一股变革的欲求，这会体现在社会生活的各个方面，而文学生动地反映了这个时代的种种脉动。当时在思想、学术、文学上都确实出现了一些新东西，对今天的我们仍然具有启发意义。学术也好，社会也好，还是要思想活跃才能有创新精神，我们应该汲取这个历史教训。我认为我们每个人做一点研究工作，既不能违背历史事实，为我所用，穿凿附会，曲学阿世；也不能安于做一点零敲碎打的研究，仅仅为了换取自己的生存资源，不考虑学术研究究竟有何意义、与社会有何关系，将学术研究变成一个小圈子内孤芳自赏的东西。还是应该秉持一种对学术价值的判断和追求，学术研究的目的和价值就是要挖掘先贤著作中的合理成分，为现实生活提供思想资源，提供借鉴。

张鹤天： 谈到学术价值观和文学研究方法的问题，几年前您曾提出要"回归生活史和心灵史"、古代戏曲研究重心"向后、向下、向外"

2019年，廖可斌在做讲座

转移等论点，经过近年来的研究，您对这些问题又有何新思考？

廖可斌：最近我有一点感想，就是现在的文学研究越来越重视文献，我觉得重文献是必要的，但文学研究还是要关注文学本身。文献研究是文学研究的基础，但不能完全代替文学研究。我觉得我们现在越来越重视一些文学的文献研究、文学的思想研究，恰恰不重视文学的文学性研究。文学研究还是要重视生活史和心灵史，这是文学研究的主流，也是文学的职责和任务所在。与此相应，我们应该重视作品，研究和教学都要以作品为中心，特别是古代文学的著名作家和他们的优秀作品。我之前在中文系召开的游国恩先生百年诞辰纪念会上致辞，就说到这个问题。古代文学能流传至今，就是因为作品有价值，作家、文献、思想的价值是依托于作品的。离开古代优秀的作家作品，我们的所谓研究成果还有什么价值？谁还会对它们感兴趣？在浙江大学和北京大学我一直上"古代文学名篇精读"这门课（在北大叫"大学国文"），因为我觉得文学作品的教学是非常重要的。我最近也整理了十几篇讲义,汇编成一本《走近经典——古代文学名篇十八讲》,已经出版。

张鹤天: 老师您提到了"大学国文"课,我们知道您在中文系还开过"中国古代文化""明代文献与文学研究"等本科及研究生课程,经过30余载教学生涯,您在指导学生方面有哪些心得体会可以和大家分享?

廖可斌: 教学方面,其实我现在感到有点困惑。因为我认为培养学生,合理的方式应该是让学生充分自由发展,教师适当引导。学生学习,主要靠自己的阅读和思考,不能让学生为课程所束缚。现在学生就是读书太少、思考太少,课程太多、考试太多、死记硬背太多,应试教育的后遗症比较明显。我认为大学生活最重要的主要有三个方面,第一是读了多少书,第二是思考了多少问题,第三是是否掌握了分析问题的方法;而不是选了多少门课程,拿了多少学分,绩点有多高,拿了多少证书,等等。当然北大本科教学改革已经有一些进展了,但是还没达到理想的状态,应该进一步往"教学的立交桥"方向发展。我觉得本科生应该进一步打通专业,自由选课。本科教育虽然有专业侧重点,但总体上是一种素质教育。

至于研究生教育,我们上学的时候,不主要靠课堂,偶尔和导师谈谈,大部分靠自己读书思考,那时候的研究生都是这样带出来的。但是这种培养模式可能适合招生比较少、生源比较优秀的情况,学生有自学能力,放养可以让学生自由发展,容易取得好的效果;它可能不适合应对招生规模大、生源资质参差不齐的局面,那会让普通学生感到无所适从。现在的本科生和研究生教学实际上是用培养普通学生的方式来培养所有的学生,这对资质相对一般的学生或许是比较保险的,因为它能保证学生学到一些基础知识,然后顺利毕业;但是不适合比较优秀的学生,他们会感到束手束脚。所以这是个矛盾,两种模式都不好。怎么把它们结合起来,是个很难的事情。像美国的博士生培养,他们的课程要求学生大量阅读文献(我们的课程就很难让学生有时间真正读书),这样学生的资质哪怕不怎么样,精读、泛读那么多文献之后,也差不到哪里去。研究生是专业教育,要引导学生多读书,把自由发展和严格要求结合起

2002年,廖可斌在哈佛燕京学社做访问学者时留影

来。在大学中,读书主要靠学生自己,老师只能起一个提示和引领的作用。老师上课中会提到很多书,会指出哪本书好、哪本书不行,就好像人行道两边的树,给学生指明一个方向,但路还得学生自己走。老师不能代替学生走,也不应该紧紧带着走,学生亦步亦趋。

张鹤天:说到打通学科专业、广泛阅读,回归我们古典文献学专业自身来看,因为文献学是中国古代文史研究中一门基础性、工具性的学科,因此它天然地带有一种跨学科的特质,许多相邻专业学者往往既精于本业,又在文献研究方面多有创获。在这样的背景下,文献学似乎正面临一种边缘化的困境,您认为古典文献学该如何找到自身的学术定位,它的不可替代性和独特性要怎样体现呢?

廖可斌:其实不只古典文献学,好像很多古老的学科都面临这种边缘化的局面。现在整个社会里,应用技术比较热门,基础研究相对受忽视。说得简单一点,理科比文科受重视,理科里面应用型的工科比基础型的数理化受重视，文科里面社会科学比人文学科受重视。人文学科里，文史哲情况总体上差不多，但史学、哲学比较容易为现实服务，所以文学在人文学科里面相对来讲更加边缘化。而在整个文史哲研究里，文献研究一直是基础中的基础，除了像 80 年代比较重视古籍整理，偶尔热门过一段时间，其他时候基本都属于比较幕后性质的工作。当然这个可能也有一定的合理性，因为像在文学研究中，文学本身始终要居于主体位置，它不能退到边缘。但是文献作为文学研究的根基，如果文献工作不可靠，文学研究就不可能真正立得住、站得牢。另外，文献研究还为社会阅读和欣赏古代典籍提供比较优质的版本，为传统文化的普及提供必要条件，其工作本身就是必不可少的、不可替代的。语言是一个民族的根，文学是一个民族的魂。根在魂在，则族在国在；根灭魂灭，则族灭国灭。古籍承载着我们民族的根脉，虽然经过几十年的工作，比较重要的古籍整理现在似乎已经做得差不多了，因此文献研究的热潮似乎消退了一些，但是只要中华民族还存在一天，古籍整理和利用就会一直延续下去。文献专业的命运与古籍保护、整理、普及和研究息息相关，社会对此始终有稳定需求，总需要有人做这方面的工作，因此古典文献学的生命力是非常长久的，也不用过度悲观。

　　古籍整理与研究工作，我认为一方面要总结和评估过去几十年来的工作成就，一方面还要注意把握发展方向。第一，数字化和纸质出版并重，要把古籍数字化提高到与传统古籍整理和纸质出版同等重要的地位。因为你不能否认这个事实，就是你们这些年轻人会越来越倚重数字文献，这是时代和技术发展的必然趋势。第二，数字文献要向结构化、智能化的方向发展。现在我们做的基本都是全文搜索的那种数据库，接下来要做结构化的数据库，经过整理和标记的数字文献可以更方便地提供信息，辅助研究。第三，在继续做好古籍整理的同时，要特别重视古籍普及工作。古籍是要用的，如果不用，就没有价值。现在普及的东西已经做了不少，但是市面上的古籍出版物良莠不齐，文化市场众声喧哗，我们需要为社会提供高质量的、满足不同层次需求的古籍读本。再者，传统的古籍整理可能要分层次，比如说最重要的经典可能已经整理过了，现在

2016年,廖可斌在国家图书馆文津讲坛演讲

可以着手去做相对次要的那些古籍;过去做得比较粗的,现在可以进行深加工,精校、精注、精说。我们文献专业的学生也要注意打通专业的隔阂,可以有专业意识,但不要过分强调。现在我们有些同学一进入文献专业后,就不上其他专业的课程了,以至于拿到一本古籍,只会从文献层面做点观察,根本没有研究能力,没有理论修养,这是肯定不行的。要多学习一些文学、语言、历史、哲学方面的东西,培养理论能力,一专多能,宽基础、强专业。

张鹤天: 您提到这个理论修养的问题,确实是现在我们这一部分学艺不精的学生切身感受到的一个局限。古典文献学继承古人辨章学术、考镜源流的考据传统,运用文字、音韵、训诂、版本、目录、校勘这些传统手段进行古籍整理和研究工作,在现代理论研究上可能稍显薄弱,关于树立研究理论、探索学术研究新范式的焦虑似乎在学人之间蔓延,您认为应当如何应对这种困境和挑战?

廖可斌: 对,除了我们传统的这个研究路子之外,可以借鉴一下西方古典学的思路。西方古典学采用综合性的精深研究的方法,它把文献

廖可斌旧照

与文物、语言、图像、哲学等各领域打通,选定一个有价值的研究对象之后,从各个相关领域跨语种、跨专业地收集资料,穷尽地、深入地研究,在最细小的地方挖掘其中潜藏的普遍性问题。我们现在迫于考核等压力,很多人对于研究对象是摸一摸就走了,很难发现其中具有普遍性的问题。另一方面,我认为做专书研究也很有必要,因为它可以为社会提供一个比较可靠的文本,对社会有用。这方面日本学者的做法值得我们借鉴,他做一本书,充分吸收已有研究成果,把版本、语言等弄清楚,别人就几乎不需要再做了,做一个算一个,在学术史上成为一个可靠的里程碑。我们现在的情况是,不断地有人去碰同一部文献,但每个人做得都不够完善。另外,文献研究不应该仅仅局限于做文献本身的研究,要把文献放在社会、历史和文化的大背景下观察,这当然就牵扯到各种各样的理论了。比方说葛兆光教授,他原来也是从文献出发的,借鉴西方的关于中下层民间知识和信仰世界的研究理念与方法，开拓了中国思想史研究的新路径，这就是立足于文献，又有方法、有理论，因此就有创新，值得我们学习和借鉴。我们的同学们眼光一定要放长远，还是要多读书，多掌握理论工具。眼力要高，必须通过批判性的阅读逐渐练就细腻的目光和敏锐的思辨能力。

张鹤天： 最后，今年是中文系的110周年系庆，能否请您谈一谈在中文系工作的感受，以及对中文系发展的展望？

廖可斌： 北大中文系应该有一种责任感和使命感，它要代表中国母语语言文学教学和研究的水平，对整个国家的语言文学的发展起引导作用。我在参加中文系一百周年系庆的时候很有感触，觉得百年中文系老一辈学者开创了一种博大精深的学术传统，具有一种浑厚华滋的气象。谈到学术，北大中文系应当做博大精深的学术。现在我们学术界的水平参差不齐，有人搞一些边边角角的东西，有人做一些浅层次的分析。学术界是一个百花园，你不可能要求每一个人都达到同样的层次，但是北大的学者和学生应该要追求做博大精深的学术，视野要高远，学风要严谨。要思考与中国语言文学发展密切相连，也与现实社会息息相关的重大命题，同时也不能沦于空洞，而要扎扎实实，拿出来的学术论著要精警可靠。不能仅仅做对本人有用的学问，要推动学术进步。有根基，有学理，有思想，有才华，有性情。希望中文系现在和将来的学者与学生都能够继承和发扬这样的传统。

袁毓林

徜徉于人文精神与科技理性之间的语言研究

受访人：袁毓林
采访人：孙竞
采访时间：2020 年 9 月 25 日

受访人介绍	**袁毓林** 1962 年生，1990 年毕业于北京大学，获博士学位。2015 年度长江学者特聘教授，第三批国家"万人计划"哲学社会科学领军人才。研究领域为理论语言学和汉语语言学，计算语言学和中文信息处理等。著有《汉语语法研究的认知视野》《汉语词类的认知研究和模糊划分》《汉语句子的焦点结构和语义解释》等。2005 年获第十一届北京大学王力语言学奖二等奖。2006 年、2013 年、2015 年获教育部第四届、第六届、第七届中国高校人文社会科学研究优秀成果奖。
采访人介绍	**孙 竞** 北京大学中文系汉语言文字学专业在读博士生。

孙 竞： 您于 20 世纪 80 年代后期来北京大学攻读博士研究生，能否分享一下进入中文系学习的经历？您当时的主要研究课题是什么？是哪些契机让您选择了这一方向？除此之外，还对哪些方向感过兴趣？

袁毓林： 我 1987 年从杭州大学（今浙江大学）硕士研究生毕业，同年考上北大中文系的博士研究生，师从朱德熙、陆俭明先生研究现代汉语语法。那时候，博士生没有专门的专业课程，以跟随导师读书写论文为主。所以，在北大做了三年博士研究生，觉得最有意思的是参加了各种各样的讨论班。1987 年秋天刚到北大，就参加了由中文系朱德熙和陆俭明等先生、计算机系马希文和林建祥等先生、心理学系王甦等先生、哲学系赵光武等先生组织的"人工智能的哲学基础"讨论班，聆听了朱先生、马先生、王先生、赵先生等对于人类智能与机器智能的不少高见。还参加了计算机系青年教师王培（现美国 Temple University 计算机系教授）、哲学系青年教师孙永平等人组织的，一个关于人工智能和认识论方

1988年,北京大学90周年校庆时朱德熙先生师门在朱先生家中合影(左起依次为:陈小荷、袁毓林、朱德熙、陆俭明、张敏)

面的讨论班,地点在静园六院的哲学系自然辩证法教研室;直到1990年秋天我去清华大学工作以后好几年,依然断断续续地参加这个讨论班。记得最后一次讨论,地点是畅春园西面的一个计算机系的机房。在博士生的第一年,马希文教授的博士生白硕(曾经担任上海证交所技术总监)经常来找我讨论语言分析及其计算机处理问题。后来,我们约师兄陈小荷(现南京师大教授)、师弟张敏(现香港科技大学教授),一起定期讨论语法分析问题,还有一次是在朱德熙先生的书房中,我们四个博士生跟朱先生、马先生和陆俭明先生一起讨论;我们提出平时读书、思考中碰到的各种疑难问题,请老师们答疑解惑。那种一心向学、无拘无束、其乐融融的师生互动场面,至今想起来仍然让人心生温暖。

在博士论文选题方面,刚开始,我想研究汉语句子结构(特别是话题结构)的生成机制问题,题目比较大。后来,把问题集中到动词、名词本身的语义结构怎样决定它们生成特定的句法结构,特别是汉语式的话题结构上;再后来,又把这一问题缩小到名词的配价对相关句子结构和语义解释的影响上。摸索了一年多时间,只积累了研究一价名词与二

袁毓林北大研究生证上的照片

价名词的两篇文章的素材,难以达到博士论文的规模。所以,在导师的指点下,以先前已经开始做的现代汉语祈使句研究作为博士论文选题。1990年秋季去清华大学中文系工作,继续从计算机理解自然语言的角度研究名词的配价问题,其中《现代汉语名词的配价研究》,1992年发表于《中国社会科学》第3期;《一价名词的认知研究》,1994年发表于《中国语文》第4期。博士论文的第一章《祈使句式和动词的类》,1991年发表于《中国语文》第1期;全文《现代汉语祈使句研究》修改增补以后,于1993年由北京大学出版社出版。我希望自己的研究能够跟当代科学技术有比较直接的关系。这种动机促使我在研究课题的确立、研究方法的选择上,走上了一条基于认知并且面向计算的汉语语法研究的路径。

孙　竞: 您在博士研究生阶段所学习的课程,跟现在中文系语言学专业研究生有哪些差异?除了朱德熙先生的课之外,您当年还旁听过哪些课程?

袁毓林: 那时北大的博士生教育,既没有现在那种必须在核心刊物发表一两篇论文这种比较高的毕业门槛,也没有必修的专业课程和学分要求等刚性规定；除了外语和政治课程之外，主要就是自己读书思考，外加跟导师讨论和向相关老师请教。当然，那个英语课程的课时之多，超出了我的事先估计。第一年整整一年，每周听说读写 12 节课，另加一个晚上的听英语演讲或看英语电影。英语的实际使用技能倒是得到了充分训练和长足进步，但是读专业书的时间就被挤压得所剩无几了。对此，朱先生无可奈何地苦笑道："你们都成了英语专修科的学生了。"第二年，我们终于从外语课的束缚中彻底解放出来，可以听听各种专业课了。首先是一边给朱先生当助教，一边随堂听朱先生给硕士研究生讲"语法分析"。后来，朱先生这门课的讲义，我整理扩充成《语法分析讲稿》，于 2010 年由商务印书馆出版。这也算是一种对先生学术思想的发扬光大，希望这本讲稿能够嘉惠学林，让先生的学术精神得到更好的传承。此外，还跟沈炯老师听硕士研究生课程"实验语音学"，学会做一些基本的语音声学图谱分析。又去听徐通锵老师给本科生讲"历史语言学"。只听了第一次课，徐老师给了我课程提纲和参考文献，说随堂听课还不如自己看书更加有效。于是，就改去听叶蜚声老师的"理论语言学"。正赶上叶老师暑假刚刚去德国访学回来，他绘声绘色地讲了自己如何不辞旅途劳顿，绕道去"朝觐"历史语言学的圣地莱比锡大学；那个手舞足蹈、声情并茂的讲课场景，至今仍然历历在目、栩栩如生。下课以后，叶老师同样是让我不要再来听课，嘱咐我回去认真看书。我问他看什么外文书，他告诉我：Talmy Givón 的 *On Understanding Grammar*（New York：Academic Press，1979）值得一读。更加有意思的是，我去听计算机系林建祥教授主持的机器学习讨论班；于是，对人工智能和机器学习等有了比较多的了解。第三年，就一边做博士论文，一边听陆俭明老师给本科生讲"语法分析"。当然，考托福、考 GRE、联系出国之类的事情也没有少做。

孙　竞：您在 20 世纪 90 年代提出尝试建立一种语言的认知研究和计算分析相结合的研究范式，并且在这方面有着丰硕的研究成果。近些年来，您在生成词库理论以及语言的叙实性与事实性等方面也有深入的研究。您觉得您的研究的主要特点是什么？

博士时期的袁毓林在未名湖畔

袁毓林：我是从阅读人工智能的论文和书籍开始，逐步了解认知心理学和认知科学的；然后，再用计算机科学技术、认知心理学和认知科学等的有关概念、理论和方法来分析语言现象。因为痴迷计算语言学，所以形式语言学的一些思想和方法对我影响很大。当然，后来也直接学习和吸收功能语言学和认知语法的理论和方法。正是在这种多学科交融的讨论班的影响下，我逐渐养成了从认知心理、计算模拟等角度思考语言问题的习惯；并且，有意识地运用认知心理学和计算机科学的理论和方法，去观察和研究汉语句法和语义问题，初步形成了一种基于认知并面向计算的语法研究的路子，也随之发展出了一系列比较有特色的研究课题、技术路线和研究方法，以及相应的对于学科建设和人才培养模式的认识。

比如，我和团队成员，通过对汉语动词的论元结构和名词的物性结构、汉语词类的模糊划分、汉语句子的焦点结构等问题的理论研究，来进行语言知识的形式表示、语义理解的认知模型和推理机制、信息检索

袁毓林在会议上发言

的语义资源建设等应用性研究；揭示出汉语句子语义理解的若干心理机制和逻辑机制，还进行了计算机模拟和检验。我们通过对汉语亲属关系的自动推理系统的研究和开发，形成了一整套的"认知建模→逻辑建模→语言建模→计算建模"这种语义计算处理的操作范式。还提出了一种动词驱动的信息抽取的方法，建设了一套汉语语义知识库和语义关系标注语料库，开发了网络版汉语词类和语法结构测试平台、设计并建成汉语动词蕴涵关系型式库、网络常用检索词语（名名组合）自动释义系统、汉语"比"字句关键要素提取系统、汉语"把"字句自动释义和句式变换系统。我们希望沿着这种基于认知并面向计算的语言研究的思路走下去，把认知语言学与计算语言学深度融合起来；最终，让语言学研究一方面植根于人文科学对于人类本质的理解和关怀，另一方面又跟当代先进的科学技术紧密地联系在一起。

对于语言和语言学，我的想法是：因为语言是人类思维和交际的工具，所以它是一个复杂的多面体；其中，既有人脑生物学方面的自然属性，又有人际沟通方面的社会—文化等人文属性。这样，语言研究势必

袁毓林（左三）参加硕士研究生论文答辩（左二为郭锐，左五为王韫佳，左六为项梦冰）

要把经验主义人文关怀与理性主义科学精神结合起来，从而更好地了解语言如何运作（机制）并有益于人类社会（功能），即希望了解语言的结构、机制和功能及其对于人类进化的影响。因为只有人类有语言、使用有声语言进行交际，通过语言研究，可以更加清楚地了解人类在世界或宇宙中的位置，从而更加透彻地理解人类的本质。这应该是一个永恒的、根本性的哲学问题。也是语言学研究走向人文关怀的一个途径。问题是，不同的研究者要找到适合于自己的道路。

孙　竞：您非常注重学生的语言调查实践，鼓励学生进行田野调查。您觉得田野调查对非方言专业的学生有什么帮助？除此之外，您在指导博士生、硕士生的过程中，还注重哪方面的培养和教育？

袁毓林：我自己来自吴语区，家乡话中一些小时候觉得很奇怪的词汇及其发音，在学习了音韵学以后，知道它们跟中古音与现代官话有整齐与清晰的对应关系。这是非常令人激动的事情。尤其是对于学习语言学的人来说，音韵学上一些不太好懂的概念，经过一轮方言调查就变得直观可把握了。对于非方言专业的学生，通过田野调查，你了解了你的研究对象——活生生的语言的原生态。这对于你思考语言的结构、功能、演变等，都提供了宝贵的第一手资料。想当初，中国现代语言学的奠基人赵元任先生就是从汉语方言调查入手，跟同仁们一起开创了中国语言学的新天地的。

我在指导博士生、硕士生的过程中，除了要求大家阅读经典的专业论文和著作，还经常提醒同学们广泛阅读哲学、认知科学和自然科学方面的有关书籍，也经常跟他们分享自己阅读的收获与乐趣。当然，更加重要的是，我经常把自己平时阅读与思考中发现的问题，提出来跟大家讨论：大家看看这是一个什么样的问题？有没有比较漂亮的解决方案？能不能凝练成一个学位论文的选题？需要哪些语料支持、知识储备与理论工具，才能着手探讨这个问题？怎样去一步一步地进入这个问题？这个问题到底能不能做出有意义的结果？等等。

孙　竞：您觉得在如今的人工智能的浪潮中，语言学可以为语义理解和常识推理提供哪些知识资源？在这个方面，您做了哪些工作？您觉得中文系现代汉语学科有哪些发展机遇？您有怎样的期待呢？

袁毓林：最近几年，以人工智能围棋程序 AlphaGo 战胜人类世界冠军为标志，人工智能研究和开发形成了新一轮高潮，并且引起了企业界和社会大众的广泛关注。作为一个人工智能机器人，AlphaGo 主要的工作原理是"深度学习"（deep learning）。所谓深度学习，指建立在含有多层非线性变换的神经网络结构之上，对数据的表示进行抽象和学习的一系列机器学习算法。当前，这种机器学习方法运用在语音和图像处理领域，都取得了显著的成果；而在自然语言处理领域则略为逊色，这倒也符合人们的期许："自然语言处理是人工智能皇冠上的明珠。"这"皇冠上的明珠"的称号，不仅说明自然语言处理工作的重要，而且说明它的困难、复杂、不容易攻克。所谓自然语言处理（Natural Language Processing，简称 NLP），主要研究怎样利用计算机来处理、理解以及运用人类语言的各种理论和方法。由于语言是人类最重要的一种智能，因而自然语言处理也自然成为人工智能领域的一个重要的研究方向。特别是随着互联网的快速发展，网络文本（尤其是由用户生成的文本）呈爆炸式增长，为自然语言处理带来了巨大的应用需求；同时，自然语言处理研究在理论、方法和技术上的进步，也为人们更深刻地理解语言的结构与运作机制，以及其社会沟通与传播的机理提供了一种新的途径和参照系。

粗略地说，深度学习为自然语言处理的研究带来了两个方面的变化：第一，在语言单位的表示上，使用统一的具有低维、稠密、连续特性的分布式向量（distributed vector），来表示不同颗粒度的语言单位（比如，词、短语、句子和篇章等）；第二，在计算处理的模型上，使用循环神经网络（RNN）、卷积神经网络（CNN）和Transformer等学习模型，对不同的语言单位向量进行组合，以获得更大的语言单位的向量表示，通过在向量空间中的运算来实现文本分类、知识推理、句子或篇章生成等各种任务及应用。

在这样的技术背景上，重新思考语言学研究和自然语言处理等人工智能研究的互动关系，应该既是有必要的，也是很紧迫的。我们认为，这种思考，至少涉及下列三个方面的问题：（1）语言学理论研究能够为自然语言处理提供些什么观念与方法论上的指导？语言学研究的成果和语言知识资源能不能为自然语言处理提供必要的支撑？（2）自然语言处理和相关的人工智能研究，对语言学研究提出了什么要求或挑战？又提供了哪些启发和营养？（3）当前基于深度学习的自然语言处理有什么根本的缺陷或发展的瓶颈？语言学的理论研究和知识资源建设能不能提供一些助推力量？也就是说，尽管在当前关于人工智能的一片喧嚣声中，"热闹是他们的"；但是，我们语言学者也不妨躲在自然语言处理这颗"人工智能皇冠上的明珠"的阴影里，小心翼翼地盘算一下上述这些问题。

人类生活在常识和意义世界中，人工智能机器人要进入人类的日常生活中，就必须理解自然语言的意义、能够进行常识推理。完全绕开知识的统计方法和深度学习，就不能真正理解概念和语言。在此情况下，我们曾经写文章，以自己开发的北京大学《实词信息词典》为例，说明利用富含语义信息的语言知识资源，可以帮助解决机器自动写作中的诸

袁毓林在北大镜春园留影

如语义矛盾的核查之类的问题,进而从语言学知识及其资源的角度来助推发展一种具有"可解释性"的人工智能。我们的《实词信息词典》已经配备了有关词项的语义角色关系及其句法配置信息,把这种语言知识加入知识图谱和内容计算中,可以为人工智能的自然语言处理提供理解和解释。特别是,由于该词典的"物性角色"描述了名词所指事物的百科知识,可用以回答相关事物是什么(形式角色)、有哪些部件(构成角色)、用什么做的(材料角色)、怎么形成的(施成角色)、有什么用途(功用角色)等常识性问题。这样,语言学的知识资源可以为计算机视觉识别等工作提供帮助。

在我看来,如果紧密地追随技术进步的脚步,语言学研究与知识资源建设应该是大有作为的。

孙　竞： 自当年从清华大学中文系调入北京大学中文系到现在，您在北大中文系已经工作了二十多年了。这些年的工作经历，使您觉得现在的中文系学生跟二十年之前的学生相比，面临着哪些新的机遇与挑战？

袁毓林： 我对中文系的本科生了解不深，除了课堂上的接触之外，没有太多的互动。跟研究生，特别是自己指导的研究生联系比较多，接触面比较广泛。总的印象是，现在研究生的学习与研究条件非常优越，尤其是外文资料既丰富又及时；只要上了学校图书馆的网站，就能够检索到各种论文。当然，同学们面临的挑战也很大。首先，选题越来越困难，你能够想到的题目，早有好几篇博士论文摆在那儿呢。其次，要想自己开辟新的研究领域或学术方向，又谈何容易。古往今来，有几个学者能够达到这种境界的？更何况是一个必须三四年毕业的研究生。再次，要想发明新的研究方法、探索新的研究路子，也往往因为积累不够，而只能望洋兴叹。于是，只能用既有的方法研究既有的问题，但是却想要得出创新性的结论，这简直是难于上青天。所以，现在的研究生实在也不容易。尽管如此，如果能够了解学术前沿动态，刻苦积累学术素材（研究题目与研究方法），勤奋地探索前人未曾考虑的问题，尝试前人未曾使用过的方法，也是可以得出新颖的、有意义的结论的。事在人为，关键是要有突出重围的决心和勇气，再加上脚踏实地与坚持不懈的努力与付出。

孙　竞： 您对北大中文系现代汉语学科的发展有什么展望？

袁毓林： "现代汉语、古代汉语、语言学理论"三个语言学教研室的划分，来自20世纪50年代苏联模式的影响。这种教研室设置方式，有其促进专业精细化的积极意义，也有使各个专业画地为牢的消极影响。好在朱德熙先生等有识之士，很早就呼吁现代汉语研究要跟古代汉语和汉语方言研究结合起来。所以，我们现代汉语的研究并没有出现路子越走越窄的局面。我们的语音、词汇与语法研究，比较主动地贯通古代汉语与现代汉语以及汉语方言；并且，我们一方面把对现代汉语的研究跟

中文系现代汉语教研室教师合影(前排左起依次为:范晓蕾、陈宝贤、王韫佳、万艺玲、朱彦,后排左起依次为:袁毓林、郭锐、詹卫东、项梦冰)

汉语国际教育联系起来,另一方面跟中文信息处理联系起来,走出了一条立足本体、融汇古今、面向应用的学术研究与学科建设及人才培养的路子。我相信,我们的现代汉语学科一定能够在这种比较具有开放性的道路上行稳致远。

孙 竞: 您在中文系工作了这么多年,最大的感受是什么?对中文系有怎样的感情呢?您觉得中文系在课程设计、学生培养模式以及在学科资源的整合上有什么优势,同时存在哪些欠缺?对于这些问题应如何改进?

袁毓林: 北大中文系是我安身立命的地方,也是我的精神家园;在这里学习、工作、教书育人、培养研究生，这是我人生最大的满足和幸福。不管外边情况怎样，北大中文系始终是比较沉得住气的，一般不会随风起舞。但是，在自上而下的行政化管理主导下，真正想有所作为好像也并不容易。尤其在课程设置、课时安排方面，有时难免感到处处掣肘。一连串的新名称、新项目，比如，近期的"双万"、新文科、"强基"、拔尖学生培养，等等，大多数老师不一定搞得明白其内涵。好在老师们大都学有专长，至少在自己所从事的领域方向上都有一定的成就，潜移默化之下，完全能够给予同学们积极的影响。

吴晓东

文学、时代与重建感性学

受访人：吴晓东
采访人：李国华、刘东
时　间：2020 年 10 月 29 日

受访人介绍	吴晓东	1965 年生，1984 年至 1994 年在北京大学中文系读书，获博士学位。现为北京大学中文系教授，北京大学人文特聘教授，北京大学中文系现代思想与文学研究平台主任，中国现代文学研究会副会长。研究领域为中国现代文学研究、中国新诗史、20 世纪外国小说研究等。著有《阳光与苦难》《象征主义与中国现代文学》《镜花水月的世界》《从卡夫卡到昆德拉——20 世纪的小说与小说家》《二十世纪的诗心》《文学性的命运》《临水的纳蕤思——中国现代派诗歌的艺术母题》《1930 年代的沪上文学风景》等。
采访人介绍	李国华	2012 年毕业于北京大学中文系，获文学博士学位。现为北京大学中文系预聘副教授，研究员。主要研究领域为鲁迅研究、赵树理研究和左翼文学研究。
	刘　东	北京大学中文系现代文学专业在读博士生。

一、人文主义时代的文学

李国华： 老师好，首先非常感谢您接受我们的采访！以前听您说过，来中文系学习和您父亲对北大中文系的理解有关。我比较关心的是，这样一个私人的契机，和您真正来到北大中文系之后的体认有哪些关联，这里会不会包含着某种"初心"，或者说当时比较原始的、有新鲜感的东西？

吴晓东： 应该说，我们那个时代到北大中文系读书的本科生，其实都是对文学有"初心"的。我之所谓"初心"最早的确来自父亲的影响。他是中学语文教师，也曾经是一个文学青年，向往北大。恢复高考的 1978 年，我还在上小学五年级，记得是一个大雪天，父亲对我说，你将来要上北大中文系，也帮我从小就树立了一个具体的努力目标。我从小就在父亲的书架里翻书，记得书架上有 1958 年版的《鲁迅全集》和

10卷鲁迅译文集,还有不少现代文学作品。

而我对文学的更切实的感受,其实是受惠于20世纪80年代。我们通常把它概括为"新启蒙"的时代,但从如今后设的眼光回头看,也许可以把80年代概括为"人文主义的时代",整个时代的人文主义气氛是相当浓厚的,既延承了"五四"启蒙主义,又有新的西方人文主义因素的渗透,渗入整个人文学科乃至社会科学领域,对各个学科都构成了一种文化的、知识结构的,甚至是某种精神性的支撑,因而是一种总体性氛围。80年代这种总体性人文主义的气氛,对我们每一个正在读大学的学子都有感召力。

当然如果做细的分梳,80年代也称得上是"文学的时代"。这个"文学的时代",在某种意义上是从新中国成立后的红色经典时代一直延续下来的,1949年后红色经典的历史地位,首先标明了文学时代的来临,红色经典对包括我们在内的几代人都产生了非常重大的影响,我们通过文学理解中国革命和社会主义是怎样到来的,进而在改革开放的新时期最早通过文学认识世界,文学的方式背后蕴含着理解人生的方式,甚至蕴含着理解一个时代的思想和世界观的方式。

这个"文学的时代"可以说是在"新时期"达到峰值的,而我们那一代人恰恰是跟着"新时期"文学成长起来的。也许你们这代人难以想象,当年最早的伤痕文学,比如卢新华的《伤痕》、刘心武的《班主任》,包括后来的《乔厂长上任记》《新星》这样的所谓改革小说对我们这代人产生的影响,可以说文学真的构建了一个时代的社会认知、历史认知,甚至精神结构,而对个别人来说,影响的还有情感结构。比如我在高中读《晚霞消失的时候》,就特别迷惑于小说中提供的我以往的历史认知中从未接触到的一种新的历史观和宗教感,当时真的困惑了我好久,一直无法从小说的文学世界所展示的历史情境中走出来,这在某种意义上对我构成的就不光是文学启蒙,而且是思想启蒙,因为它迷惑了我的思想,也就触发我进一步思考思想和时代的关系,重新梳理自己的历史观和世界观。所以,这样的一些文学作品对我们这代人真是构成了切实的、切身的影响,也就是说文学和我们的生命、和我们对世界的认知、对人

2012 年,吴晓东(右)与学生李国华在北海公园 [李国华 提供]

生的理解都密切相关,那个时代的文学在社会和人文体系中起到的结构性作用,也许是当今这个时代不可想象的。

李国华: 这样的一种文学和时代,或者说文学和个人的紧密关联,现在回望过去,如果要做某种剥离或分析的话,那么 80 年代或者是 50 年代到 80 年代,甚至是更早的 30 年代到 80 年代,对于这样一种文学的荣宠和个人的初心之间的关系,您有没有可能重新做某种描述或理解?

吴晓东: 这个问题涉及的是时代的普遍氛围,比如我们那一代人可以说都笼罩在文学的时代的大气候中,但是具体到个人,可能每个人走向文学的路径,或者是接触到的经典阅读,都有所差异。

就我个人来说,我在高一的时候接触到了《红楼梦》,这对我来说可能是具有个体因素的关键环节,这部文学经典带给我的认知,可能决定了我最后选择中文系,甚至选择学术研究的人生道路。当然,《红楼梦》可能影响了每一代人,但对我来说有特殊的意义,我在初中的时候读《红楼梦》根本读不下去,但到了高一,我读到端木蕻良的传记小说

《曹雪芹》，读完之后觉得一定要去认真读《红楼梦》，是《曹雪芹》激发了我重读《红楼梦》的热情，结果一发不可收拾。我的整个高一上半学期，包括寒假，基本上都在精读《红楼梦》，买了蔡义江的《红楼梦诗词曲赋评注》，还准备了一个小本子，把《红楼梦》里的诗词全都抄在上面，包括篇幅最长的《芙蓉女儿诔》，上学的路上就揣在兜里，随时拿出来背诵一首，我当初背下来不少《红楼梦》里的诗词。

当时也顺带喜欢上了读《红楼梦学刊》，继而有了学术对话的冲动，写了一篇评论文字，叫《警幻仙姑论》，给了我的高中语文老师，向他请教。这就要说到高中语文老师对我不可估量的启蒙作用。我的语文老师是郭锡良老师当年的大学同学，叫鲁克都，这位老师对我很喜爱，而我也特别崇拜他。我的故乡虽然地处边陲，但是有好几位老教师由于各种各样的因缘，是从"关内"过来的，是很好的高校的本科毕业生，如果没有这批老师，我想考上北大几乎是不可能的。

李国华：在中文系的学习过程中，据我了解，您在大学四年更集中的阅读兴趣是西方20世纪的文学作品，这和《红楼梦》之间还是有一些跨度的，这个跨度是以时代的方式完成的，还是以个人的方式完成的？或者是不是有某种个人的因素，某种细读文学的能力，让您来到了一个现代主义的世界里面？

吴晓东：进入大学之后，阅读西方现代主义作品是整个读书界的大气候，更有前沿性，也更容易让我们这些新进的本科生产生兴趣。80年代中期正是存在主义影响达到鼎盛的阶段。像卡夫卡，像加缪、萨特这些存在主义者对我的前一代学子都产生过重大影响，这种影响不仅渗透了精神体系、知识素养和对世界的认知结构中，也渗透到了当时中国的整个文化思想脉络中。这点洪子诚老师在他的《我的阅读史》一书里谈得很好，他说我们对加缪《鼠疫》的阅读，可能事关我们对"文革"的反思，而并不是以一种纯文学的方式来接受。其实我们对西方现代派的热情，从根本上说是从现实处境中生成的，也事关我们对现实和历史的认知和理解。现代派文学也许在某种意义上催生了文学界对"纯文学"的理解，但所谓的"纯文学"也并不真正纯粹，它是被剥离和抽象之后

2005年，吴晓东与导师钱理群老师（右）合影

一个简化的概括，整个学术政治和文学政治早已潜移默化地渗透其中。所以我们这一代人其实并不是完全被所谓的"纯文学"这样一种学术思潮熏陶出来的，而存在主义所蕴含以及指涉的多重面向都构成了我们对西方文学的认知视野。

但是和恢复高考后最早的那批大学生相比，我们这代人经历的用我的说法是从存在主义到结构主义的历程。我还记得大一的时候旁听钱理群老师主持的学术前沿讲座课程，请的一批老教授中有王瑶和林庚先生，他们好像都是最后一次登北大的讲台，用钱老师的说法，是"天鹅的绝唱"；请的另一批人是学术新锐，讲他们新的方法论、新的研究视角。我记得当时请了现代文学的第一个博士王富仁先生讲他的博士论文，也是我最早感受他的雄辩。还有黄子平老师带来的是结构主义的研究思路，用结构—功能理论解读当代作品，是我最初所接受的结构主义的影响。可以看出，1985年这个"方法年"其实也渗透到了整个高校的人文研究领域。我印象深刻的还有大二的时候，中文系请了李欧梵先生讲了四讲关于鲁迅的《野草》以及 30 年代中国现代文学中的现代主义的话题，让我第一次领略海外汉学视野。我们对新方法、新思潮的接受真的是如饥似渴，这种求知欲其实从 77、78 级的学长那里开始，也延续到了我们这一代人。

刘东： 您刚刚说到 20 世纪现代主义文学对您影响很大，这跟当时您所上的课程之间是一种什么样的关系？

李国华： 当时的外国文学老师有对您带来影响吗？袁可嘉编的《外国现代派作品选》是否对您产生了影响？

吴晓东： 在阅读领域，现代主义文学对我们最大的影响的确是《外国现代派作品选》这套书。但是我们上的课程恰恰相反，和西方现代派、现代主义的关联性几乎没有，当时的中文系有两门和西方文学有关的必修课，一是"俄苏文学"，由俄语系的两位老先生来给我们上；一是"欧洲文学史"，但都没有讲到 20 世纪西方现代派文学，所以当时对西方现代派的阅读更多的是一代人自己的课外阅读取向，这也是整个文学大环境使然。学院课程的设置在这个意义上稍有滞后，真正从课程体制的意义上引入现代主义文学很晚，也许最近一些年在比较文学的车槿山、秦立彦老师那里，才开始在专业课中讲授 20 世纪现代主义文学，也正是基于这个原因，我毕业留校后决定自己开一门选修课，讲稿后来由生活·读书·新知三联书店出版，责编郑勇先生起名《从卡夫卡到昆德拉》。

李国华： 关于现代主义的话题，我比较关心的是，您为什么会以细读的方式去读这些作品，而不是以提取某种抽象观念的方式？包括我们作为后辈所见到的您的学术形象，可能最核心的部分是细读的能力和风貌。所以我还是想关心这样一个问题，就是为什么要去细读？现代主义的小说背后是不是有某种意识，让您觉得只有细读的方式才能够把这些作品打开，是因为它有难度吗？

吴晓东： 你说的难度可能是其中一个最重要的原因，当时对大学生而言，想真正进入晦涩的西方现代派文学世界，可能还需要某些中介环节，这些中介环节就包括研究者和教师的文本解读。而作为一门课，从经典细读的角度一本一本地讲下来，更容易操作，所以第二个原因跟课程设计和讲授方法有相关性。第三个原因也许就像你刚才提到的，细读文本对于接近文学性、触摸文学性甚至打开文学性，是一个特别重要的环节。这一点在当时可能没有那么鲜明的意识，是在后来关于文学性的理解和研究过程中，才发现文本是联通历史和理论的一个中介，因为如果不是纯粹研究历史和理论，像我们这种文学研究者，必须以文本为中介，才能够把理论和历史勾连在一起，建立一个所谓的"文本—理论—历史"三位一体的范式和框架。从这几个角度来看，当时选择对现代派作品进行细读和精读，可能背后是诸种因素影响和制约的结果。不过通过细读西方现代派作品，打开的面向还是很丰富的，因为关于我选择的那些文本，西方的研究已经很深刻、很透彻了，那么我的解读就应该同时立足于对西方研究界的了解，不仅要读文本，还要读西方的阐释史。在这个过程中，也是对整个西方的理论脉络和文化思潮、历史赓续的了解，多多少少了解到了这种大的综合性的视野，再重新进入文本，就有助于打开文本的多重空间，也丰富了对文学性理解的面向。西方对现代派作品的研究背后既有历史，也有理论解读、文学感悟，在理解新的形式探索，以及背后的认知结构和审美方式的同时，也会为文本解读带入一个相对完整的阐释史和细读史。而这些解读史因作品而异，面向也各有不同，所以只有借助文本细读的基础工作，才能把西方笼罩在文本之上的各种理论、思潮和解读方式、阐释视野相对完整地呈现出来，也有助于我们回过头来解读自己的现代文学和当代文学的文本。

李国华：我觉得您的细读可能不是从《从卡夫卡到昆德拉》开始的，而是从1999年出版的《阳光与苦难》开始的，至少我自己当年是从读那本书的时候开始接触到您作为一个读者和学者的形象的，那代表着您本科阶段和现代主义的关系，以及在现代主义意义上和中国现代文学的关联。在这个关联里边，您是如何把中国现代的历史和80年代的具体历史语境勾连起来的？为什么加缪会成为您在表达的时候一个核心的中介或要素？

吴晓东：就我自己的本科和硕士生阶段的阅读来说，加缪的确特别重要。加缪对我们这一代人,甚至对洪子诚老师那一代人都构成了特别大的影响,这一点你从洪老师的那篇精彩的文章《"幸存者"的证言——"我的阅读史"之〈鼠疫〉》中就可以看到。这可能因为加缪既有存在主义的哲学背景,又能把自己的哲学相对完美地艺术化为文学创作,不像萨特,萨特的文学作品中,也许理念、哲学的味道还过于强烈了些,但加缪真的是兼具哲思和文学感性,创造了真正的文学世界,由此呈现背后的时代和哲学思想。在这个意义上,加缪可能更吻合于我们文学系出身的学生的阅读趣味,对我们也形成了更大的影响。而加缪对我有格外影响的,是杜小真翻译的《置身于阳光与苦难之间》,那里面呈现的关于人生苦难和激情的表达,好像更能吻合于我们那一代读书人当时的心理情感的某种结构,或者说打开了某种结构。总的来说,我觉得加缪的代表性在于,他是把一种哲学的、精神性的质素和文学性的先锋探索结合得比较均衡的作家,所以他对我们那一代人的影响也是综合性的、精神性的、情感性的,他那种理解生命激情的方式,当时真的是很魅惑人的,包括他的文学形态,也对我们理解西方的现代派文学,有直接的触动。

二、"文学性"的边缘

李国华:谢谢老师的回应。我还想接着问一个问题,是从李泽厚那里生发的。在 80 年代那样一个大的历史语境中,是不是有某种"泛文学性"的存在?

吴晓东:我刚才所谓的文学的时代,是从文学的角度来概括的,但也许哲学系的学生会说那是一个哲学的时代,或者说是一个美学的时代,我昨天上课的时候还说,我 80 年代买的书,除了外国文学作品之外,清一色的是哲学和美学书籍。而到了 90 年代,史学著作开始在我的藏书中占据了更大比重。所以就 80 年代而言,我刚才试图在总体上概括出一个人文主义的范畴,这个范畴也许就会把哲学、美学、历史、文学诸种思潮整合在一起,形成一个整体性的人文思潮,而李泽厚正是这样的一个

1996年，吴晓东参加92、93级文献专业敦煌实习，与樊锦诗先生合影（前排左四为樊锦诗，左五为陈晓兰；第二排左一为吴晓东，第三排左二为王风）[徐梓岚 提供]

人文思潮的代表。他对我们文学专业影响最大的是《美的历程》，包括后来的《华夏美学》。我记得王风老师本科一年级带了一本《美的历程》到北大来，我们争相传看，轮到我时差不多是整本抄录，《美的历程》对我们一代人的影响可能是后人很难想象的。我个人认为当时建构出来的是中国知识界的共同体，这些人文话语实际上是打成一片的，而且彼此之间是互相声援的，这可能是当时的一种总体性的思潮。所以李泽厚当年被我们看成精神领袖，在我们看来，他贡献的是真正有深度的哲学思想和美学思想，而且又跟当时所谓的"拨乱反正"的怀疑主义时代，真正建立了最直接的知识关联，提供了怀疑主义的认知视野和理论解释。

李国华：一方面那是一个大家对哲学、美学特别感兴趣的时代，但同时那个时代的比较有影响的学者，他们的文学兴趣都特别浓厚，或者说通过文学文本去表达问题的兴趣特别浓厚。所以我想在这个意义上来问，在80年代，在您的问学过程中，是否存在着某种"泛文学性"的状态？在这个意义上，进入专业领域之后，对于文学性的理解是否会有一个不断锤炼、精确或者重新开放它的可能性的过程？

吴晓东："泛文学性"的说法有一定的道理，也就是说对当时整体的人文主义思潮，包括对纯粹的哲学和美学思潮进行理解，其中理解的中介也许仍然是文学，即通过文学来认知一个时代的思潮的转向、历史的转向，或者一代人的心理结构、精神诉求。而时代精神结构中的感性的那一部分，的确可以在当时的文学中找到。这个文学当然不光是指正在创生的从伤痕文学、反思文学再到寻根文学的脉络，翻译过来的西方文学也同时构成了一个参照。在这个意义上，文学的位置的确很重要，而文学位置的重要性，也在某种程度上依托于哲学和美学提供的解释框架，就是说理解文学也许还是要建构在一个哲学和美学的思潮背景中，所以当时的文学依然可以定义为大文学，就像你所说的"泛文学"，这个概括对描述当时的文学位置是有合理之处的。

而进入具体的专业研究，就涉及我怎样理解和界定文学性，因为毕竟自己的专业领域是文学。而文学研究界对文学性的理解，其实既与整个时代对文学的位置的感受相关，也与文学的先锋性相关。我个人至今仍然高度评价整个现代主义文学思潮对我们那一代人的影响。虽然从整个学术发展脉络来看，这些年有一种反思现代主义的倾向，认为我们当年对于现代主义思潮的影响估计得有些过度，或者说有些偏颇，或者只看到了现代主义的某些面向。现在看来，80 年代对现代主义的吸收当然不是唯一的面向，不能抹杀 80 年代同样影响我们的西方各种各样的文学资源。如果我们只持一个现代主义的理解脉络，肯定会抹杀其他文学思潮的影响。但即使如此，我还是高度评价现代主义的文学，因为它提供的既是对时代思潮的某种具有总体性的知识结构的理解，对 20 世纪本身的理解，也可以具体化生成为对文学本身的理解，也就是 20 世纪现代主义创生之后，我们对文学性的概念才真正得到了拓展。当然这也是因为 20 世纪创生了一些用以往的文学概念难以解释的艺术形式和文学图景，只有建构新的关于文学的理解或者关于文学性的理解，才能为 20 世纪的文学提供真正的阐释。

就我个人的学术脉络而言，我觉得博士论文的选题还是很重要的。我当初跟随孙玉石老师读博士，最后选择的是象征主义与中国现代文学

2010年,吴晓东与导师孙玉石老师(左)合影

的题目,现在看来,象征主义给我带来的更深刻的影响,其实是在诗学层面,象征主义是一个诗学性比较强的文学思潮,它建构了新的诗学范式,意味着对它的解释也要落实在诗学层面。所以后来我的研究思路基本上是沿着诗学展开,并试图从形式诗学出发向文化诗学拓展,这个诗学视野在某种意义上也影响着我对文学文本的关注,对文学性的重新认知。当然,在 90 年代后来的文学发展或文学史脉络中,对文学性的理解一定要打破它的边界,我们一直在拓展文学性的外延,一直在把它的边界向远处拓展,能够拓展多远,可能取决于每个时代对文学的不同的认知和理解,但整个学界都经历了一个对文学性研究的转向。而文化诗学就是我试图为文学研究提供的某种文化视野,以及打通文学与外部社会历史之间的关联性、边界性的桥梁。

李国华:文学性的话题,也是洪老师当年跟您做访谈的时候处理的一个非常关键的话题,在那次访谈的基础上,我还想问一个问题,首先为什么是文学性这样一个概念、符号或者它所关联的方法和视野,构成了某种中枢性的存在?另外,刚才您的说法中也包括如何打开文学性或者拓展文学性的边界，我自己更关心的问题是，为什么要这么做，这个是为了回应什么？是回应自我的焦虑、问题，回应自我的某种学术生产和生长的需要，还是想重建人文知识者和时代的关联？

吴晓东："文学性"概念的运用可能首先是一个策略性的考虑，因为 80 年代的"纯文学"和"先锋文学"的范畴在 90 年代已经耗尽了历史能量，需要寻求新的描述方式。而你说的最后一点可能是终极落脚点，即在回应自我的焦虑、问题，回应自我的学术生长需要的同时，也多多少少隐含着重建人文知识者和时代关联的内在心理驱动。

李国华：整个 80 年代以来，是不是存在着某种重建感性学的愿景？

吴晓东：对。比如在李泽厚那里，他在新时期对学界和思想界最初的影响是对康德的整体性研究，横亘康德的哲学和美学，但最后的指向可能还是立足于美学的，背后就是感性学的重建，或者说李泽厚试图借此重新激发一个感性时代，重新建构中国人的情感生活，或者是美学视野，这个美学当然就和感性学概念的重新还原和激发密切相关，当然也就跟文学视野建立了密切的勾连。

但是就文学的学科化进程而言，我们总要为文学研究寻找自己的范畴和概念，也许"文学性"就是这样一个策略性的范畴。但是"文学性"概念也内含着一眼就能看出来的危险性，即一旦说"文学性"，就很容易导致对它的本质化的理解。而我觉得 90 年代有一个良性的学术发展脉络，这个脉络就是反本质主义，或者说力图建构一种相对主义。当然今天也许要重新反思某种过度相对主义的诉求，但 90 年代的确是一个解构本质主义的时代。而"文学性"同样是一个容易被本质化的概念，之所以选择了"文学性"作为策略性的范畴，是因为我们不知道怎样来界定文学，或者说是不知道怎样为文学赋予关于它的本质性的理解。

李国华：那就是说，您是在解构主义的脉络上使用文学性概念的。

吴晓东："文学性"概念只能在解构主义的意义上来理解。只有在解构主义的意义上理解，我们才能够为"文学性"的概念赋予我们希望赋予的内涵，这些内涵其实都是被文学发展历程，比如西方现代主义文学的发展、西方现代理论的发展，包括我们 90 年代以后的中国文学历

2012年，吴晓东与新诗研究所同仁在安徽胡适故居（前排左起顺次为李红雨、孙玉石、谢冕、洪子诚、姜涛、耿占春，后排左起为刘福春、吴晓东、吴思敬）

史进程所赋予以及所打开的，所以背后仍然是一个历史的维度，只不过这个历史维度，需要把它真正带入"文学性"的理解框架之中。不管怎么说，想固守某种文学的疆域，肯定是不可能的，而且固守的姿态也是一种作茧自缚。而我们只有既扩展关于"文学性"的理解，但又坚守文学的某些所谓的本质——这又构成了一个悖论，"文学性"的概念永远是个悖论式的概念——可能才是一个可取的姿态，或者才可能生成某种可操作性。为什么要拓展"文学性"的概念呢？可能还是想建构一个可以操作的范畴。否则，从本质上理解，文学性最后肯定就变成了同义反复——"文学性"就是使文学成为文学的东西。但我们只有从历史的维度，或者说扩展它的外延和边界的意义上，才能够为它赋予内涵，在某种意义上，这的确是一个解构主义策略才能实现的目标和理想。

李国华： 从理论上来说，您刚才的说法，其实是一种把结构主义和解构主义缠绕在一起后形成的对于文学性的理解，在布拉格学派那里，它对文学性的理解就是使文学成为文学的东西，但解构主义恰恰要把这个东西打破，把它变成一个拓扑学式的概念，拓扑学式的概念意味着内部似乎有东西，但其实是空虚的，以这样的方式去因应90年代以来的社会状况，这个社会状况不仅是中国的，也是国际性的。我想知道在这样一个状况中，您可不可以对您个人的应对方式中，想出击的、激进的面向和想守住的、固守的面向各自做一些描述？

吴晓东： 这个话题很好，有助于拓展我们对"文学性"的理解。首先还是从结构和解构的辩证或者是悖论形态的角度来看，解构主义试图解构掉一切，但我觉得结构主义的合理性不能被抹杀，结构和解构的互动或者说彼此参照的视野可能更为全面和完整，当然它也是策略性的，但相对来说是可操作的，因为所谓的"结构"是建构某种东西，但是建构了之后未免自我封闭，一个封闭的范式经过若干历史阶段后，它的生命力肯定要耗尽和枯竭，就需要解构来打破，但是也不能把所有的结构都打成一盘散沙，变成一地碎片。所以我个人是在一个结构、解构互动的动态格局中，来理解文学、文学研究和文学性的，至少这是我的策略和理解。

这样带来的好处就是，结构的视野意味着我们会坚守一些东西，就是文学最基本的一些范畴，比如我们刚才提到的感性、审美、心灵世界、人类的生活的境遇和细节，这些东西也许是其他学科领域不会特别关注的。虽然社会学、历史学都会触及我刚才提到的问题领域，但是他们没有这么专门地、这么精微地处理我们生活世界的感性和细节，对感性和细节的关注恰恰是我们文学的优势。文学最后坚守的是形式和审美，因为如果没有形式，没有形式背后的审美，那么文学就什么也不是，这是我们必须坚守的东西。但另一方面，通过解构，我们又会在文学中带入很多更有历史感的、更有哲学深度的新的观照视野，从而真正把历史、社会的面向带进来，其后果不是冲垮了文学，而恰恰是丰富了文学，或者说形式背后无法祛除的正是社会和历史。最近若干年值得学界关注的社会史视野下的文学研究思潮，也正是试图把社会史带入文学。但在我的理解中，我们带入的东西不是外在于文学的，如果带入的社会史视野

吴晓东在课堂上

和历史学视野，仅仅提供了一个外在于文学的历史解释，这当然不是我们所理解的历史和文学的关系，我要看到的恰恰是形式化的历史，或者说是内在化为文本世界中的、真正决定了文本的形式和文本内文学图景的具体生成的历史形式，也就是内化于文本中的或者文学形式中的历史，这种内化的图景对我们来说才可能是真正有意义的。不然的话，我们的文学研究可能仍然会成为历史学、社会学的一个附庸，而难以确立文学学科的自律性和自主性。

李国华： 这样一种思路，我觉得可能带有某种理想的成分，认为文学研究把政治、历史或社会视野带进来之后，会生成一种内化的、形式化的图景。事实上，它们之间应该是会有矛盾的，这个矛盾怎么处理？那种把文学性解放之后，重新带入更加宽阔的视野的研究，比如说您近十多年的研究，从《〈长河〉中的传媒符码》，到郁达夫的审美主体问题、风景问题，再到对张爱玲小说中阳台空间的解读，在这样一种研究思路的变化过程中，会不会有一些比较大的焦虑或矛盾需要处理？

吴晓东：你所提及的我的上述研究，这个过程一开始可能是一个被动的过程。90年代所谓的学术转型，具体来说是历史学转向，对我们这一代人都有影响，我一度也想做点历史学的研究。这种历史学转向有很多正面的影响，不光是文学研究的史学化，而是像心态史、文化史等视野，的确带来了从历史的维度重新理解文学的某些向度。这些向度其实是有魅力的，所以我对史学转向的思潮，也曾经一度很着迷，有些我自己的研究，所谓的被动转向就是受到了这些方面的影响。但对我产生直接影响的是新历史主义，是文化诗学。文化诗学也试图把历史的因素带入文学研究中，但是它会和所谓的形式诗学相结合，它不是去文本中心的，而还是能够把历史和文本整合在一起，进而重新建构一些文学内部图景，重新在历史中安置文本，或者从历史中钩沉文本，比如达恩顿的《屠猫记》这样的新文化史研究，它所带来的一系列文本和个案的解读，令我耳目一新。我对沈从文小说《长河》中传媒符码的关注，也正是借助于现代传媒研究的新视野，不借助这一视野来观照，可能就不会发现《长河》中存在如《申报》《大公报》等这样一些传媒符码。而既然我们有新的视野来观照文本，我们就可能带出一些新的讨论空间，同时这些讨论空间又和文本研读并行不悖。所以我有一段时间试图尝试的就是这样一些解读方式。但是借鉴的痕迹，或者是受新历史主义影响的痕迹也比较明显，比如像《中国现代审美主体的创生——郁达夫小说再解读》一文，背后就受到了伊格尔顿的《审美意识形态》以及福柯的知识谱系学的影响。但我个人还是试图从正面的意义上来估价这样的影响，正是借助这样的一些影响，我们能够发现郁达夫、沈从文等作家的创作中某些以往我们不是特别关注的面向，有助于重新理解一些经典的作家和文本。

后来我的研究路数略有调整，比如最近写的两篇文章，一是解读骆宾基的《北望园的春天》，一是解读钱锺书的《围城》，我试图使一些研究思路更内在于文本和文学研究的脉络之中。比如讨论《北望园的春天》中的反讽问题，我就觉得我所讨论的"反讽"是内在于文本中的，而反讽又是需要我们去辨识的，只有把外在的语境引入文本，才能辨识小说中的反讽。在这个意义上，文本仍然不是自足的，它仍然内在于 40 年代的语境，不理解战争年代的文化政治语境，我们就很难辨识小说中反讽因素的存在；但这个反讽又毕竟是通过小说内部的研究，包括对叙事者的关注，对小说中所生成的各种距离的观照才能辨识出来的。总的来说，对文学性边界的拓展其实是解放了我们文学研究者的研究思路，否则就容易被束缚住手脚。但另一方面，这个解放又不是无边的，而仍然还想再坚守一点文学的东西，这些文学的东西在我这里也许是关注文本、关注文本细读。我试图建构一个以文本为中心的、兼及理论和历史的解释框架。这个解释框架其实也很平常，大家也都在实践，只不过我还是想强调文本的中介性和文本的细致解读的重要性，因为只有把文本真正打开，才能够为理论和历史安置它们的"肉身"。在某种意义上，我也还是想笼统地强调一下所谓的"文学研究"，即使不谈"文学性"研究，但至少可以重新回归某种经典意义上的文学研究，因为这些年来的文学研究的历史化蔚为大观，在某种意义上，文学本身的确是被忽略或者被放逐的。不过近几年来，重新回到文学的声音也越来越响亮了。

李国华： 我仍然特别关心的是，90 年代以来，学术界的科层制越来越明显，有很多学者，比如像汪晖、陈平原、王晓明这些前辈，以及您的同辈学者，比如罗岗，包括跟我这一辈有关联的社会史视野下的现当代文学研究，都有一个跨界或穿梭到不同的知识领域，试图打破科层制限制的过程，背后包含着对科层制划分之后知识研究的不信任。而您的研究基本上还是在一个相对比较稳定的范围内进行的，对您而言，这样的选择除了刚才陈述的原因之外，会不会还有其他的考量？

吴晓东： 这个话题触及的是 90 年代以来整个当代学术的具有总体性的大问题，即所谓的"跨界"，所谓的边缘研究，在某种意义上这和我们现代学术的总体特征有关。大家都说现代性是一种整体性的方案，它触及的是整个历史和社会的方方面面，那么我们的研究在某种意义上也应该是整体性的、统合性的。但是整个现代学术发展的历程却很吊诡，一方面是现代社会和现代性本身具有总体性和整合性，另一方面，20 世纪最大的学术发展特征，就是分工越来越精细，学科壁垒越来越鲜明，所以进入90年代后学界鼓励交叉研究、跨界研究，或者整合性的研究，这个思路绝对是合理的，或者是有某种历史必然性的，当然它也很难。总的来说，这是一个学术转型的大方向。

但我个人的选择可能一方面是出于对自己学术个性和限度的认知，另一方面也是出于某种个人的兴趣和选择，我觉得即使是跨学科研究，也得首先形成自己的疆域，然后去和其他学科的边缘接触和对话，也就是说，你首先得有自己的专门的研究视野，有自己研究的某些自足性，才能够跟其他的学科相融合，彼此才能真正构成互补和激发。所以我个人坚持一些文学性的研究，一方面可能出于个性选择、个人限度，因为我自己的研究可能不像学界公认的几位顶尖学者那样有更大的格局，可以引领学术发展的方向，这一方面可能受限于个性，另一方面可能我个人的特长也不在于此，而还是在于某种文学研究自身的东西。所以这就变成了双重选择，一种是个人兴趣，另一种也想坚守某些东西，然后才能够构成自己的个性和优势。

三、重建感性学

李国华： 我想继续从您在中央民族大学会议上的一个说法开始，您讲了社会主义的阳光和现代性的阴影，当然其实是社会主义的阳光和社会主义的阴影的问题，对应的或者构成参照的是一个现代性的话题，您也做了相关的描述，就是现代性是一个具有总体性的方案，那么首先要问的是现代性是谁的总体性和谁的现代性？为什么当社会主义试图去建立一种物质生活以及相应的文化和人类情感经验时，它被现代性方案判定为一个需要克服的对象？

吴晓东： 这个问题特别有历史感，之所以80年代之后，尤其是90年代的学界生成了一个非常前沿的、具有普覆性的概念，即"现代性"，在某种意义上恰恰是出于反思中国社会主义的现代化实践，或者说也和所谓的"拨乱反正"，和走向世界之后的全盘西化，最后和"告别革命"

2019 年，吴晓东在"'短二十世纪'中国：文学与历史学术研讨会"上做开幕致辞

的文化思潮都具有密切的关联，这个时候我们就发现"现代性"这个概念是有反思性的。而在西方学界，"现代性"也蕴含着对现代本身的一种自反性的思考，它和"现代化"这一纯然的历史乐观主义的正面范畴是不同的。而社会主义也内含着"现代化"的历史愿景，这就是周恩来总理提出的"四个现代化"的历史追求，但我们当年不知道现代性，现代性的概念其实是整个人类自我反省的体现。所以从正面的意义上来看，我们 80 年代对自己社会主义革命和社会主义历史的反省和西方现代性的自我反省，实际上汇成一体了，所以"现代性"的概念，才成为一个普覆性的概念。

当然国华你刚才的问题中更有历史感的是，我们是不是借此想克服社会主义自身的历史实践，是不是在借助于所谓"自我反省"这个名目，把整个社会主义理解成必须告别的历史阶段，或者把社会主义的阳光的部分,也一块儿加以抹杀。我觉得这个问题在今天有它的合理性,当我们今天重新思考中国革命和社会主义的历史实践的正义性和正当性的时候,这些东西仍然应该作为珍贵的遗产被打捞。但我在这方面体现出来的也许是一个中间主义的姿态,或者不是完全左翼的立场,我认为社会主义作为一种历史实践,它有难题性和悖论性,阳光和阴影就像打碎的鸡蛋,蛋清和蛋黄混在一起,难以彻底厘清。所以我刚才的思路在某种意义上也是既想把社会主义遗产的合理性打捞回来,但是另一方面,也还是想肯定现代性经验不光对世界是有意义的,对中国反省自己的世纪历程也同样有意义。

你问的是谁的现代性,你的判断背后肯定有某种质疑,因为一旦问到谁的现代性,就是要分清敌我,这是一个立场问题,就像我们说谁的世界,谁的普世经验,诸如此类的表述一样。现代性当然是西方的,所以我们90年代以来用现代性概念来反思我们自己的历史实践时,是不是也有点被西方的现代历史叙述带跑了,当然,我们需要把它进一步语境化,跟我们自己的社会主义难题和实践中的悖论性真正结合起来,在这个意义上,对现代性视野的使用也的确存在着一个需要加以反思的前提。

李国华:在您前面的回答中,我觉得有一个非常重要的话题,就是在70年代末以来重建感性经验的过程中,它背后会同时存在一些反命题,比如认为前面二三十年是一个缺乏感性经验的时代,或者是一个感性经验不正常的时代。而正面的命题可能就是重新发现内面的人,重新发现我们的心理深度,重新建立日常生活的价值。我想问的是,当现代性作为一个反思性概念出现的时候,是不是只有指向日常生活,指向一种日常的感性经验,才能呼唤或者建构出某种新的审美、感性学或者是重建"人"?

吴晓东:这个话题可以从西方现代性、现代历史进程和中国70年代以后的历史进程这两个角度来讨论。首先,中国的70年代末可以说是从所谓的禁锢人的语言欲、抹杀人的日常生活、抹杀人的基本感性生存(这都是80年代的说法)的"文革"时代走过来的,所以强调新感性,强调新的美学经验,当时主要发现的是日常生活的价值和日常生活的美学。但这个脉络其实也是西方在反思自己的现代性设计过程中生成的，比如马尔库塞的《单向度的人》和其他一些感性重建的理论。两者在一定意义上是吻合的，西方是从反思现代性的意义上来思考这个话题的，我们是从反思社会主义经验、社会主义实践的意义上来建构这个话题的，两者的源头可能略有差异，但旨归有相同的地方，所以80年代也许建构了一个真正意义上的具有普世价值的理想，那时候我们的世界主义经验全然是正面的，从80年代的"走向世界"和"走向未来"这两套丛书的名字上就能看出来。但这个普遍化的理想只在80年代短短地存在了一段时间，而这样的世界性感受后来越来越成为一种幻灭，直到2020年，在某种意义上彻底幻灭了，或者至少暂时彻底幻灭了。所以你从感性或者新感性的意义上讨论这个话题，可能揭示出了80年代的某些历史面向，包括整个世界的格局。

但另一方面，也许我们在强调新感性的时候，又在对某种日常生活的价值、中产阶级的价值或者小资的文化的崇尚方面，走得有些过度，可能走到了物极必反的阶段。这个阶段也同样是西方马克思主义力图批判的，就是我们一再强调日常生活的时候，当然重建了所谓的"人"、重建了人的感性、重建了人的丰富性，但另一方面，这样的"人"是不是我们需要的"人"，或者我们设想的人的全面发展，是不是真正实现了一种关于"人"的远景和理想？这种"人"的理想和"现代的人"就有关联了，比如柄谷行人发现的"内面的人"其实正是现代性装置生成的结果，这样一种"人"的确可能就像一种理论设计，是在温室中用某种生长素和人造基因培植出来的，它是不是马克思主义意义上真正解放和自由发展的"人"？这个问题可能确实值得进一步讨论。80年代，"人"的主体的确得到了张扬，但当时张扬的关于"人"的主体和理想，是不是后来我们发现的90年代以后进入了日常生活、消费主义时代的那个"人"，90年代的"人"是当年倡导的"人"的理想的真正实现，还是走向了它的反面？换句话说，种下的龙种生出来的到底是不是跳蚤呢？这个话题也是可以进一步讨论的。

李国华： 这就来到了第三个问题，对于文学或者文学性的理解，为什么会是侧重于内面的、感性的、日常经验的等这样的字符串所描述的文学，这些概念和现代性是有关联的，您怎么判断这样一种理解文学的方式的合法性和历史正当性？在这个意义上，是否存在和这样的理解完全不同的文学判断，或者是能够兼容这样一种文学的判断？

吴晓东：这就可以进一步打开关于文学性的话题和范畴。在有些研究者的视野中，文学性会具体化为这些内面的、感性的、日常生活的面向，包括90年代以后生成的当代文学，很多处理的都是这样的经验世界，包括人的琐碎的日常生活。

但是这样理解文学性可能只是一个层面。我当年跟薛毅在关于文学性的访谈和对话中，其实把文学性理解成一个境遇化的范畴。如果把日常生活转化为生活世界，那么生活世界的概念更应该是文学性所关注的视野和维度，因为生活世界也许比日常生活更广大，人的境遇会不会由此和人类的整个历史、命运、未来都建立起了一个更宏大的勾连，进而超克所谓的消费主义时代、琐碎的人、日常生活的人的格局？当然，我们也不能排斥日常生活的价值本身，我们今天不是说要告别90年代以来的消费主义时代的日常生活，这个日常生活的确使中国的老百姓获得了满足感。但另一方面，我们作为文学研究者和文学创作者，如果缺乏一个对更宏大的人类历史远景和整个人类命运的关切，就会陷入类似在2020年的今天，我们变得无法发声的境地，因为当我们只关心日常生活的时候，人类重大的历史转折一旦来临，也许我们就不知道怎么来应对或者怎么来言说，因为我们离开重大的历史时刻已经越来越久远了，冷不丁来了一个，就让我们大多数人都语无伦次。所以文学性背后也应该涵容这样的宏阔视野，不然我们对文学性的理解就会越来越狭窄，或者越来越琐碎。90年代以后有一个历史面向曾经是正面的，就是所谓的琐碎历史时代的来临，告别大叙事、大历史，但我觉得到今天为止，我们需要重新抵达大叙事，或者重建某些大叙事，没有大叙事的话，就无法因应人类历史突如其来的大的格局变动。

李国华：那么和现代性有关的第四个问题是，为什么这些年您的整个研究领域和视野是诗学的，我会觉得您的研究，包括整个学术界和从事文学生产的人都有一个典型的状况,就是我们生产的是一个常人的或者低于常人的世界,以及对他们的研究。这种诗学在某种程度上来说,是一种矮化的诗学,对于这样的问题,您会有什么样的考量?比如说我们会把《尤利西斯》写得极其粗俗的日常生活的意识流,当成奥德修斯式的东西,那么在什么意义上它是有合法性的?

吴晓东: 应该说《尤利西斯》是正面肯定和负面反讽并存的,这就涉及现代生活的悖论性,悖论性就在于:一方面,现代人只有乔伊斯笔下这样的尤利西斯,但另一方面,这样的尤利西斯被呈现出来,也许就隐含着乔伊斯的某种反讽,我觉得小说里面总体的文化反讽、美学反讽还是存在的,他揭示的也许是20世纪人类生存的某种常态。但问题是我们要不要接受这种常态?我们在接受这种常态的同时,还能不能有所作为,我们的有所作为应该体现在什么地方?你提到的诗学的矮化倾向,也许有,就像以前英美新批评做到琐碎的地步后,就越来越失去有效性和合理性,目光会越来越短浅和封闭。诗学研究如果做得特别琐碎精细,虽然也很精致,但的确也会流于矮化,所以你是有针对性的。但另一方面这不是诗学本身的问题,因为当我们试图引入新历史主义的文化诗学的时候,他们的追求实际上是很宏大的,恰恰是关注诗学和历史如何整合的问题。

李国华: 但新历史主义的历史观本身是一个矮化的历史观。

吴晓东: 新历史主义是有这个问题,满足于所谓的日常生活的价值、琐碎历史细节的钩沉,重建的是一种精细的历史解读。但另一方面,我觉得文化诗学也能建构出宏阔的东西来,在这个意义上,如果要对文化诗学有所发展,我们就需要赋予它更宏阔的观照和历史构架,赋予它更宏阔的文化史格局,真正的文化视野、长时段视野,这个长时段视野也是年鉴学派本身所具有的,所以文化诗学包括文化史研究、心态史研究,还是可以打捞出一些正面的、或者说有所突破的定位的,也就是祛除琐碎诗学或者是形式诗学一些特别琐碎的面向,重建某种宏大的格局,这种重建和刚才我们讨论的历史的宏大主题、宏大命题的重新钩沉,也是一致的。也就是说,在诗学研究领域,我们同样需要这种宏观的历史面相，但这些都是说起来容易，真正做起来很难，需要研究主体的某种宏大和意志。这个话题其实对文化诗学本身也提供了一个可能的前景，包括达恩顿的《屠猫记》这样的研究，一方面它的视野还是有可取之处的，另一方面它也的确有琐碎化的倾向，虽然研究的话题是很大的，但它其实是大处着眼、小处着手，在这个过程中，大小之间进退失据的情况也难以避免。

刘东： 之前您聊到了80年代的时候接触的文学教育和社会氛围，对您来说可能要比课堂更重要，我们今天其实也面临类似的问题，就是中文系要先培养研究还是先培养感性？在您的经历里面，似乎您是无缝地进入了研究的理想状态，但这其实不是每个人都能做到的，我觉得也是惊险的一跃。

吴晓东： 这个话题很好，因为文学感性和学术研究的关系问题是很多本科生初学者都会产生的困惑，他们往往觉得自己只有感性，进入不了研究，或者是担心进入了研究，自己的感性又被磨平了。我觉得好的研究不会把感性磨平，这两者应该是互补和齐头并进的，不是谁超克了谁，或者谁把谁抹杀了的问题，真正好的研究，就是两者的互动和互补，但现在我们要么两者都缺，要么就是缺其中一个，这都不是理想的。真正理想的研究境界就是让两者在整个学术过程中如影随形地并存，所谓的"随行"不是两条道上跑车，而是并肩一起走，缺一不可，这可能是理想的文学教育，也是理想的专业教育。那么这背后就涉及"人"的发展问题，也就是说，文学教育最后的落脚点是"人"还是专业研究者。我们这些年大讲通识，通识教育想塑造的是一个"人"，一个完整的"人"、理想的"人"，然后才是专业人。通识教育把"人"放在专业之前，因为"人"是基础，这是正确的，但另一方面我们毕竟是专业研究者，大学里并不完全是培养"人"的，虽然终极理想永远是"人"，但大学里面培养的还是专业研究者，或者专业人士。所以我个人觉得通识教育对于本科来说是一个很好的理想，但是对研究生而言，通识教育这个提法就有点太基础了，但是它本身也正是立足于某种基础的，因为通识是本科教育中一个特别主要的基础性根基。但现在很多人一提通识教

2017 年，吴晓东（前排中）与学生们在人文学苑合影［路杨 提供］

育，好像把它完全变成了目的，而作为研究者来说，尤其是作为研究生阶段来说，事实上远不止这样一个基础，它不祛除通识教育阶段那种感性的培植，但同时还是要经过所谓的专业磨砺，按照陈平原老师的说法，学术史也是个精神磨砺的过程，精神磨砺的视野是应该被带进来的。

李国华：我最后其实还想问一个问题，在您对 80 年代的描述中，有一个理想的学术共同体存在，这样的学术共同体意识，在今天似乎难以复现，您怎么看待这一现象？

吴晓东：我觉得这个话题相当重要，对所谓学术共同体的感知，我有三段相关的经历。一个是进入 1990 年之后，我和周围的硕士同学形成了一种连床夜话式的谈学术、谈阅读的交流模式，这是我今天才发明的正面的描述方式，而当年的实际情形就是大家一起喝酒熬夜，过着颓废的生活，基本上天亮了才上床睡觉。但是很多话题都是这样聊出来的。我们每个硕士同学的方向都不一样，因此称得上是彼此优势互补，每个人都带入自己的学术背景，那个时段对我研究能力的拓展，是很重

2004 年,吴晓东等人在上海鲁迅公园合影(从左至右顺次为倪文尖、李冬木、高远东、叶彤、赵京华、董炳月、艾英、吴晓东、罗岗、旷新年)

要的,我从周围同学带来的学术视野中,感受到的是自己的知识结构逐渐丰满和完善的过程。第二个学术共同体就是读书时钱理群老师的小屋所汇集的各色人等,既有钱老师自己的学生,也有校外一些慕名而来的无法分辨职业的读书人,也有当时刚刚留校的年青老师,我自己在读本科和研究生的时候在那里就遇见过像陈平原、黄子平、李书磊、韩毓海这些老师,他们讨论的话题让我们这些学生非常长见识,那也算一个流动的学术共同体。第三个是 1997 年钱理群老师组织我们青年学者去桂林讨论诗化小说,整整讨论了半个月之久,有点像拉练。那次与会者除了钱老师自己的几个学生,还有出身华师大和上师大的几位,我跟几位上海学者一下子变成了好朋友,后来也一直保持交流。这也是钱老师当年希望的,他觉得他的导师王瑶先生和上海的钱谷融先生的弟子之间保持了非常好的学术交往,钱老师也希望自己的弟子和上海的王晓明等老师的弟子之间也应该保持这样的学术交往,结果我和倪文尖、罗岗、薛毅、刘洪涛等,在此后也继续保持了密切的交流,这也是某种意义上的

2009年,中文系部分教师为钱理群老师庆祝生日(前排左起顺次为夏晓虹、崔可忻、钱理群、陈平原;后排左起顺次为王风、邵燕君、贺桂梅、吴晓东、孔庆东、姜涛、高远东)

学术共同体。

我觉得将学术视为天下公器的说法永远有效,所谓圈子化的确是现在的大问题,不光是高校,整个学界都是如此。但是在高校里,我们曾经有过好传统,就是钱理群老师说的,他们的师兄弟那一代人,每个人都有个性,每个人都不一样,但又彼此互相欣赏和尊重,而他们的学生则可以选择自己感兴趣的老师、方向和学术理路。其实我觉得今天我们现代文学教研室的老师们也都有个性,钱老师言及的这个传统大体上还没有丧失,所以重建学术共同体也是今天的要务,哪怕三五成群的读书会,也可以看作小的共同体,大家既有相似的学术取向,同时又允许不同的声音、不同的立场并存,这样才能真正对学术有利。

潘建国

曾耽稗海无穷史,待访人间未知书

受访人:潘建国
采访人:王乙珈
采访时间:2020 年 11 月 19 日

受访人介绍	**潘建国** 别署潘西堂，1969年出生，江苏常熟人，北京大学中文系教授。曾在日本早稻田大学、日本东北大学、法国法兰西学院汉学研究所、香港大学、澳门大学等机构担任客座或访问教授。主要研究方向涉及中国古代小说、东亚汉籍、古典文献学、印刷文化史等领域。已刊著述有《中国古代小说书目研究》《古代小说文献丛考》《物质技术视阈中的文学景观：近代出版与小说研究》《古代小说十大问题》(合著)、《古代小说版本探考》等；主编有《朝鲜所刊珍本中国小说丛刊》《海外所藏〈西游记〉珍稀版本丛刊》等；发表学术论文百余篇。
采访人介绍	**王乙珈** 北京大学中文系在读博士生，研究方向为中国古代小说。

负笈历尽无言美

王乙珈： 潘老师您好！感谢您百忙之中接受我们的采访。2004年，您以上海师范大学最年轻教授的身份，来到北大中文系，跟随袁行霈先生从事博士后研究，出站后，又留任中文系古代文学研究室，至今已有16年。您如何看待自己当年的北上选择？对您来说，北大中文系最大的吸引力在哪里？

潘建国： 时光一下子倒转到16年前，2004年8月30上午7点，我乘坐夕发朝至的京沪高铁，抵达北京南站，广播里响起高亢的普通话"亲爱的旅客同志们，伟大的首都，北京到了"，让我顿时有些莫名的兴奋，印象深刻。那一天，是我来北大博士后流动站报到的日子，让在上海读书和工作十余年的我，感觉到即将迎来一种新的生活。

我为何来北大中文系跟随袁行霈先生从事博士后研究？说来话长，

概括起来，不外乎学术与人事两个方面。1999—2001 年，我曾在复旦大学古籍所跟随章培恒先生，完成了两年的博士后研究，出站报告是《清代后期上海地区的书局与晚清小说》，在写作过程中，感觉到欲从物质技术角度考察晚清小说的兴起和发展，以上海为中心，虽有其合理性，却并不完整。因为上海代表着"洋场"、沿海城市，但还有以北京为代表的"京都"，在物质技术层面，特别是印刷技术，北京还比较传统。所以当时就觉得应该要将北京作为上海的学术比较对象，从"洋场"和"京都"的双维度来考虑，在学术上会更完整。所以内心一直想着要找一个机会去北京一段时间，这是学术方面的考虑。

至于人事，大概因为自己取得了一些成绩，2002 年我在上海师范大学破格晋升为教授，成为全校最年轻的教授。于是，学校开始希望我"学而优则仕"，出来兼任行政管理的工作，而我初尝学术研究的乐趣和价值，担心过早地陷入管理工作而导致学业荒废，很是纠结。就在那时，袁行霈先生来上海师范大学学术演讲，结束后我陪他去常州老家省亲，途中我向袁先生吐露了内心想法，没想到袁先生十分支持我，鼓励我申请来北大中文系，继续从事博士后研究。有了这样一个契机，我就来到了北大。

古代文学研究界曾有"南章北袁"的说法，因为两位先生都有一部《中国文学史》，各具特色。我做了两站博士后，指导教师恰正是"南章北袁"，这真是何等的幸运！对此，我一直感铭于心。2004—2006 年，我在北大中文系完成了《近代书局与白话小说》的出站报告，初步实现了自己的学术计划。但也留下了一个遗憾，袁先生在我入站时说：你是研究小说的，出站时除了学术报告，还得提交一部小说。很惭愧，我才情匮乏，最终也没能创作出一部小说来。多年以后，有感于北京雾霾特别严重，我戏编了一部章回体小说《平霾传》，蓝印线装，限定 200 部，分送给朋友们赏玩。虽然艺术上还很粗陋，但总算是给袁先生补交了这份小说作业。

2006 年 10 月，我正式调入北大中文系工作。我很感谢北大中文系同仁的厚爱，也感谢母校上海师范大学的培养和支持。一晃又十多年过去了，北大令我心仪、带给我感动之处，大概有以下几个方面：第一是

潘建国（右一）与袁行霈先生夫妇在常州天宁寺合影

北大中文系清正宽松的学术氛围。我们不那么急功近利，也不那么追求数据。就算没有硬性考核，北大在核心期刊的发表数量上，实际也一直名列前茅。我觉得这是一个非常好的良性循环，老师们都很努力自觉，这自然与系里宽松的科研环境密不可分。第二是优秀而有品格的同事老师。他们面对社会上的不公现象，大多会仗义执言，无形中给学生"要做一个正直的人"的熏陶教育。这体现了大学老师的一种社会担当，让我非常感动。第三是聪慧、好学、进取的学生。在北大上课对老师来讲是有压力的，因为学生都很优秀，你不能糊弄这些学生——也糊弄不过去，所以备课压力很大。不过，当自己的研究成果或者是自己认真准备的课程，能够在课堂上产生共鸣，甚至看到有一些学生因之受到影响而喜欢上古代文学，我觉得非常有成就感。最后是典藏宏富的图书馆。在古籍收藏方面，北大图书馆尤为丰富，一般被认为排名全国第三：第一是国家图书馆，第二是上海图书馆，第三就是我们北大图书馆。一所学校的古籍数量，能与国家级图书馆相媲美，真是读书人的幸事。北大图书馆所藏小说戏曲典籍十分丰富，特别是马廉"平妖堂"藏书，不仅对我的研究大有裨益，也令我感受到学术传承的意义。

上述这一切，都带给我温暖和力量，使我在不知不觉中融入了未名湖这片精神的海洋。尤其让我觉得有归属感的是，我在北大中文系找到了"同声相应，同气相求"的学术共同体：一个是与刘勇强、李鹏飞老师组成的"古小说研究会"，一个是与傅刚、刘玉才、杜晓勤、程苏东等老师组成的"东亚古典研究会"，它们满足了我最重要的精神寄托和学术追求。回想自己16年前的抉择，我庆幸自己选择了学术，选择了北大中文系，选择了古代文学研究室。

王乙珈：听您说了那么多，可见不论是学术还是人事，最为重要的就是您所提到的"归属感"。您之所以选择北大中文系，是因为她让您在精神上有所依托。那么，您曾在上海师范大学、复旦大学和北京大学都有求学和工作的经历，也曾在日本、法国、香港等地担任过客座教授。钱锺书先生说："东海西海，心理攸同；南学北学，道术未裂。"您认为京沪两地乃至东亚和欧美的治学特色分别是什么？有何差异？这些不同的经历给您留下了怎样的精神印迹？

潘建国：说来也巧，若以2020年为界，我在上海和北大学习工作的时间，差不多都接近17年，对京沪两地的社会文化特点，应该说有一定的切身体验。

几乎每个时代，都会讨论到南北差异的问题，《世说新语》中褚季

潘建国（左一）与法国汉学家汪德迈先生（左三）等在巴黎街头合影

野和孙安国曾有评论说，北人学问"渊综广博"，南人学问"清通简要"，意为北人治学的面向很大，广博而兼具综合性；南人治学的面向不是那么宽，但是条理清楚、目的明确。到了明代，徐渭的《南词叙录》里讲到戏曲中的南音、北音之别；现代文学史上，也有所谓京派与海派之分。但这些划分和归结，实际上都带有特定的时代文化背景，并非永恒成立。按照我的体认，上海和北京在饮食、审美、观念等方面，可能存在不小的差异；但两地的学术研究，似乎没有什么本质的、显著的、整体性的差异，京沪两地都同时存在"渊综广博"及"清通简要"的学问，都兼有微观、宏观乃至中观的研究。学术风格的差异，更多体现在学者之间，机构之间，甚至是不同的公众号与微信群之间，而非南北地域之间。

至于你所说的东亚和欧美，至少在我相对熟悉一些的中国古代文史

1994年,潘建国硕士毕业时与导师王小盾及答辩委员会诸先生合影(右起依次为:王小盾、叶长海、陈允吉、陈尚君、李时人、潘建国)

领域,确实展现出了较为不同的学术理路。那么,为何南北没有地域性的学术差异,但东西却有好像有呢?我觉得,这可能与文化有关,这里说的北京上海,都归属于同一个文化,而东亚与欧美,属于异质文化,就连人种也不一样。东亚与我们同样处于汉字文化圈,广泛接受了中国文化,很多东亚的汉学家,他们对中国古典文史的理解跟中国人没什么差别,甚至还有超过我们的。

但欧美毕竟是另外一个民族,语言文字也不一样,需要经过转换才能够来理解我们的文化。所以东、西之间就不仅仅是地域的区分,也有文化上的区隔,造成了学术上的种种差异。大体上欧美重文本,东亚重文献;欧美追求理论工具和体系建构,东亚讲究社会分析和历史考察,各擅胜场。我和东亚尤其是日本的学者接触更多一些。日本学者的研究领域通常较为集中,一辈子,一两个专题,深耕细作,挖透做足,直到题无剩义。从单个学者来说,或稍显狭窄,不过从一个群体、一代人来看,聚沙成塔,集腋成裘,又往往能解决大问题,形成大气象。就个人而言,我更喜欢东亚学术的厚重感和稳定性。希望自己的研究尽量能经

1999年，潘建国博士毕业时与导师孙逊教授合影

受住时间的考验。

王乙珈：您一直说，学术研究是一种"有温度的传承"。能否谈谈您的老师对您的影响？他们在哪些方面对您帮助最大，有没有什么让您特别难忘的小故事？

潘建国：今年是北大中文系110周年系庆。一个系的历史，是由师生共同书写的。我现在是老师，但我也是从学生时代走过来的，从学以来，教过我的老师有很多，我都非常感念。其中对我的学术人生影响最大的有四位，我敬奉为我的"四大导师"。

第一位是我的硕士导师王小盾先生。还记得第一次见面，王老师就给我布置了一份作业《公元前二世纪中国人对鸟的分类》，当时简直一头雾水，心想我报考的是古代文学专业，怎么要写生物系的论文？等到我在老师的指点下，啃完《说文解字》《释名》《尔雅》《方言》等书，翻检出全部与鸟相关的汉字，考证它是什么鸟，有什么特征，同时尽量去看动物学的图片，或者跟考古图像相验证。我根据"鸟"字旁和"隹"字旁，认为先人将鸟粗略分成长尾巴和短尾巴两种，最终写成了一篇作业交给老师。这个结论未必准确，其实也不重要，重要的是老师通过这样一种有趣的方式，让我熟悉了汉代人的字书，也熟悉了《考古》《文物》这些学术杂志，修炼汉唐文史研究的基本功。我的硕士论文题目是《敦煌论议研究》，王老师要求通读汉唐典籍，编写资料长编。当时王老师买书特"疯狂"，竟然先后买下两套《丛书集成初编》，一套就放在我宿舍，我全部翻阅一过。硕士三年，王老师几乎重塑了一个我，他言传身教，确立了我对知识、书籍以及学术的迷恋和敬意，这些朴素的价值观让我受用至今。

第二位导师是我的博士导师孙逊先生。我博士读的是在职，加之专业方向发生了很大改变，开始时不免有些焦虑，但孙老师很善于发现学生的长处和特点，并因势利导。他建议我选择从我相对熟悉的汉唐进入古代小说领域，并指导我撰写了一篇关于唐传奇文体渊源的论文，论文后来发表于《文学遗产》，这对一名刚刚踏上学术征程的青年学子，产生了巨大的激励作用。孙老师知道我对书籍本身兴趣颇浓，就和我一起商定了博士论文选题《中国古代通俗小说书目研究》，由此我与小说文献学结下不解之缘。孙老师雅好古代文人学者的书画翰墨，耳濡目染，我也对古典艺术史情有独钟。孙老师还教给我许多做人的道理，处事的方法，让我懂得如何平衡学术与生活、家庭与事业的关系，他甚至不止一次为我谋划未来发展的方向和路径。可以说，孙老师不仅是我学术上的导师，也是人生的导师，对我的成长影响最为深远。

第三、第四位导师，就是我的两位博士后指导老师，"南章北袁"的章培恒先生与袁行霈先生。我与章先生接触其实并不很多，章先生说话时习惯低着头，偶尔抬头，则目光如炬，所以每次与先生交谈，我都倍感紧张，汗发沾背。那时章先生正在积极推动古今文学演变研究，对我的出站报告《清代后期上海地区的书局与晚清小说》颇多鼓励，也给了我许多极好的指导和建议，还嘱我把报告修改一下交给《中国文学研究》刊载，但由于种种原因，我一直未能完成修订，2011年，章先生骑鹤归去，这成了我内心一个永远无法弥补的缺憾。

跟随袁行霈先生从事博士后研究时，我从上海师大停职住到了北大，

潘建国与袁行霈先生（左）合影

所以有更多的机会与先生见面。晚餐后陪袁先生散步，是我的幸福时光，袁先生跟我讲述了许多北大先生们的掌故逸事，也分享了他对学术人生的体悟。袁先生说做学问要追求格局和气象，要注意纵通与横通，要立于上游而不能甘居下游；袁先生又说做人要与人为善，切勿在背后臧否人物，做事则信奉尽心尽力、不求自得的原则。他还曾说，人到了一定的年龄，回首往事，曾经欢欣鼓舞的，现在想来不过尔尔；悲痛欲绝的，现在想来也不过尔尔。细细想来，越发觉得这是一个智者对人生的感悟。每次陪着他散步，我就仿佛接受了一次精神的熏陶，凡此都春风化雨，滋润了我的心田。

有一天傍晚，袁先生带我去燕南园62号拜访他的老师林庚先生。林先生身体虚弱，袁先生坐在床沿握着林先生的手，轻声地说着什么，空气中弥散着燕南园花草的气息，我侍立在侧，静静地望着两位先生，那种岁月恒久、温暖传承的感觉，如此强烈，永难磨灭。林庚先生有诗云"那难忘的岁月，仿佛是无言之美"，每当我回想起我的老师们，尤其是我的四大导师，心中荡漾的正是这样一种"无言之美"。在人文研究中，这种"温暖的传承",就在老师和学生之间,一代代薪火相传。特别感谢我的老师们。

二、藏山事业稗海心

王乙珈： 听您讲了那么多和老师们之间的温暖故事,下面聊一聊您的学术研究吧。"小说文献"一直是您关注的焦点,"小说文献学"也是您正在积极建构中的学术体系。您曾经出版了《中国古代小说书目研究》《古代小说文献丛考》,近期又将出版《古代小说版本探考》一书。是什么契机促使您开始关注这一课题? 作为一种俗文学文体,"小说"文献研究,较之传统经史类文献有何不同?

潘建国： 我最初接触这个领域,其实也是很偶然的。在硕士学习阶段,我曾奉王小盾老师命,完成过一份特殊的作业,即编写一本关于古代书册制度的术语手册,为此,我通读了当时所能借到的全部有关书写材料、印刷史、书籍史以及古籍版本目录的古今著述,从中勾选出与"书册"有关的术语词条,再参酌诸家,加以释义,并尽力提供最早的书证。那个时候没有电子检索手段,除了工具书参考书之外,就得自己翻查原始典籍,这花费了不少时间,最后大概编写出了四五十万字。这份作业给我带来的收获和影响,是巨大深远的,自此我对古籍版本以及中西书籍史产生了浓厚兴趣。

博士阶段,孙逊老师因材施教,让我博士论文做《中国古代通俗小说书目研究》,毕业之后,我又补写了文言小说书目部分,2005年出版了我的第一部专著《中国古代小说书目研究》。就在撰写出版后记的时候,我萌生了未来要完成一部《小说文献学》的念头,它应当包括古代小说目录、版本、史料、校勘、鉴藏等方面内容,由于这些内容都是相对比较专门的知识,而我又不想人云亦云地汇集诸家成说了事,便发愿先做个案研究,慢慢积累知识经验,最终写出一部有自己心得的书稿。关于小说目录学部分,我已进行了初步梳理,这部初版于2005年的旧作，将经过增补修订后于近年重版。至于小说版本校勘学，是其中最艰难、最复杂的部分，因为现有的古籍版本校勘学体系，基本建立在正经正史之上，譬如史学家陈垣的名作《校勘学释例》，其实就是他校勘《元典章》的经验总结，可是这些经验和规例，并不完全适用于文本缺乏经典性的古小说。这就需要我自己通过足够的古小说版本校勘实践，从中总结提炼出一些带有规律性的问题和知识，作为建构古小说版本校勘学的学术基础，目前这项工作还在进行中。最近，我的新书《古代小说版本探考》出版了，收录了十余篇古小说版本校勘研究的论文，算是向心中的"小说文献学"目标又迈进了一步，它也是这个悲伤的庚子年中最让我感到欣喜的事情。

王乙珈： 据说您的书斋"两靖室"中藏有数量可观的古籍，其中不乏孤善之本，令人叹为观止。您购藏古籍的动机和兴趣点是什么？能否和我们分享一次让您印象深刻的购书经历？您又是如何看待学者藏书的？

潘建国： 先说说学者藏书这个事。我认为，绝大部分学者都不可能成为藏书家，一则他没有经济基础，二则出于学者本能，他往往只看重书籍的学术价值，而轻视其文物价值或市场价值。从历史上来看，几乎没有学者不购藏古书，这是他们展开学术研究的必需品。只是到了现当代，公共图书馆兴起，再加上古书日渐稀少、书价日渐昂贵，学者不需要也没能力购买古书了，于是少数依旧购买一些古书的学者，就俨然成了别人眼中的"藏书家"。

我购买古书的动机，自然也是出于学术研究的需要。这种需要，事实上包括两个层面。一个是资料层面的，我留意搜集一些古小说的孤善之本，并以之为基础，撰写研究论文，为小说史研究提供新资料；另一个是经验层面的，我更在意这个需要。前面说过，我有一个"小说文献学"的学术计划，而有关版本校勘鉴藏方面的知识，纸上得来终觉浅，非得亲身实践不可。有人曾说，学习古籍版本知识最好的地方，乃在图书馆和古书肆，因为在那里可以天天和古书相见，日久生情，熟能生巧，自然可以练就一副火眼金睛。这话也许有些片面，不过足以提醒生活在

潘建国在日本古书店淘书

学院中的古文献研究者,有必要拓展自己的"实物版本学"知识。我觉得,买书也许是一个不错的方式,因为要买下一部价格不菲的古书,你必须努力去研究它,确认它的版本年代、真伪以及价值,否则就会买错了、买亏了、买冤了,而对于我们这些依靠薄薪买书的学者来说,恐怕很难经常承受失误的代价,于是只能竭尽全力,尽快增强版本鉴定的能力。我很大部分的古小说版本知识,确实来自一次又一次的买书实践。

当然,学者也有不能免俗的时候。我买下的那些古书中,有一些并非基于学术价值,而是为了欣赏书籍之美。在中国古籍中刻印最美的,

袁行霈先生所书"两靖室"书斋名

是南宋时期江浙地区的刻本,可是宋本稀若星凤,一叶难求,于是明代嘉靖时期翻刻南宋刻本的书籍,被称为"嘉靖本",成为藏书家的新宠。民国时期,戏曲家吴梅曾以"百嘉室"自许。古小说嘉靖本少有存世,罕得遇见。我曾在日本古书店买到一部嘉靖本《传习录》,也算了却了嘉靖本的旖旎书梦,可惜仅此一部,所幸我爱人名字中有个"靖",便合而为"两靖室",虽与吴梅"百嘉室"相差甚远,但一书一人,皆我所珍爱,亦可无憾。

至于买书的故事,多得一箩筐,我都记录在日记里,来日有暇,会写一本《两靖室书话》与大家分享。这里且说一件关乎书运的小事,大概在2007年,我一年之内连续买到了四部与晚明冯梦龙有关的古书,包括明刻本《太平广记钞》《春秋定旨参新》、南明刻本《中兴伟略》以及日本刻本《皇明大儒王阳明先生出身靖难录》,这四种书都不好找,但却在这一年连续买到了,我戏称为我的"丁亥四梦"。后来我想,或许因为我跟冯梦龙是同乡(冯梦龙是苏州吴县人,我是苏州常熟人),又都对小说怀有兴趣(我是研究者,他是创作者),所以,这是小说家冯梦龙穿越数百年时空,向我这个同乡的小说研究者,传递着某些神秘而又美好的信息吧。

王乙珈:这种冥冥中的书缘,或许就像您说的,如果真心喜爱一样东西,那它就会不自觉地来"找到你"。冯梦龙那些书大概就是很好的例子吧,也很期待您的《两靖室书话》能够早日出版。

曾有人将阅读研究的对象,划分为"未见书"和"已见书"两类,我们注意到您的研究既涉及《五鼠闹东京》《莽男儿》《蝉吟稿》等"新见文献",又有《世说新语》宋刻本、元刻本、明刻本以及法国巴黎藏明刊《西游记》等"经典文献"。您如何理解"未见书"和"已见书"的学术价值?这两类书籍在研究方法和旨趣上存在什么差异?

潘建国: 关于"未见书"和"已见书"的争论,由来已久,各人的志向、情性、趣味、机缘不同,便会有不同的选择或侧重。北大历史系已故余嘉锡先生的斋名叫"读已见书斋",可见其旨趣,这块罗振玉题写的匾额,如今就放在中古史中心的图书馆内。不过,余嘉锡先生一生读过的"未见书"实际上也相当可观,但侧重于"已见书",所以他给自己的书斋命名为"读已见书斋"。因此,不必将两者机械对立起来理解,明代文人陈继儒《读书十六观》有云:"读未见书,如得良友;见已读书,如逢故人。"鱼和熊掌不可兼得,但"良友"和"故人"却是可以兼得的。

从读书的角度,"未见书"是未经开垦的处女地,也许寸草不生,也许埋金藏银,带有一种不确定的诱惑;"已见书"是众人耕作甚久的熟土地,肥瘠好坏,大致有定论,逡巡其间,当可领略预想之魅力。故读"未见书"是私趣,读"已见书"是公好。一名读书人,公好自然不可无,私趣却也不妨有。

从研究的角度,"未见书"多属新资料,倘若能够挖掘出潜藏其中的独特学术价值,"未见书"就会变成"已见书"。举个例子,在我读过的"未见书"中,《五鼠闹东京》是一部非常罕见的明代词话,对于研究小说史里早期说唱文学和白话小说的文体生成,是一个非常重要的资源,具有别的"已见书"无法具有的价值。还有《莽男儿》,这部小说的重要性在于,它是东亚"老獭稚"故事类型里面存世最早的故事文本。近百年前,民俗学家钟敬文先生跟日本学者之间曾有论争,讨论东亚的"老獭稚"故事母题最早起源于哪里。钟敬文先生力主源自中国,日本学者不同意,认为来自越南或朝鲜半岛。钟先生当时比较遗憾的地

潘建国（前排左二）在韩国藏书家林荧泽教授家鉴赏朝鲜刻本汉籍

方，就是他找到的中国材料比越南和朝鲜的都晚。而这部章回小说《莽男儿》的成书时间，远远早于越南和朝鲜的文本，为钟敬文先生提出这一类型故事源出中国的学术观点提供了文献铁证。我相信，《五鼠闹东京》《莽男儿》这两部书，迟早会升格为学术领域的"已见书"。而对于"已见书"研究而言，如何读出书中他人"未见"的佳处、胜义抑或问题，至为关键。

无论是做"未见书"还是"已见书"的研究，都会构成知识和学识的挑战，很难区分它们的意义哪一个更大。从一名读书人、研究者的角度讲，我比较秉持的立场就是，不去机械地区分"未见书"和"已见书"，在一个人的人生中，可能某个阶段侧重"未见书"，某个阶段侧重"已见书"。甚至所处空间的不同，也可以有不一样的关注点，比如正好去海外访学，那就以此为契机关注调查一下"未见书"；而在查阅新资料不太方便的时候，那就好好研读"已见书"，两者并不矛盾，也是可以兼顾的。

王乙珈：海外汉籍研究是近年来学术界的热点，您的研究中也有不

潘建国（左）在巴黎法国国家图书馆调查明版《西游记》

少关于这一领域的成果。您认为海外汉籍对于中国古代小说研究的意义主要在哪里？像我们这样的青年学子应当如何开展这一方面的研究？

潘建国：近十几年来，海外汉籍研究确实挺热的，无论从哪个角度来看，这都是一件好事。需要指出的是，海外汉籍的学术意义，在经史子集不同的部类中不尽相同，总体上乃与相应部类文献在中国本土的递藏情况成反比，诸如经部、史部、集部的典籍文献，中国本土存藏情况良好，故海外汉籍的学术意义大多是局部性、补充性的；但对于古代小说戏曲，尤其是明版及清早期刊本小说而言，由于稗官野史历来不登大雅，导致中国公私藏书严重不足，故海外（主体是日本）汉籍在这一特

潘建国（左三）与门下诸生共赏日本摹绘本《水浒传一百单八将》手卷

定面向上的学术意义，可能是整体性、决定性的。我以前举过《西游记》的例子，《西游记》存世的十几个明版，中国大陆只有两个残本，其他的都在海外（主要是日本），如果不利用海外汉籍，可能连阅读《西游记》的文本都成为问题。因此，持续地、有系统地推进海外所藏中国古代小说文献（重点是明版及清早期刊本）的调查研究，仍将是未来小说研究的重要工作之一。

青年学子在海外汉籍的调查研究方面，实际上具有前代学者无可比拟的优势条件，譬如现在出国访问的机会越来越多，各家图书馆电子数据库正在陆续推出和公开，特别是青年学者的外语水平普遍较高，这不仅有助于调查的展开，也可以借此推动这一领域的新课题，譬如深入探究中国典籍在传入国的受容、改编及再造，就需要研究者至少精通两门甚至三四门语言，对于我们这个年龄段的学者来说，这几乎是不可能完成的任务。青年学者在这个方面是大有可为的，实际上现在比较活跃的海外汉籍研究者，有不少是年轻人，他们大多有海外留学的背景，语言能力很强，自然而然地进入了这个学术领域，并取得了令人惊喜的成绩。

三、立身慨慷费叮咛

王乙珈：今年是中文系110周年系庆，您认为北大中文系最核心的治学风格是什么？您在指导博士生、硕士生的过程中，最注重哪些素质和能力的培养与教育？

潘建国：北大中文系最核心的治学风格是什么，也许是个无解的问题。因为，我觉得北大中文系的老师们大多具有鲜明的学术个性，单枪匹马，我行我素，我们系很少组团申请重大项目，也几乎没有推出过集体编撰的多卷本学术著述，基本都是个人按照自己的禀赋、趣味和机遇来展开独立的研究。因此，颇难抽象出属于系级层面的治学风格。也许，没有核心，没有统一，就是我们的风格吧。我内心很赞赏这样的风格，对于目前的中国学术界而言，缺少的不是共性，而是个性，这才是北大中文系的可贵之处。

我任教也快 30 年了，时常会扪心自问：一名老师究竟能传递给学生什么？最需要传递的又是什么？我越来越倾向的答案是：对于书籍的迷恋，对于学术的虔诚，对于未知的探寻，还有理所当然地将读书研究视作生活方式的情怀，这些都远比具体的知识和技巧，更为珍贵，更显本质，更能让我们彼此在艰困幽暗时刻仍然保持内心的欢愉和力量。请相信，拥有了这些，你迟早会有其他的一切，资料、选题、论文、C 刊、项目……而这一切也才具有纯粹的意义。

王乙珈： 您曾在接受采访时提及"中国学术目前最紧缺的仍是专精之学"。面对"唯数据论"、充满焦虑的科研大环境，您有什么寄语和希望，想对即将接过"学术接力棒"的北大中文系青年学子们说的呢？

潘建国： 青年学子的焦虑和压力，我们老师也感同身受。面对压力，只能去正视它，然后想办法来克服它、超越它。明永乐三年（1405），朱棣皇帝面对刚刚选入文渊阁的 28 名新进士，发表了一段劝勉之言，我权且借来转赠给北大中文系的莘莘学子吧：

人须立志，志立则功就。天下古今之人，未有无志而能建功成事者。汝等简拔于千百人中为进士，又简拔于进士中至此，固皆今之英俊。然当立心远大，不可安于小成。为学必造道德之微，必具体用之全；为文必并驱班马韩欧之间。如此立心，日进不已，未有不成者。

贺桂梅

人文学的想象力

受访人：贺桂梅
采访人：田 淼
采访时间：2020 年 11 月 12 日

受访人介绍	**贺桂梅** 1970年生。1989年考入北京大学中文系，2000年获文学博士学位，同年留校任教。现任北大中文系教授、党委书记。2015年度教育部首届青年长江学者。主要从事当代中国文学史、思想史、20世纪女性文学史研究与当代文化批评。著有《转折的时代——40—50年代作家研究》《人文学的想象力——当代中国思想文化与文学问题》《"新启蒙"知识档案：80年代中国文化研究》《女性文学与性别政治的变迁》《书写"中国气派"——当代文学与民族形式建构》等著作，发表论文百余篇。
采访人介绍	**田　淼** 北京大学中文系中国现当代文学专业（当代文学方向）在读硕士生。

田　淼：非常感谢老师接受我们的采访。您是1989年考上北大，1990年正式入校上课。请您谈一谈，当时为什么要选择北大中文系，为什么要选择当代文学专业？

贺桂梅：我选择北大中文系很重要的一个原因，是因为我那时是一个文学爱好者。我家里的文学氛围比较浓，我父亲是基层干部，也是个乡村知识分子，他的业余爱好是读小说。但他读的都不是现代小说，而是明清小说。我们家有好大一箱子书，都是《三国演义》《水浒传》《三侠五义》，还有"三言""二拍"等。那是我最早的文学启蒙读物。在我大概小学二年级的时候，我爸给我买了一本《千家诗》。那时我们家在农村，晚上一家人做饭的时候，在灶火边，我爸教我用湖南话拖长声调吟诗。那种温馨的情景至今让我怀念。

上初中之后，我开始不喜欢这些古代文学。我的两个姐姐也是文学爱好者，她们就读的学校有文学社团，而且她们都是活跃分子，所以给

90年代，贺桂梅在春天的燕南园

我带回不少新的文学读物。那时候我开始读朦胧诗，也读冰心的《寄小读者》《繁星》《春水》，最喜欢的是泰戈尔的《飞鸟集》。我初中的语文老师是我们县城很活跃的文学青年，他很欣赏我，把他的"枕边书"《红与黑》借给我看，还给我买了一个大笔记本，要求我每天要写一篇不知是日记还是作文的文章给他看，希望把我培养成一个作家。

回过头来想，80年代那种文学黄金时代的浪漫主义氛围渗透到了基层社会的不同角落。对于普通中国人的情感和精神生活，文学所起的作用真是非常大的。我成为文学青年和选择中文系，也是这种时代影响的一个结果吧。

为什么会选择当代文学专业呢？因为我初中以后就对现当代的作家和文学有一种亲切自如的感觉。读本科时期，我阅读和喜欢的基本上都是现当代文学和外国文学。在选择现代文学专业还是当代文学专业的时候，我去征求了教过我们课的几个年轻老师比如韩毓海、吴晓东、张颐武等的意见。他们说可以选择当代文学，因为当代文学的研究范围更宽泛；还建议我去跟洪子诚老师读硕士，说他学问好，有"佛性"。所以我就选了当代文学。

1997年硕士毕业答辩（右起：贺桂梅、赵祖谟、洪子诚、曹文轩、戴锦华、朴贞姬）

田　淼： 您刚才说到的这种文学爱好者的心态，在进入大学之后有没有什么转变？

贺桂梅： 这就要说到洪子诚老师给我的"当头棒喝"。本科四年级的时候，我决定选洪老师做我的硕士生导师。当时洪老师的家在蔚秀园，我带着几篇自我感觉很得意的"代表作"，没打招呼就贸然敲开老师的门，说，我想跟您读书。洪老师把我迎进去，然后听我在那儿叨叨地说完，把我的论文留下。后来他看完我的论文跟我说，你挺有灵气，写得不错，不过要加强专业训练。这时候，我才知道原来自己只是个文学爱好者的水平。于是就特别努力地朝着专业研究和专业知识的方向去学习，也开始练习更为专业性的论文写作。

我原来完全是凭着文学阅读感受和情绪推动自己的思考，要吸收和转化专业性知识，对我来说是一个很大的调整。所以我感到要把握文学史对象，特别是要在大量材料阅读的基础上进行逻辑化的分析和讨论，是挺吃力的一件事。洪子诚老师后来有一阵跟我说，你怎么越学越没灵气了？我说，我不是要向您学习专业研究吗？

这大概是求学阶段必须经历的一个过程。我最初是把文学和自我经验混在一起的，这样的好处在于，我对生活的很多思考都可以通过文学阅读和文学分析表达出来，对我自己的精神状态也是一种纾解。但如果完全以文学爱好者的方式，凭感觉去写文章，肯定是比较浅的。要加深自己的专业修养，要了解并吸收更多的知识和理论，才可能在更高的层面上把握对象。我可能一直到博士甚至博士毕业之后，才真正完成了这个过程。

田　淼： 您说到了洪子诚老师，那么，在北大，还有哪些老师对您影响比较大？他们对您的影响表现在哪些方面呢？

贺桂梅： 在我求学十年的不同时期，都有对我影响很大的老师。我读本科的时候，吴晓东老师刚刚博士毕业留校，给我们上过文学史的实习课。那时候，他好像正在花大量的时间研读外国小说，发誓要把北大图书馆的所有外国小说都读完。我们从他那里知道了加缪的散文和哲学，也知道了黑塞、卡夫卡等。当时北大校园的诗社非常活跃，吴晓东老师跟诗人们也有交往。我们经常会几个同学一起到宿舍去找他们聊天。我记得当时他们硕士生宿舍里有诗人蔡恒平，博士生室友是陈保亚老师。他们很符合我们心目中那种又浪漫、又不羁、又有学问的"北大中文人"的样子。

对我影响更大的，甚至有一段时间产生了覆盖性影响的，是戴锦华老师。戴老师1993年回到中文系，当时她的电影课和女性文学课可以说是一座难求。戴老师最吸引我们的地方，首先是她所使用的全新的批判性语言。她给我们带来了一种很有冲击性的新资源，就是西方当代文化理论，包括女性主义理论、结构—解构主义理论、西方马克思主义理论、精神分析理论，等等。这种理论赋予她一种特别犀利和深刻的分析视野。西方当代文化理论形成于60年代，最早就是从电影研究领域展开的。借助学科的优势，戴老师能更早地深入到理论内在的思想脉络中去讨论问题。另外，戴老师会把她的学术研究和她个人有血有肉的生命体验融合在一起，并且始终保持着敏锐而强烈的现实关怀。所以她的课和文章都有一种特别强的感染力。

我们一直追着听戴老师的课，下了课经常会和其他同学一起跟她吃饭聊天，然后慢慢地越来越熟，关系很亲密。通过戴老师，我也接触到汪晖、黄平、温铁军等老师的思想，还包括中国香港、台湾地区以及韩国、日本在内的亚洲批判知识圈。那段时间，洪子诚老师对我的影响反而没有那么明显。洪老师会强调要有扎实的史料，要深入到历史脉络里面。我也帮洪老师做了好几本书的资料收集工作，包括《二十世纪中国小说理论资料（第五卷）》《中国当代文学史料选》等。不过洪老师那种把握和勘透史料，从史料解读、材料与材料的关系中发现和提炼问题的能力，我当时还没能很快领会。

这两个老师对我的影响非常大。可以说，洪子诚老师代表的是中文系厚重的文学史研究传统，这种传统讲究扎实的史料、知人论世的稳重、思考的厚度和观点表达的隐蔽性；戴锦华老师代表一种非常犀利的批判理论视野、一种有感染力的写作和分析问题的气势。我既不像戴老师那么犀利，也不像洪老师的"春秋笔法"那么稳重，我的特点可能是用我的方式把这两种资源结合起来。

当然还有其他影响大的老师。比如说钱理群老师，他的思想史和精神史的研究风格，我一直觉得很亲切，也从钱老师身上学到很多。我在做文学研究时，非常关注作家的主体构成，这也是一种自觉或不自觉的思想史思路。还有陈平原老师的学术史研究，他特别强调追溯学术的来源，考察学术的传统是如何形成的。这其实要有很强的辨析材料、回溯历史的功夫。

在我读书期间的 90 年代，北大中文系非常引人注目的几个老师，分别提出了新的不同于 80 年代的学术研究路径。比如说戴锦华老师的女性主义和文化研究、钱理群老师的思想史、洪子诚老师的文学史、陈平原老师的学术史。还有其他很多老师，如谢冕、温儒敏、曹文轩、张颐武、方锡德、李杨、韩毓海等，都对我产生过程度不同的影响。所以说起来，我就是在中文系特别是 90 年代的学术氛围里长大的，我的特点是有热情，也善于去学习不同风格的老师们的思路和优长，然后努力把它们转化成我可以接受的东西。

2019年8月,在钱理群老师家(右起:钱理群、姚丹、李静、李浴洋、贺桂梅、吴晓东)[陈晓兰 摄]

田　淼:在您的学生时代,有没有一些有趣的故事可以跟我们分享?哪些时光是您比较难忘的?

贺桂梅:这个说起来很有趣,我可以讲三段故事。

第一段故事是我本科期间对燕园风景的体认,可以说我最早爱上的是燕园。因为是个文学青年,青春期的问题又很多,所以那时常常觉得精神上很躁动。来到北大校园后,最先让我感到安宁的是燕园的景致和氛围。未名湖的春水、燕南园春天开放的花朵和一教初夏的燕鸣,暑假中蝉声如雨的空旷校园,秋天艳阳下的银杏叶,图书馆夜晚的灯光,虽有喧闹的人声而依然显得幽静的槐荫路……这对我来说是一种很好的情感教育。我那时也是一个不成功的诗人。不过正是以这样的方式我领略了燕园的沉静和厚重,无论时代如何变化,燕园永远是我心目中最美的校园。

第二段故事是研究生期间"烟酒生"的故事。1994年,我跟洪子诚老师读研究生的那一年,陈平原老师招了王风老师,温儒敏老师招了李

1995年,一次聚餐时留影(右一王风、右二吕文娜、右三贺桂梅、左一李宪瑜、左二姚丹)

宪瑜老师,钱理群老师招了姚丹老师,还有洪老师后来录取的、我的师弟萨支山,以及现在西语系的吕文娜老师。我们六个人一开始就气味相投,经常一起去上课,上完课了就轮番AA制去吃饭、聊天。虽然吃了好多年,但是聚起来还总是很有兴味。因为我们一起吃喝太频繁,所以被朋友戏称为中文系的"四美具,二男并"。

第三段故事是当代文学教研室的"批评家周末"。90年代办"批评家周末"的时候,我刚读研究生不久。当时是谢冕、洪子诚老师牵头,也包括孟繁华、陈顺馨、孙民乐、高秀芹、周瓒、徐文海、毕光明等博士生和访问学者,李杨老师他们偶尔也参加。这个活动的好处是,老先生、年轻教师、博士生和硕士生以及北京文学圈的人,大家每个周末都可以聚在一起讨论一个话题。在这样的场合,我开始感受到一种自由讨论、自由交流的氛围,并且有发表自己意见的机会。讨论完了还需要继续开二次会,一起热热闹闹地吃饭、喝酒,继续聊。对当代文学教研室以及专业的认同感也是在这种轻松随意的氛围中自觉不自觉地形成的。

回想起来，我发现学生期间收获比较大的生活都跟"吃吃喝喝"有关。可能对学生来说，仅仅有理性的知识或学术的传递是不够的，需要在一种生活化的交流过程和耳濡目染之间，思想和文学的内蕴才会体认得更深。

田　淼：下面是一个比较学术性的问题。能不能请您介绍一下，从事当代文学研究以来，您的研究主要涉及哪些领域？

贺桂梅：总的来说，我的主要研究是以当代中国为对象，我对当代中国五个重要时段的文学与文化都做过专题性研究，也有相应的著作出版。我的研究的原点性问题，是要回应90年代我读书期间，中国知识界发生的那些重要思想论争。

90年代对我来说影响比较大的文化事件，除了"后新时期"讨论、人文精神论争、文化保守主义的兴起等，主要是"新左派""自由派"论战。这涉及一个根本性问题，就是我们是否还能保持一种马克思主义的、关于"好的社会主义"的理想？左翼的批判思想和社会实践，在今天还能否存在？我对中国社会的理解，不同于一般人那种自觉或不自觉的"自由主义"逻辑，即国家与市场（社会）对立起来思考问题的方式。关键是，如果我们完全被资本的逻辑控制的话，表面上看起来的自由可能是真正的不自由。

当时知识界的论争，对我们这些学生来说，一方面是思想和理论，更多的倒像是一种世界观的调整。我那时感到很亲切的一种情感体验，就是你可以通过自己的思考去认识中国社会，去关心他人的生活，去关注基层社会和那些默默劳动的普通人。这个是我们以前没想过的，因为以前我们都是个人主义者，每天想的就是自己那点喜怒哀乐、悲欢离合。那时候去坐出租车，都会觉得司机很亲切，因为他是劳动人民，所以会特别地表示友善。这有点傻乎乎的可爱，但是确实会因此反思自己身上都市中产阶级的东西，打破学院与社会之间的区隔，愿意去看到和体认更多平凡中国人的生活。

可以说，我的学术原点就在90年代，我要回应的是90年代中国汇聚的那些基本问题。我的第一本书是读博士期间写的，叫《批评的增长

2018年在上海参加学术研讨活动（左起：罗岗、王中忱、陈子善、王增如、贺桂梅）

与危机》，是关于90年代文学批评的研究。那本书显然是不成熟的，但真正重要的是在清理当时的批评话语过程中，我自己发生的世界观的转型和调整。第二本书是《转折的时代——40—50年代作家研究》，这是一本我自己也还认可的学术著作。我想知道，在新中国这样一个社会主义国家，当代文学是如何生成的，当时的作家们到底怎样应对时代的巨变？我选择萧乾、沈从文、冯至、丁玲、赵树理这五个作家，从他们自身的思想和精神脉络来看他们如何回应四五十年代的转变。第三本书是《"新启蒙"知识档案：80年代中国文化研究》。80年代形成的文学观点和思维方式，不仅是90年代论争的根源，也是支配当代中国后40年的重要知识装置。只有跳出80年代，才能真正打开认识当代中国的视野。

我的第四个研究时段的成果是《书写"中国气派"——当代文学与民族形式建构》，研究的是40—70年代中国革命年代的文学，分析角度是从"民族形式"入手。这里的"民族形式"，可以说是一种"中国形式"，即普遍的全球性现代性问题如何可以转化为建立在中国主体性基础上的文化表达。我综合了《转折的时代》的思想史方法，和《"新启蒙"知识档案》的知识社会学考察,把作家论和经典文本分析结合起来,花了十年时间写完这本书。

我一直在做还没有最后完成的一个课题,是用文化研究的方法处理21世纪思想论述和大众文化现象中的中国叙述,研究对象涉及文学现象、重要小说、影视剧作、知识界讨论等。我希望对一些原点性的思想文化概念,比如"文明""中国""革命"等做出反思,尝试从一种长时段文明史的视野来重新思考当代中国的问题。

在当代中国五个时期的研究过程中,我从研究生期间开始的性别自觉和性别研究,也一直是我的重要学术兴趣,也在持续地推进女性文学与性别文化方面的研究。

田　淼:您觉得自己在学术研究方面的个人特点主要表现在哪里?

贺桂梅:一个是,虽然我的学术研究很专业化,谈问题都非常规范,但我讨论的都是我自己有着比较深切的生命体验和情感把握的问题。我认为,通过学术研究,可以解释我生命、人生中要回答的重要问题,我个人的精神也可以在学术研究中不断地被提升。我经常跟学生说,如果一个人可以几十年如一日地从事某件事,那一定是跟她的精神诉求有着内在关联。因此,对于培养学生而言,我也觉得老师要做的事情不仅是给他们知识或观点,更重要的是激发他们求知的热情和欲望。

另一个特点是,我可能从来就不是"纯文学"的。我一直想把文学的问题,和思想的问题、大众文化的问题、理论的问题乃至社会科学的问题,放在同一个场域中加以讨论。我认为文学既不是出发点,也不是标准,而是各种因素构成的表达媒介,所以需要我们从跨越学科边界的综合性人文视野中对它做出阐释,而又不忽视文学自身的特点。我曾经把这种特点概括为"人文学的想象力"。这既是打破个人与社会的简单对立,也是打破学科与专业的隔阂而在整合性的人文视野中回应现实社会的能力。文学的意义正在于它是培育这种能力的最重要形式。

田　淼:您刚才分享了自己的生命体验和学术研究之间深刻的内在关联。那么,回首这三十年,学术对于您生命的意义是什么?

贺桂梅:这也是我最近这些年,特别是完成《书写"中国气派"》

《人文学的想象力——当代中国思想文化与文学问题》书影

之后这一年多时间常常思考的问题。我在《北京教育》杂志上发表过一篇文章谈的就是这个问题。杂志的专栏请青年学者谈人生体验,我用"见自己·见天地·见众生"来描绘自己对人生境界的一种体验。我觉得这也是人到中年后普遍会感兴趣的问题吧。

年轻的时候,我为什么要选择中文系,为什么做当代文学,为什么持续不断地在写作,其实都是一种个人生命的要求,而且学术思考的很多推进也依赖的是自己的生命体悟。回过头来想,那时研究的出发点和关注的问题序列,从根底上来说还是挺自恋的,而且主要局限于一种个人主义的视点和视野。但年轻的时候能做到这点也很不容易,这也是如何通过学术来"见自己"的阶段吧。

等到后来在专业上做出了一点成就、我的个人生活也稳定之后,就觉得自己做的那些真的没什么了不起的。因为结交的范围广了,关注的视野也打开了,就会见到有好多很厉害的人,他们都达到了很高的成就。比如说上一代的洪子诚老师、钱理群老师、谢冕老师、乐黛云老师,稍年轻一些的陈平原老师、戴锦华老师、汪晖老师、温铁军老师等,还有

2019年的一次学术讨论会（左起：姜涛、贺桂梅、吴晓东、洪子诚、毛尖、卢迎华、苏伟）

比如说毛尖、罗岗、刘复生、姜涛、程凯、张炼红等同龄人。慢慢地，我不再是自己闷着头读书写作，而开始有热情去了解更多的人、认识更多的人，去看看别人在做什么和怎样生活。这时会觉得，其实每个人都可以有自己的风格。当然，这里还是有一个"真正做得好"的判断标准，达到这种境界的人，其实不是很多。我想这是"见天地"的意思吧。

更高的人生境界是"见众生"。要做到这个当然是挺难的，但还是值得去摸索、去体验。"见众生"，在我的理解中其实就是要有平常心，无论你多么了不起，是大学者或成功人士，但在日常生活里你都是普通人，过的是这些琐碎的日常生活，带孩子、打理一日三餐、跟人打交道，等等。你开始真的知道，每一个人可能都有他的卑微、他的烦恼，过的是"神圣的烦恼人生"。所以，有一段时间，我很喜欢读日本作家藤泽周平,他告诉我们说:平凡的日常生活本身就是值得过的。而且,当你用一种认真的态度面对平凡的日常生活,面对许多也许有缺点、不完美的人们时,你其实才觉得自己真的生活在这个世界上,因此就不会那么去苛求别人,不会老是去计算自己的得失,而是愿意在某些时刻、某些情境中去帮助那些需要帮助的人们。我想这大概是"见众生"的某种体验吧。

当我领会到这些之后,感觉到自己的生活会变得从容一点,而且每天过得没以前那么焦虑。这既是一种生命的体悟,也是一种学术研究体会到的境界。我能领会到这些,跟我近些年研究的对象,比如冯至、里尔克、歌德,还有柳青、毛泽东等,其实都有一些关联。以前可能更关注那些外在性的大喜大悲、戏剧化的情境和体验,而现在更看重从内在的体验中达到的看似平和实则更具深度的生命体悟和精神境界。

田　淼:下面请您回答一个有关教学方面的问题。"中国当代文学"课程是本科生的基础课,您已经开过很多轮了。在这个过程中,学生们的课堂反应有无变化?您是否会根据教学经验,对课程设计进行相应的调整呢?

贺桂梅:我 2000 年刚刚留校的大概第二年,当时曹文轩老师是教研室主任,他安排我来讲中国当代文学这门基础课。我那时的讲法,是亦步亦趋地把洪子诚老师的《中国当代文学史》转化成"课堂版"。讲课的过程中我自己倒是学了很多东西,学生们学了多少,我就不知道了。此后还连续讲过两次,接下来有很长一段时间我没上过这门课。到 2014 年,因为我对当代文学的各个阶段都已经做过研究,有比较厚的累积,我就开始尝试离开洪老师的教材,用自己的方法来教当代文学。当时的设想基本是把文学史和作家作品经典这两者平衡起来,希望能够既教给学生文学史的脉络和重要现象,也让他们去关注文学史语境中的重要作家作品。当时的讲课效果特别好。学生们很欢迎,我因为是第一次这么讲,自己也很投入很有收获。

每一届学生的反应还是很不一样的。2014 年那一届学生们接受上觉得很好,过了两年也就是 2016 年的,我又给新一届学生开设这门课。我

2012年,贺桂梅在日本关西任教期间旧影

自己感觉讲法上没有多大变化,但是学生的反应没有我想象的那么好,他们会觉得接受起来比较吃力,我就开始想要重新调整讲课的内容。因为讲作家作品的时候,他们还是比较有感觉,但讲到文学史脉络时,只有少数的学生能呼应。2019年又讲了一轮,我开始明确地感到现在的学生们已经远离了当代文学的历史。当代文学史上的很多事件和现象,对他们来说跟古代文学、现代文学也差不多。所以,我不能假定学生们知道这些,或者期待他们很快对这些做出反应,他们实际上更感兴趣的是作家作品本身。所以2020年这次讲这门课,我做了很大的调整,压缩文学史的脉络而凸显重要的作家作品,以二十多部经典性作品为中心,把中国当代文学分为六个专题来讲。

我认为文学史这样一种文学教育形态,它进入大学课堂,发展得最快最充分的时期是80—90年代。那是一个被称为"文学的黄金时代"的时期,文学史教育置身的社会语境和学生们的文化阅读基础跟今天是很不一样的。那时,课堂上的教学、课外的文学阅读乃至专业性的学术

贺桂梅和学生们

研究之间有一种密切的互动关系。学生们在课堂之外就阅读过很多现当代文学作品，教师在课堂上更需要从一种历史化的角度，告诉学生一些文学史的分析视角，如何把不同的作品组织为一种文学史的叙述脉络。可以说这是一种比较偏于专业化的讲授文学史课程的方法。可是最近这些年，我越来越感觉到，学生们已经不再和当代文学之间有这样一个互动关系。21世纪传播媒介的巨变、数字文化的发展、新的大众文化加上新生代的代际更替，使得某种文化断层实际上已经出现了。在这样的情境中，中国当代文学就具有了两种品性，其一是它的历史性，其二是它的当代性。从当代性一面而言，需要置身当下的历史情境中对重要或经典性的作家作品做出重新整理、分析与评价；从历史性一面而言，需要勾勒出当代文学发展的整体性历史脉络。而且因为这是一门"人文学科平台课"，也就是面向人文学科本科生开设的基础课程，更需要在人文素养教育和文学专业教育之间做出较为明确的区分。因此，教学的重心可能应该放在经典性作家作品上，同时也不忽略文学史脉络的介绍和分析。在解读作品的方法上，也不再是要告诉学生这部作品与其所处的历史语境之间的关系，而应揭示作品如何具有当代性，如何可以跟当代中国人关心的文化问题、人性问题、情感问题等发生关联。所以一方面要介绍经典性作家作品以及与之相关的文学史现象，更重要的是如何从这些作品里阐发出其当代性内涵。这也是我这次讲课的一个大的调整，把大概四分之三的力量都放在了经典性作家作品上。

我觉得这不仅是一种讲授文学史的方法，也涉及当代文学教育这一根本性问题。当代文学这门课既是一种素质性的基础文学教育，也具有不同于古代文学、现代文学的当代性品质。我们如何能够把当代历史中出现的那些带有经典性的重要作家作品和文学经验，真正变成"21世纪新人"精神构成的一部分，而不是简单地停留于一种政治态度，一种逆反式或者认同式的情绪反应。这可能是文学教育要达到的更高目标。

田　淼：北京大学中文系有一个独立的当代文学教研室，这在全国是比较少见的。当代文学教研室有哪些特点和优势，有哪些是您认为需要改进的地方？

贺桂梅：当代文学教研室1977年独立设置，当时全国有三四家其他高校也设立了当代文学教研室，但后来都取消了，和现代文学教研室合并在一起。目前高校中只有北大保留着当代文学教研室。从一开始，北大中文系当代文学教研室就在全国处于领先地位。

北大当代文学教研室在对当代文学的探索上，重要特点是能够把文学史的研究和当下思想文化的批评这两者结合起来，保持一种专业研究和现实批评的"双翼"。但有时候这两个方面结合得不好，也可能有两种不好的趋向。一个趋向是变得越来越学院化，当代文学研究完全变成一种学院内部的研究，跟现实文学场域没有多少关联性；另一是完全变成了当下文学现象、文化热点和文化产业的构成部分，没有了学术思想批判的距离和站位。我想，应该要更好把这两方面结合起来，焕发当代文学史研究的思想活力和当代文学批评回应现实问题的能力。这不仅是对北大中文系当代文学研究的挑战，其实也是对当代文学这个学科的挑战。

田　淼：感谢您的分享。最后一个问题，您想对中文系110周年系庆说些什么？

贺桂梅：中文系既是现代教育与学科体制中的一个院系，也是"国文系""国语系"。中文学科既是一种专业研究，也是培育国民素养、塑造民族精神的重要社会文化实践。北大中文系在我的理解中有三个特点：其一是"大"，学科体系完备，大师名师云集，能兼收并蓄多种研究风格；其二是"厚"，历史根基深厚，经过几代学者的传承，已形成了扎实严谨的学术传统；其三是"新"，我们所有的老师都强调在坐得住冷板凳的同时，要关注时代关注社会现实。我们做的都不是"死学问"，而是能回应时代前沿重大问题的"活思想"。中文系建系110年以来，一代代出色的老师和学生也始终在中国文化场域中扮演着重要角色。这需要在传承厚重的学术、学科传统的同时，有能力不断地、创造性地回应时代的精神与文化需要，并培育出有人文素养与当代眼光的新人。祝愿110岁的北大中文系，永葆青春，生生不息！

董秀芳

永远在探索的路上

受访人：董秀芳
采访人：王一涵
时　间：2020 年 8 月 27 日

受访人介绍	董秀芳	1972 年生，2001 年于四川大学中文系获博士学位。现为北京大学中文系教授，主要致力于词汇、句法和语篇的共时与历时研究。曾获教育部高等学校科学研究优秀成果奖、胡绳青年学术奖、中国社会科学院青年语言学家奖、北京市哲学社会科学优秀成果奖、国家级教学成果一等奖（集体项目）等多种奖项。2013 年入选教育部新世纪优秀人才支持计划，2016 年入选教育部青年长江学者，2020 年入选教育部长江学者特聘教授。出版著作《词汇化：汉语双音词的衍生和发展》《汉语的词库与词法》《汉语词汇化和语法化的现象与规律》，主编教材《语言学引论》（与张和友合作），发表论文 100 余篇。
采访人介绍	王一涵	北大中文系在读博士生，主要研究领域为语义学。

王一涵： 董老师好，非常感谢您接受采访，与我们分享您的经验与体会。我们知道，您与北大中文系结缘于博士后阶段，可以分享一下这段经历吗？

董秀芳： 我 1997 年开始在四川大学中文系边工作边读博士。1999 年 8 月我获得了哈佛燕京学社的资助，作为哈佛燕京访问学人赴哈佛大学语言学系学习。2001 年 1 月我结束了在哈佛大学为期一年半的访学，回国的第一站是北京。当时我的博士导师朱庆之教授已经从四川大学调到北京大学，他让我到他的课堂上向学生们讲讲在哈佛大学学习的收获。在此之前，朱庆之老师已告诉我王洪君老师对我的研究有兴趣，希望我能到北大来工作。就这样，我平生第一次踏进了北大的校园。

我在北大勺园宾馆住了两天，在完成了朱老师交给的任务之后，我给王洪君老师打了一个电话，王老师让我到她家里去面谈一次。这是我第一次见到王老师。王老师给我的第一印象是亲切随和。在简单的寒暄

2008年，董秀芳与王洪君（右）、王福堂（左）在云南参加学术会议

之后，王老师就说"文人嘛，就是以文会友"，然后就谈到了我在《语言研究》1998年第1期发表的论文《述补带宾句式中的韵律制约》，说她很欣赏我的这篇文章。然后王老师又向我介绍了她正在与清华大学孙茂松教授一起做的关于计算语言学的项目，谈到了语言信息处理工作中遇到的一些需要解决的语言学问题，让我立刻产生了兴趣。王老师驾驭语言的能力很强，通过举一两个代表性的例子三言两语就能说清问题的实质，还能让人印象特别深刻。在后来的接触中我又多次印证了这一点。受王老师影响，我也在不断琢磨如何在上课时、在文章里、在学术演讲和对学生的指导中用最简单的话说明语言学中的问题。王老师在与我谈完学术的话题后，还拿出一本她的相册，在相册中我看到了王老师年轻时的照片，与王老师的聊天变得更轻松了。我是怀着忐忑的心情去见王老师的，从王老师家出来的时候我是满心欢喜的。

我回到川大之后，有一天接到了王老师的电话，因为直接调动有困难，王老师建议我到北大做博士后。我在2001年6月在川大获得了博士学位，在10月份终于征得了川大的同意，来到北大开始了博士后工作。

作为合作导师，王洪君老师并没有给我布置太多的硬性任务。我除了根据自己的兴趣旁听了徐通锵、蒋绍愚、王洪君、陈保亚等老师的一些课程，主要的工作就是与王老师一起参与孙茂松老师的项目，我们三人就现代汉语分词词表的规范问题在一起进行了多次讨论。计算机自动切分出的词条还需要人工判定，我和王老师各自审定了9万多个词条。这一工作虽然辛苦，但对我来讲也很有收获。在处理这些具体词条的过程中，我对现代汉语的词汇面貌有了较为深刻的了解，很多词条引起了我的注意，让我发现了现代汉语词法构成中的一些值得注意的现象。后来我以计算机用词表为语料来源研究了现代汉语中的词库构成和词法的特点，撰写出了博士后出站报告。这个经历也让我体会到鲜活丰富的语言材料对于语言学研究的重要性，必须深入到语言现象中去，才能在语言学理论上有所发现。

王洪君老师非常博学，学术兴趣广泛，研究领域涉及音系、词法、句法、语篇等诸多方面，我认为如果语言学举办奥运会，王老师是可以拿到全能项目的奖牌的。正因为王老师对语言学了解全面，因此王老师对语言学问题的理解往往是深刻的和独到的。王老师治语言学的这种"通"是我向往和追求的，但还远远没有做好。

王老师为人大度。我写了一篇文章《音步模式与句法结构的关系》，指出了王老师在《中国语文》上发表的《汉语的韵律词与韵律短语》分析中的不足，提出了一些修正意见。王老师对自己的那篇文章是很看重的，但她看了我的文章，不但不生气，还很欢迎，建议我放在《语言学论丛》上发表（后来这篇文章发表在《语言学论丛》第27辑），她还把我论文中的观点写进了她的著作《汉语非线性音系学（增订版）》中，并就这个问题做了进一步阐述，把认识推向了深入。

在整个博士后阶段，我感到很自由，思想很活跃，过得很愉快。在站期间我发表了14篇文章，是我在学术上最为高产的一段时间，而且我的博士后出站报告还成为我的第二本专著。因此，我很怀念那段时光。

博士后出站之后，在王老师的推荐下，我留在北大中文系语言学教研室工作。

2009年，董秀芳在台北［蒋绍愚先生 摄］

王一涵：您以前也曾在四川大学中文系任教，后来进入北京大学中文系工作，能谈谈您作为北大中文系教师的感受吗？

董秀芳：我以前在四川大学中文系当教师时，给本科生教过现代汉语课，给研究生教过汉语语法研究等课程。我在北大中文系工作之后，承担了本科生的主干基础课语言学概论，为研究生开设了两门新课：历史句法学和词法学。还承担过当代语言学、历史语言学专题、语言学讨论班等课程。北大学生的理解能力非常好，求知欲也很强。面对这些好苗子，我感到了以前没有体会到的教学压力。怎么才能把课上好，让这些优秀的学生能够真正学有所成，这是我时常思考的问题。

刚当上老师时，我很满意自己讲课的水平，觉得自己口若悬河，讲得头头是道，但越是随着年龄的增长，越是觉得自己讲得不够好。以前讲课时，只是从自己的角度出发，讲得挺投入和陶醉，觉得自己讲清楚了，但通过考试发现其实学生并没有真正掌握。后来慢慢地悟到应该多从学生的角度出发，照顾学生的知识结构，要及时了解学生的掌握情况。语言学的教学必须要举丰富的例证，才能让抽象的理论知识更易于被学生理解。我在最初上课的时候，例证不丰富，很多时候是干讲理论。后

2016 年教师节颁奖（左二为董秀芳）[来源于北京大学新闻网]

来，我注意在平时的文献阅读以及语言生活中搜寻积累例证，并注意例证的典型性和趣味性，这样，讲授就变得丰满具体起来了。在多年的教学过程中，我感觉自己的教学水平是在逐步提高的。当然，直到现在也仍有许多改进的空间。大到课程内容的安排，小到 PPT 的美化，都可以在备课时不断修改调整。我真正感觉到教学能力的提升是永无止境的。

王一涵：您在教学方面取得了很好的成绩，在 2018 年作为主要参与者获得了国家级教学成果一等奖，在 2019 年获得了北京大学的教学优秀奖。能否请您介绍一下您在本科教学方面采取的比较有效的措施？同时，作为博士研究生导师，您在培养和指导研究生方面有什么样的理念？

董秀芳：在本科教学中我最重视的是讲练结合，宗旨是调动学生的学习积极性，提高课程的挑战性，让学生通过努力学到实实在在的东西。中文系的课程容易出现的一个问题是练习量不够，有些学生不太努力也能拿到及格的分数。为了真正让本科生在课程上有努力付出和相应回报，我用心思考课程内容的安排，既重点讲清基础知识和基本研究方法，也通过各种方式进行练习以保证学生能够提升能力、产生钻研探究的兴趣和动力。我在语言学概论课的教学中，精心设计了课前测和课后测环节，主要是将所教授的知识巧妙地编成选择题或判断正误的题，这些题目做起来花时间较少，可以有效地节约有限的课堂时间，较为迅速地检验出学生的学习效果。通过课前测能了解学生在上课前的知识状态，可以知道哪些知识点学生已通过预习基本掌握，哪些知识点学生还不明白，这样就便于在课堂讲解时把握详略，详细讲解难点，而略讲大家掌握较好的部分。通过课后测可以检验学生对课堂讲授内容的掌握情况，及时巩固学生的课堂所学，发现学生理解得不充分的地方，再加以补充解释。每次课都进行的课前测和课后测还可以起到考勤的作用，这样就不必专门花时间点名。

在线上教学模式中，进行课堂测试会更加方便，比如在 Classin 这个教学平台上，可以在课堂中随时发布问题，并能及时收回学生的答案，节约人工收卷的时间，系统还可以自动统计出学生回答的正确率。除了课上练习，我还在课外给学生布置三到四次作业，这些作业包含题目较多，较为复杂，而且一些题目具有开放性，是需要学生进行课外阅读来创造性解决的。通过课后作业进一步巩固教学效果，并引导学生通过查找和阅读文献进一步延伸和拓展知识，由于是在课后做，时间较为充裕，可以让学生完成较为复杂的题目，锻炼学生分析问题和解决问题的能力并激发学生的研究兴趣。

课堂上进行的课后测以及课外作业都计入平时成绩，这种讲练结合的教学策略让学生在课内和课外都需要认真对待，不会敷衍了事，加大了对学习的投入，真正夯实了学生的专业基础，取得了良好的教学效果。

我培养研究生时坚持德才兼备的原则，在传授知识、指导学生科研实践的过程中注重培养学生正直诚信、实事求是、坚强乐观、勇于开拓的精神。在和学生的日常相处中，注意对学生的品行与处事方式的点拨。要想在学术之路上走得长远，需要在做人上打牢根基。

在学习指导方面，注重宽严结合，既严格要求，也努力发现学生的优点及时给予肯定以增强学生的自信心，使学生对学习保持兴趣和热情。

每周组织研究生的读书会，每次让一位研究生报告阅读文献的收获或者自己的研究所得，大家进行讨论，然后我进行点评和总结。

在生活中尽量关心学生，对遇到问题和烦恼的学生，耐心地进行心理疏导，并指出解决问题的可行途径，以确保学生能够身心健康、积极乐观地进行学习和研究。

在指导学生上，我受到我的导师朱庆之教授的影响。朱老师对学生以要求严格著称，不轻易表扬学生。但朱老师非常懂得在学生处于低谷的时候给予表扬和鼓励。我在读博士期间，尽管我自认是个好学生，但还是多次被朱老师批评，很多时候是因为一些很小的事情。朱老师是很讲究的人，记得有一次不知是什么情况下，我填表的时候没有用剪刀剪纸，而是把纸对折以后用手把纸撕开写上了字，纸的边缘像锯齿，朱老师就开始批评了，说我弄得像"狗啃的"一样。诸如此类的事还有一些。在我博士论文的写作进入修改阶段的时候，我有点厌倦了，也觉得太累了，不想再修改了，想留到以后再说，这时朱老师表扬我了："你的论文写得还是不错的，再好好改改吧！"由于难得听到老师表扬一次，我就又来了干劲。多亏那时好好修改了，因为毕业之后有很多其他的事来分神。我感觉，朱老师的表扬和鼓励总是在最适当的时候给予，因而效果也总是最佳。当我自己有了硕士生和博士生之后，我觉得有时自己的言行背后也有一些朱老师的影子，虽然觉得自己没有刻意去模仿，但师长的影响就是这样潜移默化。

王一涵：除了学校的教学工作之外，您还有哪些与教学相关的活动？

董秀芳：我曾作为主讲专家为第四期、第五期和第七期"博雅大学堂——高等院校语言学课程高级研修班"（2013，北京；2014，烟台；2016，苏州）的学员讲课（学员是来自全国普通高校的语言学教师），介绍语言学概论课的教学经验与方法。在我自己讲完之后，我都会去听其他老师的讲座。我先后听了与我同时受邀讲课的陆俭明、郭锐、孔江平、王韫佳、项梦冰等老师的课，认真学习他们授课的经验。

今年（2020）在疫情期间，我应北京大学出版社的邀请在线上做了"博雅大学堂云课程""汉语言系列公益直播"第一讲（总第二十九讲），主要介绍语言学教学的方法，得到了听众比较好的评价。

王一涵：您是如何看待教学工作的，您觉得在教学上的辛苦付出值得吗？

董秀芳：很多人觉得科研上的付出易于得到承认，教学上的付出不容易得到承认。实际上把课上好，自己的心情也会极为愉快，这就是最大的回报。课有没有讲好，自己是有感觉的。如果课讲得有吸引力，学生的头都是抬起的，眼神是专注的，下课时的掌声是热烈的，这些都会让人心情舒畅，会让所有的疲惫一扫而光，感觉课前的所有准备都是值得的。而如果课没有上好，自己的心情就会非常糟糕。在这一点上，我想大多数老师都有同样的体会。

王一涵：您在科研方面的成就非常突出，获得了多种学术奖励。您的研究兴趣也十分多样，能不能请您简要介绍一下，您的研究主要包括哪些方面？

董秀芳：第一个方面是词汇化和语法化研究。我的博士论文（后来成为我的第一本专著）《词汇化：汉语双音词的衍生和发展》主要想回答的是汉语双音词的历史来源问题。我认为，占汉语双音词主体的复合词是经历了一个从非词形式到词的词汇化过程。在书中，我论述了词汇化的类型、条件与机制，搭建了词汇化的研究框架。此后，我又在词汇化研究方面发表了一系列论文。语法化是与词汇化比较接近的一个研究领域，主要考察语法形式和语法范畴的来源。我参加了首届汉语语法化问题国际学术讨论会（2001，天津），并多次参加国内外语法化方面的重要国际会议，发表了一系列有关语法化的研究论文。2017年出版的《汉语词汇化和语法化的现象与规律》（学林出版社）汇集了我在词汇化和语法化领域的一些主要研究，揭示了汉语史上的词汇化和语法化现象在汉语语言类型特点制约下所显示出来的规律，为今后进一步的研究奠定了良好的基础。

第二个方面是汉语的词法研究。词法在汉语中研究基础较为薄弱。汉语的词法与印欧语的词法有着比较大的差异。一个语言的词法面貌直接关联着这个语言的句法面貌，因而非常值得深入研究。复合词法在汉语词法中占据主导地位，在复合词中存在很多能产的词法模式。汉语中的派生形式基本都属于表达性派生（文献中也称为"评价性形态"），主要是反映说话者的主观评价和态度，比如表达指小、增量、喜爱、贬低等功能。汉语的一些词缀和重叠，很多都具有这样的功能特点。这些年，

2018年,董秀芳(前排左三)与学生们的合影(前排左一为余超,现任教于江西科技师范大学;左二为刘明明,现任教于清华大学)

我一直在倡导对于汉语的词法特别是复合词法和表达性派生进行深入研究。《汉语的词库与词法》(第二版,北京大学出版社,2016)是我在这个领域的代表性成果。本书的第二版在第一版的基础上增加了比较多的内容。本书利用计算机用大型词表,以当代词法学理论为指导,广泛考察了现代汉语的词汇面貌,揭示出汉语词法的许多特点,对汉语词的认定提出了新观点,提出了半自由语素的概念,将语素的二分模式修正为三分模式,探讨了汉语中能产的词法模式。

第三个方面是语义演变研究。近年来,语义演变的规律性逐渐被语言学研究者所认识和强调。我的一些论文,以汉语史材料为基础,寻找语义演变的路径和机制,探讨了语义演变的规律。比如,《从指别到描述》(《语文研究》2018年第3期)一文探讨了汉语史上原本指称具体事物的名词或指称具体动作行为的动词变为指称与事物或行为相关的性质状态从而转化为形容词的演变事实,指出转喻和词汇主观化是其主要的演变机制,并指出这种演变在汉语中造成了比形态丰富的语言更多的名形同形和动形同形现象。《古代汉语词汇中的语义参项及其历时变化》（《汉语史学报》第 19 辑）一文以词汇类型学为理论框架研究了汉语动词、名词和形容词中的语义参项（即区别同一概念的不同语义要素）的历时演变情况。《从上古汉语一批代词形式的消失看汉语量化表达的变化》（《当代语言学》2019 年第 4 期，与郝琦合作）探讨了上古汉语"莫""或"等一系列否定代词或不定代词系统性的消失现象，指出这些代词具有量化意义，它们的消失反映了汉语量化表达的系统性调整。这篇论文将当代语言学中的量化理论与汉语史的演变事实有机结合起来，研究视角新颖。这三篇论文都根据一些重要的有系统性的演变事实揭示了具有普遍意义、涵盖较多个案的语义演变路径与规律。

第四个方面是语篇研究。汉语句法中显性标记较少且强制性不高，语篇对于句法语义的解读起了较大的制约作用，因此在汉语研究中应该重视语篇研究。我近年来特别关注古代汉语的语篇研究，因为这方面研究是比较薄弱的。我探索了古代汉语不同语篇类型的结构特点，重点研究了语篇策略的句法化问题，即研究了常用的语篇策略规约化为句法形式的现象。《上古汉语议论语篇的结构与特点：兼论联系语篇结构分析虚词的功能》（《中国语文》2012 年第 4 期）、《上古汉语叙事语篇中由话题控制的省略模式》（《中国语文》2015 年第 4 期）是这方面的代表作。

第五个方面是对汉语整体特征的揭示。近年来，我在以往的个案研究的基础之上，开始思考汉语的全局性特征的问题。我觉得这有利于将汉语放在世界语言的大背景下认识其性质和定位，揭示汉语与其他语言的同与异，也可以有效地指导今后对汉语各个方面的个案探讨。《主观性表达在汉语中的凸显性及其表现特征》（《语言科学》2016 年第 4 期）和《代词的主客观分工》（《语言研究》2014 年第 3 期）主要指出了汉语具有主观性凸显这一重要特征，这个特征广泛表现在汉语的词法、句法、词汇语义等各个方面。《动词后虚化完结成分的使用特点及性质》（《中国语文》2017 年第 3 期）通过分析汉语动词后的虚化完结成分的特点指出了汉语中结果表达凸显的特征。

王一涵：您觉得您的研究有哪些主要特色，能否简要概括一下？

董秀芳在办公室

董秀芳：我觉得主要有这样几方面特色：（1）注重将当代语言学的理论运用到古代汉语的研究之中去，加强了古汉语研究的理论性。（2）将共时与历时相结合，打通古代汉语与现代汉语的研究。（3）在研究中注重语言不同要素之间的互动与关联，从而更深刻地认识语言的共时系统和演变规律。（4）注重在语言共性与语言类型的背景之下，探索汉语的特点。

王一涵：自从 2001 年进入北大中文系到现在，您已经见证了中文系过去近 20 年的发展历程。未来，您对北大中文系语言学科的发展有怎样的展望？

董秀芳：北大中文系的语言学研究在众多前辈学者的开创与引领之下，取得了辉煌的成绩。在语言学的各个分支学科中，北大中文系都有非常优秀的学者。北大语言学学科在 2018 年公布的"QS 世界大学学科排名"中位列第十名。我非常希望北大中文系的语言学研究能一直保持领先优势，为学术界奉献出一流的科研成果。

中国的语言学研究经历了一个从借鉴模仿到逐渐有了独立创新要求

2011年，董秀芳参加硕士答辩（左起依次为硕士周莎、汪锋、李娟、董秀芳、刘明明、陈保亚、王洪君）

的过程。由于现代意义的语言学学科是舶来品，最初的借鉴和模仿也是必由之路。近些年，摆脱印欧语眼光、争取更多的学术话语权的呼声越来越高。北大中文系已故语言学教授徐通锵先生在晚年提出了基于汉语的"字本位"思想，虽然在学术界还存在一定争议，但这种独立探索的精神是非常宝贵的，值得我们去继承和发扬。希望同道们共同努力，使未来的中国语言学能基于汉语的特点建立具有原创性的学术体系和研究方法，为人类的知识宝库贡献我们的独到见解。

王一涵： 今年是北大中文系110周年系庆，能总结一下您在中文系的工作感受以及您对中文系的感情吗？

董秀芳： 能够在北大中文系工作，我感到非常幸运。首先，北大中文系有着深厚的学术传统，汇聚了一群敬业卓越的学者。蓬生麻中，不扶自直。优秀的群体有一种向上的氛围，给人奋进的动力。自从2013年北大中文系迁入人文学苑之后，每位老师都分到了独立的研究室，这使得我向其他老师请教和讨论学术问题变得更加方便。系里资助老师们举办各种学术工作坊、学术讲座，促进了老师之间学术思想的碰撞。第二，北大中文系给了老师们充分的学术自由。系里没有硬性规定老师们必须发表论文的数目和期刊档次，也没有催逼老师们申报科研项目，而是让老师们按照自己的学术兴趣和节奏自主进行学术规划和学术探索。这是对老师们最大的尊重。第三，北大中文系有非常民主的管理方式。中文系有各种委员会，讨论处理系里的各种相关事务。老师们可以自由地表达意见。系里的领导与老师们之间是很平等的关系，老师们的各种诉求都能得到及时的回应。

在中文系工作的这些年，我个人在老师们的帮助下收获了很多，也时时感受到集体的荣光，为这个集体而感到自豪。祝愿北大中文系越来越好！

詹卫东

从感知智能跃升到认知智能——
计算语言学的机遇与挑战

受访人：詹卫东
采访人：王佳骏
采访时间：2020 年 8 月 10 日

受访人介绍	詹卫东	1972 年生，1999 年从北京大学获得博士学位后留校任教。现为北京大学中文系教授、现代汉语教研室主任、中国语言学研究中心副主任、计算语言学教育部重点实验室副主任、计算语言学研究所副所长。2012 年入选教育部新世纪优秀人才，2017 年入选教育部青年长江学者。主要研究领域为现代汉语形式语法、语言知识工程与中文信息处理。著有《面向中文信息处理的现代汉语短语结构规则研究》，参编教材《现代汉语》《计算语言学概论》，编写国家语言文字标准《出版物上数字用法》及配套读本《〈出版物上数字用法〉解读》。在《中国语文》《语言科学》《中文信息学报》等学术刊物发表论文多篇。
采访人介绍	王佳骏	北京大学中文系在读博士生，研究方向为中文信息处理，包括形式语法理论、语言知识工程与统计学习方法。

王佳骏：詹老师您好！非常荣幸能在北大中文系 110 周年系庆之际，得到这样一个对您进行专访的机会。众所周知，您的研究方向是计算语言学，既在北大中文系担任现代汉语教研室主任，也在北大信息科学与技术学院计算语言学研究所担任副所长，同时也是北大中国语言学研究中心实验室的负责人。这样的交叉学科背景和多领域的任职经历，一定给您带来了许多独到的视角和眼光，期待您在今天的采访中与大家分享您的思索和心得。

我们知道，语言学是一门科学，在描写的基础上追求用简单的理论模型来驾驭纷繁复杂的语言现象，而计算语言学又对从业者的数理分析和计算机应用能力提出了更高的要求。您在中文系为研究生开设的"计算语言学概论"课上讲到，人工智能研究是对人类行为的模拟，而计算语言学研究则是对人类语言行为的模拟，实际上指出计算语言学是人工智能的一个分支。表面上看起来，这似乎和一般人认知中中文系所关心的问题有一点不同,我相信在您的学生时代更是如此。那么,您在本科毕业后是在什么样的机缘下选择在北大中文系继续读研,并最终走上了语言学和计算语言学的研究道路呢?

詹卫东: 我是 1989 年考入浙江大学中文系读本科的。在新生入学教育时我才知道,当时的浙大中文系和清华大学中文系是全国仅有的两所从高中理科招生的中文系。之所以从高中理科学生中招生,目的是要为新闻出版行业培养具有理工科素养的汉语言文字工作者。传统中文系毕业的学生大多是在新闻、出版单位做记者编辑类的工作,对于一般的社会文化类相关的语文业务,当然可以胜任。但是,随着中国社会发展中"科学技术作为第一生产力"的影响面日益增加,大量的科技类出版社和媒体机构,对文理交叉的复合知识型文字工作者提出了急迫的需求。像浙大、清华这样的典型工科院校,就率先在其中文系的汉语言文字学大专业下开拓了一个新的培养方向,我印象中好像是叫"科技编辑"。这个专业方向的课程体系,也正是按照培养具有科技知识素养的中文专业人才这个指导思想设计的,文理兼修,在正宗的中文系必修课比如古代汉语、现代汉语、语言学概论、现当代文学、文学史等之外,还有高等数学、概率统计、逻辑学、数据库等数理和计算机类课程。除课程学习外,浙大浓厚的理工科氛围也对我影响很大。我记得教我们现代汉语课的王继同老师跟浙大图书馆有科研合作,当时让我参与了一些数据库条目的编写工作,所以比较早就接触到图书馆新的电子文献数据库编目、索引和检索等计算机应用技术。后来大三在上海宝钢集团参加一个月的社会实践课,在完成宝钢先进人物事迹的报告文学写作任务之余,我还参与了宝钢一个部门的数据库管理系统的程序编写。当时已经能在这些小的实践中体验到文理结合的知识结构带来的乐趣和小小成就感。大四的时候,教我们"办公自动化"课程的王苏仪老师从北京开会回来,带来消息说,北京大学计算语言学研究所有意招有中文系知识背景的学生念研究生,鼓励我去报考。说来也巧,计算语言所俞士汶老师的二儿子当时在浙大光仪系读本科,跟我是同一级的。我通过他了解了一些考研的更具体的信息:如果报考计算语言所,是考计算机系的试题,一些计算机基础课我并没有学过,短时间内补恐怕来不及;

詹卫东旧照

另一个渠道是报考北京大学中文系。当时陆俭明老师已经只招博士生，不招硕士生了，但因为陆老师跟俞老师觉得应该尝试将计算语言学的研究跟汉语言文字的本体研究更紧密地结合起来，所以打算招一个中文系的学生，试一试由中文系跟计算语言所联合培养。就这样，我有了一个跟陆老师和俞老师读硕士的宝贵机会。

多年之后回想起来，我感觉自己从本科到研究生的经历，是一个比较自然的过程。我在高中时就没有特别强的分科的意识，虽然被分到理科，但对文科也同样喜欢。计算机在我们那个年代是绝对的新鲜事物，而在浙大中文系，有机会比其他相对传统的中文系学生更早接触到中文信息处理、计算语言学这样的新型交叉研究领域，而北京大学中文系，不仅是中文学子心目中的求学圣地，更重要的，还是国内为数不多的能为这一新型交叉领域的人才培养提供机会的宝地。我大概算是很幸运地生逢其时，可以说是在一系列因缘际会的帮助下，从老和山下的浙大出发，夹杂着对自身学识不足的忐忑和未来投身计算语言学研究的憧憬，走到了北大博雅塔下。

王佳骏：计算语言学专业的学生毕业后既可以在高校等科研单位从事基础理论研究，也可以在企业从事自然语言处理系统的研制和开发工作。您毕业后选择留在北大中文系从事教学和研究工作，可否谈谈背后的缘由？

詹卫东：计算语言学的学科性质定位大概应该归入基础应用研究。一方面，它所涉及的科学问题是很基础的，需要做大量的理论层面的研究，甚至涉及一些哲学层面的问题，包括人类自然语言的本质属性、人类的语言系统的符号机制和心理机制、语言的形式化模型，等等；另一方面，它又是实践性和应用特点很突出的。计算语言学在成为一门学科之前，其前身是机器翻译：伴随着计算机的出现，人类提出了借助电子计算机，用机械方法来实现自动翻译这一任务。这是一项由应用需求驱动的技术探索，而经历了一段时间的探索和碰壁之后，人们才领悟到，机器翻译，不仅仅是依赖计算技术，更重要的是要有关于自然语言的坚实的科学理论基础。在这样的背景下，才诞生了计算语言学。这是20世纪四五十年代到六七十年代发生的事情。

在人工智能和大数据迅猛发展的今天，可能大家会感觉到，计算语言学专业（在计算机类院系一般称自然语言处理专业）的学生毕业后应该是去企业就业，直接面向应用，面向市场需求，这其实是时代发展使然。在我读硕士和博士的20世纪90年代，互联网才刚刚进入中国不久，Google、百度、iPhone等都还没有问世，离"大数据时代"到来还有十多年之久。那时候跟计算语言学和自然语言处理有关的企业好像只有很少的几家从事机器翻译业务的单位，可以说进入企业工作的机会并不多。我1996年硕士毕业的时候曾经考虑过去一家国内比较有影响的机器翻译公司工作，不过最后还是决定在北大继续攻读博士学位。除了个人喜欢学校相对宽松的环境之外，还有一个原因就是觉得语言学的研究成果，跟计算语言学的应用需求相比，还有很大的差距，如何把语言学研究跟计算语言学的计算需求结合得更好，还有许多基础工作需要去做，如果在高校从事教学和研究工作，可以在这些方面发挥作用。陆老师和俞老师当时也很鼓励我继续读博，希望我能在硕士阶段已经开始的一些个案性的汉语短语结构规则的研究基础上,进一步深入和系统化,在博士学习阶段,针对汉语的短语结构系统,做更全面的考察和研究。

等我1999年博士毕业的时候,北大刚经过百年洗礼,即将进入新世纪。作为985首批国家重点建设高校中的传统大系,北大中文系在布局学科发展时,语言学科的设想是一方面继续加强传统优势方向,同时还要在语言学的应用方面进行拓展,这其中就包括中文信息处理和对外汉语教学的学科建设。在这个背景下,我得以留校工作,成为北大中文系教师队伍中的一员。

王佳骏:您的求学经历也有独特之处。从您的简历中可以看到,从硕士入学到博士毕业,您同时接受来自中文系现代汉语教研室的陆俭明教授和来自信息科学与技术学院俞士汶教授的指导。陆俭明教授和俞士汶教授都是国内泰斗级的学者,他们培养的学生目前已经成为相关领域的中流砥柱。您的汉语语法研究功底直接师承自陆俭明教授,而您获得"全国百篇优秀博士学位论文奖"的博士论文《面向中文信息处理的现代汉语短语结构规则研究》,又是俞士汶教授牵头研制并获中国国家科学技术进步奖二等奖的《现代汉语语法信息词典》的自然延伸与发展。可否结合具体的事例,谈谈在您的求学历程中两位导师给您带来的影响?

1999年6月,詹卫东博士论文答辩结束后与两位导师合影(左起:俞士汶、詹卫东、陆俭明)

詹卫东：我很有幸从硕士到博士的六年时间都是跟随两位导师学习。两位导师对我的影响是润物无声的潜移默化，我印象中并没有经历过特别的经由耳提面命而至醍醐灌顶的"高光时刻"。陆老师和俞老师都是典型的老一辈知识分子，他们当然各自有自己的个性，但让我感受更多的好像还是他们身上的共性。我对他们最主要的印象就是严谨低调，一丝不苟，实事求是。这种气质既体现在课堂教学，也蕴藏于科研中各种形式的交流讨论和为人处世的一言一行，固化为一个学者做学问的品格，有一种浓郁的"北大味"：就是要力求表达经过自己思考的见解，绝不甘于人云亦云。陆老师给研究生上"语法分析"课，第一堂课就提出了三个要求：第一是基本概念要理解准确，第二是研究方法要合理，第三是要面对语言事实。1993年（也就是我研究生入学那一年）陆老师的《八十年代中国语法研究》刚在商务印书馆出版，是一本比较薄的小册子。"语法分析"课的基本框架跟这本书基本一样，但上课时用了大量的实例分析，来讲解不同的语法分析方法，骨架简明扼要，展开又是内容丰富，别有洞天，非常立体地展示了现代汉语语法研究所面对的问题以及不同分析方法的魅力。陆老师对研究方法持很开放的态度，他用不同的交通工具打比方：汽车、轮船、飞机等交通工具，从正面说，各有自己的特点和优势，从反面说，也各有一定的局限性。而在小弄堂里，老式的交通工具自行车才是最合适的，所以说，研究学术问题，要思考研究的目的是什么，根据研究的需要，选择适合的方法，已有的分析方法不能解决问题的时候，要创新，探索新的方法来解决问题。这些观念在我初窥学术殿堂之门时就深深影响了我并持续至今。

我读研期间大部分的课余时间都在参加计算语言学研究所的课题工作。记得当时计算语言所人员规模不大，办公空间也很小。有很长时间是几位老师挤在北大南阁的两间小屋里，另外有两间稍大一些的房间用作机房，供学生上机用，最多的时候硕士生和博士生加在一起好像也不到十个人。但就在这样比较局促的硬件条件下，俞老师带着计算语言学研究所的师生们开展了多项课题研究，其中有的课题是跟外单位、外校乃至境外的一些研究机构合作进行的。给我的印象是研究所的科研发展

1997 年，北大计算语言学研究所在北京植物园集体活动（后排右四为詹卫东）

势头很好，而且研究的进展情况经常是研究所每周例行讨论班里讨论的主题。当时讨论班活动的氛围很好，老师和学生都一起参加，平等而自由地发表观点。记得俞老师不止一次说过，晚上在研究生宿舍的走廊里听年轻人聊天，收获可能比听教授讲课还大。俞老师早年在北大学的是数学专业，后来转入计算机领域，研究过操作系统，再后来调入计算语言学研究所从事计算语言学领域的研究，差不多可以说是年近半百从头学起。他总是很谦虚地说自己是语言学门外汉，要多向语言学家学习。俞老师经常把自己做的研究比作汇入中文信息处理发展大河中的一朵小小的浪花。他在选择研究课题时的敏锐，组织课题开展工作时的细致和周到，跟合作单位沟通时的耐心和亲和力，在学习新知时的谦逊态度和务实精神，都在每天跟学生的相处当中如涓涓细流般深入到大家的心田，影响着他周围的每个人。现在北大计算语言学研究所的领导和骨干教师有好几位都是跟我同期研究生毕业后留在计算机系工作的，他们的工作方式、治学风格，也都明显受到俞老师的影响，形成了计算语言学研究所现在的一种低调务实而又勤奋进取的科研文化。

王佳骏：北大从 80 年代开始就在计算语言学领域产生了良好的跨学科研究氛围，朱德熙教授、马希文教授以及白硕老师都是这方面比较有代表性的学者，北大计算语言学研究所也是这期间由中文系语言学背景的朱德熙教授牵头建立的，而朱德熙教授最初又是物理学出身。

现任职于华为诺亚方舟实验室的刘群老师在《计算所与北大往事回顾》一文中写你们 90 年代一起攻读博士学位期间您向他介绍语言学知识，把他"从语言学门外汉变成一个语言学票友"，同时向他请教 C++ 编程技术的事，他还提到参与机器翻译系统中知识库的研制的工作给您带来了一些纯语言学背景的学者所不具备的思维和眼光。我了解您在浙江大学攻读本科学位期间就对人工智能发生了兴趣，有自学 LISP 编程语言的经历，同时您还是《计算机程序设计艺术》作者高德纳的崇拜者。

我想您选择北大，也可能是这种跨学科氛围"同声相应，同气相求"的结果。可否请您以一个亲历者的身份，简单介绍一下北大计算语言学的跨学科建设在将近四十年中的发展概况，北大中文系在其中扮演的角色，以及这种跨学科氛围对在其中工作和学习的老师和同学们带来的影响？

詹卫东：跟中文系的文学、语言学、古典文献学这三大传统专业和基础学科相比，北大的计算语言学研究应该说历史不算长。不过，从全国高校的范围来看，北大计算语言学的研究可以说是走在前面，开风气之先的。特别是在语言学和计算机科学跨文理大学科结合这个角度，北大的计算语言学研究有很鲜明的特色。1986 年北大组建成立了计算语言学研究所。主导这项工作的一位是来自中文系的语言学大家朱德熙先生，一位是来自数学系的有"数学神童"美誉的马希文先生。实际上，在计算语言学研究所成立之前，马希文先生就在北大开设了"计算语言学"课程。朱先生和马先生共同组织了一个长期持续活动的语法讨论班，吸引了不少北大校内外对语言学、计算语言学、人工智能感兴趣的中青年学者参与，为中国计算语言学的早期发展做出了奠基性的贡献。像现在已经是中文信息处理学界资深学者的白硕教授、宋柔教授等，中文系语言学科带头人郭锐教授、袁毓林教授等，当时都参加过这个研讨班的活动。在我读研的时候，讨论班的活动由陆俭明先生和俞士汶先生两位接棒主持，仍然保持着语言学与计算机跨学科结合的形式，充满了学术活力。这种跨学科的学术共同体在北大似乎有着很强的生命力，而且跨的学科范围有扩大的势头。

近年来，哲学系逻辑学家周北海教授牵头组织了一个"语言、逻辑、计算、认知"跨学科讨论会，英文名称的首字母缩写是 LLCC，大家把这个松散的学术团体的英文缩写名称翻回中文，戏称为"拉拉扯扯"，很有"跨学科"的韵味。参与其事的有北大哲学系、中文系、外语系、计算机系、智能科学系、心理系、磁共振成像研究中心等多家单位的教师。在跨学科讨论班活动的过程中，自发形成的两三人的研究小组会有共同感兴趣的研究题目，可以合作开展研究。前几年周北海老师和袁毓林老师分别申请到了社科基金的重大研究课题，研究团队的骨干人员也多是来自这个 LLCC 团体。

北大计算语言学研究的这种浓郁的跨学科氛围，我感觉是北大崇尚学术思想自由的传统的自然体现。用现在时髦的话说，北大可能有盛产学术"斜杠青年"的土壤。上面说到的朱德熙先生和马希文先生在 80 年代中期创建计算语言学研究所，固然是大师高屋建瓴推动计算语言学跨学科建设的大事件，但其实还有一些个体性的事例，也能反映北大中文系长期以来就深蕴其中的跨学科活性。不同年代从北大中文系语言专业走出去的跨学科人才，毕业后在其他高校和科研单位从事计算语言学研究，对中国计算语言学的发展做着持续性的贡献。比如 50 年代末从北大地球化学专业本科转入中文系的冯志伟老师；60 年代毕业于北大中文系本科，80 年代任教于北京语言学院的张普老师；80 年代末师从朱德熙先生研究汉语方言语法，博士毕业后在北京语言大学从事计算语言学研究和教学的陈小荷老师，等等，可以说北大中文系的这种跨学科视野和传统由来已久，为中国计算语言学研究领域培养了一批先行者。

我读研期间有一次听冯志伟老师说别人的业余消遣可能是打牌看电影这类的娱乐，而他平时的爱好则是做吉米多维奇《数学分析》习题集。这个事情给我留下很深的印象。北大中文系的魅力，大概有一部分原因就是这里会出品这样有点"怪"的人吧。

王佳骏： 2020 年毕业季，您在北大中文官微上对北大中文系毕业生的寄语是"研究学问就是探究事物的约束条件，而研究的过程据说是不应该受约束的"，您还幽默地用删除符号将"据说"两字删去。这也体现出您培养学生的风格是比较宽松的，希望在现有条件下尽可能留给学生更多时间去探索自己感兴趣的方向。另一方面，在具体的研究过程中，您对学生的要求又是非常严格的，在选题价值、研究方法的选取和成果展示的规范性这三个方面都提出很高的要求，我想这也是北大中文系"铁肩担道义，妙手著文章"的精神在学生培养过程中的具体体现。可否谈谈您所在的北大中文系现代汉语教研室在学生培养方面所继承和形成的理念与主张？

詹卫东： 北大校长蔡元培先生说过："大学者，研究高深学问者也。"我的体会是，要研究高深学问（当然也包括研究跟语言学有关的高深学问），有三样事情要特别重视，一是基础，二是事实，三是方法。这三个方面，是中文系现代汉语教研室在培养现代汉语专业研究人才的过程中特别看重的。我读研究生的时候，现代汉语教研室的老先生们就经常强调基础知识的重要性。要求从外校考到北大现代汉语专业的研究生要在一、二年级的时候，在开始做毕业论文的研究之前，补上一些北大中文系本科生的语言专业课程，其中包括大一的基础课"现代汉语"，高年级的专题课比如"现代汉语虚词研究"和"汉语方言调查"，此外还包括一些汉语史专业的课程比如"汉语音韵学"。这个传统一直延续到现在，之所以这样要求，就是要求学生重视专业基础。现代汉语专业内部一般分为语音、词汇、语法、方言等不同的分支方向，这些方向的基础课程，都要求学扎实。研究现代汉语，眼光还要经常回溯古代汉语的情况，因此，对于传统的训诂、音韵之学，也要涉猎。只有基础夯实，今后的专业研究才能打开局面。这个观念其实不仅是现代汉语教研室的传统，应该说，也是北大中文系整个语言专业的传统，是王力先生、魏建功先生、朱德熙先生、林焘先生等一批语言学大师们为北大语言学专业奠定的学风根基。

在研究中重视语言事实，是陆俭明老师在上课和指导我做毕业论文研究时最常提到的。陆老师在课上经常能举出富有启发性的现代汉语用例，通过实例的分析引导学生去思考语法问题。这种教学方式的特点也很鲜明地体现在老一辈学者的学术论文风格上。像朱德熙先生的《说"的"》、陆老师分析"父亲的父亲的父亲"的层次结构的经典文章，都是从具体的语言实例切入，以小见大，引出问题，再展开理论分析，解决问题的过程，给人抽丝剥茧之感，充满着层层深入的逻辑力量。这种做学问的风格在教学和研究中都一以贯之，而且作为一种学术传承，成为现代汉语教研室师生们的共识。我记得现代汉语专业的博士生刘探宙（从北大毕业后在社科院语言所从事研究工作）在博士论文出版后寄给我一本。后记中就特别提到，在香港访学期间她的指导老师石定栩教授有一句口头禅: Theories come and go. Data are always there.（如果允许我开个玩笑，也许可以套用一句90年代的流行歌词，把这句英文译成"理论悠悠，过客匆匆，潮起又潮落；语言事实，永立潮头，几人能看透"。）石定栩教授的专长是形式语法理论研究。他的这句口头禅所反映的学术观念，跟北大中文系语言专业重视从语言事实（数据）入手展开研究的学风，也是完全一致的。当然，这里也值得强调一下，重视语言事实，并不是说理论不重要，而是说要弄清楚语言研究的根本目的——是要去解决语言事实中存在的实际问题。理论可以提供我们观察事实的独特视角，理论也只有在能为解决实际的语言问题服务时，方彰显其价值。如果脱离了语言事实，仅仅是从理论到理论，不是我们提倡的研究路子。

关于在教学过程中重视培养学生的研究方法意识，前面介绍陆老师对我的影响时已经谈到了。中文系现代汉语教研室在研究生新生入学教育的时候，每次都会特别强调，在学习过程中要努力开阔学术视野，在完成研究生培养计划规定的本教研室必修课的基础上，还要关注汉语专业其他教研室的课程。总体来说，北大中文系的语言学专业课程很丰富，布局展现出当代语言科学的层次性和系统性。其中语言学核心课程模块中的语音学、音系学、词汇学、句法学、语义学、语用学等，跟国际通行的主流语言学专业课程设置一致。在此基础上，还有一大批展现语言

2002年5月，詹卫东在台北"中研院"参加汉语词汇语义学会议期间合影留念（前排左起依次为：曹右琦、朱学锋、俞士汶；后排左起依次为：周强、刘群、张化瑞、詹卫东）

学分支、子领域和不同流派的专题课程，涉及认知语言学、形式语言学、语言类型学、方言学、计算语言学、配价语法研究，等等，这样的课程体系，可以让学生在当代语言学研究的学术海洋中畅游，在学习采用不同视角和不同方法处理和分析语言学问题的系统的学术训练中，感受和品味学术研究的魅力。

王佳骏：您在研究生课程"现代汉语前沿问题讲座"中归纳了语言学发展的四个阶段："法学"意义上的语言学（对应规约性的语法规则的制定）、"生物学"意义上的语言学（对应历史比较语言学）、"化学"意义上的语言学（对应重视共时描写的结构主义语言学）和"数学"意义上的语言学（对应生成语言学）。作为一个具有上千年悠久历史的学科，语言学有其自身的发展脉络和追求，这种追求有时与计算语言学"通过数学模型去刻画／模拟人类的语言行为"这一追求并不完全一致。作为一位同时涉足语言学和计算语言学的学者，您认为应当如何处理好语言学和计算语言学之间的关系？

詹卫东：关于语言学发展的四个阶段的说法不是我的创见，是引用钱锋先生的观点。我刚接触计算语言学的时候，就读到过两本国内出版的计算语言学的早期著作，都是1990年在上海出的。一本是钱锋先生的《计算语言学引论》，一本是陆致极先生的《计算语言学导论》。钱锋先生是计算机科学背景，陆致极先生是语言学背景。可以说是这两本书引领我进入计算语言学这个领域的。钱锋先生关于语言学发展四个阶段的概括给我留下很深的印象。语言学作为历史悠久的学问，在世界范围来看，有不同的源头和发展路径。钱锋先生的这个概括，主要是反映了进入到现代科学进程中的、作为一个学科的语言学，如何看待语言这个对象，是语言观的演变。

一门科学的大的演变或者说进步，往往体现在观念的革新和视角的转换。计算语言学的出现，正是在现代电子计算机这一新事物问世的条件下，人们看待语言的视角，从人拓展到了计算机。语言的计算性质，语言的无限生成性，语言符号的形式规则系统，这些关于语言的新问题，都是在计算机背景下提出的新的语言学基础问题。语言学在其由来已久的人文性之外，又增添了科技性的一面。我要强调一下，新视角更适合看作拓展，而不是替代。语言学在其发展过程中，形成了各种不同的观察语言的视角，因为语言是一个极其复杂的系统，人们对于语言的好奇点很自然地也会有所不同，但总的目标都是去揭示语言的规律，既包括言语表达层面人们运用语言的规律，也包括符号系统层面语言自组织的内在规律。这些观念或者说视角之间，不应该是排斥竞争的关系，而应该是互动激发的关系，通过互相启发，达到融会贯通，条条大路通罗马，帮助人们更接近语言的真相。

在我看来，所谓"面向计算的语言学研究"，必然涉及两个方面的研究内容：首先是语言学研究，纯粹出于对各种语言现象的好奇而产生的语言学研究问题；二是计算任务，这是出于应用的目的，要让计算机能模拟人的语言行为，让计算机看上去能跟人一样，运用自然语言来完成各类具体的信息处理任务，比如机器翻译、人机对话、信息挖掘，等等。这就要求前面所说的语言学研究的成果，要能算法化，过程化，而不能仅停留在静态描写和理论解释的层面。从这点上说，计算语言学也可以说是在传统面向人的语言学研究基础上,又增加了一个要求。从语言学发展出计算语言学,是递进的关系。

朱德熙先生在谈语言研究的原则时提过要形式和意义互证。从某种意义上讲,这实际上也可以看作高度概括了面向计算的语言学研究的目标:给定语言符号形式,要输出正确的意义,这就是计算机的自然语言理解;给定意义(表达意图),要输出恰当的形式,这就是计算机的自然语言生成。举个简单的例子,"阿Q没有理由怕吴妈"跟"阿Q没有理由地怕吴妈",相差一个"地"字,但两句话是肯定和否定的语义对立关系。语言学家要在观察到这样有趣的语言现象的基础上,提出一套理论来解释为何两个句子的形式差异只有一个"地",但意义差异却是前者表示"阿Q不怕吴妈",后者表示"阿Q怕吴妈"。从计算语言学的视角来看这个问题,不仅同样要面对这个语言学问题,而且还要把语言学分析转换为计算机可以操作的形式语言来加以表述,让计算机可以在算法层面、编程层面去做符号处理,这样才能"看上去"像人一样,像是也能理解这两句话的语义差别。

国际计算语言学权威期刊 *Computational Linguistics* 2009年第4期有一篇短评文章,题目是"What Science Underlies Natural Language Engineering?"作者是以色列海法大学的舒利·温特(Shuly Wintner)教授。文章当时的现实背景是自然语言处理领域已经工程化,而本应充任自然语言处理技术的支撑学科角色的计算语言学,却似乎越来越快地滑向了只剩"计算",而让"语言学"处于缺位的尴尬境地,这个领域中几乎没有人关心语言学的基础理论问题了。温特教授在文章的第一段末尾发出了呼吁:"I want to call for the return of linguistics to computational linguistics."说来有意思的是,白硕老师在翻译这篇文章的时候,把这句话译为"我想呼吁语言学回归计算语言学"。结果这句译文通过电邮在北京的一些语言学者和计算语言学者中引起了持续数天的讨论,是译成"语言学回归计算语言学"还是译成"计算语言学回归语言学",到底哪个更准确?如果撇开严肃的学术问题,仅从字面形式上看,是不是有点"西红柿炒鸡蛋"和"鸡蛋炒西红柿"的傻傻分不清之感?大概用"我中有你,你中有我"来阐释这种关系，是最好的选择吧。

王佳骏： 从 80 年代初开始的近二十年的发展中，北大语言学、逻辑学和计算机科学等多学科背景的学者相互交流，共同学习工作，形成了计算语言学研究的学术共同体。在这样的积淀之上，北大中文系在全国范围内较早以"应用语言学"为名开出了专门培养计算语言学人才的本科专业，并从 2002 年开始招生。作为北大中文系应用语言学专业的主要负责人，可否请您谈谈您心目中计算语言学从业人士具有的理想的知识结构应当是什么样的，北大中文系在培养计算语言学人才中可以发挥什么样的独特优势？

詹卫东： 我借这个机会简单介绍一下北京大学中文系应用语言学本科专业的情况。应用语言学专业是中文系文学、语言、古典文献三大传统专业之后设立的第四个本科专业。可能不光社会上对这个专业的了解不多，就是在北大中文系内部，也有老师不是太了解这个专业的情况。大约是在 2000 年 12 月份，在陆俭明先生为主的中文系老一辈语言学专业教师的倡议下，现代汉语教研室正式向中文系领导提出了设立应用语言学专业的建议，并组织了专家论证会来对此加以评估。实际上，20 世纪 80 年代朱德熙先生就提出了成立语言学系和计算语言学专业的建议，但由于当时条件的限制，这个建议没有完全按朱先生的设想实现，折中的结果是成立了北大计算语言学研究所。计算语言所自成立以来，跟中文系在学术研究、科研项目、人才培养等方面一直保持密切合作，逐渐积累起了一定的资源和经验。中文系语言学专业的不少学者像理论教研室的王洪君老师、现代汉语教研室的郭锐老师、袁毓林老师，也都非常重视将语言学研究跟计算机科学联系到一起，在各自的科研和教学工作中积极探索汉语研究的理论成果与计算机信息处理技术相结合的途径。这些积累，为在中文系成立一个文理交叉的应用语言学本科专业奠定了坚实的基础。2001 年北大中文系正式向学校提出申请成立新的应用语言学本科专业，后上报到教育部，得到批准，自 2002 年秋季学期开始招生运行。头几年课程体系经历了探索磨合，逐渐从"以文为主，以理为辅"的思路，过渡到"文理并重，融会贯通"的轨道上。北大对于本科

2006年6月，北京大学中文系应用语言学本科专业第一届学生毕业（左起：邓高、姜巍、曾石铭、詹卫东、曲丹、丁伟伟、胡曼妮、孙薇薇）

生的培养，向来强调厚基础、宽口径，着眼于学生的综合能力得到更全面的提高，鼓励培养跨学科复合型人才。在这样的大环境下，中文系应用语言学专业的建设应该说是比较充分地利用了北大文理基础学科的综合优势。

　　作为交叉型学科，虽然理想目标是平衡兼顾，但学生在学习过程中，实际上很可能会自然而然地出现侧重上的不同。如果本科阶段更侧重理科类课程的学习，可以发展为有汉语语言学理论素养的信息技术人才；如果本科阶段更侧重语言学类课程的学习，可以发展为有信息科技素养的语言学研究人才。如果文理两方面的基础知识在本科阶段就系统学习并达到一定程度的融会贯通，将来就更有可能在计算语言学的开拓性研究中做出领先的成果。去年从中文系毕业的本科生林子，就是在语言学和计算机两方面结合比较好的一个例子。她从大二开始就在课余时间参与到计算语言所的一些科研工作中，其中有两项工作分别发表在自然语言处理领域很有影响力的两个国际会议上：2018年的自然语言处理实证方法大会（EMNLP）和2019年的美国人工智能协会年会（AAAI）。一个工作是探索了汉语中介语语料库的语义角色自动标注；另一个工作是提出一种新的方法，将人工构建的关于汉语语素的语言学知识库跟深度神经网络中的词向量表示结合起来，改进了词向量表示在词义相似度计算任务上的效果。她以中文系学生的身份，凭借这些研究成果参加了前年的第六届北京大学信息学科本科生科研成果展示会，获评一等奖。

Google科学家吴军博士在《数学之美》一书中提到过一个在业界广为流传的八卦，美国自然语言处理领域的大师弗雷德里克·杰利内克（Frederick Jelinek）曾经很刻薄地说过："我每开除一名语言学家，我的语音识别系统错误率就降低一个百分点。"这种失之偏颇的评价当然不能用在所有的语言学者身上。不过，就计算语言学领域而言，这句话却有着耐人寻味的意义。从积极的角度讲，或者可以"重新解读"为是对面向计算机的语言学研究提出了更高的要求。冯志伟老师写过一篇题为《语言学家在自然语言处理研究中大有可为》的文章，提倡语言学者要更新知识，适应信息时代语言学研究的发展，为自然语言处理贡献语言学的真知灼见。我想，北大中文系应用语言学专业的建设目标，正是要培养这样的新型语言学人才。

王佳骏： 计算语言学与人工智能经历了相似的发展阶段，走过了知识推理期，经典的统计学习期和深度学习期。如果按照知识驱动和数据驱动来划分的话，人工智能可以大致分为符号主义和统计/连接主义两种研究模式。

虽然符号主义方法在近十年的媒体宣传和学术投稿中一直显得缺位，非专业人士一听到"人工智能"就将其与大数据、机器学习联系起来甚至划起等号，但是符号主义一直都在发挥自己的作用：例如求解代数方程组、计算符号微积分和定理自动证明这样的问题就需要由符号主义方法通过专家撰写知识库来解决。这类问题本质上是不能通过"构造统计模型并用样本数据与先验知识估计模型中的参数或超参数，借此预测建模对象的行为"这样的数据驱动思路来解决的。

国内计算语言学学界基于形式语法和逻辑语义的符号主义路线的人才培养显得冷清，当下似有断代之虞。不过近期，我们也逐渐听到有识之士呼吁重新重视符号主义的声音，例如南京大学的周志华教授就在2020年8月7日的全球人工智能和机器人峰会（CCF-GAIR 2020）上呼吁在"数据""算法"和"算力"之外重新思考"知识"的价值。人工智能下一个十年的主题可能是符号主义和连接主义的融合，您提到的应用语言学专业毕业生林子同学在词向量中引入语素信息以提升词义相似度计算效果的研究成果就是这样的例子。

作为具有丰富的语言学知识的业内专家，可否请您介绍一下中文系过去几十年为计算语言学领域做出的贡献，以及中文系未来几年在计算语言学领域的研究规划与布局？

詹卫东：近年来人工智能发展迅速，确实如周志华教授所提到的，得益于计算机在"数据、算法和算力"方面的综合提升。特别是在感知智能方面，比如计算机图像识别、图像生成、语音识别、语音合成等任务上，水平大大提高，让计算机从以前的能算会记，发展到能看能听，能说会道。接下来发展的重点要向更高级的认知智能发展，其主要攻关难题，就是解决自然语言处理的问题，包括自然语言理解和自然语言生成。有人说自然语言处理是人工智能皇冠上的明珠。这尊圣杯吸引得很多以前不做自然语言处理研究的科研人员，现在也都在自己已有的研究工作中加入了自然语言处理的内容。不过，跟以前走符号主义路线和传统机器学习方法都不一样，当前基于深度学习的自然语言处理，主要是在大数据的支持下，计算机获得了显著增强的数据拟合能力。在一定程度上或许可以说，深度学习使得包括自然语言处理在内的人工智能经历了一次范式革命。我想可以用围棋做个简单的类比说明。2016年AlphaGo亮相，成为人类围棋的终结者。在此之前，恐怕一般人都会认为，计算机学习围棋，也跟人类下围棋一样，要学习前人的"定式"，也就是围棋领域的知识，但实际上，基于神经网络深度学习模型训练的围棋AI程序并不需要把人类的围棋知识作为学习对象，AlphaGo可以用自我博弈的方式产生千万量级规模的棋局，从中学习计算机判断围棋输赢的价值网络。简而言之，人类从数据中总结知识，用知识指导产生合理的行为，而计算机在大数据的武装下，可以把对人类而言显式的"知识"隐去，直接从数据中导出迎合赢棋目标的合理的行为。回到计算语言学，符号主义的研究路线可以说是模拟人的范畴化思维定式，因而在指导计算机分析句子时，也采用主语宾语名词动词等范畴来驾驭具体的词语，而当计算机的算法和算力有能力处理海量语言数据时，如果可以直接记住一个词可能出现在其周围的所有词以及这些词的分布模式，在这种情况下，主语宾语名词动词这些语言学范畴知识，不就变得无足轻重了吗？

2013 年《大数据时代：生活、工作与思维的大变革》一书出版，当年也被称为所谓的"大数据元年"。作者提出的"不求因果，只要相关"成为一个响亮的宣言，甚至可以说完全颠覆了传统科学的追求目标。假如大数据真如有些人所宣扬的那样意味着"全部数据"，那么，确实，因果性就要让位给相关性了。随着互联网新媒体的发展，越来越庞大的源源不断的语言材料都装入计算机里，也确实很容易造成计算机掌握了"全部语言数据"的错觉。

但是，人类认识世界的方式，从根本上而言，最终是指向因果关系层面的，而不仅仅是停留在相关关系层面。2018 年，老一辈人工智能大师、图灵奖得主朱迪亚·珀尔（Judea Pearl）教授与人合作出版了 *The Book of Why: The New Science of Cause and Effect*（中译本《为什么：关于因果关系的新科学》由中信出版社出版，主译者是北大数院跟我同年毕业留校的江生博士）。书中开宗明义，提出了要建立一门用科学语言来描述因果律这样一个宏伟目标，并形象地把人类认识因果关系之世界的努力比喻为攀登因果关系之梯。这架宏伟的摩天巨梯分为三级，第一级为观察（seeing），第二级为干预（doing），第三级则为想象（imaging）。大数据再大，也仅仅是在观察这一级上，而人类能够去揭示事物之间的因果联系，靠的不仅仅是观察数据，更重要的是，要迈上第二第三个台阶，运用干预、虚拟（创造）的方式去研究事物之间的因果联系，也就是真正内在的稳定的相关性，而不是外在的、偶然的、不一定可靠的相关性。

再回到如何认识自然语言的数据，也就是语言事实，恐怕从现实世界到人类的认知世界，都无法得到一个静态的"全部数据"，语言的外在表现永远是随着这个世界一道在动态发展变化的。2018年年底召开的中国中文信息学会年会组织了一个"自然语言理解"论坛，邀请了几位学者对谈，我也受邀发表了一些看法。其中提到，从某种意义上讲，理解自然语言就等同于理解大千世界。人类语言的起源是沟通信息的现实需求推动的，进而发展出交流思想、传承文明的功能。借助语言这个工具，人类不断努力去理解身处的世界，与世界互动。跟社会的稳定性相应，语言系统的主流也是稳定的惯例化的符号联系，语言理解有例行公事这一面的特点。在这个方面，计算机处理自然语言主要面临的是各类真歧义、伪歧义的问题，也就是像前面我举过的"阿Q没有理由怕吴妈"跟"阿Q没有理由地怕吴妈"这样的例子，形式很接近，但意义却不同。这样的语言例子可以说是俯拾皆是。比如"王胡有钱"跟"王胡有碎银子"，也是很相似的表达形式吧，但为什么前一个可以表达"王胡很有钱（很富有）"的意思，而后一个不表达"王胡有很多碎银子"的意思呢？汉语中也没有"王胡很有碎银子"的说法。"吴妈出门买菜了"跟"吴妈出钱买菜了"也很接近，但前一句给人的感觉是吴妈本人亲自去买菜，后一句是吴妈让别人去买菜。这两句话又是如何编码这种语义差别的呢？这类问题，或许计算机都可以通过累积数据来"记住"语言符号跟现实世界之间的形义对应关系。但语言还有鲜明的创造性的一面，层出不穷花样翻新的新用法很难作为既有数据交给计算机去记忆。比如有一篇关于华为任正非的报道，标题是"发展芯片，光砸钱不行，还要砸人"。看到这个标题，人大概不难理解这里的"砸人"不是要打人，而是要像砸钱一样，投入大量的人力，通过高科技人才来推动芯片发展。语言的这种创新性用法，实际上就迫使我们去思考，形式跟意义之间的映射关系，到底是如何建立起来的？

北大中文系的计算语言学研究，可以说一直以来也就是在追问这个问题的答案。从语言学者的角度看，过去给出的答案是设计语法知识范畴，比如词类、短语结构类等，设计语义知识范畴，比如动词的论元语义角色，词语之间的各种语义关系等，来构建语言知识体系，并进一步落实到对成千上万的词语的语法语义特征的描写上。以词汇知识库存储的静态知识作为基础，以组合的方式来驱动句子语义的动态分析。这可以概括为"向内求义"的路线。建立形式和意义关联的另一条路线是"向外求义"，即从语境特征的角度去探求语言单位的意义解析。这方面的工作以前做得相对少一些，今后可能需要在这方面做更多的探索。近年来我们在词语语法信息库、配价语义信息库、句法结构树库等语言知识资源基础上，进一步开展了汉语谓词论元角色标注语料库、汉语构式知识库、构式语义标注语料库等新的语言数据建设项目，也是希望从更多角度去探求语言形式和意义之间对应关系的表示方法。我个人的认识是，在现在这个时代，语言知识要大规模数据化，成为计算机可用资源，才能发挥更大作用。这是在以往的语言学研究结构化和形式化的基础上，对语言学研究提出的更高要求。

  我记得当年念博士时必修课有一门是哲学课，期末考核是提交一篇论文，自选一本哲学著作进行评论。我当时选读的是波普尔的《历史决定论的贫困》一书。这本书的主要思想是历史发展的走向是不确定的。受其影响，我向来也是对"规划未来"持谨慎态度。我想，当前的人工智能热让自然语言处理受到了前所未有的关注，计算语言学应该借助这一大好形势更快地发展，去回应人工智能时代对语言学研究提出的更高要求。目标是确定的，但奔向目标的路径却是多种多样，每个参与其中的研究者，都会结合自己的兴趣和实际情况，做出自己的恰当安排。作为中文系来说，我觉得为了更好地推动计算语言学的发展，最重要的恐怕还是吸引优秀的青年学者来开拓新局面。

  我还想借这个机会特别向我工作以来经历的历任中文系领导集体表达由衷的感谢。特别是温儒敏教授、李小凡教授、陈平原教授、陈跃红教授、郭锐教授、漆永祥教授、陈晓明教授、金永兵教授、杜晓勤教授、张辉教授、宋亚云教授等。他们在位时都对中文系的计算语言学学科建设和研究工作给予了极大的支持。我想今后中文系新的领导班子也会继续积极支持计算语言学的发展的。

王佳骏：在中文系从教的二十年中，您觉得中文系学生总体上来看有什么变化？有什么一以贯之的东西？可否谈谈您个人对学生成长的期许？

詹卫东：这个问题对我来说有点难回答。我个人一直不太习惯给一个群体贴标签，哪怕是纯生物意义上的所谓"客观"标签，都会有各种可能的"主观化"理解。比如"男人""女人"这样的标签，似乎足够简单，但含义也是你想多丰富可能就有多丰富。这也许是长期观察语言、思考语言的一种职业习惯吧。我 1999 年刚留校工作的时候，分配的教学任务是教留学生的现代汉语专业课。在课堂上主要是跟中文系的留学生打交道。2002 年中文系本科设立应用语言学专业，开始从高中理科学生中招生。从那时候到现在，我一直负责这个专业本科学生的相关工作，包括专业的课程体系设置，每个学期跟教务老师一道安排课程表，跟信科等外院系的相关老师联系，在课程和科研实践等方面做协调工作，帮助应用语言学专业的同学更快、更好地适应交叉学科的学习环境，等等。后来慢慢地也就不再承担留学生的教学工作了。在中文系的本科教学相关工作中，我主要就是跟应用语言学专业的学生打交道，跟其他专业的本科生接触比较少。即便如此，我感觉要给中文系应用语言学专业的本科生描画一幅群像，就总体特点说出个一二三四，对我而言也是比较困难的。

不过这个问题倒是勾起我很多的回忆。从 2002 年到现在，近二十年了，每年应用语言学专业的学生人数基本都在个位数，甚至也出现过像北大某高冷专业的毕业集体照只有一人的"壮观"场面。他们作为中文系中的理科生群体，课业负担更重，日常的学习姿势，摆在中文系的大多数中，看上去可能也不大和谐，但是他们中总是会出现让我感觉到很棒的青年人。比如 2002 级首届学生中的孙薇薇，2012 年在德国取得计算语言学博士学位后回到北大任教；2005 级的彭楠赟，2017 年获得约翰斯·霍普金斯大学计算机科学博士学位后入职南加州大学（USC）；大学期间入伍两年，作为炮兵部队战士荣立过三等功，获得过北大五四奖章和北京市优秀毕业生称号的王靖楠；以全国信息竞赛银牌获得者身份

2011年6月,中文系应用语言学本科专业2007级学生毕业典礼后,詹卫东与部分学生合影留念(左起:陈刚、王靖楠、詹卫东、周天逸、朱成、马腾)

在高二就获得保送资格,后来进入应用语言学专业的顾森,在互联网上是传播数学知识和数学文化的布道者,粉丝无数;因纠结文学和语言学到底哪个专业更关乎人的灵魂而跟我讨论的周天逸;为了鼓励自己也为了鼓励学弟学妹而写下《写给中文系理科新生——当一个中文系理科生是非常刺激的》长文的王婵娟……恕我不能再列举下去。除了这些科班理科生,北大中文系一直也不乏一些"非典型文科生",他们在学中文的过程中"心生杂念",被计算语言学的科技魅力吸引,最终从传统语言专业走出去,投身到计算语言学领域,比如陈保亚教授指导的2010年毕业的邱立坤博士,就是一个比较典型的文科生中的"离经叛道者"。毕业后他在高校从事了几年计算语言学研究获得副教授职称后,加入阿里巴巴智能服务事业部,成为一名机器人对话系统的算法训练师。

这些跟我一样,在北大中文系学习过、生活过的年轻人,既从中文系汲取了丰厚的人生养分,又在不同的方面以不同方式为北大中文系增添了光彩。每年来到这里的学生,应该都或多或少做出了类似的贡献。

如果一定要对中文系学生说点期许的话，我想说，北大无疑是一代代青年人上演大戏的最佳舞台，我希望中文系学生主要负责大戏中"精彩"的那些部分。

王佳骏： 您在北大中文系已经学习和工作将近三十年，是学科建设的参与者，也是中文系发展的见证人。同时，在中文系的学术、工作和生活，也成为您自身重要的生命经验。可否请您谈谈中文系的工作经历给您的个人生活带来的影响？

詹卫东： 学术研究工作的最大特征大概是充满了不确定性，学者的大部分日常可能是在体验失败而不是成功。也许是作为一个补偿吧，从职业角度来说，从事学术研究是相对确定和稳定的一份工作，至少在中国、在北大，我的感受是这样。学术工作的内容本身已经如此不确定了，如果再让工作者本人处于极大的不确定性中，为饭碗担忧，我总感觉是不对的。

作为一名极其普通的北大教师，我在中文系的稳定的工作带给我的体验是岁月静好，至简则至美。

说起来我一直就没有离开过学校的环境，我在浙大中文系念本科时的班主任关长龙老师是训诂学名家郭在贻先生的关门弟子。1989年我入学那年，关老师还差几个月毕业，郭先生却在学术生涯还属壮年期时因病去世了。关老师常常会跟我们谈及郭先生的治学座右铭"板凳宁坐十年冷，文章不写半句空"。这句话给我很深的印象。1999年博士毕业，我很幸运地获得了在北京大学留校任教的机会，在走上北大讲台传道授业的过程中，我一直在思考什么样的老师是一个好老师。国际自然语言处理领域的著名学者丹尼尔·朱拉斯凯（Daniel Jurafsky）和詹姆斯·H. 马丁（James H. Martin）在2000年出版的 *Speech and Language Processing* 是广受好评的自然语言处理课程教材（采访人注：本书将于2021年底推出第3版）。该书2005年在国内出版了中译本《自然语言处理综论》。作者在中文版序言的开头所写的话正是我思考问题的答案："教材的作者跟所有教师有着相同的目标，即把我们对于本专业的热爱传达给新一代的学生，鼓励他们进行创新性的研究和探索，帮助他们把人类的知识进一步向前推进。"我还不能说自己做到了这些，不过这些话语一直会提醒我，让我有一个学者该有的样子。

我所接触的大多数中文系的老师都比较相似，专注于学术，因而在其他方面就显得很简单。我在中文系的工作中没有经历过传说中复杂的人际关系问题、权力斗争之类的职场故事。2012年开始到现在，我一直承担着中文系现代汉语教研室主任的工作，各项工作都是在平和的氛围中进行和完成的。

工作之余，我喜欢打羽毛球，在北大的羽毛球场上结交了很多朋友，有教师也有学生。北大的邱德拔体育馆是2008年奥运会乒乓球主赛场，奥运会的时候虽然近在家门口，我也没进去过。现在里面的羽毛球馆设施非常棒。平时如果工作不是太忙，我几乎天天都会去一趟报个到。在我日常生活的三大快乐源泉中，邱德拔羽毛球馆排在首位（另外两处快乐源泉是北大五四羽毛球馆和理科一号楼内天井羽毛球场）。

作为全国著名旅游景点之一，北大的博雅塔、未名湖、图书馆被合称为"一塌糊涂"。北大中文系足球队的微信公众号"中文男足"有一句广为流传的广告语"Just lose it"。这些都是创造力指数爆棚的表达，我觉得能很好地诠释某种官方可能羞于承认的北大精神底蕴。生活在"一塌糊涂"之所，时常感受"Just lose it"的心境，这样的人生似乎没道理不美好。

周 韧

我愿意再做三十年微观研究

受访人：周　韧
采访人：方　迪
采访时间：2020 年 11 月 20 日

受访人介绍	周　韧	1977 年生，2006 年毕业于北京大学中文系，获博士学位，2017 年起任教于北京大学中文系，教授、博士生导师。主要从事现代汉语语法学研究。2020 年入选中宣部文化名家暨"四个一批"人才工程，2015 年入选中组部万人计划青年拔尖人才支持计划，2011 年入选教育部新世纪优秀人才支持计划。著有《"都"字的句法、语义和语用研究》《现代汉语韵律与语法的互动关系研究》《汉语词类划分手册》（合著）等。
采访人介绍	方　迪	2018 年毕业于中国社会科学院研究生院，现就职于中国社会科学院语言研究所句法语义研究室。主要研究领域为现代汉语语法学、互动语言学。

方　迪：您本科就读于英语专业，是什么原因和契机，让您后来选择了中文系，并从事汉语语法研究工作？

周　韧：从我个人的经历来讲，是不太相信有"年少立志"这种说法的。因为我小时候从来没有想到自己会成为一名高校老师。我走上汉语语法研究道路的机缘是特别偶然的。我父亲一直从事中学历史教师和教务主任的工作，他认为学外语毕业后比较好找工作，所以 20 多年前，我高考结束填报志愿，他就给我选择了英语专业。这样，1995 年我就进入南昌大学英语专业学习。大学三年级时，有一门翻译课。翻译老师刘天伦教授觉得我交上去的作业还不错，可能达到了"达"和"雅"之间，现在想来，大概是"不达的虚雅"。然后他就找我谈话，希望我以后可以留校工作继续从事翻译的教学与实践工作。但是我毕业那年很不巧，留校指标不够，所以第二年刘老师就让我报考南昌大学的中文专业。他当时对我的希望还是在中文系读完以后，再去英文系做一个老师，从

少年时代的周韧

事翻译工作。但是我进了中文系这个门以后,对语法就开始感兴趣了。我的导师李胜梅教授的研究方向是修辞学,但她给我介绍了很多汉语语法著作,尤其是给我推荐了朱德熙先生和吕叔湘先生的一些著作,还有陆俭明和沈家煊等先生的一系列论文。我读完后觉得特别有意思。这个时候,陆丙甫老师正好也在南昌大学任教,给我们开语言类型学的课程,我向他学了很多。刚好在这期间,我也读到了袁毓林老师的论文集《语言的认知研究和计算分析》,对其中讨论名词配价、话题化和谓词隐含等问题的论文都很喜欢,就决定报考袁老师的博士生。

考试本身还比较顺利,就是题量比较大,考试的三个小时我都不停地写。记得考完第二天袁老师就给我打电话,说有一个开题报告让我去旁听一下。(后来去了才知道是师姐黄瓒辉的开题报告。)大概那个时候我就觉得自己应该是没有问题了。那一年是 2003 年,印象特别深的就是非典疫情,大概是 3 月份来北京考试的,回去以后非典就开始大面积爆发。

方　迪:您 2003 年进入北大中文系攻读博士学位,2017 年又回到北大任教。可以谈一谈您在北大中文系的学习经历吗?有什么让您难忘或觉得有趣的事?

周　韧:我刚到北大的时候,还住在万柳公寓。不论是刮风下雪,还是黄沙漫天（那个时候沙尘暴的天气比较多），大家每天都得骑半个小时，从万柳到燕园。那个时候也没有微信，学生们主要在 BBS 上表达情绪。有些帖子比较好玩，说自己今天用了多少分钟从万柳骑到了北大，总有人刷新纪录：有人说自己 15 分钟 10 分钟能骑到，后来有人说自己 8 分钟就骑到了。这种"比拼"比较有意思，但也说明当时确实比较辛苦。好在第三年我们就搬到畅春新园了。

那个时候读博，时间比较紧张，因为当时的学制是三年（当然有些同学也会延期）。同学之间的感情很好，每天总是讨论学术问题。比如听了谁的讲座，大家一起在食堂吃午餐或晚餐时，就会议论这个人讲得怎么样，什么地方讲得精彩，什么地方可能不够严谨，不过如此，等等。另外大家也常常谈论自己的论文或课上的问题。我觉得这种交流是特别难得的。北大是个读书和学习的好地方。我毕业以后，离开这种环境，很长一段时间不是很适应。用语言学的话说，在北大的时候，谈学术的东西是"无标记"的，到外头以后，谈学术就变成"有标记"的了。总之，在北大这三年是我学习环境最好，学习时间最充分，学习兴趣最浓厚的三年。

方　迪：能否具体谈谈读博期间老师对您的指导？您现在又是如何培养研究生的？

周　韧：我读博时的课题是汉语韵律和语法的互动关系。选这个课题是袁毓林老师的主意。我来北大报到第一天，袁老师就跟我商量，让我做韵律汉语试试。袁老师大局观很强，做事非常有计划。他根据我过去的特点，心里已经想好了我的选题。他说我是学英文出身，对国外文献应该比较熟悉。并且通过他近期的阅读思考，他觉得韵律语法有很多可以做的东西。袁老师还说自己最近写了一篇《走向多层面互动的汉语研究》（载《语言科学》2003 年第 6 期），让我去关注一下。于是我就沿着这个方向去做了，做着做着就感兴趣了，觉得很有趣。

具体的指导上，袁老师善于把握大的方向，一般的细节问题，袁老师很少跟我们讨论。唯独博士论文，袁老师给我批改得非常仔细。有两三次，他让我去他家里，把论文打印出来，在上面仔细批改，然后他一

2006年6月，周韧博士论文答辩时与导师袁毓林教授（右）和郭锐教授（左）合影

处一处跟我说该怎么写——某个地方该怎么用例，碰到批评别人的时候该怎么委婉措辞，某个地方怎么表述怎么说才没有逻辑漏洞，等等。我觉得这几次让我受益很大。袁老师也很有学术热情，有的时候想通一个问题，很早就会给我打电话跟我交流。或者，有时候我给他打电话说一些杂事，他总是会把话题转到学术讨论上来。

我念博士时，中间一段时间袁毓林老师出国，郭锐老师负责指导我。郭老师的风格是愿意跟学生做思辨性的讨论，总是从反面来对你的观点提出怀疑。郭老师多年来一直做词类研究，他例子出得又多又快，那么在你回应郭老师怀疑、捍卫自己观点的时候，就是对自己一个很大的锻炼，就能获得很大提高。记得我毕业时的那个夏天，答辩已经结束，郭锐老师还约我到静园五院二楼的现代汉语教研室讨论复合词的问题，当时我还年轻气盛不大懂事，因为观点不同还和郭老师争论起来。讨论结束之后，路过二体篮球场，郭老师叮嘱我，说道：也就是在北大，师生之间和同事之间可以这样无拘束地讨论问题，你到了工作单位之后，需

2005年7月,周韧(左三)与同学们在李小凡老师(左四)指导下调查安徽宏村方言

要更谨慎和稳重,一定要记得低调。

我读博期间,大致记得自己上过袁老师的"配价语法",郭老师的"词类研究",陆俭明老师的"语法分析",王洪君老师的"非线性音系学"和"系统功能语法研究",王理嘉老师的"语音学分析",还有蒋绍愚老师的"近代汉语研究概况"等课程。我还跟李小凡老师和项梦冰老师去安徽宏村做过方言调查。这些课程都特别有意义,而且老师们对我们都特别好。比如王洪君老师,以前我做韵律语法,跟她的研究比较相关。那时获取资料还很难,王老师让我去她承泽园的家中,把一些原版资料借给我,并告诉我哪些是必读的和值得看的,哪些是要持怀疑态度的,所以我能提前得到很多有益的导读。再有李小凡老师,方言调查时,我跟他在一个组,整个调查中他都很照顾我们,还请我们去当地最好的私家餐馆吃了一顿大餐。我们这才发现李老师酒量很大,他不怎么说笑,几瓶酒就下肚了。

我认为教研究生和教本科生很不一样。在我自己对研究生的培养上,我就希望他们能多有一些思辨，提高自己的判断能力。看别人的论文，尤其当看别人怎样说怎样写的时候，都要保持警惕。总希望研究生去从反面想一想，不要轻易"上当"。另外，我经常跟我的学生讲，学习某个东西，有两个方法能学得最好，一是自己写一篇相关的文章，二是自己教一门相关的课。我博士毕业后去北京语言大学人文学院工作，在那里开了一系列的研究生和本科生课程，包括"理论语言学专题"（类似于"西方语言学流派"）"句法学""现代汉语""语言学概论"和"语法研究"，等等。这对我来说，锻炼特别大。写文章只需要专注语言学的某个部分即可，但独自开设一门完整的课程，需要全面掌握和理解一个学科或一门理论，要求自己的知识体系没有漏洞和死角。

对于研究生和青年学者来说，多写才能进步。可能对于初学者来讲，文章写出来本身不是特别好，但是写作这个过程能够让自己受到很大锻炼。因为很多东西在脑子里想想是很简单的，但是要真的把它落实到白纸黑字，到底应该怎么表述，这是一个非常考验人的事情。我有的时候为了找一个例子，或者为了表述一段话，两三个小时也写不出什么东西。回想起来，这种过程既是痛苦的，其实也是幸福的。

本科生的课程比研究生的课程还难上。因为研究生的课程只需要朝着精尖的方向发展即可，而本科生的课程都是基础课程，这需要老师对学科本质和学科大局要有一个价值判断体系。拿我教的"现代汉语"（语法部分）来说吧，在上课之前，总得先想清楚汉语语法的本质是什么，汉语语法的特点是什么，汉语语法对哪些因素比较敏感和在意。那么，在这样的大格局下，词类、主宾语、句子分析法等要素在其中又处于什么地位，该怎么给学生说明这些要素，这些都很需要花时间和功夫去琢磨。

方　迪：之前您在课上多次说，您是朱德熙先生的铁杆"粉丝"。您认为朱先生的学术思想中最有价值的地方在于什么？对您自身的研究有着怎样的影响？

周　韧：今年是朱德熙先生100周年诞辰。朱先生精彩的研究有很多，像我们熟悉的《说"的"》《现代汉语形容词研究》《与动词"给"

中文系办公楼走廊朱德熙先生照片

相关的句法问题》等,都是我们语法学习中百读不厌的经典文章。我崇敬朱先生,因为朱先生的文章让我感觉到语法研究的乐趣。我认为朱先生语法思想最有价值的地方是:朱先生在汉语语法研究中做到了形式和意义相结合,也最明确地和最完美地说明了形式和意义结合的重要性。我自己如果做任何的东西,都尽量朝着形式和意义相结合这个方向努力。朱先生说过,"只谈意义、不谈形式,那是胡说;只谈形式、不谈意义,那是废话"。形式和意义相结合的原则,让语法研究具备了科学研究所需要的证伪机制。我认为这是朱先生最重要的思想,比他任何单篇论文里头所体现的某个观点都更重要。按我自己的想法,纪念朱先生100周年诞辰,强调形式意义结合的语法研究,以今天学界的现状来看,仍然特别有意义!

朱先生还有一个值得崇敬的就是有锐气。以前袁老师整理出版朱先生的讲稿(《语法分析讲稿》,商务印书馆2011年)的时候,扉页就选了朱先生年轻时的一张照片,现在挂在中文系办公楼走廊里的也是这张。

周韧（后排右四）与学生们在一起

袁老师就说这张照片是"少年精神"（照片题名）。我觉得看朱先生讲东西很过瘾，因为他会很明确地说出自己的观点，也会很明白地说哪些观点是不正确的。这就是少年精神，就是有锐气。对他来讲，黑白对错是直接分明的。年轻的时候读这种东西会很过瘾。但是我过40岁以后也会慢慢发现，像吕叔湘先生、赵元任先生可能讲得比较谨慎一些（尤其是吕先生），但是里头让你琢磨的东西也有很多。以前说"少读李白，老读杜甫"；我自己就觉得"少年读朱先生，中年读吕先生，晚年读赵先生"。这可能跟人的性格有关系。比如朱先生讲词类，我们看到他在《语法答问》里讲得那么清楚，那么分明；可实际上我们再看一下吕先生1954年的《关于汉语词类的一些原则性问题》，其实文章里汉语词类问题的方方面面也都讲到了，但就是没有特别直白地说出来——划分词类要根据语法功能。这就是说，吕先生总是希望把问题考虑得更周全一些，说得更谨慎一些。这可能也代表了人经历的不同阶段。朱先生更像是一个学术少年，所以年轻人一定会喜欢读他的东西；而吕先生呢就像一个

周韧在学术会议上做报告

谨慎的成年人，那么你可能年纪大了以后读吕先生会更有味道。

另外补充一点，为什么我崇敬朱先生，强调要反复读朱先生的东西呢？我们自己做现代汉语语法的，会觉得朱先生的书已经读得很熟了。我前年出了本书，写"都"的问题（《"都"字的句法、语义和语用研究》，学林出版社2019年）。后来张伯江老师提醒我，说朱先生在写战国古文字的一篇文章里头，讲"屯（純）"和"皆"的差别时，说"屯"是就整体而言，"皆"就个体而言。后面朱先生还加了一句话，说现代汉语中的"全"和"都"也是这样的分别。这恰好就是我2011年讨论"全"和"都"的那篇文章（《"全"的整体性语义特征及其句法后果》，《中国语文》2011年第2期）的核心观点。你看，朱先生在古文字的论述里就这么简简单单的一句话，基本就把"全"和"都"的大局讲清楚了。我之前做相关研究的时候，却没有注意到这个论述。所以老先生的语感很了不起，他们还有很多东西值得我们好好挖掘。前几天我给研究生上课也提到，朱先生的那篇《潮阳话和北京话重叠式象声词的构造》，同样也是一篇了不起的音系学论文!

方　迪：您的博士论文研究的是韵律和语法的互动关系。而除了韵律语法，您还对汉语词类、汉语虚词有深入的研究，近年来又涉及指称、情态等领域，请问您对于这些领域的关注，背后有什么内在的联系或者说线索吗？

周　韧：我觉得这涉及两个方面。一是语法研究的兴趣。没有任何功利性的动机，就是我看到某个问题，就很想去说明它为什么。尤其是当语言事实跟语法教科书上的常识性判断不一样的时候，就会驱使我去关注这样一些问题。

另外一个方面就是我不希望自己研究范围太窄。如果很多年来只是做一个方面，自己的研究兴趣就会越来越小。而其实汉语语法有更广的天地，那么多有趣的可以研究的东西，可以多尝试一下。

研究主要还是需要兴趣和好奇心推动。胡适先生讲的那句话很有意思，做学术就是"于不疑处有疑"。就是说某个现象好像大家都是这么说的，都说就是这样的，可是实际上从逻辑思考，从真实语料判断，从新的角度切入，很可能会发现情况有所出入。比如，以前都说"客人来了"是说明汉语"主语有定"的名句（其中"客人"是有定的，为听话人所能辨别），可是很偶然的机会，我发现实际语料的情况并非如此。于是我就把语料库中所有的"客人来了"句找出来看一下，发现很多"客人来了"句中的"客人"很难理解为有定名词。那就要问个为什么——是以前的判断是不对的，还是有其他什么原因？所以我最近就写了那篇《什么样的"客人"来了？》（载《语言教学与研究》2020年第2期），结果发现，汉语主语的有定程度远不如之前语法学家想象的那么强烈，真正与汉语主语关联的语法机制是信息结构。"于不疑处有疑"，说的就是这个意思。这种好奇心驱动下得到的学术乐趣也更大。

方　迪：纵观您的研究，一个突出的感受就是您在分析中并不拘泥于某种理论或学派。您是如何将不同的语言学理论吸收融会，并与汉语事实结合，做出精当分析的？您又是如何看待不同理论在面对同一研究课题的优劣的呢？能否给研究生以及青年学者提些建议？

周　韧：关于第一个问题，最关键的还是朱先生说的"形式和意义相结合"。理论在我看来就是提供一种挖掘语料或者语言事实的眼光。理论会告诉你要怎么去找语法事实。所以从我们角度来讲，你如果单用一种理论，你就少了其他的工具，少了其他各种寻找真实答案的工具。所以，我觉得如果某种理论能够让我挖掘语言事实，做到形式和意义的配对的话，那我就认可它。我挖掘出来的事实，如果能够和理论印证，那我觉得这个文章肯定也就能够立足了。当然，最好的文章需要让自己的研究又能反哺理论，修订理论以容纳更多事实。比如我以前研究副词，就发现汉语中有些副词跟现实性相关，有些副词跟非现实性相关（《现实性和非现实性范畴下的汉语副词研究》，《世界汉语教学》2015 年第 1 期）。拿"常常"和"往往"来说，"往往"修饰已经实现或正在发生的事情，而"常常"没有这种限制。如果我有"现实性/非现实性"这个眼光，我就能知道未来的事情，或者没有实现、没有规律的事情，一般不用"往往"，比如"如果我往往……"这种句子就一般不说。这就是说，通过理论的眼光，除了解释现有的语料，还可以做出一些预测。但是也许我的预测也是不完美的，别人也可能找到更高层次或者是更简单的说明，来概括更多的语言事实。语法研究就是这样的，在不断地推进当中才会更有意义。

关于不同理论对同一问题的考察，就要看研究者的信仰和个人的态度了。比如说有些人相信形式语法，也有人相信功能语法或认知语法。不过总而言之，作为汉语语法的研究者，我不大建议你先天性地就同意或者不同意某种语法理论，先天性地对这种语法理论感兴趣，对那种语法理论不感兴趣。最重要的是，要看各种语法理论在解决汉语某个具体语法问题的时候，能有多大的说服力。（当然，有多大的说服力也要看你自己相信多少和不信多少，这就因人而异了。）比如说汉语语法里的经典例句"王冕死了父亲"，有人觉得它是从"王冕父亲死了"或"死了王冕父亲"移位而来的，也有的人（如沈家煊先生）认为"王冕死了父亲"跟"王冕丢了钱包"是一种结构。对理论的喜好，一定要建立在汉语语法里某个具体问题的争论上，看看哪种解释能够处理更多的语料，哪种

2019年10月，周韧与沈家煊先生（左）在学术会议间歇合影

解释能够更完美地说明这个语料。过去形式语法和认知功能语法在很多问题上有所争论，比如关于双宾句、把字句、被字句，关于"都"，关于论元结构……对于任何问题的争论，都要看是形式派能够驾驭更多的语料，还是功能派能够驾驭更多的语料，再通过比较审慎的眼光，判断哪个说法是更为可靠的。

对于研究生和青年学者，我的建议是一定要多读经典。我 2017 年在《中国语文》上发了一篇文章，说汉语有没有词重音的问题（《汉语韵律语法研究中的轻重象似、松紧象似和多少象似》，《中国语文》2017 年第 5 期）。过去几十年来学界对这个问题有太多的不同观点，可是实际上仔细地回顾一下赵元任先生的看法，赵先生已经很明确地说没有，道理也说得非常清楚。有一次碰到沈家煊先生的时候，沈先生就很激动地跟我说，你看赵元任先生的论述，说北京话多个音节里头最后的最重，开头的次之，中间的最轻；实际上赵先生最后加了一句话：这只是由不同位置所决定的，只是一个音位的变体。也就是说这些词虽然有轻重，但是不构成音位的差别。所以沈先生很感慨，他说你看实际上赵先生已经把这个事情讲得清清楚楚的了，只是很多人不去注意而已。

现在我们对前人的研究没有做到很充分地了解，经常在做一些重复性的工作。我们有的时候因为追求新理论的原因，着急地把新的理论引入到某个问题的分析中，但实际上很多前辈语法大家对某些问题已经想明白了，讲得很清楚很到位了。所以应该先去看一看他们的原著，看看他们是怎么说的。我现在做东西，碰到一个问题首先的想法是先去《语法讲义》里看一下朱先生怎么说的，然后去看一下吕先生的《汉语语法分析问题》及其他论著，还有赵先生的《汉语口语语法》，看看他们是怎么论述这个问题的，再来考虑我自己怎么来论述问题。

方　迪：近年来汉语学界提倡"文化自信"，以沈家煊先生为代表的学者在摆脱印欧语眼光、发掘汉语自身特点上做出了积极尝试。您近年的研究（韵律语法、虚词、指称等）也体现出这样的意识。那么您的这种意识是如何形成、发展的？您又是如何看待这样一种思潮的？

周　韧：我现在给学生上"汉语韵律语法研究"课，第一堂课我说，我最想讲的开场白就是，我读博士的时候写论文是特别想求"新"，包括理论的"新"，运用某种前沿理论，比如音系学、重音理论等，跟汉语某种语法事实结合起来；还有观点的"新"，就是要说明"韵律制约句法"。可是呢，毕业以后我现在又想跟你们讲一句话——我最想弄清楚它到底是怎么一回事儿。我重新检讨那些我要"求新"的观念，那我发现十几年来我的观点就会有变化。比如说，我觉得实际上韵律不是"制约"句法，韵律是句法的一部分。萨丕尔就讲得很清楚，语法手段里就包括重音。所以就算说汉语有重音的话，重音也只是一种语法手段。所以韵律也只是一种语法手段而已。我的意思是，现在我更关心问题本身它到底是怎么一回事，而不是去单纯地去求新。当然，我还是鼓励求新的，这对青年人很重要，因为它在认识上很吸引你，让你很有研究动力。

现在回过头来看沈先生做的一系列探索。沈先生有一个比较重要的特点，我觉得他把汉语语法里所有的东西基本上都完整做过一遍。汉语语法里所有的重要问题，基本上他都做过。比如把字句、王冕句、移情句、话题句、双宾句、"都"字、韵律语法问题和词类问题，等等。所以沈先生在这个时候有能力和资格去反思，在印欧语里有多少理论对汉语语法是适用的。我觉得这样的工作对我们来讲特别有启发意义。但是从我的角度来讲，我还达不到那么高的层次。我希望我能够再从事微观研究30年。摆脱印欧语眼光看汉语，这是朱先生在《语法答问》日译本序言中说过的一句话。那么，印欧语的眼光有多少是适用于汉语，有多少是不适用于汉语的。这绝对是应该要踏踏实实地去做的。对于我这个年纪来说，还是希望自己从微观研究做起，从具体的一个句式，一个虚词去做起。我希望我自己也能够把重要问题的个案研究都做一遍。对具体问题基本上熟悉了以后，也许我们到70岁以后也会有自己关于汉语的语法观，也会有关于汉语语法的"宏大叙事"。

关于理论上的预设，其实也包含一个眼光的问题。回到我博士论文的课题——韵律语法，比如说"出租车"是定中结构，"租汽车"是述宾结构，从而会觉得音节的数目"改变"了语法结构。可是换一种眼光以后呢，你可以发现，实际上是音节的数目体现了语法结构。它不是改变，是体现。用这种眼光看，你就发现实际上它就跟"人咬狗"和"狗咬人"反映的问题一样。"人咬狗"人是主语，"狗咬人"狗是主语，你不能说语序改变了语法意义，你只能说语序体现了语法意义。这样的话，这种音节数目的变化、韵律的变化实际上是服从于语法意义的表达的。

周韧在羽毛球比赛中

所以说韵律实际上就是语法的一部分。这就是说,你眼光改变以后,对事情的认识就会有变化。

其实不同的理论,就是引导你去发现事实。所以,还是前面说过的,思辨性是很重要的。我自己跟学生说,我上课的时候呢,你肯定是按照我的思路在走,可是你时时要警醒自己,是不是我又在骗你。(笑)我说你听任何一个课,看任何一篇文章,都要保持这种思辨性,就是说我得千方百计地寻找你的漏洞,要想骗我没那么容易。

方　迪:随着现代科技的发展,建立大规模口语语料库,并结合语音、身体 - 视觉行为进行标注、分析,成为近年来的一种趋势。请问您如何看待语言研究材料（语料）的选取和运用？

周　韧：我们过去讲的语料，尤其在结构主义语言学或者生成语法时期，注重的是个人的内省。比如说朱先生的文章，他在《说"的"》的时候可能还用老舍《骆驼祥子》小说中的语料，从《说"的"》之后他就可能大部分都是内省的语料了。但最近的功能语法研究和互动语言学研究，注意从真实文本和真实对话中收集语料，并把这些语料直接引用到自己的文章中。端木三先生是生成音系学家，属于形式派，就给我打过一个比方，说语料的好坏就像品酒，只有语言学家才是最好的品酒师，一般人大多数时候是品味不出来的。所以，在端木老师看来，语言学家的内省语料就足够纯粹和足够完美了。

所以，我觉得语料的记录和选取是要有理论眼光的。我们过去记录的语料，主要是书面语，里面韵律信息的标注不够，可能把一些语气词、停顿，包括"嗯""啊"这类填充语都忽略掉了。但是加上这些东西呢，本身也反映出某种眼光。我的意思是，语料本身也不是一种纯客观的东西；有什么样的理论就有什么样的语料。同样，语言事实好像也不是纯粹客观的东西。有理论的东西你才知道什么是事实。任何一个语言学事实，比如说名词、动词、主语、谓语、元音、辅音……这些最基本的东西，好像你都得有语言学理论的眼光，你才能够说得清楚。比如，美国描写主义语言学者萨丕尔面对土著印第安语，也是有自己的眼光——注重对立，注重语流切分，讲究从小单位到大单位的这种分析过程，等等。对于现在出现的大规模口语语料库，事先也得有一套比较明确的理论指导，这样语料才会显得更有意义，更有价值。你呈现哪些不呈现哪些？怎么切分？怎么标注？注重抓取一些什么样的特征？这些都是需要透过理论的眼光才能做出和得到的。

方　迪：尽管您教研工作繁忙，但您在生活中也是富有情趣的人，有着广泛的兴趣爱好（乒乓球、羽毛球等）。您是如何协调研究工作与生活的？

周　韧：运动可以让我保持身体健康，尤其在自己烦恼的时候，可以帮我清空负面情绪。尤其在北大打球，可以结识更多的朋友，结识不同学科的老师和同学，跟他们的学术交流和生活交流都是我生活中很重要和很愉快的组成部分。

为什么我在文科里头，会对语言学或者语法研究比较有兴趣？就是因为它跟运动一样，有的时候可以有一个"输赢"。这并不是说我特别好胜，而是我特别不喜欢那种"我怎么说都有道理"的那种说法。体育比赛里头大概也是这样，它总是有明确的获胜的一方。

但是，我还经常跟别人说一句话：学术研究不是奥林匹克比赛。奥林匹克比赛是"一将功成万骨枯"，冠军只有一个；可是学术研究呢，是在正确的方法下，用你的兴趣乘以你的时间，你只要默默地自己在一个领域里开垦，你也就可以在自己这个领域里得到一个"冠军"。你写的任何一篇文章，都应该认为是在这个问题上，目前来讲最好的，你应该就是这个项目的"冠军"。不然的话你写这个文章就没有意义了。奥林匹克运动会只有那么两三百块金牌，可是学术问题的范围基本上是没有止境的。任何一个人，不论写一个多大的问题，或者一个多小的问题，目标就应该是，在这个问题上我就是世界上的第一名。只有这样我才写这个文章。如果是别人已经说过，你说得还不如别人好，那这个文章就不用写了。

程苏东

读内外书，想大问题，写小文章

受访人：程苏东
采访人：徐韫琪
时　间：2020 年 8 月 14 日

受访人介绍

程苏东 1986年生，江苏东台人，北京大学文学博士，现任北京大学中文系长聘副教授、研究员、博士生导师。主要从事汉唐经学史、经学文献学、先秦两汉文学、早期书写文化研究，在海内外学术刊物发表论文50余篇，入选"复印报刊资料重要转载来源作者"，著有《从六艺到十三经——以经目演变为中心》《诗经国风新注》（合撰），曾获首届教育部博士研究生学术新人奖、北京市优秀博士学位论文奖、普隐人文学术奖、第四届全球华人国学新秀奖、国家"万人计划"青年拔尖人才。

采访人介绍

徐韫琪 中国语言文学系2017级古代文学专业在读博士生。

徐韫琪： 程老师，您好！今年适逢中文系110周年系庆，非常荣幸能借此机会与您聊聊您这些年在中文系求学、执教的心得，以及关于古代文学学科教育的思考，这不仅将启发新一代90后、00后学者，也是新世纪中文系发展成就的宝贵见证。先从您的求学经历谈起吧！您是北大中文系在新世纪培养的青年学者，您的导师袁行霈先生誉满海内外，他对您的影响主要体现在哪里呢？是否有一些让您印象深刻的小故事？

程苏东： 能够师从袁先生问学，是我一生中最幸运的事。袁先生最让人佩服的首先是他的人格和气象。大家谈到袁老师，常常会想起他的世家背景、学术成就、社会地位，在很多人看来，他是不折不扣的人生赢家，但了解袁老师的人都知道，他一生中经历了很多磨难，在工作中也承受着很大的压力，但我们读袁先生的文章，无论是学术论文还是随笔、旧体诗，感觉到的总是一种儒雅、清通又充满睿智的仁者之风，就

2011年，程苏东博士毕业时与导师袁行霈（右）的合影

如同他最喜欢的陶渊明一样。他以出世之心做入世之事，让我真正看到了一个读书人的品格与境界。在学术方面，他从20世纪70年代起就强调"横通与纵通"，注重学生研究"格局"的建立，这其实与他的人生境界也是相契合的。我在跟袁先生读书之前，就从他的文章、访谈中了解到他的这些主张，尽管当时根本不敢想象有一天能到他身边学习。先生在为我的小书《从六艺到十三经》撰写的序言中说我在这方面达到了他的期许，这当然是老师给我的鼓励，实际上还差得很远，但这些年来我确实是朝着老师的这一主张在努力。

说一件小事吧。2008年下半年，我刚开始写博士论文，最初状态比较好，一两个月就能写出一篇东西来。当时袁老师主持的"新编新注十三经"项目正在论证阶段，几乎每周都要开一次论证会，会议结束后我就陪他从静园走回蓝旗营，路上便向老师不停地念叨我研究中的新进展。现在回想起来，袁老师每次开完会已经很累了，之所以散步回家，应该是想耳根稍微清静一会儿，结果我却一路聒噪，真是太不识趣了。不过袁老师总是耐心地听完我的那些"新见"，鼓励我按照自己的想法继续探索，这也让我更加感到自信。有一天，我正说得天花乱坠，刚好走进蓝旗营小区，那时正是初春，玉兰花盛开的季节。袁老师突然对我说："我们院子里有一颗很高大的玉兰树，你一会儿回去时可以去看看。"我当时并没有觉得袁老师有什么深意，甚至有没有去看，现在印象也很模糊了。过了几天，我去袁老师家，谈话间老师又问起我有没有去看玉兰树，我一下子蒙了，只好支支吾吾回应老师。后来袁老师跟我说，那棵玉兰树开花又快又早，非常惊艳，可是一场雨下来，很多花瓣和枝叶都掉落了。我这才明白老师的深意，无论是写博士论文还是从事学术研究，关键不在于走得有多快，而是要稳扎稳打，把基础打扎实再往前走。其实袁老师自己的文章就是这样经过多年沉淀、反复淬炼出来的，一篇文章常常改到第七稿、第八稿，直到校样出来了还不断修改。袁老师经常说，文章写好之后不要急于发表，最好先放个两年"凉一凉"，中间隔一段时间拿出来读一读，如果两年以后感觉还有价值，才是真正立得住的结论。老师的这些话对我影响很深。我的博士论文经过了七年的修改，在这个过程中不断发现问题，确实感觉到自己的成长。

徐韫琪：北大直博生的学制是五年，您四年就提前毕业拿到了博士学位，被学弟、学妹称为"传奇"，可否介绍一下您的求学经验，比如时间规划、课程选择？

程苏东：哪里有什么经验。人文学科的研究需要沉淀和积累，所以毕业快究竟好不好，其实也还是两说的事儿吧。要说的话，最多有一点小伎俩。比如入学时，袁老师希望我第一年能尽量多修学分，为将来集中精力读书、写毕业论文赢得时间。我在看课表的时候，发现有的课程是2学分，有的是3学分，于是除了本专业老师开设的课程以外，我就多修3学分的课程，先后选了蒋绍愚老师的"古汉语词汇"，罗新老师的"石刻史料研究"，陈苏镇老师的"魏晋南北朝史研究"和孙钦善老师的"清代考据学"。不过，我修这些课程的动机虽然不纯，但收获却意外的丰厚，而且我后来才知道，蒋先生的古汉语和孙先生的清代考据学都是他们最后一次开设，我能够听到这些课，实在是非常幸运。我想补充一个细节，蒋先生讲那门课期间生了一次病，中间停过一两次课，等他身体稍微恢复后，就立刻回到课堂上给我们讲课，而且是站着讲。有一位同学担心他太累了，就拿了一把椅子放在讲台边，请他坐着讲，蒋老师很客气地感谢了那位同学，然后就坐下来。可是没过五分钟，他就站起来了，微笑着跟我们说："我站着讲了一辈子的课，不太习惯坐着讲，我还是站着讲吧！"这个场景给我很大的震动，我想这就是老师们给我们的无言之教。

其实我原来从没想过提前毕业，能够提前毕业，首先要感谢袁老师帮助我较早确立了论文选题，让我少走了不少弯路。再一个要特别感谢我身边的四年制博士同学。当时直博生规模比较小，一届大概只有四五位学生，就全校来说规模也不大，所以学校似乎没什么针对直博生的专门管理制度，我们一入学就跟四年制的博士生住在一起，也享受一样的津贴和福利待遇，唯一的差别就是学分要求多一些。我刚入校时基础跟同学们有明显的差距，年纪也比他们小好几岁，不过这帮哥们儿还是愿意带着我一块玩儿。我们班男生大多住在畅春新园1号楼，有几位住在畅春园，离得也不远，大家白天各自上课、读书，到饭点儿了就在楼道里吆喝一声，没动静就直接挨寝室敲门，然后组团去食堂。那时候还没有微信、朋友圈，所以吃饭以及来回的路上就成为大家吐槽、互黑、较劲，以及交流各种学术信息，特别是"八卦"信息的时间。当时我们每周五晚上常常一起去西门外吃驴肉火锅，大家一边喝酒，一边侃大山。在这些场合，大家谈的很少是具体的学术问题，但话题总离不开学术、社会和人生，对我来说确实得到很多有益的信息，包括你所说的时间规划、课程选择等，很多时候都是从同学那里得到启发。最重要的是，我通过这种方式始终与大家保持同一个时间节奏，从综合考试到开题、预答辩，不知不觉也就在四年里完成了博士论文。所以一个好的学术环境对于个人成长来说是非常宝贵的，现在我也经常跟学生讲，你来到北大这个平台，老师教给你的东西固然重要，但同学之间的交流和切磋更是不可或缺。

徐榅琪：您毕业后先去哲学系做博士后，之后回到中文系任教，26岁就站上了北大的讲台，不久又在海内外的重要学术期刊发表论文，引

2011年,程苏东博士毕业时与同学合影(自前往后为:徐刚、李斌、李湘、张红波、聂友军、程苏东、乐耀、李飞)

起同行的关注。您觉得您的个人发展道路有哪些值得借鉴的地方?

程苏东: 真没有什么值得借鉴的,其实每个人都要走自己的路,每条路都有其甘苦,冷暖自知,很多是不足为外人道的。不过,今年是我博士毕业第十年,我也反思过自己这十年来的得失,我觉得对我最重要

2019年6月4日,"东亚古典学工作坊"成员在系图书馆观览游国恩先生赠书(左起:马辛民、杜晓勤、刘玉才、傅刚、潘建国、程苏东)

的,一个是北大相对宽松的学术环境,一个是校内外学术共同体对我的帮助。

关于第一点,现在回过来看,我大概赶上了入职北大最后的"宽松时代"。我倒是有一个特别的身份——我是北大中文系最后一个讲师。现在新入职的老师都叫助理教授,再也没有讲师了。助理教授起薪相对较高,但"非升即走",压力不可谓不大;而讲师入职就算有了"铁饭碗",走的是熬年头、攒成果慢慢晋升的路。中文系传统的师资来源基本都是老先生们从研究生里选人留校,他们的标准除了个人资质以外,学科发展和年龄分布也是重要的因素,但我想最不重要的,恐怕就是发表了多少论文,或者是在什么级别的刊物上发表论文。2003年学校人事制度改革后,直接留校的大门关上了,所以我们教研室大概有十年都没有留毕业生。不过,在这期间,大家也摸索出一些新的"套路",那就是先出去做博士后,然后再回来,当时叫"曲线救国",我走的就这条路。我在读书时常听老师和学长们议论,博士论文应该是学者研究的起点,但有时也会成为学者一生研究的顶点,不少人长期走不出自己博士论文的"阴影"。袁老师做学问最强调"格局"和"气象",我当时心里暗下决心，一定要避免这种情况。因此，博士毕业后的头几年里，我没有把主要精力放在修订博论、拆分发表、申请课题上，而是努力在博士论文之外再开拓一个新的领域，也就是以汉代《洪范》五行学为中心展开的汉唐经学知识体系的研究。这当然需要一个重新积累的过程，所以用今天的标准来看，我那几年发表的论文并不多，但我觉得这段"再出发"的积累对自己的持续发展非常重要。

也是在博士后期间，我开始参加一些学术会议，并结识了不少良师益友。我的博士后导师王博教授在专业研究方面给了我很多启发，同时他也非常尊重我个人研究兴趣的选择。当时各高校研究唐以前文学的年轻学者还比较少，大家聚到一起，觉得有不少共同话题，在社科院刘跃进老师的支持下，我们就组织了"周秦汉唐读书会"。我在读书会里年纪最小，学问最薄弱，因此最为受益。我原来的研究兴趣基本集中在汉唐经学和经学文献，对理论问题的涉猎非常有限。在读书会最初的几次讨论中，为了增加大家的共同兴趣点，我们有意设计了每年一次方法论反思，一次个案研究的讨论模式，并且力求将方法层面的讨论与个案研究结合起来，不仅提出问题，也努力解决问题。这让我们很快找到了共同的兴趣点，围绕早期文本的生成与传播、经典化等问题做了一些方法层面的探索。

工作以后，中文系搬到了新的办公楼，系里也希望有一些新气象，因此支持老师们自由组织跨学科的工作坊。我有幸参加了傅刚老师、刘玉才老师主持的"东亚古典学"等工作坊，跟着老师们读书、赏书、买书、聊书，他们身上那种纯粹的学者品格让我非常向往，也让我不至于陷在狭小的专业领域或者功利的事业进退之内，能够体会到书籍、学术本身带来的愉悦。其实我在工作中也遇到过很多困难和挫折，有过不少困扰，但跟老师们在一块儿，就觉得自己那点事儿实在算不了什么，所以高品质、纯粹的学术共同体对于学者的帮助确实非常大。

徐韫琪：对比国内外其他高校的中文系，您认为北大古代文学专业最大的特点是什么？

程苏东：作为后辈，我对北大中文系的了解很有限，对于兄弟院校的了解更是肤浅，实在不敢妄谈。如果就我所了解的一点信息来说的话，我觉得北大古代文学的一个重要特点是注重整体性。这首先表现在从北大古代文学学科建立伊始，一直到今天，这一百多年里，始终重视"文学史"的传统，尽管"文学"的内涵可以随着时代而发生变化，但强调基于"文学本位"的立场对作家、作品、文学现象、流派的发展演变做出整体性的描述、解释与评价，最终形成对于整个文学史，或某一分体文学史、断代文学史的整体认识，则是几代学者共同努力的方向。因此，北大古代文学历来强调要做"大家"，也就是研究重要作家和作品，这里面其实也有一种知难而上的精神。老师们经常用"挖白薯"来打比方，不要只是试图去刨别人没有刨过的白薯地，要争取在别人刨过的地里再挖出大白薯，这是硬本领。

另一个"整体性"体现在古代文学专业各个方向的均衡，从先秦到明清，从诗词文赋到小说，每个方向的人数和研究水平大致均衡，都有代表性的学者。更重要的是老师们的研究方法也具有多样性，有的老师偏重文献，有的老师注重文学批评、思想或艺术层面，我们有"十八般武艺"，这使得我们的学生可以接触更多元的思路，甚至学生的方法和观点很可能和导师有分歧，但中文系的老师们都会给大家充分的空间去尝试，这都是很可贵的。

徐韫琪：由于研究对象和既有材料的限制，古代文学专业出成果的难度似乎更大，面对有限的文本资源和前辈学者"影响的焦虑"，您对古代文学专业的同学有什么建议吗？

程苏东：当然，古代文学的研究，特别是唐以前的研究，出成果的难度确实会大一些，这本身是合理的。在今天的学术评价体系中，只有新知识的创造才被认定是"成果"，由此导致了学者对于成果的焦虑；但人文学、古典学的目的究竟是什么，最重要的究竟是古典知识的理解和传承，还是新知识的创造，这本身其实就是一个值得思考的大问题。

要说建议，我最近凑出来三句话："读内外书，想大问题，写小文章。"首先是"读内外书"。这里的"内外"是指研究领域的"内"和"外"。今天的学术研究高度专业化，这导致我们的阅读视野常常被限制

2018年9月,程苏东在巴黎

在极有限的范围内,我们在其中锱铢必较、掘地三尺,但对此外的世界则兴趣索然。我想,充分熟悉自己的研究对象,这当然是现代学人必备的素养,但如果仅限于此,就难免"以指测河,以锥餐壶",劳而少功。对人文学科的研究来说,任何重大的学术论题或学风转变都不可能是凭空产生的,背后总是有相当复杂的社会因素。我的古文史课会要求学生读阎若璩的《古文尚书疏证》,很多大一的同学都能从中发现不少问题,指出阎氏辨伪学方法层面的漏洞,这当然不是因为咱们的同学书读得多、见识比他高,而是因为我们今天受到的学术训练与清人已经大不相同了,我们对"真伪""客观""实证"等核心概念的理解与清初知识人有着重要差异,而这种差异是18、19世纪以来中西学术史共同推进的产物。学者最重要的素养之一,就是要对自己采用的研究方法有着高度的自觉,了解其来龙去脉,清楚其理论预设以及由此带来的视觉盲点。这些显然不是某一个研究领域的知识能够覆盖的,需要更开阔的学术视野。当然,知识的海洋无边无际,不可能全部有所了解,最方便的方法就是从"外围"了解起,研究中国早期的儒学经典,自然就需要对世界各主要文明的早期发展史，甚至人类学等知识有所理解。总之，在读书时要勇于"出圈"，不要被自己的研究范围所框限。

通过"内外书"的阅读，我们会产生很多想法，但想法太多反而会对自己造成困扰，感觉没处下手，怎么办呢？我的建议是努力提炼出"大问题"。所谓"大问题"，不是宏大、远大，而是具有核心性、纲领性的大问题。要善于从自己的具体研究对象中提炼出这样的大问题，并随着研究的推进不断调整。我做博士论文时想的大问题是经典体系究竟意味着什么？为何古人热衷于建立各种封闭的经典体系？在研究《汉书·五行志》时，我的大问题变成了阴阳、五行知识的经学化。最近我思考的大问题是经学究竟从何而来？古人为何需要经学？经学给他们带来了什么？这些问题会重新照亮古老的文献，让他们发出光芒。这样自然就有文章可做了。

最后是"写小文章"。这里的"小"不是指篇幅，也不是论题范围，而是切入点，或者说是依托的个案，范围要明确、集中。不要为了增加自己的论据而随意牵扯，也不要轻易将自己的结论推演到其他"同类型"的材料中去。要特别警惕用现代的文体分类观念来简单统摄早期文献，我们说到"说理散文"，从《论语》到《战国策》都放在里面，说到"史传散文"，就把《左传》和《史记》直接放在一起了，但是上述文献最初的功能、体例和生成方式显然存在重要差异，现代学术研究应当基于边界清晰的有限个案进行深入、系统的研究。不过，如果我们读过"内外书"，脑子里经常思考"大问题"，我们就能够通过这些"小文章"演绎出具有普遍性、贯通性意义的重要论题和方法。袁先生从一个陶渊明入手，论及整个晋宋之际的政治风云和思想变迁；田余庆先生从"子贵母死"入手，揭示出北魏制度沿革的诸多面向，可以说这些都是"小文章"，但所关涉的显然都是核心的"大问题"。总之，识见要高，格局宜广，但读书仍要精细，论文取材更不妨集中。如果反过来"想小问题，写大文章"，那就非常危险了。

后记

斯文鼎盛，世运新潮，2020年是北京大学中国语言文学系建系110周年。为了回顾北大中文系的发展变迁，重温几代学人的身姿与风采，共同探索和创造中文人的未来，中文系策划了中文学人系列主题专访"我与中文系"。此次参与专访的38位学人，既有白发满鬓仍心系学科的老先生，也有忙碌在讲台与书桌之间的中青年教师。他们讲述着人生道路上的岔路与选择，诠释着个人与世界之间具体而微的密切关联；他们梳理着治学过程中的难关与灵感，传递着朴素坚韧的中文传统。这是中文学人的一次回顾、总结和反思之旅，沿着先生们学术与理想的历史轨迹，我们得以触摸"活的历史"，感受"真的精神"。

专访团队从2020年7月开始线上会议谋划，8月正式访谈、拍摄，12月25日完成最后一篇微信推送。5个月以来，数易其稿的访谈推送时间表上，熟悉的名字逐一从"待完成"标注为"完成"；部分教师因时间、身体等原因未能促成，颇有缺憾。60余万字的37篇访谈原稿，既是老先生们"学于斯，教于斯，研于斯"的衷情所系，也是中青年教师"薪火相传""永远探索"之所在。没有不经阐释的传统，如果说北大中文是一条流淌了百余年的河流，访谈的37条流脉所汇聚的，便是这"千秋一脉"与"四海文心"。

专访最先于"北京大学中文系"官方微信公号推送，限于篇幅只截取五千字版。部分文章转载于"人民日报"App、《光明日报》等媒体，引起了中文系师生、系友和社会人士的高度关注。现刊发全文，以飨读者。因先生们的时间安排，专访次序并没有明确的前后主次之分。本次结集出版，依照"序齿不序爵"的习惯，按先生们的年龄进行了重新排序。限于物力与精力，未能采访更多教师，期望今后有机会再接续这项工作。

中文系党政领导班子决议启动这个访谈项目，并付出大量辛劳推动。

贺桂梅主持统筹专访的全盘工作，陈晓明、杜晓勤、张辉、宋亚云、窦克瑾、金锐等老师集体决议，提出宝贵意见和建议，并给予多方面支持。38位访谈人不辞辛苦钩沉史料、毫无保留倾囊相授，校内外中青年老师和系友志愿承担策划采访提纲、访谈与谈等任务。叶文曦主持审阅稿件，金锐统筹编辑出版，周昀统筹组织、文稿编校推送等工作。向各位老师的大力支持表示诚挚的感谢！

中文系学生组成访谈工作团队，由博士生刘东带领统筹，蔡子琪、蔡翔宇、程格格、黄时恩、李涵宁、李泓霖、林婧涵、田淼、吴纪阳、席云帆、肖钰可、徐梓岚、杨思思、周天等同学高度负责地承担起联络组织访谈、现场拍摄、编校稿件、搜集校对图片、微信编辑推送等冗繁的工作。在此向他们表示感谢！

本次专访也得到了校内外单位的协助与支持，他们是：北京大学党委宣传部、北京大学档案馆、北京大学图书馆、北京大学国际合作部、北京大学区域与国别研究院、北京大学视觉与图像研究中心、北京大学前沿计算研究中心、泰康之家·燕园社区，临湖轩与人文学苑的工作人员提供了具体支持，在此深表谢忱。

北京大学出版社的高秀芹、周彬、黄敏劼等为本书的编辑出版付出了大量的辛劳，向各位编辑和北大出版社致以深深的谢意！

从根本上说，最要感谢的是中文系全体师生和系友们，我们都活在这个传统当中被浸染了底色，是历史的在场者、见证者、创造者。耳濡目染之下，一批批中文学子深耕理想，慎思为人，沉潜书海，笃行求知，磨砺着时代青年开辟未来的能力。他们走出校园，穿梭于广大与精微之间，相继闪耀在推动国家与民族前行的每一寸土地上，不变的是"铁肩担道义，妙手著文章"的赤子之心与独立思考、永远探索的精神追求。

110余年来，新鲜的血液奔涌在古老的血脉中，斯文在兹，如切如磋，如琢如磨。谨以此书，献给"常为新"的北大中文系。

北京大学中国语言文学系
2021年8月10日